EL DON MAS HERMOSO

JUAN A. DE ZUNZUNEGUI

editorial
ALCE

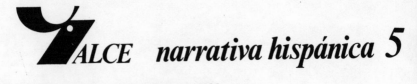

ALCE *narrativa hispánica* 5

dirigida por JOSE ANTONIO VIZCAINO

EL DON MAS HERMOSO

JUAN A. DE ZUNZUNEGUI

(De la Real Academia Española)

PROLOGO DE
JOSE MARIA DE AREILZA

Maqueta de la colección,
diagramación y portadas:
Gonzalo G. Martín

*A la memoria de
Antonio Quintano Ripollés,
eximio penalista y pensador.
Con la admiración y el recuerdo cariñoso de su amigo*

Juan Antonio de Zunzunegui

«... qu'est-ce le bonheur sinon le simple accord entre un être et l'existence qu'il mène. Et quel accord plus légitime peut unir l'homme à la vie sinon la double concience de son désir de durée et de son destin de mort».

(Alberto Camus: *Noces.*)

NOTA DEL AUTOR A LA PRIMERA
EDICION DE 1979

Por los años 1966, 1967, 1968, yo escribí por Alicante y por Avila esta novela. Novela que la censura del gobierno de Franco me la machacó, dejándola impublicable. Así machacada pasó varios años, hasta que decidí suprimir varias partes y cambiar otras, y hacerla más presentable al nuevo Régimen y a la situación actual, acortándola bastante.

Mi paisano y amigo José María de Areilza, gran político, la leyó y le puso el hermoso prólogo que lleva.

Espero le agrade al público lector.

PROLOGO

Cuando yo era todavía un niño, conocí a un adolescente espigado y pálido, de rizada y oscura cabellera, que vivía a poca distancia de mi casa en el muelle de Portugalete. Era hombre solitario y huraño, ajeno al tropel del mocerío dominante en el pueblo, que era deportivo, vociferante y frecuentador de fiestas y romerías. Juan Antonio de Zunzunegui se acercaba a los mayores, les hablaba de temas, para mí un tanto esotéricos, movía la cabeza con algunos tics nerviosos y llevaba indefectiblemente los bolsillos ocupados con periódicos y en la mano un libro que leía con ensimismamiento en cualquier banco del paseo ribereño o en el asiento del tren suburbano a Bilbao. Unos años más tarde, mi padre, de vuelta de su trabajo profesional agotador, al anochecer, se puso a tomar notas en un "block" de papel rayado, cosa que solía hacer cuando preparaba alguna conferencia o discurso de temas generalmente médicos o científicos. «Estoy preparando un prólogo a Zunzunegui —le dijo a mi madre—. Va a publicar su primer libro y se va a llamar, según nos ha dicho, "Vida y paisaje de Bilbao".»

Era la primavera de 1926, y a las pocas semanas moría mi padre después de rápida enfermedad. Juan Antonio inquirió si el prólogo había quedado terminado. Pero sólo aparecieron las notas dispersas a lo largo de cuatro o seis hojas del cuaderno citado.

Ese episodio anudó con lazos indestructibles una amistad que, pese a la distancia entre nuestras vidas y a la diferencia de los ámbitos de nuestra específica actividad, se mantuvo siempre abier-

ta y sincera. Yo descubrí a través de él lo que era y significaba la literatura como poder de creación. La distraída abstracción mental con que convivía entre nosotros en aquellos años de mocedad, me hicieron conocer la fuerza intelectual y la tensión anímica que exige el proceso de escribir y el aún más prodigioso de ir engendrando personajes imaginarios para poblar con ellos un universo de fantasía que encierra la clave del secreto de la realidad.

Zunzunegui comenzó, a partir de entonces, con irresistible empuje, el ascenso hacia la cima de su éxito en las letras de España. Una tras otra salieron del taller del prodigioso artesano las obras de grande y pequeño tonelaje que habían de navegar, arbolando la grímpola con la zeda familiar como lo hicieran un orgulloso armador de circunnavegaciones por los siete mares. Porque Juan Antonio ha sabido hacer suya la vieja sentencia unamunesca de que sólo ahondando en lo terruñero, en lo conocido, en el mundo local, se descubre lo universal en el arte. Gran parte de la flota de Zunzunegui se mueve en torno a Bilbao y a su ría, de la que Portugalete, la villa natal del escritor —y la mía— fue durante siglos atalaya y vigía. Nuestro pueblo fue abundante en producir prácticos de la ría y vigilantes de la costa. Quiero decir que sus hijos conocen bien el sorteo de los escollos y bajíos para evitar naufragios y eran avisados y avisadores de los peligros que se cernían sobre los navegantes, como las galernas, los corsarios o las flotas enemigas.

Me dice Juan Antonio que ésta quiza será su última novela, y yo espero ardientemente que no sea así y que falten muchas más para completar su convoy definitivo. El que me pida este prólogo es ruego del que no puedo excusarme, porque me parece que es un ciclo vital y familiar el que se cierra simbólicamente en estas líneas. Esta vez, entre portugalujos anda el juego, y todo ha de redundar al fin en recuerdo y homenaje al prodigioso rincón en que vinimos a la vida y que hoy desfiguran enormes construcciones ciclópeas para albergar al mundo del trabajo, admirable y sufrido, que vino del interior de España y que multiplicó nuestro censo por cinco o por seis veces en los últimos veinte años.

¿Qué es El don más hermoso? *Una novela del realismo español contemporáneo. Una serie de personajes aparecen en el mundo inventado por Zunzunegui, desfilando ante la atención del lector en círculos concéntricos, con una serie de tramas concatenadas que reflejan el pulso de la vida misma. El autor nos lleva esta vez a una ciudad castellana enfilada por el curso del Duero y nos hace conocer a gentes que dialogan larga e intencionadamente en el ambiente mezquino y limitado de la población. Pero las incidencias no faltan y a través de ellas las pasiones humanas vibran intensamente en el desarrollo de los acontecimientos. La guerra civil ha pasado por allí y ha dejado, como en todas partes, un surco de dolores, recuerdos, enemistades y rencores considerables. Vuelven los*

exiliados y tratan de recobrar el contacto con el plasma sanguíneo original de la nación que abandonaron. Hay unos hombres que sueñan y otros que simplemente bostezan. Hay personajes ejemplares y seres dañinos, como en todas partes. De vez en vez surge, como una miniatura iluminada, un episodio lateral, delicioso, especie de creación lírica que se inserta en el torrente general del relato.

Cambia la decoración y estamos en el Madrid de los cincuenta o de los sesenta, en torno a un poderoso logrero de los negocios, tiburón de las especulaciones y los negociados ilícitos, que tiene a sueldo a uno de los protagonistas del relato. Es como un nuevo tiempo de la sinfonía general: siniestro, dramático, preñado de riesgos. Zunzunegui, de cuando en cuando, introduce en el relato párrafos largos, testimoniales, que son como elementos del análisis crítico de una situación que se va deteriorando, porque la corrupción y la ineficacia administrativa van erosionando la credibilidad pública, alimentada tanto tiempo por el triunfalismo. La novela se torna documental y maciza. Pero surge, al cabo, otro mundo distinto, provinciano también: San Sebastián.

La Guipúzcoa estival, riente, alegre, bulliciosa, gastronómica, pletórica de vida, con un trasfondo de latente conflictividad política. Una figura femenina, bellamente trabajada, con la amorosa delectación del escritor, en cuyo entorno se mueve largo rato el interés del autor y la peripecia novelística. Finalmente se produce una reinserción de los personajes en la vida que sigue fluyendo incesantemente por encima y por debajo de sus afanes y pasiones encontrados.

La prosa de Zunzunegui alcanza en esta novela cotas de insospechada riqueza y variedad. Los diálogos, extensos y distintos, traducen literalmente el español coloquial de los diversos medios sociales y geográficos que la novela aborda. Son conversaciones vivas, auténticas, arrancadas de la realidad sociológica. Pero junto a esa desbordante exhibición está el gran escritor de raza que desempolva vocablos olvidados pero precisos, y acuña, cuando es necesario, neologismos brillantes engarzados con maestría en el curso del relato.

El don más hermoso *es la verdad. La conciencia de la verdad. El valor supremo de mantenerla y proclamarla frente a las falsedades obligadas de la convención, de la hipocresía o de las conveniencias. Zunzunegui rompe aquí una lanza contra la sistemática deformación de la verdad que tan gravemente ha contribuido a destruir la moral pública en nuestro país. La intención moralizadora del novelista no estorba a la espontánea fluencia de la obra de arte, que tal es la última novela de mi ilustre paisano, que empezó sus primeras escaramuzas literarias utilizando el pirenaico seudónimo de Zalacain.*

Juan Antonio de Zunzunegui, en la cumbre de su prestigio lite-

rario y académico, nos regala hoy esta soberbia narración de amor y de codicia, de honradez y de concupiscencia, con el panorama al fondo de una España que empieza a despertar de su letargo en un clima de contradicción y decepciones, de pasiones violentas y de enconos larvados. La pluma del novelista, como el pincel de los grandes maestros, en el cénit de la vida, ha revestido su estilo inconfundible con una suprema y sugestiva dosis de serenidad.

José María de Areilza

PRIMERA PARTE

La modorra asfixiante de la tarde fue rota por el petardeo de un coche desvencijado que se detuvo a la puerta del hotel.

Una mujerona, gorda, sucia y despeinada, echó pie a tierra.

En el primer piso se recogió y se soltó la celosía de una persiana.

Se oyeron pasos decididos y por el vano de una escalera asomó una voz de mujer.

—Sidoro, atiende a la gente, que hay fuera un auto.

Sidoro saltó en la butaca de mimbre.

Desde dentro se abrió la puerta y la mujerona gorda y desgreñada refunfuñó algo en francés.

Sidoro la invitó a entrar y se enzarzó con ella en un barullo de palabras.

En vista de que no se entendían, la dueña descendió.

La mujerota se dirigió a ella y le preguntó en francés cuánto le cobraría por un cuarto con dos camas y una camita, que se podía añadir para que durmiese con el matrimonio un pequeño.

Romualda, como se llamaba la dueña, se la quedó mirando.

—Bueno —le dijo—. ¿Usted lo que quiere es un *chambre* con dos *lis?*

La otra movió la cabeza asintiendo.

—Ahora vamos a ver cómo es el *petit,* porque no me fío.

Salió y se acercó al cacharro, que traía en la baca tres maletas grandes, viejas e hinchadas, amarradas con cuerdas, y abrió la portezuela.

Metió la cabeza y sacó de la oreja a un joven de más de 1,80, largo de zancas y desgarbado, con cara asustadiza.

—¿Y éste es el *petit*? ¡Caray con el *petit*!

Las cuatro y media de la tarde del día 20 de junio. Era el primer coche con «gabachos» que cruzaba la destartalada España para trasladarse del Marruecos francés a pasar las vacaciones en su tierra.

Gritaba la mujerona; gritaba Romualda; gritaba Sidoro.

—Sesenta pesetas por el cuarto, sin el *petit*..., y pago adelantado... Si no, a la puñetera calle —exigía doña Romualda.

—*Suasan* pesetas —vociferaba Sidoro, frotándose las yemas de los dedos bajo las narices de la hembrota.

La francesa salió y se puso al habla con el conductor del coche, que era un hombre.

El *petit,* derrumbado en una butaca, se oxeaba las moscas de la cara.

Al fin, la mujerona, después de unas palabras con el conductor, volvió y adelantó las sesenta pesetas.

El *petit* se irguió e intentó subir al piso detrás de la pareja, pero le cerraron el paso doña Romualda y Sidoro.

Se hacía el loco el *petit* ante la digitación suasoria del criado... Pero al fin se sacudió las treinta y cinco pesetas que le exigían y le dieron la llave de un cuarto interior con una cama.

Minglanilla de Duero es un pueblo situado en la carretera general que va de Madrid a Irún, y el hotel de doña Romualda se alza a la entrada del pueblo en la misma carretera. «Hotel Ruipérez», reza en el dintel de la puerta. Por su difunto marido, un burgalés que se apellidaba así.

A la desaparición del marido siguió ella el negocio. Es doña Romualda una montañesa enérgica, bigotuda. Nacida en Reinosa, no la asusta el frío... Ni los franchutes chillones... Ni las moscas, que ya inundan el pueblo y caen sobre él como una plaga...

Alta, dura de carácter, activa y limpia, a las siete de la mañana ya anda dando órdenes y revisándolo todo, y observando si las cosas están en su sitio.

Hoy es el primer coche que para, este verano, con la trashumancia de modestos empleados franceses que van a disfrutar en su país el mes de vacaciones.

Ya en julio, agosto y septiembre, son enjambre. Saltan de Algeciras a dormir en Manzanares y de aquí en Minglanilla para dormir en su país la tercera noche.

Vienen en coches asmáticos, con maletas reventonas y desbarajustados atuendos. Son groseros y zafios, como si todo el monte fuese orégano. En general, son empleados modestos y tenderos paupérrimos, con los hijos, el perro...

A veces pasa un coche lujoso con gentes ricas del alto comercio..., pero ésos paran ahora en el albergue que hay a la salida del pueblo o siguen con sus coches potentes hasta ganar la frontera.

Los clientes de la fonda Ruipérez son, en su mayoría, espesos y con un aire de superioridad grosera. Hay que vigilarles para que no se lleven las toallas o se limpien el calzado con los cobertores. Algunos hacen el viaje con tal escasez de medios que comen de lo que ellos traen y no requieren para nada el servicio del restaurante.

Entre ellos pasan algunos moros indígenas, que suelen ser los más delicados y atentos y menos discutidores a la hora del precio.

—Viéndoles aquí pensaría una que los civilizados son los africanos —suele exclamar doña Romualda.

Cuando quedó viuda doña Romualda, viuda y sin hijos..., a los primeros embates, con todo el complejo que es el negocio de un hotel, se echó a temblar y llamó en su ayuda a un hermano soltero, más joven que ella, que vivía en Reinosa.

Olimpio se llamaba y presumía de cazador..., pero de cazador de caza mayor. La verdad es que los primeros meses deslumbró a los clientes del hotel y sobre todo a las gentes del pueblo.

En cuanto llegó se hizo construir por un carpintero una escopeta de madera.

—Pero ¿para qué quiere usted esto?

—Para contar cuentos de cacerías de osos.

—Con ésta no caza usted ni una mosca.

—Pero le echo al cuento más verosimilitud.

— ¡Ah, sí, sí!

Los primeros meses le llevaba las cuentas del hotel a la hermana y reñía a los empleados cuando no cumplían las órdenes de ella. El, al preguntar por Romualda, la llamaba la señora...

Pero empezó a frecuentar las tabernas, donde refería sus cuentos de osos..., apuntando con su escopetilla de madera...

— ¡Pum..., pum..., pum...!

Mientras contaba cómo una vez hizo en los montes de Saja un doblete de osos...

Y empezó a beber del vino del país, bastante graduado... Y lo que pasa siempre, que cuando le necesitaba la hermana para resolverle algo o para consultarle o para darse a respetar, no le encontraba nunca a mano..., andalotero por las tascas, contando cuentos de esos... y algunos de lobos.

Doña Romualda era entera y clara de juicio, y en cuanto le buscó las vueltas al negocio se tranquilizó, a pesar del poco resultado que le diera su hermano Olimpio. Después de todo, el hecho de que las gentes supieran que en la casa vivía un hombre grandón, porque Olimpio medía casi dos metros, aunque no hiciese nada, daba una cierta respetabilidad al negocio.

En esto de la presencia, doña Romualda recordaba a una amiga, sola, viuda y asustadiza, que tenía colgado en el paragüero de su casa un tricornio de la Guardia Civil... para que los que llegaban, por fas o por nefás, viesen a la entrada aquel temible símbolo de autoridad.

Pero la gran apoteosis de Olimpio estaba por llegar y llegó. Acaeció un día en que el rey Alfonso XIII tuvo una avería en su coche, a la altura de Minglanilla. Era de noche y el rey iba a San Sebastián. Era uno de estos viajes que el rey hacía, a veces de tapadillo, fuera de protocolo.

Decidió descansar en el hotel Ruipérez mientras le arreglaban la avería.

Hizo amistad con Olimpio y al día siguiente a la mañana le dijo:

—Soy el rey de España..., y ya ves, pasa que te pasa por aquí toda la vida y no conozco Minglanilla. Vamos a dar una vuelta mientras dejan listo el coche.

Olimpio le paseó por el pueblo como quien muestra una joya y le llevó a ver la iglesia de San Silvestre, de transición del Románico al Gótico, y Santa Adela, del Gótico al Plateresco. Y, ¡cómo no!, le contó unos cuentos de osos... como sólo él sabía contarlos.

El rey disfrutó lo indecible con Olimpio.

—Bueno, Olimpio, si vas por Madrid no dejes de ir a verme a Palacio —le dijo al abrazarle y despedirse.

—Descuide, majestad, que iré.

En Minglanilla, al ver a Olimpio mano a mano con el rey, todo el pueblo se postró a sus plantas.

—Pero qué callado se lo tenía usted, Olimpio —le susurraba la gente.

—Sí..., hemos sido muy buenos amigos, desde casi niños..., desde que empezamos a cazar osos en los montes de Saja.

—Pero ¿usted y el rey?

—Sí, sí..., yo y el rey. Siempre que iba allí a cazarlos preguntaba por mí y le acompañaba...

Y claro, cómo no, después de esto, cuando en invierno Olimpio hacía alguna escapada a Madrid contaba a la vuelta por las tabernas de Minglanilla:

—Por cierto que estuve en el Palacio de Oriente a charlar un rato con él y en cuanto me vio entrar le dijo a la reina: «Victoria, pon dos huevos más, que ha venido a vernos Olimpio.»

Era de tamaño descomunal y la mandíbula inferior la llevaba siempre suelta. Por lo que se le llenaba la boca de moscas. Pero eran tantas las que le entraban que terminó acostumbrándose a tragarlas..., y le sabían tan ricas.

—Olimpio, que te lo digo y te lo repito, que en boca cerrada no entran moscas.

—Pero vete tú a cerrar esta sima... a ver si lo consigues.

—Si el que la tiene que cerrar eres tú..., que eres su dueño.

—Sí, sí..., cierra esa boca, cierra esa boca... Pa qué, si me he acostumbrado ya... Y en esto de las moscas, como en tantas cosas..., todo es hasta que te acostumbras.

—Bueno, allá tú —se resignaba la hermana.

Minglanilla daba muchos borrachos y muchos tuberculosos, y bastantes memos y locos. Lo de los borrachos era por el vino que se daba en la contornada. Lo de los tuberculosos por el poco comer y el mucho beber, y lo insano de las casas hechas casi todas de adobes amasados con paja y con las deyecciones amoniacales de las bestias. Lo de los memos, aparte de que cada vez los daba más el país, por los matrimonios entre consanguíneos, muy frecuentes en la región, y lo de los locos por el aguardiente con que se desayunaban todos los pobres laboriosos.

Borrachos borrachos, cada día había más. Ya no llamaba la atención ser borracho. El mismo párroco disculpaba la borrachera en los humildes. Pero la verdad es que en Minglanilla se emborrachaban casi todos, pudientes y no pudientes, a la hora del trago.

—Qué van a hacer los pobres para olvidar sus miserias sino tomar unos vasos de más... No es ése, no es ése el pecado más grave que los amenaza, sino su falta de fe y confianza en Dios —se lamentaba el buen sacerdote.

Minglanilla de Duero está sobre el río Duero, como canta su nombre. Las casas humildes del barrio viejo caen a pico sobre el río y las casas acomodadas, las calles principales, están de espaldas a él... Y es que Minglanilla vive un mucho de la carretera que va de Madrid a la frontera. Y la carretera es su lujo y su paseo, y es por donde le llega su minúscula grandeza a Minglanilla... Y por la esperanza del directo Madrid-Burgos, ya casi terminado de construir, y que tendrá su estación en Minglanilla...; porque el sueño de Minglanilla es llegar a ser una Miranda de Ebro, con carriles y más carriles para toda la palma de la mano de España. Pero Minglanilla, después de nuestra guerra, se envanece y vive un poco, sobre todo, de la fonda de Ruipérez y de una gran fábrica de molturación de remolacha que se ha levantado en las afueras del pueblo. La fábrica de azúcar, como la llaman los minglanillenses o minglanilleros.

Hemos dicho que estamos a 27 de junio, y hacia las siete y media las señoritas del pueblo, vestidas de trajes claros, con el ojo brillante y avizor, salen a ver qué les depara la carretera.

En Minglanilla hay muchas señoritas... Bueno, muchas mujeres que no hacen nada y llevan una vida pamperdida y ociosa, de cine y tiendas en invierno y alguna revista gráfica de Madrid, sobre la que suspirar..., y carretera y más carretera en cuanto mayo enciende y dilata los días, hasta fines de septiembre.

Van en varias ringlas de cinco o seis. Caminan por la derecha siempre. En esto de la circulación tienen una gran experiencia. Y salen a la desfilada con unos minutos de diferencia unas de otras...

Cuando pasan por delante del hotel —en Minglanilla el hotel, se entiende, es el de Ruipérez, porque es el único; los demás son fonduchas o posadas— saludan a Sidoro, el camarero, que está casi siempre en la puerta.

—Adiós, Sidoro.

El agita la servilleta sin despegar los labios. Sidoro descansa siempre la servilleta sobre el hombro, sea la hora que sea... Sidoro presume de saber francés y de saber de toros. Si su cultura taurómaca es como la del idioma de Molière, ¡pobres astados!

—Adiós, Sidoro —le saluda otra fila de señoritas paseantes.

Y vuelve a melindrear con la servilleta.

Sidoro es un borrachín muy aficionado a los toros. En el pueblo se da el gamberro con profusión. Cuando se pensó en levantar una plaza de toros, por los años de la primera guerra mundial, una vez arbitrado el dinero, comenzaron las obras. Al principio fue de piedra, pero en cuanto se les acabó el dinero la remataron malamente con madera. Se inauguró el 25 de julio, día de Santiago. Uno de los picadores tenía unas descomunales orejas de soplillo y los mozos le llevaron una de las orejas a melocotonazos. La verdad es que hace falta ser brutos para llevarse una oreja así.

Todos los 25 de julio, que es la fiesta, se celebra corrida de toros. Pero a Minglanilla no quiere ir ningún picador ni forrado en oro. Por eso ahora las corridas las celebran sin picadores.

Sidoro sacude por quinta vez la servilleta en ademán de saludo y luego se retira.

Está casado Sidoro, mas parece hay pruebas fehacientes de que su mujer le engaña. Conviene hacer constar que era borracho antes de que le engañase. Y quién sabe si le engaña por ser borracho.

A las ocho de la mañana, cuando entra a trabajar, viene tarareando un pasodoble torero, aún beodo de la carga alcohólica de la víspera, y moviendo las caderas como si estuviese haciendo el paseíllo de una corrida fantástica.

En el comedor suele haber algún trashumante francés desayunando.

—¿Qué hay, qué..., café con leche y dulce?

—No, fruta.

—Pan con mantequilla y café con le...

—No, fruta; ¿tiene unas paraguayas?

Hay dos clases de servilletas de papel: las finas para los que no discuten el precio y llegan en coches elegantes y tienen buenas maneras, y las de papel gordo, que crujen como telas de percal, para los zafios que se limpian con las puntas del mantel y eructan sin miramientos.

Con el día y el ajetreo se le va desintoxicando de malos vapores la cabeza a Sidoro.

A mediodía se encuentra ya despejado y aquí empiezan sus ansias y su angustia… Porque ahora viene el incidir en su desgracia. Quién lo diría que Aure, Aurelia, su mujer, es una rebotada del convento donde quiso ingresar antes de aceptar ser esposa de Sidoro. Porque para ser monja de una buena orden, de una orden distinguida, hace falta que la monjita lleve algo, o en especie o en talento, y distinción de familia…, porque si no es así, se les llenarían los conventos de pedorras sin clase. La Aure, salvo un cuerpo robusto, que trascendía de los sobacos como de dos fluidas fuentes, no tenía nada que aportar a la mayor gloria de la orden donde deseó ingresar.

El convento era de muchas ínfulas y la dijeron que el noviciado lo tenían completo y que de hermana portera, ropera o para cuidar los establos o el jardín la probarían. Pero la Aure estaba harta de trabajar y de trajinar y ella quería ser religiosa para estarse quieta contemplando a los santos y pidiéndoles por los pecados de los hombres, y tener la comida asegurada a la misma hora, y pasear por el jardín a la caída de la tarde con las otras madres, comentando los chismes del mundo… ¡Y tener una buena cama en un cuarto limpio…; y besar la mano y el anillo del señor obispo cuando fuera a visitarlas…; y comer de los dulces y de las tartas que les llevaran las devotas de la comunidad y los padres de las alumnas. Pero ella qué podría enseñar, si era casi analfabeta, y para qué servía fuera de la limpieza y las labores caseras de las que precisamente iba huyendo… Pero Aure era orgullosa, comodona, egoísta, pecados que hay que dejar a la puerta cuando se siente verdadera vocación. Porque la verdadera llamada de Dios a su servicio radica en la humildad.

La probaron para hermana en las labores más humildes.

«Para trabajar como una bruta me vuelvo al pueblo», se dijo.

Creía que ser religiosa era estar sentada pasando y pasando las cuentas de un gran rosario, pidiéndole siempre a Dios por la salvación de su alma… Y de trabajo, a lo sumo, hacer unas yemas muy ricas, de las que la madre superiora les permitiría comerse la mitad. Pero sobre todo, rezar y rezar por los pecados del mundo sin tener que preocuparse de su manutención.

Y parece que no era eso. La tuvieron, como digo, unas semanas empleada en los más humildes menesteres durante todo el día.

Para esto estaba mejor en el pueblo, donde trabajaba menos y estaba más libre, pues podía ir, de cuando en cuando, al cine y comer «cacahueses»…

«Esto de ser monja no es lo que yo creía.» Y se volvió a Minglanilla.

Sus padres, que eran muy pobres y se hacían ya la ilusión de haber suprimido una boca de casa, la recibieron muy secamente.

—¿A qué has venido? —la preguntó el padre.

—A estar.

—¿Otra vez para siempre?

Movió la cabeza con un sí, roncero, en la punta.

—Pues pa ese viaje...

—Me hacían trabajar más que aquí..., y si *hubiea* tenido la esperanza de llegar a madre, pero pa *quear* siempre en hermana que limpia los orinales y hace las camas de *toas*..., pa eso...

El padre se sacó del pecho un rebufío con el que no se supo lo que quiso decir.

Aure era vaga, pues un misticismo especial y milagroso le detenía toda acción rápida. Durante una larga temporada, a los doce años, les aseguró a sus padres que se le aparecía la Virgen cuando iba al campo a ayudar al padre.

—¿Y que te *ice* la Señora? —le preguntaba la madre.

—Que me haga monjita y que le pida por los malos del pueblo, que son un montón.

Era por entonces muy delgaducha y lambiona. Todo lo chupaba. Venía muy alta y tenía una mirada quieta y estúpida.

Cuando la acosaban, explicaba las apariciones con una serie de detalles, sin duda aprendidos en la lectura de algunas vidas de santos.

El padre la empleaba en recoger los sarmientos cabezudos que él iba cortando y, a veces, se paraba, miraba al cielo con una carita de pánfila y dejaba caer del enfaldo todos los vástagos.

Al padre, que era un rústico analfabeto, le entraba un temblor y un miedo enorme.

—¿Qué andas ahí?

Ella se cosía con el índice los labios, pidiéndole silencio.

Abandonaba los brazos y quedaba palidita como la cera, escudriñando lo alto.

El padre y la madre la llevaron al párroco.

—Conque ves a la Santísima Virgen, hija... ¿Y qué te dice la Señora?

—Que el tiempo que pierdo en el campo lo emplee en rezar por los pecados del pueblo, que son *muchismos*.

El párroco no quería líos y se la envió al señor médico.

El médico la observó y les comunicó a los padres que tenía una insuficiencia nutritiva espantosa, y que si no la alimentaban más y mejor se iría, como la yesca, tuberculosa.

La Aure seguía chupando todo lo que caía en sus manos. Los niños de su edad empezaron a llamarla «la chupona». Pero ella, en cuanto la llevaba en las heladas madrugadas el padre al campo y la obligaba a ir detrás de él y recoger los sarmientos cortados, se detenía cansadita y tate: la aparición de la Virgen...

Con esto de los autos de línea se corrió la noticia del milagro hasta el Burgo de Osma. Su Ilustrísima, por si las moscas, envió al Deán de la Catedral, quien interrogó a la pequeña.

Le habían dado unas perras unas señoras devotas del pueblo

y Aure las había invertido en palo de regaliz y chupaba de lo lindo cuando el sacerdote la abordó.

Siempre veía lo mismo y la Virgen siempre le rogaba, según ella, que hiciera las mismas cosas: abandonar el trabajo del campo y suplicarle a Dios por los pecados del pueblo.

—¿Y cómo se te aparece la Virgen, hija? —quiso saber el Deán.

—Con una toca blanca y una túnica larga, blanca también..., y a los pies tiene unas cabezas de ángeles con alitas. Los angelitos tienen el pelo negro, rizado, y abren y cierran los ojos muy suavemente. La Señora se me aparece con las dos palmas de las manos muy juntas y, cuando me habla, separa una mano y la mueve, y alrededor de la Señora van y vienen volando palomas blancas y más palomas blancas...

—Bueno, pequeña, bueno...

Le palmeó las mejillas.

El Deán se fue a ver al médico, quien le repitió lo que había dicho ya a sus padres.

La noticia de la llegada del Deán de El Burgo de Osma para entrevistarse con la rapaza milagrosa conmocionó la beatería de Minglanilla.

Todas las fuerzas vivas, civiles, militares, eclesiásticas, se fueron a ver al señor Deán.

—Qué opina usted, padre, qué opina usted —le acosaron.

—Que es necesario reforzar la caridad hacia los menesterosos, para que las pobres almas sencillas no caigan en estas apariciones, pues es preciso corregir esta desigualdad entre los que lo tienen todo y los que nada tienen...

Y como el nuestro es un país sin medida y extremoso, que lo da todo o todo lo niega, cayeron sobre la pobrísima familia de Aure y la colmaron de sustanciosos presentes... Y un día la llevaban un jamón curado y otro una ristra de chorizos y otro una limosna de buen dinero... A veces, una caja de galletas, y otras, unos metros de tela lina..., y libras de gustoso chocolate... Todos los «que mataban», y en el pueblo eran bastantes, se sentían solidarios de su miseria y les enviaban una parte. Aure, que lo que padecía eran alucinaciones deshambridas, empezó a embarnecer y a ponerse pingüe y robusta con la buena y abundante comida.

Se estableció una especie de campeonato entre los pudientes sobre quién era más a la hora de la cristiana caridad.

Los padres de Aure no diremos que vieran a la Virgen, pero sí que vieron el cielo abierto. Aure dejó de ir al campo. Sus padres cambiaron de conducta respecto a ella y la trataban con el mimo y la atención de una joya.

Salía por el barrio, gorda y lucida, chupando buenas chocolatinas qu ponían en gresca los dientes de los demás pobres. Les mostraba los bombones y los trozos de queso y jamón para que se jorobasen.

A esa edad los rapaces tienen intenciones miureñas..., y así avivaba y desarrollaba en grado sumo la envidia y el encono.

El mayor placer de un niño es excitar al compañero, pasándole por las narices lo que no tiene.

—... Todas las señoras y señores le traen a casa a mi madre para mis chocolatinas, jamón en dulce y galletas y carne, y todo lo más bueno y lo más rico..., y vosotros no lo tenéis..., anda, no lo tenéis; aguantaros, porque yo me lo como todo y no os doy nada..., nada.

Los demás pobres del pueblo deploraban que no hubiesen sido sus hijos los que hubiesen visto a la Virgen. Hasta los cinco hermanillos de Aure engordaron y se pusieron orondos como presuntuosas vasijas.

—Anda y gibarse, que todas las señoras del pueblo me traen bombones y bizcochos y *güenas* lonchas de jamón, *pa* mí y sólo *pa* mí, por haber visto a la Virgen.

Y se metía el dedo gordo bajo la papada incipiente y se lo sacudía hacia lo alto con un gesto despectivo de a jorobarse tocan.

Entre los demás pobres del barrio hubo su conmoción y se fueron a ver al párroco, y le contaron los desplantes e incitaciones malintencionadas de Aure la milagrera.

—Que los demás también somos hijos de Dios, señor cura —se lamentó una viuda, comida por la miseria, con cuatro críos que tenían por todo alimento sus mocazos.

El señor párroco hubo de llamar a Aure y a los padres de Aure a capítulo aparte y predicarles la humildad y la caridad. Ella, que siempre fue altita, venía ahora, con el buen pábulo, de abundantísimas carnes aunque, la verdad es, mal distribuidas...

Pero pasó el tiempo y, con el tiempo, la caridad hacia la chica se debilitó, que todo se debilita y pasa, sobre todo cuando las cosas no tienen una raíz y apoyo entrañable..., ya en el pueblo se hablaba entre las beatas de la niña que vio a la Virgen como de un acontecimiento borroso y lejano, y fue cuando se empezó a chamullar que la muchacha tenía vocación religiosa.

Era grande, desgarbada, de pantorrillas toscas y pies juanetudos y pingüe de pechos Aure.

—Sabe usted, doña Marta, que se va monja la chica aquella que tuvo las apariciones de la Virgen.

—Vaya, no está mal el desenlace.

Doña Marta es la dama más ilustre del pueblo, si no por su dinero, sí por su señorío, por su clase y por su inteligente condición. Es viuda de un ex ministro del partido agrario e hija de un gran político conservador, varias veces ministro, y prudente y cacique máximo de la región. El hombre que con su inteligencia, su cordura y su generosidad más había hecho por el distrito... Sus contemporáneos así lo habían entendido al levantarle una estatua a la entrada del pueblo. El escultor le ha colocado en ella en actitud sedente, grave y respetuosa postura.

Aure intentó entrar en una orden de muchas campanillas, la de las Salesas Reales, en Burgos. No picaba poco alto la niña. Es tan distinguida la orden que alguien, para enaltecerla, dijo que de casar el Papa casaría con la superiora de las Salesas Reales...

Y pasó lo que pasó, que después de unos meses de hermana, trasojada de tanta faena doméstica, se volvió con el rabo entre piernas a Minglanilla.

Seguía con sus carnes abundantes y mal distribuidas.

—Pero qué querían esas monjas; después de todo, a ninguna de ellas se le ha aparecido la Virgen, como a ti —se lamentó su madre.

—Eso me digo yo...

El Sidoro era ya camarero en la fonda Ruipérez, que empezaba a llamarse enfáticamente Hotel Ruipérez. «El hotel», como decían a secas en el pueblo. Y a Sidoro, tal vez por ser escuchimizado y poca cosa, le gustaban las mujeres grandes y tetudas..., y la Aurelia lo era un rato.

El no era hombre a pararse si sobre el esqueleto de Aure las carnes estaban bien o mal orquestadas..., y el quid está ahí.

La empezó a invitar al cine. Y al entrar compraba Sidoro una peseta de «cacahueses», por lo que le daban un cucurucho grande. Aure era ansiosa y tragona y sólo sentarse en la localidad ya le tendía la mano pedigüeña en la oscuridad.

—Anda, dame.

Sidoro le largaba los cacahuetes de uno en uno y acompañando la oblación de un pellizco o de una tentaruja.

—¡Cómo eres de sobón!

—Y tú de comilona.

Cuando se desasosegaba en su asiento la prometía:

—Si me das un beso te doy dos «cacahueses».

—Por un beso, qué menos que medio cucurucho.

—Pocas ganas tienes de darme un beso.

—Y tú menos de estar regalón.

Al fin llegaban a un acuerdo después de un forcejeo.

—Por ocho.

—No; por cuatro.

—Por seis.

—Por cinco.

—No.

—Tú verás quién se los come.

—Bueno.

Al fin consentía por cinco.

Más que besos resultaban chasquidos. Aure no sabía besar y el Sidoro, que era muy bruto, en vez de besar mordía.

Aure tenía unos labios gordos y desiguales; el superior, delgado y con un bigote de pelo hirsuto, porque se lo cortaba..., y el inferior, gordo y muy saledizo, casi colgante como el de los batracios.

—Más que besar, *suerbes*..., y pa qué coña *suerbes* —le dijo un día.

—Que siempre me ha *gustao* sorber.

— ¡Ah!

Pero lo que no se le ocurre al Sidoro, que era un vicioso de marca mayor, no se le ocurre a nadie. Aquel día se estiró y compró dos pesetas de cacahuetes.

Al empezar la película, de la que no perdía Aure ni ripio, le tendió la mano en la oscuridad.

—Dame.

—Hoy me habrás de dar un beso por cada «cacahués»...; bueno, un beso..., es un decir... porque te lo habrás de llevar de mi boca con la tuya...

Y le sacó la lengua, en la que yacía un cacahuete huérfano.

Ella rengueó y se negó, y le llamó cochino y *desigente* y tacaño; pero, excitada al fin, aceptó y embistió con sus labios los de él y sorbió el cacahuete.

Tenía mucha hambre aquel día y, como no se los daba de otra forma, hubo de resignarse a este tipo de transmisión.

El, a veces, no se metía nada en la boca, y ella, ante el chasco, le mordía, vengativa.

—Animala, que *m'as* hecho sangre.

Pero, al salir, ella le propuso:

—Otro día me das los «cacahueses» en el cine por las buenas... y luego, en un rincón oscuro, te sacudo los besos que quieras.

Pero Sidoro no aceptó porque la parecía de una gran picardía y relajo aquella manera de regalarle.

Aure era torpona, abundante, cachondona e insatisfecha, y tanto parcheo y mordibeso para cada cacahuete acabaron sacándola de sus casillas.

—Escucha, Sidoro, con tanto calentón no vamos a ninguna parte, conque o nos casamos o dejamos de comer cacahuetes, que luego una anda *desasosegá* en todo el cochino día.

—Pero es que...

—Nada, hombre, que a mí las cosas no me gustan a medias.

Sidoro estaba ya colocado de camarero en la fonda Ruipérez y se dejó convencer y llevar de una oreja a la iglesia.

Y se casaron.

Para Aure fue aquello una desilusión. Vaya usted a saber por qué. Las mujeres se figuran unas veces unas cosas... y son otras. A la Aure le entró al poco tiempo un misticismo y un aquel dengoso. Se pasaba el día en la iglesia. Y la casa empezó a andar manga por hombro. El pobre Sidoro, por más que se echó a discurrir, no daba con el mal que aquejaba a su cónyuge.

—¿Qué te pasa, mujer..., qué *tiés*?

—*Tristura*... Unas como ganas de llorar y de no hacer nada, y de suspirar a cada rato..., y una como aprensión de que me va a faltar el suelo bajo los pies..., y un como ahogo y ardor por todo el pecho...; y sólo el rezo y el mirar a los santos me lo calma.

—¡Vaya por Dios!

Y fue por entonces que se corrió por el pueblo que le engañaba con el sacristán.

Como son muy brutotes en Minglanilla, taberna en la que entraba, taberna en la que se lo soltaban.

—Sidoro, que se ha hecho *demasiao* rezandera tu mujer *pa* cosa buena, y que el sacristán le ha *buscao* las cosquillas..., con que espabila.

Sidoro se hacía el loco, y para no enterarse se refugió en la bebida.

Cuando volvía a casa encontraba a la parienta enjabelgada como la pared de un cortijo y llena de una aparente desabridez.

—La comida.

—La comida, la comida..., no piensas más que en tragar, como si no hubiese en la vida otra cosa que hacer —se enfurruñaba.

Empezó a comer con miedo el Sidoro, como si el nutrirse después del trabajo fuese un delito.

—Sidoro, que el sacristán repica las campanas con demasiada alegría y antes del *Ite, Missa est* del cura vuelve demasiado la cabeza.

Y Sidoro se emborrachaba, y hablaba solo y alto por las calles, y cuando, a primera hora de la mañana, entraba al trabajo, aún llevaba media lagartijera en las agujas... Y no daba pie con bolo.

A la tarde iba entrando en su realidad y en la del hotel... y entendía a la señora en sus rugidos.

—Pues es lo que me faltaba, que después de tener que aguantar las borracheras del hermano, tenga que aguantar ahora las del camarero.

Sidoro gruñía tenuemente.

—Vaya usted ahora mismo al fregadero y meta la cabeza bajo el chorro, a ver si se despeja.

Sidoro obedecía.

Entre una y dos empezaba a enterarse de las cosas. Entonces se sentía muy fino y charlaba francés.

Se presentaba en el comedor, diligente y ceremonioso, y abordaba a los clientes espesos que poblaban de ladridos las mesas.

—Comment allez vous?

—Tres bien, monsieur.

—Vous *parole* francaise?

—Oui.

—Bueno, pues tienen sopa o entremeses, huevos en tortilla o

fritos y carne: vaca, ternera o fiambre. De postre, queso de Burgos, fruta; vino del país o Rioja de marca.

—Atendez, atendez.

Y servía los platos. Un poco atropelladamente, pero servía.

Generalmente, a media tarde, ya desde fines de junio, llegaban los viajeros.

Doña Romualda exigía a su hermano que estuviese entonces presente.

—Por lo menos, que te vean al llegar y se den cuenta de que aquí hay un hombre y no es ésta la casa de tócame Roque, que un hombre, sobre todo de tu tamaño, les hará a estos tíos groseros ponerse en razón.

Olimpio instrumentaba una mezcla de rezongo y regüeldo y se dejaba caer en una butaca de mimbre.

Las moscas seguían cerniéndose sobre Minglanilla con una tozudez insecticida. Sonoreaban oscuras y zumbadoras buscando las mejillas, las varices y las frentes de los desgraciados que tenían que moverse en el perímetro del pueblo. Eran dípteros, gordos, sucios, con los excrementos de las cuadras temblando en sus patitas, con el bacilo de la fiebre tifoidea bailando en cada antena... Y una y otra y otra hasta formar enjambre y nube, que ocultaba la luz de un sol agobiante, abrasador.

Todo el hotel estaba lleno de campanas de cristal huecas, con una gran abertura invertida y los rebordes ocupados de agua. Bajo la abertura se colocaban unos granos de azúcar pulverizada. Las moscas iban al señuelo del azúcar y, al volar, se metían por la abertura de la campana y chocaban contra el vidrio, torponas, hasta que caían en el agua, donde felizmente perecían.

Toda la masa de agua que rodeaba las campanas por dentro estaba sembrada de cadáveres como un campo de batalla.

Las moscas lo ocupaban todo, lo invadían todo, lo anegaban todo con su zumbido sucio y su insistencia rumorosa y machacona.

Era para enloquecer.

Picaban en los tobillos, en las espinillas, sobre los calcetines. Mordían en las orejas con fruición de rata de agua.

En la cocina del hotel había colgadas del techo diez filas de diez largas y anchas cintas de papel engomado, donde iban a pegarse como contra una barrera las innumerables moscas. Negras de cadáveres las cintas, tenían que cambiarlas, cinco o seis veces al día, porque no había sitio para albergar más muertos.

Su secedían días, entre dos y seis, en que no cabía una mosca más en Minglanilla. Toda Minglanilla era semoviente, carne gusaripienta de mosca. Esos días el Ayuntamiento colocaba dos guardias de la circulación con sendas y enormes raquetas metálicas en las dos entradas del pueblo, prohibiendo bajo fuertes multas el arribo de más moscas... Pero ni por esas.

Era ésta la época de más trabajo en la fonda de Ruipérez.

A la hora de pasar las facturas le exigía las presentase a su hermano.

—Ya que no sirves para otra cosa, por lo menos haz acto de presencia y que vean con las facturas tus dos metros de alzada, que siempre les infundirá un cierto respeto a estas tierras y a estos cornudos de franceses que creen que el Africa sigue aún aquí... Esta gentuza, que es la especie más tacaña y miserable del globo, sobre todo cuando se trata de pagar... al de fuera.

Doña Romualda era enérgica y tenaz y tenía sus principios morales, y no pasaba por albergar a dos mujeres con un hombre en una habitación, ni a dos hombres con una mujer..., ni a un hombre con un jovencito, aunque jurase y perjurase que era su hijo..., ni a dos mujeres solas.

—¡Valientes cerdas! —solía rugir doña Romualda.

Antes de descender las maletas o de bajarlas ellos, subía con Olimpio a hacer la inspección del cuarto que quedaba libre. Porque esta cochambre semiafricana se llevaba todo lo que podía: a veces intentaban robarle la manta de algodón que ponía a los pies de la cama en verano. O le abrían un boquete y le vaciaban la lana del colchón... Hasta le robaron una bacinilla. A una madama le retiró del fondo de su maleta el espejo que doña Romualda colocaba sobre sus lavabos de agua corriente.

En esos casos era utilísima la mera e imponente presencia de Olimpio.

El amor del sacristán por Aurelia lo percibió en seguida el pueblo por el gozoso volteo de las campanas. Ahora las tañía más a menudo y con un ritmo de seguidilla.

Sidoro, al oírlas, se taponaba los oídos, frenético.

—¡Ese cabrón! —se lamentaba.

Sin querer darse cuenta de que el cabrón era él..., no el campanero. En los primeros meses de su amor, todo el pueblo de Minglanilla floreció en sabrosos repiqueteos. Hasta cuando tocaba a muerto sonaba a triunfador domingo de Resurrección.

Al pobre Sidoro, al oírlos, le daban unos ataques de nervios y en su trabajo todo lo trompicaba.

Pero al campaneado amor de los primeros meses, tumultuoso y alegre, sucedió un amor más pausado, y lo desmesurado se recogió sobre sí mismo, buscando su temple, su tono y su medida..., y las campanas a muerto empezaron a sonar a muerto, las de boda a boda y las de novena a murmuradora novena de beatos.

Y el mismo Sidoro se fue haciendo a todo y terminó oyéndolas como si tal cosa.

Llegó a un acuerdo con la señora y ahora comía en el hotel, y cuando iba de arribada a su casa, bien metida la noche..., llegaba con el San Telmo en las gavias... y a dormir.

Pero no vaya a hacerse el lector de novelas a la idea de que Minglanilla era un pueblo cualquiera. Minglanilla tiene casta y prosapia. Su fundación se atribuye nada menos que a los romanos. Según muchos historiadores es la antigua Confluenta, que el geógrafo Tolomeo nombra entre las ciudades de los arevacos.

Situada en la margen derecha del Duero, en un terrazo o cabezo elevado «para que no puedan ofenderla nunca las avenidas del río», según escribió un antiguo viajero.

La rodean vegas fértiles, muchas de pan llevar, pero sobre todo hasta hace poco de viñedo. Ahora Minglanilla va cambiando el vino por el azúcar y a las viñas van sucediendo las plantaciones de remolacha.

Además del Duero, la riegan por oriente y occidente otros ríos de más parvo caudal: el Bañuelas y el Minglanilla, que confluyen allí con el primero, uno por la parte alta y otro por la baja, casi a igual distancia de un soberbio puente de piedra que da ingreso a la villa..., porque Minglanilla es villa y antiguamente fue población de muchísima importancia, aun después de entronizada en España la casa de Austria.

Hoy día, sin embargo, la población es un quiero y no puedo, a pesar de su posición privilegiada junto a un gran río y la terrible ventaja de partirla la carretera más importante del país: la que va de Madrid a la frontera francesa.

Las calles son tortuosas, sin urbanización, como para dejar en ellas los tobillos; llenas de charcos, cuando llueve, y de polvo, moscas y malos olores en verano. Las casas, semiderruidas, sin estilo ni línea en su construcción... La plaza mayor es irregular y más que una plaza parece un ataúd, con un ancho soportal sólo en la fachada del norte y con un comercio presuntuoso. Minglanilla se esfuerza en ostentar lo que no tiene, con telas y ropas de señora, maniquíes en actitudes parisienses, y cafeterías que abren sus puertas rebufando sus grandes y ostentosas cafeteras hechas en Eibar. Todo mezclado con cuadras de las que salen vaharadas fétidas y críos en verbeneantes nubes que rodean los coches que llegan a Minglanilla, como si en su vida no hubiesen visto un auto...

Nadie diría, viéndola ahora, que Minglanilla fue lo que fue. Porque en Minglanilla residieron diferentes veces los Reyes Católicos y el cardenal Cisneros, siendo gobernador del reino. Cuando, por ausencia de su padre, Felipe II fue gobernador, unidas ya las coronas de Aragón y Castilla y engrandecidas ambas con los heredamientos de la Casa de Austria, y con el descubrimiento de un nuevo mundo se extendía el imperio español por cuanto el sol alumbra, estableció durante dos años su corte en Minglanilla, con los tribunales supremos del reino. Aquí se hallaba también Felipe IV cuando le sobrevino una enfermedad que puso en riesgo su vida. Y la primera mujer de Felipe V, cuando en abril de 1707 recibió la buena nueva de la victoria de Almansa, que, al decidir la guerra de Sucesión, aseguró a su esposo y a la dinastía de los Borbones la corona de España...

Y de Minglanilla partió el 28 de noviembre de 1808 el emperador Napoleón para Madrid...

De tanta grandeza Minglanilla aún conserva la iglesia parroquial de Santa Adela, que es uno de los monumentos del gótico florido más bonitos de España. De la época de los Reyes Católicos. De tres naves esbeltas y bien compartidas, un crucero precioso, capilla mayor y coro alto.

Templo lleno de gracia, elegante de formas y de arregladas proporciones.

Está construido, desde los cimientos a las claves, de granito amarillo duro, y al poniente, cuando el sol le cubre y dardea, todo él parece de oro.

La fachada de oriente, donde se halla la puerta principal, está ornamentada de calados, frisos, medallones, filigranas, labradas con todo el primor del mejor gótico, coronándola unas torrecillas piramidales con crestería y balaustres del mismo estilo y de orfebre efecto.

En este frente están colocadas las armas reales junto con los escudos de la villa y del obispo Fonseca, sin duda por la parte con que cada uno contribuyó a los gastos de la fábrica.

Tiene también otra iglesia, la de San Silvestre, que es más bien de transición del románico al gótico. Como la otra, tira un poco a plateresca, pero no tiene su mérito ni su elegancia.

En Minglanilla hubo en su tiempo otros dos magníficos templos pertenecientes a dos conventos de religiosos, franciscanos y dominicos, pero ambos desaparecieron con la guerra de la Independencia... Asimismo, una casa palacio edificada por el señor Calderón, obispo de Osma, que su sucesor, el señor Eleta, quiso destinar a establecimiento de niños expósitos, idea que no llegó a realizarse...

Perdió también Minglanilla en la guerra de la Independencia un arrabal entero, habitado por más de doscientas familias, que se alzaba en la otra parte del río, a la entrada del puente, por el camino de Madrid.

El comandante francés que guarnecía el fuerte de Santo Domingo redujo a escombros el arrabal para impedir, en caso de ser atacado por las tropas españolas, tuviesen éstas donde guarecerse.

Contemplando ahora el pueblo podía exclamarse:

—Aquí fue Minglanilla.

—¿Qué resta de tanta grandeza?

Sus moscas, acrecidas y enloquecedoras desde que se levantó la fábrica de molturar remolacha; sus señoritas cursis y ansiosas y sus gamberros, en honor a la verdad, no siempre patosos. Las aguas del Duero llevan hasta Oporto la silueta de una Minglanilla que en su decadencia no acaba de encontrarse a sí misma.

Toda la vida de Minglanilla es la carretera que la une con Madrid y que va hasta la frontera con Francia. Por ella pasan los coches que van a Vitoria, San Sebastián, Santander y Bilbao y los en vía a Francia. A veces se detienen a repostar de gasolina o para comer sus ocupantes, y los chiquillos del pueblo, que son casi tantos como las moscas, los rodean ufanos gritando sus marcas y las potencias de sus motores... Sólo paran para descansar la morralla de empleados coloniales franceses.

Todas las mujeres de Minglanilla que viven en casa que da a la carretera son ventaneras y muy volantonas. El más leve rumor las echa a la ventana y al camino. Es su sino suspirar por lo que lleva y trae la carretera. Ahora, que es verano, la gran estación para Minglanilla, después de las siete, se echan a ella. En Minglanilla, la aspiración de los padres —el comercio y el campo son las dos fuentes principales de ingresos— es tener hijas que sean señoritas de carretera. Ya en junio, con sus trajes claros, a veces variopintos, las más, abigarrados, la alegran en los atardeceres. Conocen la policía de carretera y van siempre por la izquierda. Unas salen en ringlas horizontales de cuatro o cinco hacia Madrid y otras hacia el norte.

Las de Madrid llegan poco más o menos hasta el puente y se vuelven. Las que van hacia el norte llegan hasta un poco más allá del albergue que acaban de levantar a la salida del pueblo, para husmear y ver las gentes distinguidas que paran en él y luego acercarse a la Virgen de la Viña, que cae cerca.

A la vuelta se encuentran los grupos de chicas de una dirección y de otra y comentan las novedades.

El cine y la carretera son las dos evasiones de las señoritas de Minglanilla... ¡Ah!, y el cotorreo de las tiendas, después del paseo, cuando la falta de luz llena ya de peligros la carretera... y no se ve nada, ni de los coches ni de los viajeros que cruzan... Para las señoritas de Minglanilla la carretera es la posibilidad de lo que ven en el cine. Situada Minglanilla sobre un gran río, los jóvenes del pueblo viven de espaldas a él. Sólo los viejos, entre los comentarios, deportivos y cinematográficos, hablan de sembrar remolacha y regar las tierras, y de abrir este o el otro pozo, y de planes hidráulicos.

Ahora, en verano, el pueblo vive y se esponja, «...»

A las seis y media no se encuentra una mesa en «California». California es la cafetería de moda en Minglanilla. Su condueño es un joven de Peñaranda, muy espabilado, que sirvió en Madrid en el bar de Chicote, y su aspiración era volver a Peñaranda y establecerse en su pueblo. Pero Peñaranda no es Minglanilla, y además que nadie es profeta en su tierra. En cambio, en Minglanilla encontró un campesino con dos hijas señoritas de carretera. Un campesino que acababa de cambiar, después de la guerra, las viñas por la remolacha y le había ido de perlas... y se asoció con él. A las hijas, que papá se asociase con un ex camarero de Chicote, para abrir una cafetería elegante, les pareció el summum de la distinción.

—Papá, se tiene que llamar «California» la cafetería —le exigieron—. Ahora se lleva mucho para esos establecimientos lo americano.

—Hablaré con Raimundo, a ver lo que dice.

Raimundo, «Rai», como le empezaron a apococar las señoritas de carretera de Minglanilla, dijo que le parecía muy acertado, y el local se abrió con el pomposo nombre de «California».

La inauguración fue algo no visto jamás en Minglanilla. «Rai» se multiplicó con sus invitados, que, aparte de las autoridades eclesiásticas y civiles, fueron lo más selecto de Minglanilla. En Minglanilla no se habló de otra cosa en mucho tiempo... Hubo algún patoso que al día siguiente de la inauguración entró pidiendo un «chato». Y no se le sirvió y se le rogó que no fuese más por allí. Desde entonces se colocó una placa en la puerta:

Reservado el derecho
de
admisión

Como en los grandes clubs ingleses.

La gente baja del pueblo pasaba y miraba a lo zaino, de reojo.

De seis a seis y media era imposible encontrar una mesa en «California». Hacia las siete y media, sí, porque se echaban a la carretera las señoritas.

La carretera era para Minglanilla como un largo suspiro. Por ella se le escapaban a Minglanilla todas sus ansias y todos sus sueños. Las señoritas de Minglanilla se acostaban pensando qué les depararía la carretera al día siguiente...

Y ese directo a Burgos..., ¿cuándo se termina?; mejor dicho, ¿cuándo se inaugura?, porque ya está casi terminado ese directo a Burgos. Esta era la gran zozobra de Minglanilla. Porque si a lo que es Minglanilla ahora, un pueblo moderno con dos iglesias que no se las salta un gitano de bonitas, su carretera a la frontera con Francia, su fábrica de azúcar...; si a esto se añade una estación de ferrocarril, en la que se detengan y por la que crucen resoplantes los grandes expresos europeos..., Minglanilla va a ser algo muy serio.

Son ahora las seis y media y «California» juega a ser una cafetería de la Quinta Avenida.

En una mesa están las dos hijas del dueño con Eduardito, «Dito», y uno de los contables de la fábrica. En Minglanilla la fábrica se entiende que es la de molturar remolacha. «Dito» es un muchacho de buena familia, que no quiso estudiar ni abogado ni médico, como estudiaron sus otros dos hermanos en Valladolid, y estuvo en París especializándose en peinados de señora...

Desde niño salió afeminado y jugaba con sus hermanitas a vestirse de niña y a peinarlas. Su padre tenía la mejor ferretería y tienda de aperos de labranza de Minglanilla... Y era un hombrón áspero y muy rudo y le sacudió más de una y dos palizas al verle venir así. Pero que si quieres... La madre, mujer bonita y lánguida y romántica, le defendía de las brutalidades del padre.

—¿Pero a quién carajo sale este hijo? —rugía el padre cuando le sorprendía jugando con las hermanitas, vestidito de niña y con unos peinados como para comérselo.

La madre, mujer débil y soñadora, hija de un músico desequilibrado que había muerto en el manicomio de Burgos, suspiraba.

—Déjale, que con pegarle nada se arregla; él es dócil y obediente y se aplica en lo que se le manda... ¿Qué otra cosa le vas a pedir a su edad?

«Dito» instintivamente, se acogió a las faldas de la madre. Cuando le llegó la edad de estudiar, hizo el bachillerato en Burgos con gran brillantez; pero llenaba los márgenes de los programas y las páginas de los libros de cabezas de mujer emperifolladas y tentadoras. El deseaba especializarse en París en peluquería de mujer. El padre puso el grito en el techo. Pero al fin venció la suavidad de la madre.

—Pero, ¿qué mal hay en que se ponga al frente de una peluquería de señoras, que, después de todo, puede ser tan bueno o mejor negocio que el de tu ferretería?

—Pero no es de hombres enteros ocuparse de esas cosas.

Sin embargo, la manera de argumentar la mujer fue debilitando su oposición.

—Bueno..., antes de que me volváis loco entre el hijo y tú, haced lo que queráis.

El era hombre muy enamorado de su mujer, que había conseguido hacer de él un hombre presentable..., y pasó, al fin, por que el hijo se trasladase a París para especializarse en su vocación.

La madre de «Dito», doña Eulalia, era una mujer delicada y sensible, que se pasmaba leyendo a los poetas, y tocaba el piano con gran ejecución y gusto, y era su debilidad aquel hijo, que era el último de los que tuvo.

«Dito» era blando, carininfo y afeminado en sus gustos, y le agradaba platicar con las mujeres, pero jamás se le conoció ninguna desviación sexual.

La apertura de su «salón de belleza», como lo tituló, fue el acontecimiento más sonado en Minglanilla en los últimos años. De las tres mujeres que se dedicaban a peinar, dos tuvieron que cerrar.

«Dito», con su aire *blasé,* equívoco y parisiense; sus atildadas y displicentes maneras y su afición de peluquero innovador, fue la gran ilusión de las señoritas de carretera de Minglanilla..., con sus manos palidísimas, lánguidas y aristocráticas y su real desgana...

Todas empezaron por ir a que les tratase su cabeza para, de esa forma, pasar a ocupar su corazón... Pero «Dito» no era para uncirse a nadie, sino para lucir y lozanear señero, como una flor malsana y perversa.

El padre acabó no sólo tolerándole, sino respetándole y hasta admirándole secretamente, sobre todo desde que supo que el «salón» era un gran negocio.

«Quinita», Joaquinita, una de las dos hijas del condueño de «California», es una morenaza que propende a la abundancia, y ése es su torcedor y su angustia. Lleva un régimen de comidas sin féculas ni grasas ni líquidos. Pero, como a los camaleones, la engorda el aire. Es la primera señorita de Minglanilla que se echa a la carretera. La pasea sola o con una criada, hasta en invierno, desafiando los fríos cierzos de Minglanilla por ver de perder peso, pero... Quinita es dueña de una boca de dentadura jugosa y blanca, y unos ojos grandes y retrecheros, y un pelo ondulado que va variando en ondas de diverso color, del negro hasta el azul. Pero es excesivamente pleonámica de pecho y de caderas..., y para tanto soporte son delgadas sus piernas. Ahora, ella lleva con cierto desgarbo torero su abundancia. Su hermanita, más joven, es gris y borrosa, más bien pequeña, sin nada por lo que se le pueda decir: «Vaya usted con Dios». Ella lo sabe y lo percibe cuando pasan los hombres. Y eso la hace ser reservada y malintencionada y envidiosa. Pero junto a la hermana, que arranca centellas de los ojos de los obreros y de los operarios del campo, Anita, «Ita», se coloca a su sombra, como ayudándola, como exaltándola, como siendo su cimbel.

—¿Verdad que es muy guapa y muy hermosa mi hermana? —suele preguntar a los hombres que se acercan a ellas.

Parece resignada a no ser nada, a no figurar en nada, con tal de que su hermosa hermana pase y gane la cucaña del matrimonio con un buen partido.

Con ella está a su mesa Roque Sesúmaga, uno de los contables de la fábrica. Roque es guipuzcoano y goza de buen éxito con las señoritas de Minglanilla... Es alto, correcto, atildado y muy fino y cortés.

Tiene una voz de tenor agradable y en cuanto embarca un par de copas propende a lo orfeónico suave, no a lo grosero...

Es correcto hasta bebiendo, hasta cantando, y canta canciones vascas y americanas; su voz es un delicia. A él, la verdad, es que le gusta «Sansebas», como él dice, no Minglanilla; pero se resigna con elegancia y saca de la vida en Minglanilla lo que buenamente puede. Tiene un hermano mayor que es sacerdote, coadjutor en un pueblo de la ribera del Ebro, que le escribe con frecuencia cartas aconsejándole que no pierda el tiempo y se case y viva como Dios manda... Y una madre, viuda de un capitán de forales, y una hermana, soltera, machucha y birrocha, que vive con la madre. Desde el pueblecillo navarro, el sacerdote gobierna la familia. La madre, mujer muy religiosa, no decide nada sin consultar con él.

—Es un santo ese hijo —suele decir cuando habla de él—. Nunca me dio el menor disgusto.

Y se le enternecen los ojos.

—Si el otro también se hubiese hecho cura..., estaría ahora más tranquila —exclama la mujer.

Pero Roque ama el mundo, sus vanidades, y le entusiasman las mujeres, hasta las «de carretera». Es fuerte, ágil. Tiene una vitalidad que se le derrama desde lo alto de sus veintiocho años; indisimulable, simpática.

Es amigo de «Dito», el peluquero, y le defiende cuando los demás del pueblo y los compañeros de la fábrica dicen que es un «mariconazo».

El suele pegar un puñetazo en la mesa, si están junto a una, o un patadón el suelo, si es al aire libre donde se lo soplan.

—No y no —grita.

—Si no llega a tanto no lo sé, pero no me negarás que es un mariquita.

—Eso sí; pero se nace equivocadamente femenino como se nace rubio o moreno..., y él no tiene la culpa.

—Te advierto que ningún bien te hace su compañía.

—Mis amigos los escojo yo y los tolero yo.

Pero ya nadie le plantea este tema porque saben su opinión y cómo las gasta... Esto fue al principio de llegar de contable a Minglanilla.

—Roque, ¿qué te parece esa rubia exagerada que está en la mesa de Jesús?

Jesusito le llaman en Minglanilla. Roque, solo Roque, le llama *Chus.*

—Esa..., una aspaventera.

—Pero ¿la encuentras guapa o distinguida?

—Tendría que verla de pie y andando.

—Sí..., tienes razón.

—¿Quién es?

—Una sobrina de la señora Luisa, la de la plaza..., la de la tienda de encajes y puntillas.

—¿De dónde es?

—De Valladolid...

Lo de Valladolid lo soltó con una conmiseración traidora, casi tanta conmiseración como cuando decía de algo o de alguien que era de Burgos.

Entonces le caracoleaba en grado máximo el desprecio. Para los de Minglanilla ser de Burgos era lo último. Ni el queso de Burgos, tan rico, lo tomaban en Minglanilla por ser de Burgos. Para los de Minglanilla, Burgos, que era su capital, sólo nombrarla se les desfachataba la boca y se les empapaban los ojos de un desgano irritante. Parecida, aunque no tanto, era la desaborición que les producía Valladolid. En el fondo era snobismo. El snobismo estúpido del quiero y no puedo. Y es que Minglanilla, con su carretera a la frontera y su posible y probable directo Madrid-Burgos..., y sus moscas, no era en el fondo más que una caricatura divertida de gran ciudad.

En esto tuvo un escape la enorme cafetera exprés que presidía, como un obelisco de metal, al fondo de la barra, el recinto.

Todas las señoritas se asustaron.

Era una cafetera barroca, grande, descomunal, con un cimborrio presidido por un Mercurio como el de Juan de Bolonia. En Minglanilla se asegura que los escapes de vapor los improvisaba adrede «Rai» para probar la vitalidad desbordante de su cafetera.

La debilidad de Minglanilla y el deseo y aspiración de Minglanilla es Madrid. Lo de Madrid todo es encantador y maravilloso para Minglanilla, lo mismo sus modas que sus gentes, lo mismo sus costumbres que sus fiestas. Decir que una persona o un traje o una canción son madrileños..., lo da todo hecho. Decir que se viene o se va a Madrid aureola de respeto y de consideración a quien lo pronuncia... En la apreciación no hay más allá si no es París. Y eso es por el cine, la televisión y las revistas, porque en Minglanilla tienen un concepto deplorable de los franceses que pasan y cruzan. Y es que todo gran país tiene sus escurrimbres y sus heces.

La señorita rubia de la mesa de Jesús se acaba de erguir y de levantar y se abate la falda con la mano, y seguida de Jesusito y otra amiga ganan la puerta.

Empieza el desfile. El día es soberbio y a las señoritas de Minglanilla les gana la gran ilusión de la carretera. Todo Minglanilla va a ser dentro de un rato un ir y venir de suspirosas señoritas itinerantes... Van en ringlas de cuatro o cinco, no más, llevando su izquierda, y en cuanto surge un vehículo se pliegan en fila, previsoras... Hablan, comentan y opinan en voz bastante alta, ya que caminan al aire libre. Unas hacia el Sur y otras hacia el Norte. Pero, a la vuelta, siempre se encuentran a la entrada del pueblo, en una placita donde les espera, sentado en su monumento, el hombre que más hizo por Minglanilla: un político del antiguo régimen. Inteligente, honrado y bueno. Durante muchos años fue su cacique. Y qué hubiera sido de Minglanilla sin él. Da grima sólo pensarlo. Nos hemos pasado la vida denostando al caciquismo y qué hubiera sido de los pueblos españoles sin él. Verdad es que los ha habido torpes y logreros y que han ejercido su influencia no en provecho de su distrito o región, sino en beneficio propio..., pero cuando se ha tratado de grandes caciques llegados a los altos puestos de la política, éstos son los menos. Los políticos del viejo régimen, que va de la restauración de Sagunto a la caída de la monarquía, fueron, en general, hombres inteligentes y bien intencionados..., y la mayoría, a pesar de su caciquismo o por su caciquismo, murieron pobres. Pudieron ser equivocados, pero no ladrones... Y ya es hora de que acabemos de echar sobre ellos todas las culpas. Uno de estos hombres beneméritos es el que se sienta en piedra en la placita de Minglanilla.

Don Sixto fue el padre de la región. Sus ideas eran conservadoras. Hombre acomodado por su familia, en vez de aumentar su fortuna, su paternalidad de cacique bien ejercida, le disminuyó su caudal. Hizo las carreteras que pudo por su distrito y, cuando fue ministro de Instrucción Pública, abrió las más escuelas posibles y ayudó con becas y remuneraciones, que muchas veces salían de su bolsillo, por no poder darlas entrada en el presupuesto, a todos los hijos y parientes de las gentes del distrito. Ayudó en su miseria a los pobres hasta donde le fue posible. De él fue la idea del directo Madrid-Burgos, y siendo él ministro empezaron las obras. Hizo cuanto pudo conseguir un pantano para la región y encauzó en su amor al árbol a sus paisanos y amigos hostiles. Su casa estaba siempre abierta en Minglanilla para recibir a todos y oírles. Don Sixto recomendó siempre a sus feligreses y amigos el estudio, el trabajo y el esfuerzo. Fue un padre benéfico para todos ellos. El, lo único que les pedía, cuando llegaban las elecciones, es que le votasen. Sus ideas morales y religiosas eran las de sus vecinos. Y jamás hizo ninguna gran injusticia ni ninguna polacada con los pocos del distrito que no pensaban como él.

El tenía de la política un concepto un tanto pobre de gran familia y él un poco como padre y protector. Pero no debió hacerlo tan mal cuando Minglanilla y su distrito le sacaban diputado desde su primera juventud, y, a su muerte, la consternación entre sus paisanos y amigos y aun entre los pocos enemigos que tuvo, fue enorme. De todos los rincones de la región vinieron a su entierro y funerales. La muerte de don Sixto Fernández de la Puente fue para sus paisanos como un mazazo. Sólo entonces se dieron cuenta de lo que habían perdido. Por suscripción popular le levantaron el monumento en que está sedente, en la patriarcal actitud en que solía recibirles en su casa para escucharles y atenderles cuando pasaba temporadas en Minglanilla.

El monumento se inauguró poco después de muerto con gran pompa.

A los pies del muerto, grabada en la piedra, había esta leyenda:

«A don Sixto Fernández de la Puente y Rodríguez de Duero, sus amigos y paisanos, agradecidos.»

Don Sixto era viudo con una hija. Y a su muerte le sucedió su primer pasante, pues don Sixto era abogado, con bufete en Madrid, y jamás cobró un céntimo a sus paisanos y electores en los numerosísimos pleitos y litigios en que los defendió.

En su pasante, las ideas conservadoras de su jefe y maestro tomaron un matiz agrario..., del partido agrario, que por entonces se fundó con el lema de «abajo el latifundio, entremos por la parcelación».

Se llamaba don Fernando y el tinglado electorero continuó lo mismo. En las siguientes elecciones don Fernando salió por el distrito encasillado por el gobierno. Tuvo un contrincante en la elección, que consiguió muy pocos votos.

Fue de gran efecto entre las fuerzas vivas del distrito el hecho de que poco antes de la elección casase con la señorita Marta, hija mayor del difunto don Sixto... Y todo empezó a marchar como sobre ruedas.

En la segunda convocatoria a diputados se sabía ya que el candidato liberal no tenía nada que hacer. En el distrito estaban contentos..., más que contentos, resignados con él.

Hizo la traída de aguas al pueblo. Y unos juegos florales en los que él fue el mantenedor. Ese día se repartió un rancho caliente a los pobres. Y un coche con un altavoz recorrió todo el distrito y se paraba ante los grupos de palurdos desarrollando algunos trozos del tema del discurso: Justicia-Paz-Amor.

Don Fernando visitaba menos el distrito que don Sixto. Y cuando lo hacía, y pasaba alguna temporada en Minglanilla, recibía con más dificultad que su predecesor... Y les echaba más teatro y altisonancia a las visitas. Eso sí, recibía siempre acompañado de un secretario y una mecanógrafa.

La esposa, doña Marta, heredera de la suavidad y aplacientes maneras de su padre, daba oídos a las señoras y a las mujeres de los pobres y también a los hombres, después de haber sido recibidos por su marido.

Don Fernando era un tanto seco. Y a veces perdía un poco la paciencia ante tanta súplica y tanta petición disparatada. Marta, su mujer, sabía trastear con más suave bondad a sus paisanos... Un cacique a la antigua debe tener algo de río paciente y generoso, de padre fluvial, como lo era el difunto don Sixto. Su pariente era más duro, menos oidor. No le importaban las triquiñuelas, chismes y chismecitos del pueblo y de sus familias, pero tampoco sabía fingir que le interesaban. Don Sixto, como más entrañado en su pueblo, se servía de su gran memoria para nombrar a las gentes por sus nombres. Conocía a todas las familias del distrito...

Cuando alguien llegaba ante él, le preguntaba:

—¿Tú, de quién eres hijo?

El otro, vacilante, respondía:

—De Fulano y Mengana.

Entonces don Sixto le hablaba de su padre y su madre y del día que se casaron, y de sus abuelos..., y de las fiestas y regocijos del pueblo.

Esto enternecía a las gentes.

¡Cómo podrían negarse a votar a quien había jugado en la plaza del pueblo con su padre o había acompañado a su madre de joven en los festejos y en las alegrías...!

Esta cordialidad casera, como de prolongación de una gran familia, la había heredado la hija. Tenía, como su padre, una gran memoria y había nacido, como él, en Minglanilla, y de chica trataba a todas las gentes del pueblo. Era, después de todo, como una pieza del cacicazgo paterno..., y en la vejez fue un poco su mano derecha y su secretaria.

Don Fernando era de Burgos y en la pretenciosa Minglanilla no veían bien a los de Burgos. En parte por ser su capital.

—La catedral está bien..., pero qué le queda si prescindes de la catedral... —susurraban las señoritas de carretera de Minglanilla.

Era de Burgos y no disfrutaba de esa llaneza cordial y bonachona de don Sixto. No tenía esa alma abundante, escuchadora, complaciente, reidora, aconsejadora y prometedora de don Sixto.

Don Sixto tenía siempre cerca de su corazón la gran familia llorona de su distrito... Y nada le agradaba tanto a un cacique a la antigua española como un distrito necesitado y llorón. Distrito que no pide y suplica y limosnea... no es un distrito a la antigua español.

Por eso, cuando murió don Sixto fue como un gigantesco sollozo de toda Minglanilla.

—¿Y qué vamos a hacer sin él? —se preguntaban las gentes ateridas.

Su primer pasante, quien le sucedió, era más avaro. No conocía el nombre de los votantes ni el de las familias.

No tenía para navegar entre las gentes humildes el remo de su enorme memoria, que tanto agradece y calienta al humilde. Don Sixto recorría sus dominios a pie o a caballo y departía con éste o con el otro y bebía con éste o con el de más allá un vaso de vino y le preguntaba a una moza en la fuente por su madre o su padre y le daba recuerdos para ella o él.

Don Fernando, cuando llegaba el momento, lo recorría en automóvil... Y no sabía entrar como don Sixto en las casas de los humildes y en las tabernas. Luego, una vez que llegó a ministro, se envaró y engoló un tantico. Desde entonces iba por el distrito menos y por Minglanilla de pasada; apenas si se detenía una noche.

Don Sixto pasaba lo más del verano en Minglanilla, en la casa donde nació, en el centro del pueblo. Casa que hoy tiene una placa conmemorativa en la fachada. Y recibía y oía a sus partidarios... Y sus gentes se lo agradecían en el alma, porque no hay nada que más le guste al pobre sino que le escuchen en sus cuitas..., aunque luego no se las remedien. Y fue después de ser ministro, varias veces ministro, ministro de todo, porque don Sixto se acoplaba a todas las carteras y a todos los ministerios, cuando más se acercó a los suyos y trataba de remediarles sus males en lo posible...

Don Fernando, ya cuando fue ministro, veraneaba en San Sebastián... y apenas si de paso paraba unas horas en Minglanilla... Y se hacía muy difícil verle. Había que atravesar salas y antesalas.

—Dígame usted lo que quiere —solía recoger un secretario hermético.

—No es como el difunto don Sixto, que era un padre para todos —empiezan a comentar las gentes.

Y es que a veces sana más que un dinero una palabra buena.

Y empezó a tener sus descontentos y sus quejas y fue cuando se hizo cargo del puesto de cacique doña Marta, su esposa. Y mientras se iba él a San Sebastián, ella se quedaba en Minglanilla con pretexto de que, como hipotensa, no le sentaba bien el nivel del mar.

Recibía a las gentes en la misma habitación de su padre, sedente en el mismo sillón que él..., y recorría el pueblo y entraba en las tiendas y en las casas humildes y se enteraba de las angustias y de las necesidades de cada uno. Y cuando podía prometía remediarlas. Con pretexto de una merienda o una visita a una iglesia o ver a una amiga, recorría más tarde todo el distrito recogiendo de labios de las gentes sus necesidades, sus quejas y sus afanes...

Cuando alguien se lamentaba de lo difícil de, ahora, acercarse a su marido, le disculpaba.

—¡Tiene el pobre tanto que hacer! Dígame a mí lo que sea, que yo intercederé por usted.

Y así fue manteniendo para él la presencia y la simpatía de sus votantes.

Hasta que murió de una angina de pecho. Pero de esta muerte repentina del marido supo sacar partido en beneficio de su nombre y de ser la tal manera de acabamiento por lo mucho que se desviviera por la región.

Y fue poco después que sobrevino el 18 de julio y con él la guerra civil.

A doña Marta la sorprendió en Minglanilla en su puesto y en el sillón que había sido de su padre; en el comedor donde él recibía a los suyos campechanamente, delante de una gran vitrina donde hay una placa de plata, homenaje a su marido, y una serie de bandas, cruces y medallones, exaltadores de su difunto padre don Sixto.

Con la guerra civil la mutación fue tan sangrienta y espectacular que todo el distrito se acoquinó y acochinó en los primeros momentos.

Y la peregrinación en busca de ayuda y consejo a casa de doña Marta resultó poco menos que una romería. El párroco, el médico y el juez fueron sus mejores ayudas en los primeros momentos de confusión. Cuando la guerra terminó y se fueron sosegando los ánimos, su prestigio salió impoluto y acrecido. Era la gran cacique que se alzaba con sus nobles virtudes, con su buen criterio, con su consejo sano, con su generosidad y su equilibrado gobierno..., su comprensión, su dulzura, su desinterés y su honradez.

Todo el pueblo se volvió a ella. No se movía un peón por las autoridades, ni se daba un paso en la más modesta familia, sin pensar en doña Marta y sin consultar su opinión.

Su peso y su influencia son decisivos.

Sobre toda Minglanilla gravea su invisible, inconsútil y aleccionadora suavidad.

Ahora recibe los sábados y miércoles por la mañana, de diez en adelante. Habla y aconseja a todos un poco en confesión: renteros y labriegos seguidores de su padre y de su marido, que llegan a consultarle sus penas y disgustos familiares y a pedirle una recomendación para ver de sacar el marido o hermano detenidos, o bien situar al hijo que va soldado, o que aspira a colocarse en Madrid..., o a llorar por el nieto tuberculoso, para quien sólo doña Marta puede conseguir una cama en un sanatorio del Estado... Todo el río de las miserias humanas regionales pasa por el comerdorcito de doña Marta. Ella les oye y les consuela y les atiende y los anima.

—Todo irá bien; todo se arreglará; dejarlo en mis manos les conforta.

Encima de la mesa del comedor hay una máquina de escribir, símbolo de modernidad.

Doña Marta es de estatura regular, delgada. Su cabeza es un tantico grande. Padece una blefaritis que le inflama los párpados y se los muestra caídos. Eso hace que mire a sus amigos de abajo arriba, con un gesto que parece de suficiencia. Pero es la humildad y la bondad y la justicia entre faldas.

Usando una expresión muy en boga para designar a las mujeres de los jefes de Estado, diremos que Doña Marta es la primera dama de Minglanilla. Así lo reconocen todos los altos y bajos. Pero no es ella sola, sino el prestigio de toda su estirpe el que, en los tiempos que corren, se agiganta.

En la calle, cuando sale a dar un paseo, se allegan a tomarle la mano y besársela..., y a su paso se destocan los hombres, respetuosos. Desde las puertas o desde las ventanas, las mujeres la saludan:

—Vaya con Dios, doña Marta.

Las señoritas de carretera tienen a gala ser de la familia de doña Marta, o sus parientes, aunque sea en sexto grado. Sobrina, sobrina carnal, no queda más que una Martita, y una nube de sobrinos segundos o terceros, que lo son o que se lo cuelgan, porque la nobleza, la clase y la distinción, en Minglanilla, está en ser o pertenecer a la familia de nuestra gran señora...

Por eso la vergüenza que vamos a referir, que sonrojó al pueblo en masa, tiene más gravedad.

El pueblo disfruta de un buen plantel de borrachos... y el alcoholismo deriva fácilmente en el gamberrismo. Las guerras, más si son civiles, echan a las playas una ola de jóvenes depravados o resentidos y descontentos. Minglanilla alimenta y hasta mima sujetos de esta catadura. En el pueblo, unos por temor y otros por bailarles el aire, les reían sus gracias chocarreras. Eran pequeñas tremendadas que solían realizar con la complicidad de lo más oscuro y en manada, cuando les echaban al cerrar las tabernas: romper a pedradas los faroles, cantar a la puerta de determinadas casas canciones obscenas; arrojar trapos encendidos o ratas muertas en algunos balcones; llamar a gritos con insultos a determinados señores delante de sus puertas..., etc. Pero no pasaban de ahí y estas gamberradas no eran frecuentes.

Pero la de aquella madrugada, por su entrañable maldad y su deseo de herir a quien más amor merecía del pueblo, desbordó todos los límites.

Los gamberros solían recalar a última hora, sobre todo los sábados y vísperas de fiesta, en la tasca del palentino. «El Pozo» se llamaba el local. «El Pozo» solía cerrarse esos días hacia las tres.

Por allí caía Albertito, «el Carretero». «El Carretero» a secas, porque su padre tenía un negocio de carros y de caballerías.

«El Carretero» rondaba la cuarentena y aún presumía de pollo. Era moreno, alto, desgalichado... y lleno de malas intenciones. Le echaron de la escuela cuando apenas si sabía leer, porque encizañaba a todos los compañeros. Le tuvo su padre en un colegio de frailes de Valladolid y los padres le aconsejaron que no le mandase más. Era malo y dañino desde crío. En cierta ocasión, como una gracia, le puso a su madre bajo la silla donde solía sentarse a dar de mamar a la hija pequeña, un petardo que hizo saltar la silla, a la madre y a la cría.

Su padre le dio tal paliza que tuvieron que atenderle y curarle en la casa de socorro, con heridas de pronóstico reservado.

El juez llamó al padre..., y en el pueblo contaban que cuando le refirió al juez por qué le había pegado, el señor juez le dijo:

—Pues le ha dado usted poco.

—No se apure, que... que ya me dará ocasión para seguir sacudiéndole.

Cuando llegó la guerra se fue al frente. Más que ir al frente a luchar como un jabato, lo que hizo fue meterse en el barullo de la guerra...

—Si le dieran un par de tiritos, tendría un héroe en la familia y me resolvía el problema —solía confesar el padre cuando tenía dos copas—, porque mi hijo es mi hijo, pero esto no quita para que reconozca que es un malvado.

En la retaguardia, donde se mezcló en toda clase de fechorías, le sorprendió la batalla de Brunete, y en los primeros momentos salió huyendo y le alcanzó un tiro en una pierna, un tiro de «huida»..., que le dejó algo cojo.

Más tarde, cuando terminó la contienda y se volvió a Minglanilla, refería mil versiones, cada vez más gloriosas, de su tiro.

«Los que hemos hecho la guerra», solía ser la tranquilla con que empezaba muchas de sus conversaciones...

Era un bocaza y matón, cobarde como todos los matones. Su padre le había arrojado de su casa varias veces... y vivía un poco a salto de lo que sacaba a su madre.

Pues este bigardo, al frente de un grupo de gamberros de su calaña, saliendo de madrugada una noche, borrachos, de «El Pozo», cometió una de las felonías que más había de sonrojar a Minglanilla.

Pero la canallada fue tan repugnante, que mejor será demos al lector un respiro y le dediquemos capítulo aparte.

Aquella noche, la taberna de «El Pozo» florecía más que otras noches de borracheras. Era sábado y bien entrado el verano, estación más propicia a los devaneos alcohólicos para andar luego sudando y meando el vino, enzarzándolo de denuestos y palabrotas hasta las altas horas por las calles del pueblo. Estaban Alberto «el Carretero» y «el Cubanito», un mangante de Cenicero, La Rioja, a quien llamaban en Minglanilla «el Cubanito» por haber estado unas horas, de barco a barco, en La Habana. Era pendenciero tan pronto tenía unos chatos a bordo, que solía ser en cuanto se tiraba de la cama. Pasaba temporadas en Minglanilla vendiendo medias de seda y sostenes con trampa, tabaco rubio y, entre los más acomodados, coñac francés. Solía traer también por encargo tarjetas pornográficas editadas en Marsella y unas píldoras anticoncepcionistas, que empezaba a vender echándole mucho cuento y con mucho sigilo. «El Cubanito» era pequeño, pero bien sacado. Con un diente de oro y un sortijón con una piedra falsa. Usaba zapatitos de tacón alto. Las gentes aseguraban que *tenía que ver* con una gallega dueña de una tienducha de bisutería en un callejón cerca de la plaza, porque cuando estaba en el pueblo no salía de allí y allí guardaba su pacotilla. «El Cubanito» era blando al vino y se entrompaba con facilidad. Ya al primer vaso empezaba a reírse y a chirigotear y a mostrar el diente de oro.

Estaba Martín, «el del bulto», un hombrachón que trabajaba en el campo en una gran finca de regadío que se tendía cerca del pueblo, propiedad de un señorón de Madrid. Le llamaban «el del bulto» porque tenía un lobanillo gigantesco en el cuello. Jugaba muy bien al dominó y ebrio se llevaba todo por delante. Se hallaba un sobrino del alcalde, un chico albino de El Burgo de Osma, muy tímido, que había sido seminarista sólo un año, que admiraba a Martín, «el del bulto», y a «el Carretero», a quienes frecuentaba cuando caía por Minglanilla. Suelto y desanillado era incapaz de oxearse una mosca, pero en cuadrilla con los otros gamberros y con unas copas de más dentro, era capaz de las mayores atrocidades... Pululaban otros muchos que se encontraban en la tasca y salieron todos agavillados cuando el palentino cerró y les echó del local.

Asomaron rugiendo y dando saltos y berridos descompasados.

Esta manera de producirse era en ellos frecuente...; pero cuando llegaron a la placita frente a la estatua sedente del gran hombre público, padre y cacique de Minglanilla, don Sixto Fernández de la Puente, los vio acercarse imperturbable. No en vano estaba en piedra. Pero «el Carretero» era, como se dice vulgarmente, un hombre de malísima leche y gritó a sus compañeros:

—Esperad un momento.

Aquella temporada se movía en la sufrida condescendencia de su padre y por cariñosas presiones maternas le consentía dormir en el local donde tenía las caballerías y los carros de su negocio.

—No os mováis, que en seguida vuelto.

Desapareció para volver al poco tiempo con el collarón de una acémila.

Los amigotes, tumultuosos y risoteros.

Se acercó al gran hombre estatuado y le metió el collarón por la cabeza.

Luego impuso silencio:

—Tú, «so cabrón», dale de hacer pantanos, dale de carreteras, dale de escuelas y más escuelas..., pero no se te ocurrió nunca de hacer un pantano de vino, que es lo que más te hubiéramos agradecido *toos* y que más hubiese *consolao* al pueblo de Minglanilla... Por eso te condecoro con el gran collar que únicamente te merecías... por...

No le permitieron terminar; le alzaron en hombros como a un torero triunfador y le pasearon entre berridos y rebuznos por todo el pueblo...

Don Sixto Fernández de la Puente y Rodríguez de Duero sudaba de coraje por todos los poros de su piedra. Pero, al despertar la gente de Minglanilla y echarse a la calle fue ella. Todos los vecinos, todos, se sintieron ofendidos y vejados, como si el collarón se lo hubiesen colocado a cada uno de ellos. Pero, es curioso, ninguno fue capaz de acercarse a la estatua y retirárselo.

Doña Marta se enteró en seguida por su sobrina Martita.

—Tía, a la estatua del abuelo le han colgado del cuello el collarón de una caballería... Yo misma acabo de verlo y está todo el pueblo contemplándolo.

A don Ciriaco, abogado del Estado y pariente del gran cacique, subió la criada a primera hora para darle la noticia.

—Señor, la estatua del glorioso don Sixto ha aparecido con el collarón de una caballería sobre los hombros... Se sabe quién ha sido el autor: «el Carretero».

—¡¿Qué me dice?!

Se enfureció aparentemente. Pero por dentro pensó: era hora de que ese animal hiciese algo ingenioso... Lo más prudente será no moverse de la cama hasta que se lo retiren.

Y se dio media vuelta.

Martita volvió a la calle después de atender a la tía y, al observar que el collarón seguía rodeando la cabeza, apoyado sobre los egregios hombros de su abuelo, fue decidida a la estatua y se lo retiró.

El pueblo congregado la ovacionó.

Martita, con el gran collarón que pesaba lo suyo, se fue a casa del señor alcalde.

Todo Minglanilla la siguió emocionado.

El señor alcalde se hizo el loco ante aquel collarón y las explicaciones que le daba la nieta del gran hombre público.

De sobra supo en seguida el señor alcalde lo sucedido..., pero decidió seguir en el lecho, como medida prudente.

En el pueblo, sobre todo entre los viejos que conocieron al benéfico hombre público..., y sobre todo entre las mujeres, el encono por la befa hecha a su padre y protector fue subiendo como una marea...

Formóse una enorme manifestación que se dirigió hasta la casa de la hija y la hizo salir al balcón.

Doña Marta, emocionada por tal prueba de cariño hacia su padre y hacia ella, les tranquilizó y les dio las gracias por su desagravio. Pero no paró ahí. Las mujeres, sobre todo las más jóvenes, que no habían conocido al beneficentísimo hombre, pero que por sus abuelas y madres sabían todo el bien que hiciera al pueblo y a la región, se fueron a la cuadra del carretero, derribaron la puerta y sacando al autor de la fechoría, que aún dormía la borrachera, le propinaron tan espantosa paliza que, si no interviene la autoridad, le hubieran liquidado.

Después dieron con «el Cubanito» y le echaron al río y le anunciaron que como volviese al pueblo lo pasaría muy mal.

A la noche, el fermento popular en favor del hombre público, y el odio y el deseo de venganza contra los gamberros —los demás de la pandilla escaparon en seguida—, fue en aumento.

El alcalde, preocupado, puso sobre aviso a la Guardia Civil. Don Ciriaco, abogado del Estado, pariente del vejado, decidió sentirse enfermo y no salir de casa.

Sus amigos, don Andrés, maestro nacional, y el médico, un minglanillense de origen gallego... a quien su madre *le nació* en Minglanilla como le podía haber nacido en otro sitio, estuvieron a verle a media tarde.

Cuando se encararon los tres hombres no pudieron por menos de sonreírse..., muy veladamente, pero se sonrieron.

—Estos libertinos... No sé a qué esperan las autoridades para acabar con ellos... Y cuidado que por esta vez usted sabe la poca simpatía que siento por los políticos, sean del viejo o del nuevo régimen..., pues ellos solos son los culpables del estado de pobreza y atraso del país.

El médico se sonreía pudorosamente. Sabía que don Sixto era pariente de don Ciriaco y sospechaba que la broma de colgarle un collarón de caballería no le apenaba demasiado.

—La verdad es que la gamberrada que se le ha ocurrido a este tipejo, amargado, viscoso y sucio, del carretero, tiene una cierta gracia espesa...

Y el maestro y el médico asintieron.

El médico, don Celso, era hijo de gallegos. Su madre orensana y su padre coruñés. Siendo médico en Minglanilla el padre, nació él.

—*Me nacieron,* como decía Clarín, hijo de asturianos, cuando le nacieron ssu padres en la provincia de Palencia.

—Ese desamor por su tierra nativa no me parece bien —le decía el maestro.

—Qué quiere usted; me apellido Carballo y me siento gallego, y siento mi tierra gallega y no ésta, que me dice muy poco. Esa conjugación de tierra, mar y piedra, que es Galicia, me hace feliz.

—Yo no doy Santiago de Compostela y la bahía de Vigo y la ría de Arosa por toda Castilla la Vieja y la Nueva.

—Mire que entre Castilla la Nueva está Madrid y el Museo del Prado.

—El Museo del Prado, como toda obra de arte auténtico, anda entre el suelo y el cielo y no es de ningún país.

El médico era un enorme aficionado a la buena pintura.

—Y esa solemnidad del páramo castellano...

—Para mí, el color del paisaje ha de ser verde... Y Castilla no tiene verdes... Algún verde pajizo, pálido y pobre... Para mí, el paisaje es del verde jugoso en adelante... Para mí, los colores indecisos, los colores matizados, no me entran, no los percibo. A mí deme verdes, negros, rojos, blancos..., algún azul... En general, colores enteros. Minglanilla, quitando la parroquia, me dice muy poco.

Que pasa el Duero por Minglanilla... Bien... Pero que conste que el río es anterior a Minglanilla, y fue Minglanilla la que se levantó junto al río, no el Duero el que se puso a correr junto a Minglanilla, como creen muchos minglanillenses.

Tenía una teoría sobre Castilla un tanto tendenciosa, que la repetía siempre que venía a qué.

—Yo creo que la mejor tierra la emplearon en hacer adobes con paja y sustancias amoniacales, para que agarrase la tierra al secarse, y sus casas son insalubres y tristes por parecerse a la tierra... En Minglanilla hay muchos tuberculosos y las moscas más inteligentes que he conocido. La mañana se la pasan en la fábrica de azúcar y a la hora de la siesta caen por el hotel, las tabernas, comercios y casas del pueblo y las cuadras..., y es la locura. Topan contra las paredes, aturdidas por su vaho amoniacal, y al anochecer acaban todas locas. Las mujeres lavan las ropas precisamente en el riachuelo donde van a parar todas las deyecciones del pueblo, y los miasmas y microbios le vuelven a uno en las camisas, elásticos y calzoncillos... No... No me gusta este país; aquí no hay esos cielos frecuentemente encapotados y esos verdes veroneses y muy ricos del Norte.

Don Ciriaco le contempla y se sonríe.

Luevo volvía el acaecimiento de la jornada.

—Pienso en el disgusto que se habrá llevado la pobre Marta por la befa hecha a su padre... Creo que fue su sobrina la que se lo comunicó... y fue Martita la que se decidió a retirarle condecoración tan poco propia.

Se sonrió el maestro. Se le veía preocupado y ausente; hoy no tenía ganas de discutir.

—¿Qué le pasa a usted? —le preguntó el abogado.

—Se me ha muerto un compañero y paisano que empezó conmigo los estudios, y he recibido una larga carta de la viuda contándome sus penas y la miseria que le espera, con cinco hijos, y me ha revuelto tantas cosas... ¿Y usted qué tiene?

—Melancolía y desilusión, al ver cómo tratan en este pueblo a los hombres ilustres.

—¡Qué porvenir nos aguarda!

—Usted lo ha dicho —bromeó el médico.

—Pobre del que espere algo de la posteridad en este país.

—Pero hay que trabajar, a pesar de todo, y arrimar el hombro —animó el maestro.

En esto se oyó un bullicio infantil, al mismo tiempo que apezuñaban la puerta.

El abogado, presumiendo lo que le venía encima, suspiró un tenue:

—Adelante.

Se abrió la puerta e irrumpió una mujer ya mayor, rodeada de alborozados chiquillos, que empezaron a trepar por la cama, besuqueantes y molestos.

—¡Hola, tío...!

—¿Qué hay, tío..., qué te pasa?

—¿Otra vez con el hígado a vueltas? —le preguntó la hermana.

—Un pequeño arrechucho —confesó, por decir algo.

La hermana saludó a los visitantes.

—Muy buenas, señora.

Sólo surgir, se habían puesto médico y maestro en pie.

Los sobrinos seguían saltando y enredando y atosigando.

El tío, que no estaba de buen humor, les gritó:

—Estaos quietos o largaos de aquí.

—Hijos, no molestéis al tío —pacificó la madre.

Los dos mayorcitos se pusieron a pedir:

—Danos paga, tío... Porque estés en la cama no vale que dejes de darnos la paga.

—Otro día os la daré —les contestó secamente.

Los chicos insistieron.

—No vale... La paga nos la tienes que dar todos los domingos.

—No le deis más la lata al tío y dejadle en paz...; no veis que está malo... Cuando esté levantado os dará lo que sea.

—Eso..., en cuanto esté en pie —se agarró él.

Los galopines se subían en la cama y se tiraban de ella con aspaventosos gritos.

Se le veía sufrir al tío.

—Lola, llévate estos mocosos por ahí, si no quieres que me levante y les eche a puntapiés.

—Chiquillos, que os estéis quietos.

Cogió a los dos más pequeños y se volvió para irse.

Los dos mayorcitos insistían.

—Anda, tío, danos la paga... Dinos dónde está el dinero y nosotros te lo cogeremos.

—Llévate a éstos también..., y a ver si les educas un poco y les acostumbras a no pedir —le suplica.

—Vosotros, los mayores, que debíais dar ejemplo... ¡Vamos! —les gritó la madre, irritada.

Al fin se largaron todos.

El médico y el maestro asistieron joviales.

—Es una delicia de familia —les confesó cuando se encontraron los tres solos.

—Se queja usted de vicio —le dijo el médico—. ¡Si tuviera siete, como tengo yo!

—Pero son suyos, y éstos son sobrinos, que, en fin de cuentas, es como ser muy poco uno... Si yo me hubiese casado y hubiera tenido hijos, otra cosa hubiese sido mi vida.

—Aún está usted a tiempo.

—No lo crea... Si me caso con la mujer que me corresponde, nada... Y si con joven, seguro..., pero entonces viene la duda de quién puede ser el autor... y bastantes preocupaciones tengo para añadir una de ese tipo.

—Hay que entregarse en brazos del destino y resignarse.

—Pero eso de los sobrinos para los hombres solteros con hermanas fecundas, que tenemos fama de ricos, como yo, es una plaga peor que la de las moscas.

—No se preocupe demasiado y húyalos.

—Eso tendré que hacer.

Se despidieron poco después los dos amigos.

—Un par de días a pescados blancos y agua de Mondariz no le vendrán mal —le recetó el médico.

—Si pasado mañana tengo que ir a Madrid...

—Bueno, querido Ciriaco...

—Adiós.

Quedó solo y malhumorado.

La ropa de la cama delataba una pingüe curva. Era un hombre de cabeza romana, cabeza que se daba bastante en la región, de unos cuarenta y pico años. Con una fortuna de varios millones de duros y una finca soberbia cerca de Minglanilla, donde se escondía del barullo y del asco que le producían la familia, los negocios y la vida. Tenía casa abierta en el pueblo, donde estaba ahora y donde le placía parar, porque él era una mezcla de palurdo desconfiado y de señorito vanidoso...

A los veintitrés años era un mozo con una cabeza muy clara y una memoria potentísima. Había cursado en Valladolid la carrera de Derecho, fácil y brillantemente. Luego se preparó para el número uno de las oposiciones de abogado del Estado. No se preparó para ganar las oposiciones, sino para ganar el número uno de ellas, y hasta que no se encontró en condiciones de ganarlo no se presentó. Desde antes de terminar la carrera pensaba en esas oposiciones y en ese número, y después de una laboriosa e intensísima preparación de varios años fue a ellas y entró con el número uno. Los últimos meses de la oposición, el *sprint* final, fue espantoso. Sacó el número uno, pero por poco le tienen que llevar a un manicomio.

Permaneció descansando una temporada larga en el campo, sin acordarse para nada de que existía la letra impresa..., y poco a poco fue recobrando su natural aplomo y encaje...

Pero en esto entra la criada y le anuncia que la señorita Martita, su sobrina, pregunta si está visible.

—Que pase, que pase.

—¡Hola, gran hombre!

—Quita esa ropa de ahí y siéntate —le ordena.

—Me voy a ir en seguida, no te molestes.

—Me figuro a lo que vienes.

—¿Y qué te parece?

—Te puedes figurar.

—Sabrás que he sido yo, su nieta, quien le ha retirado el collarón... porque nadie se decidía...

—Pero... bueno...

—Sí, luego ha venido la protesta de la gente y el enardecerse de las mujeres hasta darle un palizón al «Carretero» y tirar al «Cubanito» al río y el ir en manifestación de protesta a la casa de tía Marta... y el hacerla salir al balcón... y qué sé yo.

—La reacción de las gentes es curiosa y extraña.

—Sí, porque si vieras cómo está ahora todo el mundo...

Martita se dio cuenta de que al tío no le había importado una papa todo aquello; es más, sospechó que le había regocijado la befa.

—Yo me he enterado ya tarde, estoy con mis males a vueltas; me he enterado tarde, por los amigos, pero puedes figurarte el disgusto que me ha ocasionado.

—Sé todo lo que querías y admirabas a abuelito.

—Me parece una afrenta que todos los de la familia debemos rechazar, tratando de que se haga justicia y se castigue como merecen a esos gamberros, que han dado la nota más incivil que pueda dar un pueblo... Yo, hasta que no se reparen el daño y la ofensa, como minglanillense, estoy avergonzado.

Quiso sentirse ofendido, pero Martita se dio cuenta de que no le salía.

—De haber podido, me hubiera tirado de la cama y hubiese contribuido con las mujeres a apalear y arrojar al río a esos granujas y canallas...

Le contempló con mucha fijeza Martita.

—No te excites demasiado y empeores en tu enfermedad.

El tío Ciriaco vaciló. «Esta chiquilla se las sabe todas y es muy larga», pensó.

Cambió la conversación.

—¿Y qué me dices del nuevo ingeniero que ha llegado a la fábrica?

«Ahora vas a ver», se dijo.

—Es la primera noticia que tengo.

—Es un buen mozo, soltero, hijo de una gran familia de Oviedo y muy rico.

—Cuando estés bueno y te puedas valer, me lo presentarás.

—La verdad es que yo no le conozco y no sé más que lo que he podido cazar, y me extraña que tú, que eres un poco los ojos y los oídos del pueblo, no sepas nada.

—Me siento cada día más apartada de todo... Esta zafiedad y grosería e insulto contra el abuelo... ha acabado de colmar mi medida.

—En los pueblos está uno expuesto a esto... y aún a cosas peores.

—... pero, si en los de la familia no levanta oleadas de indignación...

—Me parece muy digna tu actitud.

—A mí no tanto la tuya.

—Estando enfermo, no sé qué hubiera podido hacer.

—Lo primero, no quedarte acochinado en la cama.

—Te aseguro que si hubiera podido...

—Qué habrá pensado la gente que no te ha visto hoy por ahí, siendo como eres el más significado pariente del vejado.

—Saben que no hace mucho tiempo he estado a punto de morirme de una supuesta cirrosis.

—Y saben otras muchas cosas más.

—¿Qué intentas decir?

—Que te has pasado la vida haciendo bromas y chafalditas sobre el muerto... a pesar de ser de tu familia... o por serlo.

—Algún chistecín inofensivo... ¡Está tan serio sentado en piedra!

—Pero sabes lo torpona que es la gente de este pueblo y cómo lo toma.

—No es para que te pongas ahora así contra mí.

—Si hubieras estado en tu puesto, no.

—¿Y cuál era mi puesto?

—En la calle, si eres un hombre; retirando tú el objeto de la vejación... No que haya tenido que hacerlo una mujer, pues, aparte de ser de la familia, eres el individuo más significado del pueblo.

—Te aseguro que no podía moverme.

—Con el hígado como una plaza de toros me hubiera echado yo a la calle.

Cabizmohíno.

—Bueno..., déjalo ya.

—No lo dejo si no escribes ahora mismo a tía Marta una carta de protesta fervorosa y sentidísima..., nada de frases triviales.

—Pero ahora..., como estoy...

—Te levantas y lo haces. Yo esperaré fuera..., anda.

Cuando vio que hacía ademán de levantarse, abrió la puerta y se retiró.

Don Ciriaco se levantó de muy mal humor y se sentó en un bufete que había junto al balcón.

Intentó ponerse en forma, pero no lo conseguía. La verdad es que le daba cien patadas el glorioso difunto..., pero se impuso al fin y escribió una larga y dolorida carta.

A través de la puerta percibió la impaciencia de la sobrina.

—¿Puedo pasar?

Se coló.

—A ver, dame.

Tomó el pliego y lo leyó.

—Eres un redomado farsante —le propinó—. Además, tú sabes

que todo esto que yo te hago escribir, un poco a la fuerza, es verdad. Abuelito se pasó la vida propugnando una política hidráulica y la necesidad de repoblar los montes y las cabeceras de los ríos. Tú sabes, se lo has oído decir a la tía, que le llamaban Don Pantano, en Madrid. Es decir, que ahora se está haciendo lo que vaticinó él como necesario para salvar al país. Tú habrás leído en sus libros la necesidad de industrializar los productos del campo en el campo mismo, para evitar esta marcha del campo sobre la ciudad que está ocurriendo ahora... Y, sobre todo, después de haber sido dos veces presidente del Consejo de ministros... y tantas veces ministro, dejó al morir la décima parte de la fortuna que heredó de sus padres... Y si vive unos años más dedicado a la política, deja a la familia en la miseria... porque, eso sí, de generoso y de honrado...

—Pero qué me vas a decir *a mí*.

—Pues, entonces..., igualito a los de ahora.

Desconfiadota:

—Dame la carta.

La metió en un sobre e hizo ademán de irse.

—No te puedes figurar cómo se encuentra tía Marta, deshecha. Esta befa con su padre, que se desvivió con el pueblo..., que todo lo dio por él, su dinero y sus desvelos, en fin, su salud, le ha llegado al alma... Ella, tan inteligente y buena, tan desprendida, tan para todos los necesitados y los humildes... Ya ves, precisamente antesdeayer prometió a unos padres campesinos pagar la beca para curas de dos hijos suyos en el seminario de El Burgo de Osma... Cuando, como la dije yo, si ese dinero lo necesitas para ti..., pues anda alcanzada para vivir, con todo ese tinglado que ha montado para continuar la obra de su padre y de su marido... Y el pueblo le contesta con esta coz de hoy.

—Minglanilla no son esos tres o cuatro bigardos presidiables.

—No, no intentes disculpar al pueblo..., que muchos del pueblo y tú, con tus chilindrinas y chistecitos..., en parte por adular a los de ahora, habéis creado el clima propicio para esa vejación..., vosotros, y nadie más que vosotros.

—Yo, ¡pobre de mí!

—Sí, tú, tan inteligentazo, y otros como tú, que estáis de vuelta de todo.

—No lo creas.

—Bueno, a ver si ese hígado cede en sus amagos y se te ve pronto por la calle... Bien es verdad que para dar a esa enfermedad cierta verosimilitud, yo no saldría...

—¿Tú crees?

Se volvió.

—Bueno, adiós..., adiós.

Se retiró con la carta.

Don Ciriaco quedó perplejo. «Es un torbellino», pensó. «¡Pero cómo me conoce...!

Martita llegó a casa de la tía y entró.

La halló acostada, llorando.

—Se encamó sin cenar; no quiso tomar nada —le dijo la vieja sirvienta.

—Tiíta, guapa..., no te pongas así, mujer, viste la reacción que tuvo el pueblo entero en seguida, frente a la fechoría de esos malnacidos y el castigo ejemplar que les ha dado... Además, escucha: los que más te pueden importar a ti..., los más significados e inteligentes del pueblo, el señor maestro, el médico, el párroco..., los he encontrado esta mañana en la calle y estaban avergonzados e irritadísimos... Y tío Ciriaco, tú sabes bien lo que pesa en el pueblo... y en todo el distrito..., pues vengo de su casa, donde está el pobre que no se puede mover desde hace unos días, con el hígado como el puente de piedra de duro..., pues, en cuanto me ha visto, se ha tirado de la cama, a pesar de sus dolores, y me ha escrito esta carta para ti... Lloraba de coraje, como un chiquillo, mientras la escribía... Ten.

Se la tendió.

Intentó leerla, pero con las lágrimas no podía.

—Dame que te la lea yo.

Se emocionó más.

—No sigas..., por la Virgen..., no sigas...

Se contemplan.

—Ciriaco, que es tan inteligente, siempre le quiso y le admiró mucho a papá..., y él le correspondía. Recuerdo haberle oído muchas veces: «Este Ciriaquito irá lejos...».

—Y tan lejos que ha ido; ha hecho un fortunón con estos del nuevo régimen... No se ha andado por las ramas, ha ido derecho al tronco...

—Son otros... estos tiempos.

—Es el único rico de verdad de la familia. El abuelo y tío Fernando y tú bien habéis hecho el primo...; ya ves, luego, la gente lo que agradece... ¡Qué asco de chusma!

—Calla, niña, que el bien hay que hacerlo sin pensar en la recompensa y en el agradecimiento... y, aunque no los tenga, ése es su mejor contraste, por eso es el bien. El Señor, que todo lo conduce, nos da, de cuando en cuando, una rebotada de éstas, para que no nos abandonemos a nuestra vanidad. Si el Señor hubiera descargado sobre mí, nada me importaría..., pero ha sido sobre mi padre y sobre la obra de mi padre, que yo en mi amor de hija creía perfecta..., y ya ves...

—Bueno, tiíta, preciosa..., anda, mujer, que si sigues así se van a salir con la suya esos animalotes... Y hablando de otra cosa, tengo la mar de novedaes que contarte. Me presentaron ayer al nuevo in-

geniero de la fábrica, que es un sol. Estuvo conmigo atentísimo...
El ya sabe quién eres tú y que yo soy la única sobrina tuya auténtica y sabe de las sobrinas con aleación, de las falsas sobrinas que
pululan por ahí... En la fábrica los compañeros le han debido infor-
mar, porque en los primeros momentos yo le noté muy reservón...,
pero ayer estuvo conmigo amabilísimo y hasta chancero... Luego, él
es tan mono, tan bien sacadito, tan atildado...; es un bombón, tía,
un bombón.

—No seas loca, hija... ¿Por qué eres tan loca? No olvides que
con los hombres hay que darse a valer y ser discreta y prudente
y no patentizarles esté una por sus hechuras, porque estarás perdida
si se lo das a entender; que la dificultad y no la facilidad es siempre
el mejor acicate... No olvides que tienes un nombre con una tradición limpia y que te debes a los tuyos y a tu casta..., hoy más que
nunca, en que todos los principios morales están amenazados. Tú
misma esta mañana tuviste que cortar la felonía impetrada en quien
a todos nos representa y es gloria y luz de nuestro linaje y nuestra casa...

Doña Marta tenía el defectillo de encumbrarse un tantico, pero
si algún día estaba justificado era hoy.

—Hablaremos de este asturianín con más calma en otro momento... Tú ahora descansa y no pienses más que en tu tranquilidad
y sosiego, y no olvides que en estos momentos, salvo los gamberro-
tes que hicieron la fechoría, y aun ellos mismos, sé que están arre-
pentidos; todo Minglanilla y todo el distrito están contigo y sienten
en su propio orgullo la afrenta.

—Eres muy buena, sobrina, y si ese joven ingeniero es un sol,
como tú dices, mucho me alegraría que pusiese los ojos en ti con
amor y santos propósitos.

—Amén —dijo la sobrina, zumbona.

—Eres un diablillo.

—Bueno, a ver si te alegras... Prométeme alegrar esa cara...
Ahora, hasta mañana...

La dio un beso y salió emocionada del cuarto.

Tenía ganas de echarse a la calle don Ciriaco pues había de dar
unas órdenes y ver unas labores en la finca, y aunque empezara sus
vacaciones le convenía darse una vuelta por Madrid. Pero el contratiempo de su viejo y glorioso pariente le retuvo un par de días sin
dejarse ver.

Después de vestirse buscó por la alcoba un rato su varita.

Don Ciriaco, cuando anda por el pueblo, va siempre destocado,
a no ser que llueva, en cuyo caso se encasqueta una boina, y lleva

siempre una varita. Esta varita, que ahora busca por su cuarto, suele ser de fresno o de avellano.

Al fin, la sirvienta llega con ella.

—La había olvidado en el comedor.

La varita de don Ciriaco es el símbolo de su autoridad y renombre en el pueblo, ya que, hoy por hoy, es el hombre más importante nacido en Minglanilla. Con ella juega un poco a palurdo en el pueblo. Con ella se sacude las perneras. Con ella golpea suavemente las mesas... y en el hombro a los paisanos y a los amigos.

Siempre que se para con alguien conocido y aun no conocido, la apoya, campechanote, en el hombro del prójimo.

Cuando se mete en las tascas del pueblo y se sienta..., don Ciriaco, tal vez porque se cansa, dada su corpulencia, o porque no le place alternar de pie, se sienta siempre que bebe.

Llega y se acomoda y nunca pide nada. Pero el tabernero le sirve en seguida un chiquito de vino tinto, si es antes de comer o antes de cenar... Y una copa de coñac, si es después de comer o después de cenar. Mientras bebe, se mete la varita entre el zapato y el calcetín o la tiene al alcance de la otra mano. Cuando la olvida en algún sitio, las gentes del pueblo, respetuosas, se la guardan como si hubiese olvidado o perdido la cartera. Todos los hombres que frecuentan las tabernas o los bares la conocen: es la varita de don Ciriaco.

El pasa un mal rato hasta que la encuentra o se la devuelven, pues es el símbolo del prestigio y del mando en el pueblo, y antes dicen que la usaba don Sixto, el de la estatua.

Cuando está en el pueblo, don Ciriaco bebe bastante... Sólo se le nota cuando está muy cargado, porque olvida la varita con más frecuencia. Pero entonces, el muy pícaro, la suele olvidar adrede, y cuando se la devuelven se llena de vanagloria e invita a tomar un chato al que se la devuelve, y aunque sea un aguado feroz, se lo obliga a tomar... Y no hay más remedio, pues menuda se la armaría al que no aceptase en esos momentos un chiquito de don Ciriaco.

La varita de don Ciriaco la conocen ya... hasta las mujeres. Hubo uno en el pueblo que empezó a entrar en bares y tabernas con una varita así, pero los taberneros y dueños de bares le llamaron en seguida al orden.

—Con una varita así, como la de don Ciriaco, nosotros no podemos servirle, le suplicamos que cuando entre aquí la deje, mientras bebe, en la puerta.

Y no tuvo más remedio que resignarse.

Don Ciriaco, cuando supo que el de la otra varita cedía, respiró vanidoso.

Es curioso, pero don Ciriaco es un dipsómano que no bebe más que en las tabernas y bares. En casa, con la comida, bebe agua corriente y cuando, por su cargo y relaciones, come en Madrid con gentes más o menos importantes, bebe lo mismo, sólo agua. A veces se estira y bebe Vichy catalán..., pero no pasa de ahí. Ahora, después del último arrechucho, ante los razonamientos de los médicos y el peligro y miedo de morir, bebe ya poquísimo. Parece hecho para él el verso del poeta:

Ya no bebo lo que dicen que bebía.

Ahora, sin alcohol, es otro hombre: caído, tristón, violento, impulsivo y melancólico. Una desilusión inmensa le desarbola. El morapio le mantenía en forma, por lo menos aparentemente.

—Mire, usted, que sin alcohol no puedo vivir —se queja al médico.

—Pues con él, en el estado en que tiene usted ya el hígado, tampoco. De modo que si se quiere morir, muérase.

—Pero es que no puedo trabajar.

—No trabaje.

—Pero es que si no trabajo me muero también.

—De todas formas ha de morirse, pero por humanidad y para bien de usted, tratemos de que sea lo más tarde posible.

Refunfuñaba y se iba.

Y es ahora, sin la leche del alcohol, que se siente viejo de verdad y se eriza de manías.

Las dos hermanas que vivían casadas en el pueblo, le echan los sobrinos en oleadas.

Y esto le irrita hasta el paroxismo.

«Por qué no me casaría a su tiempo y, en vez de sobrinos mordisqueadores, tendría una mujer e hijos que me cuidasen con un poco de desinterés..., si es que el desinterés existe, sobre todo cuando el padre es millonario de duros», piensa.

Su vida, ahora, sin alcohol, sin hijos, con millones y con preocupaciones, es un laberinto sin salida.

«Y pensar que de esta situación mía tengo la culpa yo...»

Como no puede beber, que era su distracción favorita en el pueblo, coge el coche y se presenta en Madrid, entra en un bar y pide una naranjada. La bebe y se siente descompuesto.

Vuelve otra vez a cavilar: «Quién me manda *a mí* tomar estas porquerías.»

La verdad, es un ser desgraciado, ya que no está de acuerdo con la existencia que lleva...

Cuando sacó el número uno de su oposición tuvo una temporada de gozosa felicidad. Y es que aún era un muchacho ingenuo. El Estado, a cuyo servicio entraba, le parecía un ser maltratado y expoliado por todos sus ciudadanos. Y él, con su candidez de neófito, se hizo el propósito de servirle y defenderle a punta de ley. ¡Pobre

Estado español, para él son todas las culpas y sobre él se ciernen todos los atropellos, despojos y cohechos! Representa la civilización, el progreso y la vida moderna... ¿Y con qué mantener una entidad física de más de medio millón de kilómetros cuadrados, en forma y vistosidad ilimitada, con todas las defensas de los códigos, el artilugio de las leyes y el entramado de Derecho de un país, con andadura de nación culta, progresiva y urbana? Así, mientras todos se acogen a su defensa y amparo, todos son a saquearlo y burlarlo, negándole y robándole lo que es de estricta necesidad para su existencia y protección. Miles de millones de pesetas anualmente defrauda el ciudadano español a su Estado. Y es un Estado pobre, de una economía miserable.

El llegaba a servir al Estado, a su Estado, que le había elegido como el más preparado servidor, con los propósitos de un arcángel vengador.

Cuando por vez primera pisó las oficinas del Estado y, presentado a sus jefes, le fue designada la labor en la que emplear su preparación técnica y sus fuerzas, se sintió desfallecer de goce. Decidió llevarlo todo con una severidad y un desnudo sentido de justicia. «El dar a cada uno lo suyo» fue en los primeros momentos su norma obsesiva. Estudiaba los asuntos que le sometían con entrañable amor y desinterés. Todo el tiempo le parecía poco para su trabajo. Los códigos y libros de hermenéutica y el articulado de leyes españolas y extranjeras insuficientes para su consulta. Era feliz en su tarea. Se encontraba gozoso inmerso en ella. Su labor era su satisfacción... Sentirse dichoso. Encontraba que aquélla era su vocación... Resolvió con verdadera pericia un asunto delicado y complejísimo de liquidación de impuestos, y el jefe le felicitó y animó a seguir adelante. Tenía un fervor de novicio en la resolución de sus consultas y esto, aparte de su enorme preparación y competencia, era lo que más satisfacía a sus jefes.

—Cómo se conoce que eres nuevo y número uno... ya te cansarás y resolverás tus pegas para salir del paso —le soltó un día un compañero ya viejo.

—Es que tengo vocación de abogado, me entusiasma la carrera y me subyuga la resolución acertada de cualquier tema de Derecho.

—¿Por qué no abres un bufete, solo o con un compañero, y así lo mejor de tu esfuerzo y de tu preparación te serviría para aumentar tus ingresos, que nunca son bastante para un hombre soltero... en este Madrid?

—El que tuviera un bufete abierto no es óbice para que siguiese dándole a mi labor de abogado del Estado con el mismo entusiasmo y fervor.

En cuanto se dieron cuenta los compañeros de su ilusión por la carrera, le fueron pasando a él muchos de sus trabajos.

Otras veces, con la disculpa de consultarle cómo resolvería él aquel asunto, se lo daba resuelto o ponía a los compañeros en el mejor camino.

Así, dentro del cuerpo de abogados del Estado se fue labrando un gran prestigio de competencia y probidad. Como no le fueran suficientes las horas de oficina por la mañana en el Ministerio se llevaba el trabajo a casa para seguir a la tarde y a la noche su estudio.

Redactaba con una gran claridad y elegancia, y como su competencia y preparación eran exhaustivas, sus escritos daban una enorme impresión de sencillez y de facilidad. No era orador ni escritor brillante, pero dado su dominio de las materias sus alegatos eran de una densidad abrasadora y convincente. No dejaba resquicio ni escapatoria. Su razonamiento, cuando echaba a andar, era una máquina complicada y sutil, pertrecha de engranajes y ruedecillas. Su contundencia resultaba insoslayable.

Su fama empezó a extenderse, primero entre los compañeros, más tarde entre el círculo de los grandes contribuyentes y de los hombres de negocios.

A raíz de ganar sus oposiciones, había muerto su pariente don Sixto, que vivía ya retirado de su política, rodeado del prestigio, amor y devoción de sus paisanos, cuyo distrito representó y mimó tantos años.

Poco después su hija Marta casaba con su pasante y secretario Fernando Mendaro, hombre brillante y petulante y ambicioso.

A Ciriaco le era profundamente antipático el nuevo pariente, que vino a sustituir a su suegro en su puesto de diputado por el distrito y a recoger, aunque menguada, su influencia.

Ciriaco le tenía por un hombre voltario y superficial. Capaz de todo con tal de llegar a ministro, como así fue. Cuando murió, lo hizo prematuramente, pues apenas si alcanzó los cincuenta años. A Ciriaco, que era abogado del Estado prestigiosísimo, le fue ofrecida el acta del distrito por sus paisanos... Con el beneplácito de Marta, ya que así seguía la tradición familiar.

—Por Dios, Marta..., por Dios; no quiero líos —y braceaba intentando arrojar lejos de sí tal cargo—. Pero qué mal os he hecho para que me vengáis con menuda pejiguera.

—Pero cómo va a echar la familia por tierra un puesto que es un verdadero sacerdocio y que nos viene desde mi bisabuelo, alcanzando con mi padre, justo es decirlo, su máximo esplendor... para que ahora..., porque yo soy una mujer...

—Preséntate tú y toma las riendas de cargo tan complejo y delicado, como es ser la cabeza, para el bien o para el mal, de toda una región.

—Pero no es costumbre aún en España que una mujer de mi clase y condición vaya a las Cortes representando un distrito, porque lo que se puede hacer desde casa y desde el pueblo sabes que lo haré, y estoy dispuesta a echar sobre mis hombros por la gente de mi región todos los trabajos, cruces y sinsabores anejos a una madre...

A Ciriaco le hacía mucha gracia la retórica un tanto enfática heredada por Marta de su padre.

Al fin encontraron un médico joven de Minglanilla con grandes dotes de persuasión y de simpatía, que llevaba varios años de médico titular en Peñaranda y que se entendió muy bien con doña Marta.

Y no molestaron más al abogado del Estado. A pesar de su negativa a ocupar cargos políticos, Ciriaco era hombre vanidoso y con amor de figurar y de ser conocido.

Pero era su vanidad un tanto corta y cazurra. Le gustaba pasar entre los del pueblo y el distrito como un superdotado misterioso y enigmático. Ese mismo afán de destocarse y armarse de la varita y andar por los bares y tascas y las calles del pueblo, como en su salsa, era un matiz de su vanidad.

Cuando empezaron a devolverle sus primeras varitas perdidas, fue feliz. Porque con pretensiones de varita hubo otros. Que todos los pueblos tienen el pretencioso que más o el que menos.

En Minglanilla tenía la casa de sus padres, en la que vivió solo cuando se le fueron casando las cinco hermanas. Cinco grandes y fecundas hermanas que le llenaron de molestosos y chirriantes sobrinos. Lo que él llamaba despectivamente «la sobrinada».

En Minglanilla quedaron viviendo Lola y Amalia, casadas con dos chicos de Burgos. Lola tuvo pronto vástagos y Amalia, cinco. En Burgo de Osma vivía su hermana Alfonsa, casada con un fabricante de ladrillos, de Soria, que luego fue secretario del Ayuntamiento de Burgos, con siete hijas, todas mujeres. En Madrid vivían Rosarito, casada con un apoderado de Banco, con nueve hijos, cinco mujeres y cuatro varones, y Purita, casada con un empleado del Ayuntamiento, muy buen mozo, que luego fue a vivir a Valladolid y que era la que se encontraba en peor situación económica, por lo que le enviaba frecuentemente a casa del hermano, a Minglanilla, una pareja de sobrinos o sobrinas, a que estuvieran una temporada acompañando al tío.

El tío era un redomado hipócrita y, salvo en lo de beber, que comenzó desde muy joven, como todos los señoritos del pueblo, y que ya de mayor no tenía porqué ocultarlo, en lo de las hembras placenteras a las que se echó, una vez establecido en Madrid, lo llevaba muy a lo somormujo.

Sin embargo, en lo de beber, a pesar de frecuentar los bares y tabernas del pueblo, cuando estaba en él, lo hacía con una cautela especial. En los locales públicos bebía vino tinto y alguna copa de aguardiente, después de comilonas con amigos. Pero cuando comía en casa solo o en Madrid con compañeros o clientes, cuando ya se decidió a abrir bufete, no bebía más que agua.

Cuando, ya mayor, tuvo un comienzo de cirrosis de origen alcohólico, fue una sorpresa para muchos. Pero en lo de las mujeres jamás se supo nada. En el pueblo se limitaba a mirarlas con más o menos salacidad, según el estado de su organismo.

Don Ciriaco era un hombre corpulento, grandote y sensual. Cabeza redonda, ojos grandes, inteligentes y rápidos de mirada, nariz corta, orejas muy pegadas y no grandes. Dentadura fuerte, de color trabajado por la nicotina.

Fue un mujeriego tremendo: nada de intentar enamorarlas. Tenía en un cuadernito, que llevaba siempre consigo, el nombre, las señas, el teléfono y las horas, para poder abordar a las más hermosas, y caras profesionales de Madrid.

Los nombres estaban escritos en masculino por si el vademecum caía en otras manos o lo olvidaba y a la sirvienta se le ocurría curiosearlo. Tenía también los teléfonos de las tres más importantes alcahuetas. En este particular, no se privaba de nada y era generoso. Las mujeres, por lo menos económicamente, quedaban satisfechas de él.

No era un don Juan, sino un gozador frenético. Al lado de sus vicios y expansiones personales le florecían otras preocupaciones. Tenía una gran fe en el porvenir de los negocios hidroeléctricos en España y le placía, de cuando en cuando, comprar un paquete de acciones.

Abrió una casita en Madrid y trajo una mujer del pueblo para que se la atendiese. Pero como no querría perder el contacto con su tierra, aprendió a conducir y se compró un coche pequeño... Y como entre el sueldo y sus rentas no le llegaba para todo, se instaló de abogado asociándose a un compañero. Así, cuando él estaba en Minglanilla, se turnaban y siempre se hallaban dispuestos a recibir importantes clientes.

Para entonces se había desbravado como abogado al servicio del Estado y tenía ya de la vida y del comercio humano un concepto un tantico deprimente.

Necesitaba ganar más de lo que le pagaba el asendereado Estado español, pero había de ganarlo con limpieza. No era un hombre de tipo venal ni proclive al negociejo sucio. Tenía una buena formación moral aprendida entre los suyos, gentes sobrias, trabajadoras y de conciencia recta. Así habían sido sus padres, sus abuelos y todos sus mayores.

Le molestaban los sobrinos como seres infantiles y como ruidosas y veleidosas criaturas... y no lo disimulaba.

—Los niños me revientan —era su frase.

Con sus hermanas, desde que se casaron y él fue ya abogado del Estado, se constituyó como cabeza de la familia y jamás dejó de acudir a sus solicitaciones cuando tenían un apuro, pues todas, una vez casadas, empezaron a llenarse alegremente de hijos, y ninguna matrimonió con varón rico ni de grandes ganancias.

Por eso se decidió a abrir bufete, en el que pronto tuvieron gran clientela, dada su fama y su competencia. El socio era un abogado machacón, muy laborioso y con experiencia de la carrera. Ciriaco era quien le preparaba y desmenuzaba los asuntos y se los planteaba. Hombre casado, de prole numerosa, no le bastaba, ni mucho menos, con el sueldo del Estado, para sacar adelante con holgura su familia, en el medio madrileño...

Y en estos ires y venires, cayó la monarquía de Alfonso XIII. Con el deshacimiento republicano, don Ciriaco, como le llamaba ya todo Minglanilla a pesar de su juventud, como hombre de Derecho y de orden que era, se llenó de pavor.

El día de la marcha de la familia real, cuando él no se lo explicaba ni leyéndolo en los periódicos, como acaeció tan precipitado derrumbamiento, se encontró con tres sobrinos en su casa de Minglanilla. Dos chicas gemelas que le enviara Purita de Valladolid y un chico de Rosarito, que se lo endilgó su hermana en Madrid.

—Anda, llévatelo unos días contigo, para que te haga compañía, que aquí no me deja en paz a sus hermanas —le había pedido Rosarito, al mismo tiempo que se lo metía en el coche.

—Pero si yo lo que necesito es soledad y no compañía cuando voy al pueblo.

—Pues mándale con sus primos para que no te moleste, pero quítamelo de aquí, que es un demonio.

No le iba a tirar a la carretera, y se le llevó.

En aquel momento armaba una tremolina con sus primitas.

Salió en el instante en que arrastraba por el suelo a una de las primas y a punto estuvo de soltarle un puntapié, pero se contuvo, el tío, y contentóse con darle un moquete.

Dejó a los tres críos con la vieja criada y se largó a ver a Marta, su parienta.

La casa de doña Marta estaba colmada por los más conspicuos monárquicos de Minglanilla, ateridos todos y despavoridos.

Estaba Romualda y su hermano Olimpio, que se quejaba de no haberlo sabido antes para haber ido a despedir a su amigo Alfonso a Cartagena.

Romualda se lamentaba:

—Pero ¿es que una monarquía, con todo lo que supone, se puede disolver así, de la noche a la mañana, como un azucarillo en el agua?

—Pues ya ve usted, Romualda.

Sentada en un sillón lloraba a moco tendido, sin decir nada, una señora voluminosa y setentona, presidenta de la Conferencia de San Vicente de Paúl. Otra señora, doña Luz, cuyas fincas venían de la desamortización de Mendizábal y que, a pesar de lo que denostaba todos los días a los borrachos del pueblo, seguía con sus viñas en sus secanos.

—Pero si te molesta que beban tanto, ¿por qué no cambias sus cultivos? —le solía indicar doña Marta.

—¡Ay, hija, el negocio es el negocio! —rugía, levantando el pecho.

Ahora lloraba desolada la caída de tan firme baluarte contra la revolución.

En pie, temblando, miraban a doña Marta tres tenderos consternados, pidiéndole consejo y ayuda.

—¿Y qué va a ser del comercio? —tembloreaba uno de ellos, viejo y calvo.

—Y de la industria y del país..., y de la religión... —completó doña Marta.

—Y del negocio de hotelería... ¿O es que ustedes creen que un país puede vivir sin hoteles?

«Sin esa cochambre del suyo, sí», pensó don Ciriaco, pero no lo dijo.

—¡Y qué va a ser de nosotros! —se quejó el grandullón de Olimpio.

Y realmente, contemplando su corpachón, su lamentación resultaba grotesca.

El párroco, que asistía en pie, en silencio, hizo encontradiza su mirada con la del abogado del Estado.

Del uno al otro fue una mueca de labios escéptica.

En esto se abrió la puerta del comedor, donde estaban todos, y asomó la jeta, alegre y rubicunda, de Amadeo, el sacristán.

—Señor cura..., señor cura..., un bautizo... Nos espera un bautizo.

Se alzó en su asiento la terrateniente llorosa y acercándose a don Ciriaco inquirió:

—Y usted..., ¿qué cree?..., ¿nos salvaremos?

—Mientras haya nacimientos, señora, monarquía..., república..., revolución..., el caos..., en fin, todo tiene solución y de todo nos salvaremos... Ahora, el día que eso pare... Pero tranquilícese usted.

Salieron el señor párroco y el sacristán.

Don Ciriaco, después de saludar a su pariente y dejar un: «adiós, señoras y señores», para los demás, tomó escaleras abajo.

—La familia real ha pasado hace un rato, la he visto yo... Iban con las cortinillas echadas —contaba Olimpio.

Don Ciriaco, seriote, nada opuso.

—¿Qué será de nosotros y del negocio?... Ustedes saben que nosotros éramos proveedores reales.

—Pues no lo diga fuera de aquí —le recomendó doña Marta.

Don Ciriaco descendió por la escalera. Ya en el portal se dio cuenta de que había olvidado su varita.

Subió por ella. Ahora más que nunca la necesitaba.

Se fue solo a dar un paseo hacia el río. Quería despejar su cabeza. Los últimos atropellados acontecimientos le habían traído una embarullada confusión. «Esto va a ser un poco el sálvese quien pueda. Ahora que yo había dado de lado ciertos prejuicios y me había puesto a ganar dinero con el bufete y algunas jugadas afortunadas de Bolsa... Precisamente en el momento en que más lo necesito... Esto será el caos a dos o tres años vista y sólo Dios sabe en qué desembocará...»

Se hallaba muy nervioso y sacudía con la varita a diestra y siniestra.

Todo lo que vino y lo que acaeció hasta que se vio otra vez en su despacho de abogado del Estado, en el Ministerio de Hacienda, después de la guerra civil, no lo pudo ni soñar. Sólo supo que era otro hombre, con otra sensibilidad y otra conciencia de las cosas. Ahora todo le importaba un pitoche. Era tan brutal y pavoroso el cambio. Pero no sólo él era otro hombre, todos los seres inteligentes y sensibles que habían salvado con vida esta angustiosa y demoledora zanja de nuestra guerra civil, sin dejar de ser los mismos, eran otros. Todo cambiaba. Moral, costumbres, maneras. Lo único de verdad importante era sobrevivir de tanto horror, y él había sobrevivido. Qué más podía desear. El tomar una cosa con las manos, el hecho de respirar, la acción de pisar y caminar. La simple emisión de la voz, lo puramente vegetativo y animal. En fin, el sencillo milagro de vivir, de beber un vaso de agua fresca, ¡qué estupenda delicia! ... Pero por qué recuerda él todo esto en el año mil novecientos cincuenta y..., delante de una *inmunda* naranjada.

Llama al camarero:

—Pero qué mal llamado jugo de naranja me ha traído usted aquí, que está fabricado con un jarabe hediondo...

—Es lo que nos mandan los fabricantes, señor... Nosotros servimos lo que...

—Basta... Tráigame un limón natural, pero que le vea yo exprimir aquí el limón, en mi presencia.

El pobre mozo se enredó en explicaciones y volvió en seguida con el limón y el agua.

Todo empezó a rodar de otra manera; lo recuerda ahora. Siempre habíamos vivido los españoles defraudando al Estado. Cuanto más pobre es un país, más es un puerto de arrebatacapas. Proverbial ha sido el desbarajuste administrativo español. La Iglesia misma ha hecho la vista gorda a esta falta, que jamás ha considerado empecatada.

Económicamente empezó a pasar por momentos graves, después de la guera. A él le cogió en Madrid el 18 de julio, pero pudo escapar pronto. Las hermanas, que estaban de este lado, todas menos Rosarito, de la que tenía él tres hijos pasando el verano en su casa de Minglanilla, cayeron sobre él. Y qué le iba a hacer. Era el único hermano responsable. Pero él vivía en abril del 39. Que eso era lo importante, aunque con una gran deuda.

Volvió a su trabajo un tanto desazonado.

El Estado yacía en puro escombro. Y de las ruinas empezaron en seguida a brotar lo que brota siempre de las ruinas, ratas en forma de ladrones y forajidos. Un Estado por tierra es blanco de todas las condicias. Todo estaba entonces por levantar y por poner en marcha. Era el gran momento de los aventureros, de los gángsteres audaces, de los fuertes sin moral, de los sin conciencia..., de los quinquis de las finanzas.

La defraudación al Estado era espantosa. Pero ¿es que existía Estado en los primeros momentos? Sus mismos valedores habían perdido la fe en el Estado y en ellos mismos. En sus servicios al Estado observó que cada cual atendía a su juego. Los grandes banqueros y los hombres de negocios campaban a sus anchas pagando modestas primas a los que tenían la obligación de denunciarles. Dentro de sus fechorías y pingües ganancias, les resultaba un silencio bastante barato.

Su compañero de bufete había muerto asesinado.

Pagadas sus deudas y las de sus hermanas...

—Pero bueno, tenéis un marido; yo no me he casado con vosotras —les aulló un día, desesperado.

Pero en lo hondo, Ciriaco tenía un entrañable sentido familiar y quería a sus hermanas, y se consideraba jefe y un poco padre de su familia y, antes de verlas llorar, cargadas de maridos pobres y no muy útles y de abundantísimos hijos, pagaba todo y recomendaba y se preocupaba de los sobrinos.

Tenía un zozobrante sentido de su clan familiar.

—Tú verás; yo no tengo más de lo que gana mi marido, que, como tú sabes, es poquísimo, y tengo nueve hijos y no tengo más que trampas y empiezan a no venderme en las tiendas si no llevo dinero por delante —le soltó un día Purita—. Y no creo que tú, el único hermano que tengo, soltero y millonario, me vaya a dejar tirada en la calle.

—¿De dónde sacas esa estupidez de que yo sea millonario? —le rugió.

—Todo el mundo lo dice.

—Pues como vengas otra vez a mí con argumentos de ese tipo, tú verás, pero no cuentes conmigo para nada.

Pero la ayudaba, porque los apuros de las hermanas, ante el problema apesgante de la postguerra, le daban a él asco y vergüenza y, como hermano, se sentía en la necesidad de remediarlos.

Abrió de nuevo bufete, porque con los emolumentos de su trabajo con el Estado no le alcanzaba para sus necesidades y las de su familia, después de haber pagado «las trampas» de la guerra.

Volvió por Bolsa. Se orientó con un compañero.

Empezó por moderar sus gastos. Del capítulo de «señoras» prescindió casi en absoluto. No tenía humor, ni ocios, ni mucha apetencia.

Salió de la guerra convulsionado con temerosas preocupaciones religiosas.

Había salvado su cochecillo y seguía yendo los viernes a la tarde a Minglanilla hasta el lunes a las diez y media, que se presentaba en el Ministerio. El resto de la semana vacaba en Madrid.

Hablando con un amigo, inspector de la Renta, compañero de curso de la Universidad, que le admiraba e idolatraba, recayó la conversación en cierto hombre de negocios que bullía entonces mucho.

—Este Gobantes no paga, ni mucho menos, lo que debe al Estado... Como inspector de la Renta te lo digo... Es un negocio de wolfran opíparo el que se trae ahora entre manos... Quiero que lo estudies y me des tu opinión; tiene un técnico de falsificación de contabilidad a su servicio... a quien tengo verdaderas ganas.

—Caramba; mándame con un hombre de confianza los datos que tengas.

—Espera que reciba unas partidas que he pedido al Ministerio y unas notas e informes privados que me han prometido dar.

Se los envió días después.

Pasadas unas semanas, estando una tarde en su bufete, le anunció la señorita por una tarjeta la visita del señor Gobantes.

Le hizo esperar un buen rato.

Se figuró a qué venía.

—Perdone, pero estaba muy ocupado en el momento en que llegó usted —le mintió.

Era un hombre fuerte, saludable, de buen aspecto, de unos cincuenta años.

—Venía a consultar con usted, como abogado...

—Usted me dirá de qué se trata.

—Sé que es usted gran amigo y compañero de estudios universitarios del inspector de la Renta señor Azcona..., quien siente, además, por usted, como hombre de Derecho, una devotísima y profunda admiración...

Se miraron fríamente los dos hombres.

—... y tengo la impresión, la casi seguridad, de que en estos momentos este inspector de la Renta, amigo de usted, intenta asfixiarme.

Le miró con retranca.

—Nadie lo diría; tiene usted un aspecto espléndido.

—De sobra me entiende usted.

—Mi amigo defiende inteligente y competentísimamente el dinero del Estado.

—Y, como es natural, yo lucho por no dárselo, al considerar exageradísima su petición.

—Me gusta su franqueza.

—Menos mal que algo mío le gusta a usted..., no es mal comienzo.

—Señor Gobantes, está usted de...

—Defraudando, dígalo...

—Pues así es; defraudando al Estado español, y el cometido de mi amigo, el señor Azcona, como inspector de la Renta, es poner un poco de claridad y orden en sus asuntos con el Estado español a la hora del pago de impuestos.

Le sonrió.

Sacó de su carpeta sus notas el abogado y le planteó el caso.

Permanecieron un gran rato hablando y discutiendo. Oponía razones a razones, cifras y partidas a cifras y partidas el señor Gobantes.

—Perdone que le diga que esos datos privados que le ha dado a usted su amigo el señor Azcona son inexactos... Tengo ahí a mi jefe de contabilidad; espere usted.

Se acercó a la puerta, la abrió y le dio paso.

Presentósele a don Ciriaco.

Era un hombre joven, muy atildado.

Abrió la carpeta de minas de wolfram.

Siguieron hablando y altercando con las cifras.

El contable le aclaró al abogado algunos conceptos, con datos a la vista.

Más tarde se retiró el contable.

Sacó nuevas notas el abogado.

—Observo que usted y yo tenemos mucho que hablar.

—Demasiado, tal vez.

—Nunca es demasiado cuando se trata de aclararle conceptos a un hombre inteligente.

—Usted sabe que éste no es mi papel... pero, por amistad con Azcona, que es un poco mi amigo y consultor...

—Usted defiende al Estado, a quien supone defraudado; y yo me defiendo a mí... Lo comprendo.

—Ahí está la ingratitud, en que yo no tengo la fe de usted, que se defiende a sí mismo.

—Sí, en eso tiene razón..., en cuyo caso se da por vencido.

—Eso tampoco.

—Entonces, usted dirá —consulta su reloj—..., porque es muy tarde.

Se miran y se sonríen.

—A mí me es en extremo grato seguir hablando con usted... aunque sea de estos asuntos... ¿Quiere que cenemos juntos? Podemos hacerlo reservadamente.

—No..., y no es porque, siendo el que soy, me preocupe me vean comiendo con usted, sino porque quiero confrontar y comprobar ciertos puntos antes de volver a tocar este tema.

—Como usted quiera. Estoy encantado siempre en visitarle... y perdone porque, como usted habrá notado, a mí es muy difícil sacarme el dinero.

—Yo, en su caso, haría lo mismo..., pero guárdeme usted el secreto.

—Espero seamos buenos amigos.

—Por qué no.

Se pusieron ambos en pie.

—Encantado, señor abogado.

—Igual digo.

—Adiós.

—Adiós.

Le acompañó hasta la puerta.

Salió y se echó a andar hacia Cibeles. Eran las ocho y media.

En seguida habló a casa de su abogado.

Había salido.

De la conversación con don Ciriaco dedujo la necesidad del consejo y la pericia de un abogado del Estado... «que siendo abogado del Estado sea al mismo tiempo mi abogado. Este caballero representa al Estado —mi enemigo número uno—, y me obliga a ponerme en guardia cerrada y continua frente a él», pensaba; «y qué mejor cuidador y *manager* de mis asuntos que él, que ha de serlo de los de él».

A las diez cenó ligeramente y se acostó.

Al día siguiente era el santo de su mujer y le había prometido, como es natural, comer en casa con ella y los hijos.

Era toda una familia burguesa. Vivía en un espléndido piso recién comprado, en la Castellana. Había pagado por las dos manos seis millones y medio de pesetas. Qué era eso para él. Sólo el negocio de las minas de wolfram, maravillosamente disimulado y falsificada su contabilidad, le suponía más de quinientos millones de pesetas de ganancia... Aquel había sido un buen golpe. Claro que estos golpes, en una economía pobre como la nuestra, no pueden darse sino de acuerdo con algún tiburón de esos que navegan por las alturas..., todo engastado en una estafa... Y para ello hay que cubrir un flanco, el más peligroso, el del Estado..., y la ganancia en ese caso hay que repartirla... Y qué importa eso cuando hay dinero de largo para todos y la seguridad de poder seguir siendo un hombre temido y respetable... y un caballero... Pero este abogado del Estado a quien había ido a ver le había olfateado la estafa y su volumen hasta donde le fue dable con los pocos datos que tenía... Se sonrió.

«Supongo quién se los ha dado al Estado... Qué útil y necesario podría serme un abogado de éstos... Si no, voy a estar en adelante recibiendo la visita de estos sabuesos cada dos por tres... y de esa plaga de inspectores de Hacienda, que son verdaderas ladillas...»

Llegó a su morada y abandonó sus negocios y la visita última a su puerta. Esta era la gran cualidad de la cabeza de este hombre de presa..., que sabía prescindir de las cosas cuando le convenía y dejarlas a la puerta como quien deja un paraguas.

Su mujer estaba esplendorosa con el pendentif, pendientes y sortija de Cartier que le acababa de regalar por su santo.

En la última visita a París vio el juego en su joyería de la Rue la Paix, expuesto.

—Si quieres, cómpralo —le había animado el marido, condescendiente.

—Regálamelo para el día de mi santo, que me hace mucha más ilusión que entrar y comprarlo ahora.

—Y si para entonces lo ha vendido...

—Creo que estas joyas no las venden todos los días... y te olvidas que es la semana que viene.

Entraron y lo compró.

Hacía dos días que llegaran de pasar una temporada de otoño en París y la esposa estaba feliz aquella mañana...; por si acaso, la hija mayor se lo había avisado a su padre:

—Papá, por Dios, no te olvides que hoy es el santo de mamá.

El no se olvidaba nunca de nada. Era un hombre frío y de una precisa memoria. Pero jugaba a olvidarse porque eso iba muy bien a un hombre de negocios.

Estaba deslumbrante la mujer con sus joyas.

—Me las pondré a la comida para que las vean los hijos —le había advertido al marido—. Un día como hoy espero no se te olvidará faltar.

A él no se le olvidaba nada, pero por si acaso le dijo:

—Llamaré a tu secretario advirtiéndoselo.

Y le avisó.

Y en cuanto se retiró de sus asuntos se lo recordó.

—Señor, no falte usted a comer a casa, que es el santo de su esposa.

El sabía todo y se acordaba de todo, pero era conveniente olvidarlo todo y dar la impresión ·de un hombre atrafagado y olvidadizo.

La mujer era opulenta y de pechos conspicuos. Tendría pocos menos años que él. En su juventud debió ser hemosota. Era muy católica. En cuanto el marido, después de la guerra, empezó a desbordar los cientos de millones, su catolicismo se hizo fervoroso. Es curioso, mister Ford, en su «viaje a España» descubre que en nuestro país todos los ladrones son católicos. Después de nuestra guerra civil son además católicos, católicos rabiosos, todos los millonarios...·

Cuando decimos millonarios se entiende millonarios de duros. Bien es verdad que hay un porcentaje muy grande de nuevos millonarios ladrones. Y lo cierto es que nada les va mejor a los millonarios que el catolicismo.

La aparición de mamá enjoyada fue apoteósica. Todo desbordaba alegría y goce en aquella casa.

Lo primero que hizo la mujer fue bendecirla.

—Que nunca se dan bastantes gracias a Dios en esta casa.

—Eso es verdad —aseguró el marido, un tanto compungido.

El criado y una doncella empezaron su rigodón culinario ante los comensales.

El chico mayor era un mozallón tosco con aire a la madre. La chica era más fina.

—Papá, he hablado esta mañana en Puerta de Hierro con algunos amigos que saben y entienden de caballos y por lo que se paga por una buena yegua ahora, y lo que costaría montar una cuadra para empezar con dos o tres jacas... hasta que consigas un premio bueno... y te convenga ya tener un buen jockey..., que un jockey no monta por una cuadra si no está acreditada y no le pagas bien...

—¿Cuánto todo? —preguntó el autor de sus días.

—Unos dos millones de pesetas.

Hizo un gesto de asombro.

—Pero para empezar, hasta que... Vamos a ver, ¿qué vale una buena yegua de carreras?

—Una buena yegua, ya acreditada..., alrededor de medio millón de pesetas.

—Por medio millón convenzo en mi provecho a una alta personalidad y me es más útil.

—Pero menos decorativo que una yegua ya premiada.

—Te diré...

—Pero, hijo, tú te has creído que tu padre tiene una fábrica de monedas... —intervino la madre.

La hermana asistía silenciosa.

—En vez de tirar dos millones en una cuadra de caballos, debías pensar en aprender tú a ganarlos.

—Déjale, que ahora sé que se aplica más... Y una cuadra tiene razón que es importante socialmente y viste y airea el apellido.

—Yo vería si se puede empezar con menos.

—Sí; vamos a tantear el asunto despacio. Pino Hermoso me dijiste que entiende mucho de esto.

—Sí, y el contratista ése, Somarrivas. ¿No eres tú muy amigo de él?

—Hablaré yo con Somarrivas para no dar un paso en falso, porque en estas cuestiones lo importante es enterarse antes... para no resbalar.

—Bueno.

Transcurrió la comida dentro de una gozosa y sofrenada alegría. A la hora del champán brindaron todos, emocionados.

—Que el Señor nos siga colmando de felicidades —pidió ella.

Y él pensó: «El Señor y yo, porque si yo dejo las cosas de mi mano en esta clase de asuntos en que ando metido, el Señor solo no sé cómo andaría.»

Se hallaba con la copa en alto, como ausente.

—Brinda, hombre, brinda —le acució la mujer.

—Por la felicidad de todos... y por el buen éxito de todos mis asuntos.

El muchacho tuvo en la punta de la lengua pedir lo de su cuadra, pero se contuvo.

Quedó la mujer en recogerle en su oficina poco antes de las siete para ir a un cine de la Gran Vía.

Poco después, don Diego se retiró.

Tuvo una entrevista con su abogado. Por un viejo abogado del Estado, su abogado supo de la competencia y preparación de don Ciriaco.

—Es uno de los abogados aún jóvenes más especializados y trabajadores. Tiene una cabeza clarísima para ver los problemas y los plantea con una seguridad y una firmeza excepcionales.

—Es mi hombre —pensó don Diego más de una vez.

Cuatro días después se presentó en su oficina, bien pertrechado, a seguir la discusión en torno a sus negocios de wolfram; le propuso sólo empezar:

—¿Usted qué gana con el Estado, don Ciriaco?

Le vio venir.

—¿Le importa mucho saberlo?

—Sí.

—Como cinco.

—¿Quiere usted seguir con el Estado y, además, ganar conmigo como quince?

Le vio vacilar.

—Tómese el tiempo que necesite para pensarlo...

Alzó los ojos a él don Ciriaco.

—Ese sería el sueldo de entrada...; con participaciones y beneficios ganaría usted fácilmente como treinta... Si es usted hombre codicioso, dentro de mi «cuadra»... podría usted fácilmente...

Don Ciriaco dio un respingo.

—Perdone la expresión, pero es que estos días me anda trastornando mi hijo para poner una cuadra de carreras... y...

Se sonrió.

—Dentro de mi «grupo» quería decir.

—Mi trabajo sería...

—Ser el cerebro a la hora de estudiar y plantear los asuntos y sobre todo a la hora de... orquestarlos.

En el primer momento se sintió halagado.

—No olvide que yo hago millonarios de duros a todos mis hombres de confianza.

—Lo pensaré con calma.

—Me parece muy bien.

Se retiró poco después.

Volvió a Minglanilla y anduvo con la varita más nerviosa que nunca, haciendo el palurdo silencioso por tabernas y bares...

Sopesó y reunió todos sus pros y contras.

«Esto es ponerte al servicio de un "gangster"... Es alquilar tu cerebro para el planteamiento y resolución de una serie de negocios nada limpios», le aducía su conciencia.

Bien es verdad que su conciencia tenía una elasticidad distinta de la de antes de la guerra civil.

«Me limitaré a dar mis consejos como hombre de leyes..., como hombre de Derecho. Seré un técnico jurídico-financiero, escuetamente, y un técnico», la replicó.

La verdad es que por entonces vivía casi entrampado; asfixiado por la familia..., de la que no podía prescindir..., y vio el cielo abierto. Con los años, el miedo a la vejez..., a la vejez inconfortable, le podía... Todo a su alrededor se movía con un ritmo turbio. Todos jugaban a ganar, y a ganar sin escrúpulos..., fuese como fuese... Cubriendo un tanto las formas, claro. Sus mismos compañeros resolvían sus problemas, caad vez más acuciantes, como buenamente podían..., los más de ellos poniéndose al servicio de la alta banca y las altas finanzas. «Casi todos los hombres de negocios, en estos momentos en España, están corrompiendo en su provecho todas las fórmulas del capitalismo», se dijo.

No era momento de pensarlo más. Sobre la marcha resolvería sus pegas. «Yo soy un abogado y alquilo mi ciencia», se consoló.

«Tu conciencia, lo que vendes es tu conciencia», le sopló una vocecilla. «Y ya por ese camino... Hay un pecado de complicidad, el más grave, el más cobarde cuando el cómplice es un hombre de ciencia y de conciencia, porque entonces no tiene disculpa.»

«Yo soy un abogado y, como profesional, no puedo ni debo negar mis servicios a quien me pague. Claro es que yo trataré de embridarle y de llevarle por el buen camino.»

«Pero los servicios que vas a prestar son los servicios del truhán.»

Desechó la palabra truhán; no le gustaba, le sonaba mal.

Llevaba varias noches maldurmiendo en esta lucha.

«Un hombre de principios morales»... «Otra vez los principios morales... Otra vez suponer el bien y el mal...»

«Si no partes de el bien y el mal, no habrá Sociedad ni Ley ni Derecho.»

«Yo no niego el Derecho, porque espero plantearle sus asuntos según él. Y le sujetaré dentro de unas normas de Derecho... Y trataré de que no se dispare.»

«Vas a alquilarte vilmente por unos puñados de billetes. ¿Y en qué te distingues de una prostituta que alquila su cuerpo?»

Y se acordó de Lucía, «Luchi», la hija de un vinatero de Minglanilla, que había tirado por la calle de en medio y triunfaba como gran entretenida en Madrid. «Ella ha vendido su cuerpo y tú vas a vender tu cerebro. Las dos son ventas, las dos son prostituciones. Serás una "Luchi" con pantalones, rodeado por todas partes de códigos..., pero una "Luchi".»

«Hoy son permitidas y toleradas conductas y negocios que no lo eran antes de nuestra guerra. Para salir de nuestros atolladeros se ha hecho necesario fluidificar la moral. Darla otro aire, otro garbo y otro garabato... La España de los escrupulosos queda atrás.»

Se fue a ver a don Diego Gobantes.

—Acepto pertenecer a su «cuadra». Comprendo que a su servicio, por mucho que usted me pague, no pasaré de ser un lujoso caballo de carreras.

—Me encanta su franqueza.

—A mí, no..., pero qué le vamos a hacer.

Se contemplan perplejos.

—Como supuse que aceptaría, di orden de que en el primer piso le preparasen una oficina independiente, digna de su categoría.

—Me va a perdonar que no la use por ahora... Quisiera dar a mi puesto, durante los primeros tiempos, un pudoroso y disimulado distanciamiento.

Se ojean secamente, sonrientes.

—Mi casa y mi teléfono son éstos.

Le tendió una tarjeta.

—Todas las tardes estaré allí a sus órdenes.

Ahora trabaja ya por las tardes y alguna mañana, campechanamente, en la central, y cuando don Diego quiere algo de él le llama por el teléfono interior.

Al apartarse la señorita rubia de la mesa de Jesús, toda la gente que llenaba «California» se ha dado cuenta de que es una muchacha despampanante.

Roque mismo ha permanecido patidifuso.

— ¡Caray qué sobrina tiene la señora Luisa!

Martita la mira con un vaho de desprecio.

¨Poco después, todas las señoritas se van echando a la carretera. Hoy en la carretera casi no ven ni miran para los autos que pasan. Los ánimos de las señoritas están estos días revueltos. Ha llegado un nuevo ingeniero, que dicen que es arrogante, soltero y apuestísimo, y la que más y la que menos sueñan con él como un posible novio y marido.

Llegó antesdeayer y sólo encontrarse en el pueblo le presentaron a Martita, que es en Minglanilla la señorita de más clase a pesar de la carretera y del directo Madrid-Burgos. Martita pasa temporadas en

Madrid los inviernos y es muy mona y muy salada y lista y tiene un sentido de la tradición.

—Qué quieres, yo soy viejo régimen —suele confesar melancólicamente—. Estas gentes de ahora, con sus maneras y sus zafiedades y su tuteo, me dan cien patadas.

Martita tiene una letra puntiaguda muy Sacré-Coeur y chapurrea el francés con mucho desparpajo, y las novelas de Paul Bourget le siguen emocionando.

Se educó en un colegio de monjas en Angulema y, más tarde, empezó la carrera de Derecho en Madrid. Pero al morir su madre la dejó en el segundo curso... y se vino a Minglanilla. Al principio vivió sola con una sirvienta, ya que su único hermano vive casado en Galicia, donde es registrador de la Propiedad. Pero ahora vive con la tía Marta y es un poco su secretaria.

Es la época de esplendor de doña Marta. Después de la humillación y befa hecha a su padre, su influencia moral y su prestigio se han acrecido. Tiene aquí y en Madrid más eficacia y eficiencia que nunca. En el pueblo, por lo menos, las cosas vuelven a sus cauces antiguos. Doña Marta recomienda, coloca, influye, aviene... A veces se susurra en una tienda o en una casa:

—Silda y Nemesio parece que se arreglan; van mañana sábado a ver a doña Marta.

Y Martita lleva mucha parte en eso. Por eso en cuanto llegó el ingeniero joven y apuesto y elegante se lo presentaron a Martita, ya que Martita es lo más potable y presentable del pueblo. Al ingeniero, que es muy tímido y de poca conversación, le entusiasmó Martita, que es suave, graciosa, dicharachera... y que le dio a él todo hecho.

Le llevó en seguida a ver las dos iglesias del pueblo... y se las explicó. Notó que en el ingeniero recién salido de la Escuela no era su fuerte la sucesión de los estilos arquitectónicos. Creía que primero fue el gótico y luego el románico. Pero ella le aclaró las ideas y le explicoteó todo. Sin duda será un ingeniero magnífico, pensó, y le miró y él se ruborizó, no por su incultura artística, sino por la dulzura y suavidad del ojeo.

—Pero es que el arte no me dice nada —le confesó.

Y le gustó más al saberle así de indefenso.

Pobre, pensó, tiene cegada media vida, y se empapó de deseos de alumbrársela.

Era tímido y blando como la cera.

Al salir de la parroquia, una mujerona que vendía fruta en un portal exclamó:

—Parece un príncipe el señorito.

Más tarde se sentaron en la terraza de «California».

El tomó una Coca-Cola con una rodaja de limón.

Ella, un café con leche.

—Me acostumbré en Madrid cuando fui estudiante —le confesó.

— ¡Ah! —dijo él, y mostró unos dientes parejos y blancos.

Mujer al fin y al cabo, se metió por su vida.

—No tengo padre ni madre; desde niño..., he vivido siempre con una tía.

—Soltero..., claro.

—Sí, pero me gustaría casarme pronto.

Pasó un grupo de señoritas que amaitinaron a la pareja.

Con el risoteo, felizmente, ésas no se han enterado... porque sería horroroso...

—Conque le gustaría casarse pronto.

El movió la cabeza afirmativamente.

—Llevo desde niño una vida muy triste —le confesó—. Y me gustaría enamorarme y formar un hogar y tener hijos para desquitarme con ellos de todo lo que he sufrido.

--Y le miró y estaba pálido.

Martita se emocionó y cerró los ojos.

Pensó decirle «aquí me tiene a su disposición», pero no se atrevió porque, contra lo que parecía a veces, Martita era una muchacha pudorosa.

El iba vestido sobria pero impecablemente. Camisa de popelín blanca, traje azul, corbata clara... Y en el cielo había una luz alimonada que bajaba a posarse en sus mejillas y en sus ojos tristes.

—Yo no he tenido madre, y eso le deja a uno un poco de amargura; por eso tengo tanta prisa en tener hijos... Claro es que mientras estuve en la Escuela...

«Y con quién mejor que conmigo te puedes arreglar... Yo también tengo prisa por tenerlos... También yo me quedé muy niña sin madre... y esta sociedad de ahora me horripila...» —pero no le dijo nada, absolutamente nada.

Tampoco él ahora decía nada. Parecía mirarse en el espejo que hacía la puntera de sus lucidos zapatos negros de boscan.

—¿Cuándo terminaste la carrera?

—El verano pasado.

Al pagar y ponerse en pie, instintivamente se acogió a él como a socaire dulcísimo.

—Vamos a dar un paseo —le pidió para prolongar lo más posible su compañía.

—Bueno... ¿Tú a qué hora cenas?

—Estando contigo no pienso en el tiempo.

—Eso está bien —recogió él.

Toda la carretera les contempla.

—Es el nuevo ingeniero.

—El nuevo ingeniero, que acompaña a Martita.

—El nuevo ingeniero.

—Y es un sol.

—Qué bonito es.

—Demasiado guapo para hombre..., ¿no os parece?

Pero por dentro todas pensaban que en la belleza no hay demasiado.

En esto..., ya de vuelta, se pararon frente a la estatua.

—Es mi abuelo —faroleó Martita.

—Tu abuelo..., qué gracioso... Qué pensará de los dos.

—Que hacemos una buena pareja.

En esto se acercó a Martita una señorita de carretera con un pretexto fútil.

Luego otra.

Más tarde otra.

Martita no presentó el buen mozo a ninguna.

—Si se pudieran estirar las horas... —suspiró.

—¿Hasta dónde las estirarías?

—Hasta hacer una eternidad junto a ti.

La contempla con una gran dulzura.

—Me gustas mucho, Martita.

Se estremeció toda como una cuerda de violín.

—¿De verdad?

El movió la cabeza porque no le quedaba casi voz. Y cuando le dio la mano para despedirse le sintió emocionado.

—Adiós, Leonardo, hasta cuando quieras... Bueno, ya sabes dónde vivo... y que tengo teléfono.

Se miraron a los ojos.

—Anímate, hombre —le pidió.

Y se separaron.

El no se atrevió a volver la cabeza.

Ella, sí, y muchas veces.

Es un tímido, pensó; pero qué delicia de arcilla para modelarla a mi gusto, imagen y semejanza. Pero no me saldrá bien; no sé por qué no soy mujer de suerte. Si no me saliera bien, no sabría resignarme..., y me meteré en un convento.

Sentía pecho arriba una opresión dura y deliciosa.

Al llegar a casa y ver a tía Marta se echó a llorar. Las lágrimas le caían a raudales, tumultuosas, inconsolables.

—Ay, déjame..., déjame..., que esto me refrigera y me descansa.

—¿Qué te pasa, hija..., qué te pasa?

—Dios mío, si esto me resultara bien..., si esto me resultara bien... Pero no puede ser; sería demasiada felicidad, demasiada felicidad.

—Pero qué es lo que deseas que te resulte bien, hija, qué es lo que deseas...; dímelo a mí, que soy como tu madre.

—Déjame, te lo suplico déjame, que hay intimidades para una sola, para mimarlas y acariciarlas y deliciarlas una sola, ya que al darlas a los demás se empañan y pierden su estremecida lucidez.

—Bueno, hija.

—Dios mío, si me resultara bien..., si me resultara bien —y se abandonó a las lágrimas como a un solaz.

Cuando se serenó un poco, se metió en la cama.

Pasóse la noche montando suposiciones y posibilidades... Y la verdad es que Martita era como para enamorar a cualquier hombre. Es dueña de una cabeza preciosa, de unos ojos dulces y grandes, boca de labios finos y bien dibujados con dientes parejos, bullidores y blancos. De pómulos graciosos, que al resalir le fabrican sendos hoyuelos en los valles de la sonrisa... Y un cuello muy esbelto que le ganaba estatura por lo graciosamente que estaba insertado entre los hombros. Era más bien menuda, pero bien sacada y equilibrada en todas sus partes... Y su voz era deliciosa, y su andar, menudo y revoltoso...

Tiene ahora veinticuatro años y hace cuatro que abandonó la carrera de Derecho.

La tía se ha acostado preocupada por la sobrina y a la madrugada se levanta y va a su alcoba.

La encuentra despierta.

—Vete y déjame. Por favor —le suplica.

En esto, un coche a toda velocidad cruza hacia el Norte.

Suena su clarineo, lujoso, inmediato.

Martita suspira.

—No pienses ahora en él y trata de dormir —le pide la tía.

—Se dice fácil.

—En nuestor tiempo no nos enamorábamos con esa facilidad.

—Qué quieres. Para esto del amor soy del nuevo régimen.

—Pues trata de parecerte a tus mayores.

—¡Ay, si me saliera bien..., si me saliera bien!

Pero es que si cotillas son las mujeres del pueblo, lo son a veces más los hombres, y uno de los empleados de máquinas que vivía en casa de doña Ruperta, la frutera, al oír a su hospedera comentar la presencia en el pueblo del nuevo ingeniero y el oleaje de ansiedad que había levantado entre el señorío de carretera, recalcó:

—¡Pues si supieran las mozas que viene decidido a casarse!

—¡Qué me dice!

—Lo que oye.

—¡Alabado sea Dios! ¡Y qué proporción! Tan barbilindo y tan modoso y suave como parece.

—Y es el sobrino de uno de los «gordos» de la fábrica, y tiene de sus padres, ya muertos, una mantada de dinero.

Con el cuarto de kilo de manzanas o el cuarto de kilo de peras o el melón sin cata, porque para doña Ruperta era una ofensa suponer que sus melones no fueran los mejores..., se difundió la noticia.

—Viene dispuesto a *too*..., a casarse *deseguía*, pues anda *murrio* el pobre hijo de Dios, a falta de un cariño verdadero.

Saberlo la señora Ruperta era como haber echado un pregón. Porque en seguida se notó como un hervor entre el señorío de carretera. Ya aquella mañana se las empezó a ver a las señoritas sueltas de una tienda a la otra con pretexto de un carrete de hilo o de una lana para una labor o de un esmalte para las uñas. Y todo era sonsacar lo que cada una supiese del nuevo ingeniero.

—Creo que no tiene padres y vive solo en el mundo, y busca mujer con la que casar.

—No es este hilo..., es más gordo el que quiero... Pues, aunque me esté mal el decirlo, en Minglanilla tiene más y mejores chicas para escoger que en Burgos..., y si me achucha usted..., mejor mujerío que en Valladolid.

—Por supuesto; el barniz para las uñas que me llevé la otra vez era francés de París...

—Qué distinguido..., es lo que más me gusta de él, el *chic* y la distinción... Ahora, en Minglanilla no tiene tanto para escoger como creen algunas, porque mujeres *comme il faut* somos dos o tres..., y pare usted de contar.

De un comercio en otro, de un corrillo en otro, en los tres bares y en el hotel y en la iglesia aquel día no se habló de otra cosa ni se comentó otro lance sino que el alado ingeniero venía «dispuesto a todo», según expresión de la frutera. Y ese «dispuesto a todo», a la hora de comer, enardecía alrededor de las mesas a todas las mujeres válidas de Minglanilla.

Porque la imaginación de los hombres a la hora de la posibilidad de matrimoniar es generosa e inmensa... Y es que en Minglanilla todas las señoritas de carretera padecían una obsesión sexual, una como hambre de novio, aunque no fuese un elegante de esos que pasan por la carretera rebufando en sus autos y de los que ellas sorprendían un instante fugaz.

El maestro, don Andrés, lo había visto claro:

—Las mujeres, tengan lo que tengan sus padres, deben trabajar, porque sólo la mujer que trabaja vive ausente de la morbosidad del macho. Como si al final no hubiese otra carrera para la mujer que la del matrimonio. La mujer bien alimentada y ociosa acaba cayendo en esa obsesión. En Minglanilla, el tendero más modesto o el labrantín que apenas si tiene para pagar los impuestos, su sueño es que al llegar mayo se le eche la hija a la carretera, de siete y media a nueve y media, con unos cretones claros. Ese es el ideal, y ellas, nerviosas, hechas al ojeo rápido, no tienen otro deliquio que cazar algo con pantalones.

Así es que aquel día a la noche, cuando todas las señoritas y semiseñoritas de Minglanilla supieron que aquel sueño de ingeniero, suave, dulce y maleable, venía dispuesto a todo, piafaron como potrancas desmandadas. La que más o la que menos pensaba: «que me lo traigan».

En California aquel día, a las seis, las señoritas de carretera tenían una mirada incitadora y brillante.

Los hombres le quitaban importancia minimizando sus encantos.

—Roque, que le tiene que tratar en la fábrica, sostiene que le huele el aliento —comentaba despectivo «Dito», el peluquero de señoras. Y es que él mejor que nadie sabía todo lo que encierra una cabeza de mujer.

—No sé si os habéis fijado que al andar cojea un poco del pie derecho y eso es fatal —opinaba Jesusito, el escaparatista.

Pero ellas, todas sin excepción, cada momento que pasaba lo encontraban más subyugador.

El ingeniero, después de su trabajo, hacia las siete, sin percibir los signos de la tormenta, para airearse un poco, salió a pasear por la carretera. Qué otra cosa podía hacer en Minglanilla a esa hora.

Tal vez a hombros del aire les llegó la noticia, porque al instante todas las señoritas en ejercicio lo supieron.

«Ese» está paseando por la carretera.

«Ese» era aquel sueño de hombre en forma de ingeniero. En California el rugido apagó el de la cafetera. Los hombres que las acompañaban notaron en seguida su enorme trepidación.

— ¡Adiós!

— ¡ ¡Adiós! !

— ¡ ¡ ¡Adiós! ! !

Y les dejaron allí plantados.

Se echaron a su elemento, la carretera, dispuestos a todo.

Aquel atardecer pasearon todas en una dirección hacia la movible delicia. Le olisquearon antes de verle. El se volvió y al sorprender su decidida actitud, tembló. Apretó el paso y vio a la derecha el río como un fresco aliado fugitivo.

Instintivamente ellas le hicieron un movimiento envolvente de ala. El corrió para escapar del cerco. Se abalanzaron a él, gozosas, como en una fiesta pagana. Tuvo el tiempo justo de despojarse de los zapatos y de la chaqueta y de echarse al agua. Pero de la fila envolvente de las mujeres hubo una que se desgajó y se arrojó tras él. Era Presen, la rubia despampanante campeona de braza del SEU.

Llegó junto a él y le ayudó a ganar la orilla, porque flaqueaba.

Ya en lo enjuto, saludaron, las manos en alto como dos vencedores. Los diecinueve años duros de Presen junto a los veintiséis de él, ahora envalentonados, componían una pareja elástica, deslumbrante.

Desde la orilla de acá las mujeres les contemplaron envidiosas e impotentes. De repente las poseyó una furia demoníaca. Cogieron la chaqueta y los zapatos del hombre y se los disputaron con una voracidad de fieras. Luego se arañaron, mordieron y tiraron de los pelos, enloquecidas. Se derribaron por tierra y se patearon...

Si no llegan unos vecinos y las separan, en poco tiempo no hubiese quedado nada de ellas.

Fue un espectáculo bochornoso y lamentable.

En la otra banda la pareja se perdía en las sombras.

Durante muchos días no se habló de otra cosa en el pueblo. Las gentes serias bajaban avergonzadas la cabeza. Durante una temporada no hubo paseo de señoritas por la carretera..., ya que estaban impresentables...

Intervino el señor alcalde. Intervino el señor párroco. Intervino doña Marta, que fue, como era natural, la más eficaz...

Las señoritas de carretera se fueron serenando poco a poco. Realmente los estragos de este joven en forma de... de ingeniero eran devastadores. Casi todas ellas confesaron que sólo verle les producía escalofríos en la columna vertebral.

«En mi tiempo los chicos no nos producían nada de eso —pensaba doña Marta—... No hay duda que son otros estos tiempos de ahora y otros los hombres y mujeres.»

De la pareja feliz que ganó la otra orilla no se supo nada en una temporada. Hasta aquella mañana en que paró un auto frente a la fábrica y descendió de él Leonardo.

Venía solo y muy pálido.

Habló con el señor director y en seguida se enfundó en su mono y se puso a trabajar como si no hubiese pasado nada. La noticia corrió por el pueblo rauda.

Volvieron a su enardecimiento las señoritas de carretera. Sobre todo a la hora del paseo sus padres tenían que atarlas.

El salía, temeroso, de la fábrica, ya muy anochecido, y se metía en el hotel.

Doña Romualda puso a su hermano Olimpio a la puerta con un garrote.

—A ver si tenemos la fiesta en paz.

De vez en cuando Sidoro se asomaba con la servilleta juguetona a darse un garbeíllo.

—No hay moros en la costa.

En este caso los moros eran las señoritas de carretera.

Cuando le dio por estar a la carretera tranquila, el sueño de ingeniero empezó a salir a pasearla.

Y fue entonces cuando surgió de nuevo en el pueblo la campeona de braza.

Llegaba, deslizante y aérea, más guapa de piscina que nunca, con un brillo de ojos malicioso y retrechero.

Esta es ya una mujer «fondeada», como dicen los andaluces, pensó sólo verla entrar en el California «Rai».

Sus movimientos eran frescos, naturales, gozosos. Y su voz más ancha, más empastada, más querellosa..., más de sordo río.

Las señoritas de carretera, más sosegadas, empezaron a susurrar que era un soso, que no tenía conversación y que le apestaba el aliento, y que tenía un pie más alto que el otro, y que por eso se escoraba algo al andar..., y que en el fondo, muy en el fondo, era un desgraciado.

Pero ésta es una nueva versión de la fábula de la zorra y las uvas.

La campeona de braza se sonreía y aseguraba que cuando se conseguía meterlo en harina... era otro hombre.

«Por lo que se ve ella ha conseguido meterle en harina», pensaba doña Marta.

—¡Ay!, estas chicas de ahora son el demonio..., las del antiguo régimen no éramos así.

El sueño en forma de ingeniero no quería ni oír hablar de la campeona.

Y fue por entonces que el ingeniero empezó a salir carretera adelante con Martita.

—Es la mujer que le correspondía —se consolaron las personas mayores.

Las demás señoritas de carretera se resignaron.

El le aseguró que era ella la elegida de su corazón. Y ella se lo creyó en seguida, porque es tan agradable sentirse a los veinticuatro años querida por un sueño de hombre de veintiséis...

Pero como castigo a tanto desenfreno cayó aquel verano sobre Minglanilla la más horrorosa y densa nube de moscas. No era una nube, era un cielo de moscas que oscurecía el sol. Picaban en la espalda, en las rodillas, en las zonas glúteas, a través de la ropa, con enloquecedora insistencia. Con el pretexto de arreglar la carretera, el Ayuntamiento consiguió el servicio de una apisonadora y la puso en movimiento delante del albergue a apisonar moscar. Aquel trozo de carretera quedó negro de tantos trillones de cadáveres. La apisonadora iba y venía, iba y venía.

Pero a pesar de eso, la gente del albergue, no pudiendo soportar tanta mosca, se largó.

El Ayuntamiento repartió raquetas de metal, dos por vecino y niños..., pero no consiguió nada.

Rociaron los muebles y las calles de un líquido extintor americano. Pero ni por esas; en vez de disminuir, aumentaban. Limpiaron las cuadras y las cloacas y derramaron cal, pero que si quieres. Eran cada día más, y más gordas, y más zumbadoras, y más pegajosas, y más insistentes. Boca que encontraban abierta, boca por la que se metían. La gente no se atrevía a hablar..., susurraban las palabras, las musitaban.

El pueblo empezó a sufrir indigestiones de moscas. Las padecían sobre todo las mujeres.

El señor alcalde, siempre tan previsor, hizo colgar por todo el pueblo unos carteles que decían:

«En boca cerrada no entran moscas.» Pero ni por esas.

«Rai», Raimundo, condueño de California, siempre en la línea de la modernidad, contrató a unos extintores humanos. Eran cinco jóvenes de Haro, pueblo de muchísima mosca, tal vez por sus numerosísimas bodegas. Estos técnicos de la extinción empezaron a actuar en seguida. Se colocaron en los cuatro ángulos de la cafetería y uno, el director, en el centro, provistos de dos grandísimas raquetas de metal cada uno. Previamente habían rociado el aire, mesas y sillas de un líquido pulverizado.

Las moscas empezaron a voltigear y a caer atontadas y ellos, con sus poderosas raquetas, las remataban.

Pero después de dos horas de braceo, estos profesionales del tenis de la mosca se retiraron, impotentes.

Unicamente en el hotel se defendieron de tal invasión: doña Romualda tuvo una idea feliz, obligó a su hermano Olimpio a que durmiese todas las tardes la siesta en el vestíbulo. Como inevitablemente roncaba con la bocaza abierta, por la tal sima se perdieron los enjambres.

Las gentes sensatas empezaron a pensar que era castigo del cielo por tanta liviandad y aceptaron aquel cielo negro, con sus nubes de moscas, hasta que cedió.

Pero lo que es el amor, Leonardo y Martita paseaban todas las tardes por la carretera sin enterarse de que hubiese moscas. Tan embebidos iban.

Luego se expansionaba con la tía.

—En cuanto pasen dos años nos casamos, pues a los dos años le suben el sueldo y, aunque es rico, él quiere que vivamos al principio sin tocar las rentas del capital, por lo que pueda suceder más adelante, si tenemos hijos..., ¿qué te parece?

A la tía se le había clavado en el pecho la espina de que «cuando se le conseguía meter en harina era otro hombre...» y no tenía todas consigo.

—Me parece todo muy bien, hija, pero yo, hasta que no te vea casada, no estoy tranquila.

—Pero por qué, tía, si es un sol de bueno y es incapaz de engañar ni a una mosca.

«Esa mosca es la que tengo yo en la oreja —pensaba la tía—. Ay, estas chicas de ahora, tan deportivas, nacen ya del vientre de su madre con tal trampa...»

—¿Pero es que tú crees a Leonardo capaz de hacerme una charranada?

—A él, no...; pero estas niñas del nuevo régimen...

—No seas tan desconfiada.

Y cuando Minglanilla empezaba a estar tranquila, disfrutando del amor de Leonardo y Martita, que era un poco la solución más del gusto de todos, sobrevino la catástrofe.

Pocos días antes se habían marchado del pueblo precipitadamente Presen, la campeona de braza. Se supo que estaba en Valladolid.

Aquella mañana llegaron a la fábrica el padre de Presen y un hermano ceñudo y con aire de descamino. Preguntaron por Leonardo y cuando le tuvieron ante ellos le comunicó el padre que su hija Presentación estaba embarazada de él y que esperaba cumpliese con ella casándose como correspondía a un caballero.

—Son gajes de la vida, pollo —le dijo el padre.

—¿Pero están ustedes seguros?

—Toma, segurísimos, y conocemos toda la historia —aclaró el hermano.

Leonardo se emocionó y se echó a llorar.

—Pero si fue ella..., si ya le dije yo... que había otra manera de entrar en calor... Si fue ella la que... se empeñó..., si yo... se puede decir que no puse nada.

—Lo bastante... Y, además, en estas cosas, a lo hecho, pecho —cortó el padre.

El hermanito se reía zumbón.

—¡Qué desgracia, Dios mío, qué desgracia!

—No sé de qué se queja, que vaya mujer la que se lleva...

—Calla —le cortó el padre.

—Pero si está encinta de un chico... y es mío, como supongo, no tema, que me casaré con su hija y me haré cargo de todo.

—Eso es de hombres...; no esperaba menos.

—¿Dónde está Presen?

—En su casa de Valladolid.

—Yo pasaré por allí dentro de unos días.

—Allí le esperamos todos como a un hijo.

El padre estaba emocionado.

Se despidió de ellos Leonardo.

Pasó a hablar con el director. Permaneció con él un rato.

Más tarde salió y envió a un empleado al hotel con una tarjeta en la que le ordenaba liquidasen su cuenta y recogiese su ropa. Y de la fábrica misma partió poco después para Oviedo.

Desde su casa, pasados unos días, más sereno, escribió a Martita la siguiente carta:

«Queridísima Martita: Me creerás, porque me conoces, si te digo que me encuentro en una trampa y que no tengo más forma airosa de salir que torciéndome el corazón y causándote a ti, que eres lo que más quiero, un disgusto que temo no puedas sobrellevarlo.

Recordarás el percance del río y el desenlace estúpido que tuvo. Mi deseo fue volver en seguida al hotel a mudarme, porque me moría de frío y temía coger algo. Presen se opuso. Casi fue mi salvadora y dado mi carácter y mi agradecimiento no supe oponerme.

Iba aterido cuando salimos a la carretera... y acertó a pasar un camión que iba a Madrid y nos recogió. Yo no tengo carácter y aunque me opuse en un primer momento a tal locura, Presen se empeñó.

En el mismo camión, uno de los hombres que iba me proporcionó una chaqueta, un pantalón seco y un elástico. Me sequé y me cambié de ropa, pero seguía con el frío en los huesos. Presen puso a secar su falda y su blusa en el *capeau* del motor, mientras se cubría con mi ropa mojada.

Al llegar a Venta de Baños yo estaba dispuesto a no seguir y le amenacé con tirarme del camión si no accedía a bajar.

Yo no había conseguido echar el frío y temí haber atrapado una pulmonía. Nos metimos en la fonda de la estación y me acosté malo. Presen me atendió. Y vino lo que ella parece que tenía ganas de que viniese.

Estas cosas todo es empezar, y no te niego que yo acabé poniendo de mi parte... En fin.

Ella se empeñó... y al día siguiente nos fuimos a Madrid. En Madrid, la verdad es que yo me encontraba ya muy bien repuesto del frío... y sin miedo a la pulmonía. Presen resultó una mujer de carácter y no tuve más remedio que hacer lo que ella quería, que, para mí, no te lo niego, resultaba cada vez más gustoso...

No tuve decisión y lo deploro. Pero es tan fácil y agradable naufragar en este mar... De otra parte, como tú sabes, yo le debía la vida, pues sin ella me hubiera ahogado en el río...; por eso no tenía más remedio que tener... consideraciones con ella... Y qué consideraciones. Para mí han resultado fatales, pues resulta que ahora está embarazada y su padre me obliga a que nos casemos. En cuanto pude escapar de su embrujo y salir de Madrid me volví a Minglanilla. Te juro que he puesto en todo ello lo menos que se puede poner en estos casos... Pero con lo menos quedan a veces las mujeres embarazaditas, y uno, si es un caballero, no tiene más remedio que hacerse responsable, y ése es mi caso.

Créeme que mi ilusión eres tú y que mi corazón está contigo, como te lo he dado a entender después de estos días disparatados de Madrid en los que no fui más que un juguete en manos de Presen. Comprendo y me resigno a que lo nuestro esté terminado. Y sólo de pensar el enorme disgusto que tendrás se me parte el pecho de congoja... Sé que en adelante esta mezcla de angustia y bochorno que siento no me permitirá ser feliz nunca. Pero me debo a ese hijo en el que tan poco he puesto de mi corazón...

He pedido a mi tío, que es hombre influyente en la Sociedad, que me trasladen a otra fábrica cualquiera, porque a Minglanilla no me atrevo a volver.

Nunca podrá olvidarte, a pesar de todo, tu Leonardo.»

La pobre Martita creyó morir. Se había dado con tal entusiasmo y tal fuerza a aquel amor, que de repente se encontró sin vida.

La tía Marta, cuando leyó la misiva, le dijo:

—Es la carta de un perfecto imbécil. Por lo visto, se puede ser ingeniero y ser un estúpido... Pues qué esperaba que saliera de esas... consideraciones con una campeona de natación.

—Olvídalo todo..., si puedes.

—La verdad es que a mí esto tuyo nunca me dio buena espina.

—¿Pero por qué?

—Aquello de que «cuando se conseguía meterle en harina era otro hombre» me tenía preocupada.

—... Ya ves.

Martita, los primeros días, quedó anonadada. No se daba cuenta de las cosas. Se fingió que estaba fuera con la familia y que cualquier día se vería otra vez su silueta elegante por la carretera... No quiso interrumpir su vida usadera para no dar a entender que había quedado como sin vida, como muerta.

Cuando se fingió de vuelta, se metía por las tiendas a oír a ésta o a la otra, pero no las oía. Se sentaba en «California» con los amigos y a las siete y media se echaba a la carretera.

Pero lo hacía todo como una autómata. Las noches eran para ella de una pesadilla infernal. Había días en que hablaba por los codos y se fabricaba risas para todo. Otros, en que no podía más y los silencios hondos le quemaban el corazón.

Toda Minglanilla la compadeció secretamente. Hasta aquel día que no se levantó.

—¿Qué tienes, hija?

—No sé, como ganas de no vivir...

La visitó el médico.

—Este tipo de males no son de mi incumbencia —le dijo a tía Marta.

—Yo comprendo.

—Sáquenla de aquí. Llévenla a otro escenario, a ver si así olvida.

Llamó Marta a Ciriaco.

La fue a ver tío Ciriaco.

—Pero, bueno, que no se diga que una mujer fuerte como tú..., por un ingeniero más o menos...

—Qué quieres. Había puesto todo en ese empeño... y no me queda nada.

—¿Pero qué tienes?

—Ganas de descansar, ganas de acabar.

—Pero tú dándote por vencida, no lo comprendo.

—Es que ya no tengo ninguna ilusión, y sin alguna ilusión no vale la pena de vivir.

—Fabrícalas..., las ilusiones se fabrican como los buñuelos.

—Se me ha estropeado la máquina de fabricarlas.

—¿Qué piensas hacer con ella? —le preguntó en un aparte el abogado a Marta.

—Don Celso dice que la saque de aquí. Había pensado irnos a

Burgo de Osma, con su prima Adelín y su marido, que siempre nos están invitando a pasar una temporada con ellos y nunca vamos. Le he escrito ya a Adelín que cualquier día nos presentamos allí.

—Tenéis el coche a vuestra disposición —le brindó Ciriaco.

Se trasladaron a El Burgo de Osma.

A los pocos días parecía ser otra... El cambio, aparentemente, la serenó; pero la procesión iba por dentro.

A Ciriaco, que se acercó un día a verla, le confesó que dormía a base de barbitúricos.

—¿Cómo va ese valor?

—Si no hubiese sido católica, me habría ya suicidado; pero como lo soy y no dispongo de mi vida, no lo hago.

Sonriéndose tristemente:

—Me parece que he encontrado una salida a mi vida.

—¿Cuál?

—No seas, por ahora, curioso.

—¿Cómo la encuentras?

—Creo que mejor... Hace unos días rompió una foto y dos cartas que conservaba de él... Lee muchos libros ascéticos y místicos y tiene grandes conversaciones con un canónigo.

—Eso desemboca en un convento.

—El orgullo no le permite otra salida.

—Si allí ha de vivir tranquila y feliz...; porque aquí, durante el día, menos mal, a veces, con las conversaciones, los paseos, las visitas y las expediciones se distrae; pero sus noches sospecho que son horrorosas... Hay días que se levanta con unas ojeras como de no haber descansado nada.

—Pero, a su edad, no vencer esos fantasmas, no me lo explico.

Don Ciriaco había traído al amigo Celso para que la viera. Hicieron el viaje en un nuevo coche. Ahora tenía un hermoso «Mercedes» con chófer y seguía con el «cuatrocientos», que él conducía para ir a la finca y visitar los alrededores.

A la carta de Leonardo, dando sus relaciones por terminadas, Martita jamás le contestó.

—¿Cómo la encuentra usted? —le preguntó, delante del abogado, Marta al médico.

—El estado de su organismo no es malo..., pero se trae una lucha tremenda en la cabeza.

En otoño, en cuando empezaron los fríos, tío Ciriaco vino por ella y se la llevó a Madrid.

—Escucha..., necesito una secretaria y nadie mejor que tú.

—Si me has de confiar todos tus secretos, acepto; ahora, secretaria a medias, no.

—Seré para ti un libro abierto.

Volvieron a Minglanilla y pocos días después partía para Madrid con el tío.

En el paisaje austero quedó la piedra enfática de la catedral y uno se preguntaba dónde estaba el Burgo que le correspondía.

Marta estaba contenta porque con el nuevo cargo parecía más animada la sobrina.

Los fines de semana se venía con el tío a Minglanilla. La tía Marta, ya vieja y cansada, la esperaba con ilusión.

Tenían unas largas sobremesas.

—¿Te da mucho trabajo el tío?

—A la mecanógrafa, bastante; pero a mí, no. Yo no hago más que recordarle lo que tiene que hacer en las veinticuatro horas del día... Salvo las horas que roba a mi vigilancia.

—Que serán bastantes.

—Algunas por la tarde... y todas las que quiere después de las siete, que es cuando le dejo libre.

—El debe tener algún lío serio, ya viejo..., ¿no crees?

—Sí, eso sospecho.

—Porque un hombre con mucho dinero y soltero...

—Y sensualón, como es tío Ciriaco.

—Sí, no he conocido un hombre que mire a las mujeres con más delectación... y al mismo tiempo con más respeto —apuntó tía Marta—. ¿Y su fortuna es tan grande?

—Sí, mucho y muy sólida. Tendrá ahora más de los diez millones de duros.

—¡Jesús! ¿Y qué valores tiene?

—Eléctricos, bancarios, propiedad urbana, la finca... y algo fuera... Sospecho que la última vez que anduvo por Francia y Suiza colocó por allí dinero.

—Menos mal; me alegro por sus hermanas, llenas todas de hijos...

—Y que viven casi a su costeo.

—Tanto, ¿eh?

—Lo que no me explico es cómo ha podido hacer una fortuna tan grande, porque diez millones de duros, aunque sean duros de ahora, es una cantidad muy considerable... y en tan pocos años.

—Es que él, como abogado, es un fenómeno, y estos grandes hombres de empresa... y de presa de ahora, como ellos, ganan cantidades fabulosas... A los técnicos de su confianza tienen que pagarlos muy bien...

—Ya lo veo.

—Pero, bueno, el trabajo de él cerca de ese señor Gobantes, ¿en qué consiste?

—En estudiarle los negocios que el otro busca o le proponen y en evidenciarle los peligros e indicarle las triquiñuelas que ha de hacer para esconder sus ganancias y su fortuna de la tributación del Estado..., y quién mejor que él, que es abogado de ese mismo Estado, para saber la manera de burlar y escapar de las mallas de su legislación...

—Pero qué quieres que te diga. ¿Qué necesidad tenía de ese puesto para vivir...? Porque, la verdad, no me parece un trabajo muy elegante.

—Tampoco creo que a él.

—¿Pues para qué lo aceptó?

—Ese es su torcedor.

—¿Pero tanta es la fortuna de ese señor Gobantes como para hacer millonarios de duros a los que le sirven con competencia y fidelidad?

—De miles de millones.

—¡Qué disparate...! Así va el país.

—Los países...

—Unos lo tienen todo y otros nada.

—Es lo de siempre..., y esto no hay quien lo arregle.

A las hermanas de don Ciriaco no les supo nada bien que Marta entrase de secretaria con su hermano.

—Lo comprendo que les moleste... No ves que al estar en el secreto de cómo se mueve el dinero de su hermano, soy la primera que me he enterado de cómo viven colgadas de sus amantes pechos.

—Eres el demonio. Y de lo tuyo, ¿cómo te encuentras?

—Tengo días...

—¿Por qué no piensas en otro hombre? Así, sola con tus pensamientos, no estás bien.

—Mis pensamientos seguirán siempre conmigo, por eso son míos... Pero eso ya no tiene arreglo.

—¿Por qué no intentas tú ponérselo?

—Se dice fácil.

Los lunes, a las siete y minutos, salían para Madrid en el coche y llegaban alrededor de las diez.

Vivía con el tío y le llevaba la casa en Ayala, 50. Tenía una ama de llaves de confianza, mujer del pueblo, y una chica.

—Haces muy buena mujer de tu casa —le dijo el tío—, y estoy muy contento de lo bien que marcha todo, dentro de una excelente administración.

—Sí, se ha perdido una buena esposa y madre; ya ves.

—Estás en la mejor sazón para que eso te llegue.

—Bueno..., vamos a cambiar la hoja.

Tenía amigas e iba con ellas al cine y a alguna fiesta. Desairaba a todos los hombres de propio intento.

—Esa sobrina de usted es muy rara —le dijo un día un compañero joven.

—Sí; desgraciadamente no hay nada que hacer... Tuvo un fracaso amoroso y no tiene otro alimento espiritual que su obsesivo y morboso recuerdo.

—¡Pobre...! ¡Cómo lo siento...!

Un lunes, dando un paseo por el Parque del Oeste con una amiga, casi tropezó con Presen que subía hacia Rosales con dos hermosísimas criaturas. Fue tal el *shock* que cayó redonda. Presen, asustada, escapó con los hijos.

La amiga la metió en un taxi y, como no volvía en sí, la llevó a la Casa de Socorro más cercana.

Cuando salió del lance se dio a indagar y supo que Leonardo trabajaba ahora en Madrid en la central azucarera y que tenía dos hijos preciosos, que eran los que sorprendió con su madre.

Le volvieron las pesadillas y las angustias.

Un día le planteó al tío:

—Escucha, no me encuentro bien y me quiero ir de Madrid.

—Tómate el tiempo que necesites para reponerte.

—Te lo agradezco, pero no es cuestión de tiempo. Necesito irme de Madrid para no volver...

—Sé humilde, que siempre habrá otro hombre al que puedas hacer aún feliz.

—No sé qué felicidad pueda ser ésa.

—Sin ir más lejos, yo tengo un compañero que...

—Son legión las señoritas que en Madrid buscan marido... Preséntale a una cualquiera...

Volvió a sus beaterías y lecturas místicas.

Un sábado, al salir para Minglanilla, le advirtió al tío:

—Puedes buscar otra secretaria, que en adelante me quedaré con tía Marta.

Sólo llegar se echó en brazos de la tía.

—No puedo más..., es más fuerte que yo...

—Viven en Madrid y tienen dos hijos que son una hermosura... y son dichosos... Me he enterado de que son dichosos.

—Pues trata tú de serlo también con otro hombre.

—Antes me echo al Duero..., antes me echo al Duero... O con él o con nadie.

—Eres una soberbia... y estás tentando a Dios, hija... Estás tentando a Dios.

—¡Qué Dios ni qué niño muerto...! Ella me lo robó, y lo que se roba hay que devolverlo.

—Hay robos y robos.

—No sé lo que me quieres decir.

Se metió en la cama y no quiso alimentarse ni salir de la habitación.

Don Celso, que la visitó, la encontró frenética y fuera de sí.

—Esta muchacha acabará mal —le vaticinó al tío.

—¿Qué se podía hacer?

—Mientras no consigamos tranquilizarla, nada.

Se pasaba el día pegando gritos. Para que no llamara la atención de la gente que pasaba por la calle la llevaron a una alcoba interior.

Por el pueblo corrió la noticia de que estaba loca.

Una noche que salió un instante la mujer que la cuidaba, escapó a la calle y no la encontraban por toda Minglanilla.

Todo el pueblo se echó a buscarla. Al fin dieron con ella, arrecida de frío, hecha un ovillo, junto al río.

A los pocos días la llevaron a Madrid y la sometieron al tratamiento de un médico psiquiatra.

Quedó más sosegada, pero como alelada y ausente.

Recayó en sus rezanderías. Muy de mañana iba a misa y comulgaba.

Volvió a vivir con el tío.

Parecía ya repuesta. Su diálogo era normal. Sólo alguna vez reía a destiempo o contestaba a preguntas que ella se hacía mentalmente, como si se las hiciera un prójimo.

Pero la idea de aquel hombre le iba barrenando el cerebro. Hasta aquella mañana en que tomó la determinación de ir a ver a Leonardo a la central azuarera en que trabajaba.

—Aquí estoy —le dijo, sólo comparecer.

El quedó cortado.

—Hola, Martita..., sabía que andabas por Madrid.

—Sí, y como me escribiste que la que te interesaba y querías era a mí, te vengo a proponer que te escapes conmigo.

Ante su asombro:

—... Sí, hombre..., que dejes a esa «fresca» de tu mujer y te escapes conmigo.

Los ojos se le saltaban de las órbitas.

Se dio cuenta de que estaba loca.

—Martita, por Dios, qué cosas se te ocurren. Presen es mi mujer y tengo con ella un niño y una niña... que son un...

—Eso me faltaba, que vinieras ahora a hacerme el elogio de tus críos.

—Pero compréndelo, son mis hijos.

—Yo no estaría muy seguro.

—Qué cosas tienes.

—Bueno, contéstame: ¿te decides o no?

—¿A qué?

—Pues no te lo digo, a escaparte conmigo.

—No puedo..., estoy casado por la Iglesia con Presen y...

—Y que... si lo sé... Y tienes dos hijos que vete a saber de quién son.

—Ella es muy buena y cariñosa conmigo y una madre que se desvive por sus hijos... Y no comprendes que haces muy mal en suponer lo que supones y en proponerme... eso.

—Te lo propongo antes de que ella te abandone y se largue con otro.

—No, eso no hará nunca conmigo Presen... No la creo capaz.

—Sí, sí, confíate mucho... y verás...

Se le quedó mirando a los ojos y se echó a llorar.

—¡Qué desgraciada soy!

Y se puso en pie, dirigiéndose hacia la puerta.

Se volvió:

—¿Y qué hago yo ahora? ¿Me quieres decir que hago yo ahora?

—Aún puedes ser feliz con otro.

—Con otro..., con otro... Todos me dicen lo mismo..., pero yo quería serlo contigo.

—Sí..., fue una pena... Lo nuestro fue una pena.

—Eso digo yo...

Se volvió y le miró con una dulzura inacabable... sin orillas.

—Bueno, si no puede ser y tú no pones nada de tu parte...

—Y qué quieres que ponga a estas alturas...

—Pues que por mí no quede... Yo ya te lo he propuesto. Adiós... Adiós.

Cuando se vio solo, Leonardo respiró.

Ella se fue andando hasta su casa. Iba llorando y repitiendo:

—¡No me quiere!

—¡¡No me quiere!!

—¡¡¡No me quiere!!!

Al día siguiente decidió suicidarse. Pero como era católica, se le ocurrió lo siguiente: mezcló una cantidad excesiva de veronal con un poco de agua y se la bebió junto a un confesonario. En seguida lo confesó al sacerdote. Luego salió disparada hacia el comulgatorio y recibió al Señor.

Apenas intentó erguirse cayó redonda. El sacerdote que la confesó la acompañó a la Casa de Socorro.

Llegaron a tiempo de hacerle un lavado de estómago.

En Minglanilla, las señoritas de carretera lo lamentaron menos esta vez...

—A mí siempre me ha parecido Martita una mujer muy chapada a la antigua, muy viejo régimen. Con cada edición de hombre que hay por ahí...

—Que lo digas.

—Y ediciones de miles de ejemplares.

—Que lo digas.

Estuvo retirada en una casa de salud por tierras levantinas.

A tía Marta, la enfermedad de la sobrina estuvo a punto de acabar con ella.

—¡Qué perdida está la señora! —comentaban las gentes.

—Desde la desgracia de la sobrina, no levanta cabeza.

No tenía fuerzas más que para rezar la pobre doña Marta. Minglanilla valía menos sin la alegría y la gracia de Martita.

El mismo don Ciriaco, tan egoistón, acusó el golpe. Pero la ingratitud de los pueblos es tremenda, casi la llegaron a olvidar.

Don Celso, el médico, solía preguntar alguna vez a su amigo don Ciriaco:

—¿Qué noticias tienen de Martita?

—Lo mismo, parece que sigue lo mismo —respondía, evasivo, el tío.

Su tía Marta llevaba una larga temporada como sobre ascuas, porque últimamente nada sabía de ella..., cuando recibió esta carta:

«Querida tía Marta: He conseguido enviarte esta carta dándole un propinón al enfermero porque, si no, no hubiera podido escribírtela. Yo me encuentro ya muy bien y deplorando todas las tonterías que he hecho. Pero si no venís pronto a sacarme de aquí me pondré loca de verdad, porque no hay nada más que se contagie que la locura, y aquí están locos todos, hasta el médico..., ése el primero. Díselo a tío Ciriaco y a don Celso, que vengan pronto, antes de que sea tarde y acabe loca de verdad y para siempre. Diles que esto de la locura es un negocio muy bueno para algunos, de modo que se espabilen y vengan pronto por mí...

Tengo falta de cariño; eso es lo que he tenido siempre, y ahora, con los años, lo noto más. Para una vez que puse mi ilusión y mis ansias en un hombre, ya ves cómo me fue. Pero todo esto te aseguro que es agua pasada. Creo que aún es tiempo de salvar mi vida y de que la emplee en algo limpio y noble.

Que no pierda el tiempo tío Ciriaco y empiece a llenarse de vacilaciones..., que le conozco.

Recibe muchos, muchos besos de tu sobrina que te adora, Martita.»

La carta de la sobrina llenó de zozobra y de preocupaciones a la tía. La pobre doña Marta, ya muy achacosa, se fue con ella mojiqueando a ver a Ciriaco.

—Ves lo que escribe Martita... A esta chica acabaremos poniéndola loca entre todos.

Le pasó la misiva; la leyó.

—Querida Marta, recuerda que si la internamos en ese sanatorio fue principalmente por ti, pues su estado lo requería, conque no me vengas ahora diciendo que entre todos la vamos a volver loca. Desgraciadamente lo está bastante, aunque a ratos, entre sus desvaríos, razone y tenga momentos de cordura. Ahora que si te empeñas y te haces tú cargo de ella, siempre que el psiquiatra de Madrid y don

Celso den su visto bueno, yo el sábado mismo voy por ella y te la traigo.

—Ves la pobre hija... lo que escribe, que ella no tiene más que falta de cariño.

—Todos vivimos así: unos con falta, otros con exceso... El resultado es esta casa de perturbados que es el mundo.

—No digas eso, que no sé si mucho de lo que le ha pasado a Martita no tendremos nosotros la culpa...

—Seguramente, pero en cuanto nos hemos dado cuenta de su estado hemos puesto los medios que estaban a nuestro alcance para remediarlo... Si no hemos podido hacer más, no es culpa nuestra.

—Su madre, cuando moría, no me recomendó otra cosa:

—Marta, cuida de esta hija mía.

—Tú has hecho lo que has podido y más... No tienes por qué preocuparte tanto.

—Siempre cree una que puede más y le queda a una esa zozobra.

—Yo como hoy con don Celso y don Andrés, el maestro, y sabes lo que la quieren, y les leeré la carta y les plantearé el caso.

—Sí, a ver si decidís ir por ella; yo creo que lo mejor es traerla y que la tengamos aquí entre nosotros.

La verdad es que don Ciriaco, que resultó ser un hombre blando y con los años un irresoluto y sufrido paciente, estaba ya de hermanas, sobrinos y parientes hasta la coronilla.

Purita le había enviado un hijo a su casa de Madrid, que estudiaba para médico. Y Lola, otro que intentaba ingresar en la Escuela de Arquitectura. El de Purita era un frescacha simpaticón que iba muy poco por la Facultad. Lleno siempre de trampas y de deudas. El arquitecto parecía más seriecito y más estudioso.

Juan Luis, «el médico», se le había liado con una tintorera, y todo el dinero que le sacaba al tío le era insuficiente.

Otra de las hermanas, Alfonsa, que vivía en el Burgo de Osma, le anunció que quería hacer abogado a la mayor y que se la enviaría el curso próximo a Madrid.

—Si me he quedado soltero no es para encargarme de la educación de los hijos de las hermanas..., conque ya lo sabéis... Bastante tengo con los dos primeros que tuve la debilidad de aceptar.

Alfonsa se enfadó y le contestó diciendo:

—Por lo visto tienes hermanas de la clase A y de la clase B; y yo soy de la segunda.

Ciriaco se enfadó y escribió a las hermanas una carta circular anunciándolas estaba siempre a su disposición en lo que pudiese, pero que en adelante cerraba su casa de Madrid a los sobrinos estudiantes, fuesen de la hermana que fuesen.

Cayeron sobre él todos, llamándole ingrato, miserable y tacaño.

Y en esto estaba cuando llegó la carta de Martita.

Pasó con su coche a recoger a sus amigos y se fueron a la finca.

Era un día tranquilo de abril y el Duero iba atropellado y abundante de agua.

El médico le dejara una nota diciéndole que había salido a ver a un enfermo y que él iría directamente a su casa de campo.

Cuando llegó con don Andrés, el maestro, sólo echar pie a tierra, le pasó la carta de la sobrina.

El maestro la leyó.

—Recordará que yo le aconsejé que no la recluyesen. Yo no estoy por la reclusión de los locos, supuesto que Martita lo esté. Sólo en el caso de resultar peligrosa su convivencia... y ser un enfermo de camisa de fuerza... Martita no es loca de atar, sólo temporalmente sufre alucinaciones producto de su debilidad al negarse a comer durante temporadas...; estados frenéticos acrecentados por su idea obsesiva y por las drogas calmantes a las que ha acabado por entregarse. Yo creo que esta chica, si se le quitaran los barbitúricos y se la dejase el menos tiempo posible sola, acabaría remontando su mal y, una vez conseguido esto, estaría salvada.

—Probablemente tiene usted razón —reconoció el abogado.

—Ahora, el peligro que ella apunta de volverse loca, no estándolo, eso es evidente... Como el de que la locura es un negocio, que conviene mantener para unos cuantos.

Don Ciriaco le miró, perplejo.

—¿Usted qué haría?

—No la hubiera llevado, eso desde luego... Pero vamos a ver lo que opina el amigo Celso.

Cuando llegó el médico, le hizo gracia la carta de Martita. Quedaron en traerla y que la viese de nuevo el especialista de Madrid.

El maestro estaba preocupado con el discurso que había de pronunciar a los alumnos que terminaban aquel curso. Eran todos rapaces modestos, hijos de obreros y de labriegos. Don Andrés había hecho de su profesión de maestro un sacerdocio. De la formación que recibiesen en aquellos años sus mentes infantiles dependería en adelante su vida. No lo ignoraba.

Un sentido de honda responsabilidad por su labor daba a su vida una densidad severa.

Todos los años, cuando se acercaba el verano, le preocupaba la lección final con que había de despedir a los alumnos que no volverían a estar más bajo su férula. Era todo fervor y espiritual entusiasmo por su profesión don Andrés. Alto, fibroso, de manos embesadas, nerviosas, ojos inquietos y brillantes, voz persuasiva, conqueridora. Hijo de gentes modestísimas de la Tierra de Campos. Hizo su carrera de Magisterio gracias a los sacrificios de sus padres y a su aplicación hambreadora...

Anduvo, al principio, por los pueblacos de Castilla regentando escuelitas, sin perder el contacto con los labriegos de cuyas angustias y sufrimientos tanto sabía. Hombre de lecturas y de estudio, consiguió adquirir un gran conocimiento, sobre todo, de los problemas del campo y de los temas económicos y de geografía y de historia. Su fervor por los campesinos humildes, tan despiadadamente tratados, le llevó en sus principios de docencia a creer en las ideas socialistas. Pero su sentido espiritual de la vida le apartó pronto del materialismo histórico...

Tuvo una crisis religiosa y abandonó la enseñanza por unos años y se fue lejos de España a tomar el pulso al mundo. Anduvo primero por Hispanoamérica, donde emigró. Más tarde, por las principales naciones de Europa. Siempre estuvo con los humildes, pero nunca con quienes hacían con la angustia del hambriento pingüe negocio.

Esto le llevó a un desengaño general, a un escepticismo manso. Acabó por no tener fe ni en los principios religiosos ni en la bondad del hombre. Odiaba el comunismo por su bestialidad y su ausencia de principios morales.

Para él, hijo de humildísimos labrantines castellanos, existía el bien y el mal. La verdad y la falsedad. La justicia y la injusticia. Y una idea de Ser Supremo, presidiéndolo todo.

Anduvo por Europa... observando desde fuera la marcha hacia el caos de España.

Cuando estalló la guerra civil se llenó de congoja. Acercóse a la frontera y vivió allí trabajando manualmente en el campo, en la recolección de Las Landas. En los ratos que tenía libres leía los folletos y los periódicos que hablaban de la guerra de su país. Lo tremendo de las guerras civiles es que todos los contendientes tienen *su razón,* y ninguno la tiene en absoluto, pensaba él. Pero cuando acabó, siempre mirando adelante, le pareció que era el gran momento para hacer entre todos los españoles una España alegre y habitable. Cuando abandonó el país hacia el año 10, España era una patria pobre y en ruinas...

Recordaba haber leído en Reclus que algunas especies de aves emigrantes habían cambiado de itinerario queriendo evitar las estepas españolas donde no encontraban alimento; porque ya, hasta la alondra, para evitar los páramos de España, tiene que portear su provisión de trigo.

Siguió estudiando y satisfaciendo su voracidad de lectura, vuelta su fe hacia su país. Cuando supo por los periódicos y por las leyes del Gobierno que se preparaba un vasto plan de repoblación forestal y que España se ponía en manos de los ingenieros de montes, pensó: «Ese era el camino.»

Cuando él se desterró lleno de ilusión, tenía una frase que era su habitual muletilla: «Las dos plagas de España son los pastores y los señoritos.» La tragedia de Castilla era su falta de agua. No tenía agua para su agricultura ni para su industria... Sólo una repoblación forestal sabia puede devolvernos esa agua perdida por las talas y por el ganado. La oveja, al destruir el césped, traza un sendero. La lluvia lo ahonda y socava. Desde ese instante comienza el desprendimiento de tierras, que irá en aumento. Teniendo en cuenta la inmensidad de la tierra desnuda sometida al derrubio y la erosión, no extrañará la enormidad de los arrastres, pues ninguno de los ríos españoles es de régimen constante, sino que todos son de régimen torrencial.

Recordaba haber leído siendo estudiante que el Llobregat llevaba en régimen normal dos kilogramos de cieno por cada metro cúbico... El Esgueva, cuatrocientos metros cúbicos diarios; el Duero, nueve mil; el Júcar, en Cuenca, cinco mil, y el Tajo, en Toledo, seis mil ochocientos. El Pisuerga, dos mil. Sólo el Guadalete lleva anualmente a la bahía de Cádiz quinientas mil toneladas de arena. Entre el Tajo y el Júcar se llevaban en cien días de crecida un millón ciento ochenta mil metros cúbicos de limo.

«Es la patria, que se nos escapa bajo los pies», pensaba. Esto le quitaba el sueño cuando era mozo.

Al marchar la arcilla los terrenos quedaban inertes... Una ráfaga de espanto barría comarcas enteras, y las tierras se despoblaban porque los habitantes tenían que huir. Las tierras recogidas por los ríos llegaban al mar y se depositaban en las playas... Desmenuzadas por el roce y calcinadas por el sol, se reducían a polvo impalpable. Luego, cuando la brisa de la tarde las agitaba, se ponían en camino y emprendían el camino de regreso hacia el interior. El aire las arrastraba en altos remolinos que oscurecían la atmósfera... Más tarde se abaten sobre el contorno de las costas y lo asuelan.

Esta marcha de la tierra talada en los ríos y su vuelta en polvo asolando las costas la había él sentido en su carne y visto con sus ojos, y esa desaparición angustiosa de la tierra bajo sus pies le había desterrado a él, como a otros, de su patria. Por eso ahora, al ver una política dirigida a sujetar las tierras con la repoblación, e irrigarlas y a alumbrar el agua en lo posible, volvía a esa misma tierra que abandonó, y así se reintegró a su Castilla y a su escuela.

Cuando le enviaron a Minglanilla era un hombre seco y áspero por fuera, pero con un corazón jugoso y dulce como el de una fruta. Conoció al médico y al abogado, con quienes se lió de verdadera amistad..., y ya de vuelta de las idas, un tanto desengañado de todo, sigue con verdadera unción el positivo mejoramiento físico de la patria...

Han comido en un comedor que abre sus ventanales sobre el Duero. La tarde es serena y el aire luminoso y tibio, y aunque tienen ganas de huir de la conversación de Martita, el abogado, obseso, vuelve a ella.

—¿Qué hacemos con la sobrina, voy por ella?

—Sí; tráigala usted —le animó el maestro.

El médico se sonreía.

—Pero después de que la vea el psiquiatra se encontrará mejor entre nosotros, aquí, con su tía Marta, en Minglanilla..., que Madrid se está poniendo apabullante..., sobre todo para una enferma mental..., que por allí anda el pájaro que es su obsesión.

Siguió sonriéndose.

—Sé que le voy a dar a Marta una gran alegría cuando le diga que mañana me voy por ella...

—Pues désela, désela usted —le animó el maestro.

Se volvieron al pueblo los tres a media tarde. Iban preocupados y en silencio.

A los pocos días se encontraba entre ellos Martita.

El psiquiatra, aparte de recomendarle algún tranquilizante, les aconsejó que la distrajesen y que, dentro de una disimulada vigilancia, la consintiesen moverse a su aire.

Pasó el estío sosegada. Estuvo con el tío una temporada larga en San Sebastián. Volvió a Minglanilla a finales de verano y cogió con sus amigas los últimos paseos por carretera.

A los pocos días tía Marta le preguntó:

—¿Cómo encuentras el pueblo?

—Muy cambiado.

—¿Qué me dices?

—Se habla mucho de fútbol y de quinielas... Todo el mundo hace quinielas... Ayer encontré en la farmacia de don Ruperto a él vestido de Rey Baltasar y al párroco haciendo una quiniela juntos... Y me he enterado que las monjitas adoratrices hacen quinielas y le ofrecen a la Virgen de la Viña la mitad del premio si por su influencia aciertan sus vaticinios.

—¡Cómo está la religión, Dios mío! ¡Cómo están poniendo la religión! —susurra tía Marta.

—A mí no me parece mal que busquen la influencia de los santos para acertar... Después de todo, las monjitas lo hacen a mayor gloria de Dios...

—Sí, eso sí —reconoce.

Se contemplan tía y sobrina.

—Lo que no entiendo es que don «Ruper» se vista de rey mago para acertar en las quinielas.

—Mujer, sabes que don «Ruper» ama sobre todas las cosas el teatro de Calderón y la tradición literaria española, y parece que en el momento que llegó el párroco estaba en su casa representando un auto sacramental del «monstruo», que es como él llama a Calderón, y él hacía de Rey Baltasar, y al recordarle que el párroco le avisaba para hacer la quiniela bajó como estaba.

—Pero ese hombre está de atar..., qué dirían los clientes que le sorprendiesen de esa guisa.

—No lo creas. Como estaría de atar es si le prohibiesen vivir a su manera... En el pueblo todos sabemos de qué pie cojea.

—¿De qué pie?

—De los dos, mujer, y sobre todo de la cabeza. Don «Ruper» toda la vida ha cojeado de la cabeza.

—Sí, eso sí —reconoce la tía, asustada.

Los días que tío Ciriaco estaba en Minglanilla la llevaba de expedición con el coche por los pueblos de Burgos y de Valladolid y de Soria para distraerla.

Un sábado de aquéllos, en compañía de don Andrés, el maestro, se trasladaron a un pueblecito cercano, Ucero, a pasar la tarde. Deseaba don Ciriaco verse con el médico titular, don José, que era amigo suyo.

Como en toda Castilla, observó que tenían la obsesión del fútbol y de las quinielas, sobre todo entre los jóvenes. Pero entre personas mayores, todas ellas labradores, hablaban de riegos.

—Las ganancias del campo que ha tenido el labrador, sobre todo en los primeros años después de la guerra, las emplea en hacer pozos artesianos o en subir el agua del río o del arroyo con un motor para prolijarla por sus tierras... La obsesión de muchos castellanos ahora es regar su labranza —le recalcó don José—. Mucha de la tierra de secano en que antes se plantaba vid, regada ahora, se planta remolacha. El año pasado fue tremenda en Castilla la cosecha de remolacha. Este año se ha plantado algo menos tierra y con la sequía brutal, que ha dejado sin agua la mayoría de los pozos, la cosecha promete ser muy menguada... Pero mucha de la vid que ocupaba el comienzo de las laderas de los cerros y vastas extensiones de secano es ahora remolacha. Castilla empieza a cambiar el vinillo aloque de la ribera del Duero, de diez o doce grados, agrío e insípido, por el azúcar.

Esto es ganar en dinero y en salud.

Mira a don Ciriaco como ofreciéndole el comentario.

—No hay duda de que por estas llanuras por donde anduvo el Cid ha subido sobremanera el tono de vida de las gentes pobres. Los trabajadores del campo tienen casi todos su bicicleta, y las mujeres mueven otro aire y otro desgaire. Los pueblos, aun los más paupérrimos, tienen una sala de cine que funciona en invierno, y al pasar por las callejas le salen a uno al paso voces y canciones conocidas, emitidas por aparatos de radio y hasta de televisión que empieza ahora... Pero la sequía del campo este año ha sido espantosa y no hay nada que hacer... Si allí a finales de agosto hubiera llovido un poco...; pero mire cómo amarillea esa remolacha —hace observar don José desde su cara redonda y ojos claros.

Están en la terraza de don José, tomando un poco de cerveza con limonada.

En esto se presenta el párroco, que se ha enterado de la llegada de los forasteros y viene a saludarles.

—¿Estas tierras pertenecen ya a Soria? —pregunta Martita.

—Sí —contesta don José.

El párroco es un viejecito de cara redonda y gafas de metal blanco, muy virtuoso, y con don José, consejero, alcalde y amigo de todos. Son las dos únicas personas que llevan adelante con su buen criterio a los vecinos.

Cuando ha de resolverse algo importante, don José se va a ver al párroco. Y cuando el párroco tienen sus dudas se viene a casa de don José...

Ahora están en casa de don José, que es la más aparente del pueblo, y con don Ciriaco, don Andrés y Martita, que han venido de Minglanilla, y don José y su mujer y el párroco están unas señoritas de El Burgo de Osma, que han venido a saludar a Martita.

Va cayendo mansamente la tarde.

Las garmas de los montes lejanos tienen un suave color salmón y las cabezas, a contraluz, son del tono de la azúcar morena. En primer término hay unos pobos delatores y una poca de huerta.

Una de las señoritas, la más guapa, está silenciosa y preocupada.

Le pregunta Martita lo que le ocurre.

Le contesta que ha tenido últimamente un gran disgusto.

—Un contratiempo muy gordo —añade otra de las señoritas.

El señor cura la mira de soslayo y la tranquiliza.

—Otro te saldrá bien... La vida es así, hija; todos los frutos no granan. Si esa ha sido la voluntad de Dios...

Don José mira a don Ciriaco y a don Andrés y les aclara:

—Ustedes sabrán que por aquí en la región es costumbre que las señoras y señoritas sean madrinas y protejan a uno o varios muchachos desde su entrada en el seminario... Les ayudan en sus estudios con unas dos mil quinientas pesetas al año. Si quieren dar más, dan más... Les hacen ropa y se preocupan de su salud y de su aprovechamiento. Los protegidos suelen ser hijos de pobrísimos labriegos que prefieren a trabajar en el campo con los hielos y el calor de esta altísima meseta «ir para curas» y entrar de muy críos, a veces a los diez años, en el seminario a estudiar. Y bien sabe Dios y nuestro párroco que no lo digo con segundas intenciones, pero a esa edad qué puede saber un niñato cuál es su vocación. Algunos lo dejan a mitad de camino..., otros siguen y son sacerdotes, y hasta buenos sacerdotes..., y otros, lo que le pasó al protegido de la señorita Maruja, se ha salido cuando ya le faltaba poco para ordenarse... y se hacen su vida luego lejos en las grandes ciudades.

—Pero es que «el mío» —interrumpe la señorita Maruja— no es porque yo fuera su madrina, pero era listísimo, un fenómeno, y llevaba una carrera que sus profesores me habían asegurado más de una vez que llegaría a obispo..., eso lo menos... ¡Qué rabia! Cuando no le faltaba más que un año vinieron las fiestas del pueblo... ¿Y qué creen ustedes que hizo? Se puso a bailar el «agarrao» con una de las mozas.

Cuando me vinieron a contar que estaba bailando en la plaza... yo es que... Luego, lo que son las cosas, le pesó lo que hizo. Hablé después con el director del seminario y me fui a ver al Dean, que es amigo de mi familia. El tomó cartas en el asunto y hasta habló con su Ilustrísima. Le perdonaron la falta... Volvió al seminario, pero ya no era el mismo...

Se hace un silencio quebradizo.

—¿Y qué fue de él? —pregunta don Andrés, el maestro.

—Es profesor de una academia de Barcelona y me han asegurado que se va a casar.

El médico mira a don Ciriaco por el rabillo del ojo y el señor párroco suspira:

—¡Más vale que sea un buen marido que no un mal pastor!

—¡Qué rabia! —protesta la señorita Maruja. Es mala suerte... El primero que tuve se me murió de una enfermedad extraña: de mal de ánimo, diagnosticó el médico del seminario. Le advierto a usted —recalca dirigiéndose a don Ciriaco— que era muy aplicado y, según sus profesores, inteligentísimo.

Pensando en el curita frustrado al nuestro le entra una gran tristeza..., tristeza que favorece la incipiente oscuridad.

La mujer del médico se retira con sus amigas, las señoritas del Burgo de Osma.

Antes se despiden carantoñeras de Martita.

—Es digna de elogio la actitud y generosidad de estas mujeres, lo toman con tan cristiana ilusión... —susurra el señor cura.

En seguida consulta su reloj de metal blanco con las gafas.

—¡Cómo se va el tiempo! —exclama despavorido—. Señores, me tienen en la iglesia y en mi casa para lo que quieran mandar a este siervo.

Les tiende a todos la mano con la palma vuelta y se va.

Sobre la tierra es ya noche hermosa y alta.

—¿En qué piensa usted?

—Me acordaba de los versos de Maragall:

> *Sola, sola en mitj dels camps*
> *terra endins, ampla es Castella*
> *y está triste que sols ella*
> *no pot venra els mars llunyans*
> *Parleuli del mar germans.*

Nace un silencio dardeado de rumores.

El maestro se vuelve y le hace observar al médico el gran número de casas derruidas que hay en el pueblo.

—¡Y las que habrá con el tiempo...! Estos pueblos pequeños están llamados a desaparecer... Mire, yo vivo en la casa más aparente del pueblo... ¿Sabe lo que pago de renta? Treinta duros.

—¿Al mes?

—No, no, al año.

—Me explico que las casas que vayan cayendo nadie las levante.

—Como el Estado no intervenga, no sé lo que pasará en estos pueblos dentro de cuarenta o cincuenta años.

Salieron a tomar el auto que habían dejado en la plaza.

Es noche cerrada.

Al fondo, en lo alto de un teso, se ven las ruinas de un castillo.

—Lo acaban de declarar monumento nacional para que no sigan robando las piedras —les indica el médico.

Luego, melancólico, les señala a la salida de la plaza unas muescas grandes en los esquinazos, por donde cierran con tablas para las capeas de las fiestas.

Antes de alcanzar el coche llega un rapaz a avisar a don José para que vaya listo a asistir a una parturienta.

—Mientras las mujeres cumplan su cometido habrá nuevas casas y nuevos pueblos —sonríe don Ciriaco.

—Eso hay que esperar —les dice el médico despidiéndose...—, eso hay que esperar.

Se metieron en el auto.

Ya en marcha, la noche se tachonó de misterio.

—¡Qué cielo más hermoso! —confesó Martita contemplándolo.

—¡Qué insulsamente se va esta vida nuestra! —suspiró el abogado.

—Despreciémosla. Lo más hermoso de la religión católica, el fundamento humano de ella, es el desprecio a la vida..., ¿por qué temer perder una cosa que una vez perdida no puede ser lamentada? Además, ¿por qué temer una cosa que es absolutamente inevitable? Tan necio es lamentarse —continuó el maestro— de no vivir dentro de cien años como de no haber vivido hace cien.

—¡Pero es que se vive tan poco tiempo! —se lamenta don Ciriaco.

—¿Se duele usted del poco tiempo que se vive?

—Son lo mismo el mucho o el poco tiempo de la vida de un hombre. Porque el mucho o poco tiempo se refieren con la muerte a cosas que no existen ya. Aristóteles cuenta que hay insectos en la orilla de España que no viven más que un día; los que mueren a las ocho de la mañana, mueren en plena juventud; los que mueren a las cinco de la tarde, mueren ya viejos. Quién habrá que no tome a broma esta brevedad de tiempo, vivir diez horas o vivir veinte lo mismo da. Pues la duración de nuestra vida, si la comparamos con la eternidad, es muy inferior a la vida de estos insectos. Desde el primer día que nacemos nos encaminamos tanto a la muerte como a la vida. No sólo el hombre muere cuando llega al fin de esta vida, más aún, desde que comienza a vivir también comienza a morir, de manera que nos estamos muriendo todo el tiempo que vivimos, es más, antes que le llegue a uno el día de su nacimiento, la muerte nos ha comido el tiempo de nueve meses a cada uno de nosotros.

—Menos a los sietemesinos —señala Martita sonriente.

—Bien..., menos a los sietemesinos —le concede el maestro.

—La obra de nuestra vida es ir construyendo nuestra muerte; uno está en plena muerte mientras está en plena vida y sólo después de muerto deja verdaderamente uno de vivir, o si ustedes quieren uno muere en cuanto deja de vivir, pero mientras vive, vive muriéndose.

—Bueno, pero si uno se ha aprovechado de la vida, ya harto uno, puede dejarla tranquilo..., que es de lo que se trata —opina el abogado.

—¿Y si no ha sabido uno aprovecharse de ella..., si ha sido inútil para uno? —pregunta Martita.

—En ese caso, ¿por qué lamentarse de haberla perdido? —le completa el maestro.

—Pensar en la muerte es romperse la cabeza... Creo que lo elegante es vivir y pensar poco en ella..., ya que es inevitable —opina Martita—. Y para empezar, detén el auto, tío, que es una noche maravillosa y quiero disfrutar un poco de ella.

Paró el coche el tío y salieron de él.

El cielo, claveteado de luceros y de rumores, era de una grandiosidad y de una serenidad solemne y dulcísima.

Martita se separó de los hombres y se extasió mirando a lo alto.

Empezaron a rodarle las lágrimas por las mejillas.

Se encontró empapada de dudas y de misterio.

Se volvió:

—Don Andrés, ¿cree usted que seremos los únicos seres vivientes en el universo infinito?

—No; no puedo creer que el poder que ha creado la vida y el orbe haya confinado todos los organismos sensibles en este planeta comparativamente pequeñísimo... Nuestro sol es uno de los cien mil millones de estrellas de nuestra galaxia. Nuestra galaxia es una de los miles de millones de galaxias que pueblan el universo... Sería una presunción absurda y grotesca creer que nosotros somos los únicos seres vivientes en esta enorme y pavorosa inmensidad.

Bajo la hermosa luna de otoño las lágrimas rielaban por las mejillas de Martita.

Se volvieron al coche.

Los hombres, empavorecidos, guardaron silencio... Era un silencio frío, de plata, como de primera mañana del mundo.

—Tío, tráeme un seminarista de éstos para que le proteja... ¿Me pagarás un seminarista?

—Sí, mujer, te lo pagaré.

—Pero pronto, pronto, lo necesito pronto... Y que tenga un buen *pedigree*.

—Bueno.

Se lo pedía como quien pide un perrito faldero.

—Búscamelo pronto... para que le proteja y lo mime y tenga en qué ocuparme..., que así, sin hacer nada, no puedo vivir.

El maestro la contempla con una piadosa dulzura.

—A ver si acertamos con un cachorrillo bueno... y me llega a obispo o cardenal.

—Eso, eso.

—Que siento dentro de mí como un río de ternura y quiero..., quiero...

Le temblaba la mandíbula, desvalida, agónica.

El coche paraba en aquel momento delante de casa de tía Marta.

A las pocas semanas, don Andrés, el maestro, la llamó a su casa. Había salido de tiendas con una amiga.

—Escuche, doña Marta, dígale a su sobrina que la visitaré esta tarde con un perillán que va a ingresar en el seminario de el Burgo de Osma.

—Bueno, don Andrés, se lo comunicaré y no sabe bien la alegría que la dará.

Cuando llegó, a la hora de comer, y se lo anunció, se sintió como bañada de gozo, como vestida de luz.

—¡Qué satisfacción me das, tía, guapa! —y la besó y abrazó jovial.

Comió con mucho apetito y se abrió a la tía cariñosamente y dicharachera...

—Supongo que don Andrés, que es tan culto y talentón, me habrá encontrado entre seminaristas lo mejor de lo mejor... ¿El, qué te ha dicho del chico?

—Nada, no me ha dicho nada, y puesto que viene con él, le tratarás y conocerás y os pondréis de acuerdo.

Se vistió y se puso elegante, como para una recepción. Delante del espejo pensó que ella también debía causarle buena impresión al muchacho.

—¿Pero no te ha indicado cómo es, si alto o bajo, si rubio o moreno? Porque si no es un chico, aparte de listo, agradable y con porvenir, yo no me hago cargo de él como madrina... Tío Ciriaco me prometió me daría tres mil pesetas para mi madrinazgo. Casi todas las señoritas de el Burgo de Osma que protegen, dan por el suyo dos mil quinientas al año... Como ves, por tres mil pesetas puedo exigir algo escogido..., no un seminarista desgalichado que haga sus estudios a trancas y barrancas.

—Claro, claro.

Consultaba su relojito cada dos por tres.

—¡Qué nerviosa estoy! —confesó.

Se encontraban en la alcoba de la tía.

—¿Tú, viviendo el abuelo tuviste un protegido?

—Sí, y por cierto, no sé por dónde anda ni si vive o murió.

Contemplándola con un gran afecto.

—Martita, hija, no te vuelques y pongas toda tu ilusión y tu ímpetu en esta cosa simpática pero pequeña que es ser madrina y ayudar en sus estudios a un seminarista...

—¿Pero por qué no he de poner toda mi ilusión y mi alma?

—Porque si luego te resulta mal...

Contemplándola con ternura:

—No te des con esa violencia y ese entusiasmo, que me parece bien lo guardes para obras de más alto copete.

Inclinando suavemente la cabeza.

—Es que no sé hacer las cosas a medias... O me doy o no me doy...

—Pues no debe ser así. En las cosas de no mucha monta, trata de retenerte y pensar de antemano que el resultado te puede ser adverso... y que sólo vale de verdad la pena el problema de la salvación de tu alma.

—Desde luego.

En este momento sonó suavemente el timbre de la calle... Y a Martita le tilinteó el corazón como una campanilla.

Se levantó para ir a abrir.

La retuvo con su mano.

—Deja que vaya la sirvienta, que para eso está.

La contempló con dulzura.

—No te vayas, quédate aquí conmigo.

Les pasó la criada a la sala.

—Señora —saludó don Andrés—. Hola, Martita.

El crío, pues era un crío de unos diez o doce años, se inclinó, tomó la mano de la señora e hizo ademán de besársela.

Doña Marta le tomó la frente y le hizo una caricia.

—¿Este es el perillán?

—Sí, yo soy —dijo el crío—. Y usted es la señora... Y ésta la señorita Marta.

Le dio la mano a Martita.

—Se llama Claudio; es del páramo de la Lora, en la provincia limitando con Santander, y es el primero de su escuela, con todos los premios y va a estudiar «pa cura», como él dice, en el seminario, aunque él vive con sus padres en Fuente Espina.

El chico alzó la cabeza y miraba todo, las personas, los muebles, las paredes, con morosidad y soltura.

—¿Tú quieres que yo sea tu madrina y vele por ti?

—¿Qué es eso de velar? —preguntó el crío.

—Que te proteja y te ayude en tus estudios —le aclaró el maestro.

—Pues claro que quiero, que lo que no me peta es andar suelto. Me gusta porque se estudia mucho y a mí lo que me alegra es saber y estudiar, que la cabeza, verdad usted, la tengo para algo más que para llevarla sobre los hombros... Digo...

—Ahora lo has dicho, hijo..., para algo más —le corroboró doña Marta.

—Pues yo te ayudaré y te empujaré.

—Y yo se lo he de agradecer y seré bueno y aplicao y humilde con los altos pa tenerla a la señorita muy contenta.

Era morenucho el crío y venía de buena talla. Los labios eran enjutos y sus ojos oscuros y de mirar muy hondo.

Doña Marta se lo llevó entusiasmada y le dio unas monedas y una hermosa manzana.

Don Andrés quedó con Martita.

—Es el mejor de la escuela y, según su maestro, jamás ha tenido él, en todos los años que lleva en la enseñanza, un crío tan vorazmente estudioso y al mismo tiempo tan despejado.

Mirando a Martita, alabancero:

—¿No quería usted un obispo...? Pues si no le paran, éste va para cardenal.

—No sabe la alegría que me da, don Andrés. A mí al primer golpe de vista me ha resultado simpatiquísimo y es muy serio y muy aplomado.

Volvía con doña Marta.

—El sábado vendrá el tío y hablaremos —le dijo Martita al maestro.

—Claudio vuelve esta tarde a su casa, pues ha venido con su padre solamente a que lo conozca usted. El lunes que viene ingresará en el seminario.

—Yo voy de cuando en cuando por el Burgo de Osma, pues tengo allí parientes, como usted sabe.

Se volvió al chico.

—Iré pronto por el Burgo de Osma y te visitaré en el seminario... y te llevaré unas cuantas cosas.

Doña Marta le había tomado la talla y las medidas para la ropa y el número que calzaba.

—¿Tienes apetito y te encuentras fuerte y comes bien?

—Sí, señora.

Más tarde le hizo la ficha.

—¿Por qué no nos lo deja hasta la salida del autobús? —le pidió Martita al maestro.

—Está con su padre y sólo me le confiaron para que ustedes lo conociesen.

Doña Marta le apretó contra su flanco al despedirle y Martita le besó en la frente.

—Adiós, Claudio, adiós... Te iré a visitar dentro de unos días al Burgo de Osma.

—Adiós, hijo —le despidió doña Marta.

Había mandado la criada a por un paquete de caramelos y llegaba en aquel momento con él.

—Toma, hijo, toma.

A Martita se le aguó el ánimo.

Al fin se lo llevó el maestro.

Se asomó a la puerta.

—Adiós, Claudio.

—Adiós, señorita.

—Adiós, adiós —se despidió el maestro el último.

—¿Qué te ha parecido?

—Es muy majo y viene muy despierto, y parece bien portado y de aspecto saludable.

—Sí, diría que llega como llovido del cielo.

—En cuanto venga tío Ciriaco, nos vamos al Burgo de Osma. Quiero ver a tía Alfonsa para que me acompañe a visitar a Claudio y presentarle. Así, como ella vive allí..., si le ocurriera algo o necesitara algo...

—Mujer, con ese aspecto y a esa edad, qué le puede pasar...

Se hace un silencio nervioso.

—¿Qué día ha dicho que ingresa en el seminario?

—El lunes, me parece.

—Hoy es jueves.

—Sí.

—El sábado voy allí con tío Ciriaco, y tía Alfonsa estoy segura de que me agradecerá que se lo lleve.

—El es el que tal vez no tenga muchas ganas de verla... Al pobre Ciriaco, que a pesar de su rudeza o por su rudeza no sabe decir que no, lo asan entre todas las hermanas.

—Más bien entre todos los sobrinos..., y qué sobrinos..., porque José Luis no me negarás que es un fresco..., se trae unos líos con una tintorera de rompe y rasga... que creo que le lleva por la calle de la amargura.

—¿A quién, a Ciriaco?

—No, mujer, a José Luis.

—¿Pero está *embarraganao* con ella?

—Eso parece.

—¡Estos jóvenes de ahora!

—En eso tiene razón el tío, que lidie con él tía Pura, que para eso es su madre.

—La pobre, con nueve hijos y no mucho dinero, qué quieres que haga desde Valladolid...

—Pues que le tenga allí sin mandárselo a Madrid al tío.

—Quita una boca de casa y una preocupación.

—El tío bastante hace con ayudarles con su dinero y su influencia... en lo que puede, pero él no es padre, sino tío de los sobrinos, compréndelo.

—De sobra lo comprendo, pero tú ponte en el caso de Purita y en el de Rosarito, y en el de Alfonsa y en el de Lola.

—Los hombres son egoístas... Y más si son solteros como tío Ciriaco. Y bastantes quebraderos de cabeza tendrá él con sus asuntos y su trabajo para que le vayan con otras preocupaciones.

—Eso sí.

Tía Marta está tomando una taza de manzanilla y Martita una tila.

Se oye el rebufar de un auto que pasa por la carretera.

—¿Qué vas a hacer esta tarde? —inquiere la tía.

—Voy a ir donde Eduardito a que me peine y me marque.

—¿Y más tarde?

—¿Por qué no te animas y nos vamos al cine?

—¡Jesús! El tiempo que hará que no he visto una película...

—Pues por eso.

—Ahora voy a reposar un rato.

Martita salía poco después. Cerca de la plaza se cruzó con la señora Luisa, que iba a abrir su tienda de encajes y puntillas.

Se saludaron muy fríamente.

La señora Luisa era tía de Presen, la raptadora de Leonardo, y eso no se lo perdonaba Martita.

—Te prohíbo que compres nada en la tienda de la señora Luisa —le había dicho a tía Marta, más en serio que en broma.

En manos de Eduardito, «Dito», como le decían todas las niñas bitongas de Minglanilla, recibió con sus artes peluqueriles todos los chismecitos del pueblo.

—Sabrás lo de Jesusito, el gran éxito que ha obtenido.

—No sé nada de Jesús. ¿Qué hace?

—Pues hace..., hace que acaba de ingresar por oposición en los grandes almacenes «el Aguilucho» con el número uno entre treinta y seis escaparatistas. En «el Aguilucho», que tiene los mejores escaparates de Serrano.

—Lo que se va a lucir.

—Fíjate, hoy por hoy es el mejor escaparatista español. No creo nos dure mucho tiempo, como si lo viera, y nos lo robarán los franceses.

—¿Y qué más noticias hay del pueblo?

—¿Te parece poco ésta?

—Me parece un honor para Minglanilla.

—Aunque él no es de aquí pasa grandes temporadas y es muy conocido, se trata del «cubanito», de Cenicero, que le ha detenido la

Policía de Barcelona por... por un chantaje a una viuda adinerada y vieja.

—Eso lo pondré en cuarentena, porque al «cubanito» no lo ves tú con buenos ojos.

—Ni con buenos ni con malos..., eso desde luego...; pero la fuente no puede ser más límpida, me lo ha comunicado su íntimo Albertito, el carretero..., que por cierto parece que ha sentado la cabeza y se casa con una señorita de Peñaranda.

—¿Qué me dices?

—Ya ves..., ya ves.

—¿Y qué más?

—Que Aure, la mujer de Sidoro, ha dado a luz un niño mongólico..., bueno, tonto; porque ahora a todos los niños tontos habrás observado los llaman mongólicos..., por lo visto es más elegante.

—Pero es de Sidoro o de...

—A escote, parece que está hecho a escote.

— ¡Qué cosas tienes!

Después de marcarla la metió bajo el secador.

Más tarde, en seco, la peinó.

—A tus órdenes, Martita —la dijo, retirándose a un lado, elegantón, como buscando perspectivas y mostrando su trabajo.

Cuando volvió a casa Martita, su tía tenía visita.

Oyó unos lamentos seguidos de quejumbrosas lágrimas. Era una mujer en derrota que venía a suplicar a doña Marta por su único hijo, que le tenía en la cárcel.

—El no robó, señora..., le juro que él no robó... Y usted, cerca de los jueces y de los poderosos, puede tanto...

Cuando se retiró la pobre madre, después de prometerle hacer lo que pudiera, doña Marta se encontró deshecha y abatida.

—Nunca daremos a Dios bastantes gracias por todos los bienes que nos concede —le dijo a Martita.

—No debes preocuparte tanto por los demás, tienes que pensar un poco más en ti... Si no, acabarán contigo estas pobres gentes...

— ¡Y qué mejor final que ése para mí, qué mejor final...!

Se pasó el resto de la tarde escribiendo cartas.

—Escucha, hija, vete tú sola al cine.

—No, me quedaré en casa contigo. ¡Qué me puede a mí importar nada mientras tú sufres!

La tía la acercó y la dio un beso de agradecimiento.

El viernes a la noche llegó tío Ciriaco.

Permaneció con ellas un rato antes de retirarse a su casa.

—Tío, qué contenta estoy. Me ha traído don Andrés un cachorrillo de cura... que es un sol; ya lo verás.

—Te dije que don Andrés, como maestro, es quien mejor podía proporcionarte ese lujo.

—Es premio y un fenómeno... Si vieras..., ¡tiene una cara de listo! El lunes entra en el seminario del Burgo de Osma.

Espero que mañana o el domingo no te importará que vayamos allí a ver a tía Alfonsa.

—El domingo, si te parece, vamos a comer con ella.

Se volvió a Marta.

—Te animas y nos acompañas —le brinda a la prima.

—Lo siento, pero no estoy ya para viajes y desplazamientos. Id vosotros.

Durante un rato estuvo solicitando de él cartas y recomendaciones para los pobres y desvalidos del distrito, cerca de altos personajes y de autoridades.

Don Ciriaco aceptaba de muy buen talante y sonriente todas sus peticiones y súplicas.

—Escucha, este chico que te recomiendo es hijo de Carmela, aquella viuda que tuvo una casa de huéspedes a la salida del pueblo. Esta es... hija de Sixto, aquel cazador furtivo que fue agente electorero de mi padre... Estuvo en una casa de costura en Madrid; parece que se desgració y ahora, la mujer, ya vieja, se halla enferma. A ver si consigues que le permitan entrar en un hospital.

—Sí, ya sé quién es, la recuerdo; pero anda ahora por Madrid.

—Sí..., me escribe desde Madrid, la pobre... Estas son sus señas.

Cada semana que caía por el pueblo, tía Marta le tenía preparada una retahíla de peticiones y recomendaciones que su primo atendía gustoso hasta donde llegaban sus posibilidades.

—Anda, Ciriaco, querido, tú que eres hombres influyente... El Señor te lo pagará.

Por su parte, doña Marta hacía cerca de sus viejos amigos todo el bien posible.

—¡Es tanta la miseria del mundo! —exclamaba.

Tenía un libro pequeño en la mano tío Ciriaco, que abandonó sobre la mesa mientras escuchaba y recibía las peticiones y súplicas de Marta.

La sobrina lo abrió y leyó:

«Lo que percibimos de la lucha por la vida no nos da sino una ligera idea de la matanza universal. En todo momento, en las matrices o a la luz del día, perecen gérmenes, abortan embriones. Las más duras hecatombes naturales se efectúan sin derrame de sangre y sin exhibición de cadáveres. Nacer es ya una suerte o una mala suerte insigne.»

Era un libro de reflexiones sobre la vida, de un biólogo ilustre.

«Se depura a Dios, se le simplifica, se le despoja, se acepta su silencio y su ociosidad. Se consiente en que todo pase aquí abajo como si El no existiera. Se le pide simplemente que conserve su nombre.»

Retiró el libro avergonzada, como ofendida.

El tío se dio cuenta y nada la dijo.

Se levantó y se fue a la cocina a ver cómo iba la cena.

Volvió y le dijo al tío:

—¿Te quieres quedar a cenar con nosotros?

—Gracias..., me voy a acostar sin cenar; he hecho un excesillo en la comida.

—¿Entonces el domingo vamos al Burgo?

—Sí..., pero ya nos veremos mañana... Trataré de avisar a don Andrés para que se anime y nos acompañe.

—Sí..., no sabes lo agradecida que le estoy.

El sábado comió Martita con Quinita y su hermana Anita, hijos de uno de los dueños del «California», y al atardecer se presentaron en el bar.

Estaba muy animado. Roque Sesumaga, contable de la fábrica de azúcar, departía con Jesusito, el escaparatista, que recibía con gran contento toda clase de felicitaciones y plácemes.

Eduardito, el peluquero de señoras, llegaba poco después.

Las mujeres comentaban la boda de Albertito, «el carretero».

—Creo que es una chica muy guapa y la mejor fortuna de Peñaranda... Yo lo que he oído —comentaba Quinita.

—La verdad es que no sé dónde tienen algunas mujeres los ojos, porque Albertito, como hombre, es más bien una birria y ordinario, es como para parar un tren —malhumora el peluquero.

—No, pues como hombre no está tan mal; no es Marlon Brando..., pero los hay peores —asegura Anita.

Jesusito hizo con sus dos palmas un gesto displicente, de asquito, que bien valía un poema.

Jesusito se ofrecía irresistible.

Todas las miradas del bar se volvían a él.

Se hablaba de veinticinco, treinta mil pesetas de sueldo mensuales..., y unos tantos por cientos subidísimos, como quien lava.

En esto entró en el bar el sobrino rubio del alcalde.

Eduardito le llamó y le planteó:

—Escucha, a Jesús le acaban de proclamar en Madrid el mejor escaparatista ibérico... A ver si le dices a tu tío que hay que dar su nombre a la mejor calle del pueblo.

—Todas están ya rotuladas.

—Pues se suprime el nombre de la mejor y se le da el nombre de Jesús.

—Claro, hombre, o somos o no somos —argumenta el contable, que es de la bella Easo.

—Qué menos que una calle para este hombre que hace de un escaparate un verdadero poema sinfónico de colores y de delicados matices —animó su amigo Eduardito.

—Y por qué todo eso no se lo proponéis vosotros a mi tío, porque a mí maldito el caso que me hace.

—Si eso es así, no intentes sentarte aquí con nosotros —le planteó el contable.

El muchacho se puso colorado y quedó confuso.

—No hagas caso, siéntate junto a mí —le dijo haciéndole sitio el homenajeado.

Como jóvenes animados... y era sábado, invitaron a las mujeres y se fueron a cenar al albergue.

—Os advierto que la nueva cocinera que tienen pone las truchas a la navarra de chuparse los dedos —les animó Sesumaga.

Hubo en los paladares retintines de fluviales delicias.

Comieron con alborbola y apetito y rociaron con un aloque de la tierra que se dejaba querer.

Poco después de la media noche acompañaron a las mujeres a sus casas.

Se veía luz en la alcoba de doña Marta.

La sobrina golpeó suavemente en la puerta.

—Pasa si quieres —le advirtió.

Leía sus devociones antes de dormirse.

—¿Qué tal?

—He disfrutado mucho; hemos celebrado el gran éxito de Jesusito como escaparatista.

—¿Pero qué profesión es ésa?

Se la explicó.

—¡En el nombre del padre!

—¡Y del hijo! —añadió chungona la sobrina.

—¿Y por colocar tres trapos y dos bultos en el escaparate le dan esos miles de pesetas todos los meses?

—Por colocarlos, no; por colocarlos artísticamente.

—Mucho deben de ganar los comerciantes de ahora, cuando necesitan inventar esas profesiones para dar salida a sus ganancias...

—Los tiempos han cambiado, tía, y al comprador hay que entrarle por los ojos.

—Siempre ha entrado todo por los ojos..., eso no es de ahora... Bueno, por los ojos y por los oídos..., ya que ojos y oídos son las dos únicas puertas del conocimiento.

—Muy filosófica te encuentro esta noche, tía.

Cerró su libro de oraciones y la contempló risueña.

—Estoy cansada.

—Hasta mañana.

La dio un beso y se retiró.

Al día siguiente se encontró mal. Notó un flujo vaginal del color del agua de lavar carne, doña Marta, pero nada le dijo a la sobrina para no angustiarla.

Martita salió a comprar lana, una lana granate, de un granate que tiraba a oscuro y con las medidas que había tomado al curita en agraz su tía, empezó a hacerle un jersey.

—Que en el Burgo de Osma hace un frío helador... y el invierno en seguida se echa encima.

—Mujer, que acabamos de salir de él.

—Pues para el siguiente, que las estaciones se suceden.

Se sonrió la tía.

Había un no sé qué maternal en Martita y una necesidad biológica de proteger y derrarmarse y prolijarse... y querer a alguien.

—¿No te habrás equivocado al tomarle las medidas?

—No creo —se sonrió la tía—; de todas formas siempre es tiempo para rectificar.

Preguntó por su tío Ciriaco y que estaba en la finca le indicó la mujer que le llevaba la casa.

—¡Mira que si llegara a obispo o cardenal de la Iglesia católica...! —y a su maternidad bullidora le ganaba un suavísimo rehilo.

Los agujones iban y venían en su engarabitado amaño.

—¿Tú qué crees, tía?

—Se malogran muchos sacerdotes, cada día más..., y es que el mundo, con sus tentaciones, es cada vez más fuerte.

—Es lo que yo pienso... Además, que cuanto más inteligente es un hombre, es más el peligro de perderse.

—De perderse para nuestra santa religión, se entiende —aclaró la tía.

—Desde luego, porque si vale mucho puede ser una lumbrera en el siglo.

—¿No fue Castelar seminarista y luego lo abandonó...? Sí, creo que fue Castelar.

—No lo sé.

Se contemplan tía y sobrina.

—Recuérdame que mañana lleve unos caramelos para los pequeños de Alfonsa.

—Hace muchos años que no la veo y, ya ves, viviendo como quien dice muy cerca.

—Apenas sale ella de allí... y tú no te mueves hace tanto tiempo...

—De los siete, ¿cuántos tiene varones?

—Ninguno. Son las siete niñas.

Al mismo tiempo que tío y sobrina, se sentaban en la finca de Ciriaco a comer con el abogado, don Andrés, el maestro, y don Celso, el médico.

—He recibido una carta de Londres de nuestro querido Lorenzo —les anuncia el maestro.

—¿Y qué cuenta? —preguntó el abogado.

—Que está harto de tanto «puré de guisantes» y que tiene una hambre de vuelta a sus lares que sólo con la viva presencia de la patria la podrá remediar. Me escribe que hable con usted a ver cómo va esto, porque si le permiten volver sin molestarle mucho, se mete en el primer barco de los que salen frecuentemente para Bilbao.

—¿El está en Londres mismo?

—Sí, la carta es de Londres.

—Lo mejor creo yo es que venga... Si una vez aquí tuviera alguna dificultad..., que no creo que la tenga a estas alturas..., para algo estamos los amigos.

—Eso me parece, porque plantear el caso antes de encontrarse entre nosotros, como si fuera un sujeto que ha de tener que ver con los tribunales de justicia...

—... Y ése no es el caso de este hombre —asegura el médico.

—Sería darle una importancia y una gravedad a su venida que no la tiene —señaló el abogado—. Dígale que tome el primer barco... Ahora, eso sí, como primera medida, o que se quede en Bilbao o que se llegue a Madrid.

—En Madrid se encontrará mejor para todo.

—Desde Madrid puede ojear mejor el panorama y esperar.

—¡Qué gran muchacho es! Bueno, muchacho..., que el tiempo pasa para todos.

—¿Qué edad tendrá ya?

—Unos treinta y ocho.

—El se significó bastante al principio, entre los intelectuales del grupo de Fernando de los Ríos, siendo muy joven.

—Sí, hasta que vio el cariz comunista que tomaba esto y aprovechó el poder ir a París con una comisión y, desengañado, no quiso saber más y se escondió y se quedó allí un par de años. Luego pasó a Méjico y más tarde a Venezuela, y de allí a Londres, donde lleva varios años trabajando en una editorial. De su estancia en los países hispanoamericanos no quiere ni hablar: dice que tienen los defectos nuestros exacerbados... y poquísimas de nuestras virtudes.

—Pero de los ingleses tampoco está muy satisfecho, según tengo entendido —patentizó el abogado.

—No, dice que en su decadencia han perdido hasta las buenas maneras y son cínicos, groseros e insoportables.

—El mundo está revuelto y nada marcha bien —señala el médico—. Y en casos así hasta la buena educación y el bien comportarse se echan de menos.

—Por eso el pobre Lorenzo suspira por volver... Pero no sabe con lo que se va a encontrar aquí, que esto tampoco marcha; ya hasta los mismos obispos protestan. En *Eclesia* de hace unas semanas el obispo de Cádiz y Ceuta, cuya diócesis comprende la parte meridional de Andalucía, hace un llamamiento para mejorar la vida del campesino y detener la despoblación del campo.

—¿Pero usted lee *Eclesia*?

—Pues sí, porque es la única publicación no sometida a la censura oficial y, de cuando en cuando, se entera uno de cosas, como ahora... Puede ser interpretado como una alusión al plan de desarrollo económico del gobierno para estos años, que concede preponderancia a la industria, como usted saben, y su Ilustrísima escribe «que sin un justo sentido social el desarrollo económico podría convertirse en una tiranía de la tecnología y del dinero». A causa de la sequía y del éxodo del campo, la producción va disminuyendo de manera alarmante de año en año. Los factores más importantes de ese éxodo y de esa disminución de la producción son la capacidad de las tierras cultivables y las condiciones de vida que reinan en el campo. España es, sobre todo, una nación de pequeñas y empobrecidas haciendas y de desmesurados latifundios. Según unas estadísticas recientes oficiales hay 1.828.290 propiedades de menos de cinco hectáreas y 27.560 propiedades de más de 200 hectáreas. La vida en esas pequeñas propiedades y el contraste con los grandes latifundios es descrita en la carta del obispo, así como en otros recientes artículos de la prensa católica española, y es de dar horror. «En nuestra provincia de Cádiz, dice el prelado, millares de familias rurales viven en chozas que carecen de las más elementales condiciones de higiene, de acomodo, de ventilación o de confort... Los temporeros que con sus familias van a las grandes haciendas en el tiempo de las cosechas, ven ofrecérseles condiciones de alojamiento y de vida que apenas son humanas. El contraste entre la vida de los campesinos y las suntuosidades superfluas de estas grandes haciendas es, en demasiadas ocasiones, la constante causa de consciente o inconsciente clamor, de injusticia y descontento.» En muchos casos, la estructura del agro «no es cristiana, porque en esos casos no es humana», añade el señor obispo. Como consecuencia de ello, informa su Ilustrísima, «en la diócesis de Cádiz, en muchos sitios en donde cincuenta familias vivían hace cincuenta años, ahora sólo quedan cuatro o cinco, y el continuar en· la tierra es considerado como un signo de falta de coraje».

El maestro buscó la mirada de su amigo el abogado. Luego continúa:

—De otra parte, el semanario *Signo* de las juventudes de Acción Católica, al describir las condiciones existentes en Valencia de Alcántara, la ciudad extremeña cercana a la frontera portuguesa, afirma que su población ha descendido de 20.000 habitantes a 7.000, según un censo realizado por la Iglesia hace poco. Como usted ve, querido don Ciriaco, sobre los veinticinco años de paz, prosperidad y progreso, habría mucho que hablar.

—¿Y las obras buenas y hermosas que han hecho y levantado?

—Usted sabe que no soy sospechoso y cuando vi al principio cómo iban a la repoblación forestal, me embarqué con ellos. España estaba por tierra en escombros y no era momento de discutir, sino de tratar todos juntos de levantarla... Pero qué ha pasado luego..., que no han atacado cirujanamente ninguno de los grandes problemas que tenían que atacar: la reforma agraria, la nacionalización de la Banca y el meter en cintura a los grandes ladrones que empezaron en seguida a infestar el país... El propio José Antonio, tan «idolatrado» por esos grandes terratenientes, cuando les conviene, y tan poco recordado, cuando así les interesa... ¿Ustedes no han leído su testamento político?

—No.

—No.

—Pues vale la pena que lo lean, es clarividentísimo. Escribe así: «¿Qué va a ocurrir si ganan los sublevados? Un grupo de generales de honrada intención, pero de dudosa mediocridad política. Unos tópicos elementales: orden, pacificación de los espíritus... Detrás: 1) El viejo carlismo intransigente, cerril, antipático. 2) Las clases conservadoras, interesadas, cortas de vista, perezosas. 3) El capitalismo agrario y financiero. Es decir, la clausura en unos años de toda posibilidad de edificación de la España moderna. La falta de todo sentido nacional de largo alcance. Y a la vuelta de unos años, como reacción, otra vez la revolución negativa.»

Permanecieron mirándose los tres hombres.

El Duero corría a sus pies hacia Oporto acuchillando el paisaje español.

—Más vale no hablar de todo esto —reconoció el abogado.

—No es honrada ni elegante su actitud, querido don Ciriaco.

—Yo nada puedo arreglar.

—En nuestra medida, en nuestra profesión, todos podemos algo, y ese poco de cada uno unido puede ser la gran reforma que haga de España un país justiciero, libre y habitable...

—Reconozco que mi actitud, querido don Andrés, es egoísta..., pero a los abogados metidos a hombres de negocios no nos queda otra postura que seguir y no pararnos, porque si nos detenemos e intentamos volver la vista atrás o a los lados, nos pisotearán y pasarán sobre nuestro cadáver...

—No se ponga usted tan trágico, querido don Ciriaco...

—Usted me dirá; vivimos en pleno campeonato de codicias atropelladas, por no llamarlas de otra forma... El barco ha soltado ya amarras y a estas alturas no hay manera de desembarcar...

Se hizo un silencio seco.

—El censo agrario de España publicado recientemente permite hacerse una idea bastante exacta de lo que significo el latifundismo en el campo español. Un periódico tan conservador como el «A B C» y con lectores tan latifundistas escribía hace poco: «El grave problema de la emigración en los pueblos españoles exige un plan general de soluciones tras del estudio detallado y científico de la situación.» «Nuestros pueblos se vacían inexorablemente; su población emigra hacia las grandes ciudades o al extranjero; las tierras permanecen incultas y las casas abandonadas. Si el grave problema de la emigración no es examinado a fondo, los pueblos españoles se vaciarán poco a poco, creando así una situación insostenible.»

—La prensa franquista habla hoy precisamente de la necesidad de «transformar las estructuras agrarias».

—Que yo sepa —replicó el maestro— el régimen no ha tomado hasta ahora la menor medida en ese aspecto.

—Eso es inexacto; en el plan de desarrollo económico que usted había leído se habla y se estudia la manera de liquidar los minifundios.

—Muy cierto, pero se elude deliberadamente el problema de la gran propiedad semifeudal.

Se observan los dos hombres.

—Contrariamente a lo que creen muchos —continúa don Andrés— los latifundios no existen solamente en Andalucía y Extremadura. Le voy a dar yo un cuadro de las propiedades de más de trescientas hectáreas de veintidós provincias españolas.

Sacó del bolsillo los datos de una revista y se los mostró:

A	B	C
Albacete	687	585.150
Badajoz	1.282	932.705
Burgos...	498	453.678
Cáceres...	1.021	902.618
Cádiz	424	380.157
Ciudad Real	881	850.790
Córdoba	719	534.433
Cuenca	613	636.080
Granada	423	480.308
Guadalajara	502	607.836
Huelva	496	536.305
Jaén...	463	506.804
León	746	712.120
Lérida	335	440.254
Madrid	365	286.550
Navarra...	423	431.453
Salamanca	512	341.258
Sevilla	813	595.664
Soria	472	447.082
Teruel	439	688.248
Toledo	612	518.266
Zaragoza	594	675.210

A son las provincias; B, el número de explotaciones de más de trescientas hectáreas; C, superficie total ocupada por estas explotaciones.

—Puede usted quedarse con los datos, amigo Ciriaco, para no olvidarlos.

Se hace un silencio necesario.

—O sea —continúa el maestro—, que las tres cuartas partes de la tierra de España está en manos de unos pocos y la mayoría de los negocios, sobre todo los opíparos, en manos de unos poquísimos bancos.

—Así nos luce el pelo —sonrió el doctor.

—Bueno, querido don Andrés, qué le pasa a usted que viene tan empapado de protestas y con tan poco apetito, porque apenas si ha magreado usted la comida...

Contemplándole risueño.

—Todo eso que nos ha dicho usted y algo más verá cómo se arregla en cuanto traigamos otra vez la monarquía. Usted habrá leído, porque se lo presté yo, el manifiesto de don Juan de Borbón y Battemberg, publicado en marzo de 1945, y allí está claro que don Juan tampoco está conforme con esto y no es de ahora su protesta: «Desde que por renuncia y subsiguiente muerte del rey Don Alfonso XIII, en 1941, asumí los derechos y deberes de la corona de España y mostré mi disconformidad con la política interior y exterior seguida por el general Franco, en cartas dirigidas a él y a mi representante hice constar mi insolidaridad con el régimen que representaba, y por dos veces, en declaraciones a la prensa, manifesté cuán contraria era mi posición en muy fundamentales cuestiones.»

—Pero después de lo pasado, la monarquía, querido amigo, es quien tiene menos autoridad y libertad para atacar los grandes problemas...; precisamente los monárquicos que más desean su vuelta son los latifundistas y los banqueros..., que es contra quienes tendrá que ir lo que venga, si ha de tener solidez y viabilidad.

—Hoy desea su vuelta toda la clase media y toda la clase baja.

—No lo crea usted; las clases media y baja lo que ansían es una mejor distribución de la riqueza para poder vivir con decoro.

—¿Y quién le va a suceder el día que el Caudillo muera?

—Creo que es hora de que el general Franco dé paso a otra situación sin esperar a que le llegue la muerte... El régimen está gastadísimo después de haber fracasado en lo esencial. La mejor virtud de un hombre, se lo acaba de recordar un sacerdote desde *A B C*, es saberse retirar a tiempo.

—Esta paz que disfrutamos no la tendríamos si...

—Querido amigo, confunde usted la paz con el orden público y son cosas muy distintas. La paz es espiritual y el orden público es policíaco y, por consiguiente, de índole material.

—Analiza usted demasiado.

—Desde niño la injusticia y el hambre me enseñaron a analizarlo todo fríamente, querido don Ciriaco.

El abogado contempla a su amigo el maestro con cariñoso respeto y condescendencia.

—Verá, verá usted cómo todo se arregla con la monarquía.

—Que Dios le oiga, pero creo que es ya tarde para la monarquía y para todo arreglo que se busque del lado de eso que se llama derechas españolas.

—Si después de una guerra civil tan bestial y sangrienta como la que hemos padecido, con cerca de un millón de muertos, que ha destrozado pueblos, vulnerado la economía y asolado obras de arte. Si después de esta horrorosa guerra intestina se ha hecho cobarde y villanamente tan poco..., ¿qué es lo que se puede esperar en otra prueba y en pro del humilde, de esas masas y sus directores...?

—¿Y de quién es la culpa?

—En primer término, de la Iglesia católica española, que no ha tenido esa ardiente caridad que recomiendan como primera medida los Evangelios y ha fomentado y consentido que la codicia numularia y la falta de caridad pelechen entre sus feligreses.

—La Iglesia bastante ha tenido con evitar su naufragio a lo largo de los siglos.

—Tal vez sus mayores peligros hayan sido por eso, por ponerse al servicio de los poderosos y por la falta de auténtica caridad. Si cuando andaba en el aire la desamortización de Mendizábal se hubiese ella adelantado a repartir entre los necesitados esas mismas tierras que detentaba y sabía que iba a perder y no en beneficio de quienes vivían sobre ellas y las sudaban con su trabajo, debiendo ser sus legítimos dueños... Pudo, pero nada hizo... y de allí arranca el mal. La guerra la ganaron los militares y para dar al país una forma exterior de Estado se repartieron el botín con los políticos, los banqueros y los latifundistas... bajo la bendición de la Santa Iglesia Católica. A pesar de la enorme sangría del casi millón de muertos que clamaban al cielo justicia, y a pesar de las venganzas y de los odios cainitas... o por ellos... Y hemos llegado a este momento actual de corrupción maloliente, en provecho de los fuertes, de todas las fórmulas del capitalista y a esta orgía y este desenfreno indisimulado por la riqueza... rápida e inmediata... y sea como sea.

—Vamos a dejarlo, querido amigo, que aquí somos hermanas de la caridad en punto a moral y buenas maneras a la hora de la política y del negocio, comparados con el resto de Europa..., porque lo de Norteamérica y lo de Hispanoamérica... mejor es no menearlo.

—Tendríamos mucho que hablar; me parece que está usted muy equivocado respecto a la moral de los demás europeos.

—Sí..., sería largo de contar.

—Prescindiendo de las derechas católicas españolas fracasadas una y otra vez por hacer una España potable para todos los españoles, no queda otra fórmula a probar que la socialista. Pero ha de ser un socialismo no marxista, templado y respetuoso con las ideas de los demás y que nos equidiste del capitalismo voraz y del comunismo materialista y brutal. Nada de quema de iglesias y de conventos que, prescindiendo de las ideas, muchas veces son artísticos, y el arte debe ser sagrado para todos; un socialismo que vaya amoldando sus esquemas políticos a la idiosincrasia y bienes y riquezas de la nación..., que son tan pocos... En los primeros años se necesitará un dictador que ha de ser inteligente y honesto... hasta que el país marche... y al que se desmande estacazo y tente tieso. Como primera medida hemos de establecer una revisión de todas las fortunas.

—Pero lo último que tuvimos al frente del Estado fue una república socialista y ya ve usted en lo que desembocó, en el asesinato desde el poder de Calvo Sotelo, después de la quema de conventos.

—Si algo se puede alegar contra la república fue su falta de ímpetu y su blandura política al no atreverse con los problemas cirujanamente... Ahora se atacarán con mano suave y dura... hasta su resolución, porque si no se atacan habrá que pensar en nuestra desaparición como Estado civilizado moderno.

—Sí, algo hay que hacer, y pronto, antes de que el campo se despueble y los ladrones y los latifundistas..., que son de la misma ralea, monopolicen toda la riqueza de España —deseó el doctor—, porque como las cosas sigan por este camino, aquí dentro de poco no podrán vivir más que los prosperados y los poderosos...

Martita, muy seria, nada oponía.

Se hizo un silencio aplaciente mientras tomaron el café.

El sol enamoraba el cristal de las copas y tornasolaba la andante fluvialidad. En los primeros términos era regalón y denso el verde, que se desvanecía conforme las tierras se alueñaban del padre Duero.

—Amigo Celso, tendrá que darme un certificado de enfermo.

—¿Qué le pasa?

—Que he de ser jurado en unas oposiciones de maestros para unas plazas rurales y he leído que la Dirección General de Enseñanza Primaria del Ministerio de Educación Nacional les ofrece el «disfrute» de un sueldo de 19.920 pesetas anuales a los maestros rurales ingresados en el cuerpo del Magisterio Nacional.

—¡Qué vergüenza! —exclamó el médico—; se morirán de hambre.

Don Ciriaco refunfuñó y nada dijo.

—Sí, al precio que está ahora en la meseta central la gramilla, no les llega ni para comer hierba.

Martita fue todo el viaje hasta el Burgo de Osma ordenando las advertencias que pensaba hacer a tía Alfonsa para el cuidado y atenciones que habría de tener en su nombre con el seminarista Claudio, su protegido.

«Visítale de mi parte todas las semanas y no le escatimes nada, y si cayera enfermo, avísame en seguida.» «Tengo una ilusión por ese chico —iba pensando—. Ahí es nada si me llega a gran dignidad de la Iglesia, el honor y la satisfacción que será para mí.»

Al fin llegaron y fueron a casa de la tía. Alfonsa estaba casada con un fabricante de ladrillos y secretario del Ayuntamiento, del que tenía siete hijas. Era una mujer trashojada y trasojada; de pechos pleonásticos y de mucha grasa rodeándola los ganglios submaxilares..., pero de ojos vivos y de gran simpatía.

En seguida se fue al hermano y le estampó un beso en cada mejilla, aparatosos, cariñosones.

—No os esperaba tan temprano.

Eran las once.

—Por ésta hubiéramos estado aquí a las nueve —dijo don Ciriaco, aludiendo a la impaciencia de Martita.

—Chica, para una vez que te vengo a ver quiero dar contigo un paseo, que tenemos muchas cosas de qué hablar.

Una mujer de unos cincuenta años refitoleaba en la cocina.

Vivían Alfonsa, el marido y las hijas en la misma casa Ayuntamiento. Las habitaciones eran destartaladas y no muy bien tenidas.

—¿Tu marido cómo se encuentra?

—Bien; está abajo, en la secretaría.

—¿Y las niñas?

—Las pequeñas por la calle andan ya... Susanita la tengo esta temporada muy tonta, se le ha metido en la cabeza que quiere ser azafata, y su padre se lo prohíbe... A mí, si os he de decir la verdad, me da lo mismo que sea una cosa u otra, pero para eso tendría que ir a Madrid a estudiar idiomas y prepararse... —y escrutó cómo lo recibía el hermano—. Su padre dice que es muy peligrosa esa profesión y que no quiere ver que le traigan un día la hija despedazada... Está de Dios cuándo y dónde se ha de morir una... A mí, que trabaje en esto o en lo otro..., la cuestión es que trabaje y que por lo menos gane para ella, porque los tiempos están que muerden.

—Déjala, si se empeña. A mí me parece que cada cual debe emplearse en lo que es su vocación... Es el único camino a la felicidad —le subrayó el hermano.

—¿Pero aquí quién me la prepara y le enseña el inglés, que es el idioma que exigen como esencial para ganar plaza?

—Valladolid no está lejos, y en Valladolid puede prepararse. ¿No tienes allí a una de las chicas estudiando?

—Ella quiere ir a Madrid.

—Madrid es siempre más peligroso para una estudiante tan bonita como Susanita.

—Tú, egoistón, lo que no quieres es que se te meta en tu casa, y...

—Mándala a Valladolid y yo te pagaré lo que te cueste... ¡No creo que soy tan egoísta!

—En ese caso...

Miró a Martita y se sonrió.

—Estos hombres solterones...

—Alfonsa, guapa, tengo la casa de Madrid en invierno llena de sobrinos, y la verdad...

—Calla, calla.

Se volvió y le advirtió a la sobrina:

—Me voy a arreglar un poco y salimos, que tengo que hablar mucho contigo... Tú baja a charlar con Rufo y vete por centésima vez a la catedral, a ver el código del beato del Liébana, a ti que te gusta tanto el arte —le indicó al hermano.

Sonriéndole simpaticona:

—No olvides que se come a las dos y media en punto.

Salieron.

—Bueno, ¿qué me cuentas? —le preguntó a la sobrina, mientras descendían por las escaleras.

—Que mañana lunes ingresa en el seminario un chaval que es un sol de listo y de majo y de simpático y que no hay justicia en el mundo si cuando cante misa no le hacen en seguida cardenal de la Iglesia de Roma.

—¡Cuitao! Si te llega a cura, ya va bueno, como están los tiempos...

—No me lo tomes a broma, tía Alfonsa, que tengo verdadero interés por él.

—Si te creo y no te lo tomo a broma, pero la vida de un seminarista está cada día más llena de asechanzas y peligros.

—Eso sí..., pero éste, o no soy la que soy, o lo he de sacar adelante.

—Si solo de ti dependiera...

—Eso es verdad.

—Pues me pones en una cartulina su nombre y apellidos e iré a verle en cuanto llegue e indicaré a sus superiores me avisen si algo necesitase o le ocurriese, y que sepan me hago cargo de él en tu nombre.

—Mañana entra.

—Dos mil quinientas pesetas creo que cuesta el padrinazgo.

—Yo al mío le voy a dar tres mil.

—Bueno, tú eres rica y eres soltera.

—Lo de rica vamos a dejarlo..., me las paga tío Ciriaco.

—Por algo eres su debilidad...; bueno, su ojito derecho, que su debilidad es la otra.

—¿Qué otra?

—¿Pero no sabes que tiene una «amiga formal»?

—En la vida íntima de cada uno no quiero meterme, y siendo tan allegada, menos... De otra parte, yo al tío le quiero mucho y le estoy agradecida por todo el bien que ha hecho y hace por mí...

—Todas las hermanas y con mayor razón lo estamos también, pero no quita para que nos desespere saber que una «de fuera» le saquea y le lleva lo que es más nuestro que de ella.

—¿Pero es una amiguita fija?

—Y tan fija como que no le deja ni a sol ni a sombra..., y creo que está por ella coladísimo.

—¿Cómo sabes todo eso?

—Por Rosarito, que vive en Madrid..., y ya la conoces, lo que ésa no sepa y de lo que no se entere...

—Pues tía Rosario lo mejor que podía hacer es callarse.

—Buena es mi hermana para sujetar la lengua...

—Mal está que tío tenga una amiga..., pero, después de todo, es soltero... Claro es que lo que debía hacer es casarse con ella, si es buena chica, antes de vivir así.

—¡Por Dios, qué tonterías dices! ¡Casarse, nunca...! ¡Pues menuda nos espera a las hermanas si se llegara a casar!

—¡Qué cosas hay que oír!

—¡Ay, Martita, Martita, tú no estás casada, ni cargada de hijos, y no sabes qué es esto de sacar adelante una casa cuando el marido gana poco...! Y tiene por toda herencia de sus padres una modesta tejera en Soria.

—Si ganara mucho, lo mismo te quejarías...; las casadas con muchos hijos sois así.

—Martita, guapa, no te cases... Y si cometes la locura de hacerlo, escoge un hombre rico.

Mirándola con sandunga...

—Bueno, tú eres ya rica y bonita y tienes todo hecho.

Sonroseándose:

—No lo creas... Para una vez que me enamoré, ya ves...

—¡Bah! Eso ya pasó... y aún eres muy joven.

Modestó los ojos sin oponer nada.

Fueron un rato en silencio.

—Creí que tú estabas enterada del lío de mi hermano.

—No sé porqué.

—Como has sido su secretaria...

—Pero hay secretos que el hombre menos discreto vela y oculta y sobre todo a una sobrina de la edad que yo tenía cuando trabajé con él.

—Eso sí.

—Siempre sospeché que un hombre no viejo y con muchísimo dinero, en un medio tan libre como el madrileño, tendría sus más o sus menos con las mujeres..., pero de ahí a saber que tenía «una fija», y que le saquease, como dices tú..., jamás se me ocurrió ni pensarlo...

—Pues sí...; y es rubia y muy mona, con una figura preciosa... La ves y parece que no ha roto un plato. Es de San Sebastián...

Bueno, él la conoció allí en un restorán..., de camarera..., claro. Ella, creo, que es de un pueblo de la provincia, no me acuerdo ahora el nombre.

—¿Y tía Rosario te ha asegurado que le saquea? Pues puedes estar tranquila y díselo a tus hermanas que no le dejará en la calle..., o es que no conocéis a vuestra hermano. Tío Ciriaco, por lo menos mientras estuve a su servicio, era un excelente administrador de sus bienes y no creo que le haga perder la cabeza ninguna mujer... hasta esos extremos, se entiende.

—Si yo no digo que le vaya a arruinar, porque nuestro hermano es millonario, y millonario de duros, como tú sabes, pero que una de fuera, una pelandusca; le saque lo que debía... a mí es que me llevan los demonios.

—Pues que no te lleven, porque por su cara bonita no va a estar una mujer joven, guapa y elegante con él.

—Si yo lo comprendo...; además, creo que es una mujer delicada y que le hace muy buenas ausencias y le considera mucho..., según Rosarito.

—Pues razón de más para que se case con ella y acabe con esta situación de tapadillo.

—Pero tú estás loca... ¡Qué disparate! Casarse nunca, porque, en ese caso, ¿qué hacemos las hermanas?

—Es verdad, qué hacéis las hermanas —le repitió con retintín.

—Lo que nosotras le pedimos es..., cómo te diría, que no sea tan..., tan ansiosa..., vamos, tan gastosa, porque según mi hermana le debe costar un ojo de la cara.

—Dile a tía Rosario de mi parte que no se asuste..., que habrá para todos, para vosotras y para ella..., que no pase por eso ningún mal rato... y que los Evangelios nos hablan frecuentemente a los cristianos de una virtud llamada caridad.

—Pero caridad con una de «ésas» que sabe Dios qué artes ha empleado para engaitarle...

—Pues razón de más para que se casen y deje de ser una de «ésas».

—Todo menos proponerle eso, y si quieres que yo y mis hermanas te sigamos queriendo y considerando como una sobrina, que no se te ocurra sacar de la boca otra vez esa solución.

—El tío nunca me ha hablado *a mí* de ese asunto, pero si algún día me hablase, mi consejo ya sabéis cuál es.

Se miraron las dos mujeres. La tía con fiereza, Martita con mansedumbre.

—¡¿Pero cómo sois así?!

—¿Tú, en nuestro caso, cargada de hijos, pensarías lo mismo? Jamás.

—Mira, vamos a dejarlo.

Estaba irritada y fuera de sí tía Alfonsa.

—Te repito que les aconsejes a tus hermanas vivan tranquilas, pues por muy gastadora que sea esta chica, no tendrá tiempo de despilfarrarle a tío Ciriaco lo que tiene... y le va en aumento... y de que nunca os faltará su ayuda podéis estar seguras de eso...

Quiso sonreír, pero se le cuajó en una mueca triste la sonrisa.

—No sé a qué te he hablado de esa mujer.

—Lo mismo creo yo.

Caminaron un rato en silencio.

El cielo se encapotó y se levantó un viento duro.

Volvieron hacia casa.

Al pasar junto a la catedral vieron a Ciriaco hablando con el Deán.

—De todo esto ni una palabra a él.

—Descuida, soy prudente y comprendo vuestra situación y vuestros apuros.

Se lo manifestó sonriente y cariñosa.

Don Ciriaco les hizo una señal para que le esperasen. Se despidió del sacerdote, que entró en la iglesia, y se unió a ellas.

— ¡Hola, tío!

—¿Qué dice don Carmelo?

—Lo que todos los curas, sobre todo cuando están al frente de algo, que es pedir. En nuestro país, que es pobre, cuando una persona habla con otra, de cien casos noventa, una a la otra le está pidiendo o suplicando algo. Es el nuestro el país de la recomendación y de la súplica y del pordioseo.

—¿Y qué te pedía?

—Que le hable al señor ministro del ramo, que a ver si se acuerda de esta catedral que es una joya y está llena de dolamas... ahora que viene tanto turista extranjero a verla..., que con lo que les dan no tiene ni para empezar.

—Pues si puedes hacer algo...

Volvieron a comer a casa.

Eran las dos y media.

Rufo, el marido de Alfonsa y secretario municipal, les esperaba viendo la televisión.

Se saludaron los hombres.

El secretario era un hombre más bien pequeño, delgado y de color cetrino.

Se alzaba un ruido de gritos y voces infantiles mezcladas de gimoteos y lloros. A veces, por encima de él, dominaba la voz de Susanita, la hermana mayor.

—Que os estéis callando y no riñáis, que papá quiere oír la «tele».

En cuanto se abrió la puerta, todos se arrojaron sobre el tío.

Susana, la mayor, tenía quince años y dos años y medio la más pequeña. Otra niña tenía diez años.

—Mira, Ciriaco, ésta es la que pretendo que empiece este año.

—¿Y qué hace aquí? La debías haber mandado al colegio de las teresianas de Valladolid desde principio de curso. Aquí, correteando por la calle, se hacen unas ineducadas y unas vagas.

—Es tan cría..., y las monjas las levantan muy temprano y en Valladolid hace un frío tremendo.

—Tú verás, si empiezas con mimos y suavidades a esta edad... Al colegio, al colegio... Así se hacen mujeres y se endurecen... y te quitas un quebradero de cabeza.

—Eso la digo yo, que cuantas menos tenga en casa, mejor.

Se sentaron a la mesa las tres mayores con ellos.

La madre se metió en la cocina.

Una criadita muy joven luchaba con las cuatro más pequeñas, en otra habitación para darles de comer.

Se oían sus voces y gañidos y el ruido de los cubiertos y los platos y las sillas desplazadas...

Por la puerta abierta llegaba el griterío al comedor.

Martita se había sentado al lado del tío.

—Como ves, sobrina, esto de casarse y de tener familia numerosa es una delicia.

—Pero si todos pensasen como tú, pobre del mundo...

—No lo puedo remediar, pero los niños, los gatos y los perros me ponen frenético... y no los aguanto.

—Las chicas guapas y elegantes... eso sí aguantas.

La contempló al mismo tiempo que pensaba: «qué conversación habrán tenido tía y sobrina...».

—A todas las mujeres guapas y elegantes, no; sólo a algunas. En esto del trato y la amistad sabes que siempre he sido muy exigente.

—¡Ay, los hombres, los hombres!

Le empolló con su mano fina la suya, grandota y tosca.

Mirándole con ternura:

—Come, come, que ya veo que tienes buen apetito.

—¿Qué tal el cordero?

—Son unas chuletitas exquisitas.

Era un tantico tragón don Ciriaco. Mientras comía atendía a su juego sin querer saber otra cosa.

—Bueno, Paquita, guapa, ¿ya estudias? —le preguntó la prima.

La chica hizo un gesto ambiguo.

—Podía hacer mucho más, según me dice el maestro; quiero que se largue del pueblo en seguida, a un colegio o a donde sea, que aquí todo el día en la calle se hacen muy cerriles —añadió la madre.

—En cuanto ingrese, métela en Valladolid, en las teresianas, y te la quitas de casa.

—Allí está tía Purita, que puede echarte una mano —le anima Martita.

—Esa, bastante plepa tiene con sus nueve hijos.

El hermano emitió un suspiro largo.

—¿Y qué vas a estudiar luego, cuando seas bachiller? —le pregunta la prima.

—Abogado, como su padre...; quiero que, por lo menos dos, estudien la carrera de su padre; no vamos a ir para atrás —recalcó.

El señor Rufo se abombó el pecho como diciendo: «aunque me vean de secretario de un pueblacho, aquí me tienen: soy un señor abogado por la universidad de Salamanca».

—María Fernanda es más aplicada y más inteligente... y quiere ser enfermera... —señaló su madre.

El hermano comía pacienzudo, sin prestar mucha atención a lo que hablaban.

—Porque una carrera le viste mucho a una chica... No sé, por muy buena que sea la posición de sus padres..., pero sobre todo no siéndola, y nosotros, ni Rufo ni yo, tenemos un cuarto... —y mira al hermano como empujándole a decir algo.

—Con carrera o sin carrera, lo importante para cualquiera es que trabaje y tenga talento. Cortés no tenía ninguna carrera y Pasteur era un modestísimo veterinario.

—Pero al uno el ser militar y al otro ser médico o químico no les hubiera estorbado —opina Martita.

—No; eso, no —concede el tío.

—Que el saber no estorba —asegura Alfonsa.

—A veces sí... Hay cada pedante insufrible por ahí... —diagnostica el señor abogado—. Tú lo que les has de inculcar a tus hijas es que trabajen, con carrera o sin ella, que medios no les han de faltar mientras yo viva —le patentizó el hermano—, si ellas arriman el hombro por su parte.

—De eso se trata, que si te salen vagas lo peor será para ellas —opina Martita.

Rufo comía poco y con pretensiones de atildamiento.

—¿Cómo van las arcas municipales? —le preguntó el cuñado por preguntarle algo.

—Cada vez más esquilmadas... y la gente joven y útil, la mejor, se va...

—¿A dónde?

—Unos, a Francia; otros, a Bilbao y a Guipúzcoa; a trabajar en las industrias del Norte. Con el pueblo no quieren nada.

—Pues no debían hacer eso.

—Anda y díselo; los jóvenes que hicieron la guerra fueron los primeros que se largaron.

Acercando la cabeza al cuñado, como comunicándole un secreto:

—La gente de ahora quiere ver mundo, desconfían de lo que les cuentan los periódicos y la radio y la «tele», de cómo se vive aquí y en otras partes y de lo que se gana, y quieren comprobarlo ellos *de visu*... Están muy resabiaos.

—Y con razón —concede Martita.

El tío suspendió a medio camino el viaje de su tenedor.

—Llevarles a una guerra como a la que se les llevó, para esto...

—¿Pues qué esperaban que se les diera? —preguntó don Ciriaco.

—Una vida menos hipócrita y más justa, y una tierra mejor repartida, y un acceso a la universidad de los humildes.

—¿Tú también? —inquiere el tío.

Rufo se rió con ganas.

—Sí, hombre, sí, déjala..., que los hombres bien mal y cobardemente lo hemos hecho..., y como no lo arreglen ellos, no nos espera nada bueno...

—¿Pero hablas en serio, Rufo?

—Toma, y tan en serio..., que los españoles somos muy *echaos pa delante,* pero en cuanto llega la hora de la verdad, como somos muy pícaros, siempre nos rajamos y luego viene lo que viene..., que todo el campo español ha empezado a despoblarse, por no haber puesto remedio a tiempo, mientras logreros, latifundistas y otras gentes engorden en Madrid y esconden el dinero en Suiza por si las moscas...

—¿Se puede saber a qué moscas aludes?

—A las de la segunda vuelta.

—¡Bah..., bah..., bah...!

—Entre unos y otros os habéis propuesto amargarme la comida.

—No, y por la Virgen, que bien sabes que te estamos muy agradecidos yo y tu hermana..., pero amaga en el aire una espantosa tormenta que es tarde para detenerla, pero que en su tiempo se pudo poner remedio...

—... En todos lados cuecen habas.

—Déjate estar, que esta huida del campo es como un alud de nieve que ya a media ladera no hay Dios que lo pare... Y el día que llegue al valle...

—Los problemas no se pueden arreglar en dos días.

—Pero podían haberse arreglado en esos veinticinco años de paz que tanto cacarean.

—Y esto lleva cada día peor camino —interviene Martita.

—De esto sabéis muy poco las mujeres.

—Yo, por lo que leo y por lo que oigo a los hombres.

—Tú en tu machito vas muy bien..., lo comprendo —le apunta Rufo a Ciriaco.

—Nunca se ha vivido mejor que ahora en España.

—Sí, unos pocos.

—La inmensa mayoría.

—Pues si tan bien viven, ¿por qué escapan en manada? ¿Por qué abandonan sus burgos y sus viejos hogares?

—Porque son unos insensatos.

—Por lo visto, no todo el mundo se puede dar el lujo de ser pudiente.

A Rufo la cara pálida se le tornó de un verde aceitunado.

—El campo está cada día peor, querido Ciriaco, y al problema del campo, a estas alturas, no se le ve más que un arreglo... y si no andan listos... no tendrá ni ése.

—¿Cuál es?

Sonriéndole:

—Tú lo sabes mejor que yo.

Tomó una poca agua e hizo un buche y la retuvo.

Martita le miró recriminatoria.

Luego pensó: «estos hombres de pueblo»; «pero en su tiempo fue un señorito y tiene carrera...; pero vuelven al pueblo y el poco dinero y la mucha familia y las estrecheces, los ordinariza y achabacana... Con el tiempo, todo les da lo mismo».

Al fin se tragó el agua.

—Tío, yo quiero ser azafata, quiero volar.

—Susanita, guapa, trataré de proporcionarte unas alas —le sonrió el tío.

Por qué caminos insospechados le viene ahora a Martita el recuerdo de estos versos:

> *Todos, todos pedimos alas; pero ninguno*
> *sabe soltar el lastre en el tiempo oportuno.*

Sintió un rehilo suave, más del alma que del cuerpo.

—Quiero ir a Madrid, tío.

—Antes querías ser abogado y ahora azafata... En Valladolid, y vigilada de cerca por tía Pura, estarás más segura, sobrina; que en Madrid hay muchos gavilanes.

—¡Ay, tío! Las mujeres no somos ahora incautas palomas.

Todos se volvieron mirando a la chiquilla.

—Calla y no digas necedades —la riñó su padre.

Susanita contempló a su madre y se le aguaron los ojos. El tío la tomó por un hombro y la arrimó a su flanco.

Mirándola conmovido a los ojos:

—No hagas caso a todos estos pesados; yo te llevaré en mi coche a Valladolid y te buscaré un profesor de inglés nativo y una buena academia y vivirás con tu tía y tus primas e iré a verte, de cuando en cuando, a comprarte lo que quieras, si van bien tus estudios...

—Pero, tío, si son nueve los primos y en casa de tía Pura materialmente no caben —le aclaró Susanita.

El tío vaciló.

—Yo quiero ir a Madrid; me hace tanta ilusión estudiar en Madrid... —languideció.

128

—Bueno, Susanita, guapa, déjame terminar el queso y no me plantees ahora problemas de vivienda. Te prometo que de una forma o de otra te lo arreglaré y has de quedar contenta. Valladolid es una hermosa ciudad, que en su tiempo fue corte y capital de los españoles.

—Bueno..., si no puede ser de otra forma...; pero que conste que yo hubiera preferido Madrid —se resignó Susanita.

—Hija, no le des más la lata a tu tío; te ha prometido que te lo arreglará, y el tío nunca ha tenido más que una palabra.

El hermano inclinó la cabeza congratulado, agradecido y ufano.

Más tarde pasaron a la sala, donde tomaron el café.

Colgaban unos cromos de las paredes, y los muebles, una vitrina y un tresillo antiguo, de tapizado raído y descolorido, eran vulgares.

Al irse a sentar don Ciriaco, le acorrió la hermana:

—No te sientes ahí, que hay que mandar a arreglar esa butaca.

Lo hizo en una silla desparejada.

—Cuando se tienen siete hijos, casi críos, y poco dinero... todo anda manga por hombro —se dolió Alfonsa a su hermano—. Este tresillo, que en su tiempo debió ser confortable y bonito, está así desde que nos casamos y nos lo envió para poner la casa mi suegra... y han trotado sobre él todas las niñas.

Se hace un silencio agobiante.

Personas y cosas, todo da un aire de fatiga.

Rufo se despidió, pues tenía una reunión a las cinco.

A media tarde, tío y sobrina salieron. Alfonsa y Susanita les acompañaron hasta el coche.

Se besaron al despedirse.

—Bueno, tío, no te olvides de mí —le exigió Susanita.

—Cómo me voy a olvidar.

—Que eres mi padrino.

Sus ojos claros y grandes se movían con esperanzada dulzura.

—No te apures, que yo se lo recordaré a final de verano —le prometió Martita.

—Adiós, Alfonsa... Adiós, pequeña.

—Adiós, tío.

Volvieron a besuquearse y abrazarse.

La luz era de plata acendrada en los derrondaderos y confines.

Cuando llegaron a Minglanilla era noche cerrada.

Tía Marta, al percibir el petardeo del coche, se asomó al balcón. En seguida se retiró a abrir ella misma la puerta.

—Te traigo un abrazo de tía Alfonsa —le dijo la sobrina sólo entrar, y la abrazó.

Don Ciriaco subía detrás, despacioso.

—Bueno..., ¿qué tal habéis pasado el día?

—Muy bien, ¿verdad, tío?

—Ella y Alfonsa se han despachado a su gusto.

—Quédate a cenar con nosotros.

Don Ciriaco pretextó tener que verse con don Andrés.

—¿Te acuerdas de Lorenzo, el hijo del veterinario? —le dijo a Marta.

—Pues no me voy a acordar..., ¿por dónde anda?

—Está en Londres y le ha escrito a don Andrés que quiere volver y que me consulte a ver qué me parece.

—No creo le pueda suceder nada si vuelve..., nada grave hay contra él... Sus ideas van estando en el mundo cada vez más en candelero... —opinó Marta sonriéndose.

—¿Le conozco yo a este Lorenzo? —preguntó Martita.

—Tú eras una cría cuando él empezó a bullir en Madrid —le dijo la tía—. ¿Qué edad tendrá ahora?

—Unos treinta y ocho —calcula don Ciriaco.

Cenaron poco después de retirarse el abogado.

—Sabes que Susanita quiere ser azafata y que a su padre no le hace mucha gracia... —le comunica la sobrina a la tía, cuando se quedan solas.

—Y con razón... ¿No ha podido esa chica encontrar una profesión menos peligrosa?

—¡Qué quieres! Después de todo, el riesgo en la vida es un condimento... Tía Alfonsa se la ha querido meter a tío Ciriaco en su casa de Madrid, mientras se prepara y hace las oposiciones..., pero él se ha irritado un poco..., ya sabes cómo es..., y le ha dado a entender que está de sobrinos hasta la coronilla; pero ha estado bien, dentro de lo que cabe, y le ha dicho que la lleve a Valladolid y que le pagará su preparación y sus estudios y su estancia...

—Estas hermanas de Ciriaco son tremendas; las disculpo en parte porque están cargadas de hijos, pero deben comprender que su hermano es un abogado ilustre y un hombre de negocios y que necesita su tiempo y su tranquilidad y que le eviten toda clase de chinchorrerías.

—Sí, como él dice, que lidien sus mamás con ellos, que para eso se han dado el gustazo de hacerlos —ríe Martita.

—Después de todo no se pueden quejar..., que él siempre acude a sus peticiones y demandas... hasta donde puede, claro.

—Bueno, tía.

Se acercó y la dio un beso.

Al día siguiente Marta tuvo los primeros dolores intensos de vagina.

Se levantó muy temprano y fue a misa y a comulgar como todos los días. Pero al volver se acostó de nuevo.

Martita pasó a verla.

—¿Qué tienes?

—Un dolor muy constante, tal vez de la matriz.

—¿Te habrás enfriado?

—Sí; eso será.

—¿Quieres que llame a don Celso?

—No vale la pena, se me quitará con calor.

Se levantó a media mañana a recibir a sus desvalidos de todos los días..., pero antes de comer hubo de volverse al lecho, porque los dolores insistían tenaces.

Tomó un vaso de leche caliente y una aspirina y se aplicó la manta eléctrica. A media tarde se encontraba mejor.

—Parece que va remitiendo —le dijo a la sobrina y se sonrió.

Pero era su sonrisa un poco mueca de dolor.

Por aquellos días sintió una más derramada caridad y ternura por sus pobres desvalidos. Ellos mismos percibieron que doña Marta se sobredaba... Y fue como si la noticia se difundiese por toda la región... y los necesitados y los humildes acudían enracimados de todos los rincones de su distrito. La casa parecía la consulta de un médico famoso.

Más tarde le confidenciaba a la sobrina:

— ¡Cuánta, cuánta miseria hay en el mundo!

—Sí, cada vez más..., eso es lo horrible...

—Y el egoísmo va a más y la caridad y el desprendimiento a menos.

—Sí, y la gente es cada día más dura e implacable.

—Como Dios no lo remedie.

—Que Dios me perdone, pero...

—¿Qué, qué?

—No..., nada.

—Algo me querías decir.

—Que como van las cosas... es como para pensar mal de Dios.

—Pero, por todos los santos, sobrina...

—Sí, como para pensar mal...

—No digas herejías.

—Pues si tan poderoso y misericordioso es, por qué consiente que unos lo tengan todo y otros nada..., absolutamente nada.

—Así convendrá para sus inescrutables designios.

—Por Dios, tía, no le supongas esa maldad.

—Fe no sólo es creer en lo que no vemos, sino en lo que no veremos, sobrina..., en lo que no veremos.

—Pues yo no me resigno a esa fe.

—Por Dios, hija, no digas disparates.

—Nada tiene sentido, tía..., eso es lo que más me exaspera de la vida, el que nada tiene sentido...

—Porque no se lo sabes encontrar; si fueras más humilde darías con él... y encontrarías que todo tiene sentido.

—No..., lo veo.

Volvió a verla don Celso y no encontrándola bien pensó en la necesidad de hacerle una biopsia.

En adelante, con breves alternancias, los dolores de cabeza se le iban pasajeramente y le volvían...

Hasta aquella madrugada que se les puso muy mala y tuvo una hemorragia tremenda.

Avisaron a don Celso, que acudió en seguida.

Cuando consiguió cortarle la hemorragia, la observó.

—¿Tiene usted muchos dolores?

—Vaya —le sonrió—, más tuvo el Señor en la cruz.

—¿Dónde le duele?

Le señaló la enferma.

La iba palpando, con un tacteo en aumento la presión, hasta que se quejó.

La cubrió y se volvió, buscando la mirada de la sobrina.

—Se repondrá en seguida —le consoló a la enferma.

—Si es voluntad de Dios...

Aparte:

—¿Cuándo viene el tío?

—El viernes a la noche, si no hay novedad.

Le miró, buscándole en los ojos la verdad.

—¿Cómo la encuentra usted?

—No me da buena espina..., después de la hemorragia. Creo que los dolores son de origen tumoral. Puede ser un mioma o un carcinoma.

—¿Eso último tiene que ver con el cáncer?

—Sí; por la biopsia eso parece tener.

—Yo la encuentro muy caída, porque la hemorragia ha sido espantosa.

—Se irá reponiendo poco a poco; lo malo es si le repite.

—¿Y no sería conveniente trasladarla a una clínica?

El médico se sonrió.

—Sí; cuanto antes la llevemos a Madrid será mejor.

Llamó a tío Ciriaco diciéndole lo que había.

—Sí, que todo el tiempo que se pierda será en perjuicio de la enferma.

Mirando con complacencia a la mujer.

—Bueno..., hasta mañana, que vendré a primera hora a ver cómo sigue.

Al quedarse sola con la enferma, a Martita le ganó una desmacelante tristeza.

Al día siguiente, a mediodía, se presentó el abogado en casa de su amigo el médico.

—¿Ha pasado usted por casa de la enferma?

—No he venido directamente a verle a usted... ¿Qué es lo que tiene?

—Me temo que un cáncer de matriz.

—¡Vaya por Dios!

—Llévela hoy mismo a Madrid y que la vea un especialista.

—¿Quién le parece a usted?

Le dio dos nombres.

—Cualquiera de los dos me merece entera confianza.

—Si puede ir tendida en el coche, mejor. Vayan con toda clase de precauciones y llévenla a una clínica.

—¿No sería mejor llevarla en una ambulancia?

—No, no hay que alarmarla demasiado.

Don Ciriaco fue a casa de Marta y después de hablar con la sobrina y dar un liviano alimento a la tía, la vistieron y salieron, con dos coches, para Madrid.

—Verás qué pronto te pones bien.

—Dios te oiga.

A primeras horas de la noche los coches se detenían a la puerta de una clínica vecina a la ciudad universitaria.

Al día siguiente al anochecer, después de observarla minuciosamente el especialista, empeoró y tuvo otra hemorragia.

Hubo que practicarle una transfusión de sangre y quedó más sosegada.

El diagnóstico definitivo del especialista, después de observaciones y radiografías y hacerle una histerectomía, extirpándole la matriz, y tenerla unos días en tratamiento de radioterapia profunda, fue de cáncer de matriz.

—¿Sin curación posible? —le preguntó Martita.

—Como no haya un milagro...

—¿Y qué cree usted que puede vivir? —inquirió don Ciriaco.

—De tres a cinco o... seis meses.

Tratando de consolarles:

—Mejorará bastante..., y hasta se podrá levantar y tomar un poco el sol...; pero cualquier día, allá para el invierno, se derrumbará definitivamente.

—¿La podremos llevar al pueblo? Porque quiere a toda costa volver a casa...

—Sí; es donde estará mejor. Yo les daré unas instrucciones para su médico de cabecera... y se la pueden llevar en una ambulancia; aunque es desagradable, siempre es mejor y más segura. La pueden trasladar dentro de unos días.

Martita convivía con la enferma en la clínica. Don Ciriaco preguntaba por ella a primera hora de la mañana e iba al atardecer a verla.

—¿Cuándo me lleváis a casa? —les acuciaba, cansina.

—Pronto, muy pronto.

—Quiero morir en mi pueblo y en mi cama..., entre los míos.

—¿Quién habla de morir?

—Yo... Pero no tratéis de engañarme, que nada conseguiréis.

—El médico no te encuentra nada grave y nos ha asegurado que en cuanto estés en casa y entre el verano mejorarás.

—Tal vez, pero será para morir.

—Todos tenemos que morir, tarde o temprano.

—Pero yo estoy ya señalada por el dedo de Dios.

—Todos, no tú sola, estamos ya señalados por ese dedo —le tembloreó la sobrina.

Alzó los ojos y la miró con resignada dulzura.

—Pero yo pronto, muy pronto. La muerte está aquí, la siento junto a mi corazón.

Al día siguiente la vino a recoger la ambulancia.

La emocionó su presencia.

—En el coche de Ciriaco, como vine, hubiera ido mejor, sin dar este espectáculo... ¡Qué pensarán en el pueblo cuando me vean llegar así!

—Eso no te debe preocupar.

Se volvió y dijo a su primo:

— ¡Esto se va..., Ciriaco!

Y se le humedecieron los ojos.

El abogado volvió la cabeza. Se hallaba emocionado.

—Martita, tú ven conmigo, no me dejes sola.

—No te preocupes... —y se metió en la ambulancia con ella.

Ya en marcha deslizó la mano de la litera, buscando el amparo de la sobrina.

Sólo llegar y acomodarla en su lecho, a pesar de ser entrada la noche, se difundió la noticia por todo el pueblo.

—Han vuelto a doña Marta para morir... Tiene un cáncer de matriz, la pobre, y sufre mucho.

Al encontrarse en su casa y entre sus paredes, rodeada de los suyos, se halló más confortada.

Pero de casa en casa y de familia en familia, y de corro en corro, se daba la noticia con una conmiseración piadosa.

—Un cáncer de matriz..., un cáncer de matriz..., y es poco el tiempo que le queda de vida..., poco... ¡Pobre señora!

Muy de mañana, a las doce horas de su llegada, se empezaron a formar grupos frente a la casa y en el portal...

Todos querían verla a la vez y hubo que calmarles diciéndoles que, si la querían de verdad, lo mejor que podían hacer es rezar por ella, pidiendo su salud y no molestarla.

—Las emociones y la fatiga pueden precipitar su muerte —les dijo el médico, a quienes le acosaron tan pronto le vieron aparecer en el portal. Pero las gentes pugnaban por subir y porque las recibiesen...

Más tarde, muchos llegaban con productos del campo, frutas y pollos, que le traían de agradecido presente. Otros se acercaban con presuntos remedios caseros y hierbas para su mal.

A veces, despierta, percibía la enferma un suave cuchichear del forcejeo cariñoso y la pugna que Martita y la vieja sirvienta se traían en la puerta.

—Que pasen, que quiero verles y despedirme de ellos... —les pedía.

—Sabes que te ha aconsejado don Celso que no te conviene las emociones...

A veces, por breves instantes, les consentían asomarse a la puerta de la alcoba... y le mostraban en alto los presentes que la traían, y la deseaban de todo corazón su salud, contemplándola con un aire doloroso y palurdo.

—Son tan buenas estas gentes y tan agradecidas... Mi padre les hizo todo el bien que pudo... Y yo tampoco me he olvidado nunca de ellos... y ahora no quiero morirme sin decirles adiós...

Pero como recibir a unos y negarse a recibir a otros no se podía, de acuerdo con el médico, les consentían despedirse tres días a la semana, durante un par de horas por la mañana y una por la tarde, al anochecer... Durante el resto del día habían de consentirla luchar contra su enfermedad... y descansar... y vacar a sus oraciones y rezos.

Le emocionaba la despedida de los amigos, muchos de ellos que llegaban con sacrificio de los penetrales del distrito. Todos, al conocer que la señora estaba muy grave y que sufría y se moría, pusieron su agradecido empeño, aun los más pobres, en acercarse a Minglanilla, como fuese, a la despedida de la señora... Todos llegaban, dentro de sus posibilidades, con algún presente... Y todos se acercaban perturbados y temblorosos.

Los días de visita, después del careo con sus amigos, doña Marta sufría viéndoles contener la pena, rígidos y silenciosos, pues apenas si tartajeaban algunas palabras. Pero eran sus miradas, sus enormes, hondas y pavorosas miradas, las que penetraban en el alma de la enferma como agudísimo berbiquí.

—Adiós, adiós —les decía levantando la mano en actitud de despedida—; rezar por mí... para que Dios me perdone mis muchos pecados...

—Usted es una santa y no hay justicia o va diretica al cielo —le rugió un hombrón con el rostro regado de lágrimas como nueces.

La enferma quedaba luego maltrecha, pálida y sin aliento, por un gran rato.

—Me voy contenta... ya... viéndoles como me dan el alma en la mirada y cómo me ayudan con su angustia en mis tribulaciones y dolores... ¿Qué más le puedo pedir al Señor?

Martita miraba para otro lado para que la tía no la sorprendiese compungirse y llorar.

135

—Ves... ¡y habrá quién diga que las gentes humildes no son agradecidas!

Más tarde, cuando se retiraba la visita, consentía la desaguasen las lágrimas y le cayesen los brazos a los lados con una yacente fatiga... y suspiraba hondo y angustiosísimamente.

Ya, cuando la despidió todo el distrito, la consintieron descansar y con el buen tiempo pareció mejorar sensiblemente. A primera hora solía ir el párroco a darla el Señor. El cuerpo de Cristo le aliviaba de tantas congojas... y con él a bordo se sentía como más fortalecida y hasta mejor de su enfermedad.

—No me querrás creer, pero de todas las medicinas ésta es la que más me conforta —le sonreía tenuemente a la sobrina.

En cuanto se despertaba, se preparaba para recibirle y a media mañana vacaba ya a sus quehaceres..., pues en cuanto se encontró un poco aliviada de sus dolores, el médico la consintió levantarse sin salir de su habitación y hasta llegó a pensar, tan humana es la aspiración del cuerpo, en una posible continuidad de vida.

—No ves..., para mayo te consentirá don Celso salir a la calle a dar un paseíto.

—Si Dios lo desea así...

Nada aventuraba sin ponerlo en manos del Creador.

—Mujer, a Dios hay que pedirle vivir..., ésa es nuestra obligación —le animaba la sobrina.

—Sí, pero al Señor no es prudente llevarle la contraria y si el deseo de Él es llevarse a una... Ahora, con todos los respetos, yo te diré que mi deseo es vivir y no morirme..., eso se lo manifiesto tan pronto me despierto todas las mañanas en mis oraciones, cuando pongo mi vida en sus manos...

—A este respecto, recuerdo un artículo que leí hace muchos años en *El Debate* y que me quedó muy grabado: «Es necesario aceptar la presencia de la muerte en nosotros, como se acepta la prestación de alojamiento al soldado enemigo, en tiempo de guerra o de ocupación militar.»

Se miran las dos mujeres.

—La muerte está ahí; la hemos cedido una buena alcoba donde solazarse a sus anchas... En último término ella podría ser el amo... Nos tropezamos con ella, inevitablemente con ella, en el pasillo, a la puerta del baño, junto al agua y al fuego de la cocina..., en lo que pudiéramos llamar servicios comunes. Ahora resulta delicadísimo siempre dictaminar sobre colaboracionismo. Hemos de exigirnos no convertirnos en colaboracionistas de su ocupación... Que la ayuda, pedía el escritor, no se extienda más allá de los límites de la cortesía... No sumisión hacia la muerte, cortesía. Y que ella sea por su parte cortés con nosotros... Que en los tropiezos, y siempre que le resulte posible, nos ceda el paso; nosotros insinuaremos apenas una ligera invitación, presto recogida, a que sea ella quien pase. Le hablaremos poco, al contrario de lo que suelen hacer en su peligroso coqueteo los poetas. Hemos admirado durante la guerra, en las zonas ocupadas, aquel arte de no morirse, hasta diré que de no verse que tenían, honor de las dos partes, ocupantes e intervenidos, cuando tenían que estar juntos en circunstancias a veces de tan apretada contigüidad como la de un viaje en un tranvía. Una mecánica superior presidía con contactos, choques, tropezones, emulsiones... Así viajamos con la muerte. Querría que ella, en justa reciprocidad, fuese siempre bien educada.

Se refería luego el articulista al trabajo de otro escritor titulado: «Dos almas ante la muerte». Las dos almas cuyo supremo tránsito se comenta son la del novelista ruso León Tolstoi y la poetisa francesa Ana de Noailles. La muerte de Tolstoi es muy diferente de la muerte de Ana. Pero a mi parecer, dice el articulista, en la cobardía final de la una, como en la fuga final del otro, la muerte se presenta con un denominador común. Este común denominador consiste en su descortesía. En el caso de la poetisa, con un abuso de terror; en el caso del novelista, con un aparato indiscreto de pedagogía.

—*Il faut mourir aimable si l'on peut*, ha escrito un francés. Hay que morir sonriente, si se puede. A veces no es posible. Tampoco es posible en toda ocasión mantenerse cortés ante el enemigo alojado en casa... Pero aun en este caso, a falta de amabilidad, queda la corrección. Corrección no es colaboracionismo. Mi muerte y yo no comeremos en el mismo plato: tal es mi repugnancia y no sé si la suya... Pero haremos de manera que podamos viajar las dos en el mismo vagón del metro.

Martita, mirando con suave dulzura a su tía:

—Pedir amabilidad a la muerte es como pedir naranjas al ciruelo. ¿Cuándo te vas a convencer?

—Pues que sea correcta... Yo no le exijo otra cosa sino que sea correcta... Y esto sí se le puede pedir.

Tenían las dos los corazones temblorosos y se hizo un silencio necesario.

—Ahora abre ahí, que me ahogo —le ordenó a la sobrina.

Enfrente se alzaba, sedente, en piedra, su padre. El sol le acariciaba, morosón, la cabeza venerable.

Era una mañana de primavera azul, azul... sin mancilla de otro color.

—El buen tiempo, qué ganas da de vivir...

—Y el malo también... con la esperanza de que el bueno llegue —subraya la sobrina.

Se volvió contemplando a su padre.

—Este sol es una delicia...; pero me preocupa tanto siempre la salud y la comodidad de papá, que en julio y agosto, cuando pica de veras, me parece que hasta en piedra le puede hacer daño y coger una insolación, y bajaría a encasquetarle un sombrero y a abrirle una sombrilla para defenderle de la fuerza de sus rayos.

—Abuelito siempre fue tu debilidad.

—Era un santo varón y un patriota, como casi todos los políticos de entonces. El mundo de ahora ha evolucionado hacia la corrupción y la ferocidad.

—Y el cinismo, tía, y el cinismo..., y el ahí me las den todas.

—Los políticos del antiguo régimen podrían equivocarse, ya que todos estamos sujetos a equivocaciones en la vida..., pero les salvaba, en general, su honestidad y su amor a la patria y su indiferencia ante el peligro. Pensaban de verdad con amor y desinterés en España... Ahora se ha apoderado de todos, como tú dices, la feroz codicia y el cinismo. Ahora en el mundo nadie piensa en su patria, sino en su propio provecho y en enriquecerse en seguida para aguantar los embates de la oposición desde el extranjero, de lo que pueda venir después, tranquilos y al socaire de su pingüe cuenta suiza o inglesa.

—Y el que venga detrás, que arree.

—Tú ya conoces a Elisa San Cibrián, la mujer del fabricante de cemento de Burgos, que hizo con su marido un viaje por Hispanoamérica y anduvo por Méjico y Cuba y otros países..., y contaba y no acababa de la corrupción y la inmoralidad en todos los órdenes que había allí... Creo que fue en La Habana donde, comiendo con unos industriales y fabricantes del país, refiriéndose una señora muy respetable y católica a un señor que había sido ministro, para patentizar lo estúpido que era este caballero le decía a Elisa:

—Fíjese usted si será idiota que no tiene *riquezas* y ha sido tres veces ministro.

—¿Y esto lo decía una señora católica?

—Pues parece que sí..., y muy distinguida y de una gran familia.

—Así va el mundo.

—En tiempo de papá había libertad y, por consiguiente crítica, y la gente se tocaba la ropa antes de desmandarse... Ahora son otros tiempos y otras conductas.

—La gente se ha propuesto enriquecerse rápidamente y sea como sea... en poco tiempo... Hay la obsesión del dinero y el vivir con toda clase de vicios y de lujos sin privarse de nada.

—Y para eso han perdido la decencia y el pudor.

—¡Y la vergüenza!

—Pero esto es general, y para vivir en este torbellino y desenfreno casi vale más morirse.

—No, morirse nunca.

—Tú aún eres joven y tienes mucha vida por delante, pero yo, con mis años, en este ambiente que no es el mío y con estas costumbres y maneras, qué puedo hacer sino irme.

—No digas eso.

—A papá, cuando venía al pueblo, no se le caía de la mano un volumen de Séneca que anda por ahí, que contiene sus siete tratados o libros. En el de la Consolación o en el de la Pobreza..., en uno de ellos, es donde sostiene la teoría de que la causa de la infelicidad y de la desgracia no es la pobreza, sino la codicia, y muestra los caminos para dominar la concupiscencia por medio de la virtud. En vez de encenagarse tras de los bienes, aconseja rebajar y dominar las apetencias inútiles. Esto parece lo sobrio y lo prudente, pero la gente de ahora, tú fíjate en el pueblo, piensan lo contrario, pues aquí y en el resto de España, lo que buscan es el crear necesidades nuevas a base de cosas superfluas, haciendo que las gentes se acostumbren a lo que está de sobra como si fuera necesario, y acaban por convertir en costumbre y en necesario lo que empezó siendo vicio... Ya has visto a Ruperta, la frutera, con auto, y a la señora Luisa y a Macario, el pescadero, que cuando vino de la Maragatería no tenía dónde caerse muerto, y con coche los hijos... Y si lo empleasen para el negocio, pero los emplean para irse las fiestas de expedición y andar de aquí para allá, frotándoselo a los demás del pueblo por las narices... Y la aspiración de todos es esa ahora, tener auto y vivir en piso propio e ir vestidos y portados como no iban nunca sus padres, y tirando el dinero en esto y en lo otro.

—Es que la gente se ha propuesto cada día vivir sin preocuparse de otra cosa..., y el que venga detrás, que se las apañe como pueda. Pero decirles a estas gentes de ahora que lean a Séneca y a los moralistas españoles y que sigan sus consejos, como ves, es ingenuo, sobrina.

Martita se acercó a la estantería que presidía la sala y desgajó el libro de Séneca de entre el rebaño de los demás y se lo pasó a la tía.

La enferma lo abrió y leyó:

Los siete libros de Séneca: *De la divina providencia*; *De la vida bienaventurada*; *De la tranquilidad de ánimo*; *De la constancia del sabio*; *De la brevedad de la vida*; *De la consolación*; *De la pobreza*. Traducidas al castellano por el licenciado Pedro Fernández Navarrete, canónigo de Santiago.
Madrid MDCCLXXXIX.
En la imprenta de don Benito-Cano.
Con las licencias necesarias.

Lo abrió luego por el capítulo primero, que se encabezaba así:
Cómo habiendo esta providencia suceden males a los hombres buenos.

Le dio una desgana y cerró el libro.
La acorrió la sobrina.
—Déjate ahora los libros, que no estás para lecturas.
La besó en una mejilla con mimo.

Cuando se repuso, volvió los ojos a la piedra sedente del padre y permaneció un rato contemplándole.

Le pareció que le sonreía.

En esto entró la vieja sirvienta anunciando la pretensión de verla de una mujeruca pobre.

—Tía no está ahora para recibir visitas.

—Que pase, que pase, y déjame sola con ella..., así se explayará mejor que contigo delante, pues estando tú presente no se atreven a hablar con la confianza con que me hablan a mí sola.

Se retiró Martita y pasó la pobre mujer.

La sobrina se arregló y preparó ante la anunciada visita del tío. «No venga y me encuentre con estos pelos», pensó.

Más tarde oyó el timbre de la enferma... y a la pobre de la visita desfilar por el pasillo y abrir para ella la puerta de la escalera.

En cuanto se alindongó y atusó, volvió con la tía.

La encontró muy abatida.

Se enfurruñó un tantico la sobrina.

—En cuanto viene a visitarte uno de estos pobres, quedas luego para el arrastre...; les voy a prohibir que te vean.

—Si me quieres, no harás eso... —y se volvió con las mejillas bañadas en lágrimas—. Es tanta la miseria de las gentes... Es lo que me hace, a veces, en mi angustia, dudar un poco de la Providencia. ¿Por qué hay tanta y tanta miseria y necesidad en el mundo, pudiendo evitarla, Señor? ¿Por qué haces que sean tantos y tantos los hambrientos y necesitados, y tan pocos los que tienen con qué vivir? Para eso, mejor si no los hubieras traído al mundo.

Contempló a la sobrina con una pena inmensa. En fin... En sus inescrutables designios El sabrá por qué lo hace así, se consoló.

—La mejor manera de vivir tranquila y sin dudas es vivir sin pedir explicación a ciertas cosas —le sopló la sobrina—. ¡Anda todo tan manga por hombro!

—Siéntate ahí, que quiero hablarte de una cosa.

—Voy a cerrar el balcón, que hay un remusguillo de aire y no te vayas a enfriar.

—Mira, hija, es una idea que la vengo rumiando antes de caer enferma.

—¿Y es?

—Tengo una lista que he hecho de los más pobres del distrito —doña Marta, siempre que hablaba de sus necesitados, se refería a los de su distrito, y es que hasta de la caridad, siendo como era tremendamente caritativa, tenía un concepto un tantico electoral...—. Y pienso dejar lo que quedó de la fortuna de abuelo, que era, antes de dedicarse a la política, cuantiosa, a los más pobres de su distrito. Esa lista, con los hombres de ellos y sus apremios y necesidades, se la daré al señor notario para que reparta esos bienes entre ellos. El señor notario, de acuerdo con el párroco y tío Ciriaco, se encargarán de realizar y vender las cosas y hacer llegar a cada uno lo que le corresponda. A ti te dejaré esta casa con los muebles y los recuerdos de familia que hay en ella. A ti nada te ha de faltar con Ciriaco, que sé muy bien lo que te quiere y cómo eres su debilidad... La fortuna de tío Ciriaco es muy grande... Bueno, no te voy a decir a ti nada que tú no sepas, habiendo sido su secretaria.

Miró a Martita a ver el efecto que hiciera su decisión.

A la sobrina le pareció bien la idea.

—Por mí no te preocupes —le añadió.

—Pues si no me preocupo por ti, ¿por quién me voy a preocupar?

—Por quien exige esa preocupación más que yo... —y perdona que te interrumpa—. Esa lista de pobres a quienes tú dejas tus bienes será un semillero de disgustos y de discordias espantosos.

—¿Por qué?

—Porque al dar tú nombres, señalas a unos y dejas a la puerta a otros..., pues supongo que tus bienes no llegarán para todos los pobres del distrito.

—Desde luego.

—¿No sería mejor, digo yo, los dejases al hospital o nombrases una junta en la que intervinieran el párroco, el alcalde, el juez, el notario y tío Ciriaco, en la que, sin decir para éste y para el otro, disfrutasen por igual todos los pobres pobres del distrito...? En fin, tú que eres la dueña del dinero, sabrás lo que haces..., y lo habrás pensado bien...

Doña Marta quedó meditabunda.

—De todas formas, si hablas de ello con tío Ciriaco y el notario, diles la pega que yo encuentro en esta forma de caridad, y aconséjate de ellos, que tienen mucha experiencia.

—Me has dado una idea... No haré nada sin contar con ellos y contigo.

En estas vacilaciones vieron pasar el auto de tío Ciriaco.

—Yo, de todas formas, para cuando me toque ir a la otra orilla, me gustaría me cogiese —le dijo a la sobrina sonriéndose— como el poeta: «ligera de equipaje»...

—«Casi desnuda como los hijos de la mar» —le completó Martita.

—Pero cuanto más tarde, mejor.

—Desde luego.

Quedó pensativa la enferma.

La sobrina vacó a sus cosas y la dejó un rato sola.

—¡Dios mío...! ¿Por qué consientes que sea tanta la miseria del mundo..., por qué, Señor, por qué...? Y lo horroroso es que va a más, a más, a más esta pavorosa angustia...

Le corrió un temblor por todo el descaecido cuerpo.

—¿Hasta cuándo, Señor...? Hasta cuándo esta angustia de que

unos lo tengan todo y otros nada, absolutamente nada... ¿Hasta cuándo, Señor, hasta cuándo?

De repente el dolor le ganó todo su cuerpo. Era un dolor impetuoso, profundo, desgarrador, que la sacudía desde los huesos del cráneo hasta las uñas de los pies..., un dolor que no tenía suelo ni riberas, un dolor que se prolijaba por todo su organismo con tumultuosos redobles. Luego, todo él se concentró en la región de la matriz, como un volcán.

Se le torció la boca y se abandonó a él, vencida. Ni brazos, ni piernas, ni ojos..., nada, nada acudió a su llamada. Perdió el conocimiento. Un frío de muerte la invadió.

Cuando pasó la ola de la lava del dolor tocó el timbre.

Acudió presurosa la sobrina.

La encontró sin vida, comida por el dolor, medio muerta.

—La inyec... inyección —le suplicó.

La acercó a la cama y la acostó.

Tenía preparado para estos casos la jeringuilla, el alcohol y el agua... y le aplicó en seguida una inyección de morfina.

Poco a poco el dolor le fue remitiendo.

A duras penas levantó la cortina de un párpado. Más tarde la del otro.

Contempló a Martita desde el fondo de su dolor, que aún era encarnizado e inmenso.

Pensó: «Por haber dudado de El, de su justicia y de su sabiduría. Me lo tengo merecido», se dijo.

Pero poco a poco la droga, al ocupar el territorio de sus tejidos, fue adormeciendo el dolor, intoxicándolo, matándolo... Ahora hay una batalla tremenda que se disputa mi matriz, pensó. No sabía que se la habían extirpado.

Le empezó la movilidad en los dedos de los pies y en las piernas. Sintió un fuego suave en los muslos. Más tarde, en el bajo vientre y en el estómago; luego en el pecho.

En el lugar de la matriz seguía la batalla con enorme ventaja para la sedación de la morfina.

Los dedos de las manos celebraban su digitación y la sangre acudía a las riberas de la boca en oleadas suaves...

—¿Cómo te encuentras? —le gritó, pues en momentos así perdía hasta el sentido del oído.

—Un poco mejor.

«Es castigo de Dios, castigo de Dios», pensaba.

Hasta ahora nunca le había dado un dolor tan convulsivo, penetrador y horroroso.

En esto sonó el timbre de la puerta de la calle.

Acudió la sirvienta.

Era tío Ciriaco.

Pasó a la alcoba de la enferma.

—Te hacía levantada a estas horas.

—La acabo de acostar con un ramalazo de dolor.

El hombre acuitó el rostro.

—¡Vaya por Dios...! He venido con Lorenzo y vamos a comer con don Celso y don Andrés en la finca.

—¿Qué Lorenzo? —inquirió la enferma.

—El hijo del veterinario que se desterró al principio de la guerra.

—¡Ah! Aquel revoltoso de Lorenzo que se hizo socialista y bulló mucho en los primeros momentos... Buen chico...

—Conmigo se portó como un caballero... Gracias a él pude escapar de Madrid.

—No..., si su madre era una santa mujer..., y el padre, muy trabajador.

Se volvió a la sobrina:

—Tú eras una cría y no te acordarás de él.

—Le he dejado con el maestro en el «California». El se acuerda mucho de ti y me ha encargado que te salude —le brinda a la enferma.

—¿Y cómo está?

—Viene bastante cambiado.

—No es un chico ya... —se sonríe—. Andará por los treinta y muchos ese también, o por los cuarenta...

—Pero está muy joven... Tenía unas ganas tremendas de volver... Cuando nos acercábamos con el coche y ha visto el Duero y el pueblo en lo alto, no ha podido contenerse y se ha echado a llorar.

—Eso denota un buen corazón..., más vale.

—¿El es del pueblo? —pregunta la sobrina.

—Sí, y su padre zamorano y la madre palentina —centra la enferma—. Su padre, con sacrificios, le dio la carrera de Letras en Valladolid. El chico es fino y listo... Escribía, todavía un chaval; en los primeros meses de la guerra bulló y se movió y alborotó bastante —sonríe la enferma—. Ahora ya habrá sentado la cabeza.

—Sí.

—¿Cómo es? Yo no le recuerdo.

—Es un buen mozo... Y tenía una gran simpatía humana... Ya ves, eso de llorar al volver de nuevo al pueblo después de tantos años de ausencia y de tantos desengaños, revela un alma fina y sensible... Porque supongo que vendrá muy cambiado.

—Vuelve con treinta años más y un costal de desilusiones sobre la espalda.

—Eso les sucede...

—No hables tanto, tía, que no te conviene.

—Si al anochecer te encuentras descansada, vendrá unos minutos a saludarte— le brinda el primo.

—Tráemele, que me gustará verle y charlar con él.

Se retiró el abogado.

Martita quedó ensoñando cómo sería Lorenzo, este hombre que irrumpía ahora en compañía del tío en su vida pueblerina, pacata... Viene del destierro y se ha movido por Europa y América, y si es listo y muy simpático, como dice la tía, podrá contar y aclarar y alegrar muchas cosas...

Sentía ya ganas de echársele a la cara y de conocerle.

Pero al anochecer la tía se hallaba descaecida y dolorosa.

Tío Ciriaco llamó a la caída de la tarde preguntando por ella. Por poco le contesta que bien..., que muy bien, porque ella quería conocer al desterrado..., pero súbitamente se vistió de veracidad y le dijo:

—Está amodorrada y muy decaída.

—Pues lo dejaremos para otro día.

«¡Qué rabia! ¿Cómo será Lorenzo...? ¿Cómo será?»

—Mientras des con una ocupación que sea de tu gusto, puedes quedarte conmigo de secretario y apoderado, con toda libertad..., como si quieres seguir en el puesto toda la vida; yo, encantado. Además, no lo digo por adularte, pero creo no poder encontrar un hombre para este menester de más confianza y más ducho que tú.

—No sabe lo que se lo agradezco, don Ciriaco... Gracias... Gracias —le tomó la mano y se la apretó una y otra vez.

—El cargo lo tengo vacante. Hasta hace poco lo ejercía una sobrina mía, Martita..., de la que tú no te acordarás porque cuando estlló la guerra era una niña.

—Si la viera, tal vez...

—Está en el pueblo cuidando a la pobre Marta..., y aunque la mecanógrafa y el contable son muy competentes... necesito de un hombre como tú para ir descansando de mis asuntos.

—Yo, encantado y agradecido..., pero no sé si valdré... Lo mío son las letras.

—Aquí, más que otra cosa, tendrás en mi ausencia que recibir visitas y hacer algún viaje en mi nombre, como apoderado, porque yo con los años me voy volviendo perezoso..., y enterarte y estar en el secreto de cómo se mueven los engranajes de esta pequeña maquinaria que yo he montado. Las mañanas las paso en mi oficina de abogado del Estado en el Ministerio de Hacienda o en la Dirección General de lo contencioso, y las tardes, la mayoría del tiempo, en el Banco Moderno del señor Gobantes, donde tiene su centro de operaciones... Y por aquí vengo poco, nada más lo necesario. Gracias al teléfono, muchos de mis asuntos los resuelvo desde allí. Todo esto con una agilidad de movimientos que me permite entrar o salir y estar donde sea preciso... para mis asuntos y los del señor Gobantes.

—¿Es ese Gobantes don Diego, el muchimillonario?

—El mismo.

Estaban en su casa de Ayala, 5, donde tenía destinadas tres habitaciones para su escritorio.

—En esa habitación de al lado recibía y actuaba mi sobrina —le indicó—, pero tú estarás mejor aquí, donde suelo ordenar mis asuntos y trabajar cuando puedo.

Lorenzo empezó a ir por las mañanas, hacia las nueve.

La mecanógrafa era feúcha y muy despierta. Matilde se llamaba. El contable, Nicomedes, era padre de una familia numerosa y usaba un bigote entrecano, curvo y caído, que avejentaba aún más su pergenio.

Lorenzo tenía una expresión triste; su experiencia política y su vida en el extranjero habían apagado su locuacidad juvenil y su carácter. Era alto, de disposición bien proporcionada y todo él despedía una acogedora simpatía.

La propaganda extranjera sobre la situación española y la de sus compañeros desterrados le habían llenado de confusión la cabeza... y tan pronto pisó su patria se dio con toda generosidad y ardimiento a estudiar la verdadera situación del país. Leía todas las revistas y libros que caían en sus manos y se dio a preguntar y a oír a los hombres cultos de buen criterio.

La primera alegría física que disfrutó fue con el cambio de ambiente. El cielo terso y alto de Madrid, madurado ya de primavera, le bañó en un goce animal que no sintiera en los años de estancia en Londres. Inmerso en la luz de Madrid y en la cháchara de la gente media y baja, se sintió reconfortado.

Sin embargo, el carácter del pueblo, perdidas las buenas maneras, se había endurecido. Iba más a lo suyo, que era una codicia numularia de dinero y comodidades: el auto, la ropa y las joyas, los viajes, las diversiones y el piso propio..., y con la decisión de adquirirlo todo pronto, no en una vida, sino en unos pocos años... Todo con urgencia y prisa y una rasgada conciencia para la adquisición. Hubo de hacer viajes a Barcelona y Bilbao por cuenta de su jefe y se dio cuenta de la huida de la grey campesina hacia Madrid y estas ciudades industriales y al extranjero. Se había hecho bastante después de nuestra guerra por evitar el descuaje forestal y que el suelo no se nos escapase a los españoles por debajo de los pies... Los españoles nos hemos resignado a ser labradores cuando hemos destruido los pastos, o sea, los bosques, o sea, los depósitos naturales de agua, pero conservando siempre la nostalgia de una existencia nómada y el odio instintivo a una vida sedentaria... Esta propensión ambulatoria, aventurera y emigrante se percibe siempre en todos los países pobres, donde el robo es considerado más productivo que el trabajo; donde el suelo, convertido por la oveja en arenal estéril, ya no produce lo bastante para retribuir el esfuerzo del hombre... De ahí nace, como señala un historiador, que el beduino sea ladrón y cuatrero desde los tiempos de Abraham..., y de ahí una horrorosa verdad que nadie se atreve a confesar y es que la masa general de los españoles carece en absoluto de verdadero patriotismo, porque relaciona en su conciencia instintivamente la idea de patria con la de aridez, esterilidad y continua miseria, y, como señala unn escritor, miente a sabiendas, porque para ella es imposible amar a una patria donde no se encuentra el pan de cada día y que además impone un régimen de convivencia social opuesto profundamente a sus inclinaciones ancestrales... Por eso era tan frecuente, en la juventud española de antes, huir al extranjero para sustraerse al servicio militar, siendo algunos años de más de cuarenta mil el número de prófugos...

Los hombres se disputan la tierra porque no saben otro modo de vivir y no pueden dedicarse al pastoreo selvático, que era su inclinación... Pero él, que había pasado su niñez y su infancia entre pobres campesinos, jamás había conocido a uno solo que amase el suelo que labraba ni que renunciara a cambiar su oficio por otro cualquiera o a hacérselo cambiar a sus descendientes en cuanto encontrara la ocasión. Por eso la Castilla estéril envía en oleadas sus hijos a los seminarios y a las grandes ciudades tentaculares... De ahí que se haya convertido España en la nación más productora de sacerdotes del mundo... De ahí esa fuerza bestial con que han arraigado entre los españoles las guerras civiles, pues hemos tenido tres en setenta y dos años. Al principio eran un horror, pero se convirtieron pronto en cosa popular, porque recrudecían el instinto celtibérico del español de andar por vericuetos. Pero esta última guerra ha sido espantosa y ha dejado el país en escombros, pensó. Una aparente mejoría en todos los órdenes sorprende al que vuelve a ella después de más de veinte años de ausencia. Esta huida del campo a las ciudades más industriales y populosas da en los primeros momentos, a los que las recorremos, un aspecto de bulliciosa plétora, pero el mal está en el campo, de donde escapan por no poder vivir. No se ha aprovechado, el momento, después de una guerra brutal de cerca de un millón de españoles muertos, para una cirujana reforma agraria y así se hubiera evitado esta huida; y en el orden de los negocios, no se ha embridado y sujetado la bestial codicia y afán de poder de la alta banca... Y la gente campesina huye hambrienta, y la clase media de las ciudades, descontenta y aspeada, no puede vivir.

La cobardía ante los problemas que han surgido después de la contienda es la norma que ha presidido las decisiones de los políticos gobernantes... Y quién sabe dónde desembocará todo esto. La revolución que se prometía y era necesaria no se ha hecho. Se ha confundido la paz con el orden policíaco y se han contentado con ir tirando. Siglos atrás se talaron los montes, se llegó a la pérdida del agua y con ella a la esterilidad inevitable. Tras de aquel gran desastre vino el latifundio, que es consecuencia natural de las talas. Como secuela inmediata vino en seguida el feudalismo; luego vino la renta, que aún dura; luego, el impuesto directo, que ha convertido en dinero la sangre de los pobres. Por fin, los hombres del campo, cansados de luchar contra todas estas adversidades, locos de rabia, descargaban contra cualquier objeto palpitante que encontraban a mano.

Se acordaba de su niñez atormentada por los pueblos de Castilla... Primero hemos matado las tierras, luego los árboles, luego los pájaros... Luego, por distracción, matamos toros y caballos en las plazas y hubo un momento en que, al andar escaso el pan, nos matamos unos a otros. En vísperas de nuestra última guerra civil esto no era una nación: era un matadero lleno de hambrientos. Nuestros antepasados, arañando montañas y talando bosques, hicieron una patria de caníbales, donde no había una sola mirada limpia de odios... ni una peseta que no circulase goteando sangre. Todo respiraba aquí ferocidad, sobre todo en el campo. Hasta los rapaces perseguidores de los pájaros... Recordaba la orografía atormentada de su patria: Peñalara, Moncayos, Sierra de la Demanda... Broncos Sinaís de maldición que se fecundan con el rayo y abortan el pedrisco que arrasa las cosechas... Veía por último las mondas cordilleras que se agazapan entre nubes buscando allí un asilo contra la frenética iracundia de los hombres...

Volvía de recorrer parte de la provincia de Palencia y el páramo de León con motivo de un negocio hidráulico del señor Govantes en el que don Ciriaco llevaba parte, y volvía desolado... «El infierno —decía Santa Teresa— es un lugar donde no se ama, y ese infierno está en el campo español»... Volviendo en el coche a Madrid pensaba que era la venganza del agua. Hemos sido acusados por el «río» ante el gran tribunal de Dios, y la Naturaleza, que era nuestra madre, se ha convertido en nuestro implacable verdugo... Si entregáramos a los ingenieros de montes unos miles de millones y terrenos libres, ellos solos se bastarían para hacernos bien pronto una raza de mirada limpia y una patria habitable. En sus conversaciones con las gentes de los pueblos y con los labrantines, todos le decían lo mismo.

«La gente huye para poder comer y tener un jornal seguro... Se escapan a Barcelona, a Madrid, a Bilbao, a Avilés, a Valladolid, a Vigo, a El Ferrol..., el que no huye al extranjero. Necesitamos una industria, pero aquí, en el campo, para transformación de los productos agrícolas... No esa industria ostentosa de los grandes ciudades que no sirve más que para que los grandes tunantes engorden y se pongan aún más lucidos... De seguir esto así, sin que se quieran oír nuestras quejas, el campo español se despoblará y el país se hundirá... Hay que repartir los latifundios entre los que trabajan, como se está haciendo en todo el mundo no católico, y aquí, que los católicos somos y hablamos tanto de Dios, nadie sigue sus evangelios..., y así nos va a todos..., o es que quieren que volvamos otra vez al campo para otra guerra civil... Pues que tengan bien presente que hemos espabilado y no haremos otra pelea entre hermanos, para que los de las grandes ciudades, los banqueros orondos y los grandes negociantes sigan apilando su oro en las arcas extranjeras, por si vienen mal dadas... ¡Que no! No volveremos a hacer el tonto y el primo..., que se les quite de la cabeza... ¡Tanta sangre..., tanta sangre derramada para esto...!»

Volvió del viaje enfermo el bueno de Lorenzo.

«Cualquier gran adelanto en la cultura —como hace observar un profesor inglés— ha provenido siempre de algún gran adelanto en la producción...» Se trata de árboles y pastos que proporcionan ganado con que afrontar el problema del abono... Está fuera de duda, en su consecuencia, que el remedio de los males de la agricultura, por lo que hace a la parte industrial, radica precisamente en lo contrario de lo que se ha venido haciendo. Consiste en amenguar el área cultivada y en aumentar el ganado ensanchando el área forestal, de modo que la agricultura, en vez de seguir siendo considerada como capacidad fundamental de la nación, pase a ocupar el lugar subalterno que la misma naturaleza le ha marcado en nuestra patria: como industria complementaria de la ganadería. Ahora, para tener ganado hace falta crear pastos, que es labor del ingeniero de montes. Para tener nitrógeno barato con que formar los pastizales se han de regularizar el curso y la fuerza de los saltos de agua que han de producirle en las fábricas..., lo que es también tarea del ingeniero de montes. Para ensanchar el área forestal que retenga las aguas y las nieves, atempere los cultivos, abrigue los nidos de las aves insectívoras, entibie la atmósfera y normalice las corrientes se precisa el ingeniero de montes. El labriego tiene dos protectores magnánimos: el árbol y el ingeniero de montes.

Siente ahora su niñez remejida por el recuerdo de su padre. Su padre fue un veterinario hijo y nieto de labrantines modestos, que se hizo veterinario quitándoselo a los suyos de la boca...

Para su padre, el ingeniero de montes era Dios. Un Dios agricultor, que hacía andar las cosechas y las aguas de los ríos y arroyos. Todo su sueño fue conseguir de su hijo, que venía muy listo, según le dijera el maestro, un ingeniero de montes, que le parecía el oficio más supremo de la tierra... Pero cuando terminó el bachiller el hijo, que alimentaba vocación de político o de escritor y con una cabeza dotada para este tipo de estudios, le produjo una triste y un enorme desengaño. Pero le quedó a Lorenzo la adoración y veneración del ingeniero de montes... como hijo que era de la tierra y el campo.

«Sin ellos tampoco tendríamos agua; desde que nuestros antepasados mataron los árboles, las lluvias del invierno se precipitaron en masa por los cauces y los antiguos ríos son hoy torrentes despeñados que sé secan por el verano, cuando más hace falta el riego.»

Por las conversaciones mantenidas con don Andrés, el maestro, sabía que se estaba haciendo bastante en este sentido, pero no suficiente para detener el alud de las paupérrimas gentes campesinas hasta las grandes ciudades industriales. «Donde no hay agua —pensaba—, hay latifundios y confiscaciones de la propiedad, y donde hay eso hay usura y caciquismo torpe y centralismo, con su secuela de abusos, arbitrariedades y tiranías. Lo primero que ha hecho la tala de bosques es desaparecer la mayor parte de las aguas corrientes. Al desaparecer el agua se ha ido notando un gran aumento de los terrenos estériles e inútiles y un gran aumento de la renta de los terrenos útiles. La tala, al convertir los terrenos antes productivos en improductivos, por falta de humedad, ha aumentado la demanda, o sea, el valor de los que quedan aptos para producir, y, claro es, al aumentar el valor del instrumento de producción aumenta el del producto, o sea el del trigo, y con él el coste de la vida para el obrero, sin ninguna compensación en el salario, puesto que todo el beneficio desaparece confiscado por la renta. Ante la perspectiva del hambre, los campesinos escapan aterrados a buscar colocación y jornal en la ciudad..., y sobre todo el campo triguero es el que más se despuebla, ya que el no triguero da menos emigrantes.»

El, que había heredado de su padre esta obsesión fugitiva, recordaba que en treinta años, antes de nuestra guerra civil, huyeron del campo a la ciudad más de cuatro millones de criaturas humanas... y esta progresión iba ahora en horroroso aumento. Pero se daba, empavorecedor, otro fenómeno temible, sobre todo para el porvenir de ambas Castillas, y es que ocupando la zona litoral sólo una tercera parte del país, contiene, sin embargo, más de las dos terceras partes de la población total. Hacia el año 1915, le había oído referir a don Andrés, Barcelona litoral tenía 148 habitantes por kilómetro cuadrado, y Lérida, interior y colindante, 23. Valencia orillero contenía 80. Cuenca, interior y lindera, contenía 15. Se daban los mismos síntomas de macrocefalia que en la desbaratada e inculta América del Sur. Para 17.242 kilómetros de extensión que posee la provincia de Zaragoza, tenía para esa época 473.113 habitantes, de los que 123.089 residían en la capital, o sea, una cuarta parte. Mirando la faz de España, el resultado es que entre cada dos ciudades enérgicas siempre existe un páramo estéril..., a veces tachonado de manchas productivas y poblados. Organizada la producción de esta guisa, que no proviene de las leyes civiles promulgadas, sino de las leyes naturales vulneradas, hubo necesidad de acomodar a ella el trazado de las líneas férreas, curvándolas cientos de veces para acercarse a las zonas pobladas, aumentando por consiguiente en el interior el precio del carbón con un recargo proporcional a la mayor longitud del recorrido. Menos mal que ahora se electrifican los ferrocarriles. Sólo hay industria fuerte donde el carbón llega barato; por eso la hay en los pueblos de la mar, como la hay en ciertas ciudades que para el arrastre barato disponen de vías fluviales en comunicación con el centro... No hay agua bastante en el interior para impulsar la agricultura ni la industria y no habrá agua nunca, pensaba en su obsesión, mientras el Estado no entregue a los ingenieros de montes todo el dinero necesario para la realización de un plan desbordante de repoblaciones forestales...

Al español le ha parecido siempre mejor robar que trabajar. Por eso España, al renunciar a ser industrial, se hizo aventurera y emigrante, y como para emigrar basta una senda de cabras, nunca se ocupó de construir caminos que facilitasen la expansión mercantil de las provincias centrales acercándolas al mar...

Ahora parece que intentan industrializarla precipitadamente, quemando etapas...

Ya en Madrid, Lorenzo, de vuelta del destierro, la verdad es que en el primer momento quedó deslumbrado ante tan aparente fuerza y energía. En los veinte años que faltaba de la tierra encontró la capital casi triplicada en habitantes y con una circulación endiablada de automóviles y más automóviles. La gente vivía mejor que antes de la guerra, sin la preocupación tan española, sobre todo en la clase media, del ahorro. Cines, bares, restaurantes y comercios se hallaban abarrotados a sus horas. Una despreocupación moral engrasaba todas las relaciones sociales... La gente iba mejor portada. Se construía con un lujo y confort y a unos precios que no sospechaba uno de dónde sacaba el comprador el dinero... Pero la situación del campo, de todo el campo español. era trágica y desoladora. De no ponerle pronto remedio, España moriría acogotada por asfixia. Pero cuando paseaba por las calles de Madrid y de Barcelona, Lorenzo daba de lado los problemas de la nación y se embelesaba en su contemplación y en su hermosura y en su adelanto palpable. Su trato frecuente y necesario con su jefe, don Ciriaco, le abrió rápidamente los ojos sobre cómo se movían en el país, después de la guerra, las finanzas. Los hombres de negocios habían corrompido en su provecho todas las fórmulas del capitalismo. Después de la guerra había sonado para los negocios el toque de botasilla... y los hombres de empresa y de presa hubieron de incorporarse con la moral rasgada y la prisa caliente que se incoó después de la horrorosa guerra civil. Se empezaba de cero y con toda la economía y el mundo de los negocios por tierra.

—De incorporarte... no tenías otro remedio que usar las armas de los demás y su moral y sus trampas... o retirarte..., antes de que te despedazaran ellos. Nunca como entonces se hizo sangrante la disyuntiva de comer o dejarte comer... O ser mandíbula o alimento.

—Observo que se han levantado grandes fortunas y que el capitalismo español se ha alzado con una fuerza y pujanza que no ha tenido jamás.

—No lo sabes bien —reconoció su jefe.

—Pero lo sospecho —y miró al abogado con una cierta malicia.

—Sí... Ahora todos nos hemos puesto a ser millonarios, de tantas facilidades... La misma depreciación de la moneda facilita mucho las cosas...

—Pero rápidamente, en unos años.

—Sí, hay que andar listos, por si acaso —le sonrió don Ciriaco.

Estaban comiendo los dos en un restaurante céntrico, donde le había citado su jefe, que aquella misma tarde salía con el señor Gobantes para París.

Sobre el porvenir del país era optimista don Ciriaco.

—Los Estados no acaban por hundirse nunca. Creo que hemos llegado a tiempo para la industrialización del país.

—Pero... ¿y el campo?

—El campo siempre ha marchado mal... Sería una excepción que empezase a marchar bien... ¿Ha visto qué hermoso y alegre está Madrid? —le sonrió, despistador.

—Sí.

Se hizo un silencio agobiante.

— ¡Ah! Esta mañana ha estado a verme... Ella venía con intención de verle a usted, claro..., su hermana Purita, a la que yo no había echado el ojo después de la guerra... Vive en Valladolid, me ha dicho, y tiene nueve hijos, seis mujeres y tres chicos... Venía con Rosarito, que como vive en Madrid la veo con una cierta frecuencia.

—Venía a pedirme dinero.

—Sí, y se lo he dado... Querido don Ciriaco, a quién se lo puede usted dar mejor que a sus hermanas cargadas de hijos y de necesidades... La he encontrado muy arruinada físicamente. De joven recuerdo que era la más bonita de sus hermanas.

Se ojean los dos hombres.

—Recuerdo ahora una exclamación de Quevedo: « ¡Ah, si la moneda tuviese curso en el comercio eterno! »

—Pero no la tiene, des...

—Felizmente.

—Yo iba a decir lo contrario.

—Por eso me he adelantado.

Se ríen los dos, zumbones.

—Está bien que un hermano ayude a sus hermanas casadas.

—Si el hermano es soltero y millonario es su obligación.

—Conforme..., pero si hubiese acudido a todas sus súplicas y peticiones, no tendría ahora un céntimo.

—Creo que exagera usted.

—No las conoces bien, son insaciables e implacables...

—Pero son buenas... y son sus hermanas.

—Conforme... ¿Y qué hacen sus maridos?

—No son millonarios ni enérgicos hombres de negocios... Son empleados, y en España un empleado da muy poco de sí, salvo cuando está uno al servicio de un gran millonario generoso...

—Como en mi caso —le brinda sonriente.

—Lorencito, no seas adulón.

Pero en el fondo le halagó el piropo.

—Si la moneda tuviese curso en el comercio eterno, serían poquísimos los hijos que heredaran a sus padres... y las hermanas que fuesen a heredar a sus hermanos.

—No tanto, no tanto.

—Poquísimos..., y eso lo sabe usted. Con los años, la codicia numularia, o sea, la de dinero, numulario viene de numisma, moneda, de donde viene numismático, con los años se hace más entrañable y consanguínea... Casi todos los hombres, y desde luego las mujeres, se llevarían su fortuna... Se salvarían muy pocos de esta enfermedad.

—¡Es tan hermoso poseer! —reconoció el abogado.

—Pero se pueden poseer muchas cosas, y ustedes limitan su posesión al dinero y los bienes materiales.

—Porque la posesión del dinero da todas las otras posesiones.

—No siempre.

—Casi siempre.

—Hoy día es la posesión que mueve el mundo y sobre la que gira todo..., todo.

—Desgraciadamente.

—Hay que aceptar los hechos como son —y alzó hipócritamente los hombros.

—Pero hay que reformar necesariamente esa manera de moverse el mundo.

—En ese terreno no veo reforma posible.

—O por las buenas o por las malas...

—Pero después de todas las revoluciones se vuelve a empezar... Y es lo de siempre..., lo mismo.

—Pero hay maneras y maneras de volver a empezar... y de cada revolución sangrienta siempre sale alguna reforma y ventaja para el humilde y pateado.

—Pero acaba volviéndose a las andadas, porque mientras haya diferencia de talentos y de conciencias y unos sean listos y sin preocupaciones morales... y otros tontos..., los avispados acabarán alzándose con los medios de producción y terminarán haciéndose los dueños de todo, en perjuicio de los estúpidos y de los incultos y de los inválidos y de los humildes...

—Pero los listos tienen el riesgo de que son muchos más los necios y los humildes... y pueden perderlo todo por no sacrificarse un poco... Si a esto se añade el señoritismo de los hijos de padre ladrón...

—La ley de la vida humana es ésta: empezar y caer y volver a empezar para volver a caer... y jamás conseguiremos salir de ahí.

Se miran los dos hombres.

El abogado pide con el café una copa de coñac francés y anima a su secretario a tomar otra.

—No seamos hipócritas —sonríe Ciriaco—. Después de todo, Dios supone el amor a uno mismo como primer mandamiento. «Ama al prójimo como a ti mismo», manda el Señor. «Como a ti mismo...».

—¡Pobres mandamientos de Dios! —suspira Lorenzo, llevándose la copa a los labios—. Y hablando de otra cosa, ¿cuántos días piensa usted estar fuera?

—Ocho o diez días; no puedo ahora ausentarme más.

—Pero bueno, no sé si se lo he dicho, que Purita ha venido porque tiene una de las chicas muy delicada.

—¿Cuál de ellas?

—La tercera..., la cuarta creo que me ha dicho. Clarita, me parece que se llama.

—¡Ah! Sí, la del novio, y que riñó con él... y quedó la pobre hija muy triste... Es la más lista y sensible de sus chicas y la que ha tenido peor suerte... Las otras las va casando poco a poco.

Abandonan el restorán y van andando hasta Ayala, 50.

—¡Qué triste es la vida de las muchachas sensibles en las capitales de provincia española... cuando no tienen medios de fortuna y no han sido educadas para trabajar!

—Claro que no es éste el caso de su sobrina —y buscó la expresión del jefe.

—Nueve hijos tiene, y tres bigardos, que ninguno parece tener mucha afición por los libros.

—Y menos mal que le tienen a usted, que es un padrazo.

—Me dan pena, y puesto que, como tú dices, yo no me lo puedo llevar...

—Vino con Rosarito, tan simpática y alegre... Me acuerdo de cuando Rosarito era una cría, antes de casarse... Llenaba todo el pueblo con sus ocurrencias y sus dichos... ¡Qué tiempos aquellos! —y suspiró—. ¿Qué tal casó?

—Con un empleado del Estado. Ahora es director general. Parece un hombre espabilado, pero tiene nueve hijos y cuatro varones... Uno de ellos, el pequeño, le sale estudioso...

Se hace un silencio triste.

—Para la mayoría de la gente, ¡qué difícil se hace mantenerse firme y progresar y salir adelante...!

—No lo sabes bien.

Ahora se contemplan.

—¿Va en avión?

—Sí.

—Le recogeré a usted y le acompañaré a Barajas.

Entra Nicomedes, su contable, para hacerle una consulta. Más tarde se retira.

—En mi ausencia no me olvides el asunto que tenemos en la notaría de Sarradell.

—Descuide; un día de estos pasaré por allí.

—Hasta luego.

—Hasta luego.

Tomó su sombrero y salió.

Martita había aprovechado el último fin de semana de tío Ciriaco en Minglanilla para hacer una visita a Claudio, su protegido.

La víspera había avisado por el recadero su visita a tía Alfonsa. Estaban esperándoles en su casa, en la plaza de la catedral, cuando llegaron.

Se besaron las mujeres.

Alfonsa se hallaba más voluminosa y embarnecida.

—Estás muy guapa —le brindó Martita.

—No me digas nada, que no sé dónde voy a ir a parar... y no será por lo que como...

Saludó al hermano y le besó.

—Tú estás lo mismo —le dijo.

El gruñó algo ininteligible.

—¿Qué hace Susanita? —le preguntó.

—Está muy contenta con ella Pura, y se arregla muy bien con las primas.

—¿Y sus estudios?

—Parece que se aplica; en fin, ella verá.

Martita preguntó por tío Rufo.

—Ese es el que anda peor —se lamentó su mujer.

—¿Qué le pasa? —inquiere su hermano.

—Una úlcera de duodeno... Son los berrinches que le dan en el Ayuntamiento los alcaldes y concejales..., y los contribuyentes.

—Pues si se los dan, que no se los tome él..., y a otra cosa.

Se le notaba impaciente a Ciriaco por dejarles e ir a encontrarse con su amigo el Deán.

—¿Qué hay de ese descubrimiento que se ha hecho en la catedral, de esas pinturas? —preguntó Martita.

—Yo de eso nada entiendo, pero creo que son extraordinarias. Eso dice Rufo.

—Bueno, vosotras tendréis que hablar mucho; yo os abandono hasta la hora de comer.

—Sí..., vete, vete.

Pasó por casa de su amigo el Deán y le indicaron que estaba en Madrid desde hacía unos días.

Se dirigió a la catedral. Su bellísima traza de transición del románico al gótico se recortaba en el aire límpido.

Se vio con el sacristán, a quien conocía.

—¿Sabe? El señor Deán está en la Corte enviado por su Ilustrísima para defender que el códice miniado *Comentario al Apocalipsis*, del beato de Liébana, del 1906, quede aquí y no se lo lleven allí.

—¿Pero querían llevárselo?

—Eso parece... Dicen que aquí una joya como ésa está en peligro. ¿No cree que más peligro corre allí, entre aquella gente tan poco de fiar? —y miró zorronclonamente al abogado.

El sacristán era pequeño, arrugadito y viejo.

—Aquí vienen muchos extranjeros que lo quieren comprar y ofrecen el oro y el moro, y le sacan fotografías..., y que si quieres. Pero el Deán se fue de añadidura por lo del descubrimiento de las pinturas.

—¿Se pueden ver?

—Lo siento, pero están veladas pa que no les de la luz... y se dañen. Venga cuando esté el señor Deán, que a usted que es amigo se las mostrará. Han venido buenos entendedores de la Corte y se han hecho lenguas de su valía. La capilla donde han aparecido es del siglo XIII y son pinturas románicas muy parejas y parecidas, a las que se aprecian en la ermita muzáraba de San Baudelio en Casillas de Berlanga, y muy mucho semejantes, según los entendidos, con las del templo de San Román, en la imperial ciudad de Toledo.

Estaban pavimentando la plaza y cuando se abría una puerta, se metía en el macizo silencio de la catedral el isócrono martilleo que ajustaba y encamaba sobre la arena los adoquines.

Dio una propina al sacristán y salió.

Recordó las palabras de Menéndez Pidal: «Es muy probable que en la época romana fuera ya sede episcopal.»

Pasó delante de la antigua universidad de Santa Catalina, de gallarda disposición suntuosa, y se encaminó a la plaza Mayor.

Siempre que venía por el Burgo le placía llegarse a la plaza a alimentar un rato sus ojos con la hermosura herreriana del viejo hospicio que se levanta en el lado poniente.

Martita y Alfonsa, mientras, hablaban de sus cosas.

—Vengo, aparte de verte y de charlar contigo y con los tuyos, a visitar a Claudio, mi protegido..., del que no tengo noticia desde hace más de un mes.

—Cuando fui a entregarle el jersey que me mandaste... estaban en clase y no le pude ver..., pero se lo dejé al portero para que se lo pasaran de tu parte.

—A la tarde se le puede ver y me acompañas.

—Los profesores hacen de él muchos elogios.

155

—Al principio le debió costar adaptarse... Es muy sensible.

—... Y creo que tiene mucho amor propio.

—¡Cómo me gustaría que hiciese una gran carrera! ¡Si vieras la ilusión que he puesto en ello...!

—Y hablando de otra cosa, ¿qué te parece el nuevo secretario de Ciriaco?

—No me creerás si te digo que no le conozco aún.

—¿Pero no le recuerdas?

Observando su asombro:

—No, claro..., tú eras una cría cuando estalló la guerra. Era muy ambicioso y le parecíamos poco todas las chicas del pueblo. De haber seguido la República, hubiera hecho carrera... El era entonces muy socialista..., pero también un muchacho.

—Tío Ciriaco habla muy bien de él..., y le aprecia y le quiere mucho; dice que es un caballero.

—¡Toma! Como que le salvó la vida... Cuando la guerra, le cogió a mi hermano en Madrid y se vio en situación muy apurada y tuvo sus más y sus menos, y Lorenzo le escondió en su casa y más tarde le dio un salvoconducto con el que le puso en la zona nacional.

—Pues tengo ganas de conocerle. ¡Me han hablado tanto de él...!

—Su madre era una santa y el padre un hombre bueno, que haciendo verdaderos sacrificios le dio carrera.

—¿Y él, cómo es?

—Muy bien parecido y muy fino. Bueno, él no es un niño...

—Yo creo que a Purita le gustaba mucho... El picaba más alto... Pero ¿estará casado?

—No; me parece que me ha dicho el tío que no.

Se hace un silencio expectante.

Contémplanse las dos mujeres.

—Estás muy guapa —le brinda regalona—. ¿A qué esperas?

Sonriéndose:

—Eso díselo a ellos.

—Metida en Minglanilla..., la verdad es que no tienes mucho porvenir...

—Me debo a tía Marta. ¿Qué quieres?

—¿Cómo sigue?

—Como previno el especialista; el proceso lanzó en seguida su siembra en las cadenas ganglionares de la pelvis y se ha llenado de tumores en esa cavidad y ha adelgazado y apenas si come y está anémica. Con el vientre hinchado y una oscitis, que es un derrame líquido en el peritoneo..., teniéndola que vaciar con un trocar el líquido sanguinolento, que expulsa en litros..., y por si no fuera bastante con unos dolores horrorosos...

Se le llenan a Martita de lágrimas los ojos y se vuelve y se las enjuga.

—En fin, cada día peor con ese cáncer.

Alfonsa, dándose cuenta de lo que sufre, cambia la conversación.

—Me han asegurado que está repartiendo todos sus bienes entre los pobres del distrito.

—Algo hay.

—Pues por muy rica que esté no le va a llegar, porque hay pobres a bondo.

—Sí, hay mucha miseria y mucho dolor.

Cuando se reunieron a comer, llegó Rufo del Ayuntamiento. Había desmejorado mucho, Ciriaco y Martita le animaron mucho, pero le encontraron muy perdido.

—¿Por qué no vas a Madrid a que te vea un buen especialista del estómago? —le preguntó Ciriaco.

—Si le ha visto en Valladolid un profesor de la Facultad y le ha hecho análisis y radiografías y le ha dado un régimen y tratamiento.

—¿Qué es lo que tienes?

—Úlcera de duodeno.

La úlcera entristeció toda la comida.

—Rufo, ¿sabes que Lorenzo, el del veterinario, ha vuelto del destierro?

—Lorenzo... ¡Ah! Sí... ¿Por dónde ha andado?

—Por América y últimamente ha vivido en Inglaterra.

—Y ha vuelto soltero y trabaja de secretario de Ciriaco.

—Eso está bien —acogió el enfermo—. Es chico listo... Bueno, chico...

—Tendrá ya unos cuarenta.

—¿Qué es eso para un hombre? —centra Ciriaco.

—Está en lo mejor de la edad —centra Martita.

Poco después de comer se fueron las dos mujeres a ver al seminarista.

Martita iba con una gran ilusión.

Cuando salió a la sala de visitas, Martita se fue a él y le besó en ambas mejillas.

Alfonsa se rio.

—Mujer, a los seminaristas no se les besa.

Se sonrió la mujer:

—Si es un crío...

El mocete se sonrojó.

—¿Me conoces? —le pregunta.

—Sí, es usted mi protectora.

Le traía unas chocolatinas y se las dio.

Tenía una mirada profunda y muy oscura.

—¿Estudias mucho?

—Ahora sí... Si me he de hacer hombre...

—¿No necesitas nada?

El chico se sonrió.

—Vióme mi madre hace poco.

Miraba a las dos mujeres con recatada parsimonia.

Luego vino a saludar a las señoras el director de estudios.

—Soy su protectora —se presentó Martita.

A Alfonsa la conocía como esposa del secretario.

—Tanto gusto —y se inclinó.

Se habían erguido y las invitó a que se sentasen.

Más tarde el sacerdote se acomodó. Claudio se sentó junto a él.

—¿Cómo va en sus estudios?

—Ahora muy bien, ¿verdad, Claudio?

—Sí, señor.

—Al principio extrañó un poco la vida del seminario y al acordarse de los suyos se blandeaba..., pero ha remontado la situación, dando a un lado los recuerdos... —reconoció el sacerdote.

—Más vale —templó Martita.

Estaba emocionada la mujer, como si fuese un hijo que no viese hace tiempo.

—Si ha de hacerse hombre y ser un buen sacerdote, tiene que poner de su parte su talento y su esfuerzo —le planteó Alfonsa.

—No necesitan insistir —resumió el sacerdote con suficiencia.

Miró al seminarista. El pequeño ofrecía una circunspecta seriedad.

Se hizo un silencio suave, roto por las voces moderadas que venían del patio contiguo.

—Es el recreo —le advirtió Alfonsa a Martita.

El sacerdote miró a Claudio.

Pasó un rato y el seminarista, modestando la vista, preguntó:

—¿Me puedo retirar?

Martita le hizo atropelladamente una serie de advertencias y le dio unos consejos.

Le entraron unas ganas tremendas de besarle y abrazarle. Era tan majo y tan bueno y estudioso..., y ella sentía unas maternales ansias de derramarse y de darse a él..., pero se contuvo por lo que le advirtiera Alfonsa.

«No les gusta a los curas que las protectoras besen a sus protegidos, aunque sean, como en este caso, unos críos.»

—Bien, Claudio, que sigas siendo tan bueno y aplicado y que los padres y profesores sigan no teniendo queja de ti. Y ya sabes, que si algo necesitas...

Todo esto se lo decía de pie, frente a él.

En la expresión del chico se reflejaba una dulce severidad. Le dio la mano y el pequeño intentó besársela, agradecido.

Se la retiró, pero se emocionó la mujer.

—Bueno, Claudio, puedes ir con tus compañeros al patio —le indicó el padre.

El seminarista se fue.

Una grave compostura presidía sus movimientos.

—Adiós, señoras.

—Adiós, hijo —se le escapó a Martita.

De repente las voces del patio subieron de tono. Una pelota golpeó contra la red metálica que guarecía el cristal del ventanal.

El sacerdote observó a Martita emocionada y les aclaró:

—Es el recreo más largo que tienen, el de la tarde, y privarles de él en absoluto no es conveniente.

Más tarde, cuando quedó con ellas solo, estiró su balandrán sobre las rodillas y les comunicó:

—Es un chico extraordinario, si no se tuerce.

—Pero por qué se ha de torcer... —saltó Martita.

—Es tan ambicioso y está tan dotado... —se lamentó.

—Pues mejor.

—No sé... El mucho talento y la mucha ambición juntos... —insinuó.

—Tiene una expresión muy inteligente —señaló Alfonsa—, y las mandíbulas las aprieta con tanta firmeza y mira, ¿no han observado?, como un hombre de cuarenta años... y es un crío.

—Demasiado reflexivo para su edad... Y las demasías..., ese, ese es el peligro.

—Peor hubiera sido de ser corto de luces.

—Claro, claro —asintió el sacerdote.

—Yo, la verdad, no creo que diga una herejía, pero opino que lo mejor es que sobre de riqueza como de listeza —opina Alfonsa—; donde sobre hay donde rebajar.

—Pero espero mucho de este pequeño Claudio, porque viene muy equilibrado —les tranquilizó el sacerdote.

La gran sala se fue empapelando de voces cada vez más altas, cada vez más discordes.

—En los primeros días se le sorprendió llorando, alguna vez, en el estudio y en las clases.

—Me confesó ser cuando le salteaba el recuerdo de su madre... Pero se hizo fuerte en seguida y se le pasó. Fue por entonces cuando empezó a acusársele el gesto apretado de las mandíbulas.

El sacerdote se retiró las gafas de montura de metal blanco y alució los cristales con su pañuelo de hierbas.

Le naufragan un instante los ojos présbitas, bobones. Pero se las cabalgó en seguida.

—Ha tenido usted verdadera suerte en la elección —le comunicó a Martita.

—¿Quién te lo proporcionó? —le pregunta Alfonsa.

—Don Andrés, el maestro.

—Pues puedes estar contenta.

—Ha de llegar lejos... Mi esperanza es que llegue lejos.

—Me consideraría defraudada si no llega por lo menos a obispo.

El curita se ruborizó:

—Que sea un ejemplar sacerdote... Y si el Señor le cree digno de más altos puestos... dejémoslo en sus manos.

Se hizo un silencio suavísimo de nardo y mirra. Hasta las voces del patio se apagaron expectantes.

— ¡Bueno, padre! —labió Alfonsa, al mismo tiempo que se estiraba la falda tensa.

—Martita seguía como perdida en un sueño, en un vago sueño.

Se pusieron las dos de pie.

El sacerdote se retiró para hacerles paso.

Su balandrán parecía más oscuro. La luz del ventanal llegaba flaca.

—No es prudente le venga usted a ver con mucha frecuencia, y, salvo la ayuda económica, que esa siempre es insuficiente, tampoco conviene exagerar los envíos de golosinas, ni las cartitas frecuentes, ni las demasiadas ropas de abrigo..., porque todo eso les distrae de sus devociones, de sus estudios... y se ablandan y los mimos acaban criando molleja... y más en los muy jóvenes... Que siempre son necesarios un poco de sacrificio y de dureza... Hágase cargo, señorita..., que usted es joven y muy buena y cariñosa y...

La mira suave, aquietador.

—Hacerse fuerte, hacerse fuerte..., eso es lo que le conviene al pequeño Claudio, que está en edad delicada y peligrosa..., en edad de formación.

—Me hago cargo —recoge Martita, y baja los ojos y toma el brazo de Alfonsa.

El padre las acompaña hasta la puerta.

Martita va sobrecogida, turbada.

En la calle le sopla Alfonsa:

—Chica, cómo estás, ni que fuera hijo tuyo... Cómo se ve que es el primero a quien proteges...

—Sí, no creí que me iba a emocionar tanto el verle.

— Lo que te conviene a ti es dejar de proteger a curitas y casarte en seguida.

—Mira, ahí tienes a Lorenzo, que con el puesto de secretario que le ha dado Ciriaco resulta una buena proporción.

Quedó tocada la mujer.

—Tanto Lorenzo, Lorenzo... ¡Pero si te he dicho que no le conozco!

Se puso frenética, nerviosa.

Tío Ciriaco la estaba esperando para volverse al pueblo.

—Vamos, vamos, que luego se nos eche la noche en el camino y no me gusta andar en carretera con la oscura.

—Se besaron las mujeres. Se despidió de Rufo y de los chicos.

Los dos hermanos hicieron, mientras tanto, un aparte cuchicheante.

«Esa le está pidiendo algo», pensó Martita.

Observó que Ciriaco, volviéndose a la sobrina, apresuró:

—Vamos, vamos... —y se acomodaron en el coche.

Ya en marcha:

—¡Esta hermana mía...! —se desahogó.

—Es muy buena... Luego con el marido enfermo, cuando más necesita de su salud..., y con esa retahila de hijos.

—Los hijos son una disculpa... Creo que sin ellos, estas hermanas mías serían lo mismo de ansiosas. El ejemplo lo tienes con Purita, que tiene nueve y es la menos incordiante.

—Porque es la de marido más rico y mejor situado, por eso se defiende sin agobiarte tanto.

—No sé qué te diga.

—Además, lo que tienes, ¿para qué lo quieres, un solterón como tú?

—No creas que es tanto... Además, tengo muchas necesidades y muchos gastos.

—Y mucho vicio.

Mormojeó algo ininteligible.

Fueron un rato en silencio.

Empezó a llover suavemente; luego a granizar con violencia.

—Malo para la uva —gruñó tío Ciriaco.

Un telón oscuro y elástico cerró todos los horizontes.

El granizo golpeaba en la capota y en los cristales.

—Necesito ir a Madrid, tío, ¿la semana que viene estarás tú allí?

—Sí, no saldré en una temporada... ¿Qué traes entre manos?

—Necesito ver a la modista para hacerme un traje.

—Avisa y te mandaré el coche.

—A qué te vas a molestar... Iré en el autobús de línea.

—Como tú quieras.

—De todas formas te llamaré en cuanto llegue.

—Si yo estuviera ocupado o fuera de Madrid por unas horas, pasa por casa y le pides a Lorenzo lo que necesites.

—Sin conocerle... Se me hace así un poco raro pedirle nada.

—Mujer, ya sabe quién eres; tú te presentas a él y...

—Bueno, bueno.

Cesó la granizada y se hizo más alto el cielo.

—Eres un poco refunfuñón..., pero qué bueno eres..., qué hubiera sido de todas nosotras sin ti...

Le tomó la mano, cariñosa.

El hombre se sintió tocado.

—Después de todo, lo que tengo yo no me lo puedo llevar... —gruñó.

—Sí..., eso es verdad; pero aunque protestón, eres bueno y generoso.

Escudriñándole:

—¿Lo eres con todas?

—No te entiendo.

—Será mejor que me digas «no te quiero entender».

—¿Qué me quieres decir?

—Lo que te digo: si eres generoso con todas.

Se sonríe:

—A ti te han ido con algún cuento.

—Me han venido con una verdad.

—¿Qué verdad es ésa?

—Que tienes una «amiga»..., lo que no me extraña, dado tu estado y tu edad.

El hombre humilló la cabeza.

—Es verdad, ¿sí o no?

—No te han engañado.

—¿Y eres bueno y generoso con ella?

—Sí; pero no es nada exigente, todo le sobra.

—Chico, qué suerte, con lo ansiosas que suelen ser...

—Esta es un mirlo blanco.

—Y si es así, ¿por qué no dejas de ofender a Dios y te casas con ella?

—En parte, por pereza..., y en parte, porque me encuentro tan bien así...; además, por miedo.

—¿Miedo a qué?

—A que cambie después de casada y surja otra... y a mis hermanas.

—Sí, lo comprendo.

—Sería espantoso.

—Conociéndolas, me doy cuenta.

—Y lo que quiero es vivir tranquilo.

—¿Tu amiga qué te dice? ¿No te achucha para casaros?

—No, es muy buena y muy prudente.

—Por buena y prudente que sea, su deseo será arreglar su situación y casarse...

—Me lo supongo.

—Pero para un hombre como tú, de tu posición y de tu prestigio, vivir así es...

—Espero arreglarlo.

—¿Pero cuándo?

Sonriéndose:

—Ya veremos.

El coche paraba a la puerta de casa de tía Marta.

Tía Marta estaba más sosegada, al día siguiente, dentro de su proceso de descomposición. Había perdido el apetito y estaba cada vez más flaca.

Arregló sus cosas Martita y a última hora decidió irse a Burgos, donde tomó el Talgo que la puso en Madrid.

—Si te duele, no abuses de la morfina; sé prudente.

Se sonríe:

—¿A qué vas?

—A hacerme ropa, que estoy desnuda.

Olegaria era la vieja criada de doña Marta.

—Tómate el tiempo que necesites y no andes con prisas —le propuso la tía.

—En cuarenta y ocho horas hago lo que tengo que hacer. De otra parte, qué pinto yo en Madrid...

—¿Irás a casa de Rosarito?

—No, voy a casa del tío. Prefiero ir a casa de tío Ciriaco. Estoy con él más independiente... y molesto menos... Rosarito bastante tiene que lidiar con sus numerosos hijos.

—Eso es verdad —reconoce la enferma—, pero ¿la irás a ver?

—Si tengo tiempo, desde luego.

—Saluda a todos de mi parte... Y despídeme de todos... —esto lo expresó con una gran melancolía.

—... De Rosarito y de Lola y de sus hijos; despídeme de todos.

—Por Dios, mujer, ni que estuvieses con los minutos contados.

—Yo sé lo que me digo.

Y siguió sus rezos.

Le explicó a Olegaria cómo le tenía que dar, en su ausencia, las medicinas a la enferma y a qué horas, y las inyecciones de morfina, si las pedía.

—Si hubiese alguna novedad o se pusiese de repente peor, me llama en conferencia a este número... —y le dio el teléfono de tío Ciriaco, en Ayala, 50.

Mirando con suavidad y energía al mismo tiempo a la sirvienta:

—Visitas, las menos posibles..., ya lo sabe usted..., y que la molesten el menos tiempo..., que no está la señora para chácharas..., dígaselo.

Aquella misma mañana se vio con don Celso, el médico, y le consultó:

—¿Podré irme dos días a Madrid, sin peligro de que su enfermedad tenga un desenlace en mi ausencia?

El médico la había visitado hacía poco y le indicó:

—Vete tranquila.

—Como es la primera vez que la dejo, después de su gravedad...

—Bajo mi responsabilidad puedes irte. Ahora, en tu ausencia avisa a una monja. Olegaria es buena, pero es un poco torpona.

Horas antes de partir estuvo con ella cariñosa y solícita.

163

—¿Qué vas a hacer sin mí estos días?

La enferma se abrazó a ella, desfalleciente y mimosa.

—Si no quieres, no me voy y suspendo el viaje... El último extremo el vestido me lo puedo hacer mandándole a la costurera las medidas... Claro que no saldrá tan bien.

—No, vete, vete..., que, además, te conviene tomar un poco el aire —la dijo.

Se besaron y abrazaron como para algo inevitable.

Doña Marta lloraba.

—Mujer, si te vas a poner así, no me voy...

—Tú vete, que ya nos arreglaremos «Ole» y yo.

Pero poco antes de salir llegó la monjita.

Partió en el autobús de línea a Burgos, aquella mañana, con desgarro.

«Por Dios y por todos los santos, no creo que la vaya a ocurrir nada en mi ausencia», se dijo.

Montó en el Talgo. Pasó al coche restorán en el momento en que terminaban las comidas.

Se sentó a hacer la suya frente a un matrimonio joven, que por la melosidad operante le pareció de recién casados.

Se acordó de Lorenzo. «Como me voy a casa de tío Ciriaco, ahora le conoceré.»

Más tarde paró su pensamiento en Claudio, su protegido.

«He de hacer todo lo posible para que me llegue por lo menos a cardenal. En España hay varios cardenales... ¿Por qué no ha de ser el día de mañana Claudio uno de ellos...?»

Comió con apetito. No se iba contenta en medio de sus zozobras.

«Dios mío, espero que no le ocurra nada a tía Marta en mi ausencia. Con la monjita voy más tranquila», pensó.

El mutuo y penetrante regodeo del matrimonio joven la excitó y animó. Las tierras flacas que desfilaban ante la ventanilla le parecían grasas y ubérrimas.

A media tarde se encontró ante las murallas de Avila, tan decorativas y teatrales.

El cielo leve que apenas si gravitaba sobre los horizontes era azul, azul, sin mancilla de otro color.

«Me parece que voy a conquistar Madrid —pensó—. ¿Por qué iré tan alegre? Será tal vez el contagio de esta pareja», y la amaitinó con fruitiva delectación. El amor penetrante y avasallante de los enamorados jóvenes lindaba con el enloquecedor frenesí... Era un no va más repichoneante. «Yo aún soy joven —pensó— y Lorenzo está en la plenitud del hombre... Cuando el amor se remansa y se hace ardor reflexivo. Pero por qué se me ocurre pensar en Lorenzo como una solución amorosa para mi vida, si no le conozco...»

De repente, se le presentó a la izquierda la mole armoniosa, torreada, del monasterio del Escorial.

—En seguida, Madrid.

Un caballero muy atento, que ocupaba la butaca lindera, le descendió, cortés, su maleta.

Tomó un taxi a la salida y se presentó en casa de tío Ciriaco.

Dejó su equipaje en la habitación y se fue a la parte destinada a oficina.

Matilde, la mecanógrafa, tecleaba una carta.

Se volvió:

—Buenas tardes, señorita Marta.

—Lorenzo..., don Lorenzo, ¿dónde está?

—En Gijón... Salió a primera hora de la tarde... A Gijón y Oviedo, para un asunto del señor.

—¿Y cuándo vuelve?

—Dos o tres días..., más no tardará.

Se le cayó el alma a los pies... «¡Qué rabia!», se dijo.

Porque lo del vestido y la modista era una disculpa que se podía obviar, pero lo de conocer a Lorenzo, no. Ya no podía más. Y a eso había ido a Madrid, a conocerle y a hacerse conocer de él... y no estaba. Coincidentemente se había ido la tarde que ella llegaba buscándole. Pero qué clase de hombre es éste que se va a Gijón precisamente en el momento en que llego yo... Que no lo sabía..., pues debía haberlo intuido... No dicen que es tan listo...

Matilde, que era espabilada, percibió el disgusto que había producido en Martita la ausencia del secretario.

—Tío Ciriaco estará en Madrid.

—El señor, sí.

—Avísele usted que he llegado.

Habló con el tío poco después y como le ofreciera llevarla a cenar fuera...

—Mira, yo vengo cansada y prefiero hacerlo en casa para acostarme en seguida... Mañana iremos por ahí.

—Como quieras.

Avisó a la cocinera cenaba en casa con el tío.

En seguida salió y fue a ver a tía Lola, después de ponerse al habla con ella.

Era la tía que estaba en peor situación económica, pero la más salada y alegre, según Martita, y la que se arreglaba mejor con el hermano.

—Chica, yo no me puedo quejar —le soltó a la sobrina—, si no por él tendría que poner a los hijos a la puerta de una iglesia, porque con lo que gana mi marido en sus comisiones y representaciones, para el ocho o nueve de cada mes estoy apré... Pero lo llevo con alegría y resignación. Si yo me tomara todos los disgustos que me dan, me hubiera muerto ya varias veces..., pero no me los tomo..., los dejo pasar.

Y se reía enseñando una dentadura fresca, que es lo único que conservaba en buen estado en su rostro simpaticón. Tenía gachonería y gracia y vivacidad y salero en el semblante. El cuerpo era un cilindro de grasa y no tendría más de cuarenta años.

Había soltado ocho hijos y todos le vivían. Se casó enamorada de un fresco y vago y cimarrón madrileño, que trabajaba en esa delicuescente profesión de comisionista... y el trabajo lo hacía casi siempre en las tabernas y colmado, delante de un chato.

«Soy un hombre a quien no le empieza a andar la chinostra antes de la una de la tarde —confesaba—. Mis mejores horas de *currelo* son de una a tres..., y pare usted de laborar.»

Lola le conllevaba con alegre resignación, porque de otra parte era buen marido y cariñoso con los hijos..., y divertido. En cuanto asomaba la primera verbena o fiesta de barrio, cogía a su costilla y se iba con ella a hacer acto de presencia deambulando del bracete por todos los puestos... Por eso su vida en Minglanilla duró poco y hubieron de trasladarse a Madrid. Los hijos salían o iban saliendo adelante. El mayor, que había tenido la pretensión de hacer la carrera de arquitectura a costa del tío Ciriaco, sentó la cabeza y se colocó de contable y hombre de confianza de un almacenista de huevos.

La madre pensó que colocado en tan proficuo puesto no les faltaría a ellos tan sustancioso género, pero el chico se enamoriscó en seguida de la hija de un fabricante de paraguas... y se casaron.

Y es lo que le decía el marido para consolarla.

—Mujer, algo es algo... Si llueve no creo nos falten esas cupulillas oscuras para cobijarnos.

En cuanto la casa empezaba a hacer agua, al final de la primera decena de mes, se presentaba tempranito a ver a su hermano.

«Así no se me escapa y le cojo en la cama —pensaba—. Es la hora mejor para sacarle dinero a Ciriaco, lo he comprobado... A mediodía renquea y a la noche siempre vuelve a casa de mal humor.»

Los hijos son obedientes, graciosos, cariñosos y buenos hijos, pero, en general, vagos, sobre todo los pequeños. Las chicas son más activas, más diligentes. Pero vete hoy a casar una hija pobre, como está la vivienda, como está la vida.

Lola era la que mejor hablaba del hermano y la que más le disculpaba, y en el fondo la que más le quería.

—¿Qué es gruñón? ¿Y que va a ser con unas hermanitas como las que tiene...? Porque empezando por mí y siguiendo por Amalia, Alfonsa, Rosarito y Pura, si no fuera gruñón y un poco apretado, lo desnudábamos y lo dejábamos sin quisca.

—¡Menos mal que tú lo confiesas! —le decía Martita.

Tenía un hijo, el pequeño, de catorce años, que le salía amadamado y sarasilla.

—Pero este hijo, con lo hombre que es y ha sido su padre, y con la mujer mujer que soy yo..., pues ahí le tienes.

Le llevó a un médico especializado en estas cosas y le trató con unas inyecciones intramusculares, que lo único que le hicieron fue cambiarle la voz atenorada que tenía en una voz agria y seca de cargador de muelles o de gabarrero.

—Por lo menos, con la voz suya primera podía haberme resultado un gran tenor..., pero ahora ni eso —se dolía la madre.

Pero era mujer Lola que todo lo sabía llevar del lado de la jacaranda y de la broma.

—¿Pero qué haces con él? —le azuzaba el hermano.

—¡Y qué quieres que haga! Como no le mate... Y no me vas a empujar a que por un marica de hijo yo me pierda.

Antes del tratamiento, por lo menos, tenía una voz agradable y un tanto melosona, pero agradable..., pero ahora... Si cuando habla retiemblan y crujen los cristales... Y cuando se enfada se asustan hasta las cucharillas.

—¡Pues sí que hemos hecho buena con tratarle!

Tío Ciriaco se irritaba.

—Me parece que no es para tomarlo a broma... Es tu hijo.

—Lo sé..., y qué quieres que le haga.

—¡Ah...!, eso tú verás.

Martita fue a verla aquella tarde antes de cenar.

La encontró remendando con un huevo de madera los calcetines de los hijos.

—¿Y Pascualín?

El sarasilla se llamaba Pascual.

—Me sale con una afición tremenda al dibujo y me copia con mucho salero los modelos de las revistas de modas...

—A ver si te sale un Balenciaga.

—¡Ay..., no me lo digas!

—Lo que debes hacer es animar a tu hermano a que le pague la estancia en París, en el taller de un gran modisto, para empaparse y estudiar el oficio... Quién sabe si no es la honra de la familia el día de mañana. En Minglanilla había un caso así y hoy en día es uno de los profesionales mejores y más respetados del pueblo.

—Dios te oiga, Martita.

—Y tu marido, ¿qué hace?

—Cansado; esta temporada le encuentro más cansado, si cabe, que nunca. Lo de Pascualín le ha llegado al alma; él, que se ha considerado siempre tan machote... salirle un hijo así...

—Si sale un gran modelista y se hace famoso en el mundo, la cosa es más llevadera.

—¡Pero cómo le propongo yo esto a mi hermano...! Si no quiere oír hablar de él... Si tú intervinieras..., tú, que tienes tanta influencia con él... Esa podría ser una solución.

—Desde luego.

—Porque desde el momento que el chico sobresalga en algo, todo tiene disculpa.

—Además, que al modisto le va muy bien ser... así.

—Le va de perlas.

—Sí, algo hay que hacer por él.

—En tus manos lo encomiendo.

—Estos días que voy a estar con él, le buscaré un instante propicio para proponérselo.

—Sí..., que lo que tú no consigas...

Se observan las dos mujeres.

—Y tú, de lo suyo, ¿qué, qué sabes?

—Pues lo que le he oído a Rosarito, que tiene una amiga.

—¿Pero es una amiga seria?

—Parece que sí. Yo, para estar así, ¿qué quieres que te diga? Lo mejor, si es buena chica, es que se case.

—Pues vamos buenas las hermanas si lo hace.

—Tiene mala edad para andar así; luego su situación social y su prestigio...

—Yo en la vida privada de cada uno no me meto..., pero casado..., por poco egoísta que ella sea... ya podemos despedirnos las hermanas...

—Hay dinero para todos.

—¿Pero tan rico es nuestro hermano?

—Mucho más...

—Pues que se case, por mí que se case... Yo le quiero porque es mi hermano, y en el fondo es cariñoso y bueno, pero, claro, pienso que sin él, qué sería de mí y de los míos; y ella, como es natural, tratará de llevar el agua al molino de su familia... y ese día...

—Comprendo tu situación.

—A mi marido le encuentro cada día más cansado... y en casa en vez de disminuir los gastos, aumentan... Tu tía Charito..., ya sabes lo que es..., pues dice que es muy buena chica.

—¿Te refieres a su amiga?

—Sí, claro, pero no quiere ni oír hablar de lo del bodorrio.

—¿Pues qué quiere?

—Por lo visto, que le deje a ella, de por vida, heredera.

—¿Tú nunca has hablado nada respecto a esto con Ciriaco?

—Jamás. Ya te he dicho que no me gusta meterme en las vidas ajenas..., pero sé cómo piensan en este particular mis hermanas.

—Me hago cargo... Claro, para vosotras..., lo comprendo.

—La que más o la que menos, todas vivimos colgadas de sus calzones.

—¡Qué expresiva eres!

Se sonríe Martita.

—Por muy bueno que él sea..., lo natural es que si se casa con ella le tire más la mujer que las hermanas.

168

—Pero te digo que hay para todas... y sois sus hermanas y vuestros hijos sus sobrinos.

—Yo, antes de verle así, ofendiendo a Dios... En fin..., ¿qué quieres que te diga? Y si ella es comprensiva y buena...

—Ya tiene que ser para aguantar a un hombre tan raro como Ciriaco y una situación así...

—Frente a los hombres las mujeres siempre tenemos las de perder.

—Sí..., es una batalla desigual.

—El miedo de Charito y el de Purita, y el de todas en general, es que la enorme fortuna de Ciriaco, una vez casado, cambie de... de orientación... y todo se lo lleve la trampa.

—¿Pero tienen hijos?

—No.

—Pues entonces...

—En eso del dinero, aunque ella sea una santita..., hay siempre la mar de sorpresas. Purita dice que al dinero se le coge en seguida mucho gusto. Además, que ella también tendrá hermanos y sobrinos y trataría de tirar para ellos.

—Sí..., claro.

—Yo, a él, a Ciriaco, le encuentro cada vez más alicaído y triste.

—Sí, hay temporadas en que se limita a mugir suavemente.

—Mujer, ni que fuera una vaca.

—Con las distancias debidas, tiene una quejumbre rumiante.

—No le hará feliz.

—O porque le hace... y no ve su situación clara.

—Tal vez le remuerda la conciencia, porque Ciriaco no es malo.

—Por estas cosas de faldas, a estos tiburones, no creo que la conciencia les dé muchos remordimientos.

—Eres tremenda.

Se sonríe Lola.

—No creas, en el fondo mi hermano es un niño grande con escrúpulos.

—Eso sería de joven..., pero a esta altura es más bien un galápago lleno de conchas.

—¿Tú crees?

—No olvides que he sido su secretaria.

—¡Eres el demonio!

Mirándola con picardía:

—Bueno, y de lo tuyo..., ¿qué hay?

—Qué quieres que haya, viviendo en el pueblo..., ocupada en cuidar a tía Marta.

—De aquel Leonardo, ingeniero..., aquello ya pasó y le olvidaste.

—Qué remedio.

—Eres joven aún... y tienes mucha vida por delante.

—Pero si la pierdo...

—En ti está aprovecharla. Lo de Marta no va a durar toda tu vida..., la pobre...

—Sí, desgraciadamente se va apagando.

—Si vieras con qué dulce resignación acoge sus sufrimientos y sus males y dolores, que son horrorosos...

—Siempre ha sido muy buena..., muy cariñosa y muy caritativa.

Se despidieron antes de cenar.

—No te invito porque lo harás mejor en casa de Ciriaco.

—Sí, tengo que verle antes de acostarnos.

—Si lo deseas, te acompaño mañana a casa de la modista.

—Avísale a tía Charito y vamos las tres..., y más tarde os invito a tomar el aperitivo, que tenemos mucho que hablar.

Se despidieron y se retiró.

Cuando se acercó a Ayala aún no había llegado el tío Ciriaco.

Pasó al escritorio y se sentó a la mesa en que se sentaba el secretario.

Husmeó en la carpeta y curioseó los cajones.

Había una carta dirigida a él. Era de letra de mujer. La abrió y estaba escrita en inglés.

«Qué rabia, no la entiendo.»

La volvió al sobre. Olía a un fino perfume.

«Qué habrá dejado este hombre tras de sí al volver a España. Porque todos los hombres, al llegar a cierta edad, empiezan a dejar tras de sí una estela..., y más un español viviendo solo en el extranjero..., y más siendo joven y apuesto... No se la voy a mostrar a tío Ciriaco para que me la traduzca...»

Se sonrió.

Deploró en este instante no saber inglés. «Debe ser un hombre ordenado», pensó, observando las cosas en su sitio.

En esto sonó el timbre y se alzó.

Era el chico de una tienda.

«Claro, tío Ciriaco no necesita tocar el timbre; tendrá, como es natural, su llavín.»

«Qué pensará tío Ciriaco si me encuentra aquí.» Se volvió a la salita.

Llegó en seguida y cenaron.

—¿Cómo va Marta?

—Dentro de lo que cabe, don Celso la encuentra esta temporada menos dolores... Claro, con la morfina... Lo que no sabe es que la pobre me da tanta pena que cada vez la doy más dosis.

—Pobre... Haces bien... si con eso la evitas el dolor.

—Después de todo, todos nos tenemos que morir.

—Pero cuanto más tarde, mejor.

—No sé qué te diga.

—Nadie quiere morirse, ni los santos.

—Es natural... ¡Esos pueden hacer tanto bien en la vida!

—No es por eso.

—Pues, ¿por qué?

—Porque lo instintivo del cuerpo, de la carne, es vivir.

—Pues hay muchos, cada día más, que se quitan la vida de propio intento.

—No son gentes normales..., son locos.

—Pues se está llenando el mundo de locos.

—Allá ellos.

Martita le busca la expresión.

Da un gesto pálido, casi oliváceo.

—Tío.

—¿Qué?

—¿Por qué no arreglas tu situación?

—¿Qué situación?

—Pues la que se te plantea con esa mujer.

—¿Qué mujer?

—Esa que tienes por amiga.

Se le nubló el rostro al hombre.

—Por favor, no sigas.

—Perdona.

Se hizo un silencio de reconcomios y de zozobras.

—¿Cuántos días te vas a quedar conmigo?

—Me voy pasado mañana.

Mirándola con dulzura:

—Mujer, para una vez que vienes...

—Me necesita tía Marta. No se la puede dejar así sola mucho tiempo a estas alturas.

—Es verdad.

Ojeándole con ternura:

—Me voy a ir a acostar, que mañana tengo que hacer muchas cosas.

—Como quieras.

Se acercó a él y le dio un beso.

Dios sabe el tiempo que hacía que no le daba un beso.

—Hasta mañana, guapo...

El hombre quedó suavemente tocado.

«Esta chica», pensó.

—Me hubiera gustado que te quedaras unos días más para que conocieras a Lorenzo, mi secretario.

—¡Ah...! Sí. Más adelante tendré ocasión de conocerle.

—Pero me hubiera agradado ahora..., estos días.

—No tengas prisa.

Y le contempla sonriente.

Cuando se retira la sobrina, queda el hombre sumido en un mar de cavilaciones.

«Todo esto es cosa de ella», piensa, «porque mis hermanas no creo que estén por la faena...». Y se sonríe.

A la mañana siguiente, Martita fue con sus tías Lola y Charito a casa de la modista.

—Ando varios días tras de mi hermano y no consigo verle un momento —le dijo Charito a Martita, sólo besuquearla.

—He quedado en recogerle en el Banco Moderno para ir a comer con él por ahí; te invito. Y si tú también quieres venir, quedas invitada —completó con Lola.

—Os dejo, que yo tengo mucho que hacer en casa.

—Como quieras.

—Precisamente, si lo que deseo es cogerle en el Banco.

—¿De qué se trata?

—De que me coloque al tercero, Julián, en el Banco.

—Creo que ahora hay oposiciones.

—Pero lo que quiero es que me le coloque sin oposición.

—¿Y ya podrá?

—Desde luego.

—El chico, no es porque sea hijo mío, pero sabe bastante de cuentas y de números.

—Entonces, estáte tranquila.

—No, si sé que puede y que lo hará.

Pasaron por la modista, que tenía el taller en la calle del Carmen.

Era un traje sastre el que se iba a hacer. Le llevó la muestra del corte que había comprado.

—Esta tarde se lo enviaré.

—Me parece que tengo sus medidas.

—De todas formas, tómemelas.

Se las tomó y se fueron.

Se encaminaron por Serrano a ver escaparates.

La mañana era tibia y luminosa y predisponía a la visual cháchara andante.

Más tarde se sentaron en la terraza de una cafetería.

Saltaban de una conversación a otra, ágiles, voltizas.

—Y qué me dices de tía Marta, que he oído les va a dejar todo su dinero a los pobres.

—Y qué mejor destino le puede dar... Anda todo tan mal repartido, que el que unos pocos se inclinen a corregir la plana... es para animarles y elogiarles la buena y caritativa acción...

—Te encuentro muy generosa —le dice Lola.

—Es mi natural..., y con los años, más... Sólo de la caridad puede venir el arreglo.

—Tienes razón; lo malo es que para ser caritativa tienes que tener de qué.

—Cada una en nuestra medida podemos serlo y basta con que lo seamos en nuestras posibilidades.

—Sí, eso sí, pero las que tenemos muchos hijos y no nos llega ni para ellos, mal podemos ser caritativas.

—Mujer, siempre hay más pobres que una y más miserables... Y no todas tienen un hermano como el vuestro.

—Eso es verdad —reconoció Lola.

—¿A Alfonsa la ves?

—De cuando en cuando. Ahora más, desde que tengo un protegido en el seminario.

—Chica, no te privas de nada.

—Bueno, le protejo yo, pero tío Ciriaco me da las tres mil pesetas que me cuesta.

—¿Es listo y aprovechado? Porque para proteger a un tontaina ya basta con los hijos que una va echando.

—Mujer, yo soy soltera.

—Haces bien.

—Además, en alguien hay que poner el sobrante de ternura que una tiene.

Mirándola con recochineo:

—Esa, guárdala... y no desesperes.

Se observan y se ríen las tres.

Abandonaron la calle Serrano y fueron despacio hacia el Banco Moderno.

A la puerta se despidió Lola y allí tomó un autobús para ir a su casa.

—¿No quieres pasar a saludarle?

—No, que me conozco y se me hace luego tarde. Darle un abrazo de mi parte.

Entraron Charito y Martita.

Después de su trabajo del Ministerio, de dos y cuarto a tres, solía estar allí. A veces salía con el señor Gobantes.

Las recibió en seguida.

—Te traigo esta invitada.

—Un minuto y estoy con vosotras.

No las hizo esperar mucho.

Le dieron un beso cariñoso.

—Dichosos los ojos —le halagó la hermana.

—Estos hombres de negocios andan siempre atrafagados.

—Tú lo has dicho... Me encontráis por milagro. Eso, después de haberme citado contigo —le dijo a la sobrina.

—Bueno, ¿cómo van tu marido y tus hijos? —inquiere de la hermana.

—Bien —le acepta, tenue y vacilante.

—¿Qué hueso se te ha roto?

—Ahora vamos a comer... y ya hablaremos —le interrumpe Martita.

—Me parece bien —asiente él, risueño.

Tomaron el coche a la puerta del Banco y se fueron a comer a un restaurante de Fuencarral.

—Aquí se le abre a uno el apetito frente a este paisaje —confesó, contemplando la sierra con tenues toques de nieve.

—Pues modérate, porque estás muy gordo —le soltó la hermana.

—Sí, esta vida de sillón..., horas y horas en sitios cerrados y muy calientes... no es sana.

Martita le husmea en los ojos, maliciosilla.

—¿Qué andas ahí pensando? —le pregunta el hombre, reparando en ella.

—Te oía, nada más... Pero si tan atareado estás, la culpa no es más que tuya.

—Sé lo que me vas a decir, que me retire de tanto afán y negocio y que viva tranquilo... Y qué iba a ser ese día de estas pobres hermanas mías... —brindándoselo a Charito.

—Dinero te sobra para reducir a la mitad tu trabajo y seguir echándonos, de cuando en cuando, una mano a las hermanas.

—Tal vez..., pero esto de los negocios y de la codicia es un placer y una distracción, y si lo dejase a estas alturas probablemente enfermaría.

—O te pondrías mejor, si tuvieras fuerza de voluntad para frenar los primeros ahíncos... Que luego encontrarías una gran satisfacción en esa vida sosegada, con paseos al aire libre... y sobre todo sin prisas, teléfonos y cotizaciones de Bolsa y Consejos y fundación de sociedades...

—Si un día revientas con un infarto de miocardio... para ti será lo peor —le reconviene Rosarito.

—Espero pararme a tiempo.

—La ambición os hace desgraciados.

—Sí, ésta de los negocios reconozco que es una carrera desenfrenada.

—Debe de dar mucho goce y muchas satisfacciones —insinúa Martita.

—Reconozco que, por lo menos a mí, sí.

Y se sonríe.

En seguida, mirando a su hermana:

—Si vienes a pedirme dinero, modérate, porque estos días de ampliaciones ando muy mal de numerario.

—No, mira, si creo que te hablé de esto la última vez que te vi: Luquitas, después de hacer bachiller, como no tenía facilidad para los números, ha estudiado algo de comercio y de contabilidad.

—Que se presente a las próximas oposiciones del Banco.

—Para eso no te necesitaba a ti... Lo que quiero es que le den una plaza sin oposición.

—Te advierto que el acuerdo del sindicato es el de que todos los empleados entren por oposición..., hasta los porteros.

—No lo niego, pero de algo me ha de servir ser hermana del hombre más importante cerca del señor Gobantes, dueño del Banco.

—Sí, te lo voy a meter, pero para el chico mismo sería más conveniente que apretase un poco los codos y opositase. Estando yo al quite, no necesitaría hacer unos ejercicios muy brillantes para que le diesen plaza.

—Escucha, las oposiciones las hacemos un mucho las madres..., con que evítame ese sofión.

—Te he dicho que le voy a colocar, pero no te quejes luego si le mandan a una sucursal de barrio y le tienen allí pegando sellos y cerrando cartas hasta que se den cuenta de sus posibilidades y conocimientos.

—Si mientras pega sellos y cierra cartas le dan un sueldo..., que le manden donde sea. Lo que quiero es que gane para sus gastos de bolsillo y para hacerle algún traje..., que más tarde ya se irá espabilando si es que aspira a ser un hombrecito... y vivir... ¡Ay! —suspiró la mujer.

—¿Cuántos son los que tienes?

—Nueve, cinco mujeres y cuatro varones.

—No te lamentes, que si tú tienes nueve yo tengo... los de todas, que son..., no quiero ni pensarlo —exclama el hermano.

—Sí, vamos a dejarlo —sonríe Martita.

—Entonces, ¿en qué quedamos?

—Mándale... Mañana es sábado; el lunes... Pero que me recoja en Ayala temprano para que a primera hora pase yo con él por el Banco y se lo presente al jefe de empleados...

Mirándola:

—¿El chico es dócil?

—Un pan de bueno.

—No tendrá ideas políticas.

—No sabe qué es eso... No tiene más ideas que las futbolísticas... Es un «hincha» del Atlético de Madrid.

—Eso me parece muy bien.

Le hizo una caroca al mismo tiempo que le halagaba:

—Eres un sol de hermano.

—Pero cuando dejo de atenderos soy un sol con muchas manchas.

—¿Alguna vez has dejado de atendernos?

Se sonríen los tres.

—Qué más quisiera que poder atenderos siempre.

—Recuerda las palabras de madre cuando murió: Ciriaco, hijo, cuida de tus hermanas.

—Pero no me dijo: Cuida de sus maridos y de sus hijos.

—Eso se sobreentiende.

Ciriaco buscó, zumbón, la expresión de Martita.

—Son tremendas estas hermanas mías.

—¿A que te sientes orgulloso de ellas?

—Me hubierais gustado más... más desinteresadas.

—Si la vida nos achucha, ¿a quién vamos a ir?

—A vuestros maridos. ¿Para qué los tenéis?

—Ni tienen talento, ni tu posición económica..., ni...

Se paró y no siguió.

Algo flota en el aire.

Martita se queda seria tratando de descifrar la expresión del tío.

El mira a lo lejos, hilando otros pensamientos.

—¿En qué piensas? —le pregunta la sobrina tomándole la mano.

—En todo esto.

Quiere mostrarse risueño, pero no acierta a instrumentar esa actitud.

—Para quedar como un caballerazo, querido hermano, y completar tu buena acción, colocándome a Luquitas, ¿por qué no me das tres mil pesetas? Que para ti es como si yo doy diez céntimos a un pobre..., que con las cuatro que yo tengo me llegan para un par de pieles, diamante negro, que me hacen muy elegante y muy bien para vestir...

El hombre fabricó un gesto de pía y resignada mansedumbre.

Martita no pudo menos de reírse.

—¿Verdad que tú las has visto y me caen muy bien yendo vestida... y son preciosas...?

Sacó la cartera y le dio el dinero que le pedía.

—¿Algo más?

—Por ahora, no —rio Martita.

Pagó la cuenta de la comida.

Un rayo de sol dejó en el vino de una copa su deleble presencia amatista.

Tomaron el coche y volvieron.

—¿Dónde queréis que os deje?

—En el centro, en cualquier sitio —le facilitó Charito.

Descendieron en la red de San Luis.

Sólo desaparecer el coche, Charito le propinó un par de sonoros besos a la sobrina.

—Conozco a mi hermano y si no llegas a estar tú delante... a Luquitas me lo hubiera colocado en el Banco, eso desde luego..., porque nada le cuesta..., pero las tres mil pesetas para poder comprar las pieles no me las hubiera dado; eso lo tengo por seguro. Y, por Dios, de esto que no sepan nada Lola ni las demás.

—Por mí ya puedes estar tranquila.

—Sé que eres prudente.

—Pero Ciriaco, si es generoso... después de todo, con quién lo puede gastar mejor que con las hermanas..., siendo soltero.

—Eso digo yo.

—Has estado hábil.

—Por eso deseaba ir a comer con los dos. La verdad es que yo, que soy su hermana y le conozco, no estoy muy segura de su generosidad.

—Pero sí de su vanidad.

—Dejaría de ser hombre.

A pesar de que en el cruce el semáforo señalaba luz verde, por poco se les echa encima el mastodonte de un autobús.

Llegó al anochecer a casa; tía Marta se acababa de acostar y estaba tranquila, leyendo *Diferencia entre lo temporal y lo eterno,* del padre Nieremberg.

Cuando entró en su alcoba alzó complaciente los ojos del libro. Se fue hacia ella y le estampó un par de besos.

—¿Cómo te encuentras?

—Bien —le sonrió.

Olegaria asistía risueña al encuentro.

—Echándola mucho de menos, pero ha pasado el día sin grandes dolores... Ayer, hasta que se fue haciendo a su ausencia, estuvo más murriosa.

En aquel momento llegaba la monjita a pasar la noche con la enferma.

Permaneció un rato contándole las cosas de las primas.

La mujer se regocijaba.

—¿Has cenado?

—Sí.

—Pues vete a dormir, que vendrás cansada.

Se despidió besándola otra vez.

—Hasta mañana.

—Adiós.

Al día siguiente la visitó el médico.

—La encuentro más animada y más tranquila —le dijo a Martita.

Cuando quedaron a solas le manifestó:

—No te vayas otra vez, que me he encontrado muy sola sin ti. Gracias a la oración he podido soportar tu ausencia.

Abrazó a la sobrina en pura ansia.

Martita se emocionó.

—Verás, para hoy tenemos muchas cosas de qué hablar..., quiero ir disponiéndolo todo... para cuando me llegue el momento del tránsito, penetrar en la otra vida sosegada y sin sobresaltos.

—Pero a qué piensas en eso, si don Celso te encuentra mucho mejor...

—Todos los enfermos de este mal suelen tener una aparente mejoría; es la reacción del organismo ante el tratamiento médico de la bomba de cobalto..., pero luego...

177

Le quedó la expresión verde ceniza.

—¡Qué hermoso es vivir! —exclamó.

—Pero si te pondrás muy bien y saldrás a la calle a pasear conmigo... y a visitar a las amigas.

Conforme hablaba la sobrina, la enferma iba deletreándole en las facciones la expresión.

—¡Qué buena y cariñosa eres!

Mayo tensaba en el cielo que ya, a media mañana, era de rica plata azulada.

—Abre, abre ahí —le pidió.

Contemplando el luminoso encanto del día:

—¡Qué pena tener que abandonarlo! Pero si Dios, en su infinita misericordia, lo ha dispuesto así, El sabrá por qué lo hace...

—Muy bien que pongas tu vida en sus manos, pero no olvides que su misericordia es infinita.

—No lo olvido.

—Pues entonces ten confianza en El.

Tomó a la sobrina de la mano y la atrajo hacia ella.

—Contigo al lado me encuentro como más asistida, como segura de que si algo me ocurriese será lo inevitable..., y eso es ya pensamiento de Dios.

La dio un tirón suave y la atrajo hacia su flanco.

Besándola y abrazándola:

—No te vayas..., no me dejes sola..., te lo suplico; quiero tener tu voz y tu presencia y compañía hasta que me muera.

—Anda, tontina, si ya sabes que estaré junto a ti con mil amores y no te abandonaré, suceda lo que suceda.

Abrazó a la enferma en pura ansia. Tía Marta se adhirió al cuerpo joven de la sobrina con garreos de vieja ancla..., jadeante.

—Cálmate, cálmate, que no me iré nunca más, nunca más.

—Después de todo, vivir, vivir es lo que importa —le confiesa.

—Y tú vivirás y nos enterrarás a todos..., verás, verás.

—Dios lo quiera —se le escapó.

—Abre, abre más —le pidió—; quiero ver bien a papá, aunque no sea más que en piedra.

Espalancó los dos batientes del balcón y le entró el mediodía gozoso y rumoroso en sabrosas molleces de luz.

—El hecho de vivir..., sólo el hecho de respirar y vivir..., sólo el hecho..., qué delicia.

Se metió a respirar con gula la mujer.

—Me encuentro mucho mejor... Desde que estás otra vez junto a mí, me siento como con un suplemento de vida.

El sol bajaba hasta la piedra de la estatua sedente de su padre y le entorchaba los hombros como los de un mariscal.

Permaneció un rato contemplándole desde su butaca.

—Es hermoso para después de muerto, haberse hecho acreedor

del cariño y respeto de sus paisanos y que le tengan presente en un monumento, como a papá.

—Después de todo, a eso venimos, a no pasar por la vida estérilmente; y abuelito no pasó.

—... Y ahora más que nunca, estas figuras políticas de principios de siglo se acrecen en el recuerdo por su honestidad inteligente y por su patriotismo... Nadie está libre de equivocaciones. Los medios de que disponían para actuar eran tan pobres y escasos, y las crisis de las formas democráticas les arrastró en su vorágine..., pero su intención y su desinterés fue patente y latiente por una mejor España.

—¡Pobre abuelito! —suspiró la nieta.

Se le animó la expresión a la enferma.

Comieron las dos, tía y sobrina, si lo de la tía se puede llamar comer, en una mesita sin salir de la alcoba, ya hecha, con el balcón abierto.

En la sobremesa, mientras tía Marta tomaba una taza de manzanilla, le consultó:

—Escucha, mi idea es dejar todo lo que tengo a los pobres del distrito...

Su idioma era electorero, no lo podía evitar, y cuando hablaba de la provincia, rarísima vez la mentaba... Ella decía siempre el distrito: los pobres del distrito.

—¿Y qué calculas tú que puede valer lo que les dejas?

—Tal vez unos tres millones de pesetas... de los de ahora. Papá murió casi arruinado, a pesar de haber heredado una gran fortuna. Quedaron unas tierras..., unas casas en el pueblo y un salto modesto de agua.

—¿Y cómo se lo dejas?

—Nombro una comisión formada por don Ciriaco, don Micael, el párroco, que el pobre es un santo, y el notario, don Anselmo.

—¿Y cómo les aconsejas hagan el reparto?

—Pues entre los más pobres.

—A ti te dejo la casita en que vivo; mis muebles y joyas y ropas... En una palabra, todo lo que haya en mi hogar el día en que Dios se digne llevarme a la otra vida. Sé que mientras viva Ciriaco y después, a ti nada te ha de faltar.

Unas lágrimas raudas, redondas, le corrían a Martita por las mejillas.

—No te apenes, que no es hora de llorar, sino de ordenar las cosas con suave frialdad y de disponerlo todo con calma, ahora que es tiempo. He escrito una carta, mientras tú estabas fuera, a Ciriaco para que el sábado o domingo, si puede, venga por aquí a verme, para reunirnos los dos, el notario y el párroco, y dejar todo atado. Una vez que las cosas estén dispuestas y a punto, verás qué sosegada quedo. Quiero que me vistáis con el hábito de la Virgen del Carmen, a la que, como sabes, he tenido siempre mucha devoción, y que el entierro sea sencillo... Las misas de difuntos y las de cabo de año... todo eso lo dejo a tu deseo.

—Pero precisamente cuando te encuentras mejor no tienes por qué ordenar estas disposiciones, que...

Lloraba la pobre Martita, desolada.

—Sí, ahora estoy bien, dentro de lo que cabe; pero para el otoño la uva de mi muerte alcanzará su madurez y llegará su momento de vendimia... Tengo el presentimiento de que Dios lo ha dispuesto así.

Martita pasó el día muy triste, sin conseguir disimular su pena; pero la enferma, después de haber dispuesto su última voluntad y habérsela comunicado a la sobrina, se encontró más apacible y tranquila.

El sábado a la tarde se presentó don Ciriaco a visitarla.

El domingo a mediodía se reunieron con ellos el señor notario y el párroco.

Dieron su refrigerio temprano a la enferma y, mientras hacía su reposo, Martita comió con tío Ciriaco.

—¿Qué dice don Celso?

—Su impresión es que no llegará a los primeros fríos.

Ciriaco estaba muy preocupado.

—No somos nada —le dijo a la sobrina.

—Esto te debe hacer pensar en tus cosas y tenerlas bien dispuestas, ya que la muerte pega cuando menos se espera.

—¡Ya estás! ¡Ya estás!

Al día siguiente ayudaba a vestirse a la enferma para sentarla en una butaca del comedor, mientras le hacían la alcoba..., cuando oyó una voz conocida: la de tía Alfonsa.

Pasó y después de saludarlas y besarlas se sentó a charlar con ellas.

—¿Cómo por aquí? —le preguntó la enferma.

—He aprovechado que un amigo de Rufo venía con su mujer a hacer unas compras, para veros y daros un abrazo... y hablar contigo —le advirtió a Martita.

—¿Qué hace mi protegido?

—Pues de él quería hablarte.

—¿Le sucede algo grave?

—Está enfermo.

—¿Y qué tiene?

—El médico dice que es una crisis de crecimiento.

—Y él, Claudio, ¿qué dice?

—El se cierra en banda.

—¿Tú le has visto?

—Sí, hace unos días le visité y le encontré muy pálido, sin soltar prenda.

—El director me indicó que cree que es una crisis de ideas y creencias, que casi todos los seminaristas la pasan un poco antes o un poco después, pero que en Claudio, como es muy inteligente, le ha llegado en tiempo precoz; pero que luego salen de ella rozagantes y duros casi todos..., y espera que Claudio la remate pronto.

—¿Y él qué dice a todo esto?

—Por él nada se puede saber, porque se encierra en un mutismo seco.

— ¡Qué extraño!

—Sí..., este chico no es nada normal. ¿Por qué no le vas tú a ver por si puedes conseguir algo?

—Has llegado en mal momento...

Y se le echó a llorar.

Escapó del comedor y la siguió Alfonsa.

—Pero, por Dios, Martita, ¿qué te pasa?

—Tía Marta tiene el presentimiento de su muerte y ha dispuesto su última voluntad estos días, y me han conturbado mucho sus palabras y sus disposiciones finales..., y no estoy para nada.

La consintió se desahogase.

Estaban en la alcoba de Martita.

—Tranquilízate, hija —y le acercó la cabeza a su pecho.

—Ves, con lo que quiero a Claudio y la ilusión que he puesto en él..., y que le suceda esta crisis precisamente en el momento en que yo no me puedo mover de aquí para ir a consolarle y animarle.

—Pero, ¿tía Marta tan mala se encuentra?

—Me ha suplicado por todos los santos que no la deje ya más sin mi asistencia y mi presencia. La pobre quiere verme en todo momento. Le parece que estando yo aquí, a su orilla, son menos sus sufrimientos y dolores y se encuentra como más aliviada y asistida.

— ¡Pobre!

—Y yo la he prometido no dejarla sola ni un instante.

Enjugándose con el pañuelo las lágrimas:

—Claudio te habrá dicho algo para mí, cuando le has anunciado que venías a verme.

—No; le indiqué si quería algo para ti y se volvió serio, con las mandíbulas apretadas y un color cenizoso... ¡Ese chico!

Cortó el párrafo.

—Qué..., dime..., ¿qué me ibas a decir?

—No sé, no sé..., pero a mí no me da buena espina.

—Pero ¿por qué?

—Porque a su edad los demás chicos hablan y se quejan y se explayan..., y él se limita a apretar los dientes... y a mirar con una mirada desolante como de ahogado..., sí, sí, como de ahogado.

Mira a Alfonsa con una enorme pena.

—Todo es dolor alrededor de una en estos momentos..., todo, todo es dolor.

Alfonsa se espeluzna y contagiada de Martita llora también.

—Los curas dicen que es inteligentísimo y muy precoz..., sí, muy precoz. Yo creo que esto del talento, como en lo del dinero, el demasiado talento como la demasiada riqueza... acaban mal..., muy mal, en catástrofe.

—Por Dios y por la Virgen, no seas agorera.

Permanecen las dos mujeres en silencio, atónitas, confusas, desbarajustadas.

—Yo, la verdad, no sé a qué carta quedarme —confiesa Alfonsa.

—No estará enfermo ese chico... ¿No tendrá el alma enferma? No todas las enfermedades van a ser del cuerpo.

—Quién sabe cuál es su cruz..., porque todos llevamos nuestra cruz...

—Todos, todos.

Permanecieron un rato las dos mujeres observándose y llorando. Lloraban mansamente, con una suavidad aliviadora, refrescante.

Suspiraron y respiraron con hondura.

—No somos nada —reconoció Martita.

Pero volvió a pensar en su protegido.

—Dile que rece y que sea humilde, que nada se saca de la soberbia..., y que... en cuanto pueda iré a verle.

—Se lo diré.

Volvieron junto a la enferma.

Al anochecer volvió Alfonsa al Burgo de Osma.

—Esta Alfonsa, qué salada es... —le comunicó Marta.

—Sí, es muy graciosa y divertida —recoge la sobrina. Y queda como en suspenso.

Pasa un rato y la enferma la contempla y le pregunta:

—¿En qué piensas?

—Pues en lo que me decías de Alfonsa.

—No; a ti te ha traído alguna mala noticia.

—¿Quién?

—Pues Alfonsa, mujer... Alfonsa.

Por toda respuesta, hunde la barbilla en el pecho y se echa a llorar.

—Ven aquí. ¿Pero qué tienes? ¿Qué te pasa?

La acorre la enferma escondiendo la cabeza de Martita en su pecho.

—Estoy... estoy angustiada... Mi protegido no se encuentra bien. Sus directores se encuentran preocupados y él se cierra en banda en un mutismo ardiente y peligroso.

—Saltará por algún lado, no te preocupes.

—¿No será falta de fe?

—A esa edad... no creo.

—Sería horroroso si se me malograse... Y se malogran tantos...

—Pero por qué va a ser este tuyo el que se malogre...

—No sé,... no tengo buena suerte.

—Encomiéndaselo a Dios en tus oraciones.

—Lo hago todas las mañanas al levantarme.

—Verás cómo te oye; esto de ahora será pasajero... Todos hemos tenido nuestras crisis, nuestras sequedades de alma..., todos..., todos..., todos.

—Y pensar que, de ir bien en sus estudios y en su fe, podía llegar a ser obispo o cardenal...

—¿Tan listo es?

—Dicen que es un fenómeno.

—Los fenómenos nunca se suelen perder, en un sentido o en el otro salen adelante; dejarían si no de ser fenómenos.

—Pero ¿y si se me pierde para la Iglesia de Dios?

—Pues si se pierde es que Dios lo ha querido. Y quién sabe si Dios le coloca en el mundo para mayor gloria suya...

—Ya ves, nunca se me había ocurrido pensar en eso.

—Lo que hace falta es que sirva a Dios y a su causa, esté donde esté.

—Es verdad...; pero, no sé, yo me había hecho la ilusión de que le sirviera desde los altos cargos de la Iglesia... Para eso fue a estudiar al seminario, para hacer carrera eclesiástica.

—Pero Dios, en sus inescrutables designios, sabrá lo que le conviene.

—Sí, eso es verdad.

—Nosotros no somos más que pavesitas llevadas por un viento desconocido, y nuestro papel es ser humildes y resignarse a lo que buenamente Dios nos quiera deparar.

—¡Pero es tan difícil ser humilde a ese extremo!

—Somos rebeldes..., lo sé..., pero hay que resignarse.

—Sí..., ponerse en manos de Dios es eso: resignarse... ¡Pero son tan pocos los que se ponen de corazón en manos de El!

—Esa es nuestra lucha a lo largo de la vida.

—Sí..., ésa ha de ser.

Las palabras de la tía aquietaron a Martita.

«Que sea lo que Dios quiera», pensó la sobrina.

Se retiró un rato a su cuarto mientras la tía leía sus meditaciones.

Abrió el balcón.

El verano empezaba a esponjarse sobre los horizontes.

Volvió a saltearle el pensamiento de su protegido. Lo oxeó como a una mosca... Que sea lo que Dios, lo que... Dios quiera, y quedó más tranquila.

Más tarde comieron juntas.

Luego se acostó un rato Marta, mientras la tía reposaba.

Al atardecer se sentó junto a la tía con el balcón abierto. Era junio en sus días maduros y la nueva ola de señoritas adornaba con sus risas y sus trajes claros la carretera.

—Lo del ferrocarril directo Madrid-Burgos es ya un hecho.

¡Cómo me gustaría verlo correr antes de morir! —le sopló tía Marta.

—Lo verás y hasta montarás en él y harás un viaje si te apetece. Suspiró la mujer.

En esto pasó una fila de señoritas de carretera bajo el balcón, en dirección a Madrid, y al cruzar saludaron a Martita y a la enferma.

—¿Tú las conoces? Porque yo estas chicas..., menos mal cuando recuerdo a sus padres o a sus abuelos...

—Aunque son de otras generaciones, a algunas las conozco... y de otras sé quiénes son sus padres... Con esto de los «polos» se está llenando el pueblo de gente de fuera.

—En vez de tanta industria, lo que debían es atender más al campo... ¡Pobre campo español! —se dolió la enferma.

La calle se llenó un instante de voces frescas y muchachiles.

—¡Qué hermosa es la juventud! —vaticinó la enferma, viendo pasar a las chicas.

—Oye, tía, Romualda, la del hotel, murió, ¿no?

—Sí, ahora el que vive, aunque está muy viejo, es su hermano Olimpo.

—¿Y qué hace?

—Seguir contando cuentos de cacerías de osos con su escopeta de madera.

—Y el hotel, ¿lo traspasaron?

—Sí..., a un matrimonio de Burgos.

—A los que me encontré la noche que regresé de Madrid es a Sidoro, el camarero borrachín, y su mujer, Aure... Los dos del brazo. Los encontré muy viejos... Salían del rosario.

—Sí, les da a los dos mucho por la Iglesia.

—¿Y el sacristán de sus devaneos?

—Le echó el señor párroco y se fue del pueblo.

En esto pasó bajo el balcón Eduardito, «Dito», el primer peluquero de señoras que hubo en el pueblo, llevando de la mano a una niña.

—Ahí va «Dito» con una de sus pequeñas. ¡Cómo se ha puesto de grueso!

—Ay, hija, los años pasan para todos... Esto es lo triste de la vida, que sea tan fugaz y se vaya tan rápida.

—¿Y cómo le va a Eduardito el negocio? Porque ahora se ha llenado el pueblo de peluquerías de señoras.

—Supongo que se defenderá; él vive bien y ése es negocio que debe dar mucho.

—¿Te has fijado que ahora, aquí y en Madrid, todo el comercio es alto? Alta costura, alta peluquería, hasta las jamonerías son altas.

—Mujer, ésas con razón, por el precio a que se ha puesto el cerdo.

Se sonríen las dos mujeres.

—¿Te acuerdas, tía, de Jesús, Jesusito, el escaparatista? Pues me enteré en Madrid por Charito que ha hecho, según ella, «una gran carrera».

—¿Como escaparatista?

—No... —y se ríe.

—Tú me dirás.

—La cosa es vergonzosa..., pero para que veas que Minglanilla da de todo... Parece que se ha enamorado de él un príncipe oriental y se lo ha llevado a París, donde le ha puesto piso.

—Serán cosas de Charito.

—No, no, parece que es verdad... Se conocieron en la Costa del Sol y creo que vive ahora a un tren oriental, con autos de carrera, «yatch», pasando el verano en Saint Tropez... y qué sé yo cuántas cosas más.

—Como dice Ciriaco: hoy los tiempos adelantan que es una barbaridad... ¡Cuánto vicio y cuánta vagancia hay en el mundo!

—Que lo digas.

Cruzaban el pueblo automóviles veloces hacia la elástica frescura cantábrica. Una grumosidad de moscas oscuras y moscardoneantes consumía la paciencia de los minglanillenses.

Al anochecer sonreía la carretera por las alacres voces de las señoritas.

A finales de verano, de vuelta de San Sebastián, tío Ciriaco pasó un par de días en el pueblo. Era septiembre en sus finales.

Encontró a su prima animada, sobre todo cuando estaba bajo el efecto de la morfina.

Comió con don Andrés, el maestro, y don Celso, el médico.

El maestro estaba viejo y muy alicaído.

—«Esto se lo lleva la trampa» —era su frase usadera.

«Esto» se refería al país..., se refería a España.

Ciriaco le tiraba de la lengua, de cuando en cuando, para oírle, pero que si quieres.

—Le encuentro a usted muy pesimista.

—Pensar que el único arreglo que encuentran ustedes para nuestros males es la vuelta de la monarquía como única solución...

Una de aquellas tardes en que la enferma se encontraba con menos dolores y más animada, hizo a tío Ciriaco la llevase a pasar una hora al Burgo de Osma.

Le roía el pensamiento de su protegido y no pudo aguantar más.

—Faltaré un momento nada más; el tiempo de ir y volver y media hora en el seminario —le advirtió a la enferma.

—Vete el tiempo que necesites.

La acompañó el tío, a quien siempre agradaba darse un garbeo por la catedral y la plaza mayor de El Burgo.

Antes, empapó de advertencias a la sirvienta.

—Vaya usted tranquila, señorita.

—Estaré antes de que venga «la hermanita».

Besó y carantoñeó a la enferma como si fuera al fin del mundo. Volvió al anochecer, derrotada y maltrecha.

Su tía la miró a los ojos y le pidió:

—Ven aquí.

Se abrazaron las dos en silencio.

Martita se abrió en llanto sobre la fláccida mejilla de la tía.

—Pero ¿qué es lo que tiene? ¿Cuál es su mal?

—Yo creo que ni él lo sabe.

—Le has dicho que sea humilde, que casi todos los males, sobre todo a los muy dotados, les vienen por su soberbia... Es el «seréis como dioses» de los ángeles rebeldes.

—Sí..., se lo he dicho.

—Pero, ¿qué te arguye él?

—Lo único que le he podido sacar es... que no ve nada claro, que cuanto más estudia, todo se le hace más oscuro y turbio, y que... el hecho de vivir le fatiga y le llena de tedio... Y que preferiría morirse, porque para él vivir es un trabajo y un esfuerzo continuo.

—¡Pobre hijo! ¡Cómo se ve que es joven y que apenas ha estrenado la vida!

—Quién sabe. Tal vez sea por eso.

Pasaron los días y a finales de octubre, con los primeros duros fríos, la enferma empezó a descaecer.

La noticia corrió en seguida por el pueblo y el distrito: «La señora está muy mal».

A los pocos días comenzaron a llegar comisiones de los pueblos y gentes particulares, que se acercaban a la puerta de su casa con ánimo de verla. Eran en su mayoría seres humildes, con el temor retratado en el rostro y la mirada pavorida.

—¡Qué va a ser de nosotros si muere la señora! —exclamaban.

El zaguán hormigueaba de gentes con presentes de huevos y aves y frutas, que pugnaban por subir a manifestarle su pena y su dolor. Hubo que aconsejarles que se retirasen, y que el mejor presente que podrían hacer a doña Marta era su silencio y sus oraciones.

Rodaban las lágrimas por los rostros curtidos... y las manos embesadas de los labriegos rilaban como sarmientos...

El pueblo todo se agitó como un tembladal. «Se muere..., se muere doña Marta, y quién la reemplazará en el corazón de los humildes, ahora que un egoísmo seco y desgarrado se ha entronizado en todos los pechos.»

Llegaban al zaguán viejas parajismeras, que sacaban las palabras de sus bocas cocidas y que relampagueaban luego sobre sus frentes la señal de la cruz.

—«Se muere..., se muere la señora.»

Por las mañanas, a primera hora, cuando el párroco le llevaba el Señor, le acaudalaba todo el pueblo, que esperaba de hinojos en la escalera, en el zaguán y en las aceras.

Los dolores se le clavaban agudizados en el cuerpo desnutrido de la mujer y se los ofrecía a Dios por sus culpas.

Los últimos momentos no admitía inyecciones, para morir sufriendo, y Martita la sentía encogerse y esmorecer como una hoja seca.

Tenía entre sus manos el crucifijo con el que entregaron su alma a Dios los suyos y lo besaba entre oración y súplica, súplica y oración, con un fervor entrañable.

Cuando se sintió morir, pidió a su sobrina que abriese el balcón para ver a su padre y despedirse.

Le entró todo el aire frío de la calle. Llovía sobre las casas y una cortina de agua daba a la piedra del monumento la palidecida y temblona palpitación de un sudario... Volvió la vista la moribunda y se despidió de él.

En seguida se abrazó al Cristo y le dio su último aliento.

Martita, que la asistía, la besó en la frente y le cubrió el rostro, y ayudada de la vieja Olegaria, la desnudaron y la vistieron con el hábito de la Virgen del Carmen.

Al extenderse rápidamente la noticia fue como un sollozo de todo el distrito.

Alfonsa y Lola, que acompañaban a Martita desde la agravación final, avisaron a la funeraria y a la iglesia y mantuvieron una conferencia telefónica con su hermano Ciriaco para que se presentase al entierro, que sería al día siguiente, a las once, como se dispuso. Avisaron también a las hermanas.

Ya en el ataúd, destilaba un líquido sanguinolento del vientre por la cicatriz de la operación y de la vagina. Abrieron todas las ventanas y la envolvieron en un plástico para evitar el mal olor.

Cerró todo el comercio, y la gente, emocionada y conturbada, se agolpó frente a la casa y no quería retirarse sin darle su último adiós.

Olegaria no pudo resistir el deseo apremiante de las gentes y hubo de consentir que la viesen por última vez.

Rezaban un padrenuestro y se iban moquiteantes, llorosos. Las gentes humildes llegaban de los últimos rincones del distrito con velas y blandones.

Martita, anonadada, casi sin pulso, como sin vida, depositó su confianza en tía Alfonsa y se acostó a media tarde...

A duras penas consiguió confortarse con un caldo y una yema, que devolvió. Pudo llorar, al fin, después de muchas horas de enjuto dolor, y eso la alivió.

Al día siguiente, después de pasar la noche velando a la muerta con Alfonsa, Amalia, Lola y la monjita, fueron llegando los demás parientes. En el coche de Ciriaco venían con él Rosarito y Lorenzo, su secretario. Al verle, a pesar de su dolor, Martita sintió pecho arriba un prurito de idílica frescura.

Poco después llegó Purita de Valladolid.

Cuando se puso el cortejo en marcha, todo el pueblo se estremeció.

—¿Quién la sustituirá? ¿Quién? ¿Quién? —se preguntaban las gentes, llorando.

Aquella mujer se llevaba el secreto de la compasiva misericordia, de la paciente bondad, y los tiempos son otros, de más dureza, de más cinismo, de más egoísta desgarro...

Y todos los hombres y mujeres iban detrás de sus restos con el pañuelo húmedo bajo la nariz..., titubeantes, perdidos, sin norte y sin orillas para su enorme pena.

SEGUNDA PARTE

«La verdad engendra odio. Así, pues, los que no hablan para congraciarse con los demás, sino que obran y hablan con entereza, están expuestos a los odios de muchos.»

(Fray Luis de León.)

Don Ciriaco se encontraba aquel anochecer muy fatigado. Había asistido a un Consejo por la mañana y a otro por la tarde. Muy debatidos los dos. A continuación, una larga tarea con Diego Gobantes... y una visita familiar... triste..., y necesitaba un respiro.

Tomó el teléfono y marcó el número de su amiga Aránzazu. «Arancha», como le cariñoseaban en la intimidad, amigos, familiares y conocidos en su Guipúzcoa natal, esperaba su llamada ilusionada.

—¡Hola, pequeña!

—Qué hay, cariño, ¿vas a venir?

—Sí.

—Pero pronto... ¿eh?

—Sí, ahora mismo.

Colgó. Se despidió del contable, que aún seguía allí y se acercó a casa de Arancha.

Adivinó el momento en que embocaba el llavín, porque fue ella la que le abrió.

Le recibió en sus brazos.

Se besaron.

Alta, rubia y elegante y de ojos de un azul claro, tirando a verdes, era Arancha. Su voz, suave y melodiosa.

Vivía en un primer piso exterior de una casa nueva en María de Molina. El piso se lo había comprado don Ciriaco.

Llevaban varios años de intimidad y el abogado naufragaba ya en su dulzura y en sus encantos.

—¿No me has asegurado que tienes ya dinero de sobra para vivir sin preocupaciones y tranquilo? Pues por qué no vas dejando a un lado tanto negocio, que no te dan, aparte de dinero, que te sobra, según tú..., sino sinsabores y disgustos... y tener que andar luego con pastillas para dormir... ¡Ay! Los hombres no hay quien os entienda...

Su amigo la miraba a los ojos y se sonreía.

—El del dinero, Arancha, guapa, es un vicio como otro cualquiera y yo ya lo tengo en la masa de la sangre. En el dinero hay un no sé qué de poder y de fuerza que a las mujeres mismas, en general, os subyuga...

—Claro que, de tener vicios, éste es el que mejor puede perdonar una mujer... y, por lo visto, los hombres algún vicio todos tenéis.

—Peor es si me hubiera dedicado a seguir a todas.

—Sí, bueno y formal ya creo que eres.

Le ojeó con malicia:

—Mientras estés conmigo, por lo menos... Si algo tienes por ahí... no quiero saber nada.

El bajó la cabeza.

—Tú verás..., sería peor como yo me enterara.

Se le nubló el rostro a la mujer.

Le había traído sus zapatillas holgonas... y le retiró los zapatos y se los calzó. El mucho peso le recalentaba las plantas y le fatigaba, y así quedaba descansado.

Don Ciriaco estaba gordo, fuertote y macizo.

Se hizo un silencio suave y reposador.

—Está aquí mi hermana, la de Valladolid.

—¿Purita?

—Y ha estado a verme.

—¿Qué te cuenta?

—Tiene una chica enferma del pecho... y hay que llevarla a un sanatorio.

—¡Pobre hija!

—Habrá que separarla de sus hermanos en seguida.

—Pues ya sabes cuál es tu obligación. Todo lo que hagas por tus hermanas necesitadas, te he dicho muchas veces que me parece poco.

Estaba de pie la mujer frente al hombre sentado en un sillón de la salita.

Daba un rostro preocupado Arancha.

—¡Qué poco dura la felicidad y la alegría en las casas...!

—Sí, poco —le respondió el hombre, pensativo.

—Quedamos en que correrás con todo lo que necesite tu sobrina, pero ahora alegra esa cara... —y se la alzó, levantándosela por la barbilla.

—He pasado un mal rato con mi hermana. Como sabes, tiene nueve hijos... y la pobre, desesperada, se me ha deshecho en lágrimas. Me ha dado una pena...

—Pues tú, ya sabes, a hacer todo lo que puedas por ella..., que es mucho... A mí, te lo he dicho siempre, gozo de buena salud, gracias a Dios, y no tengo otra ilusión que tu cariño y tu afecto..., y con poco dinero me basta.

Su voz daba trémolos convincentes.

—Su marido no gana mucho... y tampoco tiene muy buena salud.

—Es lo que yo le pido a mi Virgen de Aránzazu: salud. Con buena salud acaba una aguantando todo en la vida. Sin salud... por mucho dinero y cariño que le den a una, no puede haber felicidad completa...

En seguida contempla al hombre.

—¿Vas a tomar algo?

—Sí, tráeme medio whisky.

Se lo trajo y se sentó en sus rodillas, haciendo de su brazo derecho cadena amorosa.

A Ciriaco le placía sobremanera tenerla así. Aunque alta, Arancha, como era esbelta y fina de tipo, pesaba poco.

Con el brazo derecho al cuello de él, en esta postura mimoseaban y hablaban.

A él, la fidelidad y la ternura cariciosa de aquella mujer le libertaban de su trabajo, de sus preocupaciones y de su navajeo con los hombres.

—¿No te cansa andar todos los días detrás de lo mismo? —le preguntaba Arancha.

—Sí, pero mi vida está ya dispuesta así... ¡y qué le voy a hacer!

—Ir soltando las cosas poco a poco... Yo tampoco te digo que lo dejes todo de repente y que dediques el día a pasear... No, eso no. A ti te gusta leer y ver pueblos nuevos y viajar... y...

Interrumpiéndola:

—¿Te gustaría hacer un viaje por el extranjero conmigo?

—La sola pregunta ofende —y se rió—. Los viajes, y sobre todo con un cicerone como tú, educan y afinan el alma... y el gusto, ¿no crees tú?

La mira y la contempla embelesado.

—A ver si este verano suelto un poco el trabajo y nos escapamos veinte días por ahí.

—Tienes ahora a Lorenzo, que es de toda confianza y tan listo..., pues a aprovecharse.

—¿Qué hora es?

Consultando su reloj:

—Las nueve.

Salta de sus rodillas.

—Supongo que te quedarás a cenar... He traído un besugo que está fresquísimo y te lo voy a poner como lo ponemos allí: al horno, con un poquito de aceite y un ajo.

A él, que era glotón y le entusiasmaba el besugo, se le hizo la boca agua.

Se trasladó a la cocina. Desde allí se la oyó gritar entre el refitoleo:

—¿Quieres de entrada una purrusaldita?

—Bueno.

Se encontraba dichoso el hombre en aquella casa confortable. Con Arancha, mujer cariñosa y fina, que le adivinaba los gustos y los deseos, dándole todo hecho y a punto...

Se puso a pensar en ella.

Recuerda ahora la primera vez que la vio en el restaurante del casco viejo de San Sebastián, donde fue a comer con unos amigos.

Les tocó una mesa que ella servía. Se había celebrado la regata de traineras aquella mañana. Había gnado Orio y estaba el local abarrotado, las mesas llenas cuando llegaron a comer, pasadas las tres de la tarde.

—Aquí..., siéntense aquí..., que en seguida les sirvo —y les indicaba una mesa que acababa de quedar vacía.

Se movía diligente, servicial, atenta.

Ciriaco leyó la minuta.

—¿Qué tal esa merluza a la vasca?

—Viva, viva èstá —le contestó, mientras les colocaba el mantel limpio y los cubiertos.

Le hizo gracia a Ciriaco aquel «viva, viva está».

Cuando se retiró les dijo a los compañeros:

—¿Han visto ustedes qué chica más bonita?

—Sí —recogió uno—, yo vengo por aquí alguna vez a comer y la conozco; es de Vergara, se llama Aránzazu, «Arancha» le dicen las compañeras.

Volvió por allí Ciriaco con cierta frecuencia y le agradaba ser servido por ella.

Una noche de fuegos artificiales la encontró paseando por la Concha con un señorito que parecía su novio.

—Sí, sale mucho con ese joven, que es cliente del restaurante y parece muy enamorada de él.

192

Pasó el tiempo y se sucedieron los veranos, y una noche de agosto, buscando restaurante donde cenar, se acordó de Arancha y entró.

Estaba la hija de la dueña a la caja.

Se acercó Ciriaco y la saludó y le preguntó por su madre.

—Luego vendrá —le dijo.

Se sentó a una mesa.

Pensó en Arancha y no la vio entre las camareras que servían.

—¿Qué? ¿Arancha ya no está por aquí?

—¿Arancha? ¡Pobre!

—¿Qué le pasa?

—Lío gordo tiene, pues, con el novio.

Comió y se calló.

Al terminar y salir, atendía ya la madre a la caja. La hija se había retirado. Ciriaco la saludó.

Era una mujer de unos cincuenta años, lista y enérgica. Le consultara como abogado un asunto de su familia y don Ciriaco nada le había cobrado. Sabía la dueña que era un abogado muy importante de Madrid y hombre de negocios, y le halagaba fuese su cliente de verano.

—¡Cuánto bueno por aquí, don Ciriaco...! Creí que se había olvidado de nosotros.

—Llegué ayer...; vea usted. Aquella muchacha rubia, Arancha, no la veo por aquí... ¿Se casó?

—¡Pobre hija! —suspiró la dueña. El novio, de quien estaba muy enamorada, le hizo un hijo, la burló y la dejó... Y si te he visto, no me acuerdo. Usted, que es hombre de leyes, sabrá; porque derechos por el hijo que le ha hecho tendrá..., y unos le *disen* una cosa y otros otra, hasta ponerla loca.

—Ella, ¿dónde está?

—Aquí en San Sebastián, vive con una tía... Al *jusgado* le disen que le lleve... El es un señorito y la familia tiene bastante dinero..., pero por evitar el escándalo...

Don Ciriaco quedó un rato pensativo.

—¿Por qué no la cita usted una tarde en su casa y nos vemos y hablamos con calma los tres?

—Sí..., eso me parece bien —le aceptó la dueña.

—Todo lo que sea juzgados y abogados es airearlo y estas cosas, cuanto más secretas se lleven mejor... ¿Cómo se llama el joven?

—Yrisar... Yrizar.

—¿Es de familia de San Sebastián y vive aquí?

—Sí.

—Después que nos reunamos y hablemos los tres veremos lo que más convenga; yo vendré por aquí estos días a comer y usted me avisará.

Se vieron una de aquellas tardes en casa de la dueña. Arancha estaba palidísima, arriada toda su lindeza y dulzura.

Sólo ver al abogado se echó a llorar con un ahogo penosísimo.

Hubieron de esperar un rato a que se sosegase un poco y pudiesen entenderse.

A Ciriaco se le embebió el corazón de tristeza al sorprender aquella muchacha tan bonita, cariñosa y buena, en tal estado.

—Por Dios, Arancha, calla, calla, que todo lo que se pueda hacer, se hará... Yo iré a hablar con la familia de tu novio... y veremos lo que se puede conseguir.

—Tú ya sabes quién es don Siriaco y confía en él, hija, confía en él..., porque en esto, como en todo, lo que no se consiga por las buenas... y sin dar escándalo..., porque del escándalo, si lo llevas al jusgado, la más perjudicada vas a ser tú..., que él..., al fin y al cabo, es hombre, y de estas hasañas, más que perjudicar... a los hombres, sobre todo si son jóvenes... esto les envalentona y da más aire y más leyenda.

—Yo no le pido... sino que atienda a su hijo y lo reconozca y... sobre lo que le ha dicho a una amiga mía, el muy granuja, de que quién sabe de quién es el hijo, si de él o de otro..., yo...

Se le partió el pecho en un sollozo y no pudo seguir.

—Bueno..., cálmate; ahora, cálmate —le suplicó don Ciriaco. Yo iré como abogado a ver a su familia.

Cuando se sosegó un poco Aránzazu y se retiró, el abogado le preguntó a doña Paca:

—¿Qué hace ella ahora?

—Estar con una tía y desesperarse.

—¿Por qué no vuelve a trabajar tratando de olvidar ese percance y así se distrae un poco?

—Está avergonzada, la pobre; luego, el cuidado del crío, que es hermosísimo..., porque Arancha buena, buena chica es..., y se sentirá madre, aunque es hecho con trampa.

Mirando a don Ciriaco y enflaqueciendo la voz:

—Yo ya le he dicho que por mí puede volver cuando quiera, que sigo teniendo por ella el mismo cariño y *afeto*..., que de sobra sé que es una buena chica..., pero hay tanto guarro suelto por ahí...

Redobló las erres con un encono triturador.

—... pero le avergüenza encontrarse con las compañeras, que lo saben..., y luego los clientes, que se enteran en seguida de todo y se ponen pesados creyendo que todo el monte es orégano... y con derecho a todo... Usted es hombre y se *hase* cargo...

—Sí..., lo comprendo todo.

—Déjela que pasen unos meses y que la gente *empiese* a olvidarse... Si alguna *ves* se olvida de estas cosas... y veremos.

—Yo visitaré al padre del chico y le diré a usted lo que hay.

—A ver, a ver.

A los pocos días el abogado se entrevistó con el padre del seductor.

Era un fabricante de escopetas de caza de Eibar. Hombre pequeño, tímido, con cara de tener úlcera de estómago.

Le expuso el caso.

—Ya ve usted estos chicos... Casarse es lo que no quiero que
hagan. Por lo demás...

—Pues es lo que debía hacer después de ese estropicio, haciéndose responsable de sus actos...

Se rascó el colodrillo:

—... responsable..., responsable... Eso con dinero, con dinero
se arregla..., que yo y su madre..., sobre todo su madre, lo que queremos para los hijos es que vayan a más...

—Con esta conducta no creo que lo consigan.

—Sí, pues... con dinero, esto, con dinero se tapa... y alante.

Estaban en esto cuando irrumpió su madre.

Era una barbianaza de voz tonante y enérgicos gestos.

—Esa Arancha del cuerno..., como todas ésas que andan a servir en los restaurantes y tabernas..., una fresca... Sí, es una fresca,
que se le ha metido entre piernas y el pobre hijo mío qué iba a hacer..., pues... lo que todos, lo que todos.

—Señora, su hijo tiene ya edad para saber defenderse de las
mujeres en el caso de que todas fuesen como dice usted.

—Ellos, unos sinsorgos... y ellas unas frescas, que van a ver
qué se saca... Ya le he leído yo la cartilla bien al mío para que en
adelante se espabile... Y si es usted abogado o así, ya lo sabe usted...,
de casorio, ni hablar... Que vaya a saber, después de todo, quién es
el padre de la criatura, que esa Arancha, con otros antes que con mi
hijo, pindonguear había hecho por ahí.

El padre quiso suavizar el altercado y poner unas palabras prudentes, pero la mujer le separó de un manotazo.

—¡Tú a callar! —le aulló—. ¡Que yo sé lo que tengo entre
manos!

El hombre miró al abogado con un gesto de resignación.

Se retiró poco después don Ciriaco y, a los pocos días, como
tropezara con él en la avenida, hablaron sin el peligroso abordaje
de su cónyuge. Quedaron en que le pasaría a Arancha dos mil pesetas mensuales, a las que el abogado añadió mil, y se las dio a doña
Paca para que se las enviase a Arancha.

—Indíquele usted que recibirá todos los meses esa cantidad para
que atienda a los gastos del crío.

Arancha le agradeció su intervención.

Pasó así el tiempo y una noche, que fue a cenar al restaurante
el abogado, topó con Arancha, que había ido a hablar con doña
Paca.

Parecía la mujer de mejor color y más entonada..., pero tenía
la mirada alocada y perdida, como si las gentes que circulaban junto
a ella la fueran señalando con el dedo.

—¡Qué hay, pequeña! —le saludó el abogado con emoción.

—¡Hola, don Ciriaco!

Inició un conatillo de sonrisa, que le quedó truncada.

—¿Cómo va ese valor?

—Ya ve...

—¿Y el crío?

—Hermosísimo... y es muy guapo..., eso me consuela.

Y ahora la sonrisa desarrolló todo su diámetro.

—A ver cuándo la vemos por aquí..., en lo suyo...

—Eso me dice doña Paca..., pero... si viera el tiempo que me ocupa el hijo.

Se presentía que el hijo la iba a salvar.

A las pocas semanas la vio por allí.

Don Ciriaco buscaba una mesa de ella para sentarse y la mujer, cuando le veía, trataba de acomodarle en la zona de servicio a ella confiada.

—¿Cómo van esos ánimos?

—Haciendo de tripas corazón.

Terminó comiendo lo que ella disponía.

—No; hoy tome lubina..., la lubina está fresquísima y al horno, con un poquito perejil y mantequilla sabe a gloria.

Arancha le disponía el menú y él no hacía más que disfrutarlo.

—¿Qué hay, Arancha, guapa?

—¡Hola, don Ciriaco!

La mujer se movía en torno a él y el hecho sencillo de su desplazamiento le levantaba al hombre dulcísimos caracoleantes ahíncos... Todo, aire, alimento, bebidas, contento todo, le trepaba a extremos de gratitud.

—¡Hoy tenemos natillas...!

No la discutía nada, porque todo era delicioso, gustoso y oportuno.

Luego la daba una buena propina... y se iba gazapeante con el cuerpo y el alma embebidos de gratísimas resonancias.

Hasta aquel día de fin de verano en que las piernas le llevaron buscándola... y no la encontraron.

—¿Qué es de Arancha? —preguntó.

—El hijo, el hijo que tiene muy mal —le aclaró doña Paca.

—¡Vaya por Dios!

Y no comió aquel día don Ciriaco, como si fuese suyo.

Unos días más tarde, como volviera a querer saber de ella, le contestó doña Paca:

—El hijo... morir se le ha hecho.

Las compañeras modestaron la vista al oírlo... Se hizo una solidaridad caliente de todas.

—El hijo, que la empezaba a sacar adelante, se le ha ido..., ¡pobre hija! —se dolió doña Paca.

A don Ciriaco se le hizo un nudo en la garganta y la verdad es que tuvo que empujar con tragos de vino los desabridos alimentos para pasarlos.

Se le enfrió todo el cuerpo y un sudorcillo álgido le desarboló.

—¿Dónde vive Arancha?

Le dio doña Paca las señas de su casa.

La visitó.

Estaba deshecha, abatida, rugiente.

—¡Castigo de Dios, es castigo de Dios! —ululaba la mujer—. ¡Bien merecido me lo tengo, bien merecido..., porque los hijos hay que tenerlos por las buenas..., por las buenas!

Don Ciriaco clavó su barbilla en el pecho.

—Cálmate, mujer, cálmate —le pedía.

—No se puede ser mala y yo lo he sido... y Dios me ha castigado, me ha castigado... por mala, por mala...

—¿Y cómo ha sido? —preguntó don Ciriaco.

—No sé; en unas horas, en unas horas..., se me ha ido de las manos en unas horas... Ni el médico ni nadie ha podido hacer nada, nada.

Rugía, se mesaba los cabellos, iba de un lado al otro, de un rincón al otro...

Lo acababan de llevar hacía un momento en una cajita blanca. Se lo acababan de arrancar... y el desgarro fue descomunal, espantoso.

Tuvieron que sujetarla entre dos vecinos y la tía.

—¡Hijos te han de sobrar con el tiempo..., te han de sobrar! —le gritó la tía en su desesperación—. Te han de sobrar, te han de sobrar...

—Pero yo quiero a éste, a éste..., que ya no le tendré nunca, nunca, y está hecho con amor, con amor... Mi Pedrín, mi Pedrín —aullaba en su espantoso desconsuelo.

El abogado la oía rugir, gritar, desesperarse, por la habitación.

—Cálmate, Arancha, cálmate.

—No puedo, no puedo... No le veré más, nunca más..., nunca, nunca..., y era el consuelo y la alegría de mi vida, de mi vida..., a pesar de los pesares, a pesar...

Don Ciriaco sintió conturbarse y esmorecer con la trágica desgracia de Aránzazu.

—¡Pobre chica, pobre chica! —se decía.

Volvió por el restaurante y le advirtió a doña Paca:

—Si algo necesita o le ocurre a esa mujer... avíseme en seguida, en seguida.

—Vaya tranquilo.

—Como estos días tendrá muchos gastos, tenga para sus apuros —y le dejó mil duros—. Pero esto se lo va dando como si fuese cosa de usted... Por lo que más quiera, no la hiera... Que nunca sepa quién la ha ayudado.

—Descuide, pues..., descuide.

La mujer le miró a los ojos.

—¡Ay, qué bueno, qué bueno es usted, don Ciriaco! Si todos, si todos los hombres fuesen así...

El rezongó una disculpa y se echó a la calle.

Un gran dolor le comía el pecho.

—Estoy enamorado de esta mujer..., enamorado, enamorado —se iba diciendo—. Y todas las compañeras del restaurante lo saben..., todas, todas.

Sus zapatones, a la hora de moverse, le llevaban al restaurante, le empujaban a la querencia, y en el momento de comer y de cenar emprendía el mismo camino, anheloso.

Las demás chicas le recibían solícitas.

—Arancha *parese* que está más tranquila y *más mejor*.

—Gracias, gracias.

Y todas ideaban: un hombre así, bueno y rico, es lo que necesitamos para abandonar este oficio duro de servir.

Algunas tardes iba a casa de doña Paca y se consolaba hablándole de ella.

—¿Cómo sigue? Porque yo no me atrevo a ir a verla..., porque qué diría su tía, qué diría.

—Su tía buena mujer parese...; lo que no quiere, la pobre, es ver sufrir a la sobrina..., verla sufrir.

Don Ciriaco hundía en el pecho la cabeza y permanecía así un rato silencioso y atónito, todo traspasado de dolor, podrido de pena.

—Yo ya le digo a la pobre hija que pregunta usted mucho por ella...

—Gracias, gracias.

Hasta aquel día en que doña Paca le sopló:

—La he convensido pa que vuelva al restaurante a trabajar, porque no va a estar toda la vida pensando en el hijo que se fue, pues el dolor hay que darle cara, que si no nos come y Arancha es joven y bonita y tiene muchos años por delante.

—¿Y cómo está? ¿Cómo está?

—Ayer vino aquí un momento, sólo un momento... y qué remedio, pues anda resignada..., casi resignada.

—Más vale.

—Sabe que usted ha preguntado mucho por ella y agradesida, agradesida está.

Hasta aquella tarde, a primera hora, en que se presentó a comer. Al verla sintió una explosión de alegría en la caja del pecho.

—Arancha, guapa.

—¿Cómo le va, don Ciriaco?

—Retira el don... En adelante, si algo me aprecias y estás agradecida, como dices, retírame el don.

—Pero mientras le sirvo..., sobre todo si viene con otros, no, ¿eh?

Abrió los ojos con desmesurada picardía.

—Bueno —condescendió.

Se sentó y le susurró casi al oído:

—Tenemos unas almejas a la marinera, cogidas en la bajamar de la playa esta madrugada... y unas paletillas de cordero... y una tarta de manzana de Mendiluce.

Mendiluce era la confitería más afamada de San Sebastián, según ella.

Y se dejó naufragar en este culinario mar.

Pasó el verano fajado en esta delicia; pero a finales de septiembre desapareció Arancha del trabajo.

—¿Qué le sucede? —preguntó él.

—No sé..., me enteraré cuando vuelva.

Le mandó un recado a su casa doña Paca.

Arancha fue a visitarla y se le echó a llorar.

—¿Qué tienes, hija? ¿Pero qué te pasa?

—Que todos saben soy mujer perdida... y el que más y el que menos se cree en la obligación de proponerme ir con él a la cama... ¡Los hombres son así de guarros!

Sollozaba con un desconsuelo inmenso.

—Para eso prefiero no servir en su... ca... casa.

Se fue sosegando.

—... Yo lo siento, pero me entran ganas de dar con un plato en la cabeza al que viene a proponerme esos... planes... y antes de armar un día un escándalo prefiero no ir más por allí.

—¡Qué asco de hombres! —exclamó doña Paca.

—El único que se salva es don Ciriaco, que es quien nunca me ha propuesto nada, y es tan bueno, tan bueno conmigo...

—Sí, pues, pero don Siriacos caen pocos en libra.

—Allí... todos, todos saben lo que me ha pasado con el novio y no pienso volver... Para evitarme disgustos mejor es no volver.

—Tú verás —le dijo doña Paca.

Al fin de verano, cuando dio por terminadas sus vacaciones, don Ciriaco le propuso:

—¿Por qué no saltas a Madrid? La ciudad es enorme; allí nadie te conoce... y yo te colocaré en un comercio, o si te agrada más en un restaurante.

Le observó con dulzura. Tenía confianza en aquel hombre. «Sola y desvalida en el mundo, a la larga, de alguien me tengo que dejar proteger...» No pensó en nada pecaminoso. Pero una mujer guapa, joven y sola, sin medios de fortuna, tiene en una gran ciudad tantos..., tantos peligros...

—¿Qué te gustaría a ti? —le preguntó el hombre.

—Una boutique o una perfumería.

—Precisamente tengo un amigo con una perfumería en la calle Goya.

—No conozco Madrid —reconoció tímidamente.

La colocó en la perfumería del amigo.

Le buscó una pensión de una paisana vascongada y la situó allí.

«Para desenvolverse, los primeros meses, necesitará dinero», pensó. Y se lo dio a la señora de la pensión.

Era de Zarauz y se hicieron en seguida amigas.

—Buen hombre parece este don Ciriaco.

—Sí..., demasiado.

—En bondad no hay demasiado.

—Sí —y le sonrió.

—¿Y qué le vas a hacer?

—Sí, pues.

—Más vale que pequen de buenos.

—Claro, claro —y se sonrió Arancha.

A veces la llamaba por teléfono y la invitaba a cenar, sobre todo los sábados, y la llevaba en su coche a los cines y a los restauranes.

Así una temporada.

A veces le llamaba ella y permanecían un rato charlando.

—No trabajes tanto, que no vale la pena... Todo, todo se lo lleva a la larga la trampa —le decía decepcionada.

Hasta aquel día que le llamó a don Ciriaco la señora de la pensión, preocupada.

—Arancha se quedó ayer en la cama y no se encuentra bien... He llamado al médico y tiene mucha fiebre... La pobre está asustada y me ha dicho que le avise a usted..., que le avise a usted.

Ciriaco se emocionó, dejó todo y se fue a verla.

Sólo echárselo a la cara, la enferma pareció mejorar.

—Hola, Ciriaco, perdona, pero no me encuentro bien.

Le sonrió; sacó una mano y se fue a buscar la del hombre. Se las apretaron.

Ciriaco observó que le ardía.

—Estate tranquila, que te pondrás buena —le adelantó.

Se retiró con la patrona a un rincón.

—Escuche, doña Luz, avise a este médico en seguida, como cosa suya, que yo correré con todo.

Le dio las señas de un médico ilustre.

—... Y con lo que diga, me llama usted.

—Bien, bien.

—Dice que le duele el costado..., pulmonía o así será.

Doña Luz le avisó y el médico fue a la hora de comer.

Ciriaco no vivía pendiente de la llamada.

Cuando sonó el timbre del aparato creyó morir.

Estaba emocionado.

—Don Ciriaco, si viene será mejor..., pero no se asuste, que hemos llegado a tiempo.

—Pero ¿es pulmonía?

—Sí, pues..., pero le hemos dado ya antibióticos y que se le cortará dentro de unos días, asegura el doctor.

—Termino de comer y voy.

—No se impaciente, que no llegará la sangre al río.

Cuando se presentó en la casa y pasó a su alcoba, Arancha le miró agradecida.

—¿Cómo te encuentras?

—Ya ves, a tiempo... El médico dice que a tiempo ha llegado.

—Bien, tú descansa y no te preocupes.

Miraba como desde el fondo de un pozo.

Ciriaco se sentó en una silla a su vera. Estaba silencioso, emocionado, nervioso.

El cuarto, de una cama grande de matrimonio, era limpio y la habitación, que era interior, se asomaba a un patio grande. El piso era alto y la ventana daba bastante luz.

—Vete, vete a su trabajo —le pidió la enferma—, que me encuentro mejor. Al anochecer, cuando termines, vuelve si quieres —y le miró con una enorme dulzura.

El se sobrecogió.

—Calla..., que no te conviene hablar.

Intentó la enferma sacar el brazo.

Pero doña Luz le mandó:

—Quieta, no te vayas a enfriar.

Se despidió más tarde, prometiéndola volver.

Lágrimas gruesas le rodaban por las mejillas al hombre. Se las enjugó con el pañuelo.

—Para que usted pueda entrar y salir con libertad, esta chica necesita una enfermera, una enfermera. Yo se la enviaré —le dijo a la patrona.

Le temblaban las piernas al pobre don Ciriaco.

De repente oyeron que la enferma llamaba.

Don Ciriaco se volvió rápido, tiró una silla.

—Sed..., tengo sed; dadme algo de beber.

Le dio doña Luz agua de limón.

Don Ciriaco se retiró al fin. Iba deshecho. Quedaba confuso, atontado.

«Si esta mujer se me muriera», pensó. Y se empapó de pena, de una pena inmensa, sin orillas.

Le enviara la enfermera y había quedado más tranquilo. «Así estará mejor atendida», se dijo.

—Que no le falte nada, doña Luz; que no le falte nada —le dijo al salir.

—Bueno, hasta luego —se despidió.

Los compañeros que trabajaban con él le notaron al hombre algo extraño, preñado de ausencias.

—¿No se encuentra usted bien? —le preguntó su secretario.

—No he dormido lo suficiente; será eso —se disculpó.

Se sienta en una butaca y cierra los ojos.

En seguida se retiró a su habitación. Tenía allí teléfono desde donde podía hablar sin ser oído.

Puso comunicación con doña Luz.

—¿Cómo va la enfermita?

—Pregunta por usted.

—Voy, voy en seguida.

Colgó y salió a la calle.

Tomó un taxi y se presentó en seguida a la cabecera de la enferma.

Se sentó junto a ella, con la cabeza hundida, llorando como un desconsolado.

Arancha le contempló asustada.

La enfermera le indicó con la vista que se retirara.

Llegó doña Luz y le dijo:

—Para eso, lárguese de aquí.

No podía con su alma y se retiró.

—Vaya a su casa y acuéstese...

Y pasaron los días y salió de peligro.

A reponerse la mandó a Avila.

El sol encendía el flanco redondón de los montes de Gredos... y era ya primavera. Al ponerse a contraluz, hacía de chocolate las murallas.

—Acompáñela, que usted también lo necesita —le invitó la patrona.

Todos los sábados, y a veces entre semana, se escapaba a verla.

Cuando llegó el verano, se encontró como una rosa fresca.

Un atardecer, en Santo Tomás, le dijo, tomándole la mano, ante el sepulcro de Don Juan, heredero de los Reyes Católicos:

—Escucha, aquí está sepultado un príncipe que murió de amor.

—Será de hace muchos años.

—Sí.

—Porque ahora nadie muere de eso... —y se sonrió la mujer.

Más tarde fueron a la plaza de Santa Teresa y se sentaron a tomar un refresco.

Aún no había sido de él la mujer, pero Arancha comprendía que un día u otro la entrega había de llegar.

«Qué bueno es..., con qué dulzura y sumisión sabe esperar», pensaba la mujer.

—A mí me gustaría ir a San Sebastián —le dijo, ya sobre los hombros de junio, Ciriaco.

—Y me vas a dejar a mí aquí sola... —le sonrió Arancha.

—Eso depende de ti.

Se trasladaron a San Sebastián.

Era otra mujer, llena de experiencia y de afán de vivir. Todo el dolor quedaba atrás. La vida le rezumaba dulcísimas ansias.

—¡Qué bonito es «San Sebas»! —le dijo un atardecer, contemplándolo desde lo alto de Igueldo.

Aquella noche fue por primera vez de él.

—La carne es triste, pero ¿qué hay alegre en este mundo?

—El cariño —le replicó la mujer—, la ternura... y el amor como el nuestro, cuando es limpio y puro y no está encanallado.

El lloraba en sus brazos.

A los pocos días tuvo que ir el hombre a Madrid y, a la vuelta, le comunicó:

—Te he comprado un piso en María de Molina.

—¿Pero para qué has hecho ese gasto innecesario? —le protestó la mujer.

—No vas a estar viviendo siempre con doña Luz.

—Es verdad. ¿No te cansarás...? Alguna vez..., ¿no te cansarás de mí?

—No; estoy enamorado, y eres encantadora y preciosa y cariñosa y elegante.

—Todos los días gallina, amarga la cocina —solía decir mi madre—; y yo no soy una mujer para una temporada...

—Lo sé... y lo comprendo.

Lloraba la mujer rendidamente.

—¡Ay...! Qué será de mí..., qué será de mí... Qué porvenir me tendrá preparado mi Virgen de Aránzazu...

—En la medida de lo que yo pueda, muy bueno.

Y al poco de tenerla como amiga en Madrid, ya aquel invierno, se llenó de incertidumbre y zozobras.

Las hermanas, temerosas y ansiosas, en cuanto se enteraron, cayeron sobre él, zaheridoras y pungentes.

—¡Si supieran que es una mujer nada interesada y que todo le parece mucho...!

Pero se callaba el hombre.

—Para el día de mañana, cuando yo falte, si dispone Dios llevarme antes que a ti, ¿qué te gustaría tener y cómo te agradaría vivir?

—Yo tengo una hermana más pequeña que yo y otra mayor. Mis padres murieron ya. La mayor está casada y tiene una costura y mucho gusto, y cose muy bien... La pequeña...

Agita la cabeza, nerviosa.

—A mí me encantaría tener el día de mañana dinero; no mucho, el suficiente para abrir una *boutique* en «San Sebas», que la atenderíamos mi hermana la pequeña y yo... Entre el Boulevard y la Avenida... Claro, mejor si fuese en la Avenida; pero en esos sitios cuesta mucho el traspaso, lo comprendo.

—¿Y en Madrid?

—No me gusta Madrid para vivir... estando sola. Allí tengo a los míos, mis dos hermanas..., es mi tierra... San Sebastián me encanta...

Se hallaba pensando y rumiando estar vida tejida con Arancha, cuando sonó la voz de ella desde la cocina:

—Anda, Ciriaco, a comer el besugo que ahora está caliente, que si se enfría, se endurece en seguida y no sabe tan bien...

El hombre se sobresaltó como si llegase de un sueño.

Se irguió y fue hacia el comedorcito.

Había preparado ya la mesa la mujer.

Se sentaron y Arancha bendijo la mesa.

Tomaron primero la purrusalda.

Las patatas con el puerro y la zanahoria estaban en su caldo a punto y deliciosas.

Luego empujaron el besugo con un tinto del 1945 de Pomal, Vieja Reserva.

Arancha le había advertido desde que le conoció:

—Siempre que el pescado sea de grasa, le va mucho mejor el tinto que el blanco. Tomar besugo con blanco es un disparate..., y mejor un tipo Borgoña, de cuerpo, que un tipo Burdeos.

Ciriaco acabó dándole la razón.

Más tarde, después de cenar, al retirarse a su casa, muchas veces a la madrugada, con los años y la confianza y amor a Arancha..., cada día se le hacía más cuesta arriba al hombre tener que dejarla y abandonarla... a esas horas...

Pero él era un ilustre abogado y hombre de negocios muy conocido... y los prejuicios morales y sociales...

....
....

—¿Cómo está?

—Delicioso.

Y miró a la mujer con una gran ternura.

Con la muerte de tía Marta, la sobrina quedó anonadada.

Le entró una cansera y una desilusión atroz.

Su tío Ciriaco iba algunos fines de semana al pueblo y la visitaba.

—Vente a Madrid a vivir conmigo... ¿Qué haces aquí sola?

—¿Y qué hago en Madrid?

Contemplándole:

—¿No ves como no tienes contestación a mi pregunta?

—Allí tienes más horizontes... para todo.

—Ya no puedo ser tu secretaria como lo era antes...; tienes el puesto ocupado... con ventaja para ti —le recalcó.

—Tú no necesitas trabajar... Con que lleves mi casa..., que también es trabajo, claro.

—Sí, aquí el invierno es largo y muy poco atractivo...

—En fin, tú verás...

«Lorenzo va a pensar que voy por él», se dijo.

Pasó una semana murriosa en que estuvo nevando y lloviendo. Cuando cayó por allí el tío le comunicó:

—Me has convencido y me voy.

—No sabes la alegría que me das.

—Reconozco que Madrid es muy distraído y yo necesito distraerme.

—Me parece muy bien.

Llenó el baúl y dos maletas y se embarcó en el auto con el tío aquel domingo a la tarde.

Se levantó temprano a ordenar sus armarios.

Llamaban al teléfono y se puso.

—¿Está don Ciriaco? —preguntó una voz.

Era la voz de Lorenzo; la supuso en seguida Martita.

—Sí, ¿qué desea?

—¿Con quién hablo?

—Con Martita, su sobrina. ¿Qué hay, Lorenzo?

—Dígale a su tío de mi parte que llamo desde el Banco y que se pase por aquí antes de ir al Ministerio.

—Se lo comunicaré.

—¿Qué es eso? ¿Cómo usted por aquí a estas horas?

—He venido a quedarme con el tío.

—¡Hombre! ¡Qué grata sorpresa! —exclamó.

Martita quedó suavemente tocada..., sobre todo cuando le dijo:

—Bueno, luego la veré.

Pero en seguida se enfadó consigo misma.

—Va a pensar que he venido por él —se dijo.

Se acercó al baño, de donde venía el moscardoneo de una maquinilla de afeitar.

—Tío.

—¿Qué sucede?

—Que pases por el Banco antes de ir al Ministerio, de parte de tu secretario.

—Bien.

«Que a este hombre se le pueda ocurrir que yo he venido a vivir con el tío me molesta. Me molesta, pero la verdad es que he venido por él, porque tengo treinta y un años corridos y no quiero quedarme, como dicen en Minglanilla, para vestir santos...»

Se hallaba desasosegada y nerviosa.

En seguida se puso al habla con la tía Rosarito.

—Estoy aquí, en casa de tío Ciriaco.

—¿Para muchos días?

—Hasta que Dios disponga otra cosa.

En esto salió el tío del baño.

—Tienes el desayuno preparado en el comedor —le comunicó la sobrina.

—¿Qué?

—Hablaba con tu hermano —le dijo a Rosarito.

—Bueno, a ver si nos vemos.

—Estoy muy ocupada ahora..., pero te avisaré.

En esto oyó llamar a la puerta.

En vista de que tardaba la muchacha, fue ella.

Era Lorenzo.

— ¡Ay! —y se quedó suspensa, llevándose los dedos de la mano derecha a la boca.

El hombre se sonrió.

—¿Usted es Martita?

—Sí, y usted el secretario del tío.

—Sí..., soy Lorenzo —dijo él.

—Bueno, pues ya nos conocemos... El tío creo que acaba de salir. Sí, se ha ido hace un momento.

—Mejor, supongo que ya estará en el Banco.

—Bueno..., si no me necesita usted para algo... En adelante voy a vivir con el tío.

—Entonces nos hemos de ver muchas veces.

—Eso espero.

Luego se afeó haberle dicho eso; ¿por qué tenía que decirle que esperaba verle?

El se alzaba de pie frente a ella.

—Espero que nos llevemos bien..., tengo deseo y necesidad de llevarme bien con usted.

—Y yo con usted —y alzó los ojos a él.

El la sonrió y la dijo:

—Pues hasta pronto —y se retiró.

Anduvo toda la mañana ordenando sus enseres, vaciando su baúl y sus maletas y disponiendo su ropa en los armarios.

Más tarde se puso al habla con las dos mujeres que le llevaban al tío la casa.

La cocinera era de pocos meses a su servicio. Natural de un pueblo de Toledo; una muchacha de unos treinta años, que había estado sirviendo en París. Sin ser guapa, era graciosa de facciones y ocurrente y... desconfiada.

—¿Qué tal, qué tal le fue a usted por Francia? —le preguntó un día Martita.

—Bien, París es precioso y hay mucha libertad... y pagan bien, pero...

La dejó así, con el sabor, sin terminar el párrafo, la primera vez que habló con ella.

La mujer que vacaba a la limpieza y gobierno de la casa era una mujer de unos cincuenta y cinco años, nativa de Minglanilla. Era de la confianza del tío y conocida su familia. Era muy fea y se llamaba Felipa.

Se la proporcionó Marta, como una joya, y lo era.

Cuando tomó a Anita, la de la provincia de Toledo, ésta le preguntó:

—¿Hay plaza? Digo que si hago yo el mercado.

—El día que no pueda yo acompañarte, sí..., vas tú, claro.

—Se lo decía para saber a qué atenerme.

—Si cocinas bien y das gusto al señor, no has de estar descontenta.

Martita, cuando la sentía nerviosa, la consentía hacer la compra... y se hacía la loca en los precios.

Martita la trataba con confianza y le hacía de cuando en cuando algún regalo.

—¿Cómo te volviste de París? —le preguntó en cierta ocasión.

—Porque allí la que no anda lista tiene muchos peligros... El vicio está demasiado de bien organizado y hay que trabajar para ellos, que quieras o que no quieras..., y una servidora no está dispuesta a mantener ningún chulángano.

—Pero habrá también hombres decentes, que se enamoren y la lleven a una al altar.

—De iglesia, nada... Allí la gente baja, de eso, nada... Se arrejuntan o amontonan... y ellas tienen que darle a las tabas más que ellos... Eso, si no es una belleza, que si lo es..., la ponen en seguida al punto..., y más si es una extranjera y no se sabe explicotear bien... Déjese, señorita, que allí nada tenemos que hacer las españolas modestas. Se gana más que aquí, sí, y hay una libertad de barullo, pero corre una el riesgo de desgraciarse y que se la coma algún italiano o franchute de los que se especializan en eso... Y la hija de mi madre no ha nacido para mantener cabrones..., que eso se les da muy bien a las de allí... Y por eso me volví.

Martita se reía disimuladamente oyéndola.

Tenía novio aquí, en Madrid, Anita, un pintor de brocha gorda.

—¿Pero para casarse? —le preguntó Martita.

—En eso estamos; lo demás, de qué le iba yo a aguantar.

Era de Madrid el pintor, pero no era ni gracioso, ni chirigotero, ni... naa... Apenas hablaba, se contentaba con mirarla y oírla, cuando lo hacía Anita.

—¿Y no piensa usted volver por Francia?

—Hombre..., después de casados, dos o tres años con él, no me importaría; pero mejor a Suiza. En Suiza creo que está muy bien para los pintores; ganan buena pasta, si saben guardarla pensando en los hijos... Pero, de decidirse en volver, eso sería después de bien casados.

—No..., esta Anita, descuide usted, señorita —le decía Felipa—, que no se desgracia. Es una toledana que sabe para qué tiene la cabeza.

Salía muchas tardes Martita con tía Rosario y solía invitarla a tomar el té e ir al cine.

—Deja que yo te convide, que paga tío Ciriaco —la decía.

—Si es así... —y se reía.

Se miran las dos mujeres con malicia.

—¿Te da mucho quehacer la casa?

—Ninguna... Felipa es una joya; todo lo que tiene de fea lo tiene de diligente y seria, y todo marcha con ella como sobre ruedas.

—Y él, ¿qué hace?

—Pues trabaja desde las siete y media, que se levanta. Hacia las ocho de la noche se nos pierde a su secretario y a mí.

—Que es cuando va a ver a la otra...

—Si eso le distrae y le alegra la vida..., qué le vas a hacer; después de todo, es soltero, y el dinero le entra, como diría nuestra cocinera, a mantadas...

—Debe estar muy colado por ella... Lo que me extraña es que habiéndola comprado un piso y estando así de enamoriscado, no se pase ninguna noche en su casa... y no se vaya con ella por ahí de viaje.

—En eso de cubrir las formas es impecable... Unicamente los sábados y vísperas de fiesta viene un poco tarde...; a las dos y media o tres le suelo oír entrar...; pero los demás días, a las doce o doce y media está siempre en su alcoba.

—Y Lorenzo, ¿qué hace?

—Trabajar como él; las tardes, sobre todo. Algunos días, hasta muy tarde se encierran los dos... y se les oye hablar y discutir.

—¿Y qué tal te llevas con él?

—Bien..., es encantador.

Se miran las dos mujeres y se sonríen.

—La verdad, ¿a ti te gusta como hombre?

—Muchísimo.

—¿Y te haces ver por él?

—Discretamente, porque tiene mucho trabajo y sale y entra con frecuencia..., y a veces se va fuera de Madrid. Yo creo que viajar le encanta, porque siempre que va de viaje le da tiempo para leer, que es lo que a él le gusta..., y siempre anda rodeado de libros.

—En las provincias, ahora, es el sitio mejor para tomar el pulso a España —me indicó el otro día.

—El, ¿qué dice?

—Que han soslayado todos los grandes problemas con cobardía y que aparentemente hemos mejorado mucho, pero que no se ha hecho nada de lo fundamental.

—Nada más que aparentemente... Pues sí que estamos buenos.

—Lo que me parece es que es un hombre triste... y desengañado. Algunas veces, husmeando en sus cajones, he dado con unas cartas de una inglesa... El ha debido tener algo con alguna de Londres, pero como yo no entiendo inglés...

—Por qué no las coges para que nos las traduzca alguien y luego se las colocas en el mismo sitio...

—No lo encuentro bien; se podría él dar cuenta.

—Sí, eso sí.

—Me parece que es un hombre poco comunicativo..., por lo menos hasta ahora.

—Se soltará cuando adquiera confianza contigo..., verás cómo se suelta. Todos los hombres acaban confiándose a nosotras. A quiénes, si no... Y son rarísimos los hombres herméticos, completamente herméticos...

—El es muy atento, muy fino y muy correcto; pero esa misma tristeza e incomunicación me encantan... Quién soy yo para que me diga todo lo que siente y lo que le ha sucedido sólo llegar a su convivencia...

—Sí, por lo menos es una actitud elegante.

—Eso mismo. A mí los hombres comunicativos y volcados hacia fuera acaban no agradándome.

—Sí, terminan cansando.

Se hallaban tomando el té en una cafetería de la Gran Vía. Era grande el movimiento de clientes. En esto entró una hembra descocada, atraillando con su halconeo a un hombre ya viejo.

Se sentó la mujer a una mesa y le brindó con el ojeo al seguidor lo hiciese con ella.

El viejo obedeció.

—Qué triste el papel de un hombre, a su edad... y metido en estos fregados.

La sola presencia de aquella escena cercana les secó el diálogo.

—A mí, los hombres que no saben retirarse a tiempo, me producen asco —manifestó Martita.

—Sí, es deplorable.

Pagó Martita y se retiraron en seguida.

Se metieron en una sala de cine.

—¿Qué noticias tienes de la enferma?

—Está muy triste, y el estado de ánimo cuenta mucho en una enfermedad; me parece que la voy a traer a casa... Voy a ir a ver a Ciriaco para hablar de esto.

—Tú haz lo que le convenga a la chica... y lo que te convenga a ti..., que tío Ciriaco, en estas cosas...

—Pero siempre le agradará que se lo consulte.

—Llámame el día que vayas a ir, para que se lo recuerde yo al tío.

—¡Ah! He tenido carta de Lola, que viene dentro de unos días; le termina ahora el bachillerato un hijo, el segundo creo que es, que le viene muy inteligente y con una gran facilidad para las matemáticas, y necesita hablar con Ciriaco porque el chico quiere estudiar ingeniero naval..., y a ver cómo lo arregla, pues el sueldo de su marido en la Renfe no da para estos lujos.

—¡Pobre tío Ciriaco! —sonríe Martita.

—Estamos acosándole a todas horas..., pero la verdad es que sin él, qué hubiera sido de nosotras...

—Os hubierais tenido que resignar a vivir más modestamente..., sin dar carrera a los hijos, y que cada cual hubiera salido como hubiese podido...

—Sí, no hubiéramos tenido más remedio.

—Y para eso necesita moverse y venir aquí... Que le escriba.

—Qué quieres..., como tiene el tren de balde, se aprovecha y se da una vuelta. Viene con la chica mayor y seguro que se os mete en casa.

—Eso es lo de menos.

—Lo malo es que una vez que se os meta allí no habrá quien la eche.

—¿Tú crees?

A los pocos días llegó tía Lola con su hija Elisita y se metieron en casa de su hermano.

Lola era basta de cuerpo y de alma e iba derechera a las cosas, con un desenfado de mujer poco fina.

—Mientras viva éste... —cuando hablaba de su hermano lo hacía nombrándole siempre así— hay que aprovecharse, porque luego, cuando reviente, vete tú a saber dónde va a parar su dinero..., que creo que tiene una amiga que le desvalija... y le cuesta un ojo de la cara.

—No son esas las noticias que yo tengo —le dijo la sobrina.

—Sí, estáte ahí como una boba creyendo eso.

—No es que lo crea, es que lo sé...; que no le cuesta, ni mucho menos, un ojo de la cara, como tú aseguras.

—¡Ay, hija, perdona! Ni que fueses de su familia.

En cuanto llegó se instaló con su Elisita y tomó posesión de todo.

—Hija, come bien y aprovéchate, que aquí no pagamos —le soltó.

«Qué grosera», pensó Martita.

Sólo llegar pidió jamón serrano para su desayuno y el de la niña.

—¿Qué hacemos, señorita, se lo traemos? —le consultó Felipa.

—Sí. ¿Por qué no? Vamos a ver hasta dónde va.

Conocía desde chica a Lorenzo, el secretario, y sólo llegar y presentarle a su retoño, le soltó a bocajarro:

—Sigues soltero... me han dicho; pues ahí tienes una novia guapísima, que te dará muchos hijos, si sale a su madre, y te hará muy feliz —y le presentó a Elisita.

El lo tomó a broma.

—Si puedo ser su padre...

—Anda, mejor, así tendrás hembra para mientras vivas; no olvides que en la Biblia los carcamales las escogían jovencitas —y se reía de una forma descompasada y bronca.

Lo tremendo es que se lo decía en serio.

En cuanto se levantaba de la cama le enviaba a Elisita.

—Anda, vete a saludar a Lorenzo y entretenerle, que un hombre de su edad no está bien que siga soltero.

A Martita la llevaban los demonios.

Lorenzo un día no pudo más y le comunicó a su madre:

—Lola, te agradeceré que lleves de aquí a esa chica, que tengo que trabajar.

—¡Ay, hijo! Pues te advierto que no vas a encontrar nada mejor que ella... Tú verás...

Su hermano, a veces, perdía la paciencia.

—Vete a la calle con tu niña y déjanos en paz, que tenemos mucho que hacer.

Hasta aquel día en que la gritó:

—Si no te largas ahora mismo a tu pueblo con tu esposo, del que llevas separada más de quince días, no te pagaré la carrera de tu hijo..., conque, hospa de aquí..., ¿me oyes? A Job le harías tú perder la paciencia.

Tuvo que intervenir Rosarito.

—Mira que, si no te vas, corres el riesgo de que no pague los estudios de tu hijo... y tendrá razón.

Intentó encizañar a la cocinera con Felipa... y a poco si se les va la cocinera.

—Pues está bueno el servicio para que encima nos eche a la una contra la otra —se quejaba Martita.

Al fin se marcharon madre e hija.

Ni su hermano ni su sobrina les acompañaron a la estación.

Estaban ya de ellas hartos.

—Esta Lola es una zafia —exclamó Martita cuando la supo ya camino del pueblo.

—La provincia, si no se vigila una, acaba alpargatando las almas..., y un poquito de hipocresía, aunque no sea más que para condimentar la vida, es necesaria..., ¿no crees?

—Desde luego.

—Esta hermana tuya y tía mía es tremenda; antes no era tan así...

—Siempre ha sido la más espesa de todas.

—Lo malo es que ella cree ser eso una virtud.

—Pues que con su pan se lo coma.

El silencio y el orden volvieron al piso cuarto de Ayala tan pronto desaparecieron madre e hija.

Hasta los muebles y las alfombras se encontraban maltratados.

—Es un huracán esa mujer, se nota su paso —exclamó Martita.

La mujer quedó al fin tranquila, le dejaban el camino libre.

Al día siguiente de la marcha, Lorenzo le preguntó:

—¿Se fue tu tía con su hija?

—Sí, ayer a la tarde se volvieron a su casa.

—Se nota, ¿verdad? —le sonrió el hombre.

—Sí, ya se nota.

—Qué delicia son el silencio y la tranquilidad.

—Vivir sin grandes ruidos, sin grandes sobresaltos..., es el ideal... Con un marido a quien adorar y unos hijos que sirvan para eso..., para romper de cuando en cuando ese silencio.

Pero cómo se le ocurriría a ella decirle eso a Lorenzo.

—Sí..., una mujer a quien querer... y unos...

Buscó los ojos de la mujer.

—Martita.

—¿Qué quieres, Lorenzo?

Eran las ocho menos minutos y se acababa de ir tío Ciriaco.

—¿Quieres que demos un paseo juntos por ahí? Estoy cansado de tanto trabajo.

—Sí, te convendrá que te dé un poco el aire.

—Y a ti también... Estos días pasados te encontraba de mal color.

—Ahora que hay silencio y reposo en la casa, me volverá.

—Eso espero.

Salieron y caminaron, al azar, despacio, por calles y paseos.

—Tengo una idea, como de acordarme de ti, como de haberte visto en algún sitio, antes de ahora, y haberme quedada grabada tu imagen.

—No sé, pero eras tan niña cuando me fui del pueblo... Yo sí me acuerdo de la cría que eras...; ya venías avispada y bonita... Te estoy viendo en el balcón de casa de tu abuelo, durante el paseo de una procesión de Semana Santa... A los pocos días yo me iba para no volver hasta ahora. ¡Cuántas cosas han pasado por la vida de España y por la mía en estos años!

—Sí..., esto ha sido una revolución.

—Es lo que debiera... y no ha sido...; pero, en fin —condescendió el hombre.

—De todas estas cosas ya hablaremos, me gustará oírte.

—Tú también tienes muchas cosas que contarme; eres para mí el pasado que vuelve.

—Pero el pasado, pasado debe estar, ¿no crees tú?

—Hay mucho del pasado que debe volver.

—¿Por qué?

—Porque era mejor que el presente.

—Sí, tal vez.

Después de un callejeo lento y largo, la miró a los ojos.

—¿Quieres que nos sentemos a tomar algo?

—Bueno.

Se acomodaron en un café de barrio.

Estaba colmado de parejas.

—Dentro de unos días he de ir a Zaragoza a un asunto azucarero.

—¿Para mucho tiempo?

—No... ¿Qué quieres que te traiga?

—Que no te olvides de mí —y le abandonó la mano.

—Es curioso, en cuanto te vi el día del entierro de tu tía Marta, te asocié a la niña que eras desde el balcón en la procesión de Semana Santa.

—No sé..., pero yo, en cuanto oí hablar de ti, sin conocerte, sin saber cómo eras, pensé: cuánto ha tardado en llegar.

—¿De verdad?

—Sí.

La afirmación la hizo con la cabeza, sin hablar, porque no podía.

—Vamos, que necesito que me dé el aire —y se puso en pie.

Salieron y fueron andando.

—Lorenzo, escucha..., no soy una niña —y se echó a llorar.

— ¡Martita, por Dios!

Los dos iban muy emocionados.

—Llevo unos días... que no sé... No estoy para nada... Todo me hace llorar...

Mirándole con dulzura:

—¿Me llamarás desde Zaragoza?

—¿Lo deseas?

—Sí; me hará mucha ilusión.

Se volvieron a Ayala.

La dejó en el portal. Eran las diez.

Poco después llegó el tío.

Apenas cenó Martita. Estaba silenciosa, cabizcaída.

—¿Qué te pasa?

—No me encuentro bien, creo que me he enfriado —le engañó.

La mira preocupado.

—Acuéstate, pues, en seguida.

Al día siguiente le oyó llegar a las ocho y media y no se atrevió a pasar a saludarle. «Que no piense que ando detrás de él», se dijo.

Pero a las dos, en vista de que no se hacía ella patente, fue él quien, antes de irse, la buscó.

—Hola, Martita, creía que te había tragado la tierra.

—Por ahora, no...

—Bueno, mujer, hasta luego.

—Hasta luego, Lorenzo... Lorenzo.

Le placía rechupetear su nombre: Lorenzo, Lorenzo. Le sabía a gloria.

Al día siguiente permaneció casi toda la mañana y parte de la tarde fuera de la oficina.

Llegó a eso de las ocho. Estaba Martita en casa y acababan de retirarse la mecanógrafa y el contable.

—Hola Lorenzo, ¿por dónde andas? —le preguntó angustiada.

—Voy a recoger unos documentos y me voy al tren.

Tenía una cartera de mano abierta encima de la mesa y metía en aquel instante en ella unos papeles y unos libros. «Qué leerá este hombre», pensó. Salió de la habitación y Martita abrió uno.

«Es decir, que el esfuerzo del trabajo lo absorbe la organización capitalista.

Hay que hacer desaparecer este inmenso papel secante del ocioso privilegiado, que se nutre del pequeño productor.

Hay que transformar esta absurda economía capitalista, donde el que no produce nada se lo lleva todo y el obrero que trabaja y crea riqueza no alcanza la más pequeña participación.»

Estaban subrayadas por Lorenzo aquellas palabras.

Pensó que serían de algún comunistoide, pero se quedó confusa cuando vio que al final del discurso decía:

José Antonio (Teatro Principal de Sanlúcar de Barrameda). Cádiz, 8 de febrero de 1936.

«Y están pronunciadas antes de nuestra guerra», pensó la mujer.

Luego, en otra página, leyó otras palabras, también sotolineadas:

«La riqueza tiene como primer destino mejorar las condiciones de vida de cuantos integran el pueblo.»

Cerró el libro y se quedó mirando por el balcón a la calle.

Le sintió volver a Lorenzo.

Acabó de meter los libros y papeles en su cartera.

—Bueno, pequeña..., adiós..., hasta la vuelta.

—No, voy contigo a la estación —le dijo—, te acompaño.

Puso tirantes sus facciones, enjutas, tensas. Le quiso sonreír, pero no podía.

—Bueno, bueno..., andando.

Salieron y tomaron el taxi que le esperaba a él.

—No te olvides de llamarme, como me has prometido.

—¿Crees que me olvidaré? —le sonrió.

—No sé...

Sentía como una rosa de fuego en el pecho la mujer.

El fingía despreocupación e indiferencia.

Saltaron al andén.

Estaba próxima la salida.

—Adiós, pequeña.

—Vuelve pronto —le suplicó la mujer.

Se volvió y echó a andar hacia casa.

> *Si necesitas para amar dos vidas,*
> *te daré la mitad del corazón,*
> *pero la otra mitad no me la pidas,*
> *déjame algo para amarte yo...*

«¿Dónde había leído, hacía poco, aquella copla?»

Llegó a casa desjarretada, como rota.

Tomó un vaso de leche caliente con un huevo batido y un poco de coñac...

Y se acostó.

A los dos días la llamó, a primera hora de la mañana, desde Zaragoza.

—¿Qué quieres que te lleve?

—A ti... El mejor regalo es que vuelvas pronto.

—Salgo, pues, esta noche... Dile a tu tío que todo está arreglado.

—Bien.

A la hora de comer se lo comunicó.

—Lorenzo ha llamado y me ha dicho te indique... que todo está arreglado y que sale esta noche.

—Me alegro —recogió el tío y posó en su plato la taza del consomé.

El rostro del tío lo bañaba una gran alegría.

«Algún negocio importante que le ha salido bien», pensó la sobrina.

—Estrenan esta tarde en el Palacio de la Música una película francesa que, quien la ha visto en París, me ha dicho que es soberbia... Te llevo, si quieres.

Le extrañó que siendo sábado le dedicase la tarde.

—Para que me dejes luego sola... y te vayas a cenar por ahí.

—No, pequeña; cenaremos luego juntos donde te plazca.

—En ese caso acepto... Ahora, yo estoy citada para ir a hacer compras con tía Rosario... Supongo que no te importará que nos acompañe al cine.

—Al contrario.

Más tarde observa con fijeza a la sobrina.

—¿Cómo andas?

—Estoy muy contenta... ¿No me lo notas?

—A ratos, sí..., y a ratos, no... ¿Quién es él?

—¡Ay, chico! Para estas cosas, qué torpón eres...

—¿Mi secretario?

—¿Quién te lo ha dicho?

—Tú... al llamarme torpón. Sí..., soy vergonzoso, y la vergüenza echa un velo al análisis.

Contemplando a la sobrina con una enorme dulzura:

—¡Cómo me alegro! Es un hombre excelente, listo, trabajador, honesto. He notado que los hombres que tienen un alma con preocupaciones hondas de mejora y de justicia social suelen ser honestos..., y él las tiene... y no las sabe reprimir.

—Eso me parece bien.

—Sostiene que la revolución que se prometió y que se debió haber hecho, ya que iba amasada con la sangre de cerca de un millón de muertos, luego ni siquiera se ha intentado hacerla... Ese ha sido su desengaño al llegar y contemplar España.

—¿Y no crees que tiene razón?

—La verdad es que yo voy muy bien en mi machito capitalista, te lo confieso.

—Menos mal que eres sincero.

—Lorenzo está asustado de las fortunas que se han hecho y se están haciendo en España. Asustado, sí..., esa es la palabra. Creía, y con razón, que se había metido más en cintura a los de arriba... y su enorme desilusión es ver, y esta es la verdad, que en ese sentido se ha hecho poquísimo. El está muy influenciado por don Andrés, que ha sido siempre su maestro.

—¿Y tú qué piensas de todo esto?

—Te repito que yo admiro estas almas que, como las de don Andrés y Lorenzo, piensan así... Ahora, defiendo mi dinero, normalmente ganado a sangre y cuchillo. Para eso soy un hombre de Derecho... —y se sonrió.

—Y tú no crees que las ideas y las conductas de las gentes de ahora...

—Yo no creo ni dejo de creer..., me limito a vivir.

Se alzó de hombros.

—Tío, ¿tú has leído la *Mater et Magistra* del Papa?

—Sí, por encima, porque no he tenido tiempo.

—Pues debías tenerlo para eso.

—Las ideas van cada día más en desacuerdo con las conductas, ¿no te parece a ti?

—Pero mientras el mundo sea mundo, eso marchará así.

—Hasta que venga «la gorda», como dice nuestra cocinera.

—A mí espero que no me coja «la gorda».

—Y el que venga detrás, que arree..., ¿verdad?

Mirándole con suave encono:

—Eres muy egoísta, tío.

—A Dios gracias... por aquello de «ama al prójimo como a ti mismo». Dios mismo nos da como fundamento de nuestra vida el egoísmo.

—Desde luego..., pero ninguno ama al prójimo como a sí mismo. Si tú le amaras así, no pensarías como piensas.

—No hay que preguntarle a la gente cómo piensa.

—Pues qué hay que preguntarle.

—Cómo vive.

—Te entiendo.

—Empujado por mis pasiones y por mi condición hlumana... y hasta por mi talento, si lo tengo, me he puesto a vivir en cochino burgués egoísta... No lo he podido remediar.

—Ya lo veo.

—Pero los hay peores que yo.

—También eso es cierto.

—La verdad es que yo, querida sobrina, no me siento reformador...; me siento pecador, eso sí, pero espero que el Señor, en su infinita misericordia, me perdone.

—Lo dices por don Andrés y Lorenzo, que se sienten un tanto reformadores.

—No lo digo por nadie; lo digo porque hay que hacer alguna clasificación.

Se sonrió y tomó un bocado de lubina a la plancha fajada en salsa mahonesa.

Habían dejado ir a su casa, después de la película, a tía Rosario y cenaban solos tío y sobrina.

Más tarde mira a Martita con dulzura.

—Lorenzo, lo he podido comprobar, es un excelente corazón y una buena cabeza... Has tenido suerte, sobrina.

—¿Y él?

—Sí, también él..., también él.

—Esta es, en gran parte, la razón de mi alegría esta noche.

—Pero si tú nada sabías...

—Intuía tenía que terminar así... Por eso tanta ilusión en que vinieses a vivir conmigo..., por eso..., nada más que por eso...

Martita se alzó de la silla y, en medio de la algarabía del restaurante, se acercó a su tío y le estampó en ambas mejillas un par de sonoros besos...

Arancha le sacó las zapatillas y le ayudó a quitarse los zapatos.

—Vengo reventado —le dijo—. Esto del coche se está poniendo cada día peor; he ido a visitar a un señor y ha tenido que estacionar el auto mi mecánico a dos kilómetros de distancia de su oficina; no te exagero.

—Haber ido en taxi.

—Me encuentro en el mismo caso...

—Qué tonta..., es verdad.

—Tú sabes lo que a mí me molesta andar...; en parte, por mi peso, y en parte, porque, como no sea un paseo junto al mar o por el campo, hablando, despacio, parándome de cuando en cuando, me exaspera..., pues la circulación de Madrid se está poniendo imposible... Como no inventen pronto el automóvil volador, me parece que tendremos que terminar por quedarnos todos en casa y entendernos por teléfono.

Arancha le contempla compungida.

—¿Por qué no tomas un baño de pies con saltratos Rodell? Ven, aquí tengo un paquete, lo compré pensando en ti.

Tenía los pies congestionados, abotargados.

—Esto de caminar por el asfalto de una ciudad como Madrid es horroroso.

Se fue al baño y tomó un pediluvio con saltratos y quedó con los pies más descongestionados y más descansado.

Uno de aquellos días entraba oficialmente el invierno y Arancha andaba preocupada. Ciriaco se lo notó.

—¿Qué traes en esa cabeza?

La mujer esquivó.

—Nada; será el tiempo, que se ha metido en fríos y lluvias.

—Te conozco y sabes que nada tuyo me es ajeno...; en eso hemos quedado.

—Bueno..., tarde o temprano te lo he de decir.

Alzó su hermosa cabeza.

—Escúchame: no te importará que falte una semana de Madrid para ir a Vergara, donde estaré un par de días, y llevar luego a mi hermana Vicenta a Bayona a un colegio del Sagrado Corazón.

—¿Y una semana necesitas para eso?

—Sabes que lo que tenga que hacer lo haré lo más rápido posible, para no dejarte tanto tiempo solo, cariño.

Le volvió y le dio un beso zalamerón.

—Bueno, bueno... Sabes que sin ti...

—Lo sé; por eso andaré lista... Pero también sabes el deseo que tengo de hacer de mi hermana una señorita y que no tenga los peligros que he tenido yo...

—¿Qué edad tiene ahora tu hermana?

—Catorce..., y de algo me ha de servir a mí..., ¿no crees?..., estar contigo.

Ella decía *estar contigo*, *estar con un hombre*. Su vocabulario en estas intimidades se ceñía al verbo *estar*, *estar con*...

A él le halagaba esta limpieza de Arancha.

—Te he dicho más de una vez cuál hubiera sido mi ilusión: saber tocar el piano, hablar francés y escribir con esa letra puntiaguda con que escriben las señoritas finas de Vergara... No ha podido ser todo eso..., pero para una hermana pequeña que tengo, los dineros que me das quiero gastármelos en hacer de ella, que está en la edad..., una chica fina y educada, una señorita... Y estoy segura de que a ti te parece bien.

—Claro que me parece..., pero no me gusta, y lo sabes, que estés muchos días separada de mí.

—Bueno, hombre... Acortaré el viaje todo lo que pueda —le replicó halagada.

La tomó y la sentó, como siempre, sobre sus rodillas. Arancha le echó un brazo al cuello tejiéndole amorosa cadena.

—¿Qué voy a hacer esos días, cinco o seis, sin ti?

—Tienes que ir acostumbrándote, por si algún día te faltara.

—Eres aún joven y yo hombre muy maduro... y eso no podrá ser.

—Muy seguro estás de mí —le sonrió.

—Déjate de tonterías —le dijo, amoscado.

—Piensa, sí, que aún soy joven y que más de uno y de dos..., y eso lo sabes tú, se darían con un canto en las narices si les concediese mi blanca mano.

—No lo dirás en serio.

Al observarle tan nervioso e intranquilo, rectifica:

—Es una broma todo esto..., pero en tu caso no estaría yo muy seguro...

—Le dejó el aguijón dentro.

La amaba por encima de todas las cosas y el separarse de ella unos días le sacaba de su amorosa costumbre, dejándole solo y a la intemperie...

—Es que llegado el final de la jornada, esas horas de descanso..., ¿qué puedo hacer mejor que estar contigo?

—Pero debes hacerte a que no te sea tan esencial ni necesaria, porque la muerte nos acecha a todos... y el día menos pensado te puedo faltar.

Se excitó mucho.

Y la mujer suaviza:

—Contra mi voluntad.

—En ese caso, no sé cómo podré resignarme.

—Todos los días se da el caso de seres queridos que se nos mueren y hay que hacerse a ello.

—Llegado ese caso me aguantaré..., qué remedio...; pero no son esos los miedos que..., que me insinuabas.

—Era una broma; aunque he tenido pretendientes... y para casarme, según me prometió uno de ellos..., la duda en seguir contigo no me ha durado mucho.

—Lo sé y te prometí tenerlo en cuenta.

Abandona sus rodillas y sale un instante de la habitación.

Pasa un rato y él la llama.

—Ahora voy —le contesta.

Reaparece con el billete.

—Me iré mañana a la mañana..., y el sábado, a más tardar, me tendrás aquí.

—¿Y no puedes acortar? Bayona está a una hora de San Sebastián y confiar una chica a las monjas se hace en seguida.

—Tal vez tragándome el tiempo, pueda estar aquí el viernes. Pero, para una vez que me alejo unos días, tú querrás que haga las cosas bien... Hasta ahora no te he conocido amigo de la prisa.

—Es que, con los años, cada momento que paso sin ti, se me hace más angustioso.

—Me llena de alegría saber que te soy imprescindible... a esos extremos... Pero, Ciriaco querido, no se puede ser tan egoísta.

—Sí, lo comprendo, pero no lo puedo remediar.

—Pues te conviene probar a estar, de cuando en cuando, unos días sin mí.

—¿Para qué?

—Para que te vayas haciendo al día en que de verdad te falte.

—Bueno, bueno..., tú ya sabes cuál es mi deseo y mi zozobra.

Le dio un beso al hombre, que él devolvió con goloso frenesí.

La mujer se sintió halagada.

—¿Qué quieres que te traiga de Bayona?

—Tu vuelta rápida.

—Pero ¿fuera de eso?

—Si tú me llenas la vida, ¿qué más puedo pedirte?

—Anda, egoistón, quiero que me pidas una cosa.

—Entonces, lo que tú quieras.

Mirándole con dulzura.

—Cuando llegaste cosía una falda a máquina. ¿No te importará que la termine?

—No.

Se puso a la máquina y dio al pedal.

—Ciriaco.

—¿Qué?

—Me tienes que comprar un motor para la máquina..., porque ya, cuando coso, me duele mucho la espalda.

—Cómpralo.

—Quiero que me lo traigas tú..., ya que fuiste tú mismo quien me regaló esta Alfa..., ¿no te acuerdas?

—Sí.

—Fue el primer año de *estar contigo*..., el día de mi santo... Por eso, el motorcito me lo has de traer tú.

—Como quieras.

—Hay una serie de cosas que no podré saber ni tener ya; por eso quiero que las tenga mi hermana... mientras yo se las pueda dar..., ¿no te parece?

—Me parece bien.

—Tanto eres, cuanto sabes... y la educación y la cultura y las buenas maneras alejan en una muchacha el peligro de la caída.

—O lo aproximan.

—No digas disparates.

—Se nace buena o mala..., y si hasta las buenas, tú lo sabes, alguna vez se pierden..., ¿qué no has de esperar de las malas?

—Pero la cultura y los medios de defensa que tengas, para ganarte la vida limpiamente..., todo eso no me negarás que es...

—Viene un joven granuja que sabe hablarte dulce al oído, te sorprende en un momento tonto... y se acabó.

—O no se acabó... Como se acaba es si no tienes ninguna defensa, ni una sólida educación religiosa.

—Tú sueles decir mucho, Arancha querida, «si está de Dios»...

—Pero Dios te da los medios para defenderte.

—Si caes es que estaba de Dios, por lo visto.

—Pero en mi hermana no estará, porque yo me encargaré de vigilarla, y para que ella misma ponga de su parte en su defensa, yo la daré educación y principios morales... y medios...

—Eso me parece muy bien —le sonríe Ciriaco.

—Que pueda presentarse en todos los sitios con la cara levantada, ya que yo...

Se le ensombrece el rostro dorado... y los ojos le apuntan un desmarrido desengaño.

Ciriaco la contempla con beneplácito y orgullo, como cosa propia. Asiste a la lucha de la mujer por su perfección. Recuerda cómo, tan pronto pasó a *estar con él,* la preocupación que tenía por culturarse y mejorar la había ganado. Apenas si sabía escribir en castellano. Su letra era deplorable y su ortografía pobrísima. Eran muchísimas las palabras cuyo empleo y significación desconocía en absoluto.

Tomó una maestra y se puso a estudiar. Como era lista, se impuso en seguida. Consiguió escribir con cierta soltura y corrección en poco tiempo... Su caligrafía llegó a ser excelente.

—La educación de una señorita se ve mucho en la letra..., ¿no, tú? —le preguntaba a Ciriaco—. Las chicas de mejores familias de Vergara tienen una letra esbelta, puntiaguda, aprendida en los colegios de monjas del Sagrado Corazón y en las Esclavas.

No cejó hasta que, ayudada por la profesora, consiguió una letra alta y suelta de buen colegio.

Como durante el día, esperando la llegada de Ciriaco, disponía de bastante tiempo, se dio a la lectura, orientada por su amigo, que era hombre muy inteligente y de aceptable gusto artístico.

Era mujer de ojo despierto para todo, y el teatro, los libros y el cine..., y sobre todo el oído, porque sabía oír, la fueron dando un buen barniz de cultura. Además, tenía el talento de saber humildemente preguntar... De otra parte, su lindeza y su silueta elegante e incentivadora eran todo un programa de cultura andante.

Cuando él salía con ella algunas noches, siempre discretamente, le halagaba observar cómo era mirada, tacteada y goloseada por los ojos de los demás.

El, como buen varón, iba un poco en administrador de tan insinuante y duro latifundio...; porque toda mujer, si es hermosa, tiene mucho de inacabable y vivo latifundio.

—A ver si vuelves pronto, ¿eh? —le susurró aquella noche al abandonarla—. Porque bien sabes que me apago sin ti.

—No te preocupes; me encargaré de encenderte cuando vuelva.

—Al hombre, como a ciertos altos hornos, es peligroso dejarlos apagarse.

—Estoy segura de mi fuego.

—Pero yo no tanto de mi combustión.

—Estás hecho un chaval.

Se despidieron con un beso largo y húmedo.

El le hizo una serie de infantiles advertencias.

—Que no voy a América, hombre... Pasea estos días y distrae a tu sobrina, que la tienes abandonadita.

—Se ha echado a mi secretario de novio y el tío le sobra en estos momentos.

—Ya es buen muchacho tu secretario... y trabajador y *pormal*.

Seguía usando la *p* en vez de la *f*, a pesar de las advertencias de Ciriaco y de su profesora. Se le escapaba aún a menudo *pormal* en vez de formal.

—Me da una rabia... He vuelto a pecar.

A esa falta prosódica le llamaba la mujer humildemente pecado. Se dio un moquete en la boca en señal de reprimenda.

—Vuelve lo antes posible, ¿eh? Que sin ti me encuentro como en escombros, como por tierra.

—Anda, anda, exagerado.

Pero halagada de sentirle inválido sin su compañía y presencia.

—Adiós, Arancha.

—Adiós, cariño.

Aquellos días se hundió en un pozo de trabajo; no se atrevía a levantar la cabeza de la mesa, entre los documentos, la correspondencia y los contratos.

La sobrina le veía llegar a la hora de cenar como un sonámbulo.

«¿Qué pasará aquí?», pensaba.

Le observa con el pensamiento longincuo, ausente.

A sus preguntas contesta con retardo, sin la alacridad de otras veces.

Hasta el viernes, que no fue a casa a cenar.

«Probablemente ha estado ella ausente y hoy ha llegado», pensó.

El sábado tampoco fue a cenar, y así en adelante.

En cuanto entró y se dieron el primer beso, sacó una boina que traía en un paquete y se la encasquetó.

—Es la mejor boina que se *fabrica* en el país vasco.

Para ahuyentar la *p* deletreó la forma verbal.

La breve ausencia de Arancha le había empapado de zozobras y angustias.

La toqueteó y besó y palpó con una fruición de encendida presencia amorosa.

«Es tan guapa, elegante y hermosa», pensó. «No estaré jugando con fuego y correré el riesgo de perderla...»

Y fue la noche de la llegada en la que con más acicateada seguridad ideó casarse con ella. El no era un mozo y el matrimonio con tal mujer sería un aquietado remanso. Pero el pensarlo, al mismo tiempo que le tranquilizaba, le daba miedo. ¿Será la misma la Arancha de después de casada que la de antes? Porque un acontecimiento tan importante y decisivo cambia el carácter y la manera de ser de las gentes... ¿Se producirá en la vida matrimonial con la misma mesura y desinterés que antes de la coyunda? ¿Tratará de arramblar con todo para los suyos... descartando a mis hermanas? ¿Romperá este *stato quo* económico en que yo vivo? ¿O será la prudente, desinteresada y caritativa mujer de ahora?

Se sentía empecinado en sus encantos y su voz le echaba al cuello el dogal de su timbre, y su andadura y sus caricias y su retrecheo mesaban y remejían sus años ya maduros con bulliciosos fervorines...

Sabía que un tendero modesto la había pretendido para hacerla su esposa. Y que ella, mujer católica, había tenido sus vacilaciones. «Aunque nada me dice ni me exige, Arancha espera que yo lo haga.» Pero tenía la elegancia de no tocar nunca ese tema.

Hasta aquel domingo a la hora de comer.

Debió de retirarse muy de madrugada de casa de la amiga, porque a las dos de la tarde aún no había resollado.

—El señor sigue dormido —le avisó a Martita la sirvienta.

Ella misma fue quien le golpeó la puerta.

—Son las dos, tío, ¿te vas a levantar o como yo sola?

—En seguida, en seguida voy.

Le oyó tirarse de la cama. Más tarde el ruido de la ducha; más tarde, el de la ablución.

Se presentó en el comedor de mal humor.

—Hola —le saludó secamente la sobrina.

—Haber comido tú sola.

—¡Qué pensaría el servicio!

—Pues que piense lo que quiera... Además, que el servicio está para servir, no para pensar.

—Ah..., muy bien...; pero de saber esto yo no me hubiera movido de Minglanilla.

—¿Por qué?

—Pues porque no me parece decorosa esta vida tuya... irregular.

—Creo que estás exagerando, sobrina.

—Te vuelvo a repetir que el servicio se da cuenta de todo...

Con estas horas de llegar a casa muchos días... Ahora, si te parece bien, a un hombre de tu situación social y de tu prestigio, venir algunos días, como ayer, a las cuatro o a las cinco... de la mañana..., tú verás. Y algunos días, ni a esa hora, y que encuentran tu cama sin usar... Eso, por lo visto, nada dice para ti.

—Te vuelvo a repetir que el servicio está para servir, no para pensar.

—Mira, tío, prescindamos de toda hipocresía. Si tanto te gusta, tan enamorado estás de esa mujer... y es tan buena chica como dicen..., ¿por qué no te casas con ella?

Quedó parado y confuso, sin saber qué oponer.

—¿Pero de qué mujer me hablas?, porque no te entiendo...

—De sobra sabes a quién me refiero: a tu amiga.

—Pero, ¿a qué amiga? Porque a mi edad y soltero, tengo tantas... Mirándole con dureza:

—Me exaspera tu hipocresía. Me refiero a la única que me puedo y me debo referir..., a tu amiga oficial, a esa Aránzazu de San Sebastián, de la cual ya hemos hablado alguna vez tú y yo..., con la que llevas ya varios años... y que es la causa de que no vengas algunos días, sobre todo los vísperas de fiesta, a dormir a casa, dando un deplorable ejemplo a tu sobrina soltera y al servicio...

—No es al servicio ni a ti, en última instancia, a quien yo tengo que dar buenos ejemplos, sino a mi conciencia y a la sociedad... Y mi conciencia está tranquila de mi conducta.

—No mucho, cuando algunos días, creyendo engañar a alguien, deshaces la cama como si hubieses dormido en ella... Esa es la prueba de que te preocupa «el qué dirán» de tu sobrina y del servicio.

Al verse descubierto se puso colorado y farfulló algo ininteligible y salió de la sala.

«En qué momento se me ocurrió traer a mi sobrina a mi casa», se dolió, egoistón. «Los prejuicios sociales de las familias rancias de pueblo, chapadas a la antigua, como mi sobrina, son tremendos aún en España», pensó. «Pero, en efecto, cuando deshago la cama los días que no vengo a dormir a casa, simulando haber descansado en ella, lo hago para que la sobrina y el servicio no piensen que soy un pillín... Pero en eso tiene razón.»

Se rio por dentro, como se reía muchas veces.

La verdad es que eran más de las dos y media y tenía hambre, y pasara una noche deliciosa con Arancha, y que se sentía con ella muy feliz. Estaba contento.

—Bueno..., vamos a comer, sobrina, y deja de afearme mi conducta. Soy un pobre pecador y espero que, llegado el momento, Dios eche en mi balanza, del otro platillo, mis buenas obras... y me salvaré.

—No sé..., como sigas así ofendiéndole, me parece que vas... de patitas al infierno.

—Para los pecados de amor, Dios tuvo siempre una manga muy ancha.

—Pero todo tiene un límite.

—Bueno..., anda, sobrina guapa, come, que tiene muy buena cara esa pierna de cordero.

Le hizo una seña con los ojos, como advirtiéndole de la presencia de Felipa.

—Hablaremos, después de comer, de todo eso con calma.

Había puesto la cocinera natillas de postre, que le gustaban con delectación al tío.

«El practicar el amor, por lo visto, abre el apetito», pensaba Martita, observándole.

Comía las natillas con una lenta voluptuosidad gulusmeadora. De cuando en cuando el hombre alzaba la vista, como pidiéndola un silencioso pasarse a sus filas.

—Tú eres muy joven —la halagó—, y no comprendes el estado de alma de un hombre como yo.

—De sobra os voy conociendo a ti y a los demás hombres, y no soy tan chiquilla como para no darme cuenta de qué pie cojeáis todos.

Después de servirle a él su café bien cargado y a ella un té, se retiró Felipa.

—Pero, vamos a ver, ¿por qué no te casas con ella y acabas de una vez con esta farsa hipócrita?

—Mi caso es muy complicado, con cinco hermanas que, como tú sabes, viven un bastante a mi costeo. Si ella, al casarse, tirase por los suyos con exceso y cerrase contra mis hermanas, aunque no sea más que para contrarrestar las barbaridades y lindezas que han dicho de su persona... En una palabra, querida sobrina, que yo soy cobardón, a pesar de mis kilos y de mi tamaño..., y me veo entre la espada y la pared.

—Pero ten energía, por lo menos una vez en la vida, con estas cosas... y no la guardes toda para tus negocios...

—Se dice fácil.

—Pero no cuentas tú y tu hermana Charito, por lo que he oído, que es una buena chica, generosa y desinteresada... Pues, ¡adelante!

—Sí, todas las mujeres, o casi todas, son generosas y desinteresadas antes de casarse; pero luego...

—Luego, ¿qué?

—Escucha y no te excites: temo que esta vida mía se convierta en un infierno.

—¿Pero por qué?

—Temo más a mis hermanas que a ella... Aunque sólo sabe Dios por qué registro saldrá... Las mujeres sois inasibles, como la mar, e incomprensibles, como una enorme riada.

—¿Cómo se te ocurren estas tonterías?

—Las temo, y bien sabe Dios que quienes más me empavorecen son mis hermanas.

—¿Pero por qué? Si les planteas bien el problema y les das cara...

—Tú no las conoces aún bien; son unas lobas.

Le hizo gracia la expresión y se rio por dentro Martita. Pero se mantuvo seria.

—¿Quieres que se lo planteemos Lorenzo y yo?

—A qué desmesurar las cosas y dar tres cuartos al pregonero...

—Pero si Lorenzo, desde el puesto que ocupa cerca de ti, está al cabo de la calle... de todo.

El hombre se llevó las manos a la cabeza, pavorido.

—Dios mío, y qué pensará, que pensará Lorenzo de mí.

—El y yo hemos hablado ya de ello y piensa conmigo que lo que debes hacer es casarte; es más, razona que siendo tú tan inteligente como eres y la posición social que ocupas, lo debías haber hecho ya.

—El matrimonio, en un país como España, donde no hay divorcio, comprenderás que hay que hacerlo con tiento.

—Tiempo has tenido de pensarlo en estos años.

—Estas hermanas mías, a la hora del dinero son feroces..., te lo he dicho..., unas lobas.

—Las amansaremos... Pero si aquí quien tiene la sartén por el mango eres tú... A qué esas vacilaciones y temores.

—Pero es que tú eres una cría y no te das idea de cómo son mis «queridas» hermanas.

Le hizo gracia aquel «queridas» embaucador.

—Te repito que Lorenzo y yo estamos contigo.

—No puedo... Es más fuerte que yo... Se me derrite la carne y se me funde la grasa de sólo pensar en la horrorosa pelotera que inevitablemente se ha de armar.

—Pues que se arme; ellas saldrán perdiendo.

—Las temo, son feroces..., si lo sabré yo... Y, después de todo, son mis hermanas.

Recuerda las palabras de su madre en la agonía:

—Ciriaco, hijo, cuida de tus hermanas.

Y se le ponía la carne de gallina... Pero pensaba en Arancha, piernialta, de ojos brillantes y claros, en los que era peligroso asomarse a distinguir si eran verdes o azules, apretada en sus perfumadas carnes, tersas y suaves como el oro molido... Y aquel oleaje de su mata de pelo, cuando la daba al aire en sus enojos y metía en el ámbito del cuitado Ciriaco el capitoso aliento de la selva...

Pero se enfadaba pocas veces y siempre en voz baja... y el enfado en voz baja nunca acaba de ser enfado del todo, porque el enfado en las mujeres, en parte, está en la emisión. Y su emisión era un susurro dorado. Además era una hembra que siempre usaba razones y nunca gritos. Ahora, para llegar a sus razones, las maduraba antes mucho.

—Es encantadora... Si la conocieras..., y bellísima, y elegante como un arcángel de la pintura del renacimiento italiano.

—Debe serlo para que tú, que eres de uso poco brillante, te pongas tan florido.

Le agradeció, enternecido, su gentileza el tío.

—Razón de más para que te decidas.

—Pero tengo miedo..., un miedo visceral... Mis hermanas son cinco... cinco leonas. Por lo menos, cuatro, ya que Amalia apenas si me da la lata.

—No las subas de lobas a leonas..., déjalas donde estaban..., que ya basta.

—No..., si acabarás dándome la razón.

—Eso, jamás.

Se hizo un silencio apabullante, que había que romper de alguna forma.

—Es un milagro de mujer: bella, fina, lista, discreta, desinteresada.

—Pero, ¿estás loco, tío? Haber encontrado una mujer con todas esas virtudes, y sobre todo con la del desinterés, y no haberte casado con ella en seguida..., pero en seguida..., ahora que las mujeres nos hemos hecho más duras y codiciosas que los hombres...

—Además, que yo... sin ella, no puedo ni quiero vivir.

—Pues ¿a qué esperas? ¡Dios mío! ¿A qué esperas?

Lorenzo volvió del viaje que había tenido que hacer por la zona olivarera de Andalucía y Extremadura desolado y entristecido.

—No se ha hecho nada decisivo y vital en el campo, salvo algunas tierras que se han metido en riego... El resto sigue como antes de la guerra, y que conste que creo que la primera culpable fue la República —le indicó a su novia—. La República perdió sus mejores energías en la lucha religiosa..., pero de mejorar la vida del español ínfimo no se preocupó nada. Si hubiera respetado las ideas de los demás y hubiese hecho la reforma agraria, como primera medida, sin perder el tiempo en quemar conventos e iglesias, que muchas veces eran artísticos y, como obras de arte, patrimonio de todos..., otro gallo nos cantaría ahora a los españoles.

—¿Pero no eran tan avanzados?

—De pico, sí... Eran intelectuales y profesores en su mayoría y muy poco políticos... Y las profesiones han de ejercerlas los del oficio, no los aficionados, y al faltarles el oficio les faltó todo. Eran hombres superficiales y vanidosos, sin verdadero amor al pueblo, y al enfrentarse a los problemas temieron asustar a los banqueros, a los latifundistas y a la Iglesia, y nada de sustancia hicieron. Fue una verdadera pena, porque de haber obrado cirujanamente, como era su obligación..., los nacionales se hubieran encontrado con lo importante de la revolución hecho... y no hubieran podido volverse atrás por ser ya tarde. Fue una verdadera pena, cerca de un millón de muertos y pueblos arrasados, familias deshechas, odios enconadísimos..., y aún sigue pendiente nuestra revolución... Clama al cielo tanta injusticia..., clama al cielo..., clama al cielo... Pero fuimos nosotros, los republicanos y socialistas, los primeros culpables, por ser unos intelectuales avanzados, de libros y revistas, cobardes y frívolos, que no supimos o no quisimos arrostrar las consecuencias necesarias al hacer una mejor distribución de la riqueza, ya que por el hecho de ser y existir, la riqueza es riqueza sólo en cuanto llega a todos...

—Querida Martita, hay que embeber a España y empaparla en esta verdad de que «hay una revolución pendiente, que hay que hacer cuanto antes», y mientras todos los españoles no hagamos nuestra esta idea, hasta por egoísmo, no podremos seguir adelante.

Contempló a su novia con una embaidora ternura.

—Querida Martita, mientras la verdad no deje de ser la verdad de Juan o de Pedro y se convierta en la verdad de todos, nada tendremos que hacer. Cuando la verdad es de todos y para todos, entonces se confunde con la justicia..., y entonces la verdad es el atributo más bello de la creación y el «don más hermoso». Hay que desconfiar, querida amiga, de los que la enarbolan con frecuencia, porque suelen ser quienes más la maltratan y pisotean. Pero lo tremendo y desconsolador de la verdad es el alboroto, escándalo y gritería que ocasiona, cuando la verdad se da en su desnudez pura y restallante... La verdad lleva siempre como hermanos de leche al sufrimiento y al dolor y al sacrificio, y hay que atarse a ella con cristiana resignación, ya que la existencia es un valle de lágrimas. En esta vida nuestra, fingidora e hipócrita, vida de trampa y de doblez astuta, de farsa y de cohecho, el hombre de la verdad desnuda desbarata todas las urdimbres canallas tejidas por los que han hecho caldo gordo de sus propias conveniencias. Por ello el hombre de la verdad desnuda suele ser siempre el más odiado y vejado y perseguido. Al hombre de la verdad desnuda los logreros, los turbios negociantes, los pícaros y los mohatreros acaban tomándole por bobo y por loco, ya que es una bobería demencial proclamar la verdad desnuda y no el engaño y la mentira hipócrita. Los españoles hemos de amar la verdad desnuda, que es la justicia suprema para todos y la ley más arrogante y hermosa salida de la mente de Dios. No hemos de tolerar se disfracen sus carnes duras ni con la hipocresía ni menos con la tolerancia culpable..., ni menos aún con la cobardía condescendiente y vil.

Y si con la verdad desnuda no nos permitiesen andar por el mundo, seremos orgullosos y despreciativos y nos refugiaremos en nuestra propia altivez y soledad..., que lo importante es pasar por la vida limpios y con elegancia.

Tenían sus palabras un milagroso vigor.

Se hizo un silencio denso y macizo.

Martita apoyó su mejilla en el hombro del varón; había dado con un hombre entero: el hombre de la verdad desnuda, dispuesto a proclamarla..., que es lo que ella buscaba para la salvación del país y como compañero y padre de sus hijos...

—Pero habremos medir, antes, nuestras fuerzas, querido Lorenzo, porque somos débiles para proclamarla.

—No te asustes; los grandes movimientos nacen débiles. Todos los grandes ríos son un hilillo en su nacencia... Hay una pasaje tremendo y aleccionador en el Evangelio de San Juan, que es el único de los evangelistas que trata de él. Tema, como ha dicho un comentarista, enigmático, sugeridor y apasionante... Cuando en la mañana de su pasión fue llevado Jesús, por segunda vez, ante el tribunal de Poncio Pilato, refiere San Juan que el procurador romano condujo a Jesús al interior del Pretorio y que, solos los dos, le preguntó si en efecto se llamaba rey, como le acusaban los judíos. «Luego tú eres rey» —inquiere.

Respondió Jesús: «Tú dices que yo soy rey, y para esto he nacido y para esto he venido al mundo, para dar testimonio de la verdad. Todo aquel que es de la verdad, oye mi voz.»

Y entonces es cuando Pilatos le hace la extraña y tremenda pregunta: «¿Qué es la verdad?»

Y como hubo dicho esto, salió otra vez Pilatos ante los judíos y les dijo: «Yo no hallo en este hombre ningún crimen.» Y ahora viene la tremenda duda que no está aclarada: ¿Contestó el Señor a la pregunta de Pilatos, explicándole lo que era la verdad, aquella verdad que él había traído al mundo y cuyo significado y sentido tanto intrigaba a Pilatos, o Pilatos se retiró desdeñosamente sin atender a la respuesta de Jesús, ya que Pilatos no creía en la existencia de la verdad, como lo aseguraba la secta de los escépticos, a la que él pertenecía? ¿O es que acaso el Señor enmudeció adrede, como lo había hecho antes con Herodes y el mismo Pilatos, juzgándoles indignos de oír su divina palabra? Los exégetas del Evangelio se inclinan por el silencio del Señor... Yo quiero creer que el Señor habló en efecto a Pilatos y le mostró lo que era la verdad, pues sólo eso puede explicar que, tras oír de labios del Señor lo que era la verdad, saliese ante los judíos desasosegado y nervioso Pilatos y les dijese: «Yo no hallo en este hombre ningún crimen. Pero como es costumbre que os suelte un ladrón o criminal en la Pascua, ¿queréis que os suelte al rey de los judíos?»

Entonces todos dieron voces otra vez diciendo: «No a éste, a éste no; a Barrabás...»

Y Barrabás era ladrón.

Y tomó a Jesús y lo entregó a los soldados, y le azotaron y le entretejieron una corona de espinas y pusiéronsela sobre su cabeza. Y le befaban y abofeteaban, diciéndole: « ¡Salve, rey de los judíos! »

Pero a Pilatos le debía de remorder la conciencia porque salió otra vez fuera y díjoles:

«Hele aquí, os le traigo fuera para que entendáis que ningún crimen hallo en él»

Y salió Jesús fuera, llevando la corona de espinas y la ropa grana. Y como le vieron los príncipes de los sacerdotes y los servidores dieron voces diciendo: « ¡Crucifícale, crucifícale! »

Díceles Pilatos: «Tomadle vosotros y crucificadle, porque yo no hallo en él crimen», les dice por tercera vez.

Pero Pilatos, ante el acoso de los judíos, cobra miedo y aunque procuraba soltarle, porque sin duda le remordía el ánimo...

Mas los judíos daban voces diciendo: «Si a éste sueltas no eres amigo del César: cualquiera que se hace rey, a César contradice.»

Entonces Pilatos se llenó de pavor y se lo entregó y le crucificaron.

—¿Qué le diría el señor a Pilatos cuando le preguntó qué era la verdad? ¿Qué le diría? —inquiere Martita.

—Nadie sabe lo que le dijo, pero lo tremendo es que desde aquel día y a lo largo del tiempo sigue resonando en la Humanidad la pregunta de Pilatos, angustiosa y desgarradoramente atormentadora.

—¿Qué es la verdad, Dios mío? ¿Dónde está? ¿Y cómo hallarla? —pregunta la mujer.

—La vida del hombre, querida Marta, no es sino un jadeo en persecución y hallazgo de su propia verdad. En primer lugar, porque nuestra conciencia y nuestro entendimiento no se sienten sosegados y satisfechos sino cuando creen estar en posesión de ella... Por eso asociamos la verdad y la identificamos con nuestros éxitos y victorias. Por eso buscamos tantas veces la verdad en el amor, donde tan raramente se encuentra; en la amistad, que tantas veces nos desilusiona y devuelve frialdad y egoísmo a nuestro afecto. Y en las empresas que acometemos en pos del poder, la gloria y la riqueza... Porque todo triunfo en nuestra vida no es sino fruto y resultado del logro de una verdad.

—Y cuánta angustia y desolación hasta que damos con ella —le ofreció la mujer.

—Es que el gran problema de nuestra vida, el más angustioso y lancinante, es el de la certeza de la propia verdad, porque una vez en posesión de ella, quién no es capaz de afrontar todas las luchas y vencer todos los obstáculos...

—¿Y los caminos que nos llevan a ella, dónde están y cuáles son? —le preguntó, temerosa, la mujer.

—Para llegar hasta ella nos esperan la cordura, el equilibrio reflexivo, la razón, la serenidad y templanza en nuestras acciones y juicios, la... humildad..., la modestia.

—Y habrá que descontar en su procura la venganza, el interés personal, el orgullo, la ira y frecuentemente el temor al propio sacrificio...

Mirando a su novio con apasionado desgarro, le exige:

—Pero yo quiero una regla, una regla para dar con la verdad.

—Hay una muy segura que brinda un pensador: Cuando en el curso de ella se nos presenten, como en una encrucijada moral, dos caminos opuestos y vacilemos sobre cuál tomar la verdad, estará en aquel que más nos cueste, que implique un mayor sacrificio, que sea más ímprobo, áspero y doloroso, ya que la verdad lleva siempre por compañero al dolor y nos lo impone y exige, a cambio de nuestra propia oblación.

—Es que la verdad, querido Lorenzo, está tan desacreditada y es tal el escándalo y gritería que arma su sola presencia, que la mayoría de la gente se horroriza y huye enojada de ella.

—Pero no habrá más remedio que aceptarla y patentizarla, según los grandes moralistas... Gracián escribía que la verdad es muy dulce en la boca, pero amarga en el oído. No está el primor —añade el sutilísimo jesuita— en decir verdades, sino en escucharlas.

—Reconozco que me gusta muy poco que me digan la verdad —se confiesa la mujer al hombre.

—Por eso, para poder andar por la vida, cariño, la verdad se ve obligada tantas veces a disfrazarse con el ropaje de la hipocresía engañosa, de la tolerancia culpable, de la cobardía sucia y condescendiente, y así como el oro —he leído no sé dónde— no puede troquelarse sin la aleación de un metal más bajo que él, así también la verdad ha de hermanarse en tantas ocasiones con el error, con la mentira, con el disimulo, para que el mundo la abra paso... y la soporte y la acepte...

Se miran el hombre y la mujer y se abrazan, sobrecogidos.

—Querida amiga mía, este es el trágico dilema de nuestra vida: no poder vivir sin la verdad..., y, a pesar de ello, la rechazamos y proscribimos tantas veces cuantas se nos presente generosa, motejándola de imprudente y de comprometedora... Pero Cristo, en el mismo Evangelio de San Juan, nos da ánimos para seguir siempre en busca de la verdad salvadora..., palabras valientemente divinas que jamás debemos olvidar: «Veritas liberabit vos»: la verdad os hará libres.

—Qué hermosas palabras... Sólo la verdad nos hará libres... Ahora lo tremendo es —se sonrió la mujer— quién le pone el cascabel al gato.

—Tú, yo, cualquiera... Han pasado muchas cosas en España y es mucha la sangre derramada últimamente, para que sigamos tirando las mejores virtudes de la raza al pozo de la hedionda hipocresía... Y hay una verdad de España, que es preciso gritar por todos los rincones de la patria y es que aún hay una revolución pendiente para los españoles y que es preciso se cumpla incruentamente, pues fue mucha la sangre derramada estérilmente en la revolución fallida..., ya que esto no ha sido sino lo contrarrevolución de los vencedores... ¡y a qué precio!

Tenían las palabras del hombre un dejo amargo.

—Tendremos que armarnos de paciencia —le advirtió la mujer.

—Aún somos jóvenes y se nos abre mucha vida para proclamarlo, pero no olvides que sólo la verdad nos hará libres, sólo la verdad..., que es el don más hermoso..., el más hermoso salido de la mente de Dios..., ya que la verdad nos lleva a la libertad, la libertad a la justicia, la justicia a la caridad...

—Y es la única que nos hará libres..., que es el fin de la humanidad...,´ser libres..., ser libres... —le alborozó la mujer.

Se miraron y se abrazaron con enorme ternura, ya dos en uno.

—Tenemos mucho que hablar —le susurró Martita, gozosa.

—A la caída de la tarde nos veremos.

Se separaron en seguida porque él tenía mucho trabajo.

La mujer pensó en la conversación que acababan de tener y se empapó de una gran angustia... «Cuánto hemos de andar aún los españoles..., cuánto..., cuánto... Obras son amores y no buenas razones.»

Se acordó de tía Marta, que tanto repetía aquel refrán: «Hay tanto por hacer, tanto..., tanto... Lo primero que hemos de hacer es casar a tío Ciriaco. Basta de seguir así con esta farsa, basta, basta.»

Desayunó y se arregló.

Estaba citada con tía Rosarito y salió a encontrarla.

—Hay que casar a tu hermano en seguida —le soltó.

—Déjale, que el buey suelto bien se lame.

—Pues eso es lo que hay que evitar, que se lama zorronclonamente. Basta de hipocresías y de farsas. ¿No dices tú que tienes noticias de que es una buena mujer... y que le quiere y que le atiende?

—Sí..., eso he oído.

—Pues si es así, mejor que casado no va a estar jamás.

—Pero estas mosquitas muertas, cuando se casan y se apoderan de las riendas de la casa..., suelen resultar temibles... Y ¿me quieres decir qué hacemos en ese caso las cinco hermanas que vivimos colgadas de él?

—No sé por qué ella va a cambiar... Si es buena y desinteresada ahora, seguirá siéndolo, con más razón, cuando sea su esposa.

Rosarito dibujó un mohín de duda.

—Lo que no tolero yo, a estas alturas..., es que la noche que se queda con ella, llegue luego a casa y quiera darnos el paripé de que ha dormido allí, y deshaga la cama...; en fin..., que no estamos dispuestos a pasar por idiotas yo y el servicio.

Rosarito se reía.

—¿Pero eso ha llegado a hacer?

—Como lo oyes.

—Nuestro hermano es un ingenuo... Pero, qué quieres que te diga..., esa conducta delata su bondad.

—Desde luego; y su ingenuidad y estupidez.

—Cuando empezó la carrera recuerdo que le solía decir a mamá: «Lo primero que ha de hacer un hombre es mantener sus principios morales.»

—Ya ves cómo los mantiene... ¡Pero qué cínicos son algunos hombres!

Se contemplaron y se rieron las dos mujeres.

—De la generosidad de Ciriaco sé hasta dónde llega; en cambio, ella no sé cómo reaccionará el día que llegue a ser la mujer de mi hermano.

—Será la misma; no sé por qué ha de cambiar.

—A la hora del dinero, las mujeres somos peor que los hombres..., y, si es vengativa, como son tantas mujeres, vamos a andar de cabeza.

—Pero, ¿por qué?

—Porque todas, sin excepción, hemos dicho de ella pestes.

—Si es buena, como parece..., al conseguir el entorchado de mujer legítima tratará de olvidar lo pasado... que es lo elegante.

—No creo que sea éste momento de elegancias.

—Tú, de todas formas, vete preparando a tus hermanas.

—¿Tan inminente es la cosa?

—Lorenzo y yo trataremos de que lo sea... No se puede seguir así: o que rompa con ella, a lo que no parece estar dispuesto por estar muy enamorado, o que se case.

—Conozco a mis hermanas y sé les va a caer esto como una bomba.

—Después de todo, la bomba no es de hidrógeno y creo que sobrevivirán.

—Eso díselo tú a ellas.

—La encargada de prevenirlas, como hermana mayor, eres tú; yo he de hacer otras cosas.

Se miran y deletrean las dos mujeres.

—Eres el demonio.

—Comprendo que en el primero momento la noticia os asuste pero la impresión que tengo de esa mujer no puede ser mejor. No me negarás que para aguantar a tu hermano, con lo raro y estrambótico que es, hace falta paciencia, humildad... y otras muchas virtudes.

—Desde luego.

—He oído que es muy buena chica y además creo que es preciosa.

—¿Cómo creo? Si tú la conoces de vista...

—La vi pasar de refilón una tarde... pero, para cuando me di cuenta iba ya lejos —se disculpa.

—No tanto como para que no te dieras cuenta de que era una mujer elegante y muy bonita..., por lo menos eso me dijiste tú.

—Discúlpame, que no sé cómo tengo la cabeza.

El diálogo se hace cada vez más difícil y se callan.

Están en casa de Rosarito.

Hay un cambio necesario en la conversación.

—¿Cómo va lo tuyo con Lorenzo?

—Muy bien; guárdame el secreto: soy una mujer muy feliz.

—¿Y para qué te voy a guardar el secreto?

—Porque el que oculta su fuerza la dobla..., y la felicidad es la fuerza más difícil de hacerse perdonar.

—¿Tú crees?

—Sí; hay tan pocas gentes felices...

—Pues que se chinchen las que no lo son.

—No quisiera fuese ésa mi actitud.

Se oyen unos gritos que ofuscan su diálogo.

—Espera un poco que vaya a calmar a los contendientes —le dice, bromeadora.

Se va y vuelve en seguida.

—¡Estos hijos son de la piel del diablo! —exclama.

—Todo cuesta..., todo pesa..., todo se hace amargor... Las asechanzas son innumerables y hay que vivir vigilantes.

—¡Qué remedio! Pero la felicidad muchas veces está tejida de zozobras y peligros.

—Y ese es su encanto.

—Tú, de esto de los hijos, aún no sabes nada...

—Para eso está la intuición.

Mira a su tía y se sonríe.

—Bueno, mientras yo voy preparando a las otras, no dejes de tenerme al tanto de lo que hagas.

—Todo se hará a la mayor gloria del matrimonio... Descuida.

—La que se va a armar cuando mis hermanas lo huelan... No quiero ni pensarlo.

—Se irán acostumbrando... Qué remedio les queda.

—Eso sí.

—Con la verdad se va a todas partes, y nos es tan necesaria a todos... después de tantos años de engaños e hipocresías...

—Pero la verdad, así, a secas, es intemperante, desagradable y molesta.

234

—Pues vamos a necesitar los españoles unos cuantos años de verdad a secas, de verdad desnuda, porque si no llegará un día en que la vida se nos hará imposible, porque el engaño nos comerá.

—No seas tan pesimista porque, mal o bien, hemos vivido hasta ahora.

—Sí, pero todo tiene un límite.

En esto llegó el marido de su trabajo.

—Hola, tío Andrés.

—Qué hay, sobrina guapa.

Era un hombre alto, muy estropeado por sus nueve hijos... y sus desengaños... y su edad, pues rondaría los sesenta.

—Te encuentro mejor —le brindó la sobrina para halagarle.

—Pues estoy hecho unos zorros. Me casé ya muy maduro, y esa fue mi equivocación...

Mira a su mujer con ternura.

—La culpa no fue mía de habernos conocido tarde.

—Mujer, ninguna culpa te atribuyo. Luego, yo no estoy calculado para la lucha —y se sonríe—. Mis padres eran modestos y bastante hicieron con darme la carrera de abogado... Y menos mal que Ciriaco se acuerda de mí y me echa de cuando en cuando unas migajas.

—Ciriaco es bueno —comenta la sobrina.

—Sí..., es bueno y muy inteligente...; a veces un poco gruñón, y lo comprendo.

—¿Por qué?

—Porque sus hermanas me da la impresión de que le asustan.

—¿Tú crees? —le pregunta la mujer.

—Y tú también.

—No será por mí.

—Tú eres la excepción de las cinco.

—Menos mal.

Martita se sonríe.

—Pues de él hablábamos hace un rato.

—¿Qué le ocurre?

—Ocurrirle, nada; vive tan ricamente con sus negocios... y con su amiga, que parece que es una buenísima muchacha; pero se trata de que, para guardar la compostura, hemos decidido casarle.

—¿Eso es cosa tuya y de tu novio?

—Y si sois católicas, apostólicas y romanas debe serlo también de vosotras, sus hermanas.

—A mí déjame de líos, que no quiero ni saber la que se va a armar.

Su marido se sonríe:

—Bueno, ¿y él qué dice respecto a lo del bodorrio?

—En serio no se lo hemos planteado aún..., pero todo se andará.

—La verdad, tío, ¿a ti te parece bien, ni mucho menos, que las noches que pasa con ella, que suelen ser las vísperas de fiesta, vuelva al día siguiente a primeras horas a casa y se dedique a desbaratar su cama, pretendiendo engañarnos, dándonos a entender que ha dormido en ella?

El hombre no puede contener la carcajada.

—¿Pero eso hace?

—Sí..., eso y otras cosas aún más infantiles.

—¿Pero a quién engaña con ese juego?

—Eso me pregunto yo.

Andrés detiene con el pañuelo el borbotón de su risa.

—No le conocía tan pillín.

—El, por lo visto, antes, hacia las diez despedía a su chófer...; ahora, cuando va a casa de su amiga, lo hace antes, le despide hacia las ocho, y cuando va a verse con ella lo hace en taxi... para despistar, como si su chófer no lo supiese ya y la conociese. El va en taxi, que mantiene a su puerta esperándole hasta la madrugada..., por miedo a no encontrar a esa hora otro.

—No me extraña, porque él no es capaz de andar a pie cien metros —asegura su hermana.

—Comprendo lo angustioso y desagradable que tiene que hacérsele vestirse otra vez, a las friísimas altas horas, para volver a casa...; y me explico se pase con ella la noche entera, pero lo que me parece infantil y estúpido es que al llegar a casa, alrededor ya de las ocho, embarulle atolondradamente la cama, pretendiendo engañarnos.

—No sigas... —le pidió Andrés a la sobrina porque no podía más.

—Esa actitud suya indica su infantilidad e ingenuidad... Se puede ser muy inteligente, por lo visto, y a la vez niño ingenuo.

—Y comprenderás que, para este juego, lo que debe hacer es dejarla o casarse.

—Tengo entendido que está muy colado por ella.

—Pues bien, que se case.

Al hombre se le pone ahora la cara seria y el gesto meditabundo. Contempla a su mujer y exclama:

—El problema es para éstas —señala, refiriéndose a las hermanas.

—Mis noticias son de que ella es muy buena mujer y desinteresada. Con decirte que le frena a él en los gastos..., en vez de lo contrario.

—Lo grave es que ahora surgirá otra familia, la de ella, que intentará caer sobre el dinero de Ciriaco.

—No creo; no tiene más que dos hermanas. La mayor es una modista de San Sebastián que va muy bien con su taller. La pequeña es aún muy joven y la tiene en un colegio.

—¿Y nadie más?

—Una tía vieja que vive en San Sebastián y no la molesta para nada.

Andrés se alzó de hombros.

—Por mí, la verdad, que se casen —y le volvió la risa y buscó la apoyatura del pañuelo porque no se podía contener—. Pero la que se va a armar con las hermanitas de ésta... será de órdago a la grande.

—Pues que se vayan haciendo a ello.

—La cosa, después de todo, es cómica.

—Lo cómico deriva muchas veces en tragedia.

—Eso sí.

—Pues vamos a evitarlo.

—¿Tú has hablado con ellos sobre este particular?

—A ella no la conozco... y al tío le he insinuado algo.

—¿Y cómo respira?

—Con gruñidos.

—Es lo suyo, claro —reconoce el hombre.

—Después de todo, si hay dinero para todos... Y el día que se muera tío Ciriaco no se lo podrá llevar...

—Pero cambian mucho las cosas de morir soltero o casado.

—O no... Piensa que él puede hacer testamento en favor de ella, o dejarla casi todo en vida...

—Es más difícil.

Se miran las dos mujeres y las dos vuelven los ojos al hombre.

—Rosarito y yo tenemos nueve hijos, y es natural que pensemos en ellos; hazte cargo.

—Su sobrinada, como dice él despectivamente, es tremenda —sonríe Rosarito.

—No consigo evitarlo; me lo figuro en las madrugadas, un hombre de su prestigio y en calzoncillos, con lo gordo que está, discutiendo con ella:

—Pero dónde vas a estas horas..., con el frío que tiene que hacer en la calle... Vuélvete a la cama.

Y él, disculpándose:

—No puedo, no puedo.

Y le veo torpón y vistiéndose en la oscuridad, por no dar la luz, con el barrigón que tiene y sus consabidos principios morales, para luego llegar corriendo a casa a deshacer su cama. Y, no consigo evitarlo, me entra un asco profundo.

Pero al cuñado lo que le entraba, figurándoselo en esa coyuntura, era una risa gorda, vengativa, la risa del pobre vejado que debe favores..., una risa espesa, que sólo ve el lado cómico y festivo del acaecimiento..., una risa convulsa, coñona..., que se le termina convirtiendo en puras lágrimas.

Al anochecer pasó Martita por las habitaciones dedicadas a oficina. La mecanógrafa tecleaba activa. El contable entraba y salía en y del escritorio.

Se oían voces de diálogo discutidor.

No quiso interrumpirles y se volvió atrás sin penetrar en el Sancta Sanctorum.

—Están preparando las bases de una nueva sociedad que van a constituir —le sopló Matilde—. Llevan toda la tarde estudiando el asunto.

En aquel momento Nicomedes volvía a su mesa habitual y al abrirse la puerta del escritorio de tío Ciriaco percibió la voz de su novio.

—¿Quiere algo la señorita?

—No... nada... deje, no les interrumpa.

Una hora más tarde oyó desde sus habitaciones la pisada plantígrada de tío Ciriaco. «Esos han terminado», pensó.

Más tarde oyó la puerta de la calle y, retirado el visillo, vio partir el coche del tío que se estacionaba enfrente.

Pasó a ver a Lorenzo.

—¿Qué hay, cariño?

Su expresión denotaba una gran fatiga.

—Estoy muy cansado... Tu tío es feroz, acaba con el más fuerte... Tiene una capacidad de trabajo enorme. Anda, vamos los dos por ahí a tomar el aire y despejarnos.

—Te advierto que yo no he hecho nada en toda la tarde y estoy muy despejada.

—Mejor; así hablarás tú por mí... y yo me contentaré con mirarte, oírte... y descansar.

—Relájate un poco si quieres, mientras yo me arreglo..., que hemos de hacer una visita muy importante.

—¿A quién?

—Te voy a presentar a una mujer guapísima y deseo que lleves despiertos tus cinco sentidos... y que no pierdas nada de lo que acordamos en la visita.

—Si no me dices quién es ella y de qué se trata...

—Escucha: voy a casar a tío Ciriaco... Por decoro y hasta por elegancia espiritual no debe seguir así.

—¿Tu intento matrimonial será con su amiga?

—Hombre, claro.

—Te lo digo porque sospecho que está enamoradísimo de ella.

—Pues por eso.

—En ese sentido, todo lo que hagas me parece muy bien. Tengo la impresión de que es excelente mujer... y delicada... He tenido que hablar con ella un par de veces, durante el viaje último que hizo tu tío, y en su ausencia..., y no la creo mujer interesada.

—Verás, Loren..., esta tarde iremos a verla y la conocerás. Por tía Rosario, que la ha visto una vez, sé que es guapísima y muy elegante. Es guipuzcoana, de un pueblo cerca de San Sebastián.

—¿Pero vamos a ir a verla así?

—He hablado con ella por teléfono y nos espera esta noche a las nueve.

—Bueno, Martita, guapa, vamos por partes... Esta visita que vamos a hacer y este proyecto tuyo, ¿no disgustará a tu tío?

—Si le disgusta, que se aguante.

—Yo no quisiera, ocupando el puesto que ocupo... Hazte cargo.

—Lo que no podemos es seguir así... Por otra parte, ¿quién me impide a mí conocer a esa mujer?

—Nadie, desde luego.

Mirándola risueño, con dulzura.

—Si tanto interés tienes..., ¿por qué no haces la visita sola? Así tenéis las dos más libertad para hablar... y para malsinar de nosotros.

—Pero tengo interés en que te conozca.

—No me opongo a que me conozca más adelante, cuando el matrimonio sea ya un hecho aceptado por tío Ciriaco.

—¡Qué cobardón eres!

—Si tú lo crees así, lo acepto.

—¿Pero qué te puede pasar de que visites conmigo a esa mujer?

—Que le contraríe a tu tío... y no tengo ningún interés en darle el menor disgusto. El se porta conmigo como un señor; lo menos que puedo hacer es corresponderle.

—Si es una visita como otra cualquiera... y no tiene importancia...

—Pero se la puede dar él.

Martita se enfurruña y queda silenciosa y contrariada.

El hombre la levanta con un dedo la barbilla.

—Sé prudente, que estas cosas son muy delicadas; que vayas tú a conocerla, si tanto interés tienes, no me parece mal... Además, las dos solas y el primer día que os tratáis, tenéis más facilidad para despacharos... Pero piensa que tu tío es muy bueno... y todos tenemos nuestros defectos..., y no es un niño para insistirle en lo que ha de hacer.

—Basta de farsas, Loren. ¿Y tú eres el de la verdad desnuda?

—Sí, cuando se trata de salvar a la patria. A la patria sólo la verdad desnuda la puede salvar, porque sólo la verdad desnuda nos llevará a la justicia y la justicia a la libertad. No olvides las palabras de Cristo en el Evangelio de San Juan: «Sólo la verdad os hará libres.» Y eso es lo que vale, en fin de cuentas; la libertad. La libertad es el oxígeno del hombre. Sin libertad no hay dignidad, ni justicia, ni salvación posible. Sin verdad desnuda una patria acaba hundiéndose en el caos, en el crimen. Pero en la vida social de los individuos, la verdad, para poder andar, ha de vestirse tantas veces de la hipocresía suave, de la tolerancia culpable, de la cobardía condescendiente, de eso que tú llamas con una frase muy gráfica: «hacer la vista gorda».

Se acercó más al novio y tomándole por los hombros le miró con suave garabato.

—Loren, mi vida..., sí, en parte tienes razón... Si no fuera así lo comprendo, no podríamos vivir.

—No es el mismo el tratamiento que hemos de aplicar a una colectividad que el que hemos de aplicar a un individuo como ente social. Las colectividades, para salvarse necesitan, de cuando en cuando, de una revolución... Y la revolución es esto: la verdad desnuda; porque sin verdad desnuda todas las revoluciones fracasan, como ha fracasado esta nuestra.

—Sí, tienes razón, Lorenzo, guapo; pero todo, hasta la hipocresía, tiene un límite, y tío Ciriaco ese límite lo ha sobrepasado... saltándoselo.

—Déjale con su conciencia. El hecho de que esté enamorado de ella es un magnífico comienzo... Todo se andará... Pero que yo, que soy su secretario y apoderado y novio tuyo, me presente así, de sopetón, en su casa, en casa de esa señorita que es su amiga oficial..., ¿no te parece a ti que no le va a agradar a él nada?

—Pero eres mi novio y vas conmigo, y yo soy su sobrina y llevo su casa, y le tengo que padecer con sus zorrerías e hipocresías..., compréndelo.

—Te comprendo a ti... y le comprendo a él.

—Pero, Loren, me he citado ya con ella.

—Vete y os despacháis a vuestro gusto... Si, al fin y al cabo, que vayas tú a verla no me parece mal. Si sois las dos prudentes, puede que hasta te lo agradezca tu tío... Los hombres somos así.

—¿Por qué me quitas este entusiasmo misionero que siento? En vez de enviarles un sacerdote a ella y a él, voy yo, que soy su sobrina... ¿Y eso te parece mal? Además, piensa que le he dado mi palabra, y ¿qué pensará si falto a la cita? Creerá que lo he hecho por darla una broma y eso nunca..., ¿me oyes? Nunca.

Se abre de brazos la mujer y se guarece en él.

—¿Por qué empiezas tan pronto a llevarme la contraria? Tiempo tendrás cuando nos casemos..., de hacerlo.

—Vete ahora mismo, no se te haga tarde... No quiero dejes de cumplir esta obra de caridad de levantar al caído.

—Comprenderás que, con lo que pesa el tío, necesite la ayuda de un hombre fuerte como tú.

No pudo menos de sonreírse.

Se separa un poco y le contempla con dulzura.

—Bueno..., ¿qué hago?

—Vete, mujer, si estás deseando... Se te nota arder en deseos de conocerla.

—La verdad es que sí... —y se echó a reír.

—Menos mal que lo confiesas.

—Verás, vamos juntos hasta la casa y tú me esperas en un bar cercano. Así estaré con ella poco tiempo, pensando que tú me aguardas.

—Bueno... —acompañando la expresión con un gesto de sacrificio.

Vivía en María de Molina, 35, y cerca, enfrente, se abría una cafetería.

—Diez minutos; en un momento la saludo y bajo a recogerte —le ofreció.

Llevó una revista y se resignó, bonachón, ante un vermut.

Hora y media después, a las once menos cuarto, cuando Lorenzo se iba a retirar, asomó Martita.

—Te he hecho esperar un poquito, ¿verdad, cariño?

—No te preocupes.

Caminaron un trecho en silencio.

Martita iba triste y desflecada.

—No sé lo que pensar... O es muy humilde, a extremos dignos de un altar..., o es muy orgullosa.

—Hágame el favor, por lo que más quiera, de no decirle a él nada de esto... —me ha suplicado.

—Pero bueno, ¿es que usted, a estas alturas, no quiere casarse con él?

—Claro que quiero..., pero es un hombre que ha hecho tanto, tanto por mí, que acepto lo que buenamente me dé, pues de sobra sabe él que es inteligente y delicado, y cariñoso, lo que más le puede llenar y halagar a una mujer que esté en mi caso... Pero, por lo que más quiera, ni le diga que ha estado aquí ni que yo suspiro por casarme con él.

—¿Usted le quiere?

—Sí, mucho; ahora no podría vivir sin él.

—Es alta, rubia y muy guapa; con unos ojos grandes, claros, sin afeites ni joyas. Viste con gusto y sencillez. Tiene tipo de modelo. Claro, todo le cae bien... Las cortinas, los cuadros, el mobiliario, las alfombras, todo es sencillo, pero se ve una armonía de tonos y un gusto depuradísimo. No es casa puesta por un decorador..., eso se ve en seguida. Es como la piel que corresponde a su hermoso cuerpo, como su contorno necesario y exacto. No he podido contenerme y la he tuteado en seguida, y la he dicho: Enséñame la casa... Tienes todo muy bien puesto y con mucho gusto.

—El jamás me ha escatimado nada..., y dentro de ella se encuentra ahora tan bien.

—He intentado saber algo de su vida y la sonrisa triste que la bañaba el rostro se le ha parado en los labios, de repente.

—He sufrido horriblemente en mi vida; perdóneme que ni con el recuerdo quiera volver atrás.

—Por mucho que me he empeñado, no he conseguido que me tuteara. Me parecía como si hubiera sido amiga de ella toda la vida... No podía irme y dejarla. A los diez, a los quince, a los veinte minutos, a la media hora, a los tres cuartos de hora... he consultado el reloj y me he dicho: Lorenzo me está esperando... Vete, vete..., pero no podía levantarme del asiento y abandonarla. Me encontraba, ya te digo, como si fuese una amiga de la infancia que no veía después de muchos años... No, no es una mujer vulgar; es una mujer con raza..., aunque se la nota una cierta rudeza de mujer vascongada, que ha mamado otra lengua que no es la de Castilla. Dice lo que tiene que decir y lo expresa con muy buen tono... Y sus ojos son tan claros..., tan claros que se les ve el fondo..., y no hay nada más bonito que unos ojos a los que se les ven las guijas del fondo... Me explico el embrujo de tío Ciriaco por ella... Pero es lo que yo me digo: ¿por qué no se casa y así puede permanecer casi todas las horas del día y de la noche mirándose en sus ojos, fundiéndose en la luz de su cintura? Es lo que no entiendo.

—Sería tanto como entendernos a los hombres.

—Y a los hombres no hay quien os entienda.

—Has venido enamorada de la que, por sus pasos contados, será tu tía.

—Sí. Exhala por encima de su belleza y de su dulzura bondad, que es lo que más empieza a escasear ahora en el mundo... Se la presiente que es buena, buena.

—Sin embargo, ya ves, yo soy de los que creen que con los descubrimientos científicos, con eso de extenderse la vida a otros orbes y a otros astros, los seres humanos volveremos a la comprensión, al palpar y tener a la vista toda la grandeza del universo... Creo que se vuelve a la bondad y a la comprensión y a la humildad y a la caridad, porque se va a una mejor distribución de las riquezas, que cada día que pase, con los descubrimientos, serán más y más..., y el día que sobre para todos, que llegará ante esta maravilla del universo, nos postraremos todos de rodillas, dando gracias a Dios.

—El Señor te oiga.

—Volveremos hacia la bondad. Después del horror de las guerras, ante las bombas y armamentos modernos, volveremos a la bondad y a la caridad... y a la exaltación de los valores del espíritu... y a los valores morales... porque no hay ni se puede inventar, frente a las estadísticas de Marx, otra solución que la piedad de Cristo.

—¿Y esto me lo dices tú?

—Sí, lo he pensado mucho estos años de destierro y cada vez me siento más cerca de un socialismo evangélico..., pero llevado con dureza, con mucha dureza.

—A ver cuándo empieza una nueva era..., porque no puede vivir ni un momento más en esta crueldad y este cerril egoísmo; y es tan hermoso y dulce sentir caridad y amor...

—Sí..., tan dulce..., tan dulce.

—Hay que ser buenos, hasta por egoísmo...; sí, sí, por egoísmo.

Eran casi las once y se separaron.

Cuando entró en casa vio la luz encendida en el escritorio de Ciriaco.

—Tío —le llamó.

—¿Qué?

—Te espero para cenar.

—Ahora voy.

Se sentaron en seguida a la mesa.

Felipa apareció silenciosa como una sombra, con una fuente de acelgas rehogadas, portadas por ella.

Se sirvieron tío y sobrina.

Se oía el va y viene metálico de los cubiertos.

—Te encuentro muy preocupado.

—Sí; me parece que me he echado demasiado trabajo sobre los hombros.

—Para dejar el trabajo siempre está uno a tiempo.

—No lo creas..., se va metiendo..., se va metiendo uno..., y luego son las responsabilidades y los compromisos... y el estar ahogado y el no poderlo dejar... porque las cosas que se empiezan hay que terminarlas.

—Pero un hombre como tú..., soltero..., y a tu edad..., y con el dinero que tienes.

—Por eso, por eso...; si tú vieras las responsabilidades y trabajos y obligaciones que me he echado encima y que inevitablemente he de atender...

—Fíngeles que estás enfermo y que no te encuentran bien los médicos, y vete apartándote de tanto negocio y de tanta obsesión..., que eso es lo que os mata, la codicia y la obsesión y el amor propio...

—Sí; ésa sí que es una enfermedad.

—¿Qué pretendes ser el más rico del cementerio de Minglanilla?

—Por Dios, hija, Martita.

Cuando se emocionaba mucho la llamaba hija.

—Tú verás, pero el camino que llevas, con esa vida insana, de dieciocho a veinte horas del día sentado a una mesa, entre papelotes, dándole vueltas a un asunto o discutiendo con el jefe, o con los compañeros... sin disfrutar de nada, sin dar un paseo, si crees que eso es vida... Además, que durante la noche, en vez de dormir y descansar, sigues dándole vueltas a todo..., cuando no estás haciendo algo peor.

Se puso colorado.

—Bueno, bueno; trataré de cambiar en lo que pueda.

Le contempla con piedad, con conmiseración. Más tarde le encova, cariñosa, la mano.

—Tío..., ¿por qué no te casas?

Se desazonó y se puso nervioso.

—¿Para qué?

—Sólo casado cambiarías de vida. Mientras sigas así...

—Te prometo que pondré remedio.

—¿Cómo?

—Pues poniéndolo. No te digo que lo pondré...

—Ay, tío, si te vas a enfadar no te digo nada... Creí que...

Se hizo un silencio apesgante, angustioso.

—Sí; me he urdido una vida de compromisos y de esfuerzos y de congojosas responsabilidades... Bien pagada, pero nada alegre... Lo reconozco.

—Menos mal.

Martita humilló la cabeza, entristecida.

El hombre la miró afectuoso, preocupado.

—No te enojes, sobrina. Anda, no te enojes.

—Si no me enfado.

Retiró la mano que empollaba la del hombre.

—A ver si este año, en verano, consigo escaparme solo a descansar un mes por ahí...

—No es ése..., no es ese el camino.

—¿Pues cuál es?

—Cásate y esa será la solución..., la única solución que tienes.

—Me asusta pensar en esa solución.

—Pero ¿por qué?

—Porque es acabar de complicarme más la vida.

—Pero si ella es encantadora y desinteresada y generosa..., según me ha asegurado quien la conoce.

—¿Pero quién te autoriza a señalarme la mujer con quien me he de casar?

—Me autoriza tu conducta y tus obligaciones morales... ¿O es que crees que a estas alturas te podías casar con otra?

El hombre se desfondó, encontrándose sin apoyatura.

—Voy a dar en loco —aventuró.

—Como darás es si sigues así.

—Yo no quiero líos..., me conoces y sabes que no quiero más líos; y el problema que se me plantea ante mis hermanas y ante ella es tremendo.

—Creo que exageras.

—Sabes que mis hermanas viven en parte..., en parte muy importante colgadas de mí... Y al tomar esposa la cosa cambia.

—¿Pero por qué ha de cambiar, dada la posición económica que tú tienes y lo desinteresada, buena y generosa que es la que ha de ser tu esposa?

—Todos somos muy buenos y desinteresados y generosos, pero en cuanto entramos en posesión de las cosas cambiamos... Y para estar todos los días de peloteras con mi mujer y mis hermanas, prefiero seguir así.

—¡Cobarde! —le restalló.

—Tengo ya muchos años y mucha experiencia para saber lo que tengo que hacer.

—No lo parece.

Se hizo un silencio, pero quedaron las espadas en alto.

—Martita, hija...; pero ¿a ti quién te ha hablado de ella y qué sabes de ella?

—Sé... que no te la mereces.

—Que conste que yo soy un caballero y, como tal, me he portado con ella siempre.

—Pues lo disimulas... precisamente en el momento que más tienes que darlo a entender.

—Bueno, bueno..., eso ya veremos.

—¿Luego la aceptas?

—Yo no he aceptado nada... Te ruego que no me metas en más líos.

—Parece mentira, con la humanidad que tienes, lo cobardón que eres.

Se desinflaba por momentos.

—Estoy cansado, sobrina.

—Pero cansado, ¿de qué?

—De tanta farsa.

—Pero si esta farsa la has montado tú y nadie más que tú.

—Será sin darme cuenta que me he visto envuelto en esta urdimbre.

—Pero aún estás a tiempo de salvarte y de cortar tus ligaduras.

—Casándome, claro.

—Eso es, haciéndolas más hondas.

Terminó el pescado e hizo ademán de retirarse.

—No tengas prisa ahora y óyeme.

Mirándole con dulzura.

—A tus hermanas descuida, que yo las tranquilizaré... y, en cuanto a ella te repito que no te la mereces, ni tan bonita ni tan desinteresada y buena..., y te diré más, que si no andas... listo, no tengas luego que tirarte de los pelos por haberla perdido.

Esto último fue como una lanzada.

El hombre quedó pálido, sin aliento.

—¿Tú crees?

—Ni creo ni dejo de creer..., pero aviso.

—No..., si Arancha es muy buena y preciosa y encantadora y cariñosa... y no creo que ella me plantee ninguna papeleta...; pero mis hermanas... ¡qué te voy a decir de mis hermanas que tú no sepas!

—Se amansarán cuando veas que las sigues ayudando lo mismo. Y con Arancha, como tú la llamas, estarán amables, por la cuenta que les tiene.

—Sí, eso sí.

—Pues... ¿a qué esperas?

—Es tan cómodo el no hacer nada, el no decidirse... Sobre todo cuando se es tan pesado como soy yo —bromea.

—Hasta donde pueda, yo te lo allanaré todo.

—Así tendrá que ser, porque si no...

—Se queda pensativo, lejano, ausente.

De repente se ríe.

—¿En qué piensas?

—Pensaba en el efecto que le hará mi matrimonio, cuando lo sepa, a la señora de don Diego, mi jefe.

—¿A la mujer del señor Gobantes?

—Sí.

—Cuanto más católica sea, mejor le parecerá.

—En cuanto a catolicismo... a eso que se llama ahora catolicismo, es de primerísima división. Tiene el palacio de la Castellana festoneado de frailes y monjas, que van todos los días a pedir para sus conventos y fundaciones... y nunca salen decepcionados.

—Yo le suelo decir a su marido: «Qué suerte tiene usted; con una mujer así, seguro que salva usted su alma.»

—A pesar de los pesares, lo veo difícil —me suele contestar él.

—Por lo oído, no es tan católico como ella.

—Si el catolicismo puede ir unido a la falta de escrúpulos, sí, por qué no. He leído hace poco un viaje del judío Ford por España y hace esta observación, verdaderamente sagaz: «Observo que en España todos los ladrones son católicos.»

—Tío, por Dios.

Se ríe con toda su alma.

—Consiénteme que me ría, sobrina; consiénteme que me ría.

—¿Pero tan millonario..., tan millonarísimo es él?

—Mucho más. Tiene capellán y capilla en su palacio... y entre curas, frailes y monjas, para que le saquen un par de millones al año no tienen que esforzarse mucho.

—¿Pero cuánto gana ese hombre para poder hacer su mujer esas limosnas?

—Limosnas precisamente no son. Limosna viene del griego: *elee mosyne,* de *leoo:* tener misericordia..., que es precisamente lo que no siente doña Elvira. Esa mujer se pasa la mañana pidiéndole a Dios que siga la buena marcha de los negocios de su marido y al mismo tiempo exigiéndole, ya que da dos millones, la salvación de su alma.

246

—No me digas que no se necesita tener piedad y misericordia por los demás para dar dos millones a los pobres todos los años...

—Es un impuesto o almojarifazgo pequeñísimo, que el marido acepta pagar a la Iglesia..., ya que él se embaula todos los años más de quinientos millones... Y no es precisamente a los pobres a quienes se lo da, sino a la Iglesia, a los servidores de esa Iglesia... Pero no confundamos la piedad y la misericordia, que jamás ha sentido doña Elvira, con el egoísmo.

—Pero a doña Elvira, como católicos, al fin y al cabo verás cómo tu matrimonio le parecerá de perlas...

—Pensará que he hecho trampa, porque ella, salvo con su marido y los suyos, es muy... muy rígida.

—¿Y a ti qué te puede importar?

—No mucho..., desde luego.

Se sonríe y mira a la sobrina.

—A él, que sospecho que no sabe nada de esto mío, le hará por dentro mucha gracia.

—¿Tú crees que nada sabrá?

—No creo; por lo menos lo he llevado y lo llevo con toda discreción.

—Menudo tiburón estás hecho tú también.

—Es la eterna lucha del mundo entre la sinceridad y la hipocresía... Y no quiero ni pensar lo que sería del mundo sin la hipocresía.

—¿Qué crees que resultaría?

—El caos.

—Y de la verdad y la sinceridad..., ¿qué opinas tú?

—Mejor es que no lo meneemos..., ¿no te parece, sobrina?

Se reía a lo somormujo, pero se le hizo tan inapagable la risa que los ojos pequeños, astutos, se le tornaron cristalinos.

Tenía delante su taza de café portugués y su copa de coñac francés, y con el café y el coñac un sonrosado suave le bañaba las mejillas fofonas. En este momento se encontraba satisfecho y en vena.

—Bueno, sobrina, guapa, estás ya disponiendo mi matrimonio y no hemos contado con quién, por deferencia, primero hay que contar, que es la mujer.

Martita fingió sorprenderse.

—Es verdad.

—¿Tú crees que..., que me aceptará por marido?

Contemplándole con zumba.

—Aunque no eres un Marlon Brando, yo espero que sí..., y eso que ella, según me dicen, es preciosa.

—¿Pero tú no la conoces?

—No.

Un tanto molesto:

—¿Ni de vista tampoco?

—Ni de vista... Una mañana, yendo con tía Rosario, que la conoce, me gritó: «Ahí va, ahí va la amiguita de Ciriaco...», pero caminaba de espaldas y no pude verle la cara.

—Pues es preciosa y todo lo que te diga es poco.

Y permanece absorto.

—¿Por qué no la traes un día, aquí, a casa, a que la conozca? Puesto que te vas a casar en seguida con ella, ¿qué importa?

—No te he asegurado que me vaya a casar y mucho menos en seguida.

—Pues cuanto antes lo hagas, mejor; te chapuzas rápido, y a otra cosa.

—¿Y si por orgullo, a última hora, no me aceptara?

—No lo creo; con la fama de millonario que tienes, resultas una buenísima proporción.

—Es muy desinteresada.

—Pero no lo será tanto..., tanto como para despreciarte. Si es mujer y tan hermosa como dices..., y es elegante..., y no es una chavalita, como tengo entendido, sino una mujer hecha y derecha... y te ha aguantado y soportado sin coyunda religiosa, durante tantos años, no creo que a última hora lo eche todo a rodar.

El hombre se sonríe.

—Mira, tío, guapo, si quieres yo también me encargaré de esto.

—«Esto», como tú dices, debe correr de mi cuenta.

—Lo hacía por aligerarte la carga.

—Dulce fardo el de esta mujer.

—Lo que no me explico es por qué has esperado hasta ahora sin hacerlo.

—Tampoco me lo explico yo.

—Mañana mismo irás y le pedirás su mano.

—Mañana me voy de Madrid y no volveré hasta muy entrada la noche.

—Pues le pides la mano por teléfono, antes de salir.

—Saldré a las ocho, y a esas horas ella duerme.

—Pues en tu ausencia, iré yo de tu parte, como sobrina, y se la pediré yo.

—Que vayas delante, a tantear la cosa..., no me parece mal.

Martita se alzó, acercándose a él, y le dio un beso ceremonioso.

—¿No ves? Si es lo mejor que podías hacer esto que vas a hacer ahora.

—Pero no te precipites, vamos a hacer las cosas por sus pasos contados.

—¡Qué alegría me das! —y volvió a besuquearle.

El hombre quedó preocupado y pensativo.

Sorbió el café y terminó la copa.

—Bueno..., que he de estar pronto en pie.

Se fue a retirar.

Le volvió hacia ella.

—¿No sientes como un contento, como una satisfacción de bien
obrar..., como una alegría y una felicidad, por ir a cumplir un deber,
que hace tiempo debías haber cumplido?

Se le frunció el ceño.

—Sí..., tal vez... Hasta mañana.

Y se retiró.

Se levantó temprano Martita y permaneció con el oído despierto,
esperando la llegada de su novio.

Cuando le oyó llamar salió ella a abrirle...

—He arreglado el asunto del tío —le soltó sólo verde.

—Qué asunto, porque tiene tantos...

—El de su matrimonio, hombre... Se casan; al fin se casan. Me
lo ha prometido.

—Está camino de Zaragoza, hasta la noche, que volverá.

—Lo sé; me ha autorizado para ir a tantear el terreno. Así es
que esta tarde iré a verla y vendrás tú conmigo..., quiero que te
conozca de una vez.

—No sé a qué esta prisa.

—Yendo en tu compañía, mis palabras tendrán más autoridad.

—Si así lo crees, iré encantado.

—Bueno... y ahora tú a trabajar, que yo me voy a ir a ver a tía
Rosario.

Pero antes de salir a la calle habló con Arancha y le comunicó:

—Aránzazu, guapa, estate tranquila y no te preocupes por nada,
que tengo que darte muy buenas noticias.

— ¡Qué alegría me das!

—Iré a eso de las cuatro a buscarte y luego daremos un paseo.

—Lo que quieras; yo aquí te espero.

Se arregló y fue a casa de tía Rosario.

La tía le buscó la expresión sólo entrar.

—Vienes muy alegre desde la mañanita.

—No creas.

—¿Qué hace mi hermano?

—Está en Zaragoza, donde pasará el día.

—¿Cómo va con su amiga?

—No sé nada.

—Te lo pregunto, porque como vives con él...

—Sabes lo que son los hombres, y a tu hermano nadie le gana
a reservado.

—Sí, es un zorronclón.

En esto sonó el teléfono.

—Es una conferencia del Burgo de Osma —dijo tía Rosario, mirando fijamente a Martita—. ¿Qué pasará? Ponte tú.

Le dio un vuelco el corazón.

—Alfonsa..., tía Alfonsa...

Le llegaba la voz opaca, desvencijada, rota.

—Martita, ¿eres tú, Martita?

—Sí, soy yo, tía, ¿qué pasa?

—Que no hemos recibido aún el telegrama de Susanita de cuándo rinde viaje.

Susanita volaba ya de azafata por las líneas Iberia, donde la colocara, por recomendación de tío Ciriaco, el señor Gobantes.

—¿Qué? ¿Qué es? —preguntó angustiada Rosario.

Se volvió la sobrina sin soltar el auricular.

—Que no tienen noticias de Susanita... y que...

Le trepó un frío tremendo por las piernas, cuerpo arriba, hasta resquebrajarle el pecho.

—... Que de Iberia no contestan..., que debe haber un barullo espantoso allí... Y que vayamos nosotros a ver qué se sabe..., que no hay noticias del vuelo que tenía su llegada a Tánger ayer a media tarde.

—¡Pobre hija! ¡Pobre Susanita...! Me temo lo peor —aulló la tía—. Cuando se empeñaba la chica en ser azafata, recuerdo que se lo dije a su madre—: «No la consientas que vuele como profesional..., que busque trabajo en tierra firme..., que siempre es más seguro.»

—Mujer, nada se sabe aún con seguridad... Puede ser un retraso en el horario..., un percance ligero... y que hayan tenido que aterrizar imprevistamente y se hayan podido salvar los del avión.

Martita se dejó caer anonadada en una butaca.

—Vamos, vamos a las oficinas de Iberia a ver qué se sabe —le exigió la tía.

Se irguió como pudo la sobrina y salieron.

En la central de Iberia había una gran nerviosidad.

—No se sabe nada, señora..., no sabemos aún nada..., es pronto.

—Pero debía haber llegado hacia las seis de la tarde de ayer y son las doce y media del día siguiente.

—Ha podido extraviarse y aterrizar forzosamente en el campo.

—Sí..., todo puede ser.

Quedaron tía y sobrina abatidas.

—¿Qué hacemos? —le planteó Martita.

—¿Y qué podemos hacer?

—Alfonsa estará esperando nuestra llamada.

—¡Pobre Susanita! —y se derramó en un llanto incontenible la tía.

—¡Qué asco es la vida, con la muerte siempre así, acechándonos! Y al menor descuido...

—Ella es la primera culpable... ¿A qué se empeñó en ser azafata? Porque en esto de los aviones, ya se sabe que el que se cae
no lo cuenta.

—Hubiera tenido una colocación en tierra y un día de lluvia va
por la acera tan tranquila, le cae una cornisa... y a otra cosa.

—Sí, la vida es una broma pesada.

—Y era un sol de chiquilla con dieciocho o diecinueve años.

—Clama al cielo —rugió tía Rosario.

Le falla el resuello a Martita y se detiene.

—No puedo más; me ahogo.

Se sientan en un banco, cerca de una de las puertas.

El barullo sube de punto en todo el ámbito.

Por las ventanillas asoman las cabezas, tartajeantes, nerviosas.

—Yo fui quien más le azuzó a tío Ciriaco para que le hablase
al señor Gobantes, que es uno de los influyentes cerca de Iberia.

—¿De dónde no es influyente ese gánster? —aulló Rosarito—.
Por si acaso, no se le ocurre recomendar a su hija.

—Yo, yo fui de las que más le quiñó al tío.

Escondió la cara entre las manos y se dio a llorar con un ansia
acongojante.

—Yo, yo tengo mucha culpa de lo de la pobre prima.

—Pero si cuando le toca a uno morir, no se sabe ni cuándo, ni
cómo ni por qué es su hora... ¿Tú, qué tienes que ver con todo esto?
Martita, hija... ¿Tú qué tienes que ver?

—¿Y qué le decimos ahora a tía Alfonsa?

—Pues lo que hay... Que con seguridad aún no se sabe nada.

Mirando a la sobrina:

—¿Cómo te encuentras?

—No puedo con mi alma..., pero vamos.

Al salir tropezaron con dos señores que llegaban febriles.

El uno le decía al otro:

—Sospechan que han caído al mar cerca de Gibraltar... y andan
buscando los restos.

Las dos mujeres se miraron.

—¡Qué horror! —lloró Martita—. ¿Cuáles habrán sido los últimos momentos de Susana?

—Sí... Morir así, con todos los sentidos, y a su edad... tiene
que ser horrible.

—Y yo soy quien tiene más culpa..., porque tío Ciriaco no quería de ninguna manera que volara.

—Déjalo... Todos y nadie tenemos la culpa, y ella la primera.
Tenía que morir así y a sus años... ése era su destino.

—Y lo ha cumplido fielmente.

—Es verdad; nadie escapa a su destino.

—Nadie, nadie.

Se volvieron a casa de tía Rosario.

—Habla, habla tú con ella... Después de todo es tu hermana y a ti te corresponde darle la noticia.

—¿Pero qué noticia le he de dar?

—La que hay..., que se sospecha que ha caído a la mar.

—¿Y cómo le digo yo eso a mi hermana?

Se contemplan las dos mujeres, se echan a llorar y se abrazan.

—¡Pobre, pobre tía Alfonsa!

—De quien hay que compadecerse es de la muerta, porque el que se muere..., el que se muere...

—No sé qué decirte..., pues Susanita, al fin, descansa.

—Pero ¿qué es descansar, tía? ¿Me quieres decir qué es descansar?

—Descansar es... no pensar.

—Pero yo quiero pensar, porque únicamente el pensamiento es vida... y vivir, vivir es lo que importa.

Mirándola:

—Tú aún eres joven... y tienes ilusiones..., que Dios te las conserve muchos años..., porque el día que las pierdas...

—Pobre, pobre Susanita..., pobre, pobre... —se compadecen las dos mujeres.

Ya en casa, solicitan la conferencia.

Martita, al oír el timbre del teléfono, escapa rugidora, sollozante.

—Calla, hija, calla, que no me dejas oír —le suplica la tía.

Al fin le ponen con su hermana.

—Alfonsa..., ¿me oyes?... No, no hay noticias seguras.

—A Rufo le han dicho que..., que han caído a la mar...

—No... A última hora... verás cómo aparecen.

Se oyó un rugido y el golpe seco de la caída del auricular.

—¡Alfonsa! ¡Alfonsa!

El hilo temblaba estremecido dentro del aparato, como acongojado, a pesar de ser inerte.

En seguida cortaron la comunicación.

A la hora de comer, Martita volvió a su casa, porque quería hablar con su novio.

Se iba a ir en aquel momento.

—¿Te has enterado de la desgracia?

—Como no me la digas...

—En el avión ese que ha caído al mar, cerca de Gibraltar, iba de azafata Susanita, la hija mayor de Alfonsa.

—¿Es la que recomendó don Ciriaco al señor Gobantes con tanto ahínco?

—La misma.

Y se derrumba en una silla y se da a sollozar.

—Es lo inevitable. A todos, tarde o temprano, nos llama la muerte.

—Pero Susanita era una cría y, sobre todo, yo tengo la culpa de

252

que fuera azafata, porque soy quien más me empeñé cerca del tío para que hablase a don Diego... Yo, yo soy quien tiene toda, toda la culpa...

Gañía, se desmelenaba y se arañaba enloquecida. Los dientes le castañeteaban, mordientes, depredadores.

Su novio la acorrió y le dieron un tranquilizante.

—¿Pero tú qué culpa tienes, Martita, por Dios? ¿Qué culpa tienes? Lo que hiciste, lo hiciste por su gusto, porque era su ilusión y su deseo.

—Eso sí..., ella me lo pidió... y me lo suplicó..., ella, ella.

—Pues entonces.

—Pero no sé por qué yo preveía lo que iba a pasar, más de una vez pensé... y si el avión tuviese un día una avería..., si la tuviese..., si la tuviese.

—Nadie puede prever eso..., porque, en ese caso, no la hubieras recomendado tanto al tío.

—No sé lo que pensar ni lo que hacer... ¡Qué puedo ahora yo hacer por ella! ¡Qué puedo yo ahora hacer...!

—Nada..., es tarde para todo..., tarde, tarde.

—Me conozco y toda la vida la tendré quemándome la conciencia..., toda la vida.

La dejó bajo el cuidado de Felipa, más sosegada y acostada.

Lorenzo volvió en seguida de comer.

Encontró a Felipa haciéndola reflexiones para que se alimentara algo.

—A ver si usted la convence, señorito.

Intentó vanamente, hasta que la consintió siguiese sollozando.

Se sentó a los pies de la cama y esperó en vano.

Poco después notó que Martita dormía.

Consultó su reloj y eran las cuatro y media.

Salió y le comunicó a la mecanógrafa:

—Si llaman por mí o me necesitan, estoy aquí atendiendo a la señorita.

Era de esos días en que sentía una desilusión inmensa. Recordó unas palabras de la lectura de la víspera:

«Ignoro de qué estamos hechos y me interesa poco el hombre que a ello se dé; pero lo que creo saber es que se trata de un tejido malo y que se desgasta en el tiempo de mi vida.»

«Es lo inerte y no lo vivo lo que vence en el universo. Morir es pasar del lado del más fuerte.

Se mata un hombre. Es un asesino. Se matan millones de hombres. Se es un conquistador. Se mata a todos: se es un dios.»

«Lo espantoso de morir es desaparecer sin haber comprendido. El crimen de la muerte no es que nos mate, sino que al cortar nuestra angustia nos confiere la eternidad.»

«No pudiendo ser más que una bestia..., ¿no valdría más ignorar que lo somos?»

Se movía Martita y se puso el hombre de pie.

—¿Cómo estás?

—Mejor.

Le tomó la mano y se la besó con dulzura.

—Ahora comerás algo.

—Si tú quieres, sí... —y le sonrió.

Mirándole tiernamente:

—He tenido una pesadilla tremenda, pero ahora aquí, despierta y junto a ti, no me importa... Tu presencia..., no sé..., pero me da una confianza...

—Eso me gusta.

La solivió e incorporó.

Le repiqueteaban los ojos a la mujer, chanceros, alegres.

Respiró y suspiró a un tiempo.

—Dame la mano —le pidió.

—A ver si nos casamos pronto..., ¿me oyes, Loren? A ver si nos casamos pronto... Bueno, primero se casarán Arancha y Ciriaco, y luego, en seguida, nos casamos nosotros... ¿Te parece?

—Cuando tú quieras me parece bien.

—La vida es otra pesadilla, que entre dos que se quieren siempre se soporta mejor..., ¿no crees?

—Sí.

—¡Pobre Susanita! Morir cuando empezaba a estrenar la vida...

—Sí..., es bien triste.

Comió en la cama un poco.

—Ahora a ver si consigues dormir un rato.

Al encontrarla más animosa, Lorenzo pasó a su escritorio y continuó trabajando.

Pero de repente oyó un grito espantoso hendiendo toda la casa.

Era de Martita.

Se levantó rápido y fue a su alcoba.

Felipa la acorría.

Se echó en brazos de su novio.

—¡Qué horror, Dios mío, qué horror! He soñado que veía a Susanita hundirse en la mar y pedir socorro desesperada. He ido yo corriendo a salvarla y nos hundíamos las dos y nos ahogábamos las dos..., las dos.

La golpeaba el pecho una espantosa taquicardia.

—Y yo no quiero morirme..., no quiero, no quiero.

—Pero ¿quién habla de morir, chiquilla mía? Calla, anda, calla, calla.

Se apretaba contra el pecho del hombre con voluntad de penetración, de incorporación.

—... Y yo no quiero morirme, no quiero, no quiero.

—¿Quién habla de morir, cariño?

—Vamos a casarnos pronto, pronto... Cuanto antes, mejor —le suplicaba, le pedía.

Le dio Felipa un calmante y se fue aquietando.

—He sentido y he visto que nos ahogábamos como te veo a ti... Y no quiero, yo no quiero morirme, no quiero, no quiero.

—Vivirás..., verás..., y viviremos muchos años casados y con hijos, muchos, muchos hijos.

— ¡Ay! —suspiró—. ¡Que Dios te oiga! ¡Que Dios te oiga!

No le soltaba de la mano al hombre.

La dejó confiada a la criada y volvió a su trabajo.

De cuando en cuando se asomaba a verla.

—¿Cómo estás?

—Mejor. Ha sido una pesadilla horrorosa... Pero para la pobre Susanita no ha sido pesadilla, no ha sido..., no ha sido.

Se dio a llorar con una mansa fluencia.

—Cálmate, cariño, cálmate.

—Déjame, que esto me consuelo.

A media tarde tenía hambre y comió un bocadillo de jamón y bebió un vaso de leche.

Miraba las cosas como aflorando del hondón de un pozo.

Suspiraba y alzaba el pecho con frecuencia.

Más tarde reaccionó y se le fue el pavor de morir.

Sabroseaba la vida con gustaduras y deleites.

— ¡Qué bien me encuentro ahora! —le brindó alborozada al hombre. Pero no se atrevía aún a soltar sus amarras y seguía prendida a él por la estacha de su mano.

—Cásense, cásense pronto..., es lo mejor que podrán hacer —les animó Felipa—; que esto del amor, como todo, se apaga.

—Y antes de que se nos apague..., ¿verdad, Felipa?

—Sí, antes hay que hacerlo, antes.

Martita miraba a su hombre con repiqueteos y relumbres.

Los ojos y la faz se le bañaron de una luz nueva.

—Hemos de ir a ver a Aránzazu.

—Ahora estáte tranquila sin pensar en nada.

—Si me encuentro muy bien...

Desmesuró los ojos, ufana, regalona.

No volvió a hacer alusiones a Susanita.

Los suspiros frecuentes le servían de ejercicios de respiración. Un petilleo picarón le regalaba la faz.

—Me da la impresión como de salir de una gravísima enfermedad..., pero que conste que todo esto te lo digo desde la otra orilla del recuerdo... ¿Me entiendes?

Y le zangoloteaba el brazo.

—Sí.

—Qué contenta estoy... Qué feliz me encuentro... No sé, siento como un enorme suplemento de vida jugándome en las venas.

Lorenzo, sin soltarle la mano, la miraba risueño.

—Yo también me siento dichoso de que tú lo seas.

—Vaya, les dejo —les brindó la sirvienta.

De repente, la mujer se tiró de la cama.

—Vete, vete un rato fuera, mientras me preparo.

Se tapaba con una mano abierta el descaro del escote.

El hombre volvió a su trabajo.

Se oyó el timbre del teléfono. Después una voz viril contestando. Mientras se vestía, pensaba la mujer: «Qué feliz voy a ser con él..., qué feliz, qué feliz...»

Más tarde llamó a Aránzazu.

—Espéranos, que vamos en seguida mi novio y yo —le anunció.

—Bien, bien —le contestó Aránzazu.

Lorenzo hizo poco después acto de presencia.

—Estoy a tu disposición —le sonrió a su novia.

Salieron.

—Verás, esta amiga del tío, en adelante, para ti y para mí será Arancha. Es una delicia de bonita, de elegante y de buena. Hay hombres con suerte y uno ha sido el tío. La suerte cuenta mucho en la vida de las personas..., ¿verdad?

—Ya lo creo.

—Pues verás, te va a entusiasmar... Yo, porque no soy celosa y se trata de Arancha; por lo demás, no te la presentaba. Es preciosa y tiene clase y gusto, y una mirada sencilla y resignada y cariñosa al mismo tiempo... Te repito que al tío le ha caído el gordo de la lotería con conocer a esta mujer.

—Tu tío lo merece todo... porque en el fondo es muy bueno... y más genoroso de lo que al primer momento parece.

—Te habrás fijado que el tío en el primer instante se suele negar a todo... Más tarde, casi siempre condesciende.

—Es la defensa del tímido.

—Sí, los tímidos se abroquelan así.

—Yo, el defecto más grande que le encuentro es que todo lo hace con voracidad: los negocios, la comida, el fumar, la bebida. Si para el amor es así...

Se contemplan.

—Pobre Arancha —sonrió el hombre.

—Es voraz, ¿no te parece?

—Sí, ésa es la expresión... Y es que tiene una inteligencia clarísima y voraz..., y en él todo es voraz... y no sabe o no quiere disimular esa voracidad.

—Yo creo que no sabe..., por eso es a veces tan infantil. Es voraz e hipócrita hasta la carcajada.

—Pero no hay que olvidar que a la hora de la bondad también

es voraz... Y esto, lo sé yo bien, le ha hecho dejar de ganar muchísimo dinero. En una palabra, que tu tío no tiene alma de «gangster». Y a la hora de la codicia arrebatada, quiebra por el lado de la bondad.

—Sí, esa misma actitud ante sus hermanas y de gruñir como un oso cuando le vienen a pedir dinero y ayudas para salir adelante..., para más tarde darles lo que le piden. El día que le faltase este acoso se moriría; lo necesita como el aire. Ese saber que todas, con sus maridos y sus hijos, viven al costeo de él... le envanece... y le disipa muchas de sus dudas de conciencia.

—Su mayor satisfacción es pensar que tiene que trabajar para toda la familia...; porque para el trabajo, más que para nada, es voraz..., verdaderamente voraz. No hay quien le siga, derrenga a todos: mecanógrafos, taquígrafos, secretarios; nos derriba a todos, alanceados. Es un espanto. Y toda la vida ha sido así..., desde estudiante, según tengo entendido. Para mí es un respiro cuando viaja o va fuera. Yo no puedo evitarlo. Me gusta el trabajo, pero soy un hombre divagador y un tanto soñador. Y él es un hombre seco, rotundo, claro, duro, directo, sin imaginación.

Se hallaban a la puerta de la casa de Aránzazu y tocaron el timbre.

Salió una criadita, que les pasó a la sala.

De repente surgió el recortado milagro de Aránzazu.

—¿Qué es eso, Martita?

Se inclinó el hombre.

—Hola, Aránzazu.

Se besaron las dos mujeres.

—Te presento a Lorenzo, mi novio.

—Tanto gusto.

Se dieron las manos.

El hombre la miró embelesado.

—Sentaos, sentaos —expresó la guipuzcoana.

Lo hicieron.

—Bueno..., ¿qué es eso?

—Que vas a ser mi tía... y pronto.

—Me alegro, sí..., me alegro mucho.

De repente, las lágrimas le hicieron cristalinos los ojos.

—Perdonarme.

Sacó el pañuelito y se las secó.

—Ya ves..., todo llega —le brinda Martita.

—Sí..., todo llega.

—Anímese usted; don Ciriaco hará un marido perfecto y considerado.

—De esto estoy segura —recoge la mujer.

Al sentirla tan emocionada, Martita cambia la conversación y le brinda:

—¿Por qué no te arreglas y vamos a dar una vuelta?

Mira a la mujer y mira al hombre, agradecida.

—Aún no... Ya saldremos..., ya tendremos tiempo de salir. Pero no sabéis bien lo contenta que estoy, por ti..., por los dos..., y lo lisonjeada y complacida que... que me siento.

Se le notaba emocionada y conturbada y, antes de romper tal vez en un sollozo, se pone en pie y les ofrece:

—Vais a tomar algo conmigo, ¿eh? No me digáis que no...

Se retiró y volvió en seguida.

Más tarde vino la criadita con un vino generoso, jamón y unas pastas.

—¿Tío Ciriaco vuelve esta noche?

—Sí, después de comer me ha llamado desde Zaragoza.

—¿Y te ha dicho algo?

—Que mañana hablaremos y que me dará muy buenas noticias... Le he notado que intentaba estar con más cariño que otras veces..., y ya es difícil, porque él siempre ha sido conmigo muy delicado y cariñoso.

Martita se hallaba nerviosa.

—Menuda suerte ha tenido el tío con conocerte —le ofreció.

—Más ha sido la mía con tratarle a él... Sin él, en aquellos momentos, qué hubiera sido de mí, Dios mío..., qué hubiera sido de mí.

—Lo peor ya pasó; ahora la vida será para los dos un disfrute sosegado y tranquilo.

—Eso espero.

—Dios aprieta, pero no ahoga.

—Sí; a veces ya aprieta, ya..., y El sabrá por qué.

Se hace un silencio necesario mientras mojan los labios y mordisquean alguna pasta.

El hombre encuentra la situación embarazosa.

—Martita, Aránzazu tendrá que hacer sus cosas... Vamos a despedirnos.

—No, sigan, por favor... Me hace bien que me acompañen.

Lo suplica humildemente y Lorenzo y su novia se sienten alcanzados por su suavidad.

En sus menores movimientos y expresiones desaloja la mujer una sumisa dulzura.

—No parece que estoy muy contenta, ¿verdad? Pues lo estoy...

Intenta sonreírse y se le trunca la sonrisa.

—La vida no es una broma, ¿eh?

—Para muchos, no... Y cuenta tanto la suerte...

—Del mal, el menos; nosotros no nos podemos quejar —recoge Martita.

—Sobre todo, ahora —alegra Arancha.

Martita la observa y le hace el elogio de una sortija de brillantes aéreamente montados sobre platino.

—Es preciosa.

—Me la regaló el primer aniversario de conocernos.

La conversación, los trajes, los muros y el silencioso recato de la casa, todo habla a los sentidos de un discurrir honesto.

—¿Qué me decís de esa pobre chica, vuestra sobrina? A ésa sí que no le ha acompañado la suerte.

—No; cuitada.

—Para Ciriaco, que la adoraba, va a ser tremendo.

Un momento tiembla en el aire el recuerdo de Susanita.

—Tan joven, morir tan joven y con todos los sentidos abiertos, debe de ser espantoso.

—Siempre es horroroso morir, pero más en la mañana de la vida —asegura el hombre.

—Quién sabe si muriendo a esa edad se evitan muchos sufrimientos.

—O tantas dichas.

—Quién sabe cuál va a ser la vida de cada uno.

—¿Habrá perdido una vida desgraciada o habrá perdido una vida feliz?

—Lo más probable es que haya perdido una vida desgraciada —sostiene el hombre—. La felicidad no es cosa fácil; es, por el contrario, muy difícil encontrarla en nosotros e imposible hallarla fuera, según un pensador.

A esta altura de la conversación, serían las ocho, cuando se oyó hurgar con un llavín en la puerta.

—Es Ciriaco —confesó la mujer, y se sonrojó.

Era él y se le oyó avanzar hasta la sala.

—¡Hola, cuánto bueno! —exclamó, alterado.

Se adelantó y besó a Aránzazu en una mejilla.

—¿Cómo has llegado tan pronto? —le preguntó la sobrina.

—He terminado a primera hora de la tarde, antes de lo que pensaba, y en vez de esperar al tren me he metido en un coche y he venido... ¿Qué hacía en Zaragoza esperando el tren dos o tres horas, estando vosotros aquí?

—¿Sabes lo de Susanita?

—¿Es alguna de esas azafatas del avión que ha caído sobre el mar?

—Parece que sí.

Hundió la cabeza en el pecho y se dio a sollozar gemebundamente.

—Yo, yo tengo la culpa... Yo, yo... y nadie más que yo...

—Tú no hiciste más que satisfacer el capricho de la sobrina..., no sé por qué tú vas a tener la culpa —le acorre Aránzazu.

—De sobra sabía yo el peligro de los aviones..., de sobra, de sobra... Y ella era una chiquilla, una chiquilla.

Alza la cabeza, toda bañada en lágrimas.

—Nunca debí haberle hecho caso..., nunca, nunca. Toda, toda la vida la tendré sobre mi conciencia..., toda, toda.

—No, por Dios... ¿por qué? —le gritó Aránzazu.

—Su padre tampoco quería fuese azafata..., tampoco, tampoco. ¿Cómo me presento yo ahora delante de su padre y su madre? ¿Con qué cara, con qué cara?

—Por Dios y por los santos, Ciriaco, cálmate.

—¿Y qué dice su madre? ¿Habéis hablado con ella? ¿Qué dice?

—Está desolada, como muerta.

—Yo, yo tengo la culpa; yo me empeñé en que la dieran plaza; casi se lo exigí a don Diego... Fue un asunto de amor propio, porque sus ejercicios fueron bastante medianos... y yo insistí. Recuerdo que don Diego me dijo: «Ni que fuera hija suya; hecho, hecho, hombre.» Porque esa insistencia mía... ¿Por qué no la dejé en el aire esperando otra oposición, a ver si, mientras tanto, se le pasaba su afán de ser azafata...? Esa ilusión que tienen tantas mujeres de volar...

—Pero tú lo hiciste por su bien, creyendo satisfacías un deseo de la chica y mejorabas la situación de tu hermana, aportando unos miles de pesetas más todos los meses a su casa —trata de tranquilizarle Martita.

—¡Ay, qué catástrofe, Dios mío, qué catástrofe! ¡Y qué torcedor para mí toda la vida..., qué torcedor!

Volvió a enrejar su cara entre los dedos y a sollozar con una angustia ahogadora.

—Pero ¿qué he hecho yo, Dios mío, qué he hecho..., qué he hecho?

En vista de que, más que consolarle, le exacerbaban las reflexiones, le dejaron con su dolor, todos tocados de su pena.

Se hizo un moridero silencio.

El aire se partía en mil planos...

Las caras se volvían unas a otras, apuntalando su congoja.

—Por Dios, Ciriaco, ya no es tiempo para nada..., olvídalo... Tu voluntad bien manifiesta ha quedado... —le acorre Aránzazu.

—¿Pero cómo me presento yo a sus padres..., cómo, cómo?

—De sobra saben sus padres que tú la adorabas.

—Y en cuanto al riesgo de la profesión, no era una niña Susanita para no saber el peligro que corría.

—Sí, sí, pero dejaré yo de ser culpable indirecto de su muerte, porque si yo no me empeño, no le dan el puesto, y si no se lo hubiesen dado se habría salvado.

—Se hubiera igual desnucado resbalando con un pellejo de plátano —le gritó Aránzazu—; y vamos a dejarlo.

—Siempre quedaré en deuda con sus padres y será una deuda que jamás con nada les podré pagar.

—Ha sido la fatalidad —cerró Martita.

Permaneció un rato aullando como una bestia apaleada. A nadie se le ocurrió ya hacerle ninguna reflexión.

Más tarde se fue apagando, apagando.

Aránzazu se alzó y le trajo un pañuelo para que se enjugase, pues el que usaba se hallaba todo empapado.

Lorenzo consultó con la de su novia su mirada.

Se irguió e intentó despedirse.

—Por Dios, no os vayáis ahora; en la situación en que estoy, no nos dejéis solos —les suplicó.

—Sí, no os marchéis —les pidió Aránzazu.

Se fue serenando y empezaron a hablar de otras cosas.

Aránzazu les abandonó al rato.

Lorenzo le dio parte de las novedades del día.

—Ha llamado don Diego, que se ponga al habla esta misma noche con él.

—Después de cenar le llamaré.

Parecía más sosegado, más dentro de sí.

«Más allá de la desesperación hay tal vez algo que no es precisamente resignación.» ¿Por qué se acordaba ahora de este pensamiento?

—Es tardísimo; son las nueve y media —saltó Martita, consultando su reloj y poniéndose de nuevo en pie.

—No os vayáis…, por lo que más queráis; no nos dejéis solos, cenad con nosotros…

Se lo pedía como un niño atemorizado.

A Lorenzo le apenó verle tan cuitado.

—Pero a condición de ir a cenar a la calle.

—No, no; yo no me muevo de aquí. Arancha, prepara en seguida una cena para los que sean… Hace un rato que la oí dando ya órdenes a la criada.

En seguida hizo acto de presencia Aránzazu en el marco de la puerta.

Venía sonriente.

—Me he figurado que no os quería dejar marchar… y he mandado a la chica… Esta mañana he visto en la pescadería de la esquina unos pescados fresquísimos… y ha ido por ellos.

Mirándoles con beneplácito:

—¿Os gusta el besugo?

—¿Pero para qué te has molestado?

—Por verle a él contento.

Ciriaco parece haber sobrepasado su enorme bache de angustia y mira a las mujeres, casi risueño.

—Pero podíamos haber ido a un restaurante y te ahorrabas tú todo este jaleo.

—Si me gusta… Me gusta mucho la cocina… Y el besugo a la «guipuzcoana» a éste le entusiasma…, y me he figurado, así, tristón como le ha dejado lo de la pobre sobrina, que no le quería dejar marchar.

—Sí, por favor, no os vayáis —compunge la cara, suplicándoselo.

—¿No veis? Es un niño grande —espaladinó Arancha.

—Pero sin tener nada preparado...

—¿Eh? En seguida se prepara.

—Bueno.

El hombre se siente satisfecho y confortado por tanta inmediación cariñosa.

Al poco tiempo bromea con la sobrina.

—Verás cómo pone el besugo, qué cosa más rica.

—¿Qué hacemos de las Hidroeléctricas del Sil..., vender o esperar a ver qué sale de la Junta General que tienen pronto? —inquiere Lorenzo.

Reaparece Arancha y mira a todos sonriente.

—Unos momentos, ¿eh, unos momentos nada más.

Martita se va con ella y quedan los dos hombres solos.

Se oye un ruido de platos y de cubiertos.

Al poco rato vuelve Arancha y les avisa:

—Podéis pasar al comedor.

Una vez acomodados empiezan a cenar.

Les sirve la criada una sopa de ajo con un huevo escalfado a cada uno.

Su novio y Martita observan la voracidad con que ataca el tío; hombre prudente de suyo, sin embargo no sabe contenerse ante la comida. Parece que el dolor de la muerte de Susanita debiera sujetarle y apagarle las ansias, pero no es así. Trasiega gulosamente. Los ojillos le chispean vibrátiles, hambreadores, como si el dolor de pérdida tan sensible le encendiese en una abrasante tragonía.

—Vete con calma, hombre, —le frena, cariñosa, Arancha.

Con el besugo les sirven vino tinto, como pescado de grasa.

La fruición se hace en tío Ciriaco deliquio, enfermizo deliquio.

Se ha zampado él solo un besugo grande.

—Que Dios te conserve ese apetito para las cosas —le brinda la sobrina, disimuladora.

Al hombre le tiemblan las manos rapaces.

—Es una carne sabrosa y exquisita la del besugo condimentado así —exclama Lorenzo.

—Sí; casaos, casaos pronto —les anima Martita.

—Pero en cuanto nos casemos tendré que ponerle a régimen.

—Pues a pesar de los pesares —recoge Ciriaco y sonríe...

Se casaron en cuanto fue la primavera y se fueron a París.

Por entonces, Martita y Lorenzo tintaban de su enamorada ternura los jardines y calles de la ciudad.

La mujer se le daba en la mirada.

Tómame ahora que aún es temprano
y que llevo dalias nuevas en la mano...
Ahora que tengo la carne olorosa
y los ojos limpios y la piel de rosa.

Soñaba con la poetisa.

—Nosotros también —le planteó la mujer, ansiosa.

—A la vuelta a Madrid nos casamos —aceptó el hombre.

Iban a pasar unos días del verano los dos a Minglanilla.

A él le hacía ilusión volver al pueblo y sumergirse en el ambiente de su niñez y ver a los conocidos y empaparse de su amistad.

—Me han dicho que don Andrés, el maestro, está muy viejo y retirado..., y quiero verle y pasear con él algunas tardes... Sabes todo lo que le quiero y lo que le debo por sus orientaciones y sus buenos ánimos.

—Me parece de perlas que coincidamos allí, porque a mí también me conviene ver cómo van mis cosas. Heredé, como sabes, la casa de tía Marta, que la tengo abandonada, y tengo de mis padres algunas tierras y unas pocas casitas en el pueblo... que ahora en que todo está por las nubes... Me viene bien ordenar mis bienes.

—Eres una mujercita de tu casa —le sonrió.

—No olvides que a final de verano estoy invitada a pasar unos días con tío Ciriaco y Arancha en San Sebastián.

—Y a mí me conviene estar cerca de tu tío esos días para lo que vaya a tronar.

—Sé por Rosarito que todas mis queridas tías están de uñas por el casorio de tío Ciriaco y que me echan a mí la culpa de que se haya celebrado el matrimonio... Aseguran que de no haber intervenido yo, ese lío hubiera seguido así hasta la consumación de los siglos.

Consultó con la mirada al hombre.

—Rosarito no me ha manifestado nada respecto a ella..., pero sospecho que está contra mí, tan ofendida o más que sus hermanas... por el tono y la seriedad con que me lo ha dicho.

—Déjalas que con su pan se lo coman; tú has cumplido con tu obligación, que era la de aconsejar bien a tu tío, pues Arancha es una mujer encantadora..., aparte de sus bellezas, que son plurales... y a la vista están. Y empujado por ti no ha hecho más que lo que debía un hombre de su representación social y de su prestigio profesional y económico.

—Alfonsa y Amalia, que son las más farotas y descaradas de todas, creo que se suben por las paredes, y no quiero ni pensar lo que echan por sus bocas contra mí.

—No te preocupes.

A los pocos días tuvieron noticia del nuevo matrimonio. Se volvían a Madrid, donde se necesitaba la presencia de don Ciriaco para asuntos importantes.

—Sí, tu tío debía ya verse con el señor Gobantes y el grupo de textiles catalanes, con quienes andan en tratos para formar un gran *trust*. Habrá de estar aquí de un momento a otro.

Por entonces recibió Martita carta de Arancha.

Estaba escrita en una letra impecable, muy *Sacré-Coeur*.

—¿Has observado? La caligrafía y la redacción son perfectas.

—Nadie diría que es una mujer de familia muy modesta de un pueblo y para quien el castellano es una lengua aprendida ya de mayor.

—Es maravillosa.

—Ella siempre se ha preocupado de no desentonar junto a él pensando, como mujer lista, que el día de mañana sería su señora, como así ha sido.

—Para eso le ha servido la inteligencia, para estar siempre con sencillez a la altura de los puestos que debía de ocupar.

El carpintero y el pintor preparaban la casa; se oía su afanoso trajín.

—¿Y de su empecatado piso de María de Molina?

—Creo que lo han vendido ya —le contestó su novia.

—Está oportunamente en todo.

—Como debe ser. El mismo día de su boda licenció a su servicio, que se fue llorando.

Todo lo que tocaba aquella mujer se imantaba de su sencillez y de su bondad, bajo el sol de su sonriente belleza.

—Está en todo, como se suele decir.

—Pero con naturalidad, como si fuese así y no pudiera ser de otra forma.

Llegaron a los pocos días.

El hombre traía el rostro asistido de complacencia y serenidad. Ella se manifestaba más sonriente, más dueña de sí.

—Hola, Martita, guapa.

Se abrazaron.

Había traído unos regalos suntuosos para todos, hasta para las hermanas de él. Cuando se enteró, días después, de que en el primer momento habían dicho pestes de ella, se condolió:

—Cuitadas, bastante desgracia tienen en ser así.

Fue su único comentario.

A los pocos días de llegar se había hecho ya con Anita, la cocinera, y Felipa, antiguas sirvientas de su marido.

—Parece que ha sido señora toda la vida —opinó Felipa.

—Yo no sabía cocina hasta que ha llegado ella —comentó Anita.

—Bueno, ahora os toca a vosotros —les ofreció a Martita y Lorenzo una noche en que cenaron juntos—. Ciriaco y yo seremos los padrinos, como vosotros fuisteis los nuestros. Sabéis cuánto os queremos y lo agradecidos que estamos —y le riló suavemente la voz.

Martita se emocionó y miró a otro lado.

—Preparaos para el otoño, a la vuelta del verano.

—Así me gusta, así me gusta —subrayó Ciriaco.

A los pocos días, el señor Gobantes salía para París y Londres, y a su vuelta hizo don Ciriaco, en avión, un viaje rápido a Ginebra y Zurich.

Bien metido en días julio salió Martita para Minglanilla.

Le acompañó hasta la estación del Norte Arancha, para despedirla.

De vuelta, la acompañó Lorenzo a su casa de Ayala.

En el taxi en que hacían viaje le dijo:

—¡Qué mujer se lleva usted, Lorenzo!

—Sí..., es una delicia. No hay duda que soy un hombre de suerte.

—Los dos hemos tenido suerte; porque no hay duda de que yo, a pesar de mis desgracias de juventud, he encontrado al final...

Se le blandeó el ánimo.

—Claro que, en una está...

—Sí, sí..., la felicidad se la ha de amasar uno a brazo partido; lo necio es ir a buscar fuera.

—Sí..., una se la ha de hacer a fuerza de sacrificios, abnegaciones y... y dulzuras.

—Dentro de uno, dentro de uno están los materiales.

Para el taxi y descendió Arancha.

Lorenzo siguió en él a su casa.

En cuanto aminoró un tanto el trabajo de la oficina, por ausencia de Madrid del señor Gobantes, con la canícula, pidió sus vacaciones Lorenzo y salió para el pueblo.

Martita le esperaba ansiosa.

—Cuánto has tardado en llegar —le manifestó al besarle.

No tenía ya nadie en su pueblo, más que su novia, y hubo de parar en el hotel.

Don Andrés, su maestro, vivía retirado de la docencia y, muy anciano, seguía con su vieja manía de forestización y desforestización de la patria. Don Celso Carballo, el médico, se hallaba paralítico en un sillón de ruedas y no le andaba ya la cabeza. Sólo parecía tener inteligente vida en sus ojillos vivaces. A don Anselmo, el notario, le habían trasladado ya hacía años. Don Rúper, el farmacéutico que adoraba el teatro de Calderón, había muerto y le había sustituido en la botica un hijo ye-ye.

Algunas mañanas iba a buscar a don Andrés y charlaba con él de lo humano y lo divino y, después de comer, que lo hacía muchos días con su novia, reposaba un rato y luego leía con voracidad hasta la hora de salir con Martita.

Leía con profusión a los biólogos. Se había acostumbrado en el destierro a estudiarlos. Con los años, le interesaba cada vez más la vida y el origen de la vida y sus posibilidades y esperanzas.

«¿Quién me ha traído a mí aquí? ¿Y por qué estoy yo aquí? ¿Y cuál es mi porvenir y el de la humanidad?», se preguntaba angustiado muchos amaneceres sequerizos. Y buscaba con ansia enfermiza en los libros.

«El hombre podría tener, a partir del presente, el poder de actuar profundamente sobre el hombre. Con sólo aplicar su saber actual podría elevar, en algunas generaciones, el nivel físico e intelectual de su especie. Ahora, él rechaza este progreso que está al alcance de su mano, antes que deberlo a medios que juzga incompatibles con su dignidad. ¿Pero los rechazará mañana? ¿Los rechazará siempre? Y una humildad arruinada por sus físicos, ¿no se verá reducida algún día a pedir a sus biólogos que le restituyan en calidad lo que han perdido en cantidad?

El hombre tiene el derecho, y tal vez el deber, de no querer tratarse a sí mismo como ganado; pero debe saber que así rechaza el único medio de acentuar la distancia biológica entre él y la bestia.

Si algún día una biología más madura llegara a suscitar la génesis de un ser sobrehumano, ¿cuáles serían las reacciones del hombre para con él? ¿Se felicitaría de tener al fin un compañero en su soledad y de poder esperar de un cerebro que pensara mejor la solución de los grandes enigmas con los que su frente se ha estrellado hasta ahora? ¿O deploraría el haber creado con sus propias manos a ese ente el cual no sería sino un hermano menor o espolique?

Todas las esperanzas le están permitidas al hombre, aun la de desaparecer.

Por mi parte, rehúso creer, contrariamente a una opinión evidente, que el hombre sea para el hombre un porvenir suficiente.

¿El superhombre? Tal vez fabriquemos un día a ese que nos comprenderá.»

Una angustia corporal que le enfriaba de helor hasta las uñas de los pies le ganaba con estas lecturas. Era hombre impresionabilísimo y la mente se le encerezaba de preguntas..., pero la presencia de su novia, con su matrimonio cercano, y el amor de la mujer y de los hijos venideros le volvía a ganar para la relampagueante vida.

—Escucha, Martita, en cuanto nos casemos, mejor dicho, antes de casarnos, tenemos que comprar un piso en Madrid...

Y se dieron a buscarlo.

—A mí me conviene no lejos de la casa de tu tío, que pueda ir estirando un poco los pies hasta el trabajo.

Encontraron una casa en construcción al final de Ayala, antes de llegar a las Rondas, y la compraron.

Su precio, muy cerca de dos millones de pesetas.

—Quedamos hipotecados para toda la vida —confesó la mujer.

—Somos aún jóvenes y a nuestro alrededor florece la riqueza —le sonrió el hombre.

—Ahora lo has dicho: a nuestro alrededor.

—Tu tío es generoso conmigo y todo se contagia, y en el afán de bienestar más que nada... Verás cómo salimos adelante con elegancia y holgura.

—Hay que pensar en los hijos.

—Es verdad..., me había olvidado de ellos —aceptó risueño.

—¿No lo dirás en serio?

—No.

Se miraron y se besaron.

Estaban a la vera del río y el agua rumorosa llevaba el sol desangrado hasta Oporto. A contraluz, el cielo empavonado era de una asalmonada hermosura, patética y soberbia.

Subieron hacia el pueblo.

Sonaba el silencio sobre los campos.

Al alcanzar la carretera dieron con una brazada de señoritas, que les saludaron.

—Casi todas son hijas de amigas... ¡Cómo pasa el tiempo! —reconoció la mujer.

—Ahora, con el directo Madrid-Burgos, se harán señoritas de andén, que es siempre más distinguido.

—¿Tú crees?

—Y ellas lo creen también. Cuando yo era chico, el sueño de las señoritas de carretera de Minglanilla era ya ser señoritas de andén, como las de Miranda de Ebro. Entonces se llevaba mucho la señorita de andén. Recuerdo una muchacha, Gloria, que era señorita de andén en Miranda, y que solía venir a pasar las fiestas a casa de una tía en Minglanilla..., y cuando llegaba se movía por el pueblo y por el «California» recién inaugurado..., pero nunca se dignaba pasear por la carretera..., lo consideraba de menos.

—Esta cursi que viene aquí a presumir de señorita de andén... —oponían las del pueblo, que entonces eran de carretera.

—Y siguen siéndolo.

—Pero ya para poco tiempo, porque verás cómo todas se hacen de andén.

—La verdad, ¿crees que es más distinguido?

—Sí, mucho más, y te repito que ellas también lo creen. Las señoritas de Miranda de Ebro recogen el hálito europeo, que trae la expresión de los hombres que penetran por Irún en los Talgos y en los coches-cama de los grandes expresos. Ningún hombre distinguido que llegue a España de Europa se acuesta antes de tangenciar los andenes de Miranda de Ebro.

El paso de los grandes expresos por Miranda es precioso. El andén que los espera relumbra de muchachitas bonitas. Cuando los largos vagones se detienen, las mujeres amaitinan sus ventanillas con promisora dulzura de venatorios ojeos. Porque una mirada varonil desde un gran tren de lujo es... una mirada enternecedora, que puede alimentar y hacer soñar a una muchachita semanas... y meses... y años... Esa fugacidad del tren que pasa veloz, en un relampagueo..., porque cuanto más distinguido y lujoso es un tren, menos se detiene...

—Sí, eso es verdad.

—Y el amor qué es a los veinte años..., sino espejismo y fugacidad.

—Te olvidas de los trenes que suben de Bilbao con sus millonarios.

—No me olvidaba; pero ese es otro andén... y a otras horas..., porque cuando coincidían las horas de los dos... la desolación en las señoritas de andén era tremenda... y se les veía correr de un andén al otro, desanilladas, desbarajustadas... y nerviosas.

— ¡Qué exagerado eres!

—Te digo que no... Yo he sorprendido una de esas imperdonables coincidencias... de las que son responsables los jefes de estación y los maquinistas...

—... ¿Y los trenes que venían de Madrid? ¿Y los del Sur?

—Pronto las señoritas de Minglanilla pasarán del peligro de la carretera, pues hay días que resulta peligrosísimo pasear por ella, al barullo civilizado de los andenes.

—Que según tú es ganar categoría.

—No lo dudes... No falta más que el novelista que escriba la novela de las señoritas de andén. Yo espero haya alguno que se decida.

—Y ese día aventajaremos a Miranda de Ebro.

—Desde luego.

—Eso me da mucha alegría.

Ascendieron hasta el pueblo. Junto al monumento de su abuelo se encontraron en aquel momento la brazada de las señoritas que iba hacia Madrid, con la ringla de las que caminaban hacia el Norte.

Era una algarabía pajareril.

—Hay más señoritas que en mi tiempo —le confesó Martita, contemplándolas.

—Sí, la especie humana no se extingue; no hay miedo. Verás cómo, con el tiempo, se ponen los andenes.

—No conozco la mayoría de las caras, y eso que son unos pocos años los que falto del pueblo.

—... La abundancia siempre ha sido una gran virtud... Así hay donde elegir.

—Verás con el tren.

—Esto se va a convertir en una gran urbe. Llena mucho la boca decir urbe y no pueblo..., ¿te has fijado?

—Sí.

Se sentaron a tomar el aperitivo en el «Samoa», que era la última palabra en punto a cafetería: *Snack-bar*.

—Creo que tía Lola, y sobre todo tía Amalia, que vive ahora en Salas de los Infantes, están furiosas contra mí... Te figurarás por qué.

—No te preocupes por eso.

—En cambio, con Arancha, que es la que se ha alzado con el santo y la limosna, sé por tía Lola, que como sabes vive en Miranda, empiezan a deshacerse en loas y en piropos exagerados... Y eso que no puede ser exageración tratándose de Arancha..., porque todo lo que se diga en su elogio resulta mezquino.

—Eso es verdad.

—¿Qué sabes del tío?

—He tenido conferencia con él esta mañana. Saldrá para Lisboa un día de éstos con el señor Gobantes. A Arancha le ha enviado por delante a San Sebastián. Mejor dicho, la ha dejado allí, donde la llevó hace unos días a ver qué le parecía un piso que ha comprado en Mira Concha, dominando toda la bahía.

—Es un sitio soberbio... Pero ¡qué dinero tiene este hombre! Porque le habrá costado más de dos millones.

—Alrededor de tres, creo.

—¿Y eso sólo para veranear?

—Si quiere pasar temporadas en otra estación, también le sirve.

—¿Pero tantísimo dinero tiene?

—Sí, muchísimo... La casa han empezado ahora a levantarla.

—Pues vaya boda la que ha hecho Arancha..., porque se lo merece todo.

—Contando como cuenta el dinero..., sí, buen bodorrio; además, que es el hombre más sano de mente y de corazón de lo que parece a veces..., y en su trato es sencillo y cortés... y divertido, cuando se le calienta un poco la boca...

Ladeándose:

—¿Quieres que nos quedemos a cenar?

Había muchos niños y niñas ye-yes.

Mirándole con dulzura:

—Estamos en el pueblo y hemos comido hoy juntos, y tengo una mujer en casa, que habrá preparado la cena y me espera; vamos a dejarlo para otro día.

—Como quieras.

—¡Ah! Antes de ir a San Sebastián quiero visitar a mi protegido en El Burgo de Osma. No pararé hasta que consiga sea por lo menos obispo. A ver si me ayudas en esto.

—Con el Vaticano no estamos los «desterrados» muy bien.

—¿Tú no usas nunca la palabra exiliado?

—No; el poeta anónimo del poema del Cid, que fue el primer desterrado político que tuvo la patria, nunca usó ese vocablo; es más expresivo, rotundo y hermoso desterrado: el fuera de su tierra.

—Desde luego, señor desterrado..., pero te has de poner a bien con el Vaticano; sabes que me gusta estés a bien con la Iglesia.

—Y sabes que lo estoy. Me paso el día pidiéndole a Dios, con el padre del epiléptico que curó Jesús: «Creo, Señor, ayuda a mi incredulidad.»

—¿Fuiste ayer domingo a misa?

—Sí...

. —A ver, mírame.

Se vuelve a la mujer.

Observándole:

—No sé..., me parece que me engañas... ¿Y tú eres el de la verdad desnuda?

—Pues por eso.

El hombre se sonríe. La mujer permanece seria.

—No me agrada que me engañes.

—No te engaño... Sabes que estoy por la verdad frente a la hipocresía, y que la gran tragedia de la sociedad española de ahora es el divorcio que hay entre la fe, que dice tener, y la conducta, entre las ideas religiosas y la manera de proceder. Te he repetido muchas veces la frase del judío Ford, cuando dice que «aquí todos los ladrones son católicos»

—Bien..., pero no me la repitas.

—Reconocerás que es penetrante, y también ingeniosa.

—Sí.

Se contemplan y se sonríen los dos.

—Volviendo al asunto del hombrecito a quien protejo, sabrás es inteligentísimo y el primero en sus estudios.

—¿Pero dónde has encontrado esa perla?

—En serio, descuella entre todo el seminario. A ver si conseguimos que llegue a obispo, que ya luego él se encargará de subir más. Le vas a conocer, ahora verás, pues espero que me acompañes al Burgo el día que le visite.

—Me interesa conocerle.

—Yo lo he tomado como si fuera un hijo mío..., un hijo del espíritu.

—Te comprendo.

—El que se malograse sería para mí una tragedia, con el entusiasmo, el amor y el interés que he puesto en él.

—Si es tan inteligente como dices, corre ese riesgo.

—¿Tú crees?

—Sí... La inteligencia en cantidades excesivas es una llama voraz y... peligrosa.

—Pues debía ser lo contrario.

—¡Qué quieres! Lo excesivo es desbordante y acaba saliéndose de madre. Excedere, excesum es salir, retirarse, sobrepujar.

—Déjate de tus latines.

—Espero que no sea tanto, para su tranquilidad y la tuya.

—Hubo una temporada en que todos los maestros del distrito, empezando por don Andrés, se dedicaron a buscármelo.

—¿De dónde es?

—De la parte más pobre del páramo de Burgos.

—Pero bueno, ¿su deseo y vocación era ser sacerdote o abandonar el páramo? Porque supongo será de familia paupérrima.

—La verdad es, yo creo, que las dos cosas a la vez.

—Ya, ya...

Y se quedó pensativo.

—Quiero visitarle, porque hace mucho que no le veo. Hace unos días que estuvo aquí Alfonsa, que le ve algunas veces de mi parte; le preguntó por mí y le dijo tenía ganas de saludarme. El sabe estoy aquí porque se lo ha comunicado tía Alfonsa.

—Me hace mucha ilusión... y que tú quieras verle y hablar con él más.

—No todos los días se tiene ocasión de departir con un hombre tan inteligente, como tú dices que es.

A los pocos días avisó a tía Alfonsa Martita que iría a verla.

—He hablado con ella por teléfono y la he tranquilizado respecto a la ayuda económica de su hermano Ciriaco, y le he dicho que seguirá lo mismo, pues es generosísima Arancha y nada tienen que temer de su parte... Me ha contado que está revuelto el pueblo con un robo que ha habido en la catedral.

—Vamos a esperar, pues, a que se sosieguen un poco los ánimos.

—Como quieras.

Una semana más tarde se presentaron allí.

Les esperaba Alfonsa.

Después de besuquearse y abrazarse le preguntó por Rufo, su marido, y por sus hijas.

—Rufo anda con sus males a vueltas.

—¿Qué tiene? —le preguntó Lorenzo.

—Una úlcera de duodeno, pero como le dieron el retiro está con ella muy distraído y tiene en qué ocuparse.

—¿Cómo ha quedado? —le pregunta la sobrina.

—Bien! entre una cosa y otra, le dan el sueldo íntegro.

—Vaya, menos mal.

En seguida se miraron a los ojos las dos mujeres.

—Lo de la pobre Susanita, ya ves qué mala suerte...

—¡Pobre hija!

Para no serle muy gravosa, Martita le llevaba casi medio cordero.

—Mujer, a qué te has molestado.

La alusión a la hija muerta la inundó de tristeza.

Se volvió:

—Hasta la hora de comer vete si quieres por ahí a dar una vuel-

271

ta. No se te ocurra ir a la catedral..., porque te costará más entrar, con eso del robo, que si tuvieras que pasar una frontera...

—Date un garbeo por el pueblo —le animó su novia.

—¿Te habrás encargado de anunciarle nuestra visita a mi protegido?

—Mujer..., en cuanto supe que veníais.

Lorenzo se echó a la calle. Zangoloteó de una parte a otra. Más tarde volvió a casa de Rufo y Alfonsa.

Comieron casi en silencio, preocupados.

—Sé que todos, empezando por Ciriaco, sentisteis mucho lo de mi pobre hija —reconoció Alfonsa.

Saca el pañuelo y se enjuga las lágrimas.

Se hizo un silencio hosco.

—Se llevó la alegría de la casa —señaló el padre.

—En su mejor edad, cuando apenas empezaba a... vi... a vivir —y estalló la madre en un sollozo.

—Por lo visto estaba de Dios.

—¡Qué Dios ni qué niño muerto! —rugió Alfonsa.

Y un hipo hondo la escalofrió el pecho.

—Se lleva los mejores y deja que vivan los tunantes.

—No quiero pensar más en ello, porque pierdo la fe —aulló la madre.

Marta se acercó a su tía y se abrazó a ella.

—No os destrocéis más —le suplicó.

Rufo hizo un gesto con las manos, como diciendo hasta cuándo durará este sufrimiento.

En seguida se enjugó con la servilleta los labios y se retiró.

—Adiós, sobrina; adiós, Lorenzo —les despidió.

Las hermanas de la muerta comían y se miraban y remiraban, tolondronas, zainas...

Se fueron retirando a la deshilada.

La última fue Alfonsa.

Quedaron solos, con la taza de café delante, Martita y su novio.

—¿Qué hacemos? —le preguntó la mujer.

—Espera a ver.

En esto vino una de las niñas.

—Que perdonéis, que mamá está acostada y no se encuentra bien; que os despida, me ha dicho.

—Bueno, guapa.

Le dieron un beso y se fueron hacia el seminario.

—Tía Alfonsa está deshecha y lo comprendo.

Hubieron de esperar un rato en la sala de visitas.

—¿Cómo se llama tu protegido?

—Claudio.

Al otro lado de las ventanas se oyó un denso rasear de pisadas, y por la puerta del fondo de la sala se vio surgir la figura de un joven, de unos veinte años, metido en una sotana negra, espigado, de ojos muy vivaces.

Se acercó rápido y sonriente a la pareja.

—¿Cómo está, señorita Marta?

—Bien, ¿y tú, Claudio?

Le separó un poco.

—¡Cómo has crecido desde la última vez que te vi...! Te has hecho un hombre.

Sonriente:

—Sí, sí..., por dentro y por fuera... A eso me dedico.

—Te voy a presentar a mi novio.

—Tanto gusto, señor.

Se tendieron las manos y se las estrecharon.

—Que sea pronto su marido —le deseó.

—A eso vamos —le sonrió Lorenzo.

Mirándole maternalicia y dulce:

—¿Cómo van esos estudios?

—Bien; estoy contento y los superiores creo que también.

Se sientan los tres.

—¿Qué estudia usted ahora?

—He empezado con la Teología.

—¿Con Santo Tomás, con la Escolástica?

—Sí..., pero eso quedó ya... Estoy estudiando esta temporada al alemán Rahner... ¿Usted no le conoce?

—No —le confiesa humildemente.

—Está considerado como el teólogo especulativo más descollante en Alemania en esos momentos.

—Teólogo especulativo...

—Pero le advierto que es, al mismo tiempo, un gran pensador.

—Los teólogos dan por supuestos muchas premisas que ahora están en el aire con los nuevos descubrimientos biológicos.

—No son tantas —le sonríe—. Además, a diferencia de la mayoría de los teólogos alemanes, más preocupados por la teología positiva, Rahner plantea de nuevo, desde la situación actual del hombre y del pensamiento filosófico moderno, los grandes problemas permanentes de la Teología, atento siempre a las últimas conclusiones de los teólogos positivos.

—No sé, pero me parece que no son tiempos de teólogos, sino de biólogos —le indicó Lorenzo—. En este momento sólo de ellos nos pueden venir la lucidez y la claridad.

—Me preocupan ávidamente estos estudios, lo reconozco.

Se miran sonrientes

—¿Usted ha leído a Renan?

Hizo un gesto negativo con la cabeza, muy circunspecto.

—Están prohibidas sus obras en el seminario y me entusiasmaría leerlas, porque me ha asegurado un compañero, que lo ha leído, que es, aparte de su pensamiento, extraordinario escritor..., una pura delicia su francés.

—Sí, su estilo y su francés son impecables. Cuando murió Menéndez y Pelayo, se encontraron con que los libros más manoseados y anotados de su biblioteca eran las obras de Renan. Como de haber sido usadas mucho.

—Don Marcelino era un hombre ávido... ¡Cuánto debió de leer ese hombre...! ¡Y cómo asimiló!

—Sin embargo, al morir, el pobre se lamentaba de los libros que le iban a quedar sin poder leer.

—Me explico su angustia... ¡Hay tantas preguntas que nos quedan en el aire sin respuestas! —reconoció el estudiante.

Se hace un silencio agobioso.

—Pero tú eres muy joven aún para ciertas lecturas —aventura la mujer.

—Comprendo que nos las prohíban, pero es ahora cuando hay que leerlas, cuando se es joven, ¿no cree usted? —dirigiéndose al hombre.

Lorenzo se sonríe.

—En el seminario ahora está de moda el padre jesuita Teilhard de Chardin.

—Sí, he leído algunos libros de él.

—*La aparición del hombre,* ¿lo conoce?

—Sí, pero trata el tema del origen del mundo únicamente desde el punto de vista de la Paleontología. Es más bien este jesuita francés un arqueólogo..., no es ni un filósofo ni un teólogo con respecto al origen del hombre.

—Conforme, se mantiene exclusivamente en el terreno del fenómeno.

—Conozco también sus estudios sobre *El porvenir del hombre,* que es la obra de un arqueólogo extraordinario.

—Sí, pero sabe elevarse hasta Dios por la arqueología —le subraya el estudiante.

—Sí..., es un gran divulgador rodeado de aparato científico; pero no es eso... y, sobre todo, no basta.

El seminarista le hace un gesto como diciendo: ¿qué quiere usted?

Se sonríe tristemente.

Más tarde mira a Lorenzo y le chispean los ojillos con brillos nuevos.

Piensa en la avidez del muchacho.

—Hay un hambre de saber y de conocer, y cuando se tiene mi edad y mi ilusión es tan difícil apagarlas... —reconoce el estudiante.

—Pero no dejes de aconsejarte por tus profesores, que ellos

274

saben mejor que nadie lo que te conviene leer y estudiar ahora —le aconseja su protectora.

Hace un sonriente gesto de resignación y mira al hombre.

Llega del patio un rasear de pisadas.

El estudiante se pone en pie.

—No se les haga a ustedes tarde.

—Sí, vamos —dice la mujer.

—Toda la problemática de nuestro tiempo arranca del Evangelio de San Juan... ¿Qué es la verdad? y ¿cuál será el futuro de ella?

—Según Platón es «la rectitud con que la mente va viendo lo que las cosas son».

—Pero hay que buscarla y atarse a ella..., porque, según Cristo, sólo ella nos hará libres.

Veritas liberavit vos —repite el estudiante—. La verdad nos hará libres.

—Y eso es lo importante.

—Pero ¿de qué sirve que sean libres si no comen lo necesario? —se lamenta la mujer.

—Ese es otro tema —disculpa su novio.

—¡Cómo se conoce que es usted mujer! —sonríe su protegido.

Se despiden en la puerta.

—Espero que en la próxima visita vengan ya casados. Yo se lo pediré a Dios, ya que es usted tan buena y generosa para mí... Que sean muy felices, como así espero.

—Adiós, Claudio.

—Adiós, señorita Marta... Adiós, señor..., y no pierda usted de vista la teología.

—Y usted a los biólogos; por ahí..., por ahí...

Hay una sabuesa malicia en la mirada del estudiante.

—¿Usted cree? —parece replicarle—. ¿Usted cree?

Ya en la calle la mujer consulta su reloj.

—Vamos, vamos pronto, que es tarde y no me gusta andar de noche por las carreteras... ¿Qué impresión te ha causado mi protegido?

—Muy buena.

—Es muy inteligente, ¿verdad?

—Sí, y muy ávido..., y eso es lo malo..., o tal vez, para él, lo bueno.

Van un rato en silencio.

Llegan al coche, lo toman y parten.

Conduce Martita.

—¿Qué edad tiene Claudio? Has dicho que se llama Claudio...

—Sí, Claudio. Alrededor de los veinte años.

—Tiene la mirada perforadora, como un berbiquí, y se le presiente un deseo encendido por sofocar todas sus preguntas, por apagarlas..., por contestarse satisfactoriamente a ellas.

—¿Y qué crees tú?

—Menuda papeleta la que le espera.

La mujer se vuelve:

—Lorenzo, ¿por qué dices tú que su avidez es lo malo? ¿O lo bueno, tal vez? No sé, pero... ¿por qué puede ser lo malo?

—Porque la avidez, sobre todo en un sacerdote, puede ser su ruina y su desgracia.

—Te comprendo, hay que ser humilde y sencillo y no pedir demasiadas explicaciones a las cosas.

—¡Y eso es tan difícil para un hombre inteligente y ávido!

—Pero con los años la avidez se le irá apagando... ¿No crees tú?

—Sí, tal vez, pero la inteligencia, no; y con el estudio y la frecuentación de las ideas se le irá afinando y agudizando como una daga.

—Pero parece muchacho equilibrado.

—¡Vete a saber!

Fueron un rato en silencio.

Sólo se oía el moscardoneo del motor.

—La avidez es la sal y pimienta del mundo; es la madre de la civilización, de la cultura y del progreso. Sin la avidez hubiéramos quedado en las primeras y elementales fórmulas de la vida... Pero la avidez extremada, en un sacerdote puede resbalarle a la herejía.

—Por Dios, qué cosas se te ocurren...

—Y eso que ahora no son tiempos de herejías, y los sacerdotes tienen mil salidas y se han hecho muy cautos... Yo también a su edad fui ávido y quería explicármelo todo, entenderlo todo y tener respuestas para todas mis ansiosas preguntas; pero con los años se me fue apagando la avidez y te conocí a ti, y...

La apretó contra su flanco.

—Por Dios, Loren, sé prudente o nos damos un morrón.

—Discúlpame, no me daba cuenta de que ibas conduciendo.

Se miran y se sonríen.

Ella lo hace alagada.

—Espero que con los años vaya frenando su avidez; que de otra forma, si se le disparara, podría conducirle a la locura..., y no vale la pena.

—Desde luego.

—De otra parte, la avidez es incompatible con la felicidad... Y, después de los cuarenta, uno aspira a la felicidad tranquila. Goethe decía que ser feliz es ser limitado; o sea, no ser ávido, no aspirar a demasiadas cosas. En Goethe la limitación tiene un sentido de resignación, de no pedir peras al olmo, de pedir pocas explicaciones a los arcanos de la vida...

—Sí, en el demasiarse está el peligro.

—Y en la morigeración está el secreto. Morigerado viene de morigerare, de *mos, moris,* costumbre, y *gerare,* hacer. Hacer costumbre, o sea, el arte de la templanza y moderación de esa costumbre que ya hemos hecho de nuestra vida, sin dispararnos ni salirnos de ella.

—Claudio, con los años, se irá asentando como los buenos vinos…, espero yo.

—Si no, será peor para él… Ahora que, claro, es tan hermoso ser ángel rebelde.

—Sí, siempre ha sido la rebeldía actitud de dioses, lo comprendo —sonríe la mujer.

—Claro es que está en la edad de la avidez. ¿Has visto cómo le relampagueaban los ojillos cuando hablaba del deseo de zamparse a Renan?

—… «Aparte de sus ideas, me han asegurado que es un escritor formidable, una pura delicia.» Y le rebababan los labios al decirlo, como si se tratase de un fruto pulposo…

Se acaba de levantar de la cama Martita cuando oyó una voz conocida, echada al puro desgarro, preguntar por ella.

La vieja sirvienta trataba de calmarla.

—Ahora la verá usted, pero cálmese, señorita Amalia.

Fue a la puerta Martita cuando la sintió abierta por la parte de fuera y a su tía Amalia recortarse desenfada e irosa en el marco.

Se desmelenó:

—Yo, yo soy, tu tía, que vengo a pedirte explicaciones de la marranada que me acabas de hacer.

—Si quieres hablar conmigo, lo primero repórtate, y lo segundo, modera esa lengua, porque yo no hago marranadas a nadie y menos a un tía, a quien hasta este momento apreciaba y quería.

En el primer instante Amalia quedó detenida y confusa.

—Pues no sé por quién ha dejado esa tía zorra, que es ahora la mujer de mi hermano, de mandarme lo que me mandaba todos los meses para sacar adelante… lo que tengo…

—Ni esa mujer es una zorra, que es cien veces más señora que tú, ni por ella ha dejado tu hermano ni dejará de mandarte nada…, aunque bien lo merecías por juzgarla así…

Miró fijamente a su sobrina y le entró un frenesí de destrucción furioso. Se fue sobre ella. Martita se escabulló y entonces la tía cogió las piezas del juego de tocador, de plata, clásico, que encontró a mano y las disparó contra el suelo en un ataque de vesania.

—Las dos, las dos tenéis la culpa… Tan zorra tú como ella… Sí, sí…, las dos sois de la misma ralea… Por eso tenías tú tanto interés en casarla con el calzonazos de mi hermano, para arramblar el dinero de él y repartíroslo entre las dos…, que te conozco a ti demasiado bien y sé en qué acabáis todas las mosquitas muertas, ñoñas y pudibundas como tú..., atajo de ladronas.

La criada vieja, al oír tales disparates, presentía el cariz que tomaría la discusión; cogió el teléfono y llamó al señorito Lorenzo.

—En seguida, venga usted en seguida —le suplicó—, antes de que doña Amalia acabe con su novia... Sólo Dios sabe los insultos y procacidades que, a caño libre, está soltando por esa endemoniada boca..., porque si no se acerca usted pronto y el Señor no lo remedia, habrán de llegar a las manos..., y yo, señorito, me encuentro sin fuerzas para separarlas... ¡Venga, venga volando!

—Mi hermano y tío tuyo me enviaba todos los meses, a primeros, una cantidad para ayuda de los gastos de casa y poder salir adelante, y sólo casarse con esa zorrona, que ni tú ni ninguna de mis hermanas debíais mirarla a la cara, no me ha llegado ni un céntimo; ni el mes pasado ni éste..., y estamos a veintitrés de mes..., y como dice mi Lisardo, eso no puede ser más que cosa de tu sobrina, que es una lince para las pesetas, porque la aprovechada de su mujer, qué sabe de ti, que ni te ha visto jamás ni te conoce... Y ellas dos van a hacer su agosto y a llevárselo todo... Que ese hermano tuyo está que babea y chochea por ella, según me han dicho... Con que no tienes otra solución, si eres mujer, que ir a Minglanilla y, pa empezar, sacarle los ojos a la guarra de tu sobrina por vivales y ladrona...

—... Y a eso vengo..., ¿me oyes? A eso vengo...

Consiguió agarrarse a ella y, cuando la iba a rastrillar con sus uñas se abrió la puerta y surgió Lorenzo.

Cayeron las dos mujeres por el suelo del susto.

La vieja criada lloraba.

Lorenzo las hizo erguirse y las separó.

—La culpa es de esta novia tuya, Lorenzo, que es una alcahuetona de mierda.

—Calla esa boca, Amalia, o te la taparé yo —le gritó el hombre.

Miró a la mujer con una furia seca.

Amalia quedó consternada.

—Es la primera vez que no recibo la ayuda de mi hermano..., la primera, la primera, y va para dos meses... Y da la casualidad de que es en el momento en que se ha casado con esa *tía tirada,* íntima amiga de tu novia.

—Por ese matrimonio te juro yo, que soy su secretario, que tu hermano no ha dejado de enviar la ayuda a sus hermanas, como siempre, como siempre..., y que a esa mujer y a mi novia no las conoces bien para juzgarlas así, pues son incapaces, ¿me oyes?, incapaces..., de desviar un céntimo de nadie, y menos de una hermana de Ciriaco necesitada, como eres tú.

—La más necesitada —aulló Amalia.

—Pues la más necesitada, razón de más. Y tranquilízate, que

todo se ha de aclarar, y tú recibirás lo que siempre haya tenido él a bien enviarte... Pero las canalladas, insultos e injurias que tú has inventado aquí, nadie habrá que las pueda recoger y volver a tu boca.

—Si mi hermano me ha enviado, como siempre el dinero, ¿dónde está?, ¿dónde está? Porque estamos a veintitrés, y va pa dos meses que yo no he recibido nada..., nada..., nada —rugió la mujer, enfurecida.

—Calla y no dudes de nadie, si no quieres que te lo diga de otra forma... ¡Calla! ¡Calla!

Se fue sobre ella avasallante el hombre.

Amalia quedó silenciosa y temerosa, acoquinada en un rincón.

—¿Cuánto es lo que suele enviarte todos los meses, que yo no lo recuerdo? —le preguntó el hombre.

Le dio vacilante una cifra, mirándole con miedo.

Sacó su cartera y se la tendió.

—Ten... y lárgate de aquí.

Lo recogió y escapó rauda. Se oyó un portazo.

—¡Qué horror... y qué asco! ¡Dios mío, qué asco! —exclamó la mujer.

—No le des más importancia de la que tiene. Desde chica, Amalia fue la más farotona e insustancial de las hermanas, la de menos seso.

—Sí; eso, sí; no me extrañaría nada haya venido aquí un poco empujada por tía Alfonsa y tía Lola, que tiene más trastienda que ella, y la habrán calentado los cascos... Y luego, lo de siempre, ellas se han quedado en tierra. Yo sabía que Lola y Amalia estuvieron a ver a Alfonsa hace unos días en el Burgo de Osma. Me enteré por una amiga de aquí, antes de ir allí nosotros. Y ya ves, Alfonsa, cuando estuve con ella, no me dijo ni una palabra de la visita.

—Son tal para cual.

—Pero todo lo arman sin conocer a Arancha.

—Es que si la conociesen no tendrían ningún argumento.

—Cuando las mujeres son como tía Amalia no les importan nada los argumentos... Lo que se ve es que les ha caído como una bomba el matrimonio del hermano.

—Eso, por supuesto.

Quiso sonreír la mujer, pero no lo conseguía.

—Sin embargo, al venir aquí con esa furia y angustia es que no ha recibido el dinero y que anda ahogadísima... y me da lástima la pobre mujer.

—Me extraña..., pero lo he de averiguar yo esta misma mañana.

Permaneció un instante pensativo el hombre.

—Que las demás la hayan empujado al escándalo, lo creo y estoy segura... Ahora, esa angustia y ese agobio que traía en la expresión es prueba de que, por lo que sea, no había recibido aún su dinero, y son casi dos meses y la pobre vive al día.

Salió de la habitación y pidió una conferencia con la oficina de Madrid.

Volvió.

—Hay una hora de retraso.

Consultó su reloj.

—Aún los cogeré allí.

Martita quedó meditabunda.

Una lágrima redonda, clara, le rodó por la mejilla.

—¿Cómo puede ser la gente así?

—Te he repetido una y muchas veces que lo peor de España somos los españoles..., salvo algunas clases humildes, que creen en Dios y sueñan con el premio de la otra vida.

—Pero ¿qué adelantamos con que sean maravillosos los cielos, el sol, los paisajes, las tierras, las costas... y la obras de arte?

—Cuando todos comamos lo suficiente y veamos el porvenir con más tranquilidad..., creo que cambiaremos de carácter bastante.

—¿Pero cuándo va a ser eso?

—Tal vez dentro de un siglo... Tal vez dentro de dos... Pero todo llegará.

—En ese libro de Unamuno que me prestaste el otro día, leí una frase que me llegó al alma.

—¿Qué dice don Miguel?

—Que España es un país de pordioseros, ladrones y envidiosos.

—Lo triste es que tiene razón don Miguel... Si los químicos españoles no inventan algo que acabe con esta plaga de ladrones que inunda y redunda al país, como ese químico francés, que ha inventado algo eficacísimo contra la plaga de conejos que colmaba Francia y Australia, aquí pereceremos todos.

—Y la plaga de envidiosos no te la pierdas de vista.

—Yo creo que es peor y a la larga más peligrosa la de los ladrones.

—A los pordioseros... en eso no estoy conforme con Unamuno... Yo los disculpo y hasta me parece una profesión noble pedir, implorando el nombre de Dios, cuando no se tiene... Y en un país tan requetepobre como el nuestro hay tantos que no tienen nada, absolutamente nada que llevarse a la boca...

Volvió al teléfono, impaciente, Lorenzo.

—¿Qué te dice la central?

—Que va a ver si me la pone en seguida.

Se miran el hombre y la mujer.

—He llegado a tiempo de salvarte de un presunto naufragio.

—Y ahora, gracias a la respiración artificial, me voy reponiendo. Porque reconocerás que el agua me había llegado a la boca y empezaba a notar los primeros síntomas de asfixia.

—Dale las gracias a tu vieja sirvienta.

—Se las daré.

—¿Tu tía Amalia vive en Miranda? ¿Su marido es empleado de Correos allí?

—Vivía en Minglanilla, pero últimamente creo lo trasladaron a Salas de los Infantes. Me parece que se lo oí a tía Rosarito antes de salir de Madrid. Esto quien lo sabe seguro es Lola; espera que hable con tía Lola.

Se fue al teléfono y habló con ella.

Cuando le trasladó a su novio el diálogo sostenido con tía Lola...

—Esto aclara la cosa —le dijo Lorenzo sonriéndose—. Tu tía seguramente que le escribió a su hermano una carta anunciándole el traslado. Su hermano se metería la carta en el bolsillo después de leída, como hace con otras no muy importantes, y no se volvió a acordar. El dinero del mes pasado había ido a Miranda y el de éste lo mismo. Tengo la idea de que los envíos a las hermanas los hacemos por la Banca Vizcaína. La Banca Vizcaína le habrá avisado, como todos los meses, para que pasara a recogerlo. No ha pasado por encontrarse en Salas de los Infantes. Y en Miranda sigue a su nombre el dinero de los dos meses. La Banca ha cumplido ya con su misión. El olvido ha sido seguramente de tu tío al no comunicárnoslo ni a mí ni al contable. A mí, desde luego, no me lo ha comunicado y al contador, para que cambiara el envío, supongo que tampoco.

En esto oyó a la vieja sirvienta anunciarle:

—La conferencia de Madrid, señorito.

Al poco tiempo volvió Lorenzo.

—¿No te lo decía yo? No había ninguna orden de tu tío, ni al contador ni a la mecanógrafa, para que hiciesen en adelante el envío de Amalia a Salas de los Infantes. Como te decía, ese dinero de los dos meses está en la sucursal de la Banca Vizcaína de Miranda.

—Ahora, es coincidencia que a Lisardo le hayan trasladado a Salas, por lo que sea, en el momento en que el tío se casa con Arancha.

—Sí que es... desagradable coincidencia.

—Díselo, si quieres, a tu tía Lola para que se lo comunique a su irascible hermana.

—Luego la llamaré.

Mirando al hombre:

—Pensándolo bien, qué asco me produce todo esto... Me ha enturbiado ya la alegría con que me despertara... Si no fuera por ti...

Y se dio a llorar la mujer.

—Vamos..., vamos.

Se enterneció Lorenzo. Acercóse a su novia.

—No sabes lo que siento no haber llegado antes.

—¿Para qué?

—Para haberlo evitado.

—¡Quién sabe! Si todo lo que he oído salir por esa boca me sirve de lección, lo doy por bien escuchado.

—Olvídalo.

—No puedo..., es tan canallesco...

—Amalia es una insensata..., toda la vida lo ha sido. Luego, en el matrimonio no sé cómo le irá.

—Eso es lo triste; muy mal. El es un poco fanfarrón, bastante bebedor y gastador, y ha llegado a faltarla al respeto y pegarla... Deben andar a pelotera diaria. Por otra parte, tienen cinco hijos y su sueldo de empleado de Correos es...

—No me lo digas, el Estado paga muy mal.

—Y cada día que pasa van a peor... Claro es que donde no hay harina, todo es mohína.

—¿De dónde ese ese tipo?

—Riojano, de un pueblo de la sierra de Cameros, pero ha vivido toda la vida en Haro. La conoció en las fiestas en el pueblo. El había ganado las oposiciones y trabajaba en la estafeta de Haro. Era muy conocido en Haro y popular... El es simpaticón y echador y «fanfa». Es de los de «Haro, París y Londres». Y la deslumbró. La única soltera de las hermanas. Había cumplido ya los treinta añitos cuando le conoció. Si no anda lista... No sé. Tal vez temió perder el tren..., tal vez... Y cuidado que más de una y de dos la avisaron que se entrompaba bastante y que, cuando se cargaba, se ponía muy burro y... Pero las mujeres nos obcecamos muchas veces y cuando se nos mete una cosa entre ceja y ceja somos muy brutas... Pero se casó y se empezó a llenar de hijos, uno por año... El ha tenido uno o dos problemas con el trabajo, que si no han llegado a más ha sido por tío Ciriaco. Pero en estos últimos años, en el comercio y trato con él, le notó que se ha encanallado... y van los dos barranca abajo. Y si Dios y su hermano no lo remedian...

Se echó a llorar con una dejadez temblona.

—Vamos, cariño; olvídate de todo.

—No sé; no puedo... De otra parte, las lágrimas a mí siempre me consuelan.

Se reportó un instante.

—¡Qué suciedades y canalladas me ha dicho de las dos! Más vale, más vale que no la hayas oído, porque si no...

—Sí, más vale; sin embargo, en mi presencia no creo que se hubiera atrevido a tanto.

—Entró ya enloquecida. Entre Alfonsa y Lola estoy segura de que le han calentado los cascos estos días y ha venido disparada y no se ha desahogado hasta que me ha soltado todo lo que ella cree que me tenía que decir... Lo que siento es que en el ataque, cuando no tenía ya más insultos, me ha deshecho el juego de tocador que conservaba de tía Marta.

—No te apures, que esas cosas tienen arreglo.

—De todo esto ni una palabra ni a Arancha ni a su marido...,
ni a nadie.

—Descuida, que ya se encargarán tus tías, con el pretexto de
denostar a la iracunda, de darle aire.

—¿Tan malas las crees?

—Las creo ladinas y astutas... y ellas se colocarán en el centro,
ofendidas... Y así irán unas veces contra la hermana insultadora
y otras contra la cuñada que se alzó con el hermano, que representa
la riqueza... Y habrá hablillas de ida y vuelta para todos los gustos.

—¿Yo qué papel jugaré?

—Pues el que a ellas les convenga y el que ellas te asignen.

—¿Y tú qué me recomiendas?

—Que las desprecies.

—¿Y con tía Amalia, cuando la vuelva a ver, qué haré?

—Volver la cabeza.

—Pero me voy a encontrar sola.

—¿No me tienes a mí?

Mirándole a los ojos con ternura:

—Sí, es verdad.

A los pocos días se fueron a San Sebastián. Estaban los hoteles
abarrotados y Martita, al verle nervioso a Lorenzo, le tranquilizó:

—No te preocupes, que las habitaciones familiares particulares
que alquilan aquí son de un confort, comodidad y limpieza como
en ningún lugar de España ni del extranjero... Eso sí, un poquito
caras; pero para una quincena que vas a estar no creo que te arruines.

—A ser posible que se vea desde la habitación el mar —le suplicó.

Le encontró una en el paseo de José Antonio, desde cuyo balcón
divisaba la abierta y tendida mar.

Tenía el baño con la ducha contiguo, y la casa y la habitación
respiraban la más exigente pulcritud.

La dueña era viuda de un primer maquinista de la Marina Mer-
cante y vivía, en parte, del alquiler de las habitaciones, sobre todo
en los meses de verano.

—Tenga, señor.

Eran el llavín y la llave del portal.

Salieron y se fueron a reunir con Ciriaco y Arancha, con los que
estaban citados para ir a comer.

—¿Te ha gustado la alcoba?

—Sí, mucho.

—Ahí estarás muy bien y muy tranquilo.

—Sí, eso espero.

Se acercaron a la calle Hernani, a la casa de Ciriaco, que era una vivienda de tercer piso que daba a los jardines de Alderdi-Eder.

La casa era antigua, pero amplia y bien tenida. Ciriaco, cuando la tomó, hizo una obra hasta dejarla a su comodidad y gusto.

Martita tenía allí una habitación.

El disgusto y rifirrafe tenido con tía Amalia le había tatuado una honda tristeza en la expresión.

—Alegra esa cara, no te vayan a notar tu tío y Arancha lo que ha pasado..., que no vale la pena. Toda tu familia sabe que tía Amalia es una descarada, contagiada de las maneras de su marido, y aunque con tanta inquina y aversión como ella, las demás han sido más prudentes y lo han disimulado.

—Te diré.

Por lo menos, al saber lo ocurrido, la han frenado.

—Eso sí.

—Es curioso, en cuanto hay dinero por medio las mujeres sois peores que los hombres. Es una observación que he hecho.

Su novia se sonrió:

—No lo creas... Además, que sigue ayudándolas lo mismo, y más si cabe, porque Arancha, que es lista y no quiere disgustos con la familia, le está encima para que sea así... Como me recalcaba ella: «Si a tu tío le sobra el dinero...»

—Desde luego.

—Arancha es generosísima y nada interesada... Ves los regalos que nos ha traído a todos..., a la misma tía Amalia... Tengo la impresión de que la culpa no es suya, se la han echado por no atreverse ellas.

—O por reservar energías..., porque la papeleta que se les presenta es buena.

—¿Tú crees?

—Y tú. Escucha. Casado tu tío, enamoradísimo como está de Arancha, testará en su favor, y toda la enorme fortuna de tu tío se desviará hacia la familia de Arancha. ¿No tiene dos hermanas y la pequeña, recién casada, empieza a tener hijos... y es su debilidad, según tú?

—Sí, eso sí. Pero Arancha es generosa..., generosísima.

—Conforme..., pero siempre le tirarán más los suyos.

—¿Pero tanto, tanto dinero tiene tío Ciriaco?

—Muchos millones... de duros. Y en hombres como tu tío, que gasta poquísimo para lo que tiene..., «eso se hincha». Nada más con que viva ocho o diez años, tu tío deja doscientos cincuenta o trescientos millones de pesetas o más.

—¡Qué horror!

—Horror, no. Para hombres del tipo de tu tío, guardando todas las consideraciones y respetos..., ¡qué hermosura!

Se hace un silencio burbujeante.

284

—Frente al dinero tu tío es cínicamente encantador... La víspera de casarse nos quedamos los dos solos, al anochecer, en la oficina, y recuerdo que, acompañándolo con un gran respiro, me dijo: «Querido Lorenzo: demasiado tarde me he dado yo cuenta de que *el dinero no lo es todo,* porque para cuando lo he descubierto..., desgraciadamente para mí, soy ya millonario de muchos duros...» Y la verdad, querida Martita, que no supe si matarle o dejarle..., porque me lo decía con un tono tan dulcemente infantil...

Mirando a los ojos de su novio y no queriendo contener la risa:

—¿Pero cómo ganan con tanta facilidad los millones?

—El señor Gobantes, que es un águila sin escrúpulos que se lleva por delante lo que sea, los gana facilísimos, y, como es astuto e inteligente, a los hombres de su confianza los paga muy bien. Y a tu tío, que es el primero en desbrozarle el terreno y en dirigirle en cuestiones de derecho, para que no tropiece, y en frenarle..., pues a veces hay que usar el consejo y del freno con éstos, te lo digo en voz baja, con estos «gansteres»..., le regala y le paga como al mejor.

—Me hago cargo. Pues mira, después de todo, salvo tía Amalia, las demás han estado comedidas, pues es un fortunón el que se les va a ir de las manos... Y en la situación económica de ellas, que no es nada boyante...

—Pero no des por terminada la refriega, que esto de tu tía Amalia, que es la más zafia y torpona, no pasa de ser el prólogo o preludio. A mí me da la impresión de que el marido de tu tía Purita, ¿no se llama Purita la que vive en Valladolid?

—Sí.

—Pues su marido, que es un abogado muy listo que sabe por dónde anda y a quien he tratado y conozco, pues ha estado tres o cuatro veces en Madrid a hablar de asuntos con tu tío..., me da la impresión de que es quien lleva la batuta en este asunto, y están esperando a ver lo que pasa... Dios quiera que tu tío viva muchos años y deje las cosas bien atadas, como espero.

Habían llegado, andando despacio por el bulevar, a casa del tío.

Subieron y se abrazaron las mujeres y se saludaron los hombres.

—Ven, que te enseñaré tu cuarto —le brindó Arancha a Martita.

—Supongo será el de siempre.

—No..., en éste estarás mejor, que da a los jardines y a la Concha.

—Te lo agradezco, pero hubiera preferido el de antes, que es interior, y hay en él menos ruido.

—Ven aquí, que tú mereces lo mejor de la casa.

Era una de las habitaciones de mirador. A la derecha, muy cerca, se alzaba el antiguo Casino, hoy Casa Consistorial, y los tamarindos verdosamente derramados y entrelazados, y la isla de Santa

Clara e Igeldo. Y el monumento al Sagrado Corazón sobre la montaña a Urgull, bendiciendo y amparando desde lo alto la ciudad.

Era un cuarto de muebles claros, sobrio, elegante y de muy buen gusto, con el baño anejo.

—¡A esto... no hay derecho! —intentó rechazar Martita, risotera.

—Bueno, tú a callar.

—Lorenzo, ven —llamó a su novio—, fíjate qué cuarto me tienen destinado.

—Tan pronto tomes posesión de él, sospecho que no lo abandonas en todo el verano.

—No lo digas en broma.

Ciriaco se acercó.

—Bueno, ¿qué? ¿Te gusta, sobrina, te gusta?

—Pero a qué os habéis molestado...

—Te advierto que te lo ha preparado Arancha con gran ilusión.

Se miraron las dos mujeres y se abrazaron.

—No te lo merecías tú menos..., aunque no sea más que por todos los berrinches que te has tomado por mí.

Buscó la mirada de su novio.

—Tú ves... —y se le aguaron los ojos.

—Bueno, sobrinaza, déjate ahora de lágrimas y vamos a cenar, que es tarde.

—¿Qué queréis tomar? —le dijo, volviéndose a Lorenzo.

—Yo vengo con la ilusión de una merluza a la vasca, comida aquí, claro.

—Pues vamos a Juanito Cojua —les propuso Arancha.

—Andando —aceptó su marido.

Salieron rumbo a la parte vieja.

Encontraron una mesa que se acababa de desocupar.

De repente Lorenzo quedó pensativo.

—¿En qué piensas? —le sorprendió su novia, encovándole cariñosamente una mano.

—En esa división que, como mujer práctica, sueles hacer tú.

—¿Cuál es? —pregunta el tío.

—El mundo se divide, según su sobrina, en gentes que comen y en gentes que no comen lo necesario.

—¡Qué verdad es ésa! —reconoció melancólico—. Pero como dando todo lo nuestro a los que no comen lo necesario no se remediaría nada, vamos nosotros a comer y dejarnos de lamentables reflexiones.

—Sí, será lo mejor —aceptó Lorenzo.

Las camareras sorteaban las islas cuadradas de las mesitas, tangenciales y diligentes. Algunas apuntaban las peticiones en un taco de papel; otras las confiaban a la memoria.

Lorenzo pidió la merluza a la vasca.

—¿Pero de primer plato qué vas a tomar? —le preguntó su novia.

—No quiero más que la merluza, no pretendáis que empañe su sabor.

—Excelente idea —dijo el tío Ciriaco.

—¿Ni una verdura de entrada? ¿Ni un caldito?

—No.

Cuando le sirvieron la merluza en su cazuela de barro la tomó con sabrosa delectación degustadora.

No habló nada mientras la comía.

Al terminar, después de un trago de Pomal del treinta y ocho...

—A la merluza a la vasca —le había indicado Arancha— le va mucho mejor el tinto...—exclamó:

—¡Qué hermosísima ciudad es San Sebastián y qué delicia la cocina vasca y qué joviales y activas sus gentes! Oiga, don Ciriaco...

—Retírame el don.

—Sí, que vamos a ser parientes —estrechó Arancha.

—Pero las categorías son las categorías, según Aristóteles... Es curioso, la buena mesa le empuja a uno a la pedantería, acabo de observar. Quería decirle a usted, jefe, que cuando yo fui revolucionario..., porque tuve una juventud revolucionaria..., usted lo sabe bien...

—Me acuerdo de ella.

—Fuimos los de las juventudes socialistas a dar un mitin revolucionario a un pueblo de Badajoz cercano a la frontera. Ibamos tres compañeros, yo el más importante, puesto que era el que había de cerrar el acto con mi discurso. El mitin se iba a celebrar en el único local amplio que había en el pueblo y era una sala de cine, pero para no suspender la sesión, era un sábado, como la película terminó a las diez de la noche, el mitin había que celebrarlo después de la cena. Nos llevaron a cenar, el alcalde socialista empresario de la sala de cine y otros compañeros, a un tascón en las afueras del pueblo, que tenía fama de buena cocina. Nos sentamos a una mesa que se cubría con un mantel rameado y el señor alcalde me dijo:

—Usted, don Lorenzo, qué *quié* comer? Aquí la especialidad es la merluza a la vasca.

—Pues merluza a la vasca para todos..., ¿qué os parece, camaradas? —les indiqué a mis otros dos compañeros.

—Sí, merluza a la vasca.

—Y la verdad es que se nos hizo la boca agua de solo pensar en las exquisiteces de tal plato.

—Después de una sopa de hierbas con tropiezas, que estaba muy rica, sacaron la merluza a la vasca. A cada uno nos sirvieron una cazuela grande y en el centro de cada cazuela venía un trozo que sospecho era de bacalao, duro como una roca y muy salado, y unas rodajas de chorizo riquísimas, rodeadas de pedazos de pimiento morrón.

La salsa era espesísima, casi sólida, y muy roja, y muy abundante y abrasaba la boca.

—Sopee, sopee usted... —me animaba el alcalde, que se sentaba a mi vera y que abordaba otra cazuela como la mía.

—Sopee, sopee usted...

—Y no tuve más remedio que hacer sopas y sorberme toda la salsa untada en pan, como mis compañeros de banquete... Y venga trago de tintorro de un porrón que íbamos pasando unos a otros. El arrabio comido tiene que saber a la merluza de marras. El rejalgar resultaba suavísimo alimento a su lado. Era puro fuego. Pues empujado por el señor alcalde y animado por mis camaradas, hube de dejar limpia la cazuela... Pero de repente tuve que ir al retrete y me desfondé y me puse a morir, malísimo. Un sudor álgido me desmaceló todo el organismo, creí llegado mi último momento y pedí a gritos socorro.

—Me sacaron y me llevaron a casa del señor alcalde. Me sentía cada vez peor, bañado en el sudor, notando cómo la vida se me retiraba de todo el cuerpo. Cómo me puse y qué cara de cadáver no tendría que mientras el alcalde y mis compañeros salieron en busca del médico; la alcaldesa, mujer beatorra, al ver mis espasmos, retortijones y lamentos, se fue a casa del señor párroco y me lo trajo para en aquellos momentos me confesara y salvase mi alma. Frente a frente el alcalde y el párroco, le escena fue así:

—¿Quién es el cabronazo que le ha traído a usted aquí?

—He sido avisado para ayudar a un alma a bien morir.

—Qué alma ni qué chorras; váyase de aquí si no *quié* salir por la ventana.

—El señor párroco se volvió hacia la alcaldesa, que se espiritaza, rezandera, en un rincón... Por lo visto encomendando mi alma para el postrer viaje. En vista de que la mujer no soltaba prenda se dirigió al señor alcalde y le dijo:

—Creo que es el señor moribundo quien tiene la palabra.

A esta altura don Ciriaco no podía contener la risa.

—Es una falta de respeto que te regocijes así —le amonesta la sobrina.

—Sí, a mí no me hace ninguna gracia —intervino su mujer.

—Ahora termino, porque la cosa la tiene. Yo me revolcaba en un devastador crujir de tripas. Dejaron al sacerdote a un lado, quien se fue en seguida sin darme ningún viático ni consuelo, y entró en materia el médico. Me vio; me palpó la barriga, que estaba tensa como la piel de un tambor y les apostrofó:

—¿Pero qué coña le habéis echao de comer a este hombre?

—Naa... como quien dice: pues la merluza a la vasca de Santiagón... y en honor de los oradores me ha dejao decir que pa la salsa de caa uno le ha tirao un tarro de mostaza inglesa, «el León», de la fuerte..., de la de contrabando.

—Pero si eso se lo tengo dicho al Santiagón, que no es pa personas, sino pa animales, que la mostaza no es pa hacer salsas, sino pa condimentar con una pizquita la carne...

—¡Qué burros...! ¿Pero entre qué gente has andado?

—Entonces no estaba al servicio de tu tío y era joven y revolucionario... Pero lo grave viene ahora. El mitin se celebró sin mi discurso.

—Todo el pueblo supo en seguida la visita del señor cura y a los mozos les entró un frenesí, que querían asaltar la casa del alcalde para liquidarme... Gritaban que estaba vendido al oro de los latifundistas... Que si me moría..., me muriese sin cura; que qué hostias eran ésas... Uno más audaz trepó hasta el balcón, y empezaron a seguirle otros... La mujer del alcalde, asustada, escapó por la corraliza de la casa a avisar a la Guardia Civil. Cuando llegó el sargento con la pareja, los mozos, exacerbados, pateaban y coceaban la puerta.

—Yo pasé un miedo horroroso.

—Ante la presencia de la Guardia Civil, se calmaron los ánimos y se retiraron.

Ahora se ríen las dos mujeres.

Don Ciriaco permanece serio.

—¿Ves? Fue una mujer la que, después de preocuparse de la salvación de tu alma, te salvó la vida del cuerpo —le recalca su novia, intencionada.

—Sí..., porque si no llega la Guardia Civil lo hubieras pasado muy mal —le añade irónica Arancha.

—Seguramente..., pero el percance, en vez de debilitar mis ímpetus revolucionarios, los fortaleció más.

Don Ciriaco le observa con un ojo medio cerrado, defendiéndose de la picazón del humo de su pitillo..., y nada dice.

Cuando terminaron de cenar salieron al bulevar. La noche era deliciosa. Fueron a sentarse a la terraza de uno de los cafés de la Avenida.

Hacia las doce se retiraron.

Lorenzo les acompañó hasta su casa.

—Bueno..., revolucionario —le despidió su jefe.

—Querido don Ciriaco, a mi actual edad, la revolución ha abortado ya en los brazos de su sobrina, que para mí tienen tanto de puerto tranquilo.

—Eso me parece muy bien.

Se despidió muy cariñoso de su novia.

A la mañana siguiente Lorenzo se despertó temprano. Serían las siete. Abrió el balcón. El mar, reducido a orillas y límites, golpeaba su furia, oquedosa y cóncava, contra los acantilados del muelle. Recibió en pleno rostro su rafagueo. La mañana era fresquita y derramada y el cielo de un azul casi de plata...

Los hombres llevamos en nuestras venas, pensó, el mismo porcentaje de sal que se da en el agua del mar... Corre sal en nuestra sangre, en nuestro sudor, en nuestras lágrimas... Esto nos ata al mar y cuando nos volvemos hacia él, ya sea maniobrando una embarcación o comtemplándolo desde la tierra enjuta, es como si volviéramos a nuestro nacedero...

Se veía poquísima gente en la calle.

Frente a la casa, un pescador de caña se sentaba en aquel momento sobre el pretil y metiendo la mano en un caldero que tenía cerca, se disponía a macizar su zona de aguas capturadoras...

Lorenzo se sentó en una silla y contempló el horizonte. El mar le aquietaba y le tranquilizaba, pero al mismo tiempo su insistente lección de tenacidad le empapaba de ánimos... Pasárselo por los ojos le lavaba de todas las miserias.

Oyó las ocho en un reloj cercano y sigilosamente se echó a la calle. Tomó a la izquierda despacio bordeando el Urgull. El mar batía contra la costa enfurruñado, rompiendo en mil añicos su bronca alma salada... Su forcejeo era de una trágica belleza imponderable.

Un barquito, que parecía de oscuro papel con la distancia, pasaba rayando la línea del horizonte. Iba hacia Francia.

Cuando Lorenzo se encontró de frente con la isla de Santa Clara y monte Igueldo al fondo, y a la izquierda con la curva rica y regalona de La Concha, quedó deslumbrado. El sol se despedazaba en las aguas pacatas de la bahía en mil tornasoles y cambiantes. A la redonda, la mar se dejaba embridar por el blanco freno de la menuda arena. Adherido al Urgull, el puerto viejo, moreno de redes y claro de ropas a secar, surto de barcos y barquitos y erizado de voces apremiantes y activas, se desperezaba.

En aquel instante, Arancha, que llevaba un rato levantada, golpeaba con los nudillos en la puerta de la habitación de Martita.

Oyó un mormojeo y entró.

Martita se frotaba los ojos y se estiraba los brazos.

—¿Qué hora es?

—Han dado ya las nueve, dormilona.

—Tardé mucho en dormirme y he soñado que de verdad asaltaban la casa del alcalde de ese pueblo de Badajoz, donde fue a dar el mitin Lorenzo..., y que los mozos entraban atropelladamente en la casa y le tiraban por el balcón... y... He pasado una noche de pesadillas espantosa... ¡Ay! —suspiró, solazadora.

—Todo eso son sueños bobos... Lorenzo estará por ahí ya, paseando y disfrutando de esta mañana preciosa.

—Es que yo, cuando sueño, veo las cosas con tal detalle y precisión... que llego a enfermar.

—Bueno..., pero son sueños que no van a ningún lado.

—No creas, a veces se cumplen o son anuncios de desgracias o catástrofes.

—Déjate de tonterías... Mira, voy a ir a ver a mi hermana la pequeña, Vicenta, tú no la conoces... y quiero presentártela. Se ha casado con un chico de aquí, contador de una fábrica de cemento que hay a la salida de San Sebastián a Bilbao... El, muy majo, ¿eh?, y muy salado... y con buena facha. Es mi debilidad, Visen. A la otra también la quiero mucho, la mayor, casada con un empleado de la Diputación que escribe en los peródicos de cosas de deportes. Esa es una modista de bandera..., pero buena, buena, eh..., y con mucho gusto. De Visen fuimos padrinos hace poco Ciriaco y yo, y le compramos de regalo de boda un pisito en Amara, que a Iñaque le viene cómodo, cómodo, porque está muy cerca de donde trabaja... Está para tener el primer hijo..., y si a ella le hace ilusión, a mí creo que más... Yo ya...

Y rodó los ojos, melancólicos.

—Bueno, anda, arréglate en seguida y vamos.

—Pero ¿Lorenzo?

—Déjale, déjale ahora... A esos hay que consentirles que anden un poco sueltos también...

—Mujer, le voy a llamar por teléfono a ver en qué quedamos.

—Ya sabe que hoy comemos todos aquí... Descuida, que no se perderá.

Se tiró de la cama y se arregló un poco. Echóse una bata y se fue al teléfono.

La señora de la casa le contestó que su amor había salido muy temprano a la calle.

— ¡Qué rabia!

Mientras se arreglaba Martita, Arancha le llevó a la cama a su marido el periódico y el desayuno.

—¿Tú, qué vas a hacer? —le preguntó.

—He de ir al Banco de España y más tarde haré unas visitas.

—Entonces, hasta la hora de comer, si no te veo.

—Bueno.

—Ya sabes que comemos en familia.

—Sí, sí.

Lorenzo, después de visitar el Museo Oceanográfico, serían las diez y media, pasando por una taberna del puerto viejo, vio descargar unas sardinas de una lancha que acababa de atracar al muelle.

Se le hizo la boca agua sólo de verlas tornasoladas, azules y argénteas.

De repente se acordó de un amigo de San Sebastián que había conocido en la emigración y con el que compartió la alcoba en el primer año de destierro en Londres... Sarasola, Enrique Sarasola.

Amaba a su tierra fuera de toda medida.

Cuando le preguntaban, «¿Tú qué quieres?», contestaba siempre lo mismo: «Volver a San Sebastián; lo demás me importa un pitoche.»

—Oye, Lorenzo —le propuso muy serio un día—, si quieres, te enseño el euskera.

—No te molestes, pero lo que me interesa ahora, recién llegado aquí, es aprender el inglés, compréndelo.

Se ofendió tremendamente y estuvo varios días sin hablarle.

—Escucha, Enrique, el vascuence será una lengua maravillosa, pero a mí, castellano de la provincia de Burgos, cuando vuelva a España de qué me sirve el euskera, tan difícil por otra parte de aprender..., y tan fácil y útil de aprender el inglés, ahora que vivo entre ellos... Porque el vascuence, bien sabe Dios que no pretendo molestarte, fuera de tu tierra vasca no me es de ninguna utilidad... y, según reconoces, en tu provincia todos saben castellano... Salvo para leer a ese Vilinch, cuyas canciones amorosas, cuando estás murrioso, te pones a recitar en voz alta... y de las que yo no cojo sino la música y el tonillo, que son deliciosos..., y la ternura que rezuman. En cambio, el inglés es hoy la primera lengua comercial del mundo... y en la que un tal Shakespeare escribió «unas cositas» que están bastante bien...

Mirándole con cariño:

— ¡Anda, no seas burro, Enrique!

Le cogió por el cogote, campechano.

—Escucha, cuando aprenda bien el inglés intentaré aprénder esas poesías tan dulces y tiernas de Vilinch, pero con la traducción que tú me des al castellano... y las de Iparraguirre, sobre todo esa que me repites tanto... Pero ahora, no seas animalote y comprende mi actitud, que no es desamor a tu raza y a los tuyos, sino que no quiero perder el tiempo, ya que tengo que estar viviendo en el extranjero a la fuerza.

— ¡Ah! ¿De modo que aprender euskera es perder el tiempo?

—No intento herirte..., pero comprenderás que teniendo el inglés a la mano y en su salsa, es como si me pusiese a estudiar el arameo en los ratos libres.

—Bueno, a mí déjame, déjame en paz, que bastante me has ofendido.

—No seas zulú... Oye, ¿cómo es esa canción de Iparraguirre que tanto me repites? *Egialde guztietan... guztietan...*

Se volvió Enrique, transfigurado el semblante:

Egialde guztietan toki onak badira bañan
biyotzak diyo: «Zoaz Euzkalerrira»

«En todas partes hay buenos lugares, pero el corazón dice: vete al País Vasco.»

—Para mí, Vilinch es el poeta amoroso más grande que ha dado nuestra lengua euskera..., y qué vida tan triste y horrorosa la de él... Era de San Sebastián, donde nació en la primavera de 1831, y después de una vida de miseria y de privaciones, el pobre murió de una forma espantosa. Después de muchos sinsabores, llegó a ser conserje del Teatro Principal, que estaba en la calle Mayor, y allí tenía una habitación como empleado del teatro. Era el 20 de enero de 1876, fiesta del santo Patrón de su pueblo. Se estaba vistiendo un traje nuevo para festejar con la debida solemnidad tan fausto día. Acababan de dar las tres de la tarde, cuando penetró en su cuarto una granada disparada por los carlistas desde el monte Arratsain y le mutiló espantosamente las dos piernas. Vivió aún seis meses, entre tremendos dolores y sufrimientos que hicieron angustiosísima su agonía, y murió el 21 de julio de 1876, en la casa número 6, piso tercero, de la calle del Puerto. El concejal don Victoriano Iraola presentó una moción, con fecha 6 de febrero de 1884, pidiendo que a la calle que por el lado norte del Teatro Principal une la calle Mayor con la plazuela de Lasala, se le diese, en homenaje a la memoria del poeta donostiarra, el nombre de calle de Vilinch, denominación familiar con que era conocido por sus paisanos. Se aprobó la moción y al señor Iraola debemos la oportunidad de dar su nombre a la callejuela contigua al Teatro, donde durante muchos años fue modesto y servicial empleado y donde se halla la alcoba humilde en que recibió las desgarradoras heridas que, tras larga agonía, originaron su muerte.

Lorenzo recuerda ahora, a los pies de la casa de la calle del Puerto, donde feneció, la historia desafortunada y triste de este poeta de amor..., tan dulce y suave que a él mismo, que desconocía el vascuence, le tocaba las fibras más delicadas del sentimiento cuando le oía recitar a su compañero de destierro, con su voz pastosa y viril, sus endechas amorosas.

Lorenzo, en cuanto empezó a ganar un sueldo fijo y holgado en la editorial, abandonó la compañía inmediata del guipuzcoano y se fue a vivir cerca del negocio donde trabajaba, rodeado por todas partes de indígenas, para así aprender mejor y más rápidamente su lengua... En adelante, sólo de cuando en cuando veía a Sarasola. Cuando decidió volver a la patria, se fue a despedir de él.

—¿Por qué no te vuelves conmigo? Hay un «Monte» de Aznar, cuyo capitán es paisano tuyo y a quien tú conoces..., y nos lleva hasta Bilbao.

—Para ir a la cárcel, en el mejor de los casos, prefiero seguir por ahora aquí —no le dijo más.

Lorenzo no quiso hurgar.

—Dichoso tú que vuelves con los tuyos —le añadió.

Quedó con el semblante enjuto y cenizoso, desarbolado, malherido.

Para animarle le halagó:

—Recítame alguna canción de tu Vilinch.

Pero los ojos se le llenaron de lágrimas por toda respuesta.

— ¡Que no se diga, Enrique!

Le tomó con un brazo por el hombro y le atrajo hacia sí y le susurró con Iparraguirre:

—*Egialde guztietan toki o...*

—*Onak.*

—*... badira bañan biyotz*

—*... biyotzak diyo:*

—«*Zoaz Euskalerrira*».

—En todas partes hay buenos lugares —le bibisea Lorenzo—, pero el corazón dice: Vete al País Vasco.

—Grasias, grasias.

No sabe ni puede decirle más.

Luego contempla al amigo con una rara tristeza.

—Iré al barco a decirte adiós el día que te vayas...

—Para qué vas a pasar un mal rato; no te molestes...

—No, al contrario; hablaré un momento en euskera con el capitán, que es de Bermeo.

—Bueno, bueno.

Se le iluminó el rostro.

—Oye, una cosa te voy a pedir..., ¿me la cumplirás?

—Si puedo, de mil amores.

—Alguna vez irás por San Sebastián...

—Seguramente.

—Que vayas a la calle de Vilinch, que está junto al Teatro Principal, cortando la calle Mayor, y ante la placa

Calle Vilinch
Biluich Kalea

reses un padrenuestro por su alma... Ahora que pedir a un sosialista, como tú, rezar un padrenuestro es pedir algo imposible... Perdona, perdona... Porque ¿tú no sabrás el padrenuestro? —sonriéndole.

Lorenzo se sintió herido en su orgullo de castellano.

—De mi generación, todos los castellanos rurares sabemos el Padre nuestro..., hasta los socialistas.

Bromeador:

—A ver, resítamelo.

—Padre nuestro que estás en los cielos...

Se lo dijo íntegro, sin la más leve vacilación.

—Y eso que hace muchísimos años que no lo rezo... Y te diré que mi socialismo, después de haber vivido tanto tiempo en el destierro, ronzándome con gentes de otras razas, de otras lenguas y otras culturas, ante el egoísmo brutal de los humanos, trata de hacerse compatible con la piedad de Cristo... y no habrá otra salida.

Sarasola le contempló estupefacto.

—Sí, sí.

—A mí siempre me han paresido los sosialistas unos herejotes.

—¿Y los capitalistas, qué?

—Esos, unas granujas, en su mayoría, para quienes la religión es una arma política y una *gansúa* y los curas unos cristianos a su servisio...; pero ándate, que no es ahora momento de ponerse a arreglar el mundo.

Se miran y se sonríen.

—¿Me prometes ese padrenuestro por el alma de Vilinch?

—Te lo prometo.

Se abrazaron.

Ahora que Lorenzo está en la calle, siente le trepa por el pecho una enorme congoja que se le hace protesta enfogorada... Y no rezó.

«Pero, Señor, qué dejas para los canallas y ladrones que infectan la sociedad española; una muerte apacible, sin dolores, rodeados de los suyos, o en pleno y sano vigor morir durmiendo o a edad avanzadísima..., y para las almas buenas y humildes, como la de Vilinch, que pasaron por la existencia dándote gracias por el sencillo hecho de vivir, para ésos, en el día del santo Patrono del pueblo guardas una granada que les lleve las dos piernas y una agonía dolorosísima de seis meses... ¡Señor! ¡Señor, óyeme! O es que no existes o, si existes, no comprendes que esto no puede seguir así..., que no es justo..., no, que no es justo.»

Lo decía en voz alta y a gritos, contemplando la placa.

Se retiró avergonzado, porque la gente le miraba asustada, como si fuese un loco...

«Tienes que instrumentar mejor tus iras, Señor, y dar a cada uno su merecido... ¿Me oyes, Señor? Si no, todo este tinglado de la religión se... se lo llevará la trampa... Y acabará la gente por no creer en ti... Por no creer..., por no creer.»

Sudaba y tenía el semblante enormemente pálido.

Una arritmia escandalosa le golpeaba el corazón.

Se metió en un café y se atizó una copa de coñac.

Martita y Arancha salieron poco después y se fueron andando hasta Amara.

El piso era amplio y alegre y daba al río. La casa era de ascensor y calefacción y vistosona.

—Les hemos comprado una vivienda grande por si tienen muchos hijos, porque como son jóvenes los dos...

Lo decía con un deseo de abundante familia.

Se quedó mirando a Martita con una humilde melancolía, como diciéndola: ya que yo no los tengo...

En aquel momento les abría la puerta la dueña del piso.

Se abrazó a Arancha con efusión.

Se zafó de una mano, mientras con la otra seguía abrazando a su hermana, y... se la tendió.

—¿Usted es Martita?

—Sí.

—Por muchos años.

En seguida aflojó su efusión a Arancha y besó y abrazó a Martita.

—¡Qué guapa y qué elegante!

Alzó el piropo desde su cándida admiración.

—Tú sí que eres dulce y bonita —exclamó Martita, contemplándola de arriba abajo.

—Ya veo..., ya veo —la dijo, sonriéndose.

—Sí, para fin de año —recogió la mujer.

—A quien Dios no da hijos le da sobrinos —le brinda a Arancha.

—Y me hace tanta ilusión como si fuera mío lo que venga.

Le mostraron la casa con la ilusión gozosa con que las mujeres hacendosas enseñan sus viviendas.

Martita les elogiaba todo, porque todo le parecía bueno, alegre y sencillo.

—Es el regalo de boda que nos ha hecho Arancha. Cuándo, cuándo le pagaré yo a mi hermana todo esto...

—Nada tienes que pagarme... Eres mi hermana pequeña y si a mí me sobra y mi marido es gustoso en que te ayude..., con quién puedo mejor gastármelo..., a quién, a quién mejor va a proteger una... que...

Se le nublan los ojos, pero es el suyo un nublado entre melancólico y alegre.

—He sufrido yo tanto, que ahora me he propuesto extender la felicidad hasta donde yo pueda..., y a quién mejor que a ti y a los tuyos... que son los míos... A quién mejor...

Le había echado, campechanota, el brazo por el hombro y la apretó contra su flanco con incorporativa dulzura.

—No tengo más que dos hermanas, que es lo que más quiero después del marido, y esta es la más pequeña y la más necesitada de orientación, cuidados y cariños..., como si fuera mi hija mayor, que no he tenido, mi hija mayor...

Salieron a la terraza y les mostró todo el panorama del río. En el rostro de la mujer había una alegría ofertosa y sencilla.

—No es una casa lujosa ni está sobre La Concha, como la que Arancha va a tener; pero es limpia, cómoda y bonita, y aquí cuatro o cinco hijos más que vengan se pueden meter... —y se contemplaba risueña el vientre prometedor de fruto cierto.

Luego se volvió y abrazó a su hermana, agradecida.

Tenía cuatro dormitorios y salón estar y baño y calefacción individual. Salvo el salón estar y el dormitorio matrimonial, los demás eran pequeños. Pero la casa, que hacía un quinto exterior, era alegre.

—Ya para mayo solemos cenar aquí..., cuando no llueve, se entiende —y miró a las dos mujeres y se sonrió.

Se movieron las tres refitoleando por toda la casa, mostrándoles todo Vicenta.

—Ahora se ha puesto de moda este barrio... y se está construyendo mucho..., y viene a vivir gente muy buena... y se abren muchas tiendas y cafeterías y peluquerías de señoras. El autobús te deja aquí cerca, en la plaza, y a La Concha te lleva en un periquete y hay viaje cada diez minutos...

Se la veía habladora y gozosa a la mujer.

En esto se oyó hurgar en la puerta.

—Ahí está ése —emitió sobresaltada, contenta.

Ese era su Iñaque, Ignacio, que volvía del trabajo.

Se lo presentó a Martita.

El hombre la contempló risueño.

—¡Muy bien! —exclamó, y movió la cabeza como diciendo: «¡Vaya señora!»

—Felicítala..., dile algo —le guiñó la mujer.

—A él, al novio, cuando le conozca, es a quien felisitaré por su buen gusto y por llevarse lo que se lleva..., a él..., a él es a quien debo felisitar.

—En eso tiene razón —le acompaña Arancha.

—¿Ves tu hermana lo que te dise? Tu hermana..., que tiene más experiensia.

—Pero a ella también, hombre..., algo le debes decir.

—Es que no se me ocurre nada y se me ocurre mucho..., demasiado. Y pa desir demasiado..., mejor es callarse, no vaya a pasar uno por grosero... Si vamos asquiriendo confiansa... ya le diré, ya le diré.

—Bueno, pues ya sabes, tendrás que esperar a que vaya adquiriendo contigo confianza.

—Eso, eso —recalcó el hombre, que estaba un poco confuso.

Su gesto era contemporizador, pícaro, y su mirada, simpaticona, acariciadora.

—Bueno, anda, múdate y métete en la ducha..., que nos vamos a ir en seguida.

Las mujeres se trasladaron al comedor-estar.

Media hora después se presentaba aseado y bien puesto Ignacio.

—Aquí me tenéis —les dijo.

—Chico, a dónde vas tan guapetón y elegante —le bromeó la cuñada.

—A mí obedeser me toca..., vosotras diréis.

—¡Qué bueno! Por lo menos, qué bueno parece —asegura Arancha.

—Malo no es... Ahora, cuando se le mete algo en la cabeza, se pone terco y burro...

El hombre compunge un gesto de *cuis*..., un gesto apocado, infeliz.

—No creo yo eso —miente Arancha.

El hombre la mira y se alza de hombros.

—Dejar haser siempre lo que ellas quieren es un poco peligroso, ¿no crees tú? —le pregunta a la cuñada.

—Hombre, siempre, siempre...

—Se empieza por un siempre y...

—El matrimonio, más que nada, necesita de un reajuste.

—Sí, eso es; muchas, muchas piesas tiene un casorio. Y hasta que se ajustan...

—Ahora, en el hombre está el llevar con delicadeza ese tira y afloja.

—Sí..., pero la delicadeza se consume pronto, eso es lo malo.

—En uno está el administrarla bien.

—Si se pudiese comprar como el tabaco, pero...

—Vicen es muy buena y está loca por ti —le adelanta Arancha.

—Grasias a eso..., que si no... La vida es tan corta... y tan áspera... y tan complicada... y tan... tan...

Se miran y se sonríen.

—Buen pícaro estás tu hecho —le dice Arancha.

—No lo creas..., soy un infelis...; pero la vida es tan... tan hermosa y deslumbrante... Luego la juventus se va en un soplo y el matrimonio pone ataduras por aquí..., ataduras por allá, ataduras por todas partes..., ataduras y obligasiones... Y la juventus, para cuando te quieres dar cuenta de la juventus, ¿qué hay de ella? Naa... No queda naa..., tristesa y nada más que tristesa..., y desengaños, muchos desengaños...

—Por eso conviene estar a bien con Dios.

—A Dios, pues, mucho quehaser le damos..., demasiao..., y cuanto menos se le moleste..., mejor.

—No, eso no, que Dios está para escucharnos, para oírnos.

—Canso, canso tiene que estar Dios..., demasiada lata le damos.

—Pero si ése es su oficio: oírnos y atendernos.

—Sí, pues... Pero demasiada gente hay por todas partes... y el bien de uno suele ser el mal de los otros..., y menudos líos para compaginar todo eso..., menudos líos.

Se oyó la voz de Vicenta que les amonestaba:

—No vayáis tan ligeros.

Se volvieron los dos.

El hombre la dijo:

—Si no fuese todo tan pronto..., porque todo se va en seguida, todo es un soplo..., parese una broma la vida, parese una broma.

—Calla, no tienes por qué quejarte; te has llevado una mujer guapa y buenísima, que te adora, y vais a tener un hijo, y disponéis de medios para hacer frente a todo.

—No, si quejarme yo no me quejo..., pero me da sien patadas que sea todo tan rápido..., tan rápido...

Su gesto era triste, a pesar de encontrarse frente al esplendor de La Concha, dentro de la luminosidad de un día plateado y sereno.

—Te comprendo, ¡es tan hermoso vivir! —le dijo Arancha.

—Pues por eso, por eso. ¡Si uno pudiera dedicarse a la ociosidá!

—Pero hay que trabajar, el hombre debe trabajar.

—Pa qué... Trabajar pa comprar osiosidá... Bueno, pero la osiosidá es de lo que más ha subido... y está cada día más cara... y pocos, pocos pueden dedicarse a osiosos. Pasear, comer, beber, ¡eh! mirar mucho, leer un poco... y atender otro poco a los hijos... pero no mucho, ¿eh?, y poquísimos quebraderos de cabesa... poquísimos, poquísimos... Vivir..., dejar que la vida le empape a uno por todos sus poros, sin preocupasiones, ¿eh? sin preocupaciones. Si uno pudiera... pero pocos, pocos, pueden haser esto; y los que pueden son tan sinsorgos que no lo hasen... y se empeñan en tener berrinches... y... no saben vivir felises... y los que sabríamos, pues, no nos alcanza para dedicarnos a osiosos... y...

—Deja, deja eso de vaguear, que la ociosidad es la madre de todos los vicios.

—Pero ¿ya hay alguien que pueda asegurar que el trabajo sea la madre de todas las virtudes? ¿Ya hay alguien que pueda desir esto? Dite, pues.

—La virtud disen que está en el justo medio.

—¿Y qué es eso de la virtud? Nunca he oído palabra más fea: la virtud, la virtud... pincha como una ortiga.

Arancha se volvió y le sonrió cariñosona.

—¡Eres el demonio!

Martita y Vicen se incorporaron a ellos y sobre el mar la brisa levantaba fugaces sarpullidos.

La luz golpeaba el redondón de los montes. Rielaban al sol los brazos y los torsos de los bañistas. Y el verde un tantico hosco de las laderas y el blanco de los palacetes salpicaban el azul denso y crudo de las aguas.

Todo era gracia y claridad en el aire.

—¿Qué os traéis ahí los dos? —le dijo Vicen a su hermana.

—Este, que anda con sus ideas a vueltas.

—El mundo, mi Visen, que no me gusta cómo va y cambiar quisiera.

—Déjalo, hombre, rodar así, que después de todo a ti no te trata tan mal.

—Sí, pues, es que uno nunca está conforme con lo que tiene... me doy cuenta.

—Pero a estas alturas esto tiene difícil arreglo —interviene Martita.

—Sí, ya poco se puede haser... —señaló el hombre—; resignarse es lo que hay que haser, resignarse.

Y se fueron poco a poco a comer a casa de Arancha.

Lorenzo y Ciriaco, que habían llegado los primeros, los esperaban tomando un jerez con unas almendras y avellanas.

—Ahí están ésos —le dijo Ciriaco, volviéndose.

Ciriaco dio un beso paternal a Vicen y a Martita, saludó al cuñado y para su mujer tuvo un abrazo cariñoso.

—¡Ni que hiciese cinco años que no os veis!

—Aún estamos en la luna de miel, ¿verdad, tú? —le bromeó la mujer.

Lorenzo, alzando la copa, saludó a todos.

—Salud, salud.

—Y buen apetito —le añadió Ignacio.

Al contemplar la mesa bien abastada, el jefe de contabilidad abandonó sus meditaciones y se le sonrosó y alegró la expresión.

—¡Qué día más hermoso hace! —exclamó Martita.

—San Sebastián con buen tiempo es la gloria —les exaltó Ignacio, orgulloso de su ciudad.

Se colaba de rondón en la jovialidad y en la alegría Iñaque.

Arancha, que se había metido en la cocina tan pronto llegó, reapareció en seguida.

—Podéis ir sentándoos donde os guste —les animó.

Lorenzo se sentó contiguo a su novia, frente a Iñaque y Arancha. Ciriaco junto a su cuñada Vicen.

En seguida empezaron a picar de los entremeses, que eran variados y suculentos. Un Viña Páceta seco y enterizo empezó a levantar claros arbotantes de los vasos a las bocas, avivando la conversación.

Martita extrañó la sequedad del vino.

Iñaque la miró y la dijo:

—¿Te gusta mucho más el blanco dulce, como a casi todas las mujeres?

—Sí.

—No eres bebedora.

—No.

Comieron unas ostras de Arcachon, que habían pasado aquella mañana la frontera. Después sirvieron unos consomés.

Sí, pues, hay que tranquilizar el estómago después de las ostras, y el agua caliente con una pizca de gusto a pollo le va muy bien. Hubo luego una merluza en salsa verde en honor a Lorenzo.

—He traído unas sardinas, por si alguien quiere sardinas —les previno Arancha.

Era sábado. Cuando se habló de esta comida familiar, Iñaque le había dicho a su cuñada:

—Yo, pa comer, puedes poner lo que quieras... una purrusalsa y un pedazo de carne me basta..., pero sí te exijo que sea en sábado, que tengo la tarde libre. Comer bien, bien, como sé que tú nos vas a dar, para luego tener que ir a trabajar... no, no. Los números me bailan un aurresku... y no hay manera de haser nada... Lo más hermoso de la comida es estar con la andorga llena, bien calafateada por los buenos vinos y los buenos alimentos, hablando y hablando, con los ojos que pican entre el humo del puro... y sin pensar que hay ofisina y contabilidades y recuas y más recuas de números. Lo mejor para una sustansiosa comida es estar hora tras hora apagando poco a poco la conversación, hasta que la digestión se ha terminado de haser... sin prisas... sin sobresaltos... Comer es darle gusto al cuerpo por todos sus poros y entresijos y no hay manera mejor de darle satisfasión que así.

Pero, de repente, cesó de hablar y se pegó un latigazo de tinto para cerrar el ciclo de la merluza en salsa verde.

—Muy bien, muy bien —le ofreció a la dueña de la casa—; así no muy espesa, pero bien ligadita, la salsa es como me gusta a mí... La salsa enternece todo lo que empapa; la salsa es la gran invención de la cocina... ¡Qué sería de nosotros sin salsas! Y acuitó la cara de tal forma que todos los comensales se convencieron de que sin salsas sería llegado el fin del mundo... Pero con la presencia del redondo de ternera mechado volvió a animarse la comida. A Ignacio se le embebió la expresión de un culinario fueguerío y la conversación volvió a saltar chispeante y jocunda.

El champán con sus taponazos puso lo demás.

—Abra, abra usted el balcón —le pidió al cuñado.

—¿Pero qué estás ahí tratando de usted a Ciriaco? —le reconviene Arancha.

—Tímido soy de natural y la buena jamansia me achica aún más... Luego, que los altos finansieros me imponen, son como altas torres en una tierra chata... y Siriaco, miréis pues, me sobrecoge.

El aludido se reía zumbón.

—Yo, que les llevo las cuentas, como sabéis, en una gran industria, les respeto y casi, casi les venero.

—Haces mal en venerarles..., pues no te lo agradecerán —le sopla Martita.

—Me vengo dando cuenta, pero... pueden cortarle a uno el canalito de la alimentación... y...

—El mundo se divide, un poco, entre gentes que mandan y gentes que obedecen.

—Aunque sea a regañadientes, yo soy de los segundos... y qué le voy a haser...

—Protestar —le guasea Lorenzo.

—Si se sacase algo..., pero no se consigue nada.

—No estoy conforme... Casi todos los avances sociales se han conseguido con la huelga y la protesta.

—No deben ser muchos los conseguidos, pues el mundo está lleno de hambrientos que no tienen qué llevarse a la boca.

—Siempre ha sido así —confiesa Arancha.

—Pero lo malo es, querida cuñadita, que esto no lleva camino de cambiar.

A pesar de lo alto y grande que era Iñaque, se fue minimizando y achicando. Su voz era más delgada y su expresión devino pálida y resignada.

—A los que no hemos nasido para torres, no nos queda otra solusión que vivir humildemente a su sombra... de lo que buenamente nos echen.

—Mala táctica —le sopla Lorenzo, zumbón.

—Es tarde ya para cambiar; uno tiene ya los huesos muy duros.

—Así no saldrás nunca de contable.

—Mientras me suban el sueldo, de cuando en cuando, y me aumenten las gratificaciones, me doy por contento.

—¿Qué dice de esto tu mujer?

—Qué quieres que diga..., lo de todas; pero acaban resignándose con lo que les llevamos.

Vicen mueve la cabeza negativamente.

—Le he dicho que se espabile y que piense en lo que va a venir... —y se contempla orgullosa el vientre.

—Mientras uno pueda, de cuando en cuando, comerse un redondo de ternera relleno, como el que nos ha dado Arancha, protestar es... tentar a Dios.

La cuñada, agradecida por el elogio, le sirve otra tajada y le vuelve a llenar la copa de champán.

—La verdad, yo, lo que ellas quieran... Hasta ahora así me ha ido muy bien.

—No está mal la táctica de dejarse querer —le plantea Ciriaco—. Cuando no se tiene fuerza como yo...

Todos contemplan su fortaleza tremenda y se sonríen.

—No hay que reír..., que la fuerza física pa nada sirve frente a la otra, que es la importante: la fuersa corrutora del dinero, y ésa los que la tienen la mayoría de las veses poquita cosa son, como alfeñiques.

—Pues debes aspirar a tener esa fuerza tú, que tienes ya la otra —le anima Martita.

—Ya para qué.

302

—Dejadle, que no le va, por lo visto, tan mal al socaire de las altas torres —sonríe Lorenzo.

—Todo es adaptarse —acepta él.

—Hay una corrida muy buena esta tarde; ¿por qué no vamos todos a los toros? —propone Arancha.

Improvisando un gesto de disgusto:

—Yo no me muevo de aquí... Hasta las seis o siete conmigo para nada contéis.

—Quédate ahí..., pero iremos a los toros las mujeres —decide Arancha.

Martita no se siente animada.

—A mí no me hacen muy feliz los toros —le dice a su novio.

—Vamos a terminar de comer. Una buena comida lo primero que necesita es calma y sosiego.

Sacaron una tarta de manzana coruscante y dulcísima.

Al abrir la puerta del comedor les llegó desde la cocina el ruido de la rotación de la heladora.

—Sirva usted el mantecado a quien lo desee —le indicó Arancha a la sirvienta.

Se apagaron un tanto las voces con el dulce.

—¿Quiénes torean? —pregunta Vicen.

—No sé —le contesta su hermana.

—¿Y tenías tantas ganas de ir a los toros?

—El bullicio y el espectáculo me encantan.

Iñaque la miró conmiserativo.

Se levantó Arancha y se fue del comedor. Reapareció con una caja de puros que ofreció a los hombres.

Iñaque tomó uno y su cuñada le colocó otro en el bolsillo alto de la chaqueta.

Lorenzo lo rechazó:

—No fumo puro, gracias.

Ciriaco aceptó el que le ofreció su esposa.

El café negregueaba en las tazas, enigmático y prometedor.

Iñaque, después de la tarta, tomó un poco de mantecado.

En seguida se llevó el puro a la boca. Sus labios gruesos lo ciñeron con apremiante sabroseo. En seguida lo retiró para contemplarle la vitola y lo volvió gustosón a su blando acomodo. En seguida lo encendió dándole vueltas para que el fueguerío le ganase en todo su diámetro. Más tarde, después de las primeras chupadas, lo volvió a sacar y a ojearlo, morosón.

Mientras tanto las mujeres discutían sobre si ir o no ir a los toros. Iñaque, hipnotizado por el tabaco, le daba, de cuando en cuando, tentones a su copa de coñac. Luego prolijaba los chupitos por la sima gustadora de la boca, en la que lengua y paladar tanto ponían de su parte. A veces chascaba la lengua con recochineo.

—Este coñac francés es exquisito —le dijo a Ciriaco.

—Es de unas botellas que me mandó mi jefe, el señor Gobantes..., que también yo tengo jefe —le sonrió.

—Pero jefes tan altos, tan altos, tiene que dar gusto tener —y miró al techo, como si estuviese allí el señor Gobantes sentado en su trono.

—De todas formas, superiores a uno son.

—Mejor, querido Siriaco; así la responsabilidad es para ellos.

—Sí..., eso sí.

—Lo que hase falta es mandar uno en algo..., aunque sea en poco, pero mandar..., eso es lo importante.

—Por lo menos, en la casa de uno.

—Que es donde no mandamos nunca los hombres.

Se alzó de hombros Iñaque y siguió chupando, golosón, su puro.

Por el balcón abierto llegaba una brisa banderillera, suave. La isla de Santa Clara se recortaba en el azul de la tarde.

A Iñaque, en los horrores de la digestión, le pareció que se movía.

Martita le decía a su novio:

—Andas muy mal de camisas, Lorenzo; tienes que comprarte unas camisas. He visto en una camisería de la avenida unas blancas de popelín preciosas. Es lo más limpio y elegante la camisa blanca...

—Sí..., como tú quieras.

—En cuanto salgamos de aquí, esta tarde, antes de que cierren iremos a comprarte cuatro camisas.

—Bueno.

—Fíjate qué camisas lleva Ciriaco..., impecables... y el mismo Ignacio. Tienes que preocuparte más de tu ropa. Si no tenéis una que esté encima, los hombres sois...

Le miró con dulzura:

—Bueno, mujer...

Se ojean y se sonríen, confianzudos, cariñosos.

—No es que vayas sucio, pero a veces no vistes todo lo correcto que debías.

—A qué disimular lo que no soy, un hombre rico y elegante...

—¡Quién sabe el porvenir que te espera!

—Yo sí lo sé —y le sonríe beneplácito.

—Tienes que ser más ambicioso.

—Estoy de vuelta de la ambición.

—Sabes que no me gusta seas así.

—A tiempo estás de...

—Te tienes que dejar llevar por mí.

—En lo de la ambición y la elegancia, no...

La mira con dulzura:

—Mi idea al casarme es refugiarme en el matrimonio..., esconderme en ti y en los hijos que deseo que vengan.

—¿Qué andáis ahí discutiendo vosotros? —les interrumpió Arancha.

—Nada..., cosas de ésta..., que no quiere darse cuenta de que yo soy un hombre asqueado.

—Pero asqueado, ¿de qué y de quién?

—De todo y de todos, en general.

—¡Con el porvenir que te espera con Ciriaco! —le brinda Arancha.

—Estoy agradecidísimo a tu marido por todas sus generosidades, deferencias y delicadezas..., pero no son los negocios y la vida de los negocios mi vocación.

—A ver, dime a mí, ¿qué te gustaría ser, pues?

La contempla sonriéndose.

—Antes de todo este estropicio tuve vocación de político... fallida... No me queda más que otra vocación.

—¿Cuál? —pregunta rápida Martita.

—La de marido enamorado... Y ésta la voy a satisfacer muy pronto.

—A ti lo que te conviene es olvidar todo lo pasado con la guerra y alegrar el ánimo y oír a la que va a ser tu mujer..., que es lista, y poneros de acuerdo en todo... —le dice Arancha.

—Si en el fondo lo estamos ya...

—Tú dirás —inquiere Martita.

—Porque estoy seguro de que hemos de obrar siempre de acuerdo.

La mujer le mira zalamerona.

Lorenzo se sonríe.

—¿Alguna vez te ha llevado la contraria? Dilo.

Pero en esto se alza en la mesa un vocerío risotero.

—Cuéntales, cuéntales a éstos... —le anima a Iñaque.

—¿No será una verdulería? —teme Arancha.

—No, pues, es un amigo mío de la infancia, a quien más admiro y envidio, que ha conseguido, hase poco, un puesto importante, muy importante...

—¿Dónde?

—En una fábrica de colchones.

—¿Y cuál es su trabajo?

—Estar durmiendo las ocho horas... pa... pa probarlos.

—Ganso, más que ganso —le abronca la cuñada.

Su mujer le sonríe querendona.

A media tarde se fueron dispersando.

Martita y Lorenzo, después de despedirse de todos, se fueron a la camisería de la avenida, en la que exponían unas camisas de popelín que no exigían planchado.

—Eso es lo que necesito yo, que vivo solo y ando por hoteles.

Le miró la mujer cariñosona, como diciéndole: «Pero esto va a durar poco.»

Al anochecer, Martita estaba citada con Arancha para ir a ver «trapos» al taller de la hermana mayor de Arancha.

—Tú te vas a aburrir viendo telas; vete si quieres por ahí a dar un paseo.

—Sí, será mejor.

Se despidieron hasta el día siguiente para ir a la playa.

Fue andando despacio hasta su casa.

Al penetrar vio a la dueña que estaba cosiendo en el mirador que daba al muelle. Se sentaba de espaldas a la mar. Le extrañó tal actitud... Pensó: «tal vez reciba así mejor la luz para las puntadas».

Se asomó al balcón un rato. La tarde arrebolada se rompía en el horizonte en cinabrios, malvas y aloques finísimos. El, que tenía el sentido del color, se extasió en su contemplación. Coincidió su mirada con la de la señora, que le saludó con una leve inclinación de cabeza a la que correspondió.

El cielo de colores variopintos se fue tornando abigarrado.

Penetró y se tumbó sobre la cama a leer.

Más tarde le entró pereza calzarse para salir a tomar una ligera cena.

Sobre el mar era ya noche profunda. La señora se había retirado del mirador.

Tenía un timbre con su cordón y su pera sonadora a la cabecera de la cama y lo tocó.

Apareció sonriente la señora.

—¿Llamaba?

—Sí. Usted dirá que esto no es un hotel.

—No digo nada... ¿Que tiene pereza para salir y quiere tomar algo?

—Si podía ser...

—Yo tengo para mí unas acelgas y unas fanecas... Si quiere compartirlas...

—¿Qué son esas fanecas?

—No se asuste; es un pescado blanco... y están muy frescas.

—Me entusiasma; el pescado me gusta muchísimo.

—Pero tendrá que cenar conmigo en la mesa de la cocina, porque el comedor, al morir mi marido, lo quité para dedicar toda la casa a dormitorios y vivir de ella...

—He visto la cocina y es muy hermosa... al pelo.

—En ese caso...

Se sonríe tristemente la mujer.

—Yo pensaba cenar dentro de un ratito.

—Avíseme cuando esté todo dispuesto.

Se retiró, sacó las camisas compradas de su envoltorio de celofán y las colocó en uno de los cajones de la cómoda.

Se sentó contemplando el mar arbolado. Con la caída de la noche se había enfurruñado y golpeaba espumeante el malecón del muelle.

Tenía un hermoso ademán rugidor. Su zurrido corría por sobre los pretiles.

Recordó las palabras de Baltasar Gracián en la parte primera del *Criticón*:

«Dicen que los ojos se componen de los dos humores, aqüeo y cristalino, y esa es la causa porque gustan tanto de mirar las aguas; de suerte que sin cansarse estará embebido un hombre todo un día viéndolas brollar, caer y correr.»

Sintió llamar a la puerta. Era la señora, que le avisaba de estar la refacción dispuesta.

—Vino es lo que no le podré dar. Si lo desea, puedo bajar a la taberna por un cuartillo.

—Nada de molestarse; me vendrá muy bien con la verdura y el pescado un poco de abstinencia.

La mesa de mármol era amplia.

Le había puesto una servilleta blanca, limpia y bien planchada, el vaso de vidrio era fino y los cubiertos pesados, de plata meneses.

Estaban hervidas las acelgas con una pizca de mantequilla.

Tenía dos fanecas, que se repartieron.

—De postre no le podré dar más que una manzana reineta.

—¿Usted qué va a tomar?

—Otra.

—Acepto entonces.

Las acelgas estaban en su punto.

Le supieron a gloria.

—¡Qué bien cocinan ustedes, las mujeres del país!

—Aquí hasta los hombres saben cocinar... Con esta humedad y la lluvia frecuente se abre mucho el apetito... Además, que el comer y beber es un placer..., por qué lo vamos a ocultar...

—¡Gran placer!

—Aquí hasta los curas son tragones.

—Esos con mayor motivo que nadie.

—¿Por?

—Porque les prohíben los otros goces... y sólo hasta cierta medida les consienten libre ése.

—Ya ve, no había caído en el porqué —y se sonríe maliciosa.

—¿Usted vive sola?

—Sí, soy viuda y sin hijos. Mi marido era marino, primer maquinista, cuando desapareció... y quedé sola —y se le deslabaza la expresión.

—¡Vaya por Dios!

—Los alemanes torpedearon su barco... en la primera guerra, la del catorce.

—Sí, sí.

—Teníamos esta casa y aquí me quedé... Quité el comedor y la salita y todo hice dormitorios... y en parte de eso vivo, de alquilar, sobre todo en verano.

Se miran compungidos.

—Toda la vida viviendo sola y ahorrando peseta sobre peseta, pensando en cuando él se retire para vivir juntos, como Dios manda, porque la mujer de un marino, cuando es joven, y sola, sola, vida peor que la de una soltera y una viuda tiene... Esas, después de todo, saben a qué atenerse..., pero nosotras, jóvenes y casadas, y el marido lejos, siempre lejos..., sin más esperanza que a la vejez poder vivir juntos, juntos... Cuando la juventud se ha secado..., esperando, esperando... Broma pesada del cura al casar, cuando nos dijo, lo recuerdo, que seríamos dos en una carne..., y él rompiendo mares, lejos, siempre lejos... Y, para colmo, algunas veces, poquísimas, que caía por aquí corriendo, solía ir yo a verle a Barcelona, donde atracaba con el barco, y hasta de allí había de irse, solo abrazarle la primera noche, a Génova, porque en Barcelona entonces no tenían grada lo suficientemente grande para limpiar los fondos del barco. Siempre lejos y separada de él..., qué angustia..., qué angustia... ¿Puede haber castigo más horrendo para una mujer enamorada? Ultimamente recuerdo que me decía: «Ten un poco de paciencia. Ahora con la guerra, ganamos los marinos fuerte el dinero y me podré retirar antes de lo que pensaba y viviremos felices y juntos, muy juntos para lo que nos reste de vida. Ahora haré dos o tres viajes más, y a vivir juntos, muy juntos para no separarnos jamás en lo que nos reste de vida... Eso me aseguró la última vez que le vi... Y de la noche a la mañana no supe más sino que se le había tragado el mar. Pa siempre sin mi hombre..., pa siempre..., pa siempre... Desde entonces odio el mar... a tales extremos que ni lo miro... Yo que lo amaba tanto, porque era el campo de trabajo y de riqueza de mi marido, y agradecida a él vivía... Pero desde entonces...

Le tiembla el tenedor en la mano.

—Por eso cuando salgo a la calle miro al suelo, y cuando me pongo a coser en el mirador, a la caída de la tarde, porque hay mejor luz, me coloco de espaldas a él.

—Lo comprendo, lo comprendo.

—El mar es traicionero como algunos hombres, y vengativo a más no poder... Y canalla..., refinadamente canalla.

—Es una fuerza inconsciente de la Naturaleza... y no sabe lo que hace. Perdónele, que no sabe, no sabe lo que hace... A mí, que soy de tierra adentro, no lo puedo remediar, me entusiasma.

—Ande con ojo y no se confíe mucho en él.

—Da tal impresión de poderío y de fuerza...

—¡Es un granuja! Se pasa la vida haciendo de las suyas...

—Sí, lo comprendo; a veces, cuando menos se espera, da un

zarpazo y se lleva una región entera... Reconozco que es temible y devastador. Pero esa misma rugiente fiereza es tan grandiosa...

—Para el que le ve desde la orilla, sí..., pero para aquel a quien le zarandea en alta mar y acaba tragándoselo, no..., no...

—Comprendo, comprendo su actitud.

—Si usted supiera lo que es vivir sola y enamorada lo mejor de la vida... Y ahora sola, sola a mi edad...

Mirándole:

—¿Usted es soltero?

—Sí.

—Cásese, cásese pronto... Estar solo como las ratas, a cierta edad, es..., es horroroso.

—¿No tiene usted hermanos o sobrinos?

—A nadie.

La negación rotunda embebió la cocina de pavor.

—Y la vida siempre ha sido, para mí, compañía; por lo menos, compañía de dos...

—La soledad es angustiosa, lo comprendo.

—Si por lo menos me hubiera dejado algún hijo..., pero ni eso. Yo era muy joven cuando me quedé viuda.

—Ya sé lo que piensa, que por qué no me volví a casar. Me llegó tan al alma el dolor, que los primeros años me quedé sin ganas de nada... Más tarde... qué quiere usted. Con las viudas sucede lo que con los muebles usados..., aquí en el país, por lo menos, se desprecian espantosamente.

La faneca parece mirar a la viuda desde sus ojos deslucidos y tristes, como asintiendo.

Es grande, pechisaliente y muy vieja, la mujer..., y su queja es bronca, dinamitera.

—¡Menuda me la jugó a mí el mar! ¡Valiente charrán!

El tenedor de Lorenzo queda a medio camino, irresoluto.

A la mujer se le enfogara el rostro:

—¡Menuda..., menuda me jugó a mí el mar!

Lorenzo recoge la mirada y la vierte al mantel.

—... Pero con la casa se defiende, saca usted para vivir.

—Sí.

Le contesta seca.

—¡Mis necesidades son tan pocas!

—La vida ha sido cruel, cruel y brutal con usted.

—No lo sabe bien.

—Me lo figuro.

—Pero perdone esta cena que le he dado —le suplica conmiserativa—. Es tan desoladora, tan desoladora la soledad... —y le gana un socavador sollozo.

El hombre queda indeciso y perplejo.

El pecho de la mujer se levanta como el de las olas en la mar.

—Cásese, cásese pronto... —se lo pide, se lo acongoja—. No...,
no le vaya a sorprender la vejez sólo como un ra... rata.

Se hace un silencio angustioso, cóncavo, sólo pautado por el
agonioso sollozo de la mujer.

Luego todo se hunde en ese silencio.

Cuando se halló solo en su cama le dio miedo. Le pareció encontrarse en agua heladora, no en las sábanas; o es que las sábanas
eran hielo. Se encontró yerto; sólo la cabeza con vida y movimiento... «¡Pobre mujer! ¡Pobre mujer...! Sola..., sola frente al mar,
frente al asustador tumbo del mar.»

Prestó atención y oyó su fragor horrísono.

Le dio miedo y se cubrió la cabeza con el embozo.

Se hizo el propósito de casarse en seguida para no quedarse
solo... y se durmió.

Cuando se despertó, la luz y el silencio del mar le barrieron todos los temores.

Fue en seguida a buscar a su novia. Más tarde comieron con
Arancha y su marido.

—Lo siento, pero tendré que ir a Madrid y Barcelona por unas
horas —les participó Ciriaco.

—Si puedo yo evitarle el viaje, dígamelo.

—Lo hago con el señor Gobantes... El sigue luego viaje a Zurich. Creo iré yo con él. Son dos o tres días. En mi ausencia cuida
a estas mujeres.

—Si se dejan cuidar, lo haré.

—Mira este modosito —le bromea Arancha.

A los pocos días, el cronista deportivo, marido de Concha, la
hermana modista, les invitó a comer a Zarauz.

Fueron temprano y antes pasearon las mujeres por el pueblo
y por la playa. El cronista tenía un «Seat 1500» color guinda, que
acababa de recibir, y Arancha puso su «Mercedes», y después de la
comida fueron por la costa despacio hasta Deva, contemplando el
bellísimo panorama.

Volvieron al anochecer a San Sebastián.

Al día siguiente llegó Ciriaco de Zurich, donde fue al fin con el
jefe. Y a la noche les invitó a cenar a la familia en La Nicolasa y les
repartió unos regalos que trajera de Suiza para las mujeres.

La comida, que se hizo en uno de los comedores reservados,
transcurrió alborotada y animadísima.

Ignacio invitó a una cena preparada por él en la Sociedad Culinaria «Yrura-Bat», que abría sus puertas en la calle 31 de Agosto
y de la que él era socio.

—A las mujeres no os invito porque no os admiten —les dijo—.
El sábado, ¿eh?

Todos aceptaron.

Las mujeres protestaron ruidosamente.

Arancha les prometió una cena a las mujeres sin la presencia de los varones el mismo día y a la misma hora en su casa.

—Eso me parece bien, así estaréis más amansadas —les pronosticó Ignacio.

—No que fuéramos fieras —gruñó Vicen.

—Algo paresido, sí, pues. Ahora desirme lo que os gusta y queréis senar —les indicó a los hombres.

—Lo que tú pongas estará bien —aceptó Ciriaco.

—No, no..., que contra gustos no hay nada escrito..., así haré la compra sin vasilar.

Lorenzo confesó su debilidad por la merluza a la vasca y por las sardinas.

Ciriaco aventuró:

—Si encuentras unos chipirones...

—Claro, hombre, claro que te traeré...

—Tú, Ricardo, ya sé lo que quieres, que no te falten tus «cocochas».

Ricardo era el cronista deportivo.

—Ahora el plato de carne lo desido yo para todos..., corderito... ¿Qué os parese un poco de cordero para engrasar?

—¿No será demasiado? Basta con el pescado y una verdura de entrada..., por ejemplo —aventuró Lorenzo.

Iñaque le miró conmiserativo.

—Una comida sin carne no es comida... El pescado es agua, por Dios, agua, agua... Tomaremos de plato fuerte cordero, ¿eh? Pero piernesitas de cordero, piernesitas, que es la parte más sustansiosa...

Y en todas las bocas se hicieron relumbres... grasientos y sabrosísimos relumbres.

Después de la comida en La Nicolasa le dijo a su novia:

—Como siga muchos días en San Sebastián, reviento.

—Sí, aquí se come demasiado.

—Demasiado bien. Lo malo es que uno se hace a esto en seguida. A lo que no se hace uno nunca es a la necesidad y al hambre.

—Algo de eso hay —recogió Martita sonriéndose.

—Por eso habrá que emigrar hacia la sobriedad inexpresiva de los hoteles de primera B de Madrid.

—Ten un poco de paciencia, hombre.

—Encantado en tenerla.

Se miran cariñosos, enamorados, zumbones.

—¡Ay..., qué vida ésta! —suspira el hombre.

Salieron a estirar los pies.

Se despidieron y separaron en seguida las parejas.

Cada cual se fue a atender su juego.

—Me gustaría tumbarme un rato con el balcón abierto, contemplando el mar.

—Vete a casa... y así aprovecho yo ir con Arancha a una joyería, que son amigos los dueños, y me harán un precio arreglado. No olvides que estamos cara a nuestra boda.

—Me parece muy bien que seas previsora.

—No creo que tengas a la noche muchas ganas de cenar.

—¡No, por Dios!

—Entonces nos veremos mañana a la mañana; venme a buscar hacia las once.

Se encaminó despacio a casa.

Cosía la señora en el mirador, de espaldas al mar.

No se atrevió a asomarse por no herirla.

Dejó el balcón abierto, se descalzó y se tumbó en la cama.

A la hora de cenar pensó en molestar a la señora para pedirle un vaso de agua con limón..., pero no se atrevió.

Poco después quedó profundamente dormido.

Al día siguiente, a primera hora, recibió una llamada de don Ciriaco.

—Vente y desayunaremos juntos... y charlamos.

Se presentó en seguida.

Lo dejaron muy tarde, casi cerca de las dos.

Don Ciriaco salió a comer con el señor Gobantes.

El se unió a su novia.

—Tendré que ir a Madrid para unas horas..., pero he de irme.

—¿Cuándo?

—Mañana de madrugada; no me gusta viajar de noche.

—Vete esta noche en coche-cama.

—No; me iré en coche. Basta con que esté allí mañana a la tarde.

—¿Y no lo puedes arreglar por teléfono?

—Eso me dice tu tío..., pero no. Debo ir... Hoy es jueves; el sábado, a primera hora de la tarde, estaré de vuelta. Con el coche gano tiempo.

—El sábado es la cena que os da Iñaque.

—No te apures, que tendré tiempo de descansar y de bañarme antes.

La tarde la pasó reunido con su jefe y el señor Gobantes.

—¿Cuándo sale usted? —le preguntó el señor Gobantes.

—Mañana, a las cinco en la carretera, y a las once entraré en Madrid.

—Muy bien.

La mirada del señor Gobantes era seca y rapaz.

Lorenzo jamás se atrevía a sostenérsela.

Cuando se reunían los tres, los ojos de Lorenzo abrevaban en los de don Ciriaco. Sobre todo ahora, en que iba a emparentar con él. Eso de parar unos ojos en otros y de apoyarlos sirve de refrigerio y de consuelo..., ya que el hombre se comprende y compenetra por la mirada. Toda la dulzura del mundo anda de unos en otros ojos... Amar es mirarse..., pero también odiar... se dijo.

—Si hay alguna dificultad, que no creo, yo estaré toda la tarde de mañana en mi casa.

—Muy bien.

—Adiós, señor Gobantes.

—Adiós.

Salió con don Ciriaco.

Lorenzo porteaba una abultada cartera.

Con ella sobre las rodillas llegó a Madrid a las once menos siete de la mañana del día siguiente. Inteligente y diligente, Lorenzo resolvió los asuntos rápido.

Todo salió a pedir de boca.

Se acostó temprano y a las siete de la mañana estaba otra vez en la carretera con la cartera sobre las rodillas, pero esta vez casi fláccida.

Llegó hacia la una para comer parsimoniosamente con su novia y después se tomó una breve siesta.

En seguida fue a verse con su jefe y con el señor Gobantes.

Estaba muy nervioso y cansado aún.

Se lo notó su novia.

—¿Era muy importante el asunto que has llevado a Madrid?

—Demasiado.

Le mira y se queda seria.

El viernes a la tarde, Ignacio, tranquilo, pidió permiso para faltar por asuntos familiares el sábado por la mañana..., que le fue inmediatamente concedido.

El sábado se levantó temprano y se fue a hacer la compra.

Se encontró, a la llegada de los barquitos de pesca, en el puerto viejo.

Mercó dos docenas de sardinas, tres de chipirones; merluza, un kilo, por si acaso, y las «cocochas» para el cuñado y cronista deportivo.

«Para entrar —iba pensando— les pondré una purrusaldita...» Compró puerros y patatas y zanahorias.

«El plato de carne..., éste es el más fuerte, el más importante.» Pasó por la carnicería de un amigo de confianza.

—¡A ver cómo te luces, eh! Es una comida que preparo para unos parientes adiñerados; no me dejes mal —le indicó.

—¿Piernas de cordero, me has dicho?

—Sí.

El carnicero, que era un hombre chato y gordo, se puso muy serio.

Se las preparó.

—Esto, más que piernas de cordero, torresitas de catedral o así paresen..., mírate, pues. ¿Cuántos sois?

—Cuatro..., pero ponte dos más por un si acaso.

Se las acondicionó en la bolsa, que porteaba la mujer, que iba con él.

—Anda, vete al Yrura-Bat y espérame allí —le ordenó.

Sacó el tabaco y le ofreció al carnicero.

Echaron un pitillo.

Permaneció un rato distraído Iñaque.

—¿En qué piensas? —le preguntó su amigo.

—Pienso que lo más importante de una comida es comprar bien..., buen género, ¿eh?..., más que todo, ¿eh?, más que el cosinar, si cabe, más importante..., más.

El carnicero derribó un poquito la boina hacia delante y le contestó:

—Sí, pues.

Mientras, el cronista deportivo recibía la orden del periódico de salir inmediatamente para París, donde se ventilaba la semifinal del campeonato de Europa entre España y Bélgica.

Iban a ser uno menos, tres, hermoso número impar.

Todo el secreto de la cocina es dar con el punto: «Ni más adelante ni más para atrás», pensaba Iñaque, que a la hora de lo culinario tenía el sentido de la medida. Así como la elegancia suntuaria está en moverse casi más cerca de la penúltima moda, que de la última, así la buena cocina está casi en llegar..., está en el casi... El buen cocinero ha de estar probando continuamente.

Esto y otras cosas pensaba Iñaque, mientras refitoleaba la cena.

—A las ocho vais viniendo al Yrura-Bat —les había aconsejado a sus parientes.

Después de la comida supo por su cuñada que al cronista deportivo sus obligaciones no le permitían asistir.

—A París ha tenido que salir corriendo —le advirtió Vicenta.

—El se lo ha perdido, pues.

No dijo más.

Las cuatro mujeres cenaron en casa de Arancha.

Hacia las ocho llegaron Ciriaco y Lorenzo al Yrura-Bat, muy cerca de la iglesia de Santa María.

Encontraron a Iñaqui en plena faena, cocinando las viandas.

En el local de planta baja, con varias mesas para los socios, se hacía un apetitoso murmullo, pues estaba casi lleno de socios.

—Sentaros a la mesa y a haser dientes con esos taquitos de jamón. Del tinto podéis beber sin miedo; no pega, es de cuerpo, pero no muy graduado.

Era un vino riojano de pellejo que trascendía un poquito a la corambre.

—De eso abundante tenemos —les animó.

Los socios refitoleaban serios y graves, de la cocina a las mesas.

—Falta Ricardo —observó Ciriaco.

—Podéis empesando, que ése no viene..., ha salido pitando pa París.

En todas las mesas, en cuanto empezaba la manducatoria, las voces se hacían más suaves y amables y untuosas.

Ignacio, en mangas de camisa, ataba impaciencias de la cocina a la mesa.

—Vosotros comer y pedir —les advirtió a Ciriaco y Lorenzo.

—Lo mejor es que traigas todo y luego te sientes con nosotros —le aconsejó Lorenzo.

Les sirvió los chipirones, la merluza.

—Las sardinas os la traeré según las vaya asando.

No querían empezar mientras no se sentase con ellos.

—Yo, unas pocas sardinas tomaré y algún chipirón —les advirtió Iñaque—. Luego, con calma, asaré el cordero.

Empezaron a comer con una lenta degustación.

—¡Qué felisidá! —exclamó Ignacio al dar fin a una casuelita de chipirones.

Les rodeaba el sagrado murmullo comestible de las otras mesas.

—Sí..., es una delicia comer bien, pero no es la felicidad —opina Lorenzo.

—Felisidá, felisidá, en sentido de plaser, de gose..., quiero yo desir. En ese sentido cuenta mucho, muchísimo el buen comer.

—Pero con ese solo no se va muy lejos.

—Sí; la vida no puede ser sólo glotonería.

—Sí, pues..., pero el que no come bien... *larri, larri* queda y nada puede haser.

—¿Qué quieres decir con esa palabra? —inquiere Lorenzo.

—Que queda triste y desnutrido..., y pocho, pocho.

Ciriaco le mira y se sonríe.

—¿En qué creéis vosotros, que sois hombres muy cultos, que está la felisidá en esta vida?

—La felicidad es una forma de la vida..., pero no es la vida... Ahora, el verdadero placer de esta vida, la verdadera felicidad, yo creo que está en el trabajo —señala muy serio Ciriaco.

Los otros dos hombres le miran y se sonríen.

—Puede dar placer, pero da también fatiga, y la verdadera felicidad no debe estar hecha con esfuerzo —apunta Lorenzo.

—Y el diñero..., sin diñero apaga y vámonos —exclama Iñaque, yéndose a asar unas sardinas.

Vuelve en seguida con más sardinas asadas.

—Pa que vayáis engañando el hambre —y se las deja sobre la mesa.

—Han estado exquisitos estos chipirones —comenta Ciriaco.

—Y esta merlucita en salsa —le dice Lorenzo agradecido.

—Si las cosas se me pusiesen mal, yo de cosinero o así podría ganarme la vida.

—Y quién sabe si tu felicidad —le anima Lorenzo.

—¿Dónde, dónde encontrar a la felisidá? En el trabajo, no, pues, ¿eh, Siriaco? Yo, que me paso casi todo el día trabajando y hasiendo números, os lo digo que el trabajo no es la felisidá, sobre todo, como yo, trabajando para otros... Ni aun trabajando pa uno, creo yo; ni aun trabajando pa uno.

—Este vino se debe sin sentir y es una caricia para el gaznate —exclama Ciriaco, después de un trago lento, lubrificando un par de sardinas asadas.

—El trabajo, estoy contigo, Ignacio, no es la felicidad, sobre todo cuando es a contrapelo..., sólo cuando es la verdadera vocación de uno puede serlo —comenta Lorenzo—. Es más, en el trabajo, a veces, se sumergen con violencia muchos hombres, para eso, para olvidarse de no haber sido felices; el trabajo puede llegar a ser una droga para ciertos desgraciados.

—Dejar ahora de pensar y que cada cual atienda a su plato.

De la mesa a la boca el vino levanta esbeltos y frecuentes arbotantes morados.

—Ahora quietesitos aquí, ¿eh?, mientras preparo las piernas de cordero... ¿No queréis probar unas pocas cocochas que traía para el señor cronista?

Hacen los dos un gesto negativo.

—Pan; no olvides el pan —le pide Ciriaco.

Sobre las cabezas se estira un silencio culinario, que es el silencio más denso, más sabroso, más apetitoso, más gustoso. Un silencio hecho de salsas y de grasas suculentas, un silencio que avanza por los gaznates lentísimo, como la lava de un volcán.

En esto llega Ignacio con el asado. Las piernas de cordero coruscan goteantes, pringosas. En todas las bocas se instala una nerviosidad masticadora.

Les sirve «a cada pierna», como dice Iñaque, y las atacan furibundos.

El vino entreteje frecuentísimos y oscuros contrafuertes.

—Este cordero sabe a tierra brava y bien regada, como la de la Rioja.

—Sabe a gloria.

El silencio es cada vez más peligroso, cada vez más denso, casi se puede partir con un cuchillo.

Sólo lo pautan el ruido de vasos y cubiertos.

—La felicidad —señala Lorenzo— es, según Goethe, la limitación.

—Ser feliz ahora es tragar —aúlla Ignacio y los otros dos le miran asustados.

—Ser feliz es ser limitado; por eso los verdaderamente felices son los seres limitados, los que se contentan con lo que buenamente les da la vida..., los no ambiciosos.

Iñaque le contempla, mientras ataca con feroces y gustosísimos mordiscos la pata de cordero.

—... la ambición —prosigue Lorenzo— es la rotura de los límites, es ya el tuteo con la desgracia..., el desasosiego infinito...

Ciriaco traga y bebe y permanece serio y mudo y ceñudo como un mormón. Pero al fin habla y opina:

—La felicidad es cambiante. Lo que para uno es la felicidad y la dicha puede ser para otro la desgracia. Dar una norma fija me parece absurdo.

—Ahora dejemos a la felisidá y vayamos a las natillas —les propuso Iñaque, después de zamparse la segunda pierna.

Los dos le miran estuporosos.

—Están hechas por mí, ¿eh?; honradamente, nada de trampas.

—En ese caso... —se resignan los dos.

Vuelve con la fuente de natillas.

Se ve navegar por ellas la grupa de un bizcocho y el caprichoso espolvoreo de la canela, en ráfagas.

Está en pie frente a ellos con la cuchara en la diestra y la fuente en la izquierda.

—Ahora, a endulsar la vida, que bastantes sinsabores tiene.

Les colma los platos soperos entre aspavientos negativos. Luego se sirve él.

—¿Alguna fruta queréis, alguna fruta? Unas peritas de agua, alimonadas, de Lérida, he traído.

—Bueno —aquiesce Lorenzo, consultando con Ciriaco.

Llega la fruta y en seguida el café, y las copas, y los cigarros.

Ahora los tres transpiran una reposada y gustosa placidez.

—Os voy a contar, si me dejáis, el cuento más bonito que he oído en mi vida..., el cuento del mandarín..., pero están prohibidas las interrupciones.

—Vamos allá —sonríe Ciriaco.

—Cuenta, cuenta —le anima Lorenzo.

Se pasa la servilleta enjugadora por los labios y empieza:

—Había una vez en China un mandarín que era queridísimo por su pueblo. Vivía en una hermosa pagoda silenciosa y era creensia de sus fieles vasallos, que no le veían nunca, que siempre estaba trabajando por el bien de sus súbditos; pero, como a todos, le llegó un día la hora de su muerte... y se murió. Todo el pueblo lloró en sus funerales, que fueron ostentosos y sentidísimos. Murió en olor de laboriosidad. Durante mucho tiempo en las escuelas públicas fue puesto por los maestros a los chinitos como modelo a imitar... Pero un día el secretario íntimo, ¡oh, las indiscreciones de los secretarios!, publicó un libro titulado «El mandarín en zapatillas», y la estatua del mandarín se vino abajo. El mandarín, señores, no era un hombre trabajador, sino un perfecto vago que se pasaba la mayor parte del día tumbado bajo el viento finísimo, que levantaban los «pai-pai» de sus esclavos; pero su peresa transcurría sasonada con los mejores excitantes: cuatro veses durante la mañana se hasía despertar por su secretario con el encargo de desirle:

—«Señor, aún no es hora de que se levante usted.»

Y es fama que el mandarín fue el hombre más feliz de su imperio.

—La verdadera felisidá —prosigue Iñaque— es la peresa; ya el movimiento es origen de toda desgrasia. Convenseos..., la peresa..., la peresa... El mandarín de mi cuento fue un sabio. La verdadera felisidá es «no ser nunca la hora de levantarse»; todo lo demás, queridos amigos, es andarse por las ramas.

De mesa en mesa se iban prendiendo las canciones en el amplio local como el fuego de un almiar se transmite por la paja seca del suelo a otro... y a otro... favoreciendo las digestiones.

Y hubo un momento en que todas las canciones se unificaron en una llama:

¡Boga, boga... Mariñela... Mariñela!

Ciriaco, modorro, trasegaba copa tras copa de coñac con el café y llevaba el compás golpeando con el vaso de agua contra la mesa.

Lorenzo asistía estupefacto a tal coral y amonioso espectáculo. «Qué manera tan bonita y eficaz de hacer la digestión», pensó.

Iñaque cantaba con su hermosa voz de barítono:

Juan biardo- gu - u - rru - tira, u - rru - ti - ra

Ahora los arbotantes que erguía la catedral de sus apetitos eran entre caoba y dorados, no oscuros.

—¿El retrete? —preguntó Ciriaco, amodorrado.

—Al fondo —le señaló Iñaque.

Se puso en pie..., pero se iba para los lados, barcoleante.

—Quieto, estáte, pues, sin mover —le pidió Iñaque, sonriente.

Pero cuando se irguió, él también se iba para los lados, inestable.

—Moscorra buena hemos cogido.

—Es que este vino se bebe sin sentir.

—Deja, deja.

Fue Lorenzo, como más parsimonioso, el que estaba menos «cargado» de los tres, quien le acompañó al urinario y le esperó.

Entre la niebla del tabaco subía la canción ya colectiva, como un trueno armonioso:

bain - de - e - ta - ra, Ju - di - e - ta - ra.

Salió. No acertaba a atarse los botones de la bragueta, que la tenía meada.

Al fin, el botón más alto lo ató con el ojal más bajo.

—¡Qué castaña he cogido sin darme cuenta! —le confesó a Lorenzo.

—En cuanto le dé un poco el aire, se le pasará.

Se rio él solo.

Le hubo de apuntalar porque se bamboleaba y así le ayudó hasta sentarle de nuevo a la mesa.

Con gran asombro observó que la botella de coñac estaba en sus escurrimbres.

Iñaque cantaba ahora con una gran seriedad, como si cumpliese un rito. Contribuía así con su limpia voz de barítono a la bambochada general:

Es det - ni - ki - ku - si - ko. Ju - re playa - e - de - rra, playa - e - de - rra.

Cuando llegó Ciriaco con Lorenzo, Iñaque se puso en pie y su equilibrio resultaba también recalcitrante.

—Don Siriaco, moscorra buena hemos pillao, ¿eh?

—Tutéame, que somos de la familia.

—Sí, pues, pero usted es un señor abogado del Estado y un hombre de negosios muy importante que apalea los billetes..., y eso hay que tener en cuenta pa el trato..., pues tanto eres, cuanto tienes.

—No me jorobes, que somos parientes —insistía Ciriaco.

—Pero... pero entre parientes también clases hay... Además, que me noto bastante borracho, y en cuanto tengo unas copas de más me siento finolis..., ya que, cuando estoy normal, no lo suelo ser mucho.

—Otra copa, vamos a tomar los tres otra copa y a brindar.

Ciriaco tapó con la mano la suya, oponiéndose.

—¡Eh! Un día es un día... —l animó Iñaque.

Le sirvió un poquito a Lorenzo, que aceptó a regañadientes.

—Anda, tú también; si quieres que te tutee, bébete esta última copa.

Se resignó al fin.

Le sirvió las escurrajas y quedó la botella vacía.

—¡Por la salud..., pa que tengamos buena salud y vida larga!

—Brindo con la copa en alto... y nada de preocupasiones con la muerte... mientras vivamos; ella no está aquí con nosotros, y cuando ella llega, nosotros ya no estamos aquí..., ya nos hemos largao... ¡Al diablo, pues, con la muerte!

—¡Al diablo! —le rieron los dos, las copas en alto.

—Un poco de diñero..., sí, pues, a Dios hay que pedirle un poco de diñero pa poder venir con sierta frecuensia aquí al Yrura-

Bat, a darle gusto y plaser a la andorga y al gasnate..., pero mucho, mucho diñero, tampoco... porque llena a uno de preocupasiones... Un buen pasar..., una buena osiosidá..., porque 'el hombre, los hombres en general, trabajamos para poder tener osiosidá, pa comprar osiosidá... La osiosidá es como el pan, sobre todo a la vejes... Pa los animales, que no tienen pensamiento, la osiosidá poco, poco vale; pero para los hombres, que tenemos pensamiento, la osiosidá es una delisia... Llegado a sierta edad, lo mejor es «no ser nunca la hora de levantarse», como para el mandarín chino... Un poquito de trabajo, pero poco, ¿eh? De cuando en cuando... no está mal; pero no conviene acostumbrarse al trabajo, no conviene acostumbrarse... El hombre por sus instintos busca el calor y la osiosidá; el calor, cuando uno es fuerte, es la mujer y el techo del hogar, y cuando empiesa a ser viejo, es el sol... Vosotros habéis visto con qué ganas buscan los viejos el sol... Y la osiosidá, que es la *mantenensia* de que hablaba el cura ese, porque sólo se puede ser osioso cuando se tiene la manduca asegurada..., y todo el trabajo del hombre para poder comprar osiosidá, cuanto antes, es supuesta y asegurada la manduca..., porque vivir es eso: dejarse llevar, sí, dejarse llevar...

Todo el local se fue madurando en una voz orfeónica, densa, viril y armoniosa.

¡A - gur - On - darroa- - co Y - che - so - bas - terra!

—¿Y esta sociedad donde cocináis vosotros es sólo para esto, para comer y beber?

—Sí, pues, ¿te parese poco importante comer y beber?

—¿Y cómo pagáis?

—Cada uno echa en ese cajón —señalándoselo— el importe de lo que ha comido y bebido. Sólo la condimentación, porque lo que se come lo trae cada socio.

—¿Y no hay... trampas? —le preguntó Lorenzo.

—Jamás ha habido una; los vascos somos gente honrada —le replicó Ignacio con orgullo—..., sobre todo a la hora de la comida.

Pero se le vencía la cabeza y consintió que se le cayera sobre la mesa.

Ciriaco estaba amodorrado, no tenía fuerzas ni para tirar del puro.

«¿Qué hago yo con este par de marmolillos?», pensó Lorenzo.

Pero Iñaque reaccionó en seguida.

Fue a los servicios y se mojó y fregoteó los ojos, la cara y la nuca.

Volvió y se puso a cantar.

Consultó su reloj.

—¡Ené..., la hora que es!

—Querido pariente, ¿cómo, cómo te encuentras? —le preguntó a Ciriaco.

—Bien..., bien..., pero un poquito «cargao».

Y se rio.

—La que van a armar las mujeres cuando nos vean entrar así —pronosticó Lorenzo.

—Calma, calma; para volver a casa nunca hay prisa, siempre es la madrugada joven cuando se ha *senao* entre amigos.

—Sí, antes será mejor que nos dé un poco el aire —les aconsejó Lorenzo.

Las voces y la euforia verbal y las canciones iban remitiendo.

—A ver, haste prueba a ponerte de pie tú solo, ¿eh? —le animó a Ciriaco.

Se alzó dificultosamente, pues se iba para los lados.

Ignacio también se iba y soltó una carcajada.

—Moscorra buena, buena, hemos cogido..., pariente —le dijo a Ciriaco.

—Este vino de Rioja entraba sin sentir..., sin sentir, traicionero.

—Sí, pues, con los chipirones y con la merluza y las sardinas..., y el cordero, el cordero... La grasa del cordero pide mucho morapio, mucho, mucho... ¡Qué hermoso es comer y beber!, ¿eh? Si no porque luego da *pesadés* cuando se abusa..., cuando se abusa mucho, claro.

Volvió a sentarse Iñaque.

—Calma, ¡eh!, que el día es aún muy tierno... y las mujeres que esperen, que pa eso se han casao, pa esperar...

Iban saliendo del local en grupos canturreadores, firmes, de buen humor.

Al salir, algunos se volvían y saludaban a Ignacio.

Lorenzo les animó y, después de un rato, se pusieron en pie y abandonaron la sociedad.

La calle estaba animada, a pesar de ser las dos y media pasadas de la mañana.

Iban los tres entrelazados los brazos en los hombros. Lorenzo iba en medio, sujetándoles, impidiéndoles, hasta donde le era posible, el bamboleo.

Pero había momentos en que les era poca la anchura de la calle.

—Moscorra buena, buena, llevamos —les dijo Ignacio, y soltó una carcajada—. Grasias a ti, Lorenso, grasias a ti; si no, besar el suelo haríamos, besar el santo suelo.

Algunos trasnochadores miraban maliciosillos la bragueta de Ciriaco, por la que asomaba una punta de la camisa entre el garabato de las aberturas.

Surgían voces altas y llamadas descompuestas e irrinchis.

—Mucho te miran a ti, pues, pariente, mucho te miran... Compórtate como un caballero..., compórtate —le amonestó Iñaque.

Fueron un rato serios, sin hablarse, sorteando como podían los grupos, hasta que salieron al Bulevard.

Allí Lorenzo les soltó un rato porque no podía más y deseaba respirar con ansia.

Ciriaco se iba para los lados. Ignacio, espatarrado, le aconsejaba:

—Ponte así, pues, como yo...

Pero en una de éstas se fue al suelo y se dio una soberbia culada. Le costó trabajo levantarse a Ignacio.

—No somos nada..., en cuanto bebemos dos vasos se nos va el equilibrio y como bestias somos, como bestias —reconoció.

Ciriaco se rio al verle por tierra, pero él se apoyaba en Lorenzo, que no le dejaba de su mano.

Se sentaron un momento en un banco del Bulevar.

—Un ratito aquí; el aire os sentará bien —les animó Lorenzo.

Se estiraron y se solazaron un poco.

Dieron las tres en el reloj del Ayuntamiento.

—Nuestras mujeres... qué... ¿qué pensarán? —preguntó Ciriaco, congestionado.

—Que piensen lo que quieran... —se disculpó Iñaque.

Ciriaco hizo por incorporarse, por erguirse... Se le veía ahora nervioso, con ganas de estar ya en su casa.

—Este... este coñac francés que has llevado... era tan suave y tan bueno..., se bebía sin sentir —le dijo a Iñaque.

—Todo, todo se bebe sin sentir cuando hay buen cuerpo y ganas de saltar y de escapar de esta cochina realidad que nos ahoga..., sí, sí, que nos ahoga... —le gritó a Ciriaco.

—Si nadie te dice que no...

Lorenzo se reía.

—No discutáis y vamos poco a poco a casa, que las mujeres estarán preocupadas esperándonos.

—Las mujeres, a la porra..., ahora, ¡eh! En este momento, quiero desir, en estos momentos... Por ejemplo, para ir al catre están bien..., sobre todo cuando son... cuando son guapas y... y cariñosas...

Ciriaco soltó un rebuzno.

—Vamos, vamos —le amonestó Lorenzo, sonriente.

—La vida, ¿eh? Qué hermosa podría ser si no nos empeñásemos en llenar de preocupasiones y de hipocresías...

—Y de envidias y de odios, y de envidias y de odios —añadió Ciriaco.

—También, de envidias y de odios también.

Dio un suspiro profundo y largo.

—¡Ayyyyy!

Hizo sus intentos de ponerse en pie con dificultad.

—Vamos, vamos *pa* casa, que yo siento *nesesidá* de estar *acostao* —les gritó Ignacio.

Entre los dos pusieron sobre sus piernas a Ciriaco, pero Iñaque se fue para los lados y por poco se cae.

—Porque, ¡eh!, porque el mucho vino romperá, pues, el equilibrio, porque es lo primero que rompe, ¡eh!

—Rompe tantas cosas...; pero y el goloso placer de beber...

—Y el de evadirse de este cochino mundo, donde tiene que vivir uno metido hasta... hasta las cachas.

—Bueno, déjense de filosofías y vamos hacia casa, que son las tres y media y estarán buenas las mujeres.

—Sí, pues..., andando.

Caminaron con Lorenzo apuntalador en medio. Iñaque iba más despejado..., no así Ciriaco, que se movía lerdo, torpón, como un modorro.

Cuando llegaron al portal, como no tenían llave de la puerta, requirieron con palmadas, después con llamadas de Iñaque, los servicios del sereno.

Las mujeres, que estaban atentas, enviaron en seguida la sirvienta para que les abriese.

No tenía ascensor la casa y los tres pisos se hicieron para los dos embriagados penosísimos.

Cuando llegaron estaban las mujeres a la puerta. Al verles de tal guisa soltaron la carcajada.

—¡Por Dios, Ciriaco! ¿Pero tú te das cuenta de cómo traes la bragueta? —le bromeó Arancha, llevándoselo a la alcoba.

A Iñaque le dio por sentirse cariñoso, y besaba y abrazaba a su mujer, zalamerón y aspavientoso.

—Mi Visen presiosa..., ¿a quién quiero yo con locura? Dite, dite, pues... Ven, ven aquí —y la besuqueaba y abrazaba, exageradote y guasón—. ¿Quién va a ser el sol de mi vejés? Dite, dite, pues..., ¿quién?

—¡Pero qué dirán estos amigos! —se defendía la mujer de tanto acoso.

—¡Que digan misa! A ver si es que no voy yo a poder besar y abrazar a mi mujer después de una ausencia tan... tan larga.

Lorenzo, hecha ya la entrega de los dos «siniestrados», se despidió de todos.

—Adiós, adiós..., adiós Martita; hasta mañana que hablaremos, que es tardísimo.

Y escapó escaleras abajo.

Arancha, risotera, le abotonó concordante la bragueta a su marido.

—Pero, ¿desde la sociedad has venido así? Dios mío, qué habrá pensado el que te ha visto... Supongo que no os habréis encontrado con ningún conocido... Bien es verdad que a estas horas...

La mujer, inteligente, lo tomó todo a broma.

—No se os puede dejar solos a los hombres... y menos a ti, que eres un niño grande, un niño... ¡Ay, Ciriaco, Ciriaco!

Se reía la mujer, pero era una risa improvisada, nerviosa.

Le había despojado de la ropa y le ayudó a acostarse.

—Un té, dame un té —le pidió.

—No..., espera; antes es mejor que devuelvas.

Le dio a oler amoníaco, al mismo tiempo que le acercó la bacinilla, y en seguida vomitó.

Le apoyaba la mano en la frente la mujer.

Salió y volvió en seguida.

—Ahora toma esto para que acabes de limpiarte —le dio una manzanilla con una cucharada de bicarbonato.

No tenía ya nada más que echar.

Quedó más descansado.

En esto irrumpen Vicen y su marido en el cuarto.

—¿Se le va pasando a ése? —pregunta la mujer.

—Sí, estoy mejor —contesta él.

Iñaque se hallaba muy pálido, pero locuaz.

—A esto de beber se hase uno en seguida... Tú la novatada has pagao... y eso que tú, aire tienes de no dar tres cuartos al pregonero..., y beber, beber... Tú como beber... bien, bien has debido haserlo..., pero esta vez el vino te ha engañao, como a mí..., y nos hemos pasao de rosca..., porque buena, buena *trúpita* hemos tomao... Buena, buena.

— ¡Quita, hombre, que le vas ahora a marear! —le dijo la mujer, retirándole.

Se iba para los lados Iñaque, como versátil tentempié.

Arancha se reía.

—Déjale que se desahogue, una noche es una noche...

Se aproximó al marido:

—¿Cómo te encuentras?

—Bien, bien, estoy mejor... El vino, si vieras el vino tan rico que nos ha dado... Luego, los chipironcitos estaban ligados a su salsa y tan sabrosos..., que no encontraba uno nunca el momento de parar de beber.

Martita preguntaba desde la puerta:

—¿Se puede?

—Pasa —le respondió Arancha.

Entró y, mirando al yacente, les bromeó:

—Valiente par de borrachones..., no tenéis vergüenza.

—Mucha, no... ¿Pero eso pa qué sirve?

—Para no entromparos como os habéis entrompado.

— luego, las natillas estaban tan ricas...

—¿No irás a sostener ahora que lo que os ha «pimplao» son las natillas? —le preguntó la sobrina.

La carcajada fue general. Todos, hasta Ciriaco, se rieron con ganas.

—Bueno, bueno, descansa ahora y duérmela, que eso te vendrá bien —le dijo la sobrina.

Dirigiéndose a las mujeres:

—¿Sabéis la hora que es? Han dado ya las cuatro.

Hicieron unos gestos aspavientosos de brazos en alto.

—Bueno, hasta mañana —le despidió a su tío, y salió.

Ignacio se aproximó a la cabecera y se inclinó sobre su cuñado.

—Tú, Siriaco, ya ves que te tuteo..., pa en adelante, conmigo, no estarás molesto, ¿eh?

—No, hombre, ¿pero por qué voy a estar molesto?

—Como yo, en parte, tengo culpa, sí señor, mucha culpa de esa *trúpita* que los dos hemos tomao...

—No te preocupes, que te estoy tremendamente agradecido, hasta por la *trúpita,* como tú dices..., porque sin ella no hubiera disfrutado lo que he disfrutado...

Mirándole con desconfianza:

—Bueno, dame la mano para despedir y haser las pases.

Ciriaco la sacó por encima del embozo y se la tendió.

—¿Amigos?

—Amigos y de los buenos y unidos parientes... pues esta deliciosa *trúpita,* como tú la llamas, me ha dado ocasión de sorprender tu generoso corazón y tu hombría..., que me ata más a ti y a tu Vicen para todo, para todo lo que necesitéis.

—No sigas..., no sigas, que me emosiono.

A Vicenta se le hicieron agua los ojillos. Y Arancha, que conocía bien a su marido, se enterneció.

—Bueno, bueno, hala..., cada oveja con su pareja —les espanta Arancha, emocionada.

Se retiraron.

—Adiós, Siriaco..., otra ves más suave..., senaremos y beberemos más suave, más suave... Que esto nos sirva para cogerle la embocadura.

Y reía con una risa humana, cordial, simpaticona; y sus ojos hermosos, vivaces, alegres, le chilindrineaban algareros...

Martita y su novio acordaron detenerse unos días en Minglanilla.

Ella quería vender la casa que fue de su madre, cerca de la plaza. En la planta baja se abría una carnicería, y el dueño, que habitaba lejos de su negocio, intentaba hacerse con la casa.

—Pero si cuando vivía mamá, antes de la guerra, este hombre no tenía una peseta... y andaba a trancas y barrancas para pagar la renta, que era pequeñísima, lo recuerdo.

—Ahora todos los que venden algo se han enriquecido, y los carniceros más que ninguno..., pues hay que ver a qué precio se ha puesto la carne, que sólo los muy ricos la pueden hincar el diente.

—Sí..., eso es verdad... La última vez que estuve en el pueblo me ofreció un millón de pesetas por la casa... Como están las cosas, a mí me pareció poco. La casa es bastante espaciosa; fíjate que además de la planta baja y la bodega que él ocupa, tiene dos pisos amplios con muchas habitaciones.

—Pero a los vecinos que los ocupan, para echarles, les tendrá que indemnizar.

—Sí, eso sí.

—Y hoy la gente exige mucho para largarse de los pisos.

—Si le hubiera apretado un poco, hubiese llegado a un millón cien mil o doscientas mil..., que en Minglanilla la propiedad urbana ha subido un horror, y más desde que pasa el ferrocarril por el pueblo.

—No me acordaba de ese acontecimiento.

—Pues hay que tenerlo en cuenta.

—Escucha: hace pooc vendió «el Carretero», y fíjate que la compra se la hizo el suegro de su hijo..., una casa más lejos de la plaza que la mía, mucho más..., en un millón y medio de pesetas. Claro es que la casa tiene una mansarda pequeña que no tiene la mía; pero es casa mucho más vieja y más destartalada, porque mamá hizo obra en ella poco antes de morir..., y además que el sitio es mucho mejor el mío, y lo que se paga ahora y lo que vale es el sitio..., el solar.

—¿Pero es que piensa tirarla para edificar otra de nueva planta el carnicero?

—No, creo que no. El lo que quiere son los dos pisos para ocuparlos y estar encima del negocio.

—Pídele tú también, a ver si te da millón y medio.

—Es lo que pienso hacer.

Septiembre tensaba los cielos en las madrugadas y los avellanaba en los crepúsculos.

El mar era mucho más combativo. Habían desaparecido los pescadores de caña por miedo a su zarpazo rugiente. Y su aullido era mucho más resonante e inmediato.

Se despidieron de Arancha, que estaba aquellos días sola, y de Iñaque y de Vicen, y de la hermana costurera y de su marido, y se presentaron en Minglanilla.

Era a finales de septiembre. El Duero llevaba presuroso barruntos de heladas y se empezaban a ver los primeros abrigos.

En cuanto llegaron, llamó a tía Alfonsa al Burgo de Osma por teléfono.

—Estoy aquí, en Minglanilla, por unos días. ¿Cómo os encontráis todos? ¿Y cómo va mi protegido Claudio?

—La familia, bien... Mi marido, con su úlcera a cuestas; por lo demás...

—¿Y mi protegido?

—Le vi hace unos días y le encontré de mala cara, no sé..., debe de tener una tremenda lucha interior. Estos hombres tan talentudos nunca están conformes consigo mismos... y sufren y se revuelven y jamás están sosegados.

—¿Pero qué tiene?

—Se lo pregunté a su director, pues había oído que le daban cólicos, y me contestó que como no fuesen de melancolía... El, de todas formas, está muy seco y concentrado y berrinchinoso, y... no tiene más que ojos, que le brillan como los de un loco.

—¡Ay..., mujer, pero qué me dices!

—Me confesó que tiene poco apetito y que duerme muy mal. Me preguntó por ti con mucha ansia... Yo creo que le debías venir a ver antes de meterte en Madrid.

—Cualquier día de éstos voy; avísaselo.

Quedó entristecida y mohína Martita.

—¿Qué pasa? —le preguntó Lorenzo.

—Mi protegido Claudio, que no marcha bien.

—Será más del alma que del cuerpo su mal..., como si lo viera.

—Sí...

—La avidez tiene sus riesgos: lleva con frecuencia a la desilusión, a la sequedad y a la melancolía..., pero es tan hermosa... ¡Avidez, sirena del mundo!, podía decirse, parodiando al poeta.

Mira a su novia con dulzura.

—¿Y qué piensas hacer?

—Ir a verle.

—Sí, vete; pero vete sola... Me ahorrarás un mal rato.

—Lo comprendo.

Quedó muy preocupada Martita.

A los pocos días fue a verle y aprovechó Lorenzo para visitar a su maestro, don Andrés, a quien tanto quería.

Le encontró muy alegre, dentro de su descaecida ancianidad.

—El ministro de Agricultura acaba de publicar la última estadística forestal de España, y es magnífica —le dijo, después de abrazarle—. La patria vuelve a recuperar su espléndida pelambrera antigua.

—Eso está muy bien; pero no se fíe usted mucho de las estadísticas.

—No los creo tan mendaces.

—Hoy se falsifica todo...

—Hay que darles cierto crédito...; lea, lea usted..., volvemos a una remota tradición en la que el árbol era el principal componente del paisaje, como también el principal elemento fijador de la demografía nacional, porque cuando el árbol cae, no le queda al hombre arboricida más que huir... No olvide, no olvide la frase de Cicerón, que tanto les he repetido en la escuela: «La caída de un árbol hace temblar la tierra.»

Estaba gozoso como chiquillo con juguete nuevo.

—Mucho, mucho se ha conseguido en estos últimos veinticinco

años respecto a la repoblación forestal, y mucho más se ha de hacer, porque nuestra geografía es atormentada y tormentosa y de los cincuenta millones de hectáreas que la constituyen, sólo veintiún millones están labradas, quedando algo más de veinticinco sin labrar o trabajar, aunque sean productivas, porque la superficie absolutamente baldía e improductiva es poco más de cuatro millones de hectáreas.

—Tenemos por delante todavía mucho que hacer, querido don Andrés, para compensar la desforestización general que ha venido arruinando desde tiempo inmemorial nuestra economía y nuestra geografía.

—Desde luego..., desde luego.

—¿Concibe usted que muchas cortes de reyes, muchos centros comerciales, muchísimas ciudades famosas de la antigüedad, que hoy se encuentran en desoladas parameras, estuvieran así en su época de más auge y esplendor?

—No..., desde luego.

—¿Se explica alguien que en la expresiva toponimia de nuestro nomenclátor existan tantos pueblos y lugares con nombres y apellidos de «alamedas», «olmedos», «del pinar» o «de pinares», «encinares» y «robledales», «quejigales», «salcedos», «pobedas», «loredos», etc.? Si no hubiese sido porque en su fundación y al tomar apellidos las familias, la nota predominante de los contornos o del lugar donde vivían era la presencia abundante de estas especies arbóreas que hoy han desaparecido totalmente.

—Conforme contigo, Lorencito... No olvides la vieja fábula de Estrabón, que tanto os repetía en la escuela: que hubo un tiempo en que España estaba tan apretadamente poblada de bosques, que una ardilla podía recorrer de norte a sur la península, saltando de rama en rama.

—Eso es una exageración.

—Pero responde sin duda a un hecho real porque, según un historiador, las primeras colonias griegas que abordaron las Islas Baleares las llamaron *Pitiusas,* debido a los densos y extensos pinares que las poblaban.

—Pero la culpa será de los que hasta ahora han llevado las riendas de la patria y han consentido que esta hermosa y destartalada España se llenara de desolladuras, de calvas, de eriales y de desolantes parameras.

—De todo punto conforme...; pero, en honor a la verdad, te diré que el expolio forestal, sin embargo, no ha sido exclusivo de los españoles. En la mayor parte de los países, sobre todo en la zona del Mediterráneo, es una realidad el principio de que si el árbol es el mayor amigo del hombre, el hombre es el mayor enemigo del árbol. Sólo a la realidad de esta lucha desigual y despiadada, en la que el árbol ha sido la víctima silenciosa, se debe la extrañeza que hoy produce el que las grandes civilizaciones y culturas de la antigüedad, Grecia, Mesopotamia, Cartago, Fenicia, que brotaron y se desarrollaron sin duda alguna en tierras de gran fertilidad, sean hoy territorios en gran parte estériles. No se concibe que aquellas fabulosas culturas y espléndidas civilizaciones, llenas de poderío, sabiduría y riqueza, florecieran en la paupérrima geografía que hoy limita su antigua posición.

—Yo me refiero a mi patria, no a las otras... Mi queja es contra los que hasta ahora nos han gobernado.

—Pero no olvides que las causas que han conspirado han sido serias e inevitables... En primer lugar, en épocas antiguas, la necesidad imprescindible de la madera para toda clase de construcciones navales y terrestres..., aparte de ser la casi única materia combustible..., por lo que la cuenca mediterránea, casi sin minas de carbón, ha acelerado su descuaje y desforestización... Y en épocas más modernas, la extraordinaria amplitud que han alcanzado las aplicaciones químicas de la madera y de la celulosa: cartón, papel, fibras artificiales..., etc., dando lugar a una época que con motivo ha sido llamada la edad del hambre de la celulosa.

—Sí, todo eso es verdad...; pero la desidia y el abandono de los gobernantes de nuestro país ha sido en mucho la culpa de ese descuaje y desforestización. Nuestros políticos, y reconozco que también nuestros campesinos, han odiado el árbol.

—Estudiando la historia de España, hay dos momentos, sobre todos, propicios para esa guerra contra el árbol y el bosque: el primero viene con la invasión de los árabes y el segundo con la desamortización de Mendizábal... No olvides que los árabes venían ya de un territorio donde la desforestización se había hecho a conciencia, como señala un escritor. Y la desamortización, como tú sabes, soltó los frenos de la codicia, sobre todo cuando puso los montes, antes defendidos de toda agresión, a merced de logreros y de la anárquica administración de ayuntamientos y comunidades de vecinos. Don Octavio Elorrieta, Larraz, Zavala, Pérez Urruti y otros firmaron en 1921 el más profundo dictamen sobre política forestal que yo he leído, y se cuenta en él las declaraciones de un viejo labriego que conoció «la explosión» desamortizadora en los montes españoles: «Todo el pueblo —decía— se dedicó a talar de manera tan "distiforme", que durante muchos años fue posible ir del pueblo al río, distante cinco kilómetros, saltando de un tronco a otro de los árboles derribados.»

Permaneció mirando a su maestro con una dulce y cariñosa admiración.

—A pesar de los años, querido don Andrés, conserva usted su espléndida memoria, pero se olvida del enemigo mayor del árbol, de quien tanto malsinaba usted en nuestras clases al hablarnos del campo.

Quedó silencioso y perplejo el viejo maestro.

—¿A cuál te refieres? El bosque y el monte tienen tantos...

—La cabra, que, según nos decía usted, con el señorito, es una de las grandes tragedias de España y del campo español.

Se miran y se sonríen los dos.

—Y el que no lo crea, o lo tome a broma, puede acudir al testimonio que brinda la isla de Santa Elena, donde estuvo desterrado Napoleón, porque esta isla, que en 1515 era una selva fragante y virgen, por la desgraciada idea de unos portugueses de llevar allí unas cabras..., apareció pelada en muy poco espacio de tiempo. Esto explica el hecho de la gran campaña en contra del ganado cabrío que se desarrolló en la isla de Chipre en 1914... contra el enemigo número uno del árbol en cualquier país y en cualquier clima.

—Y ahora yo, en calidad de señorito, pues por ahora a eso he quedado reducido, querido don Andrés, me alegro con usted de esa hermosa cabellera que le va pelechando a la que hasta ahora era monda cabeza española.

—Sí, alegrémonos... Ya ha visto usted cómo va el mundo y el peligro que hay otra vez de guerra en cualquier momento..., pues la vitalidad de un ejército, como la vitalidad de la nación, tiene sus raíces en el bosque; porque sin árboles no hay agua, sin agua no hay agricultura, sin agricultura no hay industria, sin industria no hay comercio y sin comercio no hay vías de comunicación..., y sin vías de comunicación un país no puede vivir como nación, sino como tribu.

Mirándole con una gran ternura patriótica:

—Sin bosques no hay ejército que detenga una invasión... Una selva que cubra cualquiera de sus flancos duplica su capacidad ofensiva... Eso, en el llano y el bosque espeso; en el valle sirve para expulsar al enemigo hacia la cumbre y apoderarse de él sitiándole por hambre.

Mira ahora a su discípulo con la seguridad del convencimiento.

—Muy bien, todo eso está muy bien..., pero con una bomba de hidrógeno de estas de ahora, desaparecen el bosque y los bosques en un periquete, y todo ese hermoso razonamiento no sirve más que para demostrar su erudición forestal y su cultura en torno al árbol, querido don Andrés.

El viejo maestro quedó perplejo y patidifuso.

—Ahora existen otras armas atómicas y otros medios de destrucción nucleares, con los que desaparecen regiones y provincias enteras con todos sus habitantes en un santiamén.

—Sí, es verdad —reconoció, y hundió la cabeza en el pecho—. Me he quedado anticuado; estoy argumentando con armas y razones de la guerra del 70..., de cuando yo iba a nacer.

—Esta guerra del Vietnam que sostienen los norteamericanos contra los comunistas..., el día que se decidan a tirar un par de bombitas de ésas, se acabó lo que se daba.

—Pero han empezado a advertir que no las tirarán, pues, aunque físicamente pueden hacerlo, moralmente, no..., y el que arrojaran una de esas bombas sería el comienzo del fin, porque las lanzarían también los rusos y los chinos..., y sería el caos y el fin de la civilización. Por eso verás que con las armas y los medios con que actúan cómo les sirve el bosque, y toda la réplica comunista es una guerra de guerrillas, amparados en sus bosques..., y así unos pocos miles de guerrilleros tienen en jaque al ejército americano, que suma ya cientos de miles de soldados y tienen que mantener un aparato de guerra moderna, costosísimo, llevado a distancia... El árbol, siempre el árbol defendiendo su tierra y su integridad...

Y reía cándidamente, sorpresivamente, como un niño.

Permanecieron un rato en silencio, un silencio condescendiente. Más tarde se abrazaron y le despidió... Cada vez le daba más pena despedirse de él porque le parecía que sería la última, tan acabado y engurriñido le encontraba.

Sólo sobre la voz, ya muy flaca, le rilaba la mente, cada día más lúcida, más segura, más firme.

—Bueno, don Andrés, hasta pronto.

—Por si no te veo más...

Le tembloreaba la voz.

Y se abrazaron con ilusión, con amor, con ansia.

—Sabes que...

Pero no pudo terminar el pobre porque se acongojaba.

—Adiós.

—Adiós... ¿Cuándo os vais para Madrid?

—Un día de éstos.

Se miraron a los ojos; los dos los tenían húmedos.

«Lo mejor de mí se lo debo a él», pensó Lorenzo.

Le abrazó de nuevo; en sus brazos era como un sarmiento seco.

—Adiós —y ganó la puerta.

Martita le aguardaba desde hacía un rato.

—¿Qué tal Alfonsa y los suyos?

—Bien, bien.

—¿Y tu protegido?

—Si vieras la lástima que me ha dado... Me ha preguntado mucho por ti.

—Dígale que me acuerdo mucho de él y de la conversación que sostuvimos: «No es hora de teólogos, sino de biólogos... Han puesto la mano sobre las fuentes de la vida... Esta, ésta es en realidad la gran aventura de nuestro tiempo, no la aventura de los espacios cósmicos. Las claves biológicas, las tranmisiones genéticas, toda esa misteriosa alquimia va a decirnos algo importantísimo muy pronto, algo que podrá ser para bien o para mal del hombre.

El ser humano se encontrará de nuevo en la encrucijada de dos mundos contradictorios: el mundo de Dios y el mundo de la química mecánica y de la biología..., donde será imposible el pecado, de igual modo y por las mismas razones que será imposible la virtud. ¿Hacia dónde caminamos, bordeando nuestro angustioso misterio? ¿Hacia nuestra total libertad o hacia nuestro total hundimiento? ¿Nuestros espeluznantes días acabarán por fin?»

—Me ha recomendado estas o parecidas palabras, que tú le planteaste. Está muy delgado, casi verde, nervioso, con un brillo en los ojos que da miedo.

—¿Qué tienes, qué te pasa?

—Si lo supiera... —me ha respondido.

—Pobre Claudio —exclamó Lorenzo—. La avidez tiene estos riesgos.

—Sí; ¿por qué os empeñáis algunos hombres en querer saberlo todo, en llegar al fin de las cosas... y en pedir explicaciones a todo? ¿Por qué, por qué no sois más humildes? Dime por qué.

—Pregúntaselo a tu protegido.

—No, te lo pregunto a ti; ahora te lo pregunto a ti.

Se hizo un silencio necesario, angustiosísimo.

—Pobre Claudio..., pobre..., cómo debe sufrir...

—Os pierde el orgullo... Queréis ser como dioses.

—No tanto, mujer —y se sonrió.

—Cuando me despedí de él hablé un rato con el padre director y me dijo: «Es una pena de muchacho; es excesivamente sensible, imaginativo y ávido, y es tanta y tan impulsiva el hambre de conocimientos y de reformas que tiene..., que no sé si... si se despeñará su poderosa inteligencia...»

Más tarde me miró y me susurró en voz muy baja:

—Sería una gran pena; y para él, una enorme desgracia.

Lorenzo, hermético, nada decía.

—¿Tú crees que se perderá y se malogrará este chico?

—¡Qué sé yo...! De otra parte..., ¿qué es perderse, qué es malograrse?

—Con lo inteligentísimo que cuentan sus profesores que es...

—Siempre lo demasiado es un peligro.

—Pues no debía de serlo, porque comprenderás que el que se pasa...

—¿Y quién sabe cuál es el límite a donde se puede y se debe llegar? ¿Quién? ¿Quién?

—Pues él lo debe de saber; para eso es tan talentoso.

—Nuestra vida es un soplo temblón entre dos oscuridades... Y nada sabemos, por ahora, con certeza, de nuestro origen ni de nuestro fin.

—No lo sabrás tú, pero los que tenemos fe...

—Por caridad, no lo muevas más... Caminamos por un callejón sin salida...

Lorenzo quedó como si de fría piedra fuese.

La mujer tuvo compasión de él y se calló.

—Perdóname —le suplicó más tarde.

—Pobre Claudio, lo que debe de sufrir... —era su cuita.

—Ni que fuera tu hermano.

—Es un semejante...Y es la angustia más grande para un ser sensible la que él padece.

Se hizo un silencio acérrimo.

La mujer quiso llegar hasta él, vestida de voz..., pero no se atrevió.

Se limitó a mirar al hombre a los ojos.

Más tarde le tomó una mano.

—Anda, anda, hombre de poca fe.

Y su sonrisa fue de una dulzura confortadora.

Se contemplaron con un brillo cenceño, nuevo.

La mujer se alzó al hombre.

—Perdóname.

—Eres tú quien tiene que perdonarme.

Su carne temblaba en la carne de él... y en la cima se besaron sólo las almas.

Le estallaron en la boca los versos telúricos de Pablo Neruda.

—Escucha:

> *¿En qué otro mundo de cerezas raras*
> *oí tu voz? ¿En qué planeta lento*
> *de bronce y de nieve vi tus ojos*
> *hace un millón de siglos? ¿Dónde estabas?*
> *Tú fuiste agua hace mil años.*
> *Yo era raíz de rosa y me regabas...*

Todo se hizo misterio, enorme misterio...

—Mañana estoy citada a las doce con el carnicero y su mujer, que intentan dejar arreglada de una vez la compra de la casa... y quiero que estés tú delante.

—¿Lo crees necesario?

—Sí; para dar más seriedad y autoridad al acto.

—Bueno.

—Es aquí, en casa, a mediodía.

—No faltaré.

—Ofrece ya un millón trescientas mil... Te advierto que no pienso rebajarle ni cinco céntimos del millón y medio... Si quiere, que se la lleve; si no, que la deje. Como van las cosas, cada vez valdrá más con la erosión de la peseta.

—Eso sí.

Al día siguiente, a las doce en punto, se presentó el matrimonio comprador.

Lorenzo había llegado poco antes.

Les pasó a la salita y les presentó a Lorenzo como su novio.

—Le conocemos, le conocemos —dijo la mujer.

—Como va a ser mi próximo marido, no creo que... —les aclaró Martita.

—Algo habíamos oído —aventuró el carnicero.

Se volvió, dirigiéndose a su novio:

—Mira, Lorenzo, estos amigos y vecinos quieren comprarme la casa de cerca de la plaza, donde tienen instalada una carnicería. Les he hecho saber que no tengo ningún interés ni ninguna prisa en venderla, si algún día me decidiese a hacerlo...

—Mírele, señorita, el interés es nuestro, lo comprendo —reconoció el carnicero.

Martita se hallaba intranquila, nerviosa. Su visita a su protegido la había puesto de mal talante.

—Le indiqué que estamos dispuestos a pagarle un millón trescientas mil pesetas... y ya me parece que está bien.

—Soy yo y no ustedes quien ha de decir si está bien o no la cantidad ofrecida.

—Desde luego —aceptó el carnicero, y quedó un tanto cohibido, confuso.

—Pues sepan que el último precio es un millón y medio y que no rebajo de él ni un céntimo. Es mi última palabra.

—Pues no sé lo que quiere, porque...

El marido la dio un codazo para que se callase.

—Lo que quiero ya se lo he dicho y no rebajo ni un céntimo. Le he indicado y le repito que no tengo ningún interés en venderla.

—Pues perdone que le diga que no hay derecho a pedir esas gollerías.

Martita se irritó.

—Si hubiesen tenido ustedes en cuenta eso..., la carne no estaría al precio que está.

—Eso es cuenta nuestra —le replicó el carnicero.

—Pues esto es cuenta mía.

—Vamos —le ordenó el marido a la mujer.

Pero antes de llegar a la puerta se volvió.

—¿Quiere usted un millón cuatrocientas mil?

Martita se ladeó hacia su novio, despectiva.

—Le repito que si quiere un millón cuatrocientas mil.

Ni le contestó.

El carnicero se encaró de nuevo, aguantador, paciente.

—Vine con la intención de no darle más de un millón cuatrocientas mil, pero si se pone torpona y tozuda, por tratarse de usted, le diré que subo, para terminar de una vez, a un millón cuatrocientas cincuenta mil.

No se dignó mirarle.

—¿No me ha oído usted?

Se volvió sonriente, para decirles:

—Pueden retirarse, que no soy amiga de forcejeos.

El carnicero quedó desarmado.

—Pero es que no quiero irme sin... sin la casa.

—Pues ya sabe lo que tiene que hacer para ello.

Miró a su novio, sonriente, parecía que se lo decía a él.

—Bueno... bueno.

—¡No hay derecho! —aulló la carnicera.

—Como siga usted en esa actitud, les voy a exigir más.

—¡Calla, carajo! —la gritó el marido, tirándola un manotazo.

—No se altere, no se altere —intervino Lorenzo.

—Quedamos entonces.

—Lo sabe; en el millón y medio.

—Me se hace muy cuesta arriba, pero si no hay otro arreglo...

—No le hay.

—Pues se lo daré, que la casa la quiero pa... pa la buena marcha del negocio, y la necesito.

—Acabáramos.

Todo estipulado, quedaron en ir al día siguiente al notario. Cobraría un millón al firmar la escritura de venta, y el medio millón en dos plazos, con un mes de intervalo del uno al otro.

—Sabes vender... y eres dura. No sé si para comprar te darás la misma maña —le dijo a su novia al salir de la notaría.

—Y tú, ¿qué es lo que sabes?

—Quererte.

Mirándole, extasiada:

—A ver si te dura mucho ese cariño.

—Toda la vida.

—Sólo le pido a Dios que sea larga.

TERCERA PARTE

Decíame mi padre:

—Hijo, esto de ser ladrón no es arte mecánica, sino liberal.

Y de allí a un rato, habiendo suspirado, decía de manos:

—Quien no hurta en el mundo no vive. ¿Por qué piensas que los alguaciles y jueces nos aborrecen tanto? Unas veces nos destierran, otras nos azotan y otras nos cuelgan, aunque no haya llegado el día de nuestro santo. No lo puedo decir sin lágrimas —lloraba como un niño el buen viejo acordándose de las veces que le habían bataneado las costillas—. Porque no querían que adonde están hubiese otros ladrones, sino ellos y sus ministros; mas de todo nos libra la buena astucia.

Francisco de Quevedo y Villegas
La vida del Buscón, C. I.

Lorenzo y Martita se casaron a finales de octubre. Su hermano, registrador de la propiedad, ahora en Jaén, asistió de testigo. No pudo asistir su mujer porque tenían el pequeño de los hijos enfermo. Fueron sus padrinos tío Ciriaco y Arancha. Tío Ciriaco le dio de regalo de boda cincuenta mil duros.

Salieron para Zaragoza y Barcelona y descendieron luego por Levante hacia Andalucía. En seguida se fueron a Lisboa. No conocían Lisboa y a él le interesaba conocerla. Pasaron en ella ocho días y se volvieron más tarde para Madrid, dando por terminado el viaje.

Habitaron su piso de finales de Padilla, cerca de las Rondas. Los días de buen tiempo Lorenzo caminaba dando un paseo hasta Ayala, 50, oficina y vivienda de don Ciriaco.

Su matrimonio con su sobrina le metió más en su confianza y en su completa intimidad.

El abogado empezaba a sentirse muy descontento de don Diego Gobantes.

—Estos hombres con alma de presa comienzan su carrera dejándose sujetar dentro de unas amplias normas de moralidad, pero con el cebo de la ganancia multiplicada y las mejores relaciones políticas, pues corrompen todo, allí por donde pasan, acaban en gángsteres.

—Lo comprendo.

—Van naciendo en España una especie de bucaneros, injertos en intrigantes políticos capaces de todas las infamias con tal de alcanzar sus objetivos, sin patriotismo y sin auténtica fidelidad personal a nada ni a nadie, que hacen siempre sus jugadas con marcada baraja de tahúr... y no les importa, es más, alarden de emporcar a los que les rodean con sus trampas, rapacidades y felonías... Don Diego, que comenzó su carrera financiera más o menos templado, con cierto sigilo y cautela de forajido que teme la acción de la justicia, ahora, cuando me plantea muchos de sus negocios y yo le paro, mejor dicho, intento pararle los pies..., me mira cínico y se ríe, y hasta me presume de sus garantías de impunismo; y no le importa ni tiene el menor reparo en que las resonancias de sus rapiñas y estafas lleguen a todos los rincones del país...; es más, parece que lo desea.

Se miran los dos hombres:

—Comprenderás, querido Lorenzo, que yo, que soy un hombre de derecho, viva preocupado... y me lleve las manos a la cabeza.

—A poco de entrar a tu servicio noté en ti esta intranquilidad y desasosiego.

—Este hombre, como habrás podido observar, es muy listo, simpático y amable, cuando quiere, y dentro de su manera de producirse, muy generoso..., y ahora que se siente impune o que se cree sentir... es desbordante y lo quiere todo... hasta que reviente, porque esta manera de conducirse tiene que acabar, tarde o temprano, en un reventón..., no tiene otra salida.

—Y que te coja a ti dentro del grupo en ese momento, te espanta, claro.

—Sí, me pone los pelos de punta..., compréndelo.

—Desde que entré a trabajar contigo me vengo dando cuenta de tu alarmante situación.

—Cuando me puse a sus órdenes no pasaba de defraudar a la

Administración del Estado..., cosa que todo español que puede lo hace, hasta los religiosos... Yo, en mis comienzos, la verdad es que con cinco hermanas y sus familias a mis espaldas y el sueldo de abogado del Estado, pues lo poco que tenía lo malperdí en la guerra..., me blandeé y me puse al servicio de este hombre con el propósito de sujetarle y encauzar sus apetencias financieras, dentro de una conducta de cierta pulcritud moral... Cuando yo le conocí y traté era ya un hombre de una tremenda fortuna... ¿Qué necesidad tenía, pues, de desbocarse? Pero es que la codicia, cuando se asocia a la influencia política, da frutos detonantes... Lo estoy viendo ahora. La última vez, hace unos días, que hablé con él, me dio miedo.

—El cree pisar terreno firmísimo.

—Sí, y ya es capaz de cualquier arbitrariedad y turbiedad.

—Y por ese camino...

—Sospecho que él presiente que el día menos pensado tendrá que salir corriendo... Y ya no le importa nada.

—Pero tendrá situado mucho dinero en el extranjero.

—Muchísimo... Eso no le preocupa... Lo temible, y es lo que a mí en estos últimos tiempos tanto me asusta, es que hasta en el extranjero ha llegado ya la idea, que a mí me parece exagerada, de su influencia desmedida y desmandada.

—¿Pero tan lejos va ya su inmoralidad?

—En mi viaje último a París y Suiza esa impresión recogí en los medios financieros que visitamos.

—¿Qué me dices?

—Y no sabes bien lo que eso le envanecía; me miraba como diciendo: «Ya ve usted lo importante que soy.» Para este aventurero con alma de chacal, la política no puede ser admitida como una abnegada servidumbre al bien común, sino como la manipulación turbia cuyos resultados han de reflejarse en el fondo bancario personal de su cuenta corriente.

—Sí, son tipos que enfangan todo lo que tocan.

—No sé lo que haya de cierto de su influencia política y hasta dónde llegue, pero lo que está en la calle y domina todos los ambientes nacionales es que a su voluntad se pliegan las decisiones más altas. Pero lo tremendo y grave es que en vez de silenciar prudentemente estas influencias, las da a los cuatro vientos, vanagloriándose de ellas... El especialista catalán que tiene a su servicio para falsificar sus contabilidades, me contaba el otro día que en una fiesta en su casa para recibir a unos grandes industriales americanos que vienen a colocar dinero, asociándose a algunos de los negocios de don Diego...

—Que por cierto tiene nombre de bandolero.

—No seas malo.

Se miran y se sonríen.

—Pues me contaba este fenómeno de la contabilidad que por

cierto es un hombre que está al cabo de la calle y es encantador en su trato, su hobby es coleccionar originales de escritores famosos y tiene una colección valiosísima, que don Diego, que a los postres estaba muy animado, tal vez excesivamente, alardeó «de tener a España metida en un puño». Y hubo que explicarles a los norteamericanos el significado canalla y profundo de «tener a un país metido en un puño». Y esto es lo que a mí me llena de espanto.

—En San Sebastián a mí me dio a entender que utiliza frecuentemente su influencia como fórmula de coacción a la que se rinden tantos pusilánimes y oportunistas.

—Sí, en estos últimos años nadie ha contribuido en forma más decisiva que él a inmoralizar ciertas esferas de la vida española, y a cara descubierta..., y esto es lo horroroso. Pero lo desagradable y lo peligroso es que a la huella de delincuente de este hombre, pues ha terminado siendo un delincuente de altura, se asocian conductas que a todos los españoles nos interesa mantener en el vértice de la máxima ejemplaridad.

—A todos no, querido Ciriaco.

—Bueno..., a casi todos.

—Pero... ¿cómo ha adquirido esa influencia tan grande?

—El sabe ser generoso... Cuando lo necesita sabe ser generoso, y el dinero lo corrompe y emporca todo. Porque hoy aquí todo se vende..., depende del precio.

—Desde luego.

—La verdad es que yo, cuando entré a su servicio, soñé con sujetarlo, pues su fortuna cuando le conocí era ya de más de mil quinientos millones de pesetas, según cálculos de su jefe de contabilidad, hecha con golpes audaces y sin gran influencia política, que entonces aún no tenía, pero empezaron en seguida los regalos suntuosos. Habrá que hacer un día, asociado a este régimen, la historia del abrigo de visón. El abrigo de visón y su influencia política en los negocios turbios.

Se sonríe Lorenzo.

—Todo esto es de picaresca.

—Ahora lo has dicho... Y empezaron las cacerías en las fincas que iba comprando.

—He observado que ahora en España todos cazan, banqueros, hombres de negocios, políticos...

—Sí, caza todo el que puede... El país se va convirtiendo en un gigantesco cazadero.

—Sí, el que no caza algo en este revuelto mar español es..., el que no puede.

—Y algunas personas decentes que no andamos muy bien de la vista.

—¿Pero es que no andáis bien de la vista o por decentes?, eso es lo que hay que aclarar.

340

—Querido sobrino, no me metas en muchos berenjenales.

Se contemplan y se sonríen.

—No va a haber más remedio que tomarlo a broma.

—Broma que sólo Dios sabe cómo terminará.

—Tal vez como terminan cierto tipo de bromas, sangrientamente.

—Después de casi un millón de muertos, que se caiga en estas abyecciones, es lo que me espanta...

—Somos un país de pícaros y nuestra mejor literatura ha sido la picaresca para demostrarlo.

—Y su esposa, porque él está casado..., ¿qué dice de todo esto?

—Su mujer es una pobre ave de corral y cuentan que se pasa el día haciendo limosnas, dando dinero a los frailes para la iglesia y el culto.

—Eso es edificante.

—Sí, tiene un fraile limosnero para estos menesteres y conforme aumentan las delincuencias y depredaciones del marido, aumenta ella sus limosnas al culto y clero... y a todos los santos..., sin establecer categorías.

—Vaya, menos mal.

—Tiene fama de ser muy buena mujer y muy santa... Todo el que se acerca a ella, de una o de otra forma, encuentra valimiento y alivio.

—No está mal..., lo que desvalija con una mano el marido, ella en pequeña porción con la otra lo reparte; qué matrimonio más español es ése...

—Pero en parte, en una mínima parte...

—Me lo figuro.

—Veo, querido sobrino, que lo tomas un poco a broma y es lo que no me parece bien..., te estoy hablando en serio; es más, hace unos pocos meses se divulgó la noticia de que doña Clara, que es el nombre de la señora, había hecho un milagro.

—Sigo pensando que esto es maravilloso..., mientras el marido roba, la mujer hace milagros... No me negarás, querido Ciriaco, que esto no ocurre más que en España; maravilloso país el nuestro... Y aún habrá por ahí cochinos extranjeros que intenten hablar mal de él.

—Reconozco que es el nuestro, bajo todos los regímenes, un maravilloso país.

—Y edificante..., y que ya es hora lo tomen como modelo los demás.

—Ella tiene capellán y capilla en casa, que está toda ella consagrada al Sagrado Corazón de Jesús... Y se pasa el día dándole gracias a Dios por la buena marcha de los negocios del marido.

—Todo esto es enternecedor.

—Y él, ¿de dónde ha salido? ¿De qué tierra de España es?

—Es andaluz, me parece.

—Se explican muchas cosas... Andalucía ha dado siempre los mejores piratas y éste es su penúltimo.

—¿Por qué dices penúltimo?

—Porque siempre vendrá otro más tarde que le mejorará.

—Puede que tengas razón.

—En este orden de cosas nos perfeccionamos por momentos.

—Sí, se percibe en el aire.

—Los primeros desembarcos de judíos, fenicios y cartagineses se hicieron por estas costas.

—Tate..., nunca había parado la atención en esto.

—La herencia cuenta mucho en todo... La fuerza de la sangre es indeclinable, y el Mediterráneo, por Andalucía, a lo largo de su historia, ha sido siempre una deliciosa cloaca.

—Tú lo has dicho: deliciosa.

—Le ha faltado abierta amplitud oceánica y atlántica, que limpie de tantas cosas sus aguas...

—Pero no lo despreciemos, que en sus orillas ha nacido el Derecho romano, el soneto y la bóveda, y a sus riberas se han asomado todas las culturas y civilizaciones antiguas.

—Con su secuela de corrupciones.

—Eso sí.

—¿Y este hombre ahora a qué se dedica?

—A la importación y exportación, entre otras cosas.

—¿No tiene dos sociedades que se dedican a eso?

—Sí, para las que ha logrado un régimen privilegiado y a todas luces abusivo de licencias. Una de estas sociedades negocia en material agrícola y hace con ella toda clase de trapacerías. Pero desde hace diez o doce años viene favoreciendo con especial e interesado empeño las actividades de la Empresa Construcciones Alonso. Al principio Alonso correspondió a estos servicios con regalos espléndidos, tal como un abrigo de chinchilla, con el que fue obsequiada la señora de don Diego. Pero, claro, los regalos que recibía, a pesar de ser espléndidos, los fue considerando insuficientes y poco a poco apareció interesándose en la empresa. Hasta el extremo, me he enterado hace unas semanas, de que hoy posee más de un tercio de las acciones del capital social, que se cifra en una cantidad fabulosa de pesetas.

—Pero Construcciones Alonso es un negocio, por lo visto, tremendo.

—Parece que sí..., pero Alonso no es un hombre con influencia en las alturas, que es de lo que presume ahora Gobantes, y con razón, por los resultados...

—Su ganancia con la especulación de los terrenos, pues fue el primero que vio el negocio del turismo, ha sido increíble en la costa del Sol, en la Blanca...

—Sí, pero no es por ahí... Don Diego ha conseguido por intensa presión cerca del ministro de Trabajo, para que fuesen adquiridos por distintos Montepíos y Mutualidades laborales grupos de viviendas construidas por Alonso a un precio muy ventajoso. Esta sola operación le ha permitido embolsarse a la sociedad más de quinientos millones de pesetas. Pero no sólo patrocina a Alonso en este terreno, también favorece de muy intenso y notorio modo a un constructor llamado Rodrigáñez, a quien su vida licenciosa y de juergas frecuentes, creo que es muy jugador, ha conducido al borde de la quiebra en dos ocasiones. Gobantes se ha volcado en apoyo de este cínico Rodrigáñez, para quien consiguió que unos extensos terrenos considerados como zona verde hayan sido posteriormente declarados aptos para sector edificable y convertidos en el actual barrio de la Fuentecilla, cuya existencia constituye una flagrante conculcación de todas las normas urbanísticas... Por si todo esto fuera poco, don Diego ha conseguido para Rodrigáñez que los terrenos sobrantes del barrio de la Fuentecilla sean catalogados como zona industrial, con lo que Rodrigáñez ha obtenido un beneficio de más de sesenta millones de pesetas... Claro que don Diego ha puesto buen precio a sus eficacísimas intervenciones, pues Rodrigáñez no ha cobrado ninguna de las construcciones que ha realizado en la magnífica, extensa y conocida finca de don Diego.

—Pero todo esto es canallesco y vergonzoso.

—Sí, y lo tremendo es que este hombre va perdiendo todo control y presume entre los suyos de ser el hombre de confianza absoluta, cuyos pronunciamientos son inapelables..., el consejero áulico, que inspira, según él, las más graves decisiones de lo alto... Hace poco alardeaba de ser él a quien se deben los nombramientos de los actuales ministros de Agricultura y Trabajo... Ya por ese camino...

—Pobre país... Y para que pelechen estos tipos hediondos han muerto casi un millón de hombres jóvenes en la guerra.

—Ahora sé que están operando con toda audacia él y sus cómplices en las provincias de Alicante, Murcia, Valencia y Almería, donde sus especulaciones mercantiles, con la adquisición de grandes extensiones de terrenos costeros, dan lugar a la constante y acre censura de las gentes, pues por presiones y amenazas obligan a soltar sus tierras a los propietarios. Algunos gobernadores civiles se han convertido en muñecos de guiñol, a quienes don Diego ha degradado hasta el nivel del más bajo servilismo.

—Para quienes habrá también sus migajas.

—Por supuesto.

—Me cuentan que hay un gobernador de una provincia del Norte que desde que don Diego le ha prometido la Secretaría del Fondo de Protección del Trabajo, con categoría de director general, le manda semanalmente a don Diego grandes remesas de langostas, ostras y mariscos de todas clases, dignos de un cardenal del Renacimiento.

—¿Y hasta cuándo esta orgía?

—Es lo que nos preguntamos los españoles honrados.

Se miran los dos hombres.

—Y si fuese él solo..., precisamente...

—Pobre España y pobres de los españoles honestos, que aún quedamos algunos. Me he enterado estos días de que últimamente ha iniciado negociaciones de índole equívoca con otros elementos del «Agnus Dei».

—Es lo que le faltaba para completar su personalidad de pirata.

—Pero hay algo más grave y que me consta, y es que mantuvo contactos subrepticios con los protagonistas del conturbenio antiespañol y antifranquista celebrado en Munich hace algún tiempo.

—Es una manera de cubrir su retirada..., pero veremos si lo consigue.

—Lo tremendo es que la aparición de este granuja entre los bastidores de la alta política española suscita recelos, suspicacias y odios.

Se vuelve Lorenzo y mira con retranca al tío.

—Hay que reconocer al pueblo español el derecho a exigir que se abra una investigación profunda y veraz y honesta respecto a las actividades de estos tipos.

Permanecen un rato en silencio, un silencio apesgante, angustioso.

Lorenzo se pone en pie y abre la ventana.

—Que se airee esto un poco.

—Sí, abre, abre. Para que no le falten ninguno de los rasgos del malvado concurre en él, en estos momentos, la circunstancia de un vivir público escandaloso, contrario a toda norma ética. Fruto de sus relaciones concubinarias es un hijo adulterino, al que piensa reconocer mediante un fraude jurídico que ha empezado a realizar secretamente.

—Pobrecillo, no se priva de nada.

—Es curioso cómo dispara y enloquece el dinero en cantidades desorbitadas cuando va seguido de muchas recuas de ceros.

—Lo tremendo e inmoral es que cuando venga la segunda inevitable vuelta, tipos abyectos como este don Diego escaparán siempre a tiempo.

—Claro, tienen en sus manos los medios para ello...

—¡Qué pena de tiros en la nuca perdidos!

—Sí, qué pena.

—Pero si siquiera perdiesen su dinero..., todo su dinero, se entiende..., pero siempre otro tanto de lo que tienen aquí lo tienen fuera bien colocadito en buenos bancos suizos, ingleses o norteamericanos... Y a vivir hasta otra... Pero esta vez no les valdrá.

—No seas ingenuo... La fuerza del dinero es avasallante y les valdrá ésta y la siguiente..., hasta la consumación de los siglos.

—Pero su mujer, que es tan buena y religiosa, como aseguran, ¿no tiene influencia sobre él?, ¿no piensa que...?

—Su mujer no ve más allá de lo que él dice. Ella, con tal de poder seguir aumentando sus dádivas a la iglesia, vive feliz... y no se entera de nada.

—Ahora me explico que sean los curas los que han puesto en circulación lo de su santidad..., y hasta lo del milagro.

—No seas mal pensado.

Se escrutan y se sonríen los dos hombres.

—Lo curioso es que cuando le conocí y le empecé a tratar no era así..., ni mucho menos..., y te repito que tenía ya una enorme fortuna...

—¿Pero qué tendrá ahora?

—Es incalculable. Y nada envanece tanto como la posesión del dinero, ni nada emborracha tanto, porque este hombre vive ahora en una perpetua borrachera de dominio y de poderío.

—«Soy el amo de España», me ha referido el jefe de contabilidad, que le soltó la última vez que habló con él.

—Lo triste es que lo es, porque ha desbordado a todos.

—Vamos por partes, este hombre en cualquier momento crítico se puede derrumbar.

—No, porque antes de que eso le suceda, como una rata de barco habrá escapado al extranjero. Piensa que nadie mejor que él sabe cómo marchan las cosas y nadie como él conoce el momento en que hay que escapar... Y como dispone de todos los medios para una fuga rápida..., hasta avión propio...

—Sí, eso es lo triste..., pero acaban perdiendo por completo el control y esa misma borrachera de riquezas y de poderío los arrastra en su torbellino..., y acaban de mala manera.

—Yo en lo poquísimo que le he tratado me ha parecido un hombre con muchísima trastienda y astutísimo.

—Ultimamente bebe bastante en esas fiestas y orgías..., y por la boca muere el pez.

—Mientras ella, en olor de santa, reza y le pide a Dios por la próspera marcha de los negocios del marido... ¡Qué español es todo esto! Hay una novela de Cervantes, *Rinconete y Cortadillo,* que es una de las grandes joyas de nuestra literatura. Hay un momento de la acción en el relato en el que Cortado llega al patio de Monipodio en Sevilla y dialoga con Rincón, y le pregunta:

«—¿Es Vuesa Merced por ventura ladrón?

—Sí —respondió él—, para servir a Dios y a la buena gente, aunque no de los cursados, que todavía estoy en el año del noviciado.

A lo cual respondió Cortado:

—Cosa nueva es para mí que haya ladrones en el mundo para servir a Dios y a la buena gente.

A lo cual respondió el mozo:

—Señor, yo no me meto en Teologías; *lo que sé es que cada uno en su oficio puede alabar a Dios,* y más con la orden que tiene dada Monipodio a todos sus ahijados.

—Sin duda —dijo Cortado— debe ser buena y santa, pues hace que los ladrones sirvan a Dios.

—Es tan santa y buena —replicó el mozo— que no sé yo si se podrá mejorar en nuestro arte. El tiene ordenado que de lo que hurtáremos demos alguna cosa o limosna para el aceite de lámpara de una imagen muy devota que está en esta ciudad; y en verdad que hemos visto grandes cosas por esta buena obra...»

—Qué intuición más genial la de Cervantes y qué amarga y contundente ironía, pues ésta es a cuatro siglos fecha la mejor radiografía del alma española.

—Qué desengañadoras y maravillosas palabras, las había olvidado —confesó Ciriaco—; debían obligarles a los niños en las escuelas y colegios a aprenderlas de memoria..., sobre todo por lo edificantes.

—Sí, esto de que cada uno en su oficio puede alabar a Dios, qué a la letra lo han tomado los ladrones de España.

—Y qué bien los conocía Cervantes.

—¿Y hasta cuándo esta farsa?

—Es lo que nos preguntamos la mayoría de los españoles.

—Todo tiene un límite...; tengamos un poco de paciencia.

—Sí, tengámosla.

En adelante Ciriaco empezó a vivir cecijunto, triste y preocupado. Su mujer Arancha se lo notó en seguida. Reservado para cierto tipo de cosas, era poco cuentero.

—Esto no va bien.

—Y esto..., ¿a qué te refieres?

—Al país.

—¡Eh! Siempre decís lo mismo... y vivir, hemos vivido..., a trancas y barrancas, pero hemos salido adelante.

—Es verdad.

—¿Pero las cosas políticas cuándo han ido bien en España? Yo, desde que tengo uso de razón, he visto todo ir manga por hombro. Primero, la caída de la monarquía y la venida de la República y la quema luego de los conventos..., más tarde la espantosa guerra civil... ¿Qué queréis ahora? Dejad que siga Franco, que por lo menos desde que él está y terminó la guerra, tenemos paz y tranquilidad.

—Sí, sí, no hay duda..., pero como dure mucho esta paz, no van a quedar ni las raspas.

—Tú trata de tener tu conciencia tranquila y que tu conducta pueda siempre ponerse como ejemplo a los demás.

—Pero es tan difícil...

—Mejor, más mérito tendrás.

—No se trata de ganar méritos.

—Bueno, bueno, tú ya me entiendes.

—Sí, de sobra te entiendo —y se sonrió.

—Ya pararán.

—No lo creas..., son insaciables y nunca se encontrarán hartos.

—No será para tanto.

—Sí..., han corrompido todo..., y todo les parece poco...

—Que tu jefe don Diego es un ladrón, te lo dije yo el primer día que te conocí, que todo el mundo lo decía por ahí.

—Si fuera él solo... Es una vastísima red y han corrompido la Administración, y el comercio, y la industria, y con su mal ejemplo todas las clases altas y bajas.

—Tú preocúpate de que esa corrupción no llegue hasta ti y así te salvarás.

Parmeneció vacilante.

—... Que después de todo no tenemos hijos, y para todos nosotros, contando con tus hermanas, nos sobra con lo que tenemos.

—Es verdad —reconoció.

Lo meditó mucho aquellos días... Don Diego, la última vez que hablaran de negocios, nada le había comunicado de sus tratos financieros con la banca Broca, se enterara por fuera... Sabe lo que opino de ella, pensó. «Más que una sociedad de crédito es una cueva de forajidos.» El era consejero del banco Moderno de don Diego y en el último consejo nada había planteado de lo que en las altas esferas se susurraba que se pensaba en la unión de los dos Bancos con el título de banco Moderno...

A mí, particularmente, nada me ha indicado, cuando otras veces sólo ocurrírsele una idea financiera me la sugería y la consultaba conmigo...

Tiene otros hombres de derecho, entre ellos un notario y otros técnicos económicos y financieros..., y otros amigotes, más en su moral y en sus maneras, que forman ahora su círculo más inmediato y más halagador..., al que plantea sus negocios y sus ambiciosos proyectos..., si es que lo hace... Pero de mí va prescindiendo por completo, pues conoce mi repugnancia a frecuentar aviesos vericuetos... Y este hombre se ha disparado ya, contando con su buena estrella y su impunidad..., y sólo Dios sabe dónde irá a parar...

La idea de zamparse la tenebrosa banca Broca le empavorecía, porque, al fin y al cabo, su Banco Moderno tenía cierta vitola y una alta cotización en Bolsa.

—¿A ti qué te parece que haga? —le había consultado aquella mañana al sobrino.

—Yo en tu lugar vendería sus cinco mil y pico acciones del Moderno, poco a poco, aprovechando la subida de estos días de la Bolsa..., o me quedaría, a lo sumo con unas quinientas acciones y presentaba mi dimisión como consejero del banco...

Le miró vacilante.

—¿Qué necesidad tienes de ver tu nombre envuelto en todos estos comentarios y líos si tu profesión no es la de gángster?

—Sí, es verdad.

—Y todos los negocios de este hombre van despidiendo un tufo hediondo de «gang».

—En efecto, este hombre en este camino no hay ya quien le pare. Mancilla todo lo que toca.

—Momento que tú debes aprovechar para ir retirándote e ir dejando de pertenecer a su camarilla.

—Conforme... Pero en cuanto suelte las acciones del banco e intente retirarme del consejo..., le conozco y sé que mi marcha le sentará como un tiro en la nuca... De otra parte, es hombre vengativo y yo le temo.

—En ese caso...

—Puede hacerme mucho daño.

—¿Qué daño, si tú has jugado con él siempre limpio, por lo menos desde que yo estoy aquí?

—Y siempre..., en ese particular estate tranquilo.

Lorenzo le sonríe:

—El que ha de estar tranquilo eres tú y espero que lo estés.

—Querido tío, y no te lo digo por halagarte, eres un hombre de derecho, que gozas de gran prestigio como financiero y como abogado. En cuanto los demás bancos vean que vendes tus acciones y dimites de tu puesto de consejero en el banco Moderno, como protesta de la unión con el banco Broca, te llamarán en seguida más de uno y de dos, a formar parte de su grupo... La oposición es muy ladina y sospecha, y con razón, que tú estás enterado y con todo detalle de la manera financiera que tiene de moverse don Diego. Por algo te ha tenido hasta hace poco como su consejero áulico más inmediato y entrañable.

—Hasta cierto punto..., porque él ha sido siempre muy..., muy caprichoso.

—Contando con esos caprichos..., tratarán de atraerte y llevarte a su grupo... Tu mismo gesto cortando las amarras con quien servías como abogado y hombre de derecho..., al verle desbocarse..., dice tanto, en estos momentos, en tu favor.

—Pero es que estoy cansado y lleno de preocupaciones y no pretendo seguir mi modesta carrera financiera..., con nadie...

— ¡No tan modesta!

—Sí, si la comparas con la de quien hasta hace poco ha sido mi jefe...

—Todo es relativo.

Se miran y se sonríen.

—Sí, todo.

—De otra parte, es una tentación vender las acciones del Moderno con la subida que han tenido estos días..., por la probable fusión.

—Desde luego... Si consiguiera rehuir el choque que he de tener con don Diego en cuanto le plantee mi marcha.

—Pretéxtale una enfermedad, que no te encuentras bien.

—Pero ésa no es una razón para vender las acciones.

—Desde luego.

—El abandonar los puestos, sí...; pero mi dinero ha de seguir colocado en un lugar o en otro.

—Dile que deseas meter tu dinero en valores urbanos, que le gustan más a tu mujer y le parecen más seguros y que los vas a poner a nombre de ella para evitar derechos reales... En fin, disculpas te pueden brotar innumerables... Ahora, que las crea o no...

—Eso allá él.

—Me encargaré de que poco a poco las vayan vendiendo, pues ponerlas a la venta de un golpe, cinco mil acciones..., sería feo..., lo comprendo.

—Y el primer perjudicado sería yo.

—Sí, podría tener un descenso muy grande la cotización.

Su obsesión aquella temporada fue la de que don Diego era un hombre soberbio y vengativo.

—Me puede hacer mucho daño.

—Pero ¿en qué?

—Es malo, muy malo para enemigo..., tiene tanta fuerza...

—Desde luego; pero qué le puede importar, si tú no tratas de establecer con él ninguna competencia... Tú estás enfermo, no te encuentras bien y pretendes retirarte de todos los negocios y asuntos... Esa actitud es la que debes adoptar... De otra parte, tu mujer, más joven que tú, tiene debilidad por la propiedad urbana y quiere afincar en Madrid... Dada tu personalidad no tienes por qué darle ninguna explicación, tus acciones del banco son tuyas y haces con ellas lo que te da la gana.

—Pero me conviene quedar bien con él..., en buenas relaciones..., y eso es lo que veo difícil, dado su carácter..., y los secretos que de él tengo.

—El sabe que tú eres un caballero.

—El no se fía de nadie..., como buen pícaro.

—En ese caso...

En la primera semana le vendió mil acciones.

Por aquellos días se reunió el consejo del banco y don Ciriaco presentó su dimisión por motivos de salud.

—Precisamente ahora, que es cuando más necesito de su ciencia financiera y de su prudente sabiduría...

Los demás compañeros de consejo le miraron zainos.

«Menudo tiburón este don Ciriaco..., si jamás ha tenido mejor aspecto que ahora», pensaron.

—Hablaremos usted y yo —le advirtió don Diego.

El señor Gobantes supo en seguida que don Ciriaco había empezado a soltar sus acciones.

—Sé que se está usted deshaciéndose de su paquete de acciones.

—No se lo niego.

—Y eso ¿por qué?

—Por mi quebrantada salud..., y porque a mi mujer, que es en fin de cuentas quien heredará mis bienes, le parece más seguro y le gusta más tener su dinero colocado en valores inmobiliarios, y voy a complacerla, comprándole una finca aquí en Madrid e inscribiéndola a su nombre. ¿Tiene usted algo que objetar? —le preguntó sonriente.

—Sí; que para eso no necesitaba vender sus acciones del banco, le bastaba con haberme pedido el dinero que necesitaba para la compra..., y yo se lo hubiese dado con mil amores.

—Con mil amores..., pero con interés.

—Hombre... —sonriéndose—, dejaría de ser banquero..., pero tratándose de usted sabe que el interés hubiera sido el mínimo..., dentro de este tipo de operaciones.

—Teniendo mi dinero, con vender unas cuantas acciones, ¿a qué voy a abrir una cuenta de crédito?... Sabe usted lo poco aficionado que soy a ellas.

—Es verdad.

Mirándole con dureza:

—Ciriaco.

—¿Qué?

—Yo le he hecho a usted millonario..., millonario de duros...

—No lo niego..., pero con mis informes, estudios, planteamientos, trabajos, advertencias y consejos..., yo le he puesto a usted en camino de ganar muchos, muchísimos más millones de los que usted me ha proporcionado.

—También es verdad.

—Pues estamos en paz, que yo jamás le pasaré a usted la cuenta como acreedor.

—Con esto me quiere usted decir que yo no se la debo pasar.

—Sí.

—Está bien.

—Créame que no me encuentro fuerte de salud..., y quiero ir abandonando mis negocios. No vale la pena este afán desapoderado de dinero... Después de todo, si uno se lo pudiese llevar a la otra orilla... Pero habré de dejarlo aquí todo, no tendré más remedio.

—Pero mientras tanto...

—Por mi estado de salud, el día de la partida a mí se me acerca a la carrera...

—Espero que no sea tan rápida esa aceleración.

Mirándole con suavidad:

—¿Qué es lo que tiene?

—No me anda bien el corazón.

—Sí, he notado que no fuma usted ya.

—Por lo visto le he dado en poco tiempo mucho trabajo.

—Es una pena; pues cuídese usted mucho y avise a su gente que con las acciones que le queden por vender me quedo yo.

—Se lo indicaré ahora mismo.

—Adiós.

—Adiós, don Diego.

Le extrañó quedase la aparente rotura en tan buen estado... «Este me la guarda», pensó.

Le entró un temor pavoroso... «¿Por dónde me atacará?»

Le conocía y pensó: «Querrá quedarse con las acciones a la par, como si lo viera.»

«Después de todo es el precio a que te las dio a *ti*», le susurró su conciencia. «Con su cuenta y razón me las vendió a ese precio; ¿o es que mis trabajos no tienen un pago? Es verdad», reconoció la conciencia.

Se fue a la Bolsa y se entrevistó con su agente, secretamente.

—El agente de don Diego me dijo que se quedaba con todas las acciones de usted a la par..., que es el precio a que él se las dio.

Se sonrió el abogado.

—Siga soltando el paquete, a ser posible, a la cotización más alta que cierre.

—Comprendido.

«Vais de truhán a truhán», le sopló su conciencia.

«En efecto», reconoció zumbón.

Se dirigió a su oficina y se lo comunicó a su sobrino.

—Quería quedarse a la par con las acciones que me quedaban por vender.

—Pobrecillo..., qué desinterés... Son de mil, ¿no?

—Sí, intentaba ganar más de cuatro mil pesetas por acción.

—¿Cuántas quedaban por vender?

—Unas cuatro mil.

—Como ves..., aquí el que no corre, vuela... ¡Caray, qué ansioso!

—¿Y qué has hecho?

—Dar orden de que las vendan a la cotización más alta que salga... Eso sí, sin precipitaciones... He dado la orden al agente de que las suelte sin precipitaciones.

Se hizo un silencio, un silencio crujiente.

—¿Y qué piensas hacer?

—No volver más por allí..., por ahora..., hasta ver por dónde sale.

—El será un soberbio, como buen gángster.

—Mucho.

—Pues a esperar. De la inmobiliaria Alonso, como no eres consejero...

—No, rehuí el serlo... Pretexté que no me llevaba bien con Alonso.

—¿Pero tu paquete de acciones es muy fuerte?

—Sí, más de ocho mil.

—También a la par.

—Sí, cuando me las ofreció no se ponían a la venta en Bolsa.

—Nada te he querido preguntar hasta ahora de esto, porque veía que lo llevabas tú privadamente —se disculpa.

—Más tarde se retiró su cotización de Bolsa.

—Sí, cuando don Diego pagó todas las deudas y se hizo cargo del negocio, pues estaba Alonso en riesgo de quiebra. Si no por don Diego, suspende pagos aquellos días.

—¿Y ahora?

—Don Diego se lo guisa y se lo come... En estos momentos casi todas las acciones, las dos terceras partes, por lo menos, son suyas, y hace y deshace a su antojo. Alonso es en sus manos un ratoncillo inofensivo.

—Por lo que sospecho es un negocio fabuloso.

—No te das idea, medio Levante español en su litoral y mucha parte de la Costa del Sol son de él.

—Te convendría deshacerte de esa participación.

—Sí, pero no es el momento; vamos a esperar a ver qué pasa y por dónde revienta él.

—Tú dirás.

A las pocas semanas le comunicó a Lorenzo:

—Me ha vendido el agente todas las acciones del Banco, menos trescientas... y no ha habido más que un comprador.

—Que habrá sido él.

—Sí... Le interesaba mantener la cotización que tienen.

—Para que así fuese, yo di orden de que se deshiciese de ellas poco a poco..., y él ha comprado todas según han sido ofrecidas. Ha tenido que pagar unos millones más que a la par..., pero qué es eso para él.

Se miran y se sonríen.

A los pocos días fue invitado a una cacería de caza mayor en una de sus fincas de la serranía de Córdoba. Estaban invitadas las más altas autoridades de la nación, ministros y ex ministros, y los hombres de negocios más importantes del país..., y muchas escopetas de la alta finanza extranjera.

Contestó muy amable a la invitación, pretextando no hallarse bien de salud.

—Además, qué pinto yo allí, si no soy capaz de matar un gorrión a un paso.

—Pero a alguna otra cacería has asistido, ¿no? —le indica la mujer.

—Sí..., estas cacerías de don Diego son magníficas como espectáculo, dada la calidad de los actores.

—Y la caza..., ¿no es caza mayor?

—Sí, en estas fiestas de don Diego todo es mayor, todo es grande.

—Pues es una pena que te la pierdas —le sonríe Arancha.

—No conviene abusar de las diversiones, querida mujercita.

—Lo comprendo..., sobre todo a cierta edad..., que ya no estáis para correr por vericuetos..., detrás de la pieza —le sonríe irónica.

—Sí, debía abandonarlo antes de ahora...

—Por eso no te apures, que para abandonar las cosas siempre es tiempo.

Mirándola con dulzura:

—¿Tú crees?

—Sí, pues.

Le echa los brazos al cuello y le atrae hacia sí.

— ¡Ay, ay, ay...! Demasiado, demasiado afán de dinero tienes tú también. Y para qué, para qué necesitas tanto dinero... Si no tenemos hijos... Con hijos a cuestas me explico que se tenga ese afán, hasta cierto punto, ¿eh? Pero sin ellos... Para ti y para mí..., nos sobra... ¡Ah, bueno! Que me olvidaba de tus hermanas y de sus familiares... —y le sonríe.

—Qué mala eres.

—No crees tú eso..., me lo dices por decir.

Se besan con cariño, tiernamente.

—¿Pero por qué sois los hombres así? Amontonar y amontonar. No pensáis más que en eso... Y al final, ¿para qué? Para tenerlo que dejar aquí todo.

—Pero mientras se vive y se tiene..., da una impresión de poderío y de fuerza..., hasta la misma sangre se mueve en el potentado con otro imperio, con otro ritmo.

—No creas que no me lo explico..., pensando algunas veces en esa hambre que los hombres tenéis por el dinero.

—Muchos hombres y muchas mujeres.

—Lo de las mujeres es siempre por lo mismo, por el lujo y las joyas y los vestidos, y por figurar... Pero los hombres es porque os da, no hay duda, una impresión de plenitud.

—Sí..., eso, eso..., de plenitud... ¡Qué lista eres, Arancha! El dinero es desgraciadamente la vara que todo lo mide: mujeres, viajes, trapos, joyas, fiestas, fincas..., todos, todos los goces de la tierra; todo, todo está hecho a su medida... Y hasta la salud, en parte, por el dinero, por el dinero también se mantiene y se recupera..., y cuenta, cuenta tanto para ella...

—Pero esa misma obsesión que crea en hombres y mujeres el hambre por adquirirlo es tan repulsiva y repugnante..., es tan triste y asqueroso sentirse invadido de esa lepra..., que es la peor de las enfermedades que pueden asaltar al ser humano..., la peor, la peor... Luego conduce a las mayores bajezas y cree justificarlo todo. Lleva al crimen y al deshonor y al impudor y a la desvergüenza y a la pérdida de la moral, porque son los principios morales los primeros que se pierden y se tiran..., sí, sí.

Fue excitándose la mujer... y la voz le creció como un ancho río galopante.

—Anda, cálmate, Arancha, guapa, cálmate, que has llegado a tiempo.

—Quiero verte alegre y tranquilo, que no lo estás..., y tú sabes por qué... Qué te importa a ti toda esa gentuza y sus negocios y sus granujadas y sus robos y sus fechorías y sus ambiciones de más y más..., y su afán de poder y de mando..., que..., que... Si me tienes a mí; ¿no me aseguras que soy lo que más quieres? Pues a ti y a mí y a los tuyos nos basta y sobra con lo que tenemos. Y ahora prométeme vivir en paz y en gracia de Dios... Prométeme.

Se abrazaron con ansia y con ilusión.

—Vale más la felicidad con poco..., que todas esas riquezas mal ganadas a costa de la miseria y explotación de los necesitados... Y piensa en el odio fundado que en todas esas gentes pobres tiene que haber contra todos estos canallas que viven de su sangre quemada..., y en la venganza que se les prepara.

—Tienes toda la razón y te prometo ir soltando, poco a poco, las amarras con este hombre desbocado y su medio.

—Esa será la mejor prueba de que me quieres.

—Demos tiempo al tiempo.

—A ver si es verdad.

Volvió a abrazarse a él como a tronco seguro y robusto. Más tarde le envolvió en una mirada suavísima y clara y densa.

Se sintió todo el hombre estremecer.

Martita vino a buscar a Arancha al día siguiente.

—Ha llegado tía Pura de Valladolid a casa de tía Rosario para unos días y quiere conocerte.

Se miran las dos mujeres; Martita se sonríe.

—Escucha, hoy comeremos las dos con tía Pura en casa de tía Rosario. ¿No te importará?

—¿Por qué me va a importar?

—No..., como se pusieron tan de punta mis queridas tías cuando subiste al Poder.

Le hizo gracia la expresión.

—Todo eso ya pasó... Además, desde el poder no voy a abusar, porque corro el riesgo de ser sorprendida por una revolución familiar y a mí más que a nadie no me conviene.

—Eso creo... No vale la pena.

—Sí, dejemos las revoluciones para los hombres.

—Bueno..., ¿cómo está tu marido?

—Lleva una temporada muy preocupado. No duerme bien y a veces se despierta en las madrugadas discutiendo de asuntos y de negocios con un contrincante que ya me figuro quién es... Ese demonio de don Diego, que le está quitando la vida.

—¡Eh! No será para tanto.

—No, si le vieras ha cambiado mucho en estos últimos tiempos. Ciriaco no es el que era.

—¡Bah...! Ya se le pasará... Lorenzo me ha dicho que le van muy bien sus asuntos y que poco a poco se va separando de don Diego y sus compinches.

—Pero se ve con él frecuentemente y tienen sus peloteras y sus disgustos... Se lo noto en seguida cuando ha estado con él.

—¡Eh!

—Viene desasosegado, como de haber discutido mucho.

Iban por la Gran Vía hacia la casa de tía Rosario, que vivía cerca de la carrera de San Jerónimo.

—Verás, tía Pura es la más diplomática de las hermanas y la más engolada... Es de mucho pecho, cosa que le ha preocupado toda la vida... Luego es miope, la única de las hermanas, y te mirará con los impertinentes con todo descaro... A mí, la verdad, es que me da cien patadas que me miren con impertinentes. Luego, cuando habla, parece que lo hace también con impertinentes..., se ve que escoge y acaricia los vocablos antes de soltarlos...

—O sea, que es afectadilla.

—Sí, un poco.

Se miran y se sonríen.

—Ella ha querido establecer, con todo eso, una cierta superioridad sobre sus hermanas; que la consideren como superior a ellas, como de mejor posición, que lo es, pues su marido es abogado, metido en asuntos y creo que le van cada vez mejor... El es bastante enfático, se oye al hablar..., y enredador.

—Entonces, el engolamiento a ella le viene del marido.

—Pues, mira, puede que sí.

—¿Y cómo ha sido preparar tan rápidamente todo esto?

—Tía Rosario me ha llamado esta mañana a primera hora para anunciarme que había llegado muy temprano el matrimonio de Valladolid y que, como el tío estaba comprometido con un señor para comer, fuéramos las dos a comer con ellas a su casa, y así las cuatro mujeres solas arreglábamos el mundo... Conque prepárate.

—Pues estoy a vuestra disposición.

—Verás, tía Pura te mirará primero con toda minuciosidad, de arriba abajo, con los impertinentes. Te advierto que lo hace con todo el mundo. A pesar de habérselo reprendido su marido en mi presencia más de una vez... Tú te harás la loca hasta que termine. Ahora, una vez que te ha mirado y te ha observado, hablando, cuando adquieras con ella confianza, verás que es, dentro de su engolamiento, bastante sencilla..., y hasta simpática y cariñosa..., porque es muy lista, ¿eh? La más lista de todas las hermanas... Y es muy observadora.

—¿Es alta como tu tía Rosario?

—Sí..., y bastante gruesa..., y el tipo le acompaña para el énfasis... De ser actriz, hubiera sido una magnífica característica.

—Me la has retratado tan bien, que ya no necesito ni conocerla.

—Pues, verás, me he dejado muchas cosas en el tintero.

Se miran y se sonríen las dos mujeres.

—¡Eres el demonio! —le halaga cariñosona Arancha.

Parándose ante el pingüe escaparate de una lujosa mantequería:

—¿Te parece que llevemos algo para la comida? Porque ir así, con las manos vacías... A tía Rosarito, la verdad es que no le sobra mucho el dinero.

—¿No se molestará si aparecemos con un par de pollos o con unas latas de foie-gras?

—Podemos llevar el postre, pues siempre es elegante llegar con una tarta a una casa donde estamos invitadas, aunque sea de la familia.

—Eso sí.

Se acercaron a «Garibaldi» y compraron una tarta de piña, que tenía muy buena pinta.

—No creo que se moleste.

—Tía Rosario es de las más pobres de las hermanas y la que pasa más apuros... Bueno, te lo estoy diciendo a ti, que lo sabes mejor que yo.

—No, pues me lo puedes decir, porque ni mi marido me cuenta ni yo le pregunto nada respecto a la ayuda que da a sus hermanas.

—Chica, qué raro.

—No me quiero meter... Sé que le sobra; pues que las ayude todo lo que quiera, que de su sangre son. Le conozco..., y a mí, por mucho que las ayude, sé que no me ha de faltar... Por otra parte, él disfruta con este acoso familiar...; protesta y hace que se enfurruña, pero se moriría por asfixia si un día las hermanas se pusiesen de acuerdo y no le pedigüeñeasen más.

—¿Tú crees?

—Seguro, le conozco bien... Necesita que le acosen, como ciertas mujerzuelas bajas y depravadas exigen que las sacudan..., y si no, no son felices.

Mirando irónica a Arancha:

—¡Qué misterioso es el hombre!

—Y qué misteriosas somos las mujeres, digo yo.

—¿Tú crees?

—A las pruebas me remito.

Estaban a la puerta de la casa y subieron. Entraron en el momento en que llegaba el botones con la tarta.

—A qué os habéis molestado... —les dijo Rosarito después de darlas un par de besos.

Volviéndose a su hermana:

—Mira, Purita, esta es Arancha, la mujer de nuesro Ciriaco.

Se besaron muy amables mutuamente.

La preguntan por su marido y por sus hijos.

—Los elogios que me hicieron de tu hermosura quedan chicos ante la realidad.

—Eres muy halagadora —le agradeció Arancha.

—No sabes las ganas que tenía de conocerte.

—Lo mismo te digo yo.

—Se ofrecía sonrosada y muy guapa Arancha.

—Bueno, pasad a mi cuarto si queréis quitaros los abrigos. Mi marido y los niños no están, comeremos solas las cuatro; por unos momentos podremos respirar..., porque los hijos no la consienten a una vivir en paz.

Martita consultó su reloj y dio un respingo.

—¡Oiiii...! ¡Si son las tres! Cómo se nos ha ido el tiempo.

Purita, pegada a sus impertinentes, seguía contemplando la armoniosa fábrica de Arancha.

La casa era un tanto destartalada, pero amplia y grande.

Pasaron con Rosarito a su alcoba.

—Bueno, ¿Ciriaco, cómo sigue? Tengo que ir a verle —le comunicó Purita.

—En lo que cabe, bien. Si no tuviese esos negocios que le dan tantas preocupaciones.

—Los hombres son como son; intentar retirarlos de sus afanes y de sus codicias es perder el tiempo —le señala con desengaño Pura—. Serán así hasta que se mueran.

Estaban sentadas a la mesa y la muchacha les servía la sopa.

—¡Ay, cuándo nos dejarán vivir tranquilas! —se dolió Pura.

—¿Por qué lo dices? —le pregunta Martita.

—Mi marido opina que esto va cada día peor y que en el momento que desaparezca Franco, volveremos a las andadas.

—Pero, ¿por qué esperar a que desaparezca? ¿Por qué no arreglarlo sobre la marcha? —les propone Arancha.

—Con lo bien que vivíamos, tranquilos, sin huelgas ni revoluciones ni altercados en las calles... Si vamos a volver a lo de antes..., estamos buenos —se lamentó Rosarito.

—Es lo que le digo yo a mi marido: a mí dame paz y sosiego

para poder vivir sin zozobras, que lo demás me da lo mismo —arguye Purita—. ¿Para qué tanta libertad? Si ya se ha visto que los españoles no sabemos usar de ella.

—Pero esa no es una razón para seguir como seguimos, creo yo —plantea Arancha.

—¡Ay, cuñadita! Cómo se ve que tú no tienes hijos y ninguna preocupación económica..., y todo resuelto, para pensar así.

—Si Franco no está en condiciones, por su salud y por lo mucho que ha trabajado y bregado, de seguir con todas sus facultades al frente de los asuntos del país, que se retire y que venga otro.

—Pero si no hay nadie que le pueda sustituir...

—No hay nadie, nadie —gruñe Rosarito.

—Esa es la gran quiebra de Franco: no haber pensado que sus años, como los de todo mortal, son breves y que era preciso contar con alguien que le sustituyera —alega Martita.

—Tenemos el ejército, que es la columna vertebral del país, como ha dicho alguien; ¿pero no creéis que se debe volver a una normalidad constitucional y a vivir democráticamente, como viven la mayoría de los países del mundo? ¿No creéis que necesitamos una mano de hierro que meta en cintura a los que se desmanden y que exija una revisión de fortunas de todos los que han mandado y gobernado de la guerra aquí? Porque, como dice mi marido, de seguir así unos años más, podría ser la catástrofe —alarmó Aránzazu.

—Es verdad, porque si la censura y la mordaza han de servir para poder seguir robando, sin que se les pueda denunciar, eso no es justo. Claro es que, por la cuenta que les tiene, esa censura y esa mordaza y esa dictadura policíaca seguirá, porque el día que se pudiera hablar con claridad no duraban unas horas —se queja Martita.

—¡Ay! Os encuentro a las dos muy avanzadas... Os vuelvo a repetir que cómo se conoce que sois ricas las dos y que no tenéis hijos.

—Si los tuviésemos pensaríamos de la misma manera, por lo menos yo —sostiene Arancha, mirando a Marta.

—Nos hemos reunido a comer juntas para conocerte y tratarte, querida Aránzazu, y hemos terminado hablando de política —se duele Purita.

—Eso te indica cómo está de cargado el ambiente —le apunta la sobrina.

—Es aquí, en Madrid... En provincias la gente se distrae más con otras cosas.

—¿Por ejemplo? —pregunta Arancha.

—La lotería, el fútbol y las quinielas... Y las mujeres, con la moda que se lleva esta temporada y la otra, y los inevitables chismes sobre la vida de fulanita o menganita.

—Así no saldremos nunca de ser un pueblo de hipócritas, de tramposos, de pícaros, descuideros y envidiosos —se irritó Aránzazu.

—Pero un pueblo católico —arguye Rosarito.

—Sin caridad y piedad no puede haber verdadero catolicismo, y esas virtudes nos faltan en grado sumo a los españoles.

Sonriéndose:

—Y hablando de otra cosa, me vais a permitir que felicite a la dueña de la casa por este *ragout,* que está sabrosísimo —le brinda Arancha.

—Sí, está riquísimo y en su punto —recoge Pura.

—Pero, por Dios, que no se entere la chica, porque me pedirá que la suba el sueldo y no, no puedo...; estoy haciendo un sacrificio con lo que ya la pago... ¡Ay!, cómo se está poniendo el servicio.

—Cómo se está poniendo todo...

—Y son ellos, los logreros que nos manejan, quienes todo lo encarecen.

—A ellos qué les puede importar, si de lo que roban aún les sobra para situar grandes fortunas en el extranjero —se queja Martita.

—Sí, hay que hacer justicia de una vez —pide Aránzazu.

—Yo no sé lo que es eso —exclama Pura—. Tanto oír a todo el mundo pedirla... Tanto llevarla y traerla, yo ya he acabado en plena confusión.

—Pues es dar a cada uno su merecido.

Se caló los impertinentes y miró sobre la mesa y por debajo y alrededor, como si la justicia tuviera un volumen tangible.

—Son dos burguesas asquerosas —le comunicó Arancha sólo salir a la escalera.

—Mujer, si apenas tienen nada que defender, sobre todo Rosarito.

—Pues por eso; sin duda lo encuentran elegante y snob. En el fondo defienden el dinero de mi marido.

—En el fondo y en la superficie... Ahora, ellas no se quejan, están encantadas con él.

—Y él con ellas, pero guárdame el secreto...

Se sonríe Arancha.

—Si no tuviera a sus hermanas y a la sobrinada, como él dice, viviendo como vive, sin hijos, no sé lo que sería de él...

—Se tendría que resignar.

Mirándola con malicia:

—Ahora, dime, ¿qué te ha parecido tía Pura?

—Es más contenida que las otras, se da menos, se derrama menos. Da la impresión de estar más segura en la vida.

—Sí, su marido anda metido en muchas chapuzas..., y creo que ahora le va bien... Eso le oí a tío Ciriaco.

—Te has fijado, al final..., cuando yo le he dicho que había que hacer justicia, se ha calado las gafas y buscaba a la justicia por todas partes, como si fuese uno de la familia.

—Ahora es un poco más sencilla, pero antes se oía cuando hablaba.

—Rosarito es más chirigotera; esta guasa de los madrileños apea al más pintado de cualquier tiesura.

Tomaron un taxi.

—Acompáñame a casa, que estará también allí el tuyo —le anima Arancha.

Los encontraron preocupados y tristes.

—¿Qué pasa?..., que estáis los dos con esa cara tan larga.

—Está muriéndose nuestro amigo don Andrés —les confiesa Ciriaco—, y mañana de madrugada nos iremos éste y yo, a ver si llegamos a tiempo para despedirle y darle un abrazo.

—¿Cómo lo habéis sabido?

—Paquita, la hija de don Celso, nos acaba de avisar por conferencia.

Lorenzo permanece en silencio, pálido y muy triste.

—¡Pobre! Se va mi mejor consejero y amigo... Es el hombre más bueno y más enamorado de España que he conocido; la amaba, la ama, porque espero que viva, con una redoblada pasión de adolescente... Cuántas veces de chico, siendo su discípulo, le he oído decir:

—«Qué bonita y austera y hermosa, en su variedad y cambiantes, es nuestra patria», y lo decía con el enamorado frenesí del que la conocía en sus menores detalles y anfractuosidades. La había pateado de punta a punta, del peñón de Gibraltar al cabo de Machichaco y de Vigo a la bahía de Rosas.

—La primera obligación de un español es conocer el rostro de su patria, que es su tierra; eso en lo físico, y en cuanto al alma, conocer los libros que cantan su grandeza, y su literatura...

—La alegría y el goce que tuvo cuando vio que este régimen atacaba el problema de la repoblación forestal no es para descrito..., y los disgustos horrorosos que se llevaba los veranos, cuando menudeaban los incendios de bosques...

—A España le va a salir una nueva piel vegetal —exclamaba. Y veía todas las tierras de la patria como una fresca, nueva y soberbia cabellera.

—¡Qué hermosura fragante va a ser nuestra tierra española con bosques y aguas abundantes!

Se compungieron los dos amigos ante su inminente partida y contagiaron a sus mujeres.

360

—¡Qué requetebueno tiene que ser un hombre cuando pone así tan tristes a sus amigos ante la noticia de que se está muriendo!

Lorenzo se acercó a la ventana y fingió que miraba a la calle para que no le viesen llorar.

Ciriaco se mantenía palidísimo y desencajado.

—Me parece que no vamos a llegar a tiempo... Debíamos haber salido ahora mismo —exclamó, nervioso, Lorenzo.

—Es una temeridad os metáis a viajar de noche por carretera —asustó Arancha.

—¿Qué nos va a pasar?

—No vayáis a llegar antes que él a la otra orilla —atemoró Martita.

—No tengas tanta prisa, hombre —le sosegó Ciriaco.

—Es que no quisiera muriese sin despedirme; es después de Martita y de mis padres..., y de...

Pero se le quebró la voz y se le truncó el resuello.

Su mujer le acorrió, cariñosa.

—Anda, no seas chiquillo..., que aún llegarás a tiempo para darle un abrazo.

—Que Dios te oiga.

—Habéis de cenar y acostaros en seguida para ir descansados —le planteó Arancha.

Lorenzo se abrazó a su mujer en pura angustia.

—¿El chófer está avisado?

—Sí, le he ordenado que esté con el coche a las cinco aquí.

Salieron al día siguiente hacia las cinco y media.

Cerca de Avila empezó la clara.

Fuera hacía un frío seco, entumecedor. Todo se daba, casas, árboles, como envuelto en una inconsútil capa de cristal. El cielo era bajo, denso, de un plata grisáceo.

Llegaron a las nueve y media.

A la hermana vieja que le atendía se le embebió el rostro de satisfacción al verles.

—No hacía más que preguntarme por ustedes.

Le asistía el nuevo médico en su agonía.

Se volvió saludando a los amigos.

—Creí que se nos quedaba hacia las cinco —les susurró.

—Esto se va —les dijo, sólo verles, don Andrés.

—Animo, que tenemos mucho que hablar y que discutir —le brindó Ciriaco.

—Querido don Andrés —le balbució Lorenzo, y se abrazó a él.

Respiraba con una enorme fatiga. Pero los ojillos le verbeneaban triscadores.

—¿Cómo va esa repoblación forestal? —le bromeó Lorenzo.

Hizo un gesto escéptico y ambiguo, como diciendo: «A mí, todo eso qué me puede ya importar.»

Había estado a verle poco rato antes don Micael, el párroco.

—A un alma tan buena como la suya le basta con la bendición —le había dicho, bendiciéndole—. El cielo es para gentes como usted.

Le ahogaba la disnea y no podía hablar, pero algo hubiera querido decirle don Andrés.

A Lorenzo se le empañaron los ojos de lágrimas.

El moribundo le miró fijamente con una desfalleciente tristeza.

En esto se le venció la cabeza de un lado. Los ojillos echaron sus párpados..., y se fue apagando lentamente.

Lorenzo se volvió y no pudo sofocar un enorme sollozo.

—Se mueren los mejores y no queda más que esta patulea de gentes dominándolo todo, señoreándolo todo... ¿Hasta cuándo, Ciriaco..., hasta cuándo?

—Hasta que Dios quiera..., hasta que Dios quiera.

—Y si somos un pueblo tan requetecatólico, ¿por qué nos maltrata así dándonos como amos estos granujas? ¿Por qué, por qué?

Se retiraron de la alcoba Ciriaco y Lorenzo.

La hermana, pálida y silenciosa, le dio un beso en la frente y, acompañada de una vecina, vistieron el cadáver con su mejor traje.

A las seis fue el entierro.

El coche de don Ciriaco les esperaba a la puerta del cementerio y de allí partieron para Madrid.

Atravesaron el canchal de Avila, hasta las puertas de la ciudad, en silencio. Murallas y torreones en el alto teso, transfigurados por las luces, emitían una imponente belleza escenográfica.

—A falta de libertad y de verdad, tenemos las almas, como las viejas ciudades castellanas, rodeadas de murallas, batacanes y defensas... ¿Cuándo se romperán estos prejuicios... y se acorralará la hipocresía y el engaño, teniéndolos a raya, y brillará la verdad, pura y desnuda como una estrella?

—Quién sabe... Estas cosas surgen a veces cuando menos se piensa —trató de consolarle Ciriaco.

—Pobre patria nuestra, valiente y austera, en manos de esta canalla cínica y ladrona...

—Hay que tener un poco de paciencia, Lorenzo, que todo vendrá por sus pasos.

—Pero cuándo, cuándo; porque si esto tarda mucho, no encontrarán más que un cadáver putrefacto.

—Tal vez muy pronto. Dios no nos dejará de su mano; nunca, nunca ha dejado a España de su mano.

—Que El te oiga.

Costearon la mole pedernosa de El Escorial en la noche cerrada. Aquí y allí se apolillaba de luces.

Lorenzo observó que a Ciriaco se le bamboleaba la cabeza de sueño y cesó en sus lamentos.

Poco después, el «Mercedes» paraba a la puerta de su casa.

—Vengo reventado...; adiós, hasta mañana.

No le dijo más.

—Adiós, descansar.

Aquella noche le comunicó Martita a su marido:

— ¡Qué alegría..., estoy embarazada, Loren!

— ¡Vaya, Dios aprieta pero no ahoga! No sabes la satisfacción que me das.

Se abrazaron enamorados, unidos.

Al día siguiente, sólo despertarse, se lo comunicó Martita a Arancha.

—Soy la mujer más feliz de la tierra, querida Arancha; sé lo contenta que te pondrás y por eso te lo digo: voy a ser madre.

—No sabes cuánto me alegra... Sabes lo que te quiero y lo que os queremos Ciriaco y yo a los dos... Y ya que nosotros no hemos tenido esa suerte, nos llena de satisfacción y de goce la tengáis vosotros. Se lo diré en seguida a Ciriaco.

Lorenzo se fue dando un paseo hasta el trabajo.

Ciriaco llevaba un rato largo levantando, estudiando sus libros de contabilidad.

Cuando entró Lorenzo le comunicó:

—Voy a pasar luego por Bolsa. ¿Qué hacemos de «las Alonso»?

Las Alonso eran las acciones inmobiliarias.

—Por ahora, nada; no conviene irritar demasiado al amo.

Lo decía con un cierto recochineo.

— ¡Quién sabe si más adelante tenemos necesidad de él!

—Te lo decía porque están las acciones en su *acmé,* dicho sea con toda pedantería.

— ¡Quién sabe si aún suben más!

Luego se quedó pensativo.

—Qué depredación se traerá este granuja entre manos para haber dado ese salto.

—Parece que ha conseguido del Gobierno le cambien unos sequerales que tiene la inmobiliaria tierra adentro, en la costa de Alicante, por unos pinares que corren a lo largo del mismo mar, por Guardamar y Torrevieja, que son del Estado... Como ves, el cambio se las trae.

—Como dure mucho esta situación, este hombre acabará apareciendo dueño de toda la costa, de Gibraltar a Rosas.

—De la que pertenezca al Estado..., desde luego; pero lo que sea de los particulares...

—A ésos, si no son fuertes, los hará saltar.

A los pocos días era sábado y comieron en casa de su hermano Ciriaco, Rosario y Pura con sus maridos y Martita y Lorenzo.

—Nos vamos mañana para Valladolid —les comunicó Pura.

Su marido llegó el último a la reunión.

Venía sofocado.

—Para entrar en algunos Ministerios hay que ir con un gran saco de dádivas, como los frailes lismosneros de la Edad Media. Todo se hace a fuerza de dar; si no untas los engranajes, la máquina no anda.

—¡Qué país!

—Bueno, no llores ni te lamentes —le dijo su mujer—. ¿Has estado con el hijo?

—Sí.

El hijo era Antonio, que había terminado la carrera de médico a trancas y barrancas, y se dedicaba, en unión de una comadrona con la que vivía, a prácticas anticoncepcionistas. Pero esto no lo sabían los padres.

—¿Tú no conoces a mi hijo? —le preguntó Pura a Arancha.

—No.

Les sirvieron la sopa.

—Creo que tiene mucho trabajo, ¿no? —inquiere tía Rosario.

—Sí, está muy contento.

—Ves, parecía que no iba a terminar la carrera con sus golferancias, pero al fin ha sentado la cabeza y trabaja y está muy formal —asegura su madre.

—Estos jóvenes de ahora... —dijo su padre. Y suspiró.

—¿Es tu chico mayor? —le pregunta Arancha.

—Sí... y me salía muy mujeriego... Es que se lo rifan las mujeres; si lo vieras..., tiene una gran planta y...

—Y unos desplantes cínicos —completa tío Rosario—. Por lo menos mientras fue estudiante; no sé ahora...

—Supongo que seguirá lo mismo... El que nace fresco y..., y despreocupado, lo sigue siendo toda la vida. Y tu «niño», querida Purita, era el caradura más grande que yo he conocido —cerró el hermano.

—Pero ahora está muy formal... Lleva una temporada que no hace más que trabajar.

Se miran Rosarito y Ciriaco, como diciendo: «¿Has visto esta hermana nuestra, qué cándida?»

—Que le dure mucho esa voluntad de trabajo —desea, temeroso, su padre.

—Sí, más vale —asegura Ciriaco.

—Es el más parecido a mí —afirma su madre.

Todos se vuelven, como diciendo: «¡Pero esta mujer!»

—Bueno, el más parecido por su carácter alegre y por sus maneras... Y no lo puedo remediar..., es mi debilidad...

—Que sea tu debilidad es otra cosa..., pero, desgraciadamente para él, no se parece a ti en nada —aclara el marido.

—Este *foie-gras* es exquisito... Además, que Antonio no tiene un pelo de tonto.

—Nadie ha puesto en duda su talento..., pero, desgraciadamente, como señala tu marido, se parece muy poco a ti...

—Gracias por lo que me toca... Bueno, ¿en qué ha quedado contigo? —le pregunta al marido.

—En qué vendrá, si puede, esta noche a despedirnos.

—Si puede... ¡Es un fresco! —reconoce su madre—. Verás cómo viene.

—¿Cómo va ese problema de la Tierra de Campos?

—Creo que lo llevan al Consejo el viernes.

—¿A ti te toca mucho? —le pregunta al cuñado Ciriaco.

—Sí, bastante.

—Le coge el regadío a una finca que tiene de secano —completa su mujer.

—Si no lo paporroteas no estás tranquila.

—Hombre, entre familia, tarde o temprano se han de enterar. Hace un gesto de hombros, resignado.

—¿Cuántos hijos tenéis? —les pregunta Arancha.

—Nueve —contesta él—. Seis meonas y tres chicos.

—Pues ya necesitáis que os rieguen la finca —reconoce Arancha.

—Tú me dirás.

—¿Y qué tal está para las chicas Valladolid?

—Cada día mejor; se está haciendo una gran capital.

—Sí, sí..., se monta mucha industria nueva y hay cada día más fábricas —apunta el marido.

—Y por consiguiente, cada día más ingenieros y altos dirigentes —añade Pura.

—Tenemos casada ya una...

—Y la segunda se nos casará en seguida.

—Espera a que lo haga —le para el marido.

—Es cosa hecha —completa la madre, mirando a los comensales—. Las otras tres tontean con los muchachos.

—El novio de Fermina es muy serio y tienen sus padres un gran comercio de coloniales, luego también puedes darlo por cosa hecha.

—A mí no me gusta dar por cosas hechas más que las cosas hechas —recalca el marido.

—Sí, que en esto de los hombres hay que andar con pies de plomo —opina tía Rosario.

—¡Se lleva una cada chasco! —asegura Martita.

El hermoso rostro de Arancha se ha embebido de silenciosa tristeza; un momento sólo se oye el ruido guerreador de los cubiertos.

—Pero tus chicas, ¿no han estudiado carrera alguna de ellas? —le pregunta Arancha, saliendo de sus tristezas.

—Las pequeñas, que son las más feas, son las que estudian —señala su madre con desenvoltura.

—¡Eres tremenda! —le dice su marido.

—Soy franca. La mujer guapa, la mejor carrera que puede hacer es casarse bien.

—Después de todo, la cultura no es un estorbo, ni ocupa lugar —le apunta Martita.

—Pero ocupa tiempo, el que se necesita para enganchar novio.

Todas las mujeres se sonríen.

—Aparte de que mis hijas, las que no tienen estudios, no son unas analfabetas... Elenita, la segunda, ha ganado dos concursos de palabras cruzadas.

—¡Es un sol! —exclama tía Rosario.

—Y es la más guapa de las chicas —señala el padre.

Los tenedores, los cuchillos y los vasos se detienen estupefactos en sus rumbos.

—¿Y tiene ya novio?

—Sí, es el chico cuyos padres tienen una de las mejores mantequerías de Valladolid..., que acaba de ingresar en la Academia de Infantería de Toledo.

—¿Militar es? —pregunta Arancha.

—Sí.

—¡Qué pena de chica! —se conduele.

—¿Pena por qué? —inquiere la madre.

—Es que detesto a los militares.

Todos la miran, estremecidos.

Se hace un silencio pegajoso.

—¡Después de todo, si llega a general...!

—¡Como si llega a obispo! Perdón, no lo puedo evitar.

Todos se miran, temerosos.

—Discúlpame, no sabía que fueses antimilitarista —le dice Pura.

—No te tengo que disculpar nada... Perdóname tú.

Más tarde se volvió a los demás y les suplicó:

—Disculpadme todos.

Se levantó de la mesa y se retiró.

Preocupado, Ciriaco fue tras ella.

Estaba echada sobre la cama, espumeante.

Los comensales quedaron taciturnos.

—¿Qué te pasa, Arancha, mi vida?

—Nada; déjame.

Retiró la mano de él.

Le castañeteaban los dientes.

—Si nunca te has puesto así... Desconocía esta antipatía tuya a los militares.

Se abrió de brazos la mujer y le atrajo hacia sí, llorando.

—Perdóname... ¡Qué pensarán todos esos de mí...!

—Repórtate y vuelve otra vez al comedor para que no piensen nada.

Hizo un esfuerzo y se sobrepuso.

Volvió en seguida con su marido.

—Me vais a perdonar, pero sufrí tanto durante la guerra, cuando estuvieron en mi pueblo los militares... Se llevaron una madrugada a mi padre y no volvimos a saber más de él... Y tengo tales recuerdos que..., que no puedo evitarlo...

Se la presiente frenando su congoja.

—Lo comprendemos todos —recogió Martita, atrayéndola hacia sí y abrazándola.

Después de servido el postre, pasaron a tomar café a un cuarto de estar que daba a la calle.

—¿Qué hay de política? —preguntó Víctor al marido de Pura.

—Mientras viva «él», todo lo que se diga son suposiciones —señaló Ciriaco.

—Y cuando él desaparezca, ¿qué pasará?

—Ese es el misterio.

—Yo no le pido a Dios sino que viva muchos años; no. nos ha ido tan mal con él —dijo Pura.

—Ni mucho menos; por lo poco, ha habido paz y tranquilidad durante todos estos años —opina Rosarito.

—Sí, eso sí... —reconoce Arancha—. Claro que eso no basta.

—Pero que viva muchos años..., sobre todo ahora que yo me encuentro en estado.

—Sí, dentro de poco no estarás para muchos trotes —intenta sonreírle Arancha.

—Sin disgustos y sobresaltos será la manera de que tenga un hijo normal.

—Sí, cuenta tanto la paz y la ausencia de guerras... —suspira Arancha.

Mantiene desmarrida la faz y palidísima.

Los hombres empiezan a despedirse.

—Si nos hemos de ir mañana..., aún tengo muchas cosas que hacer esta tarde —señala el marido de Pura, poniéndose en pie.

—Adiós a todos.

—Adiós —le brindan las mujeres y le tienden la mano.

—Si tengo tiempo, que espero, vendré a hablar contigo dos palabras esta noche —le anuncia a Ciriaco.

—Cuando quieras. A las nueve estaré ya en casa.

Se van dispersando y quedan sólo las mujeres, hablando de trapos y de las modas de verano que se llevarán este año.

Cuando a la hora de la cena se encontró solo el matrimonio a la mesa, Arancha le preguntó al marido:

—¿Qué te quería Víctor con tanto misterio?

—En cuanto casen a la tercera...

—¿La del militar?

—... Sí. Parece que se quieren venir a vivir a Madrid... A él le han ofrecido, eso dice él, un puesto en el Ministerio de Agricultura.

—¿Y te ha pedido que le eches una mano?

—Sí.

—¿Conoces tú al ministro?

—Antes de serlo le traté... Pero quien tiene sobre él verdadera influencia es don Diego.

—Me lo figuraba... Sólo verle llegar hoy a la hora de la comida..., no sé por qué me ha parecido que venía dispuesto a pedirte algo.

—Pero, ya ves..., lo ha dejado para la noche.

Se sonríe.

—Me asegura que para los estudios de los chicos y para sus mismos asuntos le conviene venirse a vivir a Madrid.

—De otra parte, aquí, por lo que veo, es donde se hace y deshace todo.

—Si no todo, casi todo.

—¿Y tú, qué le has dicho?

—Que tantearé el terreno y, como piensa volver antes del verano, que ya hablaremos.

Mirando con cariñosa fijeza a su mujer:

—¿No ves cómo a mí de ninguna manera me conviene llevar las cosas por la tremenda con don Diego?

—Sí, comprendo todo y te comprendo a ti.

—Si no tuviera a estas hermanas tan... tan ansiosas...

—Y a estos maridos de ellas tan..., tan inútiles..., o, por lo menos, tan poco prácticos.

—Víctor es enredador y marrullero, pero tiene tantos hijos... He perdido ya la cuenta del número.

—Nueve, maridín..., nueve: seis meonas, como dice él, y tres hombres.

—Comprenderás que para un regimiento así, todo es poco.

—Luego sospecho que Pura es tu ojito derecho.

—¿Tú crees?

—Por lo menos, la oyes más que a las otras.

—Tiene más presentación, como dices tú.

—Y más mano izquierda y más énfasis.

—Tal vez... Y el énfasis cuenta, cuenta.

Ciriaco se sonríe.

—Pero no me dejan vivir... Siempre tienen que estar pidiendo algo... Cuando no es una, es otra..., o sus maridos o sus hijos.

—¡Y qué sería de ti si no fuese así!

—En eso te repito que estás equivocada.

Protestón:

—Viviría con menos preocupaciones y más tranquilo.

—No teniendo hijos, como no tenemos..., necesitas de tus hermanas y de sus familias como del aire...

—Bueno, si te empeñas...

—No te molestes, Ciriaco, mi vida, pero es así... Y a mí no me parece nada mal... Es más, eso indica la bondad de tu corazón y tu complicada alma de..., de padrazo.

—Como quieras... —riéndose él.

—¿No dice el refrán que a quien Dios no le da hijos, le da sobrinos...?

—En este caso es hermanas...

—Pero hermanas... prolíficas.

Contemplando a la mujer con extremada ternura:

—Tienes de mí un concepto blandón y babosón... y sensiblero... que no me gusta.

— ¡No me digas!

Lo acerca y lo acarona contra su mejilla.

—Me entusiasma que seas como eres..., y como has sido siempre desde que te conocí: atento y cariñoso, y blando y gruñón, y protestón a veces..., pero poco..., y aparentemente tacaño, pero generoso; entre bufidos, generoso.

—Bufidos..., ya; yo doy bufidos.

—A veces, sí... Pero son para defender tu sensibilidad en carne viva y tu necesidad de que te pedigüeñeen y de que te acosen. «Bueno, ya veré, ya veré... ¡Ahora dejadme en paz..., dejadme en paz! »

La mujer le repite ahora sus expresiones usuales, sus muletillas, sus tranquillos ante las hermanas pedigonas, implorantes.

El se sonríe, finge que se molesta; pero le halaga que le considere así porque, en el fondo, sabe que es verdad.

—Si a mí me sobra, qué quieres que haga... No voy a dejar a mis hermanas cargadas de hijos y de necesidades.

Le besa y le abraza, y le añade:

—Eres un gandulón, ¿no ves? Si me das la razón...

Se besan con una enorme ternura.

—Y no quiero que cambies, ¿me oyes? El día que cambiases me darías un disgusto. Quiero que seas siempre como te conocí, lleno de prejuicios y de pequeños remordimientos por la más mínima cosa, y de vacilaciones temerosas, dentro de tu cuerpo grandón y ansioso... Quiero que seas siempre el Ciriaco que yo conocí, un tantico quejana y gruñón. Recuerdo cuando te serví la primera vez en el restaurante de doña Concha. Pediste una comida absurda y acabaste comiendo lo que quedaba, porque llegaste aquel día muy tarde... y terminaste aceptando lo que yo te ofrecía y que a mí me convenía que comieses... porque era tardísimo y yo estaba reventada... y quería terminar de una vez para descansar un rato.

Le besa con mimo.

—... Y desde entonces no creo que te ha ido mal conmigo.

Se entrega a su melindreo avasallante.

—No..., no me ha ido mal..., ni mucho menos.

Están en la alcoba sin haber empezado a desnudarse.

Despegándose de él:

—Bueno, ahora estáte formalito, ¡eh!

Volviéndose:

—¿Y don Diego tiene tanta influencia en las altas esferas?

—La gente creo que exagera, pero dicen que sí... Don Diego tiene formado un grupo, al que pertenece gente que se mueve por lo alto.

—Anda, guapo, explícame qué es eso de ser del «grupo» de don Diego.

—Pues que percibe por sus servicios, sus trabajos y sus influencias en pro del amo y de los negocios del amo, parte de las escurrajas que el amo dedica a sus servidores y ayudantes.

—Escurrajas son las sobras.

—Las escurrimbres..., «los ondaquines», como dice la gente en San Sebastián.

—Ah, sí, sí.

Se miran.

La mujer empieza a desvestirse.

—¿Hoy no te das en la cara tus mejunjes?

—Explícame y déjate ahora de mis cremas..., sosón; me las aplicaré cuando me las tenga que aplicar. Si no dan más que los ondaquines...

—Pero tratándoes de miles de millones..., los ondaquines...

—Claro, pueden ser varios millones... Y aquí unos millones y allí otros..., y otros. Me hago cargo...

El está ya acostado, mientras ella se pone una redecilla para no desmantelar el peinado.

—Desde luego, la parte del león se la lleva el amo.

—Como es natural...

Se vuelve antes de acostarse y se miran cariñosones.

—Y tu lucha ahora es por ir cortando las amarras del «grupo» de don Diego... sin que él se enfade.

—Sí, porque la verdad es que se ha desbocado.

—Cuando te pusiste a su servicio era más comedido.

—Sí.

—Después de todo tú eres un hombre de derecho y de leyes...

—... Claro, claro.

—Y él, sin la influencia de ahora...

—Tenía que tocarse la ropa, porque no se consideraba impune.

Se miran y se besan.

—Eres muy lista.

—¡Cuánto granuja, Dios mío...! Cuánto, cuánto... —exclama Arancha.

—Lo tremendo es que se considera omnipotente.

—Y por lo visto lo es.

—No sé; me da miedo pensar en qué puede terminar todo esto.

—¿Por qué?

—Porque cada día hay más don Diegos.

—Pero si lees los periódicos, no hacen más que hablar de nuestro milagro económico y del aumento de renta nacional.

—Y qué adelantamos con que aumente la renta, si cada día está peor distribuida, si todo se lo llevan unos pocos...

—Que son...

—Los bancos y los don Diegos.

—Pues me parece bien que te vayas retirando de esas inmediaciones, porque a ti, a pesar de los pesares, te consideran del «grupo» de don Diego.

Arancha se rebulle ya en la cama.

—Apaga —le dice al hombre.

Se oye el ruido del conmutador al matar la luz.

—Sí, este hombre se ha desbordado...; pero, por otro lado, ponerme frente a él tampoco puedo.

—Tú, cúlpale a tu mala salud. Dile que los médicos te prohíben trabajar y te lo exigen si quieres seguir viviendo. Además, a ti, por tu moral y tu educación y honestidad y carácter, no te van este tipo de negocios turbios.

Abrazándole con toda ternura e ilusión:

—Prométeme que lo irás abandonando todo.

—No te preocupes, que por la cuenta que me tiene...

—Pero prométeme...

—Si sabes que eres toda mi vida y mi ilusión y mi lujo y mi regalo...

—Pues prométeme.

Empezó a correr Arancha la noticia de que no se encontraba bien su marido de salud. Había leído en revistas y periódicos anuncios sobre la necesidad de los «chequeos» para el organismo y le llevó a una clínica seria para someterle a tratamiento. El se resistía en un principio, pero lo que no puede una mujer...

Le observaron con toda clase de aparatos y sometieron cerebro y corazón, su sangre y su orina a todos los análisis y estudios.

—Pero qué necesidad tengo yo de saber cómo estoy con tanta precisión y detalle, no comprendes que si me hallo peor de lo que creía va a ser fatal... Me basta con irme retirando de los negocios e ir remitiendo el trabajo y hacer junto a ti una vida descansada...

—¿Qué edad tiene usted?

—Sesenta y tres dentro de unos días.

De sus temores y amagos de cirrosis estaba mejor, pero era un organismo cansado el suyo, sobre todo el corazón.

—Cuanto menos trabaje y más se distraiga, mejor. Tome usted en el desayuno y las comidas una gragea de Becocyme forte y trate de dormir lo más posible y repose un rato después de la comida. Y que pasee prudentemente todas las tardes...

Le recetó unos comprimidos de Natisedina para cuando estuviese deprimido.

—¿No ves? —le decía ya en la calle—. ¿Qué necesidad tenía yo de saber que mi corazón se fatiga con exceso? ¿No comprendes que, en adelante viviré con la obsesión del corazón y su amenaza?

—Te advierto que yo he hablado con el médico director de la clínica y estás peor de lo que yo creía y me ha dicho que si deseas vivir te has de cuidar mucho y hacerme a mí caso.

—¿Eso te lo ha dicho el médico?

—Sí.

Alzándose de hombros.

—Bueno.

Pero las argucias de una mujer son innumerables y misteriosas.

Sin decirle a su marido nada, se presentó en el banco una mañana a ver al señor Gobantes. Se cercioró de que aquellos días estaba en Madrid.

—¿Quién le anuncio?

—La señora de su abogado, don Ciriaco Martínez.

La recibió en seguida.

—¡Señora! ¿A qué debo este honor?

El señor Gobantes, cuando quería, sabía ser muy fino.

—El asunto es muy delicado..., pero usted, que es hombre tan inteligente, se hará cargo en seguida de petición tan..., tan egoísta y, por otra parte, tan humana y natural en una mujer como yo, que no vive más que para la vida de su marido.

—Usted me dirá, señora.

Aránzazu inclinó la cabeza, compungida.

—Mire, don Diego..., mi marido se encontraba muy decaído; en estos últimos tiempos le han sometido a observación en una clínica y..., no...

El gesto se le hizo pura quejumbre, casi lloro.

—... y no le han encontrado nada bien.

—No sabe cuánto lo deploro, señora; es uno de mis grandes amigos y mi mejor consejero. Sus conocimientos jurídicos..., qué le voy a decir que no sepa, si es usted su inteligente y amante esposa... En fin, que se tome el tiempo de descanso que quiera.

—No se trata de tomarse un descanso, es que, si desea vivir, ha de ir dejándolo todo.

Al observar su gesto de estupor:

—No es que vaya a abandonar sus asuntos de repente, pero habrá de ir haciéndolo poco a poco.

—¿Pero qué es lo que tiene?

—El corazón... No le marcha bien el corazón y ha de tener en adelante reposo y tranquilidad y evitar los disgustos y los contratiempos.

—Claro, claro... ¡Vaya por Dios!

—Es bien triste y duro para él, yo lo comprendo, retirarse de su trabajo, que es su alegría..., pero hágase cargo, lo primero es vivir, porque de qué sirven las riquezas y las ganancias si no se tiene salud...

—De nada, señora..., de nada.

El señor Gobantes, como buen actor, instrumenta una mueca de palidísimas desganas.

—Pues no sabe usted cuánto lo siento... De todas formas, cuando él venga por aquí, yo le hablaré...

Alborotando el gesto:

—Por Dios..., no se le ocurra a usted decirle nada sobre la gravedad de su estado ni sobre mi visita.

—Quite usted de «hay».

Contemplando a la mujer con una suave expresión de tristeza:

—No sabe usted bien cuánto lo siento y lo deploro. Era mi más seguro y diestro consejero; mi mano..., mi mano derecha, eso, a la hora de estudiar los asuntos y de plantearlos y de..., y de orquestarlos.

Aránzazu se dio a sollozar con una rara y conmovible angustia.

—¡Por Dios, señora...! Cálmese, por Dios, cálmese.

No parecía en su acuitada y dolorida sencillez el gran gangster que era.

—De todas formas, usted sabe que cualquier cosa que necesitara de mí estoy a su entera disposición para lo que fuese. Don Ciriaco es, aparte de un gran amigo, uno de los principales fundamentos de mi prestigio, de mi situación y de mi nombre... Sí, sí, de mi nombre.

—Gracias, señor, gracias... Sabía de su esplendidez y de su generoso corazón.

Se irguió Arancha.

Don Diego había rescatado su medio cuerpo inferior del túnel de la mesa y de pie frente a la dama la despedía.

Con la mano de ella entre las suyas y próxima a sus labios:

—No olvide que esta casa es la suya y la de su marido.

—Pero, por Dios, que no sepa él que yo he estado aquí hablando con usted de..., esto.

—¡Señora!

Sonó un timbre, se abrió la puerta y salió la mujer.

«¡Qué simpáticos son estos granujas!», pensó nada más trasponer el umbral. «El dinero qué seguridad y qué cinismo da. En cuanto esté con él será lo primero que le referirá, entre risas, mi visita, como si lo viera... Menudo tiburón es el tal don Diego. De todas formas, después de esta conversación, encontrará natural, por lo menos disculpable, que mi marido vaya picando amarras..., que es de lo que se trata.»

Estaba citada con Martita en casa de la modista a las doce y se acercó porque eran ya.

Cuando salieron no la dijo nada de su visita.

Sin embargo, Martita la encontró un tanto preocupada.

—¿Cómo vas de eso? —le preguntó Arancha, mirándola a la barriga.

—Me he llevado un susto tremendo al salir de casa..., me he resbalado en la escalera y si no echo la mano en seguida y me agarro a la barandilla..., no sé lo que hubiera sido de mí.

—Hasta que lo sueltes, debes tomar toda clase de precauciones y cuidados y bajar en el ascensor.

—Sí, eso voy a hacer.

Descendían andando por la Gran Vía hacia Cibeles.

—Vamos a casa a tomar algo y así a las dos recoges a tu marido —le brindó Arancha.

—Como quieras.

Pararon un taxi y subieron a él.

A la una y media llegó don Ciriaco al banco.

Don Diego había dado la orden de que, en cuanto llegase, le comunicasen le deseaba ver.

En cuanto llegaron a Ayala, 50, subieron las dos mujeres.

Martita pasó a ver a su marido.

Levantó la cabeza de su trabajo.

—¿Qué es eso?

—He venido con Arancha..., de modo que ya sabes que estoy aquí.

Se volvió a las habitaciones de Arancha.

Le enseñó una muestra de paño para un traje de chaqueta que se pensaba hacer.

—¿Qué te parece?

—Tal vez un poco claro.

—Conforme una se va haciendo vieja hay que pensar en vestir cada vez más claro.

—Tú no eres vieja y eres alta, te irá muy bien —le dijo rectificando.

—Tengo un jerez, que le han regalado a mi marido, que no es ni seco ni dulce... Va muy bien... Espera.

Trajo la botella.

Se sirvieron con unas almendras y avellanas.

Tenía un suave y caliente color nogal.

—¿Cómo está tío Ciriaco?

—Bien, muy bien; ¿por qué me preguntas?

—Lorenzo me ha dicho que andaba un poco pachucho.

—Son, en parte, exageraciones mías para irle apartando de los negocios, que son los que le traen los disgustos y los sinsabores.

—Y el dinero también, mujer... Los negocios traen también el dinero.

—Y tanto, tanto dinero..., ¿para qué? Si con esta vida que hacen estos hombres no tienen ni tiempo de disfrutarlo.

—Eso, desde luego.

—¿Y para qué sirve amontonarlo hasta esos extremos si no se va a gozar de él?

—Mujer, vienen los hijos y los sobrinos...

—En nuestro caso sin hijos.

—Sí; eso es verdad.

—Yo soy partidaria del dinero como medio para vivir con un cierto tono y distinción, con el que puedas atender todas tus necesidades holgadamente...; pero de ahí a esa vida atrafagada que hacen los hombres de negocios, en la que el dinero no es un medio, sino un fin, que los llena de inquietudes, zozobras y sinsabores, que acaba cortándoles la vida y atentando contra su salud..., ¡de qué!

—Sí, no vale la pena.

—Si a la ganancia no se acompasa el disfrute de ese dinero, estamos perdidos.

—Es que hay maneras y maneras de disfrutar.

—Sí, eso debe de ser.

Se miran y se sonríen las dos mujeres.

—El hecho de amontonar riqueza da un poderío y una fuerza y una consideración y un temor en los demás..., y un disfrute, en fin de cuentas... —señala Martita.

—Eso será.

—Recuerdo haber oído de uno de estos tiburones que se justificaba diciendo que disfrutaba y gozaba él viendo crecer su capital más que sus hijos dilapidándolo y malgastándolo.

—Empiezo a sospechar que puede ser...

—Sí, el dinero, su posesión, envenena y emborracha a extremos de locura..., eso, fuera ya de su necesidad y de los límites de su gasto.

—Eso debe ser... Cuando una ve a hombres tan inteligentes detrás de él con una enfermiza y asqueante voluptuosidad.

Lorenzo vino en seguida a compañarlas.

—¿Qué vas a tomar? —le pregunta Arancha.

—Nada, no tomo nada.

Mira a las mujeres y se sonríe.

—Me río porque hemos recibido una carta de un señor que debe a su tío unos miles de pesetas, y en ella lo embalsama en títulos, condecoraciones y honores estrambóticos.

—¿Y qué es lo que debe? —pregunta Arancha.

—No llega a los dos mil duros.

—¿Y para eso tanto barullo? —se lamenta.

—Echando por delante una ola de adulación, pretende por lo visto no pagar —se sonríe Martita.

—Es curioso, somos un pueblo enfático hasta la pura carcajada. Cuando se fue a hacer la paz que sancionó la pérdida de nuestras colonias ultramarinas, nuestro gobierno español, ignominiosamente derrotado, encabezaba sus comunicaciones a los yanquis así:

«Don Alfonso tal y tal, por la gracia de Dios y de la constitución, Rey de España, Rey de Castilla, de León, de Aragón, de las dos Sicilias, de Jerusalem, de Navarra, de Valencia, de Galicia, de Mallorca, de Menorca, de Sevilla, de Cerdeña, de Córdoba, de Córcega, de Murcia, de Jaén, de los Argarbes, de Algeciras, de Gibraltar, de las islas Canarias, de las islas Orientales y Occidentales, islas y tierra firme del mar océano, Archiduque de Austria, Duque de Borgoña, de Brabante y de Milán, Señor de Vizcaya y de Molina...»

El vencedor contestaba, firmando:

Mac Kinley, Presidente.

—No tenemos arreglo —dice Arancha.

—Si tenía el rey todos esos títulos, por qué no usarlos —arguye Martita.

—No era el momento —le dice su marido.

—Precisamente lo era, que supiesen esos bucaneros del Maine a qué gran señor le hacían el despojo y el robo.

—Si tú lo crees así... —se resigna Lorenzo.

—Por tan poca cosa no os enfadéis —le susurra Arancha risueña.

—No temas.

Tomó a su mujer por el hombro y la acercó cariñoso contra su flanco.

—El gran señor debe mostrar que es gran señor sobre todo en su fracaso y en su caída, cuando ha venido a menos —forcejea la mujer.

—Te repetiré con Arancha: no tenemos arreglo.

—El rey de Castilla, de León, de Aragón, de las dos Sicilias, de Jerusalem, de Navarra, de Toledo, de Valencia..., comunica a su reina que tiene hambrecita y que desearía trasladarse a comer a su palacio...

—Pues su reina le comunica que, por haberle llevado la contraria, le dará hoy sólo media ración.

—De el mal, el menos —se resigna.

Martita se yergue.

Su marido le echa el brazo por la espalda y se retiran.

—Adiós, majestades —les despide Arancha.

—Y qué es, después de todo, cada uno en su esfera sino rey de sus cosas, de sus pequeñas cosas...

—Lo importante es llevar cada cual se reinado con dignidad —señala la mujer.

—Que así sea —recoge el hombre.

Ciriaco llegaba poco después.

Besó a su mujer y la contempló con regodeo y ternura.

—¿Qué hay? ¿Cómo te encuentras?

—Bien; se acaban de ir tu sobrina y su marido.

—¿Qué cuenta Martita?

—Preocupadísima y temerosa con lo que va a traer.

—¿Y él qué dice?

—Lorenzo planteando siempre cosas muy divertidas..., es muy leído y muy ameno y muy culto.

—Iba para ministro socialista... Se le han empantanado la carrera..., por lo menos por ahora. Es un gran corazón y tiene un gran sentido social de la verdad y de la justicia.

—Es muy listo y divertido —dice la mujer—, y muy cariñoso. Creo que es feliz con su mujer, aunque discuten bastante.

—Por qué no... ¡Ah! Se me olvidaba decirte que dentro de unos días salgo con don Diego de viaje.

—¿Al extranjero?

—No, por el Levante español.

—Ten cuidado con lo que comes y con lo que bebes, que en los viajes siempre se abusa un poco...

Se vuelve y se complace en ella y la besa de nuevo.

—No te preocupes.

—¿Cómo siguen tus relaciones con él?

—Bien; creo haberle convencido de que mi salud no es buena y eso es mucho terreno ganado para mis planes.

—A ver, a ver.

Le mira cariñosona.

—¿Vais a estar muchos días fuera?

—Ocho o diez, supongo.

—A ver si te cuidas y te vigilas.

—Descuida.

—No tienes buena cara y eso me preocupa... Tú, poco a poco, vete desligándote con la magnífica disculpa de que no marcha bien tu salud..., que, después de todo, desgraciadamente es la verdad.

—Creo que exageras un poco.

—Mejor que mejor... Si sabes que lo único que me interesa eres tú y nada más que tú y poder vivir tranquilos y felices, sin sobresaltos y sobre todo sin responsabilidades y con la conciencia tranquila... ¿Qué mejor premio puede darnos la vida?

—Desde luego.

—¿Y cuándo os vais?

—El lunes.

—¿Hoy es sábado?

—Sí.

Se sentaron a comer.

En la casa de sus sobrinos Lorenzo estaba risueño y contento.

—Te encuentro hoy muy juguetón —le picardea la mujer.

—Sí..., esto nuestro marcha.

—¿Qué es lo que marcha?

—La descomposición general del país.

—¿Tú crees?

—Y tú.

Se sonríe la mujer.

—Es bien triste que eso te alegre.

—No es que me alegre, pero me resigno, ya que, como están las cosas, es por ahora inevitable.

—¿Pero qué queréis?

—Que acaben de una vez.

—Se están llevando mucho dinero al extranjero.

—Algo han de dejar..., por lo menos la física de España aquí ha de quedar.

—Desde luego..., y dinero no se lo van a llevar todo, necesitan bastante para poder seguir viviendo aquí.

—Pero los militares no os van a dejar las riendas en vuestras manos de rositas.

—Desde luego, pero todo tiene un fin..., hasta las dictaduras.

—¿Y qué pensáis traer?

—Un régimen socialista de justicia social... A estas alturas, no hay otra salida.

—No está preparado el país.

—Se irá acostumbrando gustosamente. No olvides que en España son muchos más los pobres que los ricos.

—Pero los poderosos, antes de resignarse, provocarán otra guerra civil. La gente necesitada no caerá otra vez en el engaño. La riqueza española está en unas pocas manos, en unas pocas familias; ése ha sido su error. Si hubiera estado más distribuida, hubiese sido más difícil desmontar el capitalismo... Con decirte que son cinco bancos o seis los dueños de más de las dos terceras partes del dinero del país... Su misma excesiva codicia les ha perdido... Esta vez la lucha va en serio y es a vida o muerte..., y está de nuestra parte toda la clase media y baja y bastante de la clase acomodada.

—Pero el socialismo nos ha asustado siempre mucho a los españoles, porque ha derivado en seguida en comunismo..., que es lo que no es ni quiere el pueblo español.

—Conforme; no es eso lo que pretendemos traer e instalar como forma de gobierno, sino *un socialismo no marxista,* que nacionalice la orgía de la banca y haga una profunda reforma agraria..., y trate

378

de convivir con la caridad y la piedad de Cristo...; porque si no andamos listos dentro de unos años no va a quedar en el campo español ni un solo agricultor y ésa sería la ruina total del país, ya que España es un país agrario y no industrial.

—No os consentirán esas reformas; el capitalismo desbandado y desalmado tiene ya en España una enorme fuerza..., más de la que vosotros creéis.

—Colgaremos unos cuantos capitalistas escogidos y verás cómo luego todo va como la seda.

Martita se sonríe.

—En eso me callo.

—Hay que acabar, para bien de la religión, con los ladrones católicos que infestan el país... Relee, relee los Evangelios. Dios se rodeó de humildísimos pescadores y a los cambistas de entonces, que eran los banqueros de ahora, los arrojó a cintarazos del templo, después de derribarles las mesas y derramarles el dinero... Es el único momento de su vida terrena en el que Dios pierde su continencia... Recuerda las palabras del Evangelio de San Mateo: «Mi casa será llamada casa de oración, pero vosotros la habéis convertido en cueva de ladrones.» Nuestro Señor Jesucristo es el primero que llamó a los banqueros ladrones.

La mujer le contempla y se sonríe.

—No te exaltes a ese extremo, que no es bueno.

—La exaltación es el estado perfecto de los dioses.

—No seas pagano.

—Está uno ya hasta las narices de leer todos los días en su prensa que la renta nacional aumenta en el país como la espuma, pero qué adelantamos con que aumente si no es en provecho, sino de unos pocos tiburones... Mientras no esté mejor distribuida no se consigue nada.

—En eso ya tienes un poco de razón.

—Toda, toda..., que todo tiene un límite..., y si tan católicos se consideran... No has observado que cuando muere uno de estos gangsteres de las finanzas lo primero que colocan en su esquela es eso de:

Su director espiritual R. P. y aquí el nombre de un sacerdote.

—¿Hasta cuándo esta sangrienta farsa..., hasta cuándo..., hasta cuándo? La columna vertebral de la religión de Cristo es la caridad y la piedad, y cuándo, cuándo han sentido estos tiburones caridad..., cuándo, cuándo..., y piedad tampoco.

Martita le echa los brazos al cuello y le susurra:

—Te advierto que no me disgusta verte así..., porque sé que tu queja brota de la abundancia de tu corazón.

—Y de dónde, de dónde podría brotar, al sorprender el estado actual de mi patria.

—Pero sé prudente, que, como dice el clásico:

> *En consejas*
> *las paredes han orejas.*

—No pasará mucho tiempo sin que tengamos que salir a la calle gritando estas cosas.

—Pero mientras tanto sé prudente, que vamos a tener un hijo y esto nos ancla más a la vida.

—Es verdad.

Contempla el vientre de su mujer con temor y voluntad de continuidad.

—Pero todo llegará..., y pronto, pronto.

—¿Tú crees?

—Por los síntomas...

Mirándole con recochineo:

—Llevamos veinticinco años de paz..., y todos los periódicos españoles y extranjeros verás que no hablan más que del «milagro español».

—Estas gentes confunden la paz con el orden público, la paz es virtud de índole espiritual, atañedera al alma y el orden público es atañedero al cuerpo, a lo somático; el orden público lo mantiene el temor y la paz la instala en el corazón y en el alma la justicia y la conciencia tranquila..., y estas gentes no pueden tener la conciencia tranquila, después de...

— ¡Calla, que te pueden oír!

—Y en cuanto al milagro financiero español..., a quién engañan estos tiburones, si el déficit de la balanza de pagos es espantoso.

—¿Y qué es eso de la balanza de pagos, de lo que a todas horas habla el periódico?

—Es la diferencia entre la importación y la exportación... Un país, para marchar bien, tiene que exportar mucho más que importar si no camina a la ruina, que es lo que nos está pasando a nosotros.

—Sí, sí.

—Es como si en nuestra economía doméstica fuesen muchas más las compras que las entradas, iríamos de cabeza.

—Te entiendo, las compras son las importaciones y las ventas las exportaciones.

—Eso es.

—Pero el turismo..., ¿no dicen que nos da tanto el turismo?

—Pues gracias a esos dólares vamos tirando..., porque los gastos del país son espantosos, cada día más.

—La vida se encarece por momentos; dentro de poco no sé quién va a poder vivir aquí.

—Pues ellos..., los granujas y sus compinches.

—Por Dios, no hables, no hables así.

—Se impone la verdad desnuda en todos los órdenes como único medio de salvar el país... Que todos los españoles sepan cuál es nuestra situación y nuestro estado y cuáles son los medios con que contamos para salir adelante... Y sobre todo, la vida y el historial y la conducta de todos los que han tenido que ver con el gobierno y la administración del país en estos últimos treinta años. Y el «curriculum» y la manera de producirse en los negocios de todos los ricachos y financieros... Que justifiquen y expliquen sus fabulosas ganancias: «¿Qué fortuna tiene usted? ¿Cómo la ha ganado usted?» Que contesten a esto.

—Vete a echarles un galgo... Que estarán esperando a que esto salte para darte explicaciones.

—Mucho, mucho se puede hacer en ese terreno..., ya verás..., ya verás.

Se le encendían los ojos con valientes brillos nuevos.

—¿Y quién nos garantiza la honestidad y la competencia de los que vayan a venir? ¿Y su patriotismo?

—Yo, que los conozco.

—Tú eres muy ingenuo, Lorenzo..., y demasiado confiado... Tú crees que todos son como tú; todos tus correligionarios, se entiende.

—Después de este fracaso..., era su momento, y ya ves lo que han hecho nuestros enemigos, engordar el gran capitalismo y la iglesia egoistona, cobarde y farfullera, en vez de ponerse del lado de los pobres y desvalidos, como era su obligación. Ha pasado el platillo al mismo tiempo que se colocaba al servicio de los ladrones poderosos.

—Por Dios, no digas esos disparates.

—No son disparates y tú lo sabes... Tú me lo referiste: una tarde de sesión en la Academia de la Historia se encuentran a la puerta unos cuantos académicos.

Llega su Ilustrísima el Patriarca de las Indias y obispo de Madrid-Alcalá y saluda a don Gabriel Maura.

—Buenas tardes, señor duque, ¿qué hay?

— ¡Muchos ladrones!

—¿No lo dirá usted por nosotros los obispos?

—No; pero ustedes los bendicen. Y la mano fina del señor duque esbozaba en el aire un gesto bendecidor.

—Yo no sé nada..., no me tientes. Eres un optimista, Loren, porque la tragedia de nuestro país es la falta de calidad moral del español, que, en cuanto se encuentra en una situación de mando y privilegio, saca el pícaro que lleva dentro y va a lo suyo..., que es alzarse con el santo y la limosna.

—No, nosotros los vejados en el destierro hemos meditado y hemos aprendido mucho y no somos así, nos hemos depurado y alquitarado y hemos accedido a amar a España y a quererla entrañablemente en la soledad y en la distancia...

Le corrían las lágrimas como bolas de fuego arrasándole las mejillas.

—Nosotros la queremos e idolatramos de verdad..., y estamos convencidos los que tuvimos que escapar jóvenes al destierro de que no hay mejor negocio que dar la vida entera por ella..., y ahora vamos en serio, con toda el alma y el corazón.

Se daba el hombre transfigurado y enardecido.

—¡Qué iluso eres Loren..., qué iluso..., qué iluso...! Terminaréis como los que están ahora..., dejaríais de ser españoles... Tú mismo en otra ocasión sostenías que los nacidos en las orillas de esta cloaca mediterránea dentro de estas civilizaciones podridas y corrompidas, no teníamos ya nada que hacer... Por lo visto, hemos dado ya de sí lo que teníamos que dar.

—Pues si no somos capaces de vivir como Estado libre, civilizado y culto, volveremos a la vida de tribu..., para la que la geografía española es una invitación...

Quiso tomarlo a broma, pero le traicionaba la amargura.

—Vamos de mal en peor.

—Desde luego..., y no os creo a vosotros capaces de detener esta carrera desenfrenada..., que sólo Dios, en sus inescrutables designios, sabe en qué terminará.

—Dios no es más que un testigo de lo que con su libertad hagan los hombres... Somos seres libres, no lo olvides..., libres, libres.

Y se miraron los dos con una mezcla de dureza y ternura, diamantinas.

Ciriaco llegó del viaje con don Diego por el Levante español cabizmohíno y taciturno.

—¿Qué tal os ha ido? —le preguntó la mujer.

—Bien.

—¿Es todo lo que se te ocurre después de un viaje de diez días?

—Estoy cansado...; ya hablaremos.

Tomó un vaso de leche caliente y una aspirina y se acostó.

Al día siguiente se fue temprano al Ministerio.

No volvió a comer a casa. Pero a las cuatro se encerró con Lorenzo en su oficina hasta la hora de cenar.

A media tarde, Martita habló un instante por teléfono con su marido.

—Quiero que a las siete y media me acompañes a casa de la tía Rosarito, que quiere hablar contigo.

—La veré en otro momento, díselo; estaré ocupado con tu tío hasta muy tarde.

—¡Bueno, hijo..., bueno! —se lamentó un tanto molesta.

—No seas chiquilla y no te enfades.

—No me enfado..., pero es que te has manifestado tan..., tan secamente...

—Anda, recoge ese beso que te envío por el hilo, no se vaya a caer y se rompa..., que sería una pena.

—Adiós, protestón.

Arancha a la hora de la cena sólo consiguió sacarle algunos monosílabos a su marido.

—¿Cómo te encuentras?

—Mejor, más descansado.

—Vaya..., porque has pasado una noche...

Desayunaban frente a frente.

—Pues...

—Te la has pasado diciéndole a don Diego, supongo que a don Diego, que es un crimen el negocio que se trae entre manos.

—Me extraña, porque he conseguido dormir bien.

—Habrás dormido bien, según tú, pero te has movido mucho y has altercado y discutido de lo lindo con él... Te lo digo porque en un momento le gritabas bien claro: «No, don Diego, no; que no puede ser..., que eso que usted intenta es criminal, sencillamente criminal.»

—¿Y eso lo decía yo en sueños?

—Sí, Ciriaco, sí...; se lo aullabas.

—Pues estoy más preocupado de lo que creía.

—Y eso que al acostarte te tomaste dos nisidianas.

—Una.

—Dos, que yo te vi tirártelas al coleto.

—Así será; cuando tú lo aseguras, así será.

Intenta sonreírse, pero se le agrieta la sonrisa.

—¿Qué es lo que se trae ahora entre manos ese granuja?

—Un nuevo negocio.

—Me lo figuro, ¿pero en qué consiste?

—No creo que llegue a realizarlo... Es de tal bajeza..., que sólo pensar en su posibilidad se me ponen los pelos de punta.

—Cómo será para ponérsete a ti en tal estado los pocos pelos que tienes y para sacarte de tus casillas y discutir con él en sueños...

—En fin, no me explico cómo teniendo los miles de millones que tiene este hombre..., porque su fortuna es... Lo que ha hecho hasta ahora ha sido muchas veces sucio, picaresco y defraudador..., pero lo de ahora va directamente contra la vida de cientos de pobres familias, que tendrán que morirse de hambre o malvender sus tierras y emigrar al extranjero.

—¿Pero en qué está el negocio? Bueno, de alguna manera lo he de llamar.

—El crimen está en que en una región muy extensa de Alicante y Almería, formada por varios pueblos y sus circunscripciones, venían padeciendo de toda la vida de sequía mortal,... En esos lugarejos, últimamente, la falta de agua era absoluta, las cosechas nulas y la vida de sus gentes miserabilísima. Los más pobres entre los pobres habían empezado a emigrar ya. El Instituto de Colonización, con la ayuda de las Diputaciones provinciales y la pequeñísima de algún agricultor, empezó a hacer perforaciones en busca de agua para el riego, con el fin de evitar el éxodo campesino en masa. Era la única solución encontrar agua; las tierras se convertirían en un paraíso y las misérrimas familias podrían vivir y comer sobre sus terrenos.

—Ha brotado el agua y... como si lo viera...

—Ten un poco de paciencia y déjame llegar al fin. En efecto, el agua ha saltado y en cantidades inesperadas... Como estas cosas no se pueden ocultar, la alegría en toda la región fue disparatada, hasta la pura lágrima. Los campesinos se consideraban salvados. «Al fin podremos vivir y comer un cacho de pan.» Hubo viajes de aquí a la zona alumbrada de elementos políticos y de los negociantes..., y de la zona alumbrada a aquí de los campesinos, impacientes por que el agua empezase a correr y empapase sus campos sedientos.

—¿Y quién impide y por qué que el agua cumpla su cometido?

—El agua ha aflorado hace ya más de un año... En un principio hasta se negó, por aquellos a quienes interesaba negarlo, que el agua manase en abundancia. Como es imposible mantener ese engaño durante mucho tiempo, se dijo que habían llevado muestras para hacer sus análisis a los laboratorios de Madrid. Cuando los campesinos empezaron a perder la paciencia y a excitarse, se corrió la voz de que los análisis eran negativos y que el agua que surtía era salobrísima y perjudicial para el riego. Aquello paró su natural irritación, pero sólo por una corta temporada porque, desconfiados, los labriegos recogieron por su cuenta muestras de agua y las llevaron a analizar a Murcia y a Alicante, y los resultados fueron altamente satisfactorios. Las aguas eran excelentísimas para la mesa y para el riego.

Cuando los ánimos se exaltaron más, se anunció la llegada de una alta autoridad y cayó por allí al husmo con él don Diego. Vio el canallesco negocio, porque este hombre todo lo ve en forma de negocio y de ganancia, sea como sea y contra quien sea..., porque para él no hay obstáculos de ninguna clase. Nombró un agente, que trató primero de convencer a los campesinos de que aquellas aguas no regarían jamás sus tierras y que..., lo mejor que podían hacer es deshacerse de ellas y venderlas, que ése sería su mejor negocio, ya que se las pagarían bien y a tocateja... Al principio, todos se alborotaron, negándose en redondo; pero cuando empezaron a sentirse con el agua al cuello, los más pobres dieron en soltar sus tierrinas. Así parece que llevan más de un año.

—La alta autoridad les prometió, como prometen las altas autoridades, hacer justicia; pero sobre la justicia las altas autoridades tienen un concepto muy elástico.

—En resumidas cuentas, que allí no se hace nada y sigue el agua sin regar.

—Cuando menos lo esperaban, apareció por allí un agente comercial, ofreciendo un poquito más por las parcelas. Algunos picaron... Más tarde, otras personas influyentes, comprometidas en el ajo, se asomaron por allí y tranquilizaron a los campesinos diciéndoles que les darían facilidades para irse a Alemania, en cuyas industrias pagaban muy bien la mano de obra. Bastantes empezaron a vender sus pegujales y se desterraron.

— ¡Qué horror! Pero clama al cielo... —exclamó Arancha.

—Hay tantas cosas que claman al cielo en este país..., que una más...

Se miran los dos, asombrados.

—Más tarde llegó por allí otro agente aún más activo, que para acelerar las ventas les ofreció un poco más de dinero por tahúlla y toda clase de facilidades para la marcha al extranjero. En camionetas les llevaban a Málaga, y allí les metían en un avión, y en un par de horas los dejaban en Alemania con todos los papeles arreglados y el viaje pagado.

—Pero sin tierras, por unas pesetejas y lejos de su patria para que no molesten.

—Sí, reconozco que la jugada es criminal. Todas esas tierras, cuando sean de don Diego y se rieguen, supondrán un aumento de valor de 1.250 a 1.300 millones de pesetas... Son sus cálculos.

—¿Y no hay una bala para acabar con ese desalmado de don Diego?

—El no aparece ni da la cara ante los dueños de las tierras; para esos manejos y para convencer y empujar a al venta a los enloquecidos y hambrientos campesinos tiene sus correveidiles y agentes, que son los que se llevarán cien o doscientos millones de pesetas.

—¿Y la inmobiliaria Alonso, los mil y pico restantes?

—Por ahí...; pero como la inmobiliaria es en su mayoría ahora de él...

—¿Y éstos son los negocios de ese bandolero?

—Sí, últimamente casi todos son de este tipo, y es lo que me asusta y me horripila.

Mirándole con una mezcla de temor y de asco:

—¿Supongo que habrás dado orden de que te vendan las acciones que tienes de esa inmobiliaria?

—Me da repulsión conservarlas, pero me da un miedo tremendo soltarlas... El no perdona las deserciones, y a la hora de los negocios, como todo ladrón, quiere sentirse rodeado y acompañado.

—Sí, de gente respetable.

—De otra parte, es un hombre soberbio y vengativo, y es enorme el daño que me puede hacer en mi prestigio y en mis bienes..., y mucha la utilidad de su amistad para todo... Además, él es de sobra perspicaz para saber que ha perdido mi confianza y que todo esto de mi mala salud son temores y repulsiones a su codicia desenfrenada y criminal...; porque no soy yo el único del grupo que se le empieza a echar para atrás.

—Ya ves.

—Por otra parte, esas acciones ahora en Bolsa son solicitadísimas ante la descomunal ganancia que el adquirirlas supone.

—Pues es el momento de soltarlas.

—Vamos con calma.

—Pues si no quieres venderlas en Bolsa, porque eso supone haber perdido la confianza en él, y puede dar la impresión de una huida, ofrecérselas a él, que se quede con ellas.

—Pero, como si le viera, en ese caso intentará quedárselas a la par, que es el precio a que a mí me vendió los primeros millares. Luego he ido aumentando yo con las ampliaciones y con algunas que compré..., hasta las que tengo actualmente.

—Pues dáselas a la par.

Se volvió y le preguntó a Arancha:

—¿Tengo yo cara de primo?

—En el fondo sois todos igual —y se sonrió la mujer.

—No, todos no, y eso tú lo sabes.

—Será mejor no hablar —se lamentó la mujer, desengañada.

—Este hombre me puede hacer a *mí* muchísimo daño.

—Comprendo tus temores.

—Pues, entonces...

Había perdido color el hombre y le sudaban las manos gordezuelas como las de un condenado a muerte.

—No sabes bien cómo deploro la situación en que me encuentro.

—Te conozco bien y lo comprendo.

—Pero poco a poco..., con suavidad y con artimañas, y condescendiendo se puede hacer tanto...

—Condescender, según tú, sería que aceptase la cotización que él me quisiese dar.

—Tendrás que forcejear, pero nos conviene soltarlas, a ti como a mí, y si tú no lo haces, ten por seguro que lo haré yo, si te sobrevivo... A mí me gustan las cuentas claras y limpias, ya lo sabes.

Había hundido la cabeza en el pecho y nada respondía.

—Voy a empezar por poner casi todo lo que tengo a tu nombre; como soy bastante mayor que tú y estoy más cascado, así te evitaré muchos derechos reales.

—¿Y si te resulto rana, como diría Martita?

Se sonríe el hombre.

—No lo creo.

La mujer se acerca y le besa con mimo.

—¡Eres un chiquillo!

Se miran con suave embeleso.

—Si pones las cosas a mi nombre, corres el riesgo de que yo me deshaga de ellas..., sobre todo las que tengan que ver con ese pícaro de tu jefe. Tú no tienes que pasar por sus horcas caudinas y las podrás vender en Bolsa.

—Pero él, que es tan listo, verá el juego y volveremos a las andadas, y yo no quiero perjudicarte en lo más mínimo

Se contemplan con ilusión.

—Bueno..., y tú, ahora, ¿cómo estás con él?

—En lo que cabe, bien...; pero cuanto menos le vea y hable con él, mejor; el solo hecho de su presencia me produce la misma náusea y deseo de vómito que una rata de alcantarilla.

—Me alegra ese cambio, porque no hace muchos años te parecía maravilloso.

—Y me sigue pareciendo maravillosamente listo y rapidísimo para la ejecución, pero se ha desbocado. Ahora le temo. En este viaje, por cosas que me ha contado, me doy cuenta de que lo puede todo.

—Vamos, pues, a esperar..., a ver qué es lo que se puede hacer —le sonríe la mujer.

—Sí, será lo mejor.

Toda aquella temporada le sintió preocupadísimo y ausente. Se encerraba con Lorenzo y salían los dos preocupadísimos y muy serios. A veces les esperaban sus mujeres para cenar en la ciudad o para ir al cine..., pero sobre todo Ciriaco se dejaba invadir por una triste desgana.

Su nueva vivienda de Mira Concha estaba ya habitable para el verano. Con ese pretexto la mujer se cogió a Martita para que le ayudase en el traslado de muebles, y se fueron las dos a San Sebastián.

Era mayo en sus comienzos y el mar arbolaba sus olas, exigente y mandón. El cielo se tensaba en' los amaneceres hasta la pura y desnuda trasparencia.

—Pero, Martita, hija, me dejas tirado —le exasperó el marido.

—No las hagas caso; te vienes a casa y así vivimos los dos juntos, mientras ellas se distraen en San Sebastiá.n

—Si queréis, os cedemos el traspaso de la casa y os vais los dos hombres, y nosotras nos quedamos aquí —les propuso Arancha.

—Eso es cosa de mujeres —interviene Lorenzo.

—Pues, entonces, a qué viene la ironía de que nos vamos a distraer —aparenta enfadarse Martita.

—Reconozco que es un trabajo engorroso, pero a las mujeres os encanta ese tipo de faenas.

—Déjales..., y no pierdas el tiempo —le comenta Arancha, tomándola por un brazo.

Se fueron en el «Mercedes» a los pocos días.

Los hombres quedaron solos, atendidos por el servicio de la casa de Ciriaco.

La vista era bellísima y morrocotuda desde la terraza de la nueva mansión. A sus pies, La Concha delineaba su dibujo perfecto. En tierra y mar todo era rico, pulcro y reverendo.

—Me gustaría una casa así y una ciudad como ésta para vivir todo el año —le confesó Martita, abismándose en su paisaje.

—A mí me gusta casi más en invierno; en verano hay demasiada gente —le dijo Arancha—. En invierno, con los muelles casi solitarios, cuando se enfurruña el mar, el espectáculo es imponente. Si no fuera porque suele llover bastante...

—Eso no importa; así saboreas con más fruición los días buenos.

—Sí, tal vez.

—A San Sebastián la llaman la Bella Easo, y le va bien ese nombre, que viene de los romanos, porque tiene mucho de femenina... Esta vista de La Concha, con sus playas y sus palacios, da la impresión de una hermosa y suntuosa mujer recostada en sus alturas. Siempre le pido a Dios que me lleve a mí primero, pero si no fuese así y quedase viuda, me vendría a vivir aquí para siempre. Aquí están los míos y mi familia y ésta es mi tierra, a la que me gustaría volver molestando lo menos posible a todos.

Se puso pálida la mujer y quedó triste.

—No hables de morir —le cariñosea Martita, pasándole un brazo por los hombros y atrayéndola y besándola—. Aún somos jóvenes.

—Tú, sí.

—Y tú, mujer.

—Yo he sufrido mucho y estoy gastada. El sufrimiento es lo que más aniquila, lo que más destroza.

—¡Eh...! ¡Pelillos a la mar!

Se vuelve:

—La alfombra que compremos para esta alcoba, que sea de un color suave y de un solo tono..., un verde pálido, por ejemplo —le indica Martita.

—Sí, un verde pálido le irá muy bien.

Aquel día, a la hora de comer los dos hombres en Ayala, 50, sonó el teléfono descompasadamente.

Lo tomó Ciriaco.

—¿Eh? ¿Con quién quiere hablar?

—Con don Ciriaco..., con mi hermano Ciriaco.

—Soy yo, al aparato.

—Soy Purita.

—¿Desde dónde me hablas?

—Desde Madrid..., estoy en Madrid. Escucha... Antonio...,
mi hijo Antonio, está en la cárcel; le han metido en la cárcel.

Se le vio ponerse pálido como un papel al hombre.

—Me parece que no te he entendido bien... ¡Purita! ¡Purita!
—le gritó.

Pero no le llegaba ya ninguna voz desde el otro extremo del hilo.

— ¡Purita! ¡Purita! —volvió a rugir.

Se puso verde, de un verde cenizoso, el hombre.

—¿Qué ocurre? —le preguntó Lorenzo, acercándose.

—No me parece que he entendido bien; me hablaba Purita,
que está en Madrid, y he creído entenderla que a su hijo Antonio
le habían metido en la cárcel.

—Qué habrá hecho ese granuja —se quejó.

Volvió a repiquetear el teléfono.

Le hizo un gesto a Lorenzo para que contestase él.

Tomó el auricular.

—¿Quién es?

—Soy Rosarito, Lorenzo... Rosarito... Venid en seguida... Dile
a Ciriaco que la cosa es muy grave y que venga en seguida. Acom-
páñale y no le dejes solo —le suplicó.

Tenían el coche a la puerta de casa y se fueron los dos en seguida, sin comer.

—¿Qué canallada habrá hecho para meterle en la cárcel?

—No será para tanto..., las mujeres se asustan fácilmente.

—Algo grave ha de ser para venir su madre..., así..., sin más
ni más.

Se callaron.

En la casa, sólo abrirles la puerta, Purita se arrojó en brazos
de su hermano, sollozante, desolada.

—Está en la..., en la cárcel..., en la cár...cel..., y sólo tú...,
sólo tú le puedes sacar... Por lo que más... más quieras..., Ciriaco
queri..., querido.

—Calma, mujer, calma, que con llorar nada se arregla.

—Pero es que si..., si no paras en seguida el golpe, luego será,
será tarde...

—¿Por qué le han enchiquerado?

Rosarito, más serena, se lo llevó y le explicó todo.

—Por prácticas anticoncepcionistas... Se dedicaba con su amiga, con la que vive y es comadrona, a provocar abortos..., ni más
ni menos.

— ¡Qué horror!

—Les detuvieron ayer a la tarde, a él y a su amiga; yo me enteré
por dos letras que me envió por una criada, en las que me decía que
avisase a su madre en seguida. Hablé con ella por conferencia y se
metió en el primer tren que pudo, y después de estar en la cárcel,
donde no le han consentido verle, se ha venido a casa y ha hablado

para ver lo que tú puedes hacer... Su marido dice que vendrá también en cuanto pueda...

Se oía el sollozo gemebundo de la madre.

—Calla, por favor, calla —aulló el hermano—, que con estos lamentos no nos podemos entender.

Seguía la mujer sollozando.

—Lleváosla de aquí..., lleváosla de aquí —rugió el hermano.

Se la llevó Lorenzo, acompañado por una de las chicas de Rosarito. La acostaron y quedó con ella la sobrina, acompañándola.

Lorenzo volvió a la sala cerca de Ciriaco.

—¿Pero Antonio está en la cárcel? —se resistía.

—Sí, y su querida —le respondió Rosario—; y han precintado la casa donde él y ella se entregaban a esas prácticas.

No lo podía creer, no lo quería creer.

—¡Puah...! ¡¡Qué asco de familia!! —ladró el hombre.

—Pero has de tomar medidas rápidas —le suplicó Rosarito.

—Ahora todo son prisas.

Se abrió la puerta y penetró como un berbiquí el sollozo querulante de la madre.

Le temblaba la barbilla al hombre, como idiotizado.

—Esto sólo don Diego podría pararlo... —le insinuó Lorenzo, tratando de sacarle de su marasmo.

—Dejadme respirar, que me ahogo..., dejadme respirar —suplicó.

—Abre ahí —le pidió su hermana a la hija.

Estaba verde. La frente le brillaba como de plata oscura.

Se llevó la mano derecha al corazón y se puso en pie haciendo un gran esfuerzo.

Tomó el auricular del teléfono y marcó un número.

Todos detuvieron sus movimientos y suspendieron el aliento.

—Don Diego..., ¿está don Diego? —suplicó con voz temblona.

—¿De parte de quién? —se oyó.

—De su abogado don Ciriaco.

Se miraron las mujeres y miraron a Lorenzo.

—Dígale que..., que es urgente.

Se volvió, como diciendo a los presentes: «Ya veis el interés que pongo.»

Respiraba con una enorme fatiga.

Los instantes fueron agoniosos.

—Hola, don Ciriaco..., le advierto que estaba comiendo y me pongo por tratarse de usted.

—Y no sabe lo que..., se lo agradezco..., no sabe, no sabe.

—¿De qué se trata?

—Es necesario que le vea en seguida, en seguida...

Jadeaba como una bestia apaleada.

—¿Qué hueso se le ha roto?

—Es un asunto priva... privado.

—Pues venga a tomar café, que le espero.

—Sí..., ahora..., ahora mismo voy...

Abandonó el auricular y se sentó, porque no podía con su alma.

Su hermana le había traído con una copa de agua unas gotas de un cordial.

Las bebió.

Se dio a llorar con una mansísima fluidez.

Esto le descongestionó algo.

—En la cárcel, y por... una cosa tan sucia..., tan sucia. ¡Qué deshonra..., qué deshonra... para todos, para todos!

Se oían los aullidos de la madre, agoniándolo todo.

—Si hemos de ver a don Diego..., cuanto antes, mejor —le animó Lorenzo.

—Sí, idos cuanto antes, cuanto antes —les empujó Rosarito.

Se irguió con dificultad y salieron.

—Os tendremos al tanto —le advirtió Lorenzo a Rosario—. Atended, atended ahora a Purita y tranquilizadla.

Tomaron el coche y se presentaron en casa de don Diego. El señor Gobantes, al verle llegar tan desarbolado..., tan deshecho, pareció apenarse.

—Bueno, amigo, ¿qué le pasa? —le preguntó, mirando a Lorenzo.

La congoja no le consentía arrancar.

—Que le han metido en la cárcel a un sobrino médico por prácticas anticonceptivas, un aborto... —le aclaró Lorenzo.

Hizo una mueca como de asco.

—Eso es muy grave, menudo lío.

—¿Y está en la cárcel?

—Sí.

—¿No le han procesado aún?

—Eso es lo que no sabemos; le metieron ayer en la cárcel —completó Lorenzo.

—¡Ah...! Bueno.

Su nuevo gesto venía cargado de posibilidades.

Don Ciriaco, cabizcaído, taciturno, resollaba con fatiga.

Don Diego dio orden de llamar a una alta autoridad.

—El señor ha ido a su casa a comer —le comunicaron.

—Estamos salvados... Alegre esa cara, hombre —le animó a don Ciriaco.

Llamaron a la casa.

Se puso don Diego y habló con él.

—Sepa que le recibo a usted a la hora que sea..., encantado... Le espero ahora mismo.

Se volvió soberbio, altanerote.

—Que conste que esto no lo hago más que por usted.

—No sabe lo que se lo agradezco, don Diego, no sabe, no sabe...

Le tomó la mano e intentó besársela.

El gran tiburón la retiró.

Lorenzo fingió mirar a la calle, asqueado, iracundo.

—Bueno, que no hay que perder el tiempo...; les avisaré a ustedes lo que haya.

Al salir le sopló a Lorenzo:

—Que no lo tome tan a pecho, que no llegará la sangre al río... Y otra vez, que se espabile el pollo ése.

Don Ciriaco, ovillado en una butaca como una pelota, lloraba mansamente.

—Estamos deshonrados toda la familia..., toda, toda, toda.

A Lorenzo le dio pena y le susurró:

—Esto lo arregla con ese señor don Diego en un periquete..., y aquí no ha pasado nada..., nada...

—Dios..., Dios te oiga.

Al día siguiente, a primera hora de la mañana, estaba Antonio, el médico, en casa de tía Rosarito.

La entrada fue emocionante.

Su padre llegó de Valladolid poco después.

La madre se abalanzó al retoño, rugidora, enloquecida.

—Que me ahogas, mamá —se defendió el hijo.

Se lo comía a besos con abrazos apretados, con penetrantes caricias.

—¡Hijo! ¡Hijo mío, hijo! Mi Antonio del alma...

En su frenesí le arrancó el botón alto de la camisa y le desarboló la corbata.

—Mamá, sosiégate, por Dios..., que ya me tienes contigo aquí..., en tus brazos.

El mismo granuja se excitó con tan apremiante y zalamerón acoso.

La madre le dejó, a su aire, que se explicase.

En Ayala, 50, Lorenzo, al observar tan quebrantado a Ciriaco por el disgusto, se quedó junto a él, preocupado.

No comió, y en la cena no tomó más que un vaso de leche mezclado con una copa de coñac..., por más que Lorenzo le achuchó para que se alimentase.

En la madrugada le ganó una desgana y hubieron de avisar precipitadamente a un médico.

Le aplicó una inyección de aceite alcanforado, que le reanimó, y consiguió dormir hasta media mañana.

Lorenzo, al verle descaecer y solo con él, pasó un rato horrible.

Ya repuesto, tuvo una conferencia telefónica con Martita y Arancha, y como le preguntase Martita:

—¿Te parece que vayamos?

—El nubarrón ha pasado ya; tu tío está repuesto y más tranquilo —le contestó.

Arancha fue quien le habló la última.

—Ahora mismo cogemos el coche y a la tarde estaremos ahí; díselo a mi marido.

A Ciriaco le reconfortó saber que su mujer acudía en seguida junto a él... Pero lo que le consoló, por lo menos pasajeramente, fue saber que su sobrino estaba libre y que habían dado carpetazo al proceso..., según le comunicó a Lorenzo don Diego.

—Dígale usted a su tío que por esta vez hemos llegado a tiempo y que está servido...

Aquel «está servido» le produjo a Lorenzo verdadera repugnancia. «Este tipo zafio le pasa la cuenta, porque esto es pasarle la cuenta», pensó.

No le dijo nada de esto a su tío, pero poco antes de llegar las mujeres volvió a caer en una desgana y atonía inmensas.

Volvió a lloriquear y a lamentarse.

—¡Qué deshonra para toda la familia...! ¡Qué deshonra! ¡Dios mío, qué deshonra! Porque esta mancha que ha caído sobre todos no se lava con nada, con nada...

—Pasado el achuchón, dentro de unas semanas ni usted mismo se acordará de tal porquería.

—Esta mancha sobre la familia..., tan sucia..., tan hedionda..., no se lavará con nada, con nada.

Lloriqueaba como un pobre descrépito.

—Pero cómo ha caído tan bajo este sobrino mío, cómo, cómo...

—Los jóvenes de ahora se han puesto el mundo por montera.

—Lo veo..., lo veo...

Pero cuando llegó, a la caída de la tarde, el coche con su mujer y Martita, se alegró mucho de verlas allí.

Abrazó a Arancha con voluntad de salvavidas.

Le dio una fluencia de lágrimas.

—Pero tontón, deshonra y mucha será para él, que por lo visto es un malvado, pero para ti y para nosotros... ¿por qué? ¿Qué tenemos nosotros que ver con la conducta de los demás?

—Pero es mi sobrino, hijo de mi hermana, y me toca de cerca, muy de cerca.

—¡Qué asco de parientes! —soltó Martita—. A mí siempre me ha repugnado Antonio, es un tipo hediondo de rufián madrileño, con ese tufo que se echa sobre la frente, que a cien kilómetros da la impresión de lo que pretende ser... Y mucha culpa tiene su madre de todo esto.

—Bueno, dejarlo.

Lorenzo hizo un gesto a su mujer para que parase el carro, pero le pasó inadvertido.

—Yo le doy la razón al tío, porque esa mancha que ha caído sobre toda la familia es de las que no se limpian nunca, nunca.

—Veis cómo la sobrina está conmigo..., ya veis..., ya veis.

Se hizo un silencio largo y maloliente.

Más tarde improvisaron allí una cena y en seguida se fueron a su casa Lorenzo y Martita.

Al día siguiente Ciriaco había dormido profundamente y el consuelo de tener cerca a Arancha, de la que estaba tan tiernamente enamorado, le levantó el ánimo.

—Un médico que usa de su ciencia para esto... ¡Dios mío, qué asco, qué asco! —seguía lamentándose—. Es lo último...

—Déjalo o te volverás loco.

—Y que sea hijo de una hermana... Eso, eso es lo que me asquea y me horripila..., y me espanta... Sí, sí, me espanta..., me espanta.

En esto sonó el teléfono.

Se puso Arancha.

—Es tu hermana Purita —y le pasó el auricular, después de saludarla.

—¿Qué hay? ¿Qué tal te encuentras?

—Bien... Quisiera verte y hablar con todos...

—Bueno, sí, sí; iremos esta tarde y se lo diré a Martita, ¿eh? Y que esté tu hijo ahí, que tengo que decirle unas cuantas cosas a ese granuja que... nos ha deshonrado a todos..., a ti, por madre, la primera...

—Por Dios... ¿Pero qué dices? Son cosas de... de la vida. Hablarás con él esta tarde y verás, verás... Y es que tú, querido Ciriaco, vives un poco a la antigua y estás en la luna.

—¿Pero vas a terminar dándole la razón a ese chulo asqueroso? Porque tu hijo no ha sido nunca más que un chulo de la peor especie... ¡Sí, un chulo!

Quiso seguir hablando, pero al otro extremo del hilo su hermana, sin duda, se había retirado.

—Purita... Pura... Purita...

Nadie contestaba, cortada la comunicación.

—Por Dios, Ciriaco, pero cómo quieres que te conteste después de las lindezas que le has soltado del hijo... Déjalo, que no es para el teléfono esa conversación..., que esta tarde tendrás ocasión de decirle al sobrino, no a su madre, las palabras que creas convenientes.

Se retiró de la habitación Arancha y cuando volvió encontró a su marido sollozando.

Le llegó al corazón toda su pena.

—¿Pero por qué eres así, Ciriaco de mi vida? ¿No ves que te vas a destrozar?

—No puedo..., no puedo echarlo de mi carebro, porque es una deshonra para toda la familia, sí, para toda, para toda...

—Tú verás...

Y se retiró la mujer.

Más tarde se fue serenando; por lo menos lo aparentó.

—¿Cómo te encuentras?

—Mejor... Perdóname, Arancha mía, que te haga sufrir así.

—Anda, anda..., estás perdonado... —y le sonrió.

—Pero es que la limpieza de una familia y de una casta se ve en la conducta moral... Y este tipo de hechos delictivos es lo que más puede empañar un apellido, porque eso es un crimen sucio, cobarde, un crimen hediondo.

—Sí, te comprendo y me explico todo, pero sé más egoísta y despreciador; para este tipo de bajezas hay que ser más egoísta, que ningún padre, y menos un tío, va a ser responsable de las fechorías de un señorito arrufianado.

—Responsable, no; pero empañan, empañan, estas canalladas empañan y eso es lo que yo deploro.

—Bueno, pero dalo ya todo por terminado, por lo menos hasta esta tarde, que te encararás con esa piltrafa de sobrino.

A la hora de la comida estaba más animado. Se había pasado la mañana en su trabajo, pero no pudo evitar le saltease el pensamiento de Antonio...

Arancha se puso al habla con Martita y quedó en pasar por Ayala cuando fuese su marido a la tarea, para de allí ir las dos con Ciriaco a casa de Rosarito, donde les esperaban los padres de Antonio con él.

—Esta entrevista yo no me la pierdo —regocijó Martita.

Arancha no conocía a su sobrino.

—Verás, es un tipo que a mí, que soy su prima, me repugna, mezcla de rufián madrileño y de ye-yé. Un tufo le cae sobre la frente dándole un aire repulsivo... Y sus maneras, y sus ademanes, y su lenguaje, y sus actitudes..., nada limpias y elegantes.

—¡Vaya un fresco repulsivo!

—Eso es.

A los postres llegaron Martita y Lorenzo.

—Sentaos y tomar café —les ofreció Arancha.

Se pusieron a hablar los hombres de su lado.

—Yo le aconsejo a éste que to tome con calma, que no vale la pena llevarse ningún disgusto por un granuja así —le dijo Arancha a Martita.

—Que con su pan se lo coman... Después de todo, ni que fuera hijo tuyo; son sus padres quienes deben arreglarse con él y cargar con las consecuencias... —añadió Martita.

—¿Dejará de ser mi sobrino y llevar mi apellido, aunque sea en segundo término? —se lamentó el tío.

Hacia las cinco se presentó, con Ciriaco y su mujer, la sobrina en casa de tía Rosario. Poco más tarde llegó Lorenzo.

Purita, la madre, estaba más entonada. Su marido es quien fingía un enfado que estaba muy lejos de sentir.

—¡Pero has visto estos chicos! —le soltó, sólo entrar, a Ciriaco.

—Estos chicos no son más que lo que sus padres habéis consentido que sean.

—Nos lo echan como si nosotros tuviéramos la culpa —se disculpó Purita.

—Hijo mío no es..., ni por mi cuenta ha corrido su educación.

—Yo le he enseñado los mismos principios morales que a mí me enseñaron mis padres.

—Vamos a dejarlo, que este chulo de mierda ha sido tu debilidad toda la vida y le has reído y fomentado siempre, en vez de corregírselas, todas sus canalladitas.

—Mi hijo jamás ha hecho ninguna canallada.

—No sé lo que es esto.

—Bueno..., hasta ahora.

Víctor, el padre, compungió la expresión y escondió la cara entre las manos.

—Bien..., ¿dónde está él?

—Está reposando.

—Dile que venga inmediatamente.

Su madre se alzó y fue por él.

Se hizo un silencio sucio.

El padre asomó la cara:

—Nos ha deshonrado a todos.

—Os habrá deshonrado a vosotros, que yo y mi marido no tenemos que ver con esto —aulló Martita.

—No vayamos ahora a discutir quiénes son o no los emporcados —rectificó Lorenzo.

Ciriaco desmaceló su cabeza contra el pecho.

—A todos, a todos —gimió—, nos ha deshonrado a todos.

Lorenzo hizo un gesto, como diciendo: «Bueno, si tú lo quieres así...»

En esto surgió la madre.

—Ahora viene..., pero no le digáis nada, porque el pobre está muy apenado...

Se contemplaron todos estupefactos.

—No, si va a resultar que nosotros tenemos la culpa —se lamentó Martita.

—¡Pero qué carajo de madre eres tú! —rugió Ciriaco, poniéndose en pie.

Fue cuando surgió Antonio, sonriente, en el marco de la puerta.

Ciriaco se fue sobre él con los puños cerrados, como una tromba.

El sobrino le esquivó.

—¡Canalla! ¡Rufián! ¡Bandido! Que nos has deshonrado a todos, a todos...

Lorenzo se metió entre los dos.

—No te vayas a perder tú ahora por este desgraciado —y retiró con suavidad a Ciriaco.

—Déjame..., que lo mato..., ¡y encima se sonríe el muy canalla!

Forcejeó con Lorenzo.

—Por esta tontería no voy a llorar —se defendió Antonio.

—Pero habéis oído lo que proclama... este sapo... —les dijo Ciriaco a los demás, volviéndose.

—Estás insultando a mi hijo..., y habrá podido tener un mal momento, pero mi hijo ni es un canalla ni un sapo...

—Mamá, discúlpale al tío, que está nervioso.

Fue cuando Ciriaco se abalanzó sobre él y le derribó por tierra y le golpeó y le pateó.

Víctor, el padre, se colgó de Ciriaco y le gritó:

—¡Hombre! A esto no hay derecho... ¡Ya podrás con él!

—Con él y contigo, raza de rufianes...

—Es mi hijo..., nuestro hijo —rugió la mujer—. ¡Y si le vuelves a tocar...!

Y se alzó con el brazo en alto contra su hermano.

—¡Es una rata de alcantarilla..., una rata, una rata!

Los separaron y Antonio se acogió a su madre.

—Hubiéramos visto lo que tú, en mi caso, habrías hecho.

—Ser decente..., lo primero ser decente.

—Tú no sabes lo que es la Medicina, y que te vengan todos los días, unas y otras, solteras y casadas, con esta papeleta...

—Si eres un hombre y no un sapo, tu obligación es mandarlas a paseo.

—Pero otros las intervendrán; que lo que sobran, hoy día, son médicos dispuestos a esto... y a otras cosas.

—Mejor para ti, pues que se lo hagan los otros.

—Pero uno en su profesión ha de empezar a abrirse camino.

—Y para ti, por lo visto, es ésta la manera de abrírtelo.

—No sé por qué voy a hacerle ascos si los demás no se lo hacen.

Arancha alzó la vista y le miró. Una repugnancia moral y física le trepó por la garganta hasta la boca. Con la onda caída y sucia, los pómulos hinchados... y su moral de burdel... le dio una náusea y deseo de vómito.

«Y que sea sobrino mío este detritus, qué asco, Dios mío», pensó.

—Además, esto es cada día más corriente; cada día son más las mujeres, sobre todo ricas, que necesitan de estos servicios...; solteras, a patadas..., y casadas y viudas..., mujeres de políticos importantísimos y de altos jefes y de hombres de negocios...; andan por ahí sueltas y luego, claro..., vienen los apuros..., y se acercan a mí o a otro, ofreciéndonos toda clase de seguridades para que las abortemos.

—¡Calla...! —le gritó Lorenzo, asqueado, poniéndose en pie.

—¿Quién eres tú para mandarle nada a mi hijo? —le aulló Pura, alzándose frente a él.

—¡Callad, callad todos! —pidió el padre, extendiendo las manos en actitud pacificadora.

Se hizo un silencio asqueroso, hediondo.

—¿Pero cómo te atreves a justificarte? Lo que me llena de horror es que, en vez de guardar silencio humildemente, suplicando el perdón, haciéndote disculpar..., tengas la cara dura y la desvergüenza y el cinismo de defenderte y justificarte, como si hubieras hecho, en vez de una felonía y un crimen, una hazaña... Sí, un hecho glorioso... ¿Pero qué especie de cría de gángster eres tú? ¿Qué especie? ¿Qué especie?

Se fue sobre él y se interpuso la madre, arañante, vociferando.

—¿Pero qué clase de madre eres tú, que le consientes decir estas cosas?

—Si tanto te pica lo que ha hecho, podías haberle pasado un sueldo, tú que tienes tantos millones, y así lo hubieras evitado... Que, después de todo, el chico tiene que vivir y salir adelante.

—No uno faltaba más que oír esto. ¡Guarra, más que guarra!

Las demás mujeres la miraron con un sucio estupor.

Víctor se puso en pie y les gritó:

—Bueno, esto se ha acabado.

—Sí, vamos, mamá —le dijo el hijo, cogiéndola de un brazo.

Y salieron.

—¡Qué horror! Qué cosas hemos tenido que oír —reconoció Arancha.

—Hubiera sido mejor que hubieses venido tú solo, tío, y te hubieras despachado con él, evitándonos a las mujeres esta repugnante escena, en la que reconozco que yo también tengo mucha culpa por mi curiosidad.

Rosarito lloraba avergonzada, sin haber dicho hasta entonces ni una palabra.

—No sabéis lo que me alegro que mi marido se haya ido a su trabajo... No lo sabéis bien.

Se levantó la mujer y abrió la ventana.

—A ver si ahora se respira mejor... —y se sonrió tenuemente.

Ciriaco desmaceló su cabeza contra el pecho y se abandonó a un sopor de lágrimas.

—Lo más horrendo es lo que hemos tenido que oír a su madre. El, despúes de todo, es un granujilla... ,pero ella, Dios mío, ella...

—Los hijos hacen a veces perder la cabeza a sus madres; no se lo toméis en cuenta —la disculpó Arancha.

—Y él, Antonio, qué tipejo repugnante es... A mí me da un asco nauseabundo ser su prima —se lamentó Martita.

—¿Pero no «se entendía» con una tintorera? —aventura Arancha.

—Eso fue antes de terminar la carrera —precisa su tía Rosario—. Ya terminada, se lio con esta comadrona, que creo es de armas tomar, y es con la que ejercía este..., este menester.

En esto surgió, asustado, Víctor.

—A Pura le ha dado un ataque de nervios... ¡Por favor!

Fue Rosario con Martita y Arancha.

—Tú vete ahora allí con los hombres —le despidió Martita a su primo.

Antonio se volvió a la sala..., con su tío Ciriaco y con Lorenzo. Se metió a pasear por la estancia.

—Siéntate..., y no nos molestes con tus vueltas.

—No tengo ganas.

—No me hagas repetírtelo.

—No me da la gana..., ¿qué pasa?

Lorenzo se fue a él:

—Obedece a tu tío.

Sentándose:

—Además, nada te tengo que agradecer, porque si me han sacado de la cárcel y se ha hechado tierra al asunto es porque la jovencita que hemos hecho abortar, que por cierto es una chavala «jamón», es hija de un hombre muy alto y muy influyente, y cuando llegó tu recomendación ya se me había dicho que podía irme a mi casa cuando quisiese... De modo que nada te tengo que agradecer... Nada, nada.

Lorenzo le contempló con un asco profundo.

—Mejor. Si nada me tienes que agradecer, mejor, mejor.

Se hizo un silencio pútrido, de náusea.

En esto surgieron las mujeres.

Pura se fue a su hermano y le abrazó, besándole.

—Perdóname —le suplicó.

—No te tengo que perdonar nada.

—Sí..., todo lo que te he dicho... Hazte cargo de mi situación y de mi angustia de madre...

—Te disculpo, mujer, y lo comprendo todo; pero a ver si cambias en adelante con respecto a él, porque si no...

Se hizo un silencio agonioso.

Miráronse los hombres y las mujeres, como delatándose.

«Tú eres la culpable, tú, tú, tú... y tú el culpable..., tú, tú, tú», parecían acusarse unos a otros.

Arancha sintió una desazón tremenda en todo el cuerpo. Una desazón que le llamareaba el alma.

No pudo más.

—Quien esté libre de pecado, que tire la primera piedra.

Su marido la sonrió con una gran dulzura.

—El mundo no lo arreglarán los militares, ni los políticos, ni los economistas con su ciencia y su técnica... El mundo será salvado, si se salva, por los seres morales que vivan y ejerzan el amor en forma de caridad y de piedad... Sólo, sólo por éstos —opinó Lorenzo.

Un viento misterioso pasó por sobre todas las cabezas.

Al anochecer, más tranquilos, se volvieron cada matrimonio a su casa.

Víctor y Pura salieron al día siguiente para Valladolid llevándose al hijo para alejarle del epicentro de la catástrofe.

Ciriaco quedó asustado y anonadado. Un sonrojo de que lo supiese la gente y se hubiera dilatado su conocimiento le podía.

—Es él quien más avergonzado debía estar..., y habla de ello como si fuese un timbre de gloria..., de modo que, después de su actitud, qué te puede tocar a ti... —le decía Arancha.

—Es que estos jóvenes de ahora no tienen pundonor.

—¡No tienen tantas cosas!

—Pero has oído al canalla de él..., que me ha hechado en cara que nada tiene que agradecerme..., porque si le han sacado de la cárcel y han echado tierra al asunto es porque la averiada es hija de un alto personaje..., y había llegado su padre, por la cuenta que le tenía, antes que yo.

—¡Qué asco!

Se fue del cuarto la mujer y le dejó solo, porque le asqueaba el tema del sobrino, pero se sentía preocupada al observar el decaimiento de su marido...

Ciriaco vivió una temporada con esta obsesión.

Que fuese el padre de la siniestrada quien con su influencia poderosa hubiese torcido el curso de la justicia, le desazonaba. Que el sobrino no tuviese que sentir agradecimiento por él, le exasperaba. Y que, en cambio, tenga que deberle el gran favor a don Diego..., esto es lo que le parece intolerable.

Vivió unas semanas irritado con el tal percance. Pero sus desganas y fatigas iban en aumento. Arancha pudo notar que descaecía por instantes.

—El contratiempo del sobrino le ha acabado de aplanar —le confesó una tarde a Lorenzo.

—Sí, está muy cansado tu marido, está muy cansado... Como primera medida yo le sacaría de Madrid y que olvide su trabajo de bufete y sus negocios... ¿No decía que le agradaría pasar una temporada en el campo? Pues llévale a la finca de Minglanilla a que repose y olvide que existe Madrid, con esta vida de navajeo constante.

—Será lo mejor... Sí. Pero como primera medida quisiera le observase el especialista del corazón.

—Me parece muy bien —le aceptó Lorenzo.

Le visitaron a los pocos días.

Le hizo un electrocardiograma y le encontró muy acabado.

—Hay que comer menos, don Ciriaco, y desentenderse de todo lo que sean preocupaciones..., porque o se para usted o se le para el corazón..., y eso sería fatal.

—Sí, claro.

Se retiraron.

—Ya has oído lo que te ha advertido el doctor... Con que tú verás.

—Estos siempre exageran un poco.

—Tú serás el que pierdes, si no le haces caso.

Salió triste de la consulta.

— ¡Qué corta es la vida! La vida con juventud, con vigor, con fuerza..., qué corta, qué corta... Porque la vejez, que es lo que yo empiezo a sentir, ésa...

—Si te cuidas y abandonas las chinchorrerías de los negocios, aún puedes vivir muchos años, feliz y contento.

—Feliz y contento lo estoy siempre junto a ti, con buena o mala salud.

Miró a la mujer con una enorme ternura.

—El sentimiento por las cosas es en mí cada vez más fuerte y me cala cada vez más hondo... Este es un síntoma de la vejez. El más mínimo contratiempo me pone al borde de la lágrima.

—Trata de hacerte fuerte.

—No puedo..., y ésa es mi quiebra.

—Sobreponte y haz por poder.

—Estoy muy cansado y si no fuera por ti, créeme, no me importaría dejarlo todo y... y morirme. La muerte, a cierta edad y después de haber bregado lo que yo he bregado, tiene que ser un descanso.

—No, no, morir nunca, nunca —aulló la mujer.

—¿Por qué no? Me encuentro desfasado, como dicen ahora; las cosas no llaman ya a mi sensibilidad y a mis gustos, y a la lucha con mis semejantes no le encuentro ya ni interés ni explicación... ¿Para qué todo esto?

—Para mantenerte en pie y para vivir, que es tu obligación.

—¿Sabe cada uno cuál es su obligación?

—Sí, mantenernos firmes y con dignidad hasta que el Señor nos llame.

—Si no fuera por ti y por el disgusto y sinsabores que sé te iba a producir mi partida, nada me impediría irme mañana mismo. La vida es una broma pesada, créeme.

—¿Y a mí me vas a decir lo que es la vida? Pero hay que ponerle buena cara..., y seguir... Después de todo, ni tú ni yo podemos en estos momentos quejarnos.

—A mí, con tal de tenerte a ti, nada me importa lo demás.

—Desde que te conocí y te traté íntimamente sabes que siempre me has tenido.

Se abrazan con renovada ilusión.

—Quiero pasar una temporada en la finca, en tu pueblo... Allí, en el campo, lejos de este barullo, viendo correr hacia la mar las aguas del río.

—¿Te acuerdas cuando en Oporto te mostré la desembocadura del Duero y te dije orgulloso: éste es el río que pasa por mi pueblo?

—¿Cómo no me voy a acordar? Vamos ahora allí a recordar y a disfrutar unas semanas antes de ir a San Sebastián.

—Tus deseos son órdenes.

—Así me gusta.

Martita se acercó a media tarde a recoger a Arancha y encontró a tío Ciriaco más animado.

—Esta mujer que tengo me rejuvenece... ¿Sin ella, qué sería de mí?

—¡Ay, qué hombre éste! Y sin ti, ¿qué hubiera sido de mí...? No quiero ni pensarlo —y se le aguaron los ojos.

—¿Qué traes ahí, tontona? —la acercó Martita, besándola con un enorme cariño.

—Nos vamos a la finca a distraernos unas semanas, dentro de dos o tres días, antes de ir a «San Sebas»... Estáis invitados tú y tu marido... Esta vez las vacaciones se adelantan para todos, para Lorenzo también.

—Mi marido las prefiere en agosto para ir a San Sebastián y bañarse.

—¿No es Ciriaco el «amo»? Pues que se las dé en agosto y ahora... Para algo es el «baranda», como dicen los madrileños.

Salieron para Minglanilla, a los pocos días, el matrimonio y Martita. Lorenzo escapó de Madrid una semana después; no pudo hacerlo antes.

Su mujer le dejó instalado en un hotel, no lejos de su trabajo.

—No te quejes, tío Ciriaco, vas escoltado, como don Hilarión, por una morena y una rubia.

—Pero no somos hijas del pueblo de Madrid, que conste —se explicó Arancha.

La finca, de unas mil hectáreas, pues Ciriaco fue adquiriendo, desde que entró en posesión de ella, lo que pudo de las tierras colindantes, tenía riego en su mitad y explotaba la remolacha.

Era una finca hermosísima, bien tenida y arbolada.

—No sé cómo, teniendo una casa de campo como ésta, con un palacete tan cómodo y este ventanal corrido, no venís más por aquí —le dijo Martita a Arancha.

—Por mí vendría todas las primaveras y los otoños, sobre todo el otoño, que para mí es la estación ideal del campo..., pero el capitán es el que dispone, por algo le toca a él llevar el timón.

Ciriaco se inclinó, agradecido, sonriente.

—... pero yo espero que, en adelante, nos pongamos los dos de acuerdo para llevar el rumbo.

—Qué mujer más lista tienes —le dice la sobrina.

—No lo sabes tú bien —sonríe el tío.

A media tarde tomaron el té en la terraza.

El sol despedazaba sus cambiantes y visos en las fluyentes aguas. El verde de las orillas se fue tornando oscuro y acerbo. Contemplando la puesta solar se hizo en todos los labios un religioso silencio.

—Lo tremendo del sol cuando se oculta y las sombras se apoderan de las cosas es que parece, durante un momento, que todo va a terminar allí —asustó Martita.

Se empavonaron de miedo..., un miedo a que fuese verdad.

Al día siguiente llegó Lorenzo a la hora de la comida.

Venía risueño.

—Esto se va —les comunicó.

—¿Y qué es esto?

—El régimen, mujer; la forma de gobierno.

Las mujeres se alborotaron.

Ciriaco se sonreía.

—Comprenderás que bastante hemos pasado con la guerra civil para que corramos el riesgo de que se repita la broma... Que viva muchos años «don Francisco». ¿No dices tú que mientras él viva aquí no hay nada que hacer? Pues que viva muchísimos años.

—Qué conservadoras sois las mujeres..., sobre todo las casadas, y más las casadas acomodadas —y miró zumbón a la redonda.

—La familia cristiana, el hogar, es una cosa muy lograda y muy seria para que la pongamos a prueba cada dos por tres, me parece a mí —le grita Arancha—; por eso las mujeres serias acabamos siempre conservadoras..., a pesar de los pesares... ¿Verdad, Martita? —y se le aguaron a Arancha los ojos.

—Sí, sí, el hogar hay que defenderlo con los dientes —recalca Martita.

—Pero es que ningún joven socialista de los de ahora, que es lo que yo me considero, piensa hundir ni derrumbar los hogares españoles; yo y otros jóvenes o maduros españoles como yo, propugnamos un socialismo templado, que no asuste a nadie, como no asusta ni hace perder el sueño a ninguna dama británica el laborismo socialista inglés, instalado en el poder para bien de la Gran Bretaña. Tanto el socialismo alemán, como el sueco, como el danés, como el inglés, hace tiempo que cerraron con siete llaves el sepulcro de Carlos Marx para orientarse, sin esa afofante carga, a las zonas más templadas de acción política y social y de mayor audiencia en la opinión pública, y eso esperamos que suceda aquí, porque mayor ocasión que la que ha tenido el capitalismo español, la alta banca y la iglesia, después de casi un millón de muertos de la guerra civil, para hacer lo que Maura llamaba «la revolución desde arriba», mejor ocasión, repito, que ésta y mayor obligación de hacerla, no la tendrán ya jamás... ¿Y qué ha hecho? ¿Me quieres decir qué ha hecho? Tío Ciriaco, que es un gran financiero frustrado, por mor de la conciencia y de la sensibilidad, os lo puede decir.

—¿Que qué han hecho? Veinticinco años de paz, ¿te parece poco? —le grita su mujer.

—De paz, no; de orden público, te repito.

—Tú y los tuyos, el día en que mandéis, si llegáis a mandar, que quiera Dios no lleguéis, a la hora seréis lo mismo que éstos y os corromperéis y os dejaréis corromper si surge algún dictador, lo mismo que éstos... Por lo visto, en España eso de la corrupción no tiene arreglo —le grita Martita.

—Lo que yo os digo es que en España lo único que no se ha probado es un socialismo templado que haga dos cosas fundamentales, sin las cuales no podía seguir viviendo decorosamente España como país europeo, culto y civilizado: la nacionalización de la banca, la reforma agraria y el acceso del hijo dotado del obrero a la universidad. Por si no lo sabéis, os advierto que el fundador de la Falange propugnaba esto. Pero en vez de ir a estas reformas necesarias y salvadoras, se ha consentido que los vencedores hagan su sucia revolución; del campo nada se ha intentado y por la cultura se ha hecho muy poco. Puesto que ellos, los grandes industriales, los banqueros, los latifundistas y la iglesia, no son capaces de hacer justicia cirujana sobre su propio cuerpo. Que dejen el campo libre a quien sea capaz de hacerla, que es el pueblo paciente y padeciente. Antonio Machado pone en boca de Juan de Mairena estas palabras al referirse a la patria:

«En los trances más duros, los señoritos la invocan y la venden; el pueblo la compra con su sangre y no la mienta siquiera.»

Puesto que la ha comprado con su sangre en la última guerra civil, es natural que el pueblo español, dueño de la patria, haga la necesaria revolución, ya que la alta burguesía, inconsciente y ladrona, y la iglesia, vacilante y cobarde, no han sabido hacerla, perdiendo así todas las bazas.

—Déjanos en paz con tus revoluciones —le grita Arancha—, que vivimos muy bien sin ellas.

—Tú y unas cuantas como tú, sí.

Ciriaco se reía.

—El día que falte Franco..., yo no veo otra salida que la monarquía —le brinda su mujer.

—Si hemos de evitar el comunismo, no tenemos otra salida que un socialismo que meta en cintura al capitalismo bancario y ponga en su sitio a la iglesia española, enseñándola a ser cristiana, que Cristo jamás se puso del lado de los poderosos.

—Lo tremendo es que si vienen los tuyos, querido Lorenzo, serán lo mismo que éstos o peores.

—Pues nos hundiremos todos y sólo nuestra será la culpa... Lo cierto es que la distancia y desigualdad en la posesión de los medios de consumo va cada día a más...

Se volvió, mirando a las mujeres:

—Por lo visto, en esta cloaca del Mediterráneo robamos casi todos y esto nos viene de muy lejos, ya que, en el siglo doce, con los balbuceos del castellano, Berceo, que era un frailuco sencillo y bueno, de la Rioja, escribía en los *Loores de la Virgen* la poesía del labrador avaro, que

cambiaba los mojones por ganar heredat.

—En la vida española, cada quisque no se preocupa sino de cambiar sus mojones... en todos los órdenes, y así vamos como vamos —le cortó Ciriaco.

—Este marido mío no se da cuenta del estado en que yo estoy, pues soltaré esta hermosa carga, siempre ligera para una madre, a finales de verano... Y menuda plepa si nos metemos en jaleos políticos. Además, me parece muy bien que de joven tuvieras tus ideas todo lo socialistas que quieras, pero ahora, ya casado y con una familia por hacer... Un padre y marido debe ser menos audaz y atrevido en sus pronósticos y deseos..., me parece a mí —y se sonreía mirando a los demás.

Después de comer, que lo hicieron en la terraza sobre el río, pues el día era espléndido, los dos hombres se fueron al pueblo, que distaba unos cinco kilómetros de la finca.

Visitaron a don Celso, el médico, que estaba retirado, enfermo y muy viejo. Vivía con una hija soltera.

—Yo cualquier día abandono esto... —les comunicó— y para lo que hago aquí no me importa nada irme cuando me llegue el momento.

Una parálisis de cintura para abajo le ataba a una butaca, pero la cabeza le marchaba bien.

—Una nieta suele venir por aquí a leerme el *A B C* algunos días, porque la vista no me camina ya..., y yo me digo: «¿Pero todo esto que oigo, qué tiene que ver conmigo y qué me va a mí? Porque lo oigo como quien oye llover..., y como si se refiriese a seres de otro mundo... Anda, hija, vete a jugar con tus amiguitas y déjalo y no leas más, pues qué me importa a mí todo eso que me lees, si me da lo mismo, suceda lo que suceda y gane o pierda quien gane o pierda.

Y golpeaba con la virola del bastón en el suelo.

—Y es que para mí nada tiene sentido. ¿Se puede saber para qué tengo yo este bastón en las manos si no me puedo mover...? Ni lo intento..., ya ni lo intento... Será porque hace mejor vista un viejo con un bastón en la mano que sin él..., pues será.

—Hay que vivir..., es nuestra obligación —le animó Lorenzo.

—Cuando se tiene tu edad o la de Ciriaco, sí..., pero a la mía, cuando uno está arrinconado y no vale para nada, no vale la pena... Uno no hace más que estorbar, y menos mal que yo no dejo bienes, porque si los tuviese, estarían todos, hijos y nietos, con el gesto compungido, pero deseando por dentro me llegase ya la hora, que el mundo se está poniendo por momentos cínico, áspero y egoísta... Sí, sí... Desde mi rincón lo percibo yo.

—Pero qué cosas dice, padre —le reconviene la hija.

—Bien sabe Dios que no lo digo por ti, hija...; bien lo sabe Dios, porque tú eres un sueño de buena y cariñosa, hija..., un sueño —y le tomó con sus manos temblonas la suya y se la besaba cariñoso.

Luego le vieron llorar.

—Todo, todo me da lágrimas... Se nace con ellas y se va uno con ellas, y así voy yo preparando el camino.

Don Ciriaco le hizo una seña a Lorenzo y se retiraron, después de despedirse de don Celso y de la hija.

—Adiós.

—Adiós.

Fueron los dos hombres un rato en silencio.

Se sentaron más tarde en el bar California.

—Esto del pelo largo en los jóvenes y la falsificación de la fisonomía ha llegado ya al hondón de los pueblos de Castilla —le indicó Ciriaco a Lorenzo—; fíjate, fíjate, si no paras bien la atención no sabes si son hombres o mujeres.

Había una serie de parejas de niños ye-yés, gesticuladores y locuaces; con ellos unas cuantas niñas varonilazas, altas y planchadas de pechos, de voces roncas, bebiendo ginebra.

—He podido observar que el pueblo vive un poco en olor de ferrocarril.

En esto entraron, siguiendo sus grititos chirriantes, dos parejas modernas de la última ola.

—Son cuatro chicas —aseguró don Ciriaco.

—No, hombre, no; obsérvales bien las caderas, son mujercitas dos y dos jovencitos.

—Que no, hombre, que no..., son mujercitas las cuatro.

—Te apuesto la consumición.

—Va.

—¿Y cómo lo averiguamos?

—Preguntándoselo a ellos, no hay otra salida.

—¿Y quién le pone el cascabel al gato?

—Yo —aseguró Lorenzo.

Fue a ponerse en pie, pero le detuvo Ciriaco.

—¿Pero qué vas a hacer?

—Aclarar el asunto.

—Ten calma, que el camarero nos lo aclarará.

Ciriaco llamó al mozo e intentó pagar, pero le retiró el brazo con el billete Lorenzo:

—No, no..., que está en el aire la apuesta. Oiga, esas dos parejas que acaban de entrar son de chico y chica, ¿no?

Se volvió al camarero, avizorante.

—¿Usted los conoce? ¿Son del pueblo? —le hurgó Ciriaco.

—No sé qué decirle... Ahora, con esto del ferrocarril, hay tal confusión y tanta gente nueva... Ellos parecen ellas y ellas parecen ellos..., pero esperen, el dueño sabrá.

Raimundo, «Rai», que estaba al mostrador y a quien habían saludado Lorenzo y Ciriaco al entrar, les miró presintiendo preguntaban algo.

—¿Qué desean esos señores? —le inquirió al camarero, al acercarse.

—Saber si esas dos parejas que se acaban de sentar al fondo son de chicas y chicos o son todas hembras... o todos machos. El más joven de los dos señores asegura que son macho y hembra y el más viejo dice que son hembras las cuatro... ¿Usted les conoce?

—No.

—Entonces tampoco sabe usted lo que son.

—Me metes en una duda.

«Rai» permaneció un rato confuso, observándoles.

Más tarde miró a don Ciriaco y Lorenzo.

Les hizo un gesto vacilante, como diciéndoles: «La verdad es que no lo sé y que no me atrevo a opinar.»

—Indíqueles usted a esos señores que, para salir de dudas, lo mejor es preguntárselo a ellos.

—Se lo diré..., pero la verdad es que la preguntita se las trae.

El mozo se acercó a los preguntadores:

—Don Raimundo dice que no les conoce..., y que, por consiguiente, no se atreve a opinar.

—Hemos de averiguarlo sin preguntárselo a ellos..., pues no tiene mérito si se lo preguntamos a ellos.

—Pero ¿y la apuesta? —inquiere Lorenzo.

—Queda en el aire la moneda.

—He leído hace poco un ensayo de Toynbee, en el que asegura que entre las causas que aceleran la decadencia de Occidente está la nueva ola de precocidad sexual que nos acerca al estilo oriental y que se descompensa aún más, salvo en Norteamérica, por los matrimonios tardíos, debidos a las angustias económicas. En los países nórdicos, Suecia y Noruega sobre todo, se disculpa y a veces se estimula la promiscuidad sexual entre jóvenes de menos de veinte años, sin contrato matrimonial, se entiende... España, por fortuna, está todavía a salvo de esto.

Lorenzo volvió a contemplar a las dos parejas que garrían como loritos.

—Creo que Toynbee tiene razón cuando afirma que la precocidad sexual acelera la decadencia de Occidente y no es para echarlo en saco roto, pues es importantísimo para el porvenir de nuestra civilización.

—Pero bueno, antes debemos aclarar si existe o no decadencia en Occidente, porque yo creo que no existe —le asegura Ciriaco.

—En ciertos aspectos puede afirmarse que sí y en otros que no... No me negarás que en lo económico, en lo cultural e intelectual y en el campo de los descubrimientos científicos y en lo sanitario no puede hablarse de decadencia, sino todo lo contrario, estamos en pleno esplendor... Claro es que al hablar de la cultura de Occidente metemos la norteamericana y la rusa y japonesa, ya que más que de europeísmo se trata de atlantismo. Decadencia existe, pero es, sobre todo, en el orden moral, y en eso estarás conforme...; para determinados grupos sociales no hay duda que se ha producido una mejora o ascenso de los valores morales ciudadanos y una desmejora o caída de los valores familiares.

—Pero la agudeza de Toynbee está en hacer intervenir un fenómeno biológico, la precocidad sexual, como causa de la decadencia de Occidente, lo cual, dicho sea de paso, es bastante más sagaz y razonable que el sectarismo de tus camaradas los marxistas, quienes buscan las causas de los fenómenos sociales en los hechos económicos..., porque en lo biológico se integran y confluyen y desembocan, al mismo tiempo, las corrientes económicas, raciales, culturales y políticas. Ahora, por desgracia, la fórmula de Carlos Marx de hacer de las fuerzas económicas el trasfondo causal de los fenómenos religiosos, culturales y políticos, es utilizada, como tú sabes, no sólo por la dialéctica socialista, sino por muchos papanatas antimarxistas.

—Ahora, yo estoy con Toynbee en cuanto a que la biología importa más que la economía y veo dónde vas, querido Ciriaco. El hombre no es el «homo politicus», ni el «homo economicus», ni el homo sapiens»... El hombre no es nada de eso.

—Aunque es todo eso en un mundo uno y completo, porque las

realidades naturales, los hechos primarios de nuestra fisiología son los que imponen, en fin de cuentas, la dirección de los negocios humanos, tanto individuales como colectivos.

—Conforme... Ahora, con unos niveles raciales de capacidad mental ya prefijados y una fisiología somática de cierto tipo, sólo se pueden alcanzar ciertas metas en el conjunto de las innumerables posibilidades que tienen los pueblos. Una nación de hombres despiertos, heroicos, altivos, aunque trabaja y golpeada por los altibajos de la historia, será siempre una nación de héroes, autores y factores de grandes hazañas; ahora, un pueblo de enanos, sin mentes robustas, por muchos tractores y centrales eléctricas y trenes de laminación que les den, nunca dejará de ser un pueblo de enanos, sin valores espirituales.

—De acuerdo.

—La dirección del mundo no está ni puede estar en la economía, ni en la cultura ni en lo político, sino en el hombre, lo cual científicamente afirma la primacía de lo biológico, y ésta es la sagaz visión de Toynbee.

—Pero este carácter omnipotente de la biología no se refiere sólo al cuerpo y al espíritu, a la organización física y mental del ser humano, sino también a la línea evolutiva de maduración y envejecimiento. Así, la prolongación de la vida y el advenimiento más o menos rápido y precoz de la pubertad y adultez.

—Sí, no hay duda de que el período infantil se ha acortado un horror.

—... Imponen severas condiciones limitativas o expansivas a la vida del individuo y a las costumbres de la sociedad. Es cierto que, como dice Toynbee, existe una precocidad sexual en las nuevas generaciones, pero sin desdeñar el malsano picante de la relajación de costumbres; no hay duda que es la consecuencia de un cambio en el proceso de la evolución fisiológica... Los niños alcanzan antes su madurez sexual corpórea y has de reconocer que la sociedad actual no ha sabido ordenar ni neutralizar de un modo juiciosamente moral y cristiano esas modificaciones que han surgido en la evolución del ser humano. Son muchos los investigadores que han observado y estudiado un adelantamiento de la edad de la pubescencia, demostrando claramente cómo existe una tendencia en todas las razas hacia una aceleración de los procesos de crecimiento y madurez corporal. En el curso internacional de Endocrinología, celebrado hace poco en el hospital provincial, el profesor Romejora pronunció una conferencia, y lo que en ella me atrajo más la atención no fueron los casos presentados de pubertad precoz, a veces de aberrante y monstruosa fenomenología, sino la rotunda afirmación del conferenciante de «que nos encontramos inapelablemente frente al hecho real de una precocidad sexual de las nuevas generaciones» y «que parece que según se va prolongando la vida, va aumentando también el período de madurez vital». Si, por un lado, se aleja la senectud y por el comienzo de la vida se adelanta el momento de la madurez, es como si la vida plena de la madurez creciera hacia detrás y hacia delante.

—O sea —completó Ciriaco—, que viven más años de vida útil. Y lo tremendo y lo incomprensible es que frente a este fenómeno, los Estados ofrecen posibilidades matrimoniales cada vez más difíciles.

—Dímelo a mí —se sonrió Lorenzo—. Hoy formar una, familia y alcanzar la estabilidad y seguridad precisas para poderse casar y constituir un hogar, representa una hazaña dificultosísima. Y el resultado es esas parejas que vemos ahí al fondo, seres maduros fisiológicamente, mantenidos en una falsa infantilidad, y a los que la falta de armonía entre sexo, voluntad y cultura, los empuja por los caminos del gamberrismo, existencialismo y narcisismo.

—Calla, que el que parecía más hombrecito lleva pendientes —le sopla Ciriaco.

Se sonríe Lorenzo.

—No hay otra solución que facilitar e impulsar la madurez cultural, moral y profesional, a fin de que la autonomía del sexo se sienta gobernada o, por lo menos, refrenada por una equilibrada autonomía del espíritu.

—Sí, vamos, vamos —le pidió Ciriaco—, porque esto resulta alucinante.

Entraban parejas y más parejas de vuelta de su paseo carreteril. Muchas equívocas y anfibológicas, con vocecitas ásperas, desabridas, chillonas, y el camarero, que tenía una faz visigoda, recia, castellana, al sesgar la mesa de Ciriaco, les guiñó un ojo, como diciéndoles: «¡Señor, qué ganao!»

Se pusieron en pie y pagó Lorenzo.

—Pero yo no me quiero ir sin saber quién ha ganado la apuesta.

—¡Como no les bajemos los pantalones...! —le apuró Ciriaco.

—Déjalo, podríamos encontrarnos con muchas sorpresas.

Y se fueron.

Al día siguiente se levantaron temprano.

Ciriaco y Lorenzo, después de tener una conferencia con Nicomedes, el contable, y saber que no había novedades ni llamadas importantes, se fueron a dar un paseo por la finca.

Del padre Duero se alzaba un vaho suave, inconsútil. Pero un sol robusto y campesino se iba adueñando de todo el paisaje.

Ciriaco se sentía satisfecho. El contacto con su pueblo y su tierra le rejuvenecía. Le funcionaban mejor los bronquios y se notaba más fuerte y poderoso en su andadura.

—La propia tierra de uno fortalece —le dijo a Lorenzo.

—Sobre todo si es una hermosa finca de regadío, como ésta.

—Ya me entiendes —le sonríe.

—De sobra... Es un hermoso latifundio; tú ya sabes que nuestra idea socialista es acabar con ellos.

—Sé por dónde vas..., pero éste está bien cultivado y explotado.

—Sí, para ti.

Cortó una vara de avellano y la escamondó.

—Sabrás que en 1953 se dictó la llamada Ley de *Fincas manifiestamente mejorables,* que pretendía obligar a sus propietarios a realizar ciertas mejoras.

Se vuelve y le mira.

—La extensión de las fincas que se encuentran en esta situación en España es incalculable. Bastaría decir que todas las grandes fincas son, a todas luces, manifiestamente mejorables.

—No lo dirás por ésta.

—Hablo en general; te citaré el solo dato de que, según el censo agrario, existen 13.384 fincas de más de cien hectáreas *que no dan trabajo ni a un solo obrero.* ¡Textual! Pero ateniéndonos sólo a las que han sido declaradas «manifiestamente mejorables» por decreto, su extensión se eleva a muchos cientos de miles de hectáreas. ¿Cuántas hectáreas han sido mejoradas en esas fincas en el decenio largo que lleva en vigencia la ley, hasta el 31 de diciembre de 1964?

—No lo sé.

—¡Exactamente, 11.171 hectáreas!

—Sí, son pocas.

—Tal es el dinamismo con que, bajo la hegemonía del capital monopolista, se afronta el problema de la mejora de las estructuras agrarias.

A sus pies corría el agua de riego, con sonido, por sus canalitos.

—¡Qué alegría devuelve la tierra al sentirse empapada! —le dijo Lorenzo.

Ciriaco la levantaba hasta sus ojos con una mirada posesiva y astuta.

—Esta tierra de las riberas del Duero es muy agradecida.

Se prolijaba el agua murmuradora y cantarina.

Los árboles cercanos de los caminos se traían un suavísimo meneo.

—Reconozco que el problema agrario es el primer problema que ha de abordar España —confesó Ciriaco.

—Parece increíble que en un país como el nuestro, inminentemente agrario, este problema tenga aún que ser objeto de discusión.

—Si se han de hacer bien las cosas, todo tendrá que ser objeto de estudio y discusión.

—Desde luego.

Con la varita de avellano en la mano se sentía más satisfecho Ciriaco. La vara le daba un sentido de dirigida autoridad y de posesión feudal y política, sobre todo. La vara era para él su bastón de mando.

Muchos días, cuando se hallaba en la calle, fuera del local, si era una taberna, se sentía llamado:

—Don Ciriaco, que se deja usted la vara.

Este reconocimiento de su autoridad, de su 'jerarquía, lo agradecía aquel cazurro, tan inteligente y sensible, más que si le hubiesen devuelto su cartera extraviada.

El no había sentido ni sentía ambiciones políticas, de altos cargos y puestos. Le hubieran dicho que le hacían ministro y se habría llevado las manos a la cabeza, horrorizado. Pero que en el pueblo, en su pueblo, le reconociesen como un santón misterioso y superior a todos, como el personaje más importante de Minglanilla, que vivía en Madrid, que inspiraba en las gentes una respetuosa mirada y un saludo meticuloso, como a hombre muy descollante, excelso y alto..., por encima de todos..., eso, sí, eso le entusiasmaba y engolondrinaba..., y lo pedía como un aire necesario.

Don Ciriaco se vuelve y, contemplando la punta de su varita, ordena:

—Vamos al pueblo a tomar un vaso de vino en la taberna del Riojano, que ayer el «California», con sus tipos equívocos, me dejó muy mal sabor de boca.

—Vamos..., pero que conste que no sabemos aún quién ha ganado la apuesta.

Volvieron hacia la casa.

Cogieron el coche y se presentaron en el pueblo.

Ciriaco aireaba su vara populachera y autoritaria. Con ella tocaba las cosas y las personas como si las acariciase. Y se sentía con ella en la mano más enraizado, más metido en el pueblo, más pueblo mismo.

Los viejos le saludaban campechanos, como si apenas hubiese interrumpido la convivencia..., como si no hiciese más que unas horas que le hubieran dejado de ver.

—Adiós, don Ciriaco...; adiós, Ciriaco —le saludaban los más amigos, los que habían corrido con él por la plaza de chicos..., y los que se habían dejado acompañar, en sus lejanos tiempos, por la carretera..., porque, como todos los del pueblo, él también fue señorito de carretera.

—Adiós.

Y la varita rubricaba, confianzuda, el saludo.

En el «Riojano» bebieron unos chatos.

Ciriaco tomaba tinto, fuese la hora que fuese. Tenía buen Rioja de pellejo el Riojano. Se jactaba de ello. El mismo solía ir a Haro o a Cenicero a comprarlo.

—¡Cuánto bueno por aquí! —le saludó el dueño.

—A Lorenzo, el hijo de don Lesmes..., ¿le conoces?

—Sí, nos conocemos, aunque no mucho entraba yo de mozo por aquí.

—¿Tú qué quieres? —le preguntó Ciriaco.

—Yo, antes de comer, blanco, blanco.

—Para éste, un blanquillo.

—¿Unas tapitas?

—Pon cualquier cosilla.

Sacó unos tacos de jamón y unas patatas a la inglesa.

Los trasegaron en pie, entre las gentes, que se hacían a un lado para que tuviesen más sitio.

Le gustaba alternar así, en el pueblo; que no dijesen que era un señor distante y orgulloso. En el pueblo se sentía pueblo, bazucado y remetido en él..., y le placía darse abrazos y palmadas en la espalda y risotones con los compañeros de infancia, recordando hazañas y travesuras en el río y los juegos por la plaza, al mismo tiempo que sacudía la vara y golpeaba con ella afectuosamente a todos y todo..., vasos, platillos, mostradores.

—¿Te acuerdas aquel día que hicimos calva en la escuela y nos fuimos a chapuzar al Duero?

En el pueblo, los chicos no decían el río, decían el Duero. Era mucho río para no llamarle por su nombre... Y muy sonoro..., ¿eh? Muy sonoro:

—El Duero.

Se despidieron más tarde y salieron y se fueron a otra tasca... Esto de ir de tasca en tasca, trasegando chiquitos y haraganeando, y que le viesen y que luego comentasen en su casa ellos con sus mujeres y sus hijos:

—Hoy ha estado en el «Riojano» Ciriaco..., ese pariente de don Sixto que salió abogado de los buenos, si los hay, y luego se ha hecho millonario, y hemos tomado unos chatos.

Porque le gustaba invitar y pagar rondas.

—Esta me toca a mí, que no os veo hace tiempo —y pagaba

—Sirve una ronda a todos po rmi cuenta.

Y esto le llenaba y embebía de una satisfacción popular, la satisfacción de que le creyesen un poco como ellos, como cuando eran chicos revoltosos, y que por el minglanillense que era él no habían pasado los años ni se había empañado el afecto, a pesar de ser un abogado de muchas campanillas y de millones de duros.

Aquella mañana, en el «Riojano», se abrazó con media tasca y estuvo con todos dicharachero y ocurrente.

—Tú, ¿quién eres? —le preguntó a un rubianco joven.

—Yo, hijo de la Eufrasia y de Celedonio, el del garaje de Sixto.

—Ah, sí, hombre; conocí a tu padre y a tu madre, que era muy vistosona y guapa... ¿Qué es de ellos?

—Padre murió...; mi madre vive.

—Pues salúdala de mi parte, que se alegrará..., estoy seguro.

Cuando volvía al pueblo necesitaba estas efusiones, este somormujarse en su infancia y en su adolescencia, entre chiquitos y palmadas y recuerdos y saludos... para los padres y los abuelos de los que saludaba y reconocía.

—Empiezan a ser ya nietos y nietas de los que fueron amigos y compañeros en mi mocedad... ¡Qué viejo me estoy haciendo!

Y dibujaba y recortaba en el aire con la varita círculos y jeribeques extraños.

—Querido Ciriaco, habrás observado que el ye-yeísmo en forma de gamberro, más abrupto y áspero que el de los bares americanos, se da en las tabernas y en lo entrañable del pueblo. La precocidad sexual revienta aquí en forma más viril y hasta delictiva, pero aquí y allí tienen el origen biológico.

Iban en el coche, que conducía Lorenzo, de vuelta a la finca, cuando se dio cuenta Ciriaco de que se había olvidado la varita en el «Medines». Le dio un salto el corazón.

—Para, para.

Dio un frenazo.

—¿Qué te pasa?

—La varita, que no aparece...

Se puso lívido.

—Vuelve al «Medines», a ver si llegamos a tiempo de dar con ella.

Sólo entonces, ante sus ansias y congojas, se dio cuenta Lorenzo de lo que era y suponía para Ciriaco su varita.

—Cogeremos otra, tu finca está llena de avellanos.

—Pero es ésta la que no quiero perder.

Volvió el coche y fueron en silencio, un tortuoso silencio, hasta el «Medines».

No había casi nadie; el grupo de mozos díscolos y mal encarados se había ido.

—Mi varita, mi vara —le pidió desde la puerta al Medines, con los ojos y la voz hecha pura rehilo.

Miraron todo, catearon todo, bajo las mesas, bajo el mostrador, en los retretes...

—¿Está usted seguro de haberla traído?

—Segurísimo.

—Es su varita de siempre..., si la recordaré de toda la vida... La usaba usted desde que murió don Sixto y quedó el pueblo sin su gran amo... vacío.

Se miraron los tres y su mirada valorizó la varita.

—Esa, ésa —angustió Ciriaco.

Sin ella se encontró, de repente, como sin autoridad y sin fuerza.

—No se angustie..., que tiene que aparecer. Si la ha perdido aquí, aparecerá —le aseguró el Medines.

Salió la mujer del dueño y le consoló:

—Se la habrá llevado algún amigo con ánimo de devolvérsela. Todo el mundo sabe que es de usted y con vara en el pueblo no hay nadie más que usted —remachó la mujer.

—Pero ahora los jóvenes de la nueva ola son muy gamberros y cerriles y vete a saber si alguno de esos tipos se ha hecho con ella...

—Pero don Ciriaco..., todo el mundo, chicos y grandes, saben quién es don Ciriaco y qué puesto ocupa... —aseguró la mujer.

—Esta noche, cuando vuelvan a caer por aquí, yo aclararé lo que haya, y seguramente que aparece...

—Dios te oiga —y lo dijo como si quien hubiese desaparecido hubieran sido su madre o su esposa.

—No gana uno para disgustos —dijo.

Quedó desarbolado sin la vara, como muerto.

—No te apures, que aparecerá —le animó Lorenzo, dándose cuenta de su estado.

Se metieron en el coche para volver a la finca.

—No se haga mala sangre, que en cuanto aparezca le avisaré —le sopló el Medines, pero sin convencimiento—. «Si en cuanto vuelvo yo la cara me machacan los vasos», pensó; «menuda tropa.»

En casa, nada más llegar, las mujeres, que les esperaban para comer, se lo notaron.

—Yo pasaré esta noche por el «Medines» y seguramente que alguien lo ha devuelto —le tranquilizó Lorenzo—. Come y no te preocupes más, que aparecerá.

—Si todo el mundo sabe que, muerto abuelito, el único que puede y debe llevar vara eres tú —le halagó la sobrina.

Había puesto cocido la cocinera, con morcilla, chorizo, tocino y verdura, pues sabía que al señor le gustaba mucho, y después de comerlo se atizó un trago de tintorro, largo y reposado, que le reanimó.

—No somos nada —exclamó.

Pero ya tenía mejor color y empezó a tener confianza en que la vara reapareciese.

A la hora del café y la copa estaba francamente entonado.

El viento traía hasta la terraza, de cuando en cuando, clamosidad de ranas. La luz era diáfana.

—¡Qué día más hermoso! —reconoció Arancha, mirando al cielo.

Después del café se retiraron a descansar.

—Comprendo el disgusto que se ha llevado —le advirtió, ya en su cuarto, Martita a su marido.

—Es una infantilidad.

—No lo creas... Tú no has acabado aún de conocer bien a tío Ciriaco.

—Escucha: el abuelo, que llegó a ser amo y señor, más señor que amo de todo el distrito, usaba también varita y le duró toda la vida sin que le desapareciese jamás. Es más, el abuelo, que era muy listo, la perdía a veces adrede y en sitios determinados, para probar el estado de las gentes y calcular cómo seguía el fervor por él.

—O sea, que era para él como un termómetro.

—Exacto... Pero ni en los momentos peores de la lucha le desapareció. Ciriaco, que envidiaba y en el fondo admiraba al abuelo, pero que no tiene ni su simpatía humana, ni el saberse hacer temer y querer como él, ni su suave dureza..., le hubiera gustado serlo, no sólo de sus hermanas, sino de todo el distrito... Tiene alma de cacique, sin las virtudes excelsas del auténtico cacique. Empezó por ser cobardón y versátil, y no supo o no quiso dar la batalla... Y se contentó con heredar la vara y salir en seguida con ella por las calles, como el abuelo. La gente entendió en seguida el gesto y, al principio, sobre todo los primeros años, se la devolvió cuando la perdía... Y ya has visto lo de hoy. Cualquier joven gamberro de esos que hay, habrá hecho de ella cien pedazos.

—Tengo una idea salvadora.

—Tú dirás.

—Voy a bajar a la finca y del mismo avellano de donde él la cortó, voy a cortarle otra lo más parecida posible y me la voy a llevar al pueblo, y volveré con ella a la noche, como si hubiese aparecido en el «Medines».

—Tendrás que ponerte de acuerdo con el Medines... Además, él se dará cuenta. Tío Ciriaco es muy marrajo y desconfiado.

Lorenzo se sonrió.

—Cada ser humano es una relojería diversa y complicada.

—Ahora lo has dicho.

—De todas formas, voy a hacerlo.

—Vivimos de pequeñas mentiras —reconoció Martita.

—Y de pequeñas trampas y de pequeños silencios; pero mientras vivamos..., vida y dulzura.

Pasaron la tarde sentados en unas butacas sobre el río, charlando de lo humano y lo divino. Allí, al socaire, a media tarde tomaron un refresco.

Lorenzo se había ido al pueblo.

Cuando volvió, a la noche, entró con la varita en la mano, triunfal.

—La encontró caída junto al mostrador el grupo de los «pelambreros», y uno de ellos, hijo de un amigo tuyo, la guardó y se la devolvió al Medines.

—No sabes la alegría que me das —le fingió Ciriaco, empuñándola con gozoso brío.

En seguida se dio cuenta de que no era la varita perdida, sino otra más larga y un poquito más gruesa. Pero disimuló bien su fracaso y se alborozó mucho.

Se produjo locuaz y dicharachero durante la cena, pero por dentro pensaba: «Estos jóvenes de ahora ni respetan, ni consideran nada ni a nadie...; la vida para ellos es pura anarquía.

Y, acostado, pasó una noche intranquilo.

—¿Qué te pasa? —le preguntó Arancha—. Han encontrado tu vara y te la han devuelto..., ¿qué más quieres?

—Es verdad, qué más quiero...

—¿Por qué no tomas una pastilla de esas para el sueño?

Y la tomó y se durmió.

Pasó unos días con la angustia de su desvalimiento en el pueblo. Todos se lo notaron.

No tuvo ganas de volver por él.

—¿Qué? ¿Vamos a tomar unos chatos al «Riojano»? —le proponía Lorenzo muchas mañanas.

Pero siempre pretextaba algo.

Recorría la finca a todas horas y preguntaba por todo al encargado, observando las labores.

—Mañana a la tarde iré a Madrid. Nicomedes exige mi presencia —le dijo Lorenzo a su jefe.

—Visita a don Diego y dile que estoy aquí, por si me necesita. Entérate de cómo va el pleito de los «petrolitos»; acércate mañana al Supremo.

—Lo haré, descuida.

Después de comer le acompañó Ciriaco hasta el pueblo.

Pasaron por el «Medines». El Medines, al verles, se asomó.

—Le entregaría a usted la vara don Lorenzo.

—Sí, gracias, gracias.

—Vaya, mandar.

Ciriaco, al despedirle en la carretera, le volvió a insistir.

—No dejes de darte una vuelta por el Supremo.

Se despidieron.

Todo el pueblo se le cayó encima, como si fuera un pueblo extraño, un pueblo de otro y no lo conociese y nada tuviese que ver con él... Y él fuese de otro pueblo más respetuoso, más jerarquizado...

Y se volvió deshollinando las casas, de balcones cerrados a la hora de la siesta..., solitario y perdido, sin saber lo que hacer ni a dónde dirigir sus pasos.

Las mujeres estaban ya impacientes por largarse a San Sebastián. Con el nauseabundo disgusto familiar de Antonio habían interrumpido la puesta en forma del piso de Mira Concha sobre el paisaje playero y urbano más bello de España.

—Habrá que ir pensando en volver a «San Sebas» —insinuó Arancha aquella mañana en que la mujer del jardinero que cuidaba los arriates y las flores que había delante del edificio, y que hace de guarda por las noches mientras viven allí, tocó a la puerta para anunciarles que doña Alfonsa acababa de llegar.

—Que pase en seguida, que pase —le facilitó Arancha.

— ¡Tía Alfonsa! —se abrazaron tía y sobrina y se besó con Arancha.

— ¡Hola, Alfonsa! ¿Qué tal vais todos?

—Bien, en lo que cabe. ¿Y vosotros?

—Lorenzo está en Madrid —le anuncia la sobrina.

—Ahora verás a tu hermano y le encontrarás un poco caído.

—¿Cómo has venido?

—En la camioneta que os trae el género del pueblo.

Por la ventana abierta se oía el descargar de la camioneta.

—Bueno, tía, ¿qué novedades hay? ¿Cómo va mi protegido?

—A hablarte de eso venía.

—Yo pensaba ir por el Burgo antes de marchar a San Sebastián. ¿Qué hace Claudio? ¿Está más tranquilo?

—Se ha ido del seminario y ha colgado los hábitos.

Se volvió pálida Martita y se apoyó en la cama para no caer.

—¿Pero qué dices, mujer?

—Mira, estas cosas, cuanto antes las sepas, mejor.

Lloraba Martita, desconsolada.

—Qué mala suerte, Dios mío..., qué mala suerte... ¿Pero por qué así, sin más ni más?

—Cuando me anunció que se iba, yo hablé con el director y me dijo que no tenía buena salud...; pero esto es lo que suelen decir de todos los que se van sin cantar misa... No sé.

Se sentó en la cama Martita porque no podía con su alma. Más tarde se tumbó, sollozando.

—Qué mala suerte, Dios mío..., qué mala suerte.

—No es para ponerte así, y más en el estado en que estás.

— ¡Con la ilusión que yo tenía por ese chico!

Le castañeteaban los dientes.

Arancha la arropó y la dio a beber un cordial.

—Mujer, que vas a tener un hijo, que debe valer para ti más que todos los seminaristas juntos...

—Si sé que te ibas a poner así... Además, te hubieras enterado por fuera en seguida —palió Alfonsa.

—Has hecho bien en decírmelo; no te preocupes.

—La última vez que le vi le encontré perdido, muy desmejorado; me dije que descansaba muy poco y que le comprase una de esas drogas para dormir... Se la compré con el dinero que tú me habías dejado por si necesitaba algo. «¿Qué te pasa?», le pregunté. Me contestó que lo iba a dejar porque no se encontraba bien.

—Qué lástima, ahora en Navidades hubiera cantado misa.

—Pero lo primero es la salud, y si no se encontraba bien... —trató de ir suavizando Arancha.

—Yo le he encontrado a ese muchacho siempre algo extraño en la mirada —contestó Alfonsa.

—No me irás a decir que está loco —trata de aclarar Martita.

—No sé..., pero estos hombres ambiciosos, a los que les gustan tanto los libros, acaban siempre mal... Para que le salgan a uno las cosas hay que ser más humilde... y este Claudio no lo es.

—¿De dónde sacas que no es humilde?

—No es..., los hombres humildes no miran así.

—¿Pues cómo mira? —rugió Martita.

—No he dicho nada..., perdona.

Se hizo un silencio patético.

—Tú ahora concéntrate en ti y en lo que venga... y déjate de curas y de seminarios.

—El director, cuando le fui a preguntar por qué se iba Claudio, muy fino, eso sí..., pero se veía que no me quería dar explicaciones.

—No te preocupes, que si es tan listo, ya sabrá él salir adelante.

—Pero no me negarás, Arancha, guapa, que es una pena, porque como es tan inteligente hubiera llegado a obispo, y tal vez a cardenal, y fíjate lo que hubiera sido para mí haber protegido a un cardenal en su carrera.

—Vanidad de vanidades... A ti, con proteger a tu marido y a tus hijos, cuando los tengas, te debe bastar.

—Sí..., ésos, los primeros —reconoce Alfonsa.

—Y, bueno, ¿a dónde ha ido?

—A Madrid me dijo que se iba. Por cierto que antes de irse se presentó en mi casa, de paisano, con traje negro, mal cortado, y una mirada asustadiza, como si le persiguiesen por algún crimen. «¿Qué dinero tienes?», le pregunté.

—Si usted me ayuda en algo de lo que le deja doña Marta para mí..., eso.

—Le di lo que tú me tenías dado y se fue.

Parecía más calmada Martita, pero ahora, al sentirle perdido en el gran Madrid le ganó de nuevo una disparatada congoja.

—¡Dios mío! ¡Qué será de él! ¡Qué será de él! Solo y sin gobierno... —y los sollozos se le deshacían en la playa del pecho.

—Déjale, mujer...; él lo ha querido.

—No lo creas... ¡Qué sabe él, el pobre hijo, lo que es la vida!

—Por la cuenta que le tiene, ya aprenderá.

—Cuesta tanto, por lo visto, ser feliz —exclama Martita.

—Es muy soberbio y jamás la soberbia ha llevado de la mano a la felicidad —reconoce Alfonsa.

—Con los años ya le vendrá la humildad...; si no, peor para él —tercia Arancha.

—¿Y no te ha dicho qué pensaba hacer ahora en Madrid?

—No me ha dicho nada, y la verdad es que yo tampoco se lo he preguntado.

—El tiene mis señas de Madrid, pues de allí le he escrito yo varias cartas.

—No te preocupes tanto.

—Es que me da muchísima pena que un hombre tan inteligente se pueda perder.

—Si se pierde, de él será la culpa, que no es ningún niño —habla Arancha.

—Tú has cumplido hasta donde tenías que cumplir y algo más —le consuela tía Alfonsa.

Se hace un silencio batido de presentimientos.

—¡Qué vueltas da el mundo!

—No lo sabes bien —le dice Arancha.

Se incorpora Martita; parece más tranquila.

—Vamos a bajar al jardín, que te conviene que te dé el aire —le anima Arancha.

Se apea de la cama.

—¿Ves, tía Alfonsa, qué mala suerte?

—De darle a uno disgustos, que se los den los suyos, no los de fuera..., y no te apures, que en cuanto empieces a tener hijos... y los tendrás pronto. De modo que economiza energías —le recomienda Arancha.

—Sí, que las vas a necesitar pronto.

—Para fines de agosto nacerá.

Instalados en el cenador del jardín, habla Martita:

—Pensaba llamarte, tía Alfonsa, porque antes de ir a San Sebastián quería saber de Claudio.

—Pues ya sabes todo lo que hay que saber, y ahora, a olvidarte, que te esperan acontecimientos más importantes.

—Ahí, ahí —le susurra Arancha.

Arancha se acerca a un rosal y corta una rosa fragante.

Penetra en el cenador y se la prende en el pecho a Martita. Luego le toma con sus dos palmas las mejillas y le alza el rostro bonito y se lo besa.

—¡Si vales tú más que todos los seminaristas del mundo y tienes en tu hogar material para ser la mujer más feliz del globo...! ¡Ah! Que cada palo aguante su vela. Eres joven aún, Martita querida, y hasta ahora no te puedes quejar de la vida...; pero habrás de aprender a endurecerte.

—Eso, eso —remacha tía Alfonsa.

Martita se sonríe y les mira agradecida.

Ciriaco surge en este momento, sorprendiendo a las mujeres.

—Hola, Alfonsa querida.

Se besan los dos hermanos.

—¿Qué os traéis aquí?

—Nada..., cosas de nosotras —le dice su mujer, besándole cariñosa—. Anda, vete al pueblo, si quieres, a tomar un vaso de vino con los amigos..., que las mujeres vamos a subir en seguida a preparar la comida —le susurra Arancha.

—No hagas caso, tío; quédate aquí y no te vayas —le sonríe Martita.

—Bueno, ¿qué hago? ¿Me quedo o me voy?

—¿No ibas a hablar con Lorenzo?

—Sí, tengo pedida la conferencia; pero tardará aún una hora... y han quedado en avisarme.

En aquel momento, Claudio, el seminarista, llamaba en Ayala, 50, casa y oficina de don Ciriaco.

Salió a abrir Matilde, la mecanógrafa.

—¿Don Ciriaco está?

—No; pero don Lorenzo, su sobrino y apoderado, le puede recibir.

—Es el esposo de doña Marta.

—Sí, señor.

—Me gustaría hablar con él, si puede ser...

—Pase y siéntese. ¿Quién le anuncio?

—García-Onteniente, Claudio.

Lorenzo no recordaba y acudió curioso. «¿Quién será?», pensó.

Cuando se encontró frente a él, al verle tan pálido y desencajado, se apenó.

—¡Hola, amigo! ¿Qué me cuenta?

Con la cabeza hundida en el pecho, Claudio no se atrevía a mirarle.

—¿Cómo por aquí?

El silencio se fue haciendo más angustioso.

—Estamos entre amigos y paisanos, dígame lo que sea.

Alzó el rostro y sorprendió una lágrima redonda, dura, quemándole la piel.

—No sé si he perdido la fe o no la he tenido nunca, porque hasta que llegué al seminario jamás tuve más que hambre y necesidad..., y no vi alrededor mío más que miseria..., y esto no me consentía pensar en otras cosas..., sino en salir de ella como fuese... Pero ahora sé que no la tengo y soy como un barco a la deriva.

—¿Y ha abandonado usted el seminario?

—Sí.

—Lo que yo pueda lo haré con mil amores; dígame lo que piensa, en qué le puedo ayudar.

—Usted que conoce tanta familia rica, si me metiera de profesor o acompañante de niños. Por ahora no pretendo otra cosa sino tener una cama y una mesa... Más adelante, Dios dirá.

Lorenzo vaciló antes de prometerle nada.

—La ayuda de Martita, esas tres mil pesetas..., creo que las cobra usted por esta época.

—Un poco más adelante, a finales de verano.

—No importa; se las adelantaré ahora... ¿Usted, no tendrá dinero?

—No.

Lorenzo consultó su reloj. Era la una menos cuarto de la tarde.

Pensó que tenía que ir a ver a don Diego, a darle cuenta de su visita al Supremo.

Se levantó y volvió con las tres mil pesetas, que se las dio metidas en un sobre.

—Ahora se va usted a comer por ahí tranquilamente y a las cinco vuelve usted por aquí. No se preocupe, yo estaré esperándole.

Le tendió la mano y le dio una palmada cariñosa en la espalda. Caudio le abrazó, emocionado.

—No sé si le podré pagar algún día... este...

Se enterneció el muchacho y no pudo seguir.

—Ande... Hasta luego, hasta luego.

Le acompañó a la puerta.

—No me encuentro bien... Perdone.

Y se sentó. Un sudor álgido le perlaba la frente. Se lo enjugó con el pañuelo. Respiraba con fatiga.

—Sosiéguese, que todo se arreglará.

—No... Todo, no. La fe es el suelo donde uno se apoya y se sostiene, y sin suelo uno se cae y ha de vivir en suspensión en el aire... La fe es como el oxígeno.

—Pero la fe tiene varias facetas y va y viene según el estado del alma, y a usted, que es hombre bueno e inteligente, le volverá.

—La fe religiosa perdida..., ésa no vuelve; eso sí, con el tiempo y la humildad y el trabajo, puede que gane otra fe.

—Pues agárrese a ella; cuando la gane, agárrese a ella, y mientras tanto pídale a Dios que ayude a su incredulidad... Con la humildad se va a todas partes, créame... Todos, todos debemos empezar por ser humildes.

—Sí, todos, todos.

Le miró con compasión.

—¿Cómo se encuentra?

—Mejor.

Intentó alzarse.

—No tenga prisa.

—Se me ha pasado ya.

—Espere, que yo también tengo que salir.

Descendieron juntos las escaleras.

Le metió en un taxi.

—¿Dónde le llevo?

—A cualquier lado; voy sin norte.

Le dejó en Goya.

—A las cinco, no se olvide.

—Cómo voy a olvidarme.

Y tenuemente le sonrió.

Lorenzo atracó junto al banco Moderno.

Poco después le recibía el señor Gobantes.

Le informó detalladamente de cómo iba el asunto. Petrolitos en el Supremo.

—El resto déjelo usted, que corre de mi cuenta el que salga bien.

—Me están ya jorobando estos engolados magistrados del Supremo —aulló—, y como se pongan tontos...

A Lorenzo le entró un cansancio enorme, pero lo disimuló y se rehizo.

—Y hablando de otra cosa, don Diego, usted que es un hombre tan poderoso, a ver si me echa una mano para un amigo tan inteligente que es la inteligencia lo que le ha perdido.

—¿Cree usted que la inteligencia puede perderle a uno?

—Si es excesiva..., sí. Todos los extremos son peligrosos.

—¿Y hay alguien capaz de señalar dónde empieza el exceso en la inteligencia?

—Sí; empieza en el fracaso.

Quedó pensativo don Diego.

—Tiene usted razón —reconoció—. Bueno, ¿y qué le pasa a ese amigo de usted?

—Que acaba de abandonar el seminario donde iba a cantar misa dentro de muy poco..., y ahora, en pleno siglo, por todo capital no tiene más que un trajecillo raído con el que cubrirse las carnes, y me pedía si sabía de alguien que le colocase de profesor, acompañante o educador de unos niños ricos..., y así, para empezar, tener la cama y la comida.

—Mándemelo a estas señas; son de una hija mía con niños revoltosos. A ver si los suaviza...

Pidió comunicación con su hija y se puso al habla con ella.

—No te preocupes, yo correré con los gastos... Es cosa mía; de modo que pásale un buen sueldo y págale bien.

Se volvió:

—Está arreglado. No olvide las señas. Que se presente allí y pregunte por la señora de la casa; que diga va de mi parte y que es el profesor enviado por su padre.

—No sabe cuánto se lo agradezco.

—No tiene que agradecerme nada. ¿Qué otra cosa desea?

—Le parece a usted poco... Nada más.

—Pues le agradeceré me deje, porque estoy muy cansado.

—Adiós, don Diego.

—Adiós.

Se retiró en seguida Lorenzo.

«La fuerza del dinero es ilimitada y nada se puede oponer a él», piensa Lorenzo. Como dice un amigo, todo es cuestión de precio. Pero, felizmente, la justicia es una de las poquísimas cosas sanas que nos quedan en el país. A pesar de todo, uno no puede menos de querer ardientemente a esta hermosa y corrompida España. Qué alegría le voy a dar Claudio. Me he tenido que rebajar y pedírselo a don Diego..., qué le vamos a hacer. Uno de los placeres más sabrosos es hacer el bien a los demás, aun teniéndose que humillar y solicitarlo de uno de los hombres más repulsivos de la tierra.»

Iba pensando en la gozosa alegría que le iba a dar a este ariscado muchacho.

Se quedó a comer en una tabernita al socaire de la Telefónica. Servían allí vino de Rioja, vino corriente de pellejo, que le entusiasmaba.

Después de comer se sentó en una terraza de la Gran Vía. Había muchos extranjeros en las mesas. Tomó el café con una copita de coñac y se dirigió más tarde, despacio, dando un paseo, hacia su trabajo.

« ¡Qué alegría le voy a dar a este muchacho! ¡Qué alegría! », iba pensando.

Se dirigió en seguida a la oficina.

«Qué disgusto se va a llevar mi mujer cuando sepa que su protegido ha marrado su carrera eclesiástica..., con la ilusión que ella había puesto.»

Ya en su trabajo, contestó algunas cartas antes de que se presentase Claudio.

Cuando le vio entrar, le recibió sonriente.

—Bueno, ¿qué tal se ha comido?

Acogió la pregunta con un gesto, como diciéndole: «Comprenderá que no es el momento para exquisiteces.»

—Siéntese y esté tranquilo, que está todo arreglado. Dentro de un rato va usted a estas señas, preguntará por la señora. Es un matrimonio joven. Hija ella de don Diego Gobantes. Será usted profesor y acompañante de sus niños. En una palabra: su cuidador y educador. Son bastante díscolos, como nietos de muchimillonario.

—Probaremos a enderezarlos —recogió con agrado.

—Y ahora, ya tranquilo, hábleme del seminario y de sus zozobras y de su lucha.

—Lo peor del seminario es su ambiente y la falta casi absoluta de auténticas vocaciones. Casi todos los seminaristas que van para sacerdotes, por lo menos en los seminarios de Castilla, que son los que conozco yo mejor, nos hemos agarrado a una beca para huir de la vida miserable del campo, y los más dotados, una vez hechos sus estudios y cantada misa, piensan en sacar adelante a los suyos y situarse en una capital donde haya catedral y hacer carrera eclesiástica... Sin firme vocación sacerdotal y religiosa, los que no hemos terminado la carrera y no nos encontramos con fuerzas para cantar misa, pensamos con nuestros estudios salir adelante en el siglo, haciendo una carrera y situándonos. De otra parte, la guerra civil ha trastornado todos los valores y hasta los que llegan a los seminarios se sienten aguijoneados por un anhelo insaciable de poder y de riqueza... Se piensa en todo menos en salvar las almas de los feligreses... A pesar de nuestra formación helenística y latina, nos falta en los seminarios, más que en ningún lado, la mesura. Siempre fue la mesura quien embebió las más elevadas concepciones del pueblo heleno. Y nunca como ahora, dentro y fuera de los seminarios, la vida española vive en los extremos. Y nunca como ahora ha prendido este furor en los seminaristas, que deben ser mesurados espejos de Dios. No hay fervor ni espiritualidad, sino apetencias terrenas que los saquen, a ellos y a los suyos, del hambre y la miseria y la estrechez en que han vivido años y años.

Todos saben y comentan con regocijo y envidia que un párroco de San Vicente, en Bilbao, se negaba a ser obispo porque le daba más su parroquia. Y le veían orondo, sonrosado, con agente de Bolsa para mover sus dineros... Se sueña en los seminarios en relaciones con el gran capitalismo de las ciudades ricas y comer en sus casas y disfrutar de sus lujos y calzarse sus capellanías...; pero de la cura de las almas de los humildes en los bariros pobres y extremos, de eso, nada. Así se ha falsificado la religión de Cristo en España en lo que va de siglo. No hay mesura, virtud tan helenística y que tanto reclamaban los griegos. Hoy ser sacerdote es una carrera como otra cualquiera.

—Pastor muy inteligente tiene la iglesia en Pablo VI.

—Pero nada se consigue con que el pastor sea muy inteligente, si las ovejas se empeñan en descarriarse.

Se miran los dos hombres en silencio.

—Herodoto refiere que los dioses castigan a quienes se han dejado llevar por una desmesurada ambición de riqueza y de poder... y hasta de felicidad.

—Meta usted en mesura a un río desbordado, y hoy la vida española avanza desbordada.

—El sacerdocio no puede ser una carrera... y aun perdida la fe en la otra vida, son rarísimos los San Manuel Bueno Mártir, que es una manera intligente y egregia de santidad... Porque la religión es hoy más necesaria que nunca..., más necesaria..., más necesaria... Recuerdo las palabras escalofriantes de San Manuel Bueno: «Para cada pueblo, la religión más verdadera es la suya, la que le ha hecho. ¿Y la mía? La mía es consolarme en consolar a los demás, aunque el consuelo que les doy no sea el mío.»

—Pero eso es engañar al pueblo... ¿No hubiera acertado más San Manuel con decirles la pura verdad?

—Nunca, eso nunca... Eso no es engañarles: es corroborarles en su fe.

—¿Pero usted piensa que la gente humilde cree?

—Le contestaré con Unamuno: «Qué sé yo. Cree sin querer, por hábito, por tradición. Y lo que hace falta es no despertarla. Y que viva en su pobreza de sentimientos para que no adquiera torturas de lujo. ¡Bienaventurados los pobres de espíritu!»

—No estoy con usted ni con Unamuno.

—Pues hay que estar, Lorenzo, hay que estar; hay que tener fe.

—Usted la ha perdido; si no, ¿por qué ha abandonado el seminario?

—Porque no he tenido el heroísmo y la fuerza de un San Manuel; pero me hubiera gustado seguir y ser un verdadero sacerdote como él.

—No comprendo cómo se puede ser sacerdote sin fe.

—Se puede porque hay varias fes, muchas fes; y le repetiré con Unamuno que hay que tener fe sin fe; fe en el consuelo de la vida, fe en el contento de la vida, porque hay dos clases de hombres peligrosos y nocivos: los que convencidos de la vida de ultratumba y de la resurrección de la carne atormentan, como inquisidores que son, a los demás, y los que no creyendo más que en este mundo, se esfuerzan en negarle al pueblo el consuelo de creer en otro.

—De modo que...

—... que hay que hacer que viva la ilusión.

Se miran con una enorme congoja.

—Yo no tuve valor, pero aun sin fe en la otra vida, debí haber terminado siendo sacerdote para, sacrificándome, haber mantenido y corroborado y fortalecido la fe de los que aún creen, que son legión. Antes de caer en el materialismo marxista.

—Yo creo en los valores del espíritu y los practico, y soy socialista y no me siento materialista.

—Pero sólo la idea de Dios puede dar unidad a esos valores del espíritu y mantenerlos..., sólo la idea de Dios.

—Tal vez... En eso puede que tenga usted razón.

—Sí, hay que mantener y alimentar e insuflar en las gentes la idea de Dios.

Claudio abrazó emocionado a Lorenzo.

—Sufro por el disgusto que se va a llevar su mujer por mi deserción.

—Los caminos del Señor son innumerables.

—Ahora lo ha dicho usted. La religión de Dios hay que mantenerla y defenderla como la única antorcha de luz en este caos y oscuridad. La primera medida será encauzarla y apartarla del capitalismo, y volverla al regazo de las gentes humildes y necesitadas.

Para ello tendremos que educar a los nuevos sacerdotes en el sacrificio, la sobriedad, la austeridad y la piedad, porque sólo de los sacerdotes jóvenes puede venir la salvación de la religión. Y hay que mantener la religión como medida de justicia y de libertad para salvar a la patria. Y esto es preciso lo lleguen a entender ustedes los políticos.

—Recojo la lección.

—Yo espero en el siglo servir la causa de España con toda compostura e ilusión y ser un ciudadano digno de mi patria.

—Sé que lo será usted.

—Pondré en ello mi talento, si tengo alguno, y mi humildad.

No tenía ya en su rostro esa expresión de acosado que embebía su faz por la mañana.

—¿Y viviré con esa familia y con los niños?

—Sí, se hospedará usted en su misma casa.

Se lo decía ya con impaciencia por comenzar la labor.

—Pondré todo mi entusiasmo en hacer de esos niños unos caballeros.

—Eso espero.

Cuando Lorenzo se fue a retirar, le abrazó de nuevo, emocionado.

—Cualquier pega que tenga, ya sabe dónde estoy.

—Un hermano no hubiera hecho lo que usted por mí... ¿Cómo se lo pagaré?

—Déjelo ya; yo estaré aquí unos días para luego tomar mis vacaciones... Nuestro contable...

Llamó a Nicomedes y se lo presentó.

—Cualesquier cosa que le ocurriera a este señor, me avisa donde yo esté. No creo que haya necesidad de nada, pero, en fin...

Le acompañó a la puerta.

Salió conteniendo las lágrimas.

Aquella noche Lorenzo habló con su mujer:

—¿Sabes quién ha estado a visitarme?

—¿Quién?

—Claudio, tu protegido.

—Haz todo lo que puedas por él.

—Estáte tranquila; está ya colocado y tiene un hogar donde trabajar.

—¡Pobre chico! Ya hablaremos... ¿Cuándo vienes?

—A fin de semana.

—Nos vamos a San Sebastián un día de éstos. Ciriaco, después de la pérdida de su vara y sin ti, no sabe dónde ir solo.

—En cuanto nos encontremos en San Sebastián con su sobrino Iñaque y otros amigos y nos demos un par de sardinadas, mientras hablamos de todo lo humano y lo divino, y comamos unas docenas de chipirones y bebamos buen vino de Rioja..., se le pasará.

—¿Tú crees?

—Sí, verás cómo se anima... Bueno, abrazos y recuerdos a todos.

A los pocos días se fueron las mujeres con Ciriaco a San Sebastián. El hombre se fue asqueado de su pueblo.

—Aquí no hay autoridad, ni respeto, ni jerarquías, ni Cristo que lo fundó. El ferrocarril es el padre de todas estas desgracias. El ferrocarril es la civilización y la civilización es la igualdad, la pretendida igualdad..., como si todos pudiésemos ser iguales. El día que todos seamos iguales se acabó lo que se daba, porque será el imperio del tedio y de la vulgaridad y de la monotonía; y ahora, si te asomas al pueblo, verás que todo él huele a ferrocarril, y son familias nuevas, gentes nuevas las que han caído por aquí..., gentes jóvenes de la nueva ola, cuyos padres vienen al olor de los negocios y puestos que han surgido con el ferrocarril. Ya esto no es un pueblo cerrado con sus escalafones de sangre, con sus jerarquías de inteligencia, donde nos conocemos todos y sabemos qué puesto ocupa y debe ocupar cada uno. Por eso me voy y estoy deseando no volver más a él, como si no hubiera nacido en él, porque nada se me ha perdido aquí.

—Bueno, hombre, déjalo ya, que nos vamos mañana mismo —le consoló Arancha.

Corrían los primeros días de junio y el cielo y el mar de San Sebastián tenían una estabilidad rizosa y azul. En el aire todo patentizaba su presencia nítidamente. La gente se movía risueña, con esa alegría que da la buena temperatura, la buena luz.

La casa de Mira Concha estaba ya a punto de ser habitada.

Desde la terraza se abarcaba tierra y cielo y la elegantona mollez azul de La Concha.

Había llegado aquella mañana Lorenzo de Madrid y comentaban:

—Yo, el pequeño lunar que le encuentro a este panorama es que no es de una belleza natural y abrupta, sino acicalada y bruñida.

—Sí, está todo tan limpio, compuesto y ordenado, que parece que le acaban de pasar la gamuza.

—Pero le empece de caer en el amaneramiento la bravura del mar —opina Ciriaco.

—Sí, el mar, sobre todo el Cantábrico, nunca se amanera.

Lo miraron a la redonda, golosamente.

Comieron dentro, pero con los ventanales abiertos.

—Vicenta e Iñaque vendrán luego al café. Les he dicho que no les invitaba hoy a comer porque acabamos de llegar y está todo revuelto.

Martita y Lorenzo pasarían el verano en el piso de Hernani, donde habían vivido los estíos, hasta venir a este nuevo piso Ciriaco y Arancha.

Martita se sentaba con frecuencia. Se contempla su hermosa carga y exclama sonriente:

—Me canso.

En seguida pasaron a comer los dos matrimonios.

La impresión que traía Lorenzo de Madrid de las conversaciones con las gentes que sabían la marcha de los negocios y de la vida pública no era muy halagüeña.

—Esto se lo lleva la trampa —exclamó—; el deshielo es cada vez más precipitado.

—Habréis notado que los ministros van frecuentemente al extranjero.

—Supongo que irán a situar su dinero.

—Las dictaduras traen inevitablemente la corrupción. Un dictador, para poder subsistir muchos años, se ve en la necesidad de rodearse de gentes corrompibles para que, mientras se corrompen, no les quede tiempo de derribar al dictador, y conviven y le defienden porque al defenderle se defienden a sí, hasta que la corrupción gana los órganos vitales del cuerpo del Estado, y entonces llega la muerte y el derrumbamiento de todo por podredumbre. La carne de ese cuerpo empieza a caerse a pedazos, que es lo que empieza a suceder ahora.

—No será para tanto, querido Lorenzo —le bromea Arancha.

—«Si no quiere el lector que digamos que los políticos son el elemento mejor de la sociedad española, por lo menos permítasenos afirmar que el político no es mejor ni peor que el ingeniero, el médico, el abogado, el mercader; y que la moral política no es ni inferior ni superior a la industrial, la mercantil, etc.» Son palabras de Azorín. Y dice también que «sin lesionar el prestigio de las otras clases sociales, entre los políticos existe un resto de romanticismo y de idealismo que ha desaparecido de los otros componentes de la nación» —señala Ciriaco.

—¿Cuándo ha escrito eso Azorín? —le pregunta Lorenzo.

—En 1917.

—Me lo explico, porque eso no va para la mayoría de los de ahora.

—Come y no hables tanto —le dice su mujer—, porque en cuanto coges el tema de la política...

—No lo puedo remediar, no encuentro tema mejor para una comida que éste..., ya que se están comiendo alegremente el país.

—Déjalos, algún día se encontrarán hartos, y ya pararán... —le interrumpe Arancha.

—Sí, cuando lleguen a los huesos y no tengan ya que roer... Es trágico este destino nuestro: o el «Agnus Dei» o el comunismo.

¿Cuándo encontraremos un término medio templado, liberal, socializante, respetuoso con las ideas y creencias de los demás, en el que se disfrute de una humana y civilizada libertad, en el que se vaya directamente, con valentía y con justicia, a los problemas?

—¿Pero qué es eso del «Agnus Dei»?

—Un pulpo monstruoso, cuyos enormes tentáculos gelatinosos aprisionan y ahogan cada día un poco más la vida española. Una especie de masonería católica, en cuyo breviario se puede leer: «El plano de santidad que nos pide el Señor está determinado por estos tres puntos: la santa intransigencia, la santa coacción y la santa desvergüenza.»

—¡Ave María! Pero te lo sabes de memoria... —le interrumpió Arancha.

—Sí, «La estrada» es un librito muy interesante; lo he leído muchas veces y con detenimiento.

—Oye, ¿y qué votos tienen los del «Agnus»? —le pregunta Ciriaco, malicioso.

—Los miembros del «Agnus Dei» han de hacer votos de celibato y castidad perfecta, de obediencia y de pobreza. Eso dicen, pero debe de haber dispensa para determinados votos, a juzgar por la opulencia de no pocos *agnusdeístas* que tú tanto conoces, querido Ciriaco.

—¿Yo? Que me registren...

—También proclama el «Agnus Dei» que se fundó para que «la fe cristiana informe plenamente las actividades de cada cual». Pero lo que cada cual puede observar es que las actividades del «Agnus Dei» están divorciadas de los evangélicos propósitos. Y esto lo sabes tú muy bien, querido Ciriaco.

—Yo no sé nada... Todo esto es para mí una novedad.

—Pues sigue escuchando. El «Agnus Dei» es una empresa montada técnicamente para apoderarse, poco a poco, de todas las actividades de la vida española... De las rentables, se entiende. Comenzaron por la universidad y se apoderaron de ella. Hasta tienen universidad propia, con fondos y protección del Estado. Pasaron después al campo económico. Asaltaron todos los ministerios llamados económicos, compraron bancos... y en sus manos están importantísimas empresas industriales.

—¿Qué crees, que yo soy de ellos?

—Has «tonteado» con ellos.

—Empieza a estar uno en la edad de *tontear*.

—No voy por ahí.

—No olvidaron la prensa, ni la información, ni la publicidad. Recientemente han puesto proa a los sindicatos verticales y al Ministerio de Asuntos Exteriores.

—Creo que exageras, querido Lorenzo; son más infantiles de lo que tú crees, y les supones una fuerza exagerada que no tienen por ahora, ni creo que sus miras sean tan altas como sojuzgar y dominar todo el país.

Aspiran a más, a mucho más, a todo. Están trabajando en estos momentos la oficialidad del Ejército y tratan de atraillar a los escritores e intelectuales... Tienen montada, además, su propia policía. Funcionario o profesor que no les gusta, le inutilizan... En una palabra: son una nueva inquisición instaurada en España.

Ciriaco se llevó las manos a la cabeza.

—Y creo que me he quedado corto —añadió Lorenzo.

La expresión de su rostro devino más severa, más atormentada.

—Hasta ahora los españoles hemos dado muestras de una gran paciencia. Y se equivocan si creen que esta paciencia es inagotable o es resignación. El pueblo español no conoce la resignación. El pueblo español puede una vez más enfurecerse ante tantas provocaciones. Y cuando se enfurece, nadie puede prever las consecuencias. El «Agnus Dei» constituye hoy una constante e intolerable provocación. Bien haría en leer la historia de España para no olvidar la suerte que corrieron todos los provocadores.

—Desbarras y te vas al otro extremo —le gritó Ciriaco—. No es tan fiero el león como lo pintas...

—Pues espera, espera a que os encontréis todos acogotados, y entonces me diréis.

Pero en esto se abrió la puerta del comedor y surgieron Vicenta y su marido Iñaque, sonrientes y ufanos.

Arancha se levantó a besar a su hermana, e Ignacio, abriéndose de brazos, deseó:

—Salud y alegría para todos... Y buen apetito, ¡eh!, buen apetito.

Palmeó las espaldas de Ciriaco y Lorenzo y a las mujeres les hizo una mamola.

—Veo que seguís tan guapas.

Ciriaco se volvió y le dijo:

—Tú, Iñaque, ¿qué opinas del «Agnus»?

—Santos y buenos deben ser esos señores..., masones o así..., que aconsejan no tocar a las mujeres ni tener hijos, ir a misa y comulgar todos los días, y darse dissiplinasos, comer y beber poco, nada más lo sufisiente para vivir, y despresiar el dinero, ya que el dinero es estiércol, peor que estiércol al olfato... Pero la verdad es que yo desconfío de estos señores que despresian todos los bienes de la tierra y todas, todas las comodidades..., y están luego con las dos manos a la ves en el cajón del pan. Desconfío, ¡eh!, desconfío.

Soltaron todos la carcajada.

Ciriaco le abroncó.

—Si son muy buenos chicos.

—Yo no digo que no. Pero desconfío, ¡eh!, desconfío. Aunque

disen, ¡eh!, disen que todo lo hasen para la mayor grandesa de la religión y de la patria.

—Haces bien en desconfiar —le bromeó Lorenzo.

—Sí, pues, hasta que me casé, ésta lo sabe, he sido muy ingenuo; pero me voy hasiendo un poco pillín, un poco nada más, un poco... El mundo está *corruto* y hay que andar con el ojo listo, no le vayan a haser a uno una jugada... Por lo demás...

—Sentaos —les ofreció Arancha.

Y les hicieron sitio a la mesa.

—¿Cómo va ese trabajo? —le preguntó Lorenzo.

—No me es simpático, nunca me ha sido simpático.

Y movía un dedo índice negativo.

—A ti, comer, beber, pasear y jugar unas partiditas de mus te son más simpáticos —le dice Arancha.

—Sí, más simpáticos... Todo lo que alegra mi vida me es simpático; todo lo que la entristece, antipático, y nada me la entristece más que el trabajo. No olvidéis que el trabajo es castigo de Dios..., no lo olvidéis.

Le acaban de servir una copa de coñac francés con el café. Y se vuelve a Ciriaco.

—Bien, ¿eh? Los negosios marchando, ¿eh, Siriaco? Marchando...

—Lorenzo te dirá cómo van.

—Puede estar tranquilo y vivir tranquilo.

—Eso es lo importante, la tranquilidad.

—¿Cuántos chicos tenéis ya? —le pregunta Martita.

—Dos, chico y chica; del chico, que promete ser un morrosco, es madrina Arancha. Yo ya le he advertido a Visenta: «Ahora, prudensia, ¿eh?, prudensia».

—¿Y ella te hace caso?

—Y qué remedio... No somos capitalistas.

Por el ventanal apaisado y por la puerta de la terraza entraba una brisa ventolinera, fresca.

—No hay casa mejor que ésta para vivir en todo San Sebastián.

—Para el verano, sí.

—*Pa* todo el año... Con buena calefacción en invierno... resulta bien y hermosa *pa* todo el año... Y este paisaje..., esto ahí delante, un regalo para los ojos *te es*.

Empuñó la copa y salió a la terraza.

—Ven aquí y termina de tomar el café, que luego saldremos todos —le gritó la mujer.

Pero él seguía embebiendo los ojos en la delicia contempladora.

Lorenzo se le incorporó en seguida.

—¿Qué hay, «gran hombre», cómo van las cosas aquí?

—La gente, muy descontenta. Que ha mejorado mucho el tono de vida, disen, pero es para ellos, para los ricos y los millonarios;

pa la clase media, que somos la mayoría, empeorar es lo que ha hecho.

—Separatistas, muchos, ¿eh?

—Cada vez más.

—¿Y qué quieren?

—Lo que todos queremos: vivir..., porque aquí no viven a gusto, ¡eh!, más que ellos, los que mandan y sus compinches, y así no vamos a ninguna parte.

Se miran los dos hombres y se sonríen.

—Hay andan disiendo que van a traer..., ¿y *pa* qué? *Pa* seguir tragando ellos todo..., si siquiera dejasen algo *pa* los demás...; pero esto no tiene arreglo. Cuando suben a mandar, todos, todos prometen el oro y el moro; pero cuando se encuentran arriba, se olvidan de lo que han prometido, y *too, too* es *pa* ellos, y apenas si nos dejan las sobras. Buena punta de mamonasos están todos hechos... ¡Puassh!

Se bebió de un trago lo que le quedaba en la copa.

—Aquí tiene que venir una gorda, gorda, y serrar primero la frontera *pa* que no escapen, y hay que haserlos escupir todo lo que han robado y aluego tirarlos con una piedra al cuello a la mar y empesar otra ves... Lo triste es que los que vengan serán como los anteriores y al poco tiempo estaremos en las mismas.

—¿Entonces tú no le ves arreglo?

Rascándose el colodrillo:

—No, pues... Todos, todos somos iguales... Todos..., todos somos de mala levadura y no hay nada que haser... Nada, nada, como no cambiemos *pa* mejor y de raís los españoles... Esa es mi opinión, ¿eh? mi sensilla opinión...

A media tarde salieron a dar un paseo. Arancha se emparejó con su cuñado Ignacio.

—A ver si estos días le animáis a Ciriaco, que le encuentro muy caído.

—Que coma, beba y se distraiga... y eso le animará. Ese también, con el dinero que tiene, ¿qué querrá? Pues nadie, nadie está conforme con su suerte en este puñetero mundo.

—No seas mal hablado —le exige, sonriente, la mujer.

—¿La salud le marcha bien?

—Sí, pues.

—Por nosotros no va a quedar; díselo a Lorenzo. Tú haste esta reflexión, de que cada ves hay más dudas de que haya otra vida, aunque digan lo que digan los curas, y que de ésta, de ésta hay que aprovecharse... Si no, bueno va uno.

—Qué herejote eres... ¿Cómo quieres que le diga yo eso a mi marido?

—Pues disiéndoselo, disiéndoselo; así le cogerá gusto y se animará a disfrutarla y a gosarla..., porque si le empieza a haser asquitos..., malo, malo.

—Yo, por mi parte, le animo y le hago las reflexiones que le puede hacer una esposa católica.

—Pero sin hipocresías y sin trampas, ¿eh? Sin hipocresías...

—Yo no le voy a animar a que se vaya de juerga con otras mujeres, pero tú, con tus cuchipandas y tus bromas, dentro de lo que cabe, es quien más le puede levantar el ánimo.

—¿Se lo has dichò a Lorenso?

—Díselo tú y a ver si le distraéis y le apartáis del pensamiento de sus asuntos y de sus negocios.

Pasaban delante del hotel Londres.

Esperaron a los que venían detrás.

Cuando se incorporaron, Lorenzo les indicó:

—Mi mujer nos invita a cenar a todos esta noche en el casco viejo.

—¿Con motivo de qué? —preguntó Ciriaco.

—Por la razón de encontrarnos todos juntos —le aclaró Martita—. ¿Te parece poco acontecimiento?

—No, no; encantado.

—¿Por qué no nos dejáis ahora los hombres y os vais por ahí?

—Ignacio, llévales al frontón, que mi marido no ha visto nunca un partido de pelota.

—No me parece nada mal —aceptó Lorenzo.

—En el Urumea hay remonte; vámonos allí.

—Tenemos que ir a la casa de la hermana modista de Arancha, a ver trapos.

—Bueno, id al frontón; pero ojo con jugar, ¿eh? —le advirtió Vicenta a su marido.

—Estáte tranquila, que ya me doy cuenta andamos a fin de mes.

—No quiero luego disgustos —le previno la mujer.

—¿Cuándo he dejado de ser un marido ejemplar?

—Cuando juegas.

—Estos dos serán testigos de mi ejemplaridad esta tarde.

—A ver si es verdad... De ellos me fío.

Abandonaron a las mujeres y se fueron al frontón.

Había bastante público en el Urumea.

—Vamos a haser una «vaquita»... Toca a cada tresientas treinta y tres pesetas... Con esas mil pesetas yo jugaré.

Le fueron a dar su parte cada uno.

—No, no hay prisa.

Era un partido de remonte y contendían dos parejas.

Acababa de empezar el partido e iban delante los azules, seis por tres.

Después de observar quiénes eran los jugadores en la cancha, entró Iñaque por los rojos.

Poco después de recoger su apuesta se igualaron los dos bandos a nueve... y salieron por delante los rojos.

Hizo otra apuesta y les susurró:

—Me parese, ¿eh, me parese que nos vamos a poner a ganar por los dos lados?

—¿Gane quien gane? —le pregunta Ciriaco.

—Sí, pero mejor si ganan los rojos; ganaremos mucho más.

Hubo alternativas y se encrespó «la cátedra».

Súbitamente, Iñaque se puso en pie.

—¡¡¡Va, va!!! —gritó a un corredor que voceaba una traviesa.

Lorenzo y Ciriaco le miraron asustados.

Recogió la nueva apuesta.

—Esto se pone bien..., pero que muy bien.

El griterío era ensordecedor... Cuando decae, se oye el zurrido seco de la cesta al remontar la pelota.

Siguieron con ansiedad de uno en otro jugador el viaje de la pelota de la cesta al frontis.

Eran los últimos tantos y, en las sillas y en los palcos, muchos de los apostantes, nerviosos, se habían puesto en pie.

En esto, Lorenzo volvió la cabeza y sorprendió en su butaca a Ciriaco palidísimo, con los párpados echados, como sin vida.

—¿Qué te pasa?

Le sacudió, pero no se movía.

—Ignacio, Ignacio, este hombre, que se ha puesto malo.

Le cogieron entre los dos y medio le arrastraron hasta la dirección. Un médico que estaba en uno de los palcos, al ver que le retiraban, fue a auxiliarle.

Le tumbaron en una *chaise-longue* y le dio un masaje al corazón. De la enfermería subieron en seguida una inyección de cafeína para reanimarle.

El griterío de la contracancha, corredores y apostantes, penetraba a través de la puerta.

Ciriaco reaccionaba.

—¡Qué susto nos has dado! —le sonrió Lorenzo.

—Animo, hombre, ánimo —le animó Ignacio.

Se fue reponiendo.

Más tarde pidieron un taxi y le trasladaron a su domicilio.

—De esto, nada a las mujeres —fue lo primero que les pidió—; que para cuando vuelvan estaré completamente entonado.

—Ahora, en casa tranquilos, un whisky te vendrá bien.

Se sonreía ya y respiraba con ansia.

Quiso sentarse en la terraza, cara a la brisa.

—¿No te enfriarás? —temió Lorenzo.

—Quiero aire, aire..., que me dé el aire.

Miró al cielo con una fruición posesiva.

Suspiró:

—¡Ay, qué hermoso es vivir!

—Y más con el dinero que tú tienes, querido Siriaco.

—En la pura miseria y en una cueva, aun así es hermoso —gruñó.

Se le iba sonroseando el rostro.

—¿Cómo hemos quedado con las apuestas?

—Aquí tengo las traviesas; voy a preguntar cómo ha terminado el partido.

Salió y se puso al habla con el frontón.

Volvió al poco tiempo, alborozado.

—Rojos..., los rojos... Hemos ganado serca de tres mil pesetas. Cuando Arancha me dijo de traeros al frontón tuve, ¿eh?, tuve una corasonada.

—Nos las tenemos que comer y beber estos días.

—Pero con calma, ¿eh? Con calma, sin atropellar.

Lorenzo se reía.

—Tú ahora cuida al enfermito, mientras me aserco al Urumea a arreglar cuentas... Sinco minutos, son sinco minutos.

—¿Volverá éste con los cuartos? ¿Tú crees que volverá? —Ciriaco bromeó a Lorenzo.

—Ahora veremos si, como dicen por aquí, es hombre de fiar.

—Poco, poco es esto para dejar de ser decente.

Al tercer chicotazo de whisky, Ciriaco estaba como nuevo. Cada respiración era en él poner a prueba su existencia: respiro, luego vivo; respiro, luego vivo; vivo, luego respiro. El cielo le parecía más cielo y el mar más mar.

—Tenemos que divertirnos y disfrutar este verano, porque quién sabe los que me quedarán...

—Si consigues vivir sin preocupaciones..., muchos te quedan..., muchos —le vaticinó Lorenzo.

—La preocupación es la sal de la vida... Hombre sin preocupaciones es hombre inodoro... Sin preocupaciones, para qué vivir.

—También es verdad... Pero hay que tenerlas sujetas y a raya, como las pasiones.

—Después de todo, las preocupaciones son hijas de nuestras pasiones y si no las tuviéramos, las inventaríamos como necesarias a nuestra subsistencia.

—Hombre sin pasiones es como guitarra sin cuerdas.

—Exacto... Que vivan, que vivan nuestras pasiones, porque sin ellas nuestra vida sería huera e insípida.

El cielo empezó a arrebolarse de una rosa delicadísimo.

Ciriaco consintió que los ojos se le embebiesen en su delicia.

Deleitándose en su contemplación:

—¡Qué tono más suavísimo! Parece robado de la Anunciación de Fray Angélico.

En seguida, en la línea del horizonte, era ya puro cinabrio.

Se callaron y se dejaron ganar por el variopinto sortilegio del mar. Nada era abigarrado. Los colores daban todos con sus tonos matrimonios bien avenidos. Empapáronse de tanta gozosa fruición.

Ciriaco, de repente, gritó:

—¡El rayo verde! ¡He visto saltar el rayo verde! ¡El rayo verde! Toda la vida tras él y sólo ahora me ha sido dado sorprenderle.

Recalcitraba como un crío que hubiese sorprendido el gozo de un milagro:

—¡El rayo verde! ¡El rayo verde!

Lorenzo le miró y pensó: «La vejez nos vuelve a hacer infantiles.»

Poco después se oyeron las voces de las mujeres que llegaban.

Ciriaco se puso en pie, fue a su mujer y le besó.

—Arancha, me ha sorprendido el rayo verde.

Su gozo no tenía límites.

—¿Y cómo es?

—No te lo puedo explicar... Se ve, pero no se puede referir su maravilla... Es..., es, pues, eso..., el rayo verde.

Cuando hubo terminado de manifestar su deslumbramiento, Ignacio se acercó a los hombres y les sopló muy bajito, con un gran sigilo:

—Al salir del frontón he visto a Mendibiri, un pescador de chipirones, amigo, y me ha dicho que este verano viene un chipirón... gloria pura..., gloria pura...; de grano pequeño, así, como la uña grande de un dedo grande..., que se come casi sin sentir, de un bocao... Si le empujas luego con un Rioja tinto..., un Rioja de cuerpo..., es hablar con Dios..., hablar con Dios.

Se lo manifestó con un misterio tremendo, como si se tratase de algo importantísimo y sobrecogedor.

Y a los tres los jugos les fabricaron un regusto a la salsita oscura del chipirón.

Las mujeres, después de saludar a sus maridos, seguían perorando de modas y de telas.

Sobre el mar se iba madurando una fresca negregura. Aquí y allí la rebanaba alguna luz.

—¿Dónde queréis que vayamos a cenar? —preguntó Martita.

—Vosotras, vosotras desidiréis.

De repente, La Concha se encolló de topacios. Las luces varilargueras de los muelles rejonearon el mar.

El escenario cobró una belleza fantasmal.

—Bueno, vamos andando —dijo Ciriaco, poniéndose en pie.

Salieron y descendieron la cuesta hacia «La Perla», despacio.

—«Flores» ha cambiado de dueño y lo han reformado... y me han dicho que dan muy bien de comer —les previno Vicenta.

—Vamos, pues, allí.

La parte vieja rebosaba olfativa y culinariamente por las puertas abiertas de tabernas y restaurantes. Mucha gente iba y venía indecisa, vacilante, sin entrar aquí o allí. Otras se movían a tiro hecho.

El local, reformado, había mejorado de tono.

Les adecuaron una mesa para seis.

Cada cual pidió sus gustos y preferencias.

Lorenzo comió una merluza en salsa verde que le colmó de gustativa satisfacción. Durante la cena observó a Ciriaco tragar y beber con una voracidad impropia de su estado y de sus años.

«Cumpliré con mi deber no refiriéndole a su mujer la desgana sufrida... y de la que. el médico que le ha asistido no ha puesto muy buena cara.»

«Este hombre no tiene bien su corazón, y si se repitiera...»

Recuerda ahora las palabras del médico y queda como apagado, lleno de tristeza.

Martita, que le observa, le pregunta:

—¿Qué te pasa?

—Nada, nada.

—Déjate de otros pensamientos ahora... ¿No ves qué alegre y satisfecho está tío Ciriaco? Pues imítale.

En aquel momento Ciriaco les invitaba:

—Me vais a dejar que os convide.

—Prepare un par de botellas de champán —le pidió a la chica que les servía.

Arancha le miró ufana. Le encontraba alegre, de buen color y rozagante.

Cuando lo destaparon, la espuma se afofó derramadora.

Con la copa en alto, Ciriaco brindó:

—«Porque Dios nos conserve a todos la salud, que es nuestra mejor riqueza.»

Chocaron las copas unas contra otras y saltaba de ojos a boca una sabrosa gracia risueña.

A Iñaque los ojos le burbujeaban pícaros y cariciosos.

—Siriaco, tú que eres hombre de derecho, qué opinas en cuanto a la limitasión de la prole... ¿Cuál, cuál crees tú que será la última palabra del Consilio?

—Se buscará un término medio..., me da esa impresión.

—O sea, que ni a favor ni en contra.

—Es un tema delicadísimo, y si se dejan las puertas abiertas, podría ser una catástrofe.

—Pues si cierran las puertas, los que no somos ricos y tenemos mujer joven y cariñosa..., vamos buenos... Y ¿qué hasemos? ¿Me quieres desir qué hasemos cargándonos de hijos?

—Pues lo que hace mucha gente..., trampa —reconoce Ciriaco.

—Pero la trampa es pecado mortal, y yo no estoy dispuesta, para satisfacer el egoísmo del marido, cargarme con un pecado mortal —le gritó Vicenta.

—Escucha, mujersita mía; tú sabes cuánto, cuánto te quiero, y lo felis que me hases... Dos churumbeles tenemos ahora, chico y chica... Hasta otro más de repuesto te consiento..., pero si me sueltas más de tres, que te los mantenga la iglesia, porque tu marido se llamará andana..., y no quiero saber más.

—Tú aguantarás con los hijos que te vengan; si no, no haberte casado, que bien de sobra sabías que yo era católica, apostólica y romana.

—Yo también, pues, católico soy, pero aspiro a que el día de mañana mis hijos no se me mueran de hambre o de incultura.

—Pues si no quieres tener más de tres, hay una solución.

—¿Cuál?

—No tocarme más.

—Eso dises ahora, pero en el invierno, cuando el viento golpea y silba en las contraventanas..., bien te asercas y te acurrucas, y luego, claro..., luego es ella.

Las demás mujeres lloraban de risa. Sólo Vicenta permanecía seria.

— ¡Sinsorgo, más que sinsorgo!

Los hombres se miraban unos a otros y contemplaban a Ignacio, zumbones.

—Este Papa es muy inteligente y la iglesia se va haciendo, felizmente para ella y para sus feligreses, cada vez más comprensiva —la consoló Lorenzo.

—Tú crees, ¿eh? Pues vamos a esperar.

Quedó con una cara larga y lastimosa.

Presentó su copa vacía para que se la llenasen y se la bebió de un largo trago.

Lorenzo alzó la suya y brindó.

—Porque pronto nuestros queridos amigos Vicenta e Iñaque disfruten de una familia hermosa y numerosa.

—Pronto.

—Pronto.

—Pronto —pidieron todos.

—Estos sosialistas que disfrutan de un buen sueldo y de mujer guapa y rica son el demonio, ¡eh!, el demonio... o así.

—Mi fortuna es del viejo régimen y muy escasa —risoteó Martita.

—Más, más escasa es la nuestra, ¿verdad, Visenta?

Ciriaco se congestionaba de risa.

—Escuchad, os voy a hacer una proposición —les consuela Ciriaco—. De los que pasen de tres, Arancha y yo, que no tenémos ninguno, nos hacemos cargo.

Lorenzo contempla, campechano, a la pareja.

—Hay un refrán de mi tierra que dice: «No hiere Dios con dos manos, que a la mar hizo puertos y a los ríos, vados.»

—Aquí desimos nosotros que Dios aprieta, pero no ahoga.

—Pero es más bonito el primero —reconoce Arancha.

Instrumenta Ignacio un gesto de hombre acosado y alzando la copa y los hombros exclamó:

—En esto, como en todo, Visenta tiene la palabra.

—Pues vamos a brindar por Visenta —pide Ciriaco.

Todos se pusieron en pie con su respectiva copa. Como algunos la tenían ya vacía, hubo que pedir otra botella.

La destaparon y les sirvieron.

—Por Vicenta, símbolo de la mujer española —brindó Ciriaco.

—Por Vicenta.

—Por Vicenta.

—Que aquí también ya empiesan a hacer trampa muchas.

—Pues por las que aún no la hacen —recalcó Ciriaco.

Bebieron todos, joviales y chanceros.

Iñaque le pidió de postre a la chica un ración bien cortada de queso Idiazábal y una jarrita de tinto Rioja, de pellejo…, y pan.

Lorenzo le imitó y cuando comió el queso le supo a gloria.

—Es exquisito —aseguró, y le dio a probar a su mujer un trozo.

Pasaron unas semanas de buen tiempo, sin temporales, y un cielo azul pálido, alto y generoso.

Vieron un par de corridas de toros.

Los hombres, solos, volvieron por el frontón alguna tarde.

De mañana, las mujeres iban a la playa de Ondarreta con el coche, que las recogía a la hora de comer.

Ciriaco se emperezaba en la cama, donde desayunaba y leía los periódicos. A veces pasaba con el coche a recoger a las mujeres a Ondarreta y aprovechaba para dar un paseo por la playa. Pero las más veces tomaba el aperitivo con Lorenzo y algún amigo en el centro de la ciudad.

El Madrid político seguía trasladando sus reales a San Sebastián en verano, como en el antiguo régimen. El mismo hecho de que Franco pasase allí parte de las vacaciones veraniegas predisponía a la continuación. Personajes y personajillos pululaban por los cafés a la hora del aperitivo y por los paseos en los momentos de más bullicio.

La ciudad, pulcra y hermosa, maravillosamente emplazada, cercana a la frontera de una nación sede del gusto y de la elegancia femenina, recibía por la próxima aduana de Irún el mayor y mejor turismo de Europa.

Muchos días esperaban saliese Ignacio de su trabajo, pues hacía jornada intensiva, y se iban con él a comer los tres por ahí. En agosto tomó sus vacaciones Iñaque y ya quedaron más cómodos para sus pequeñas cuchipandas.

La idea fija de la muerte que le rondaba a Ciriaco desde hacía un par de años y su preocupación por los negocios turbios de don Diego, en los que él se había deslizado al aceptar ser particionero de alguno, le agravaba su estado de ánimo más de lo conveniente.

En su influencia y en su fuerza parapetado, don Diego seguía en la brecha.

Este estado de su conciencia sucia y de estar asociado a un repugnante pícaro es lo que angustiaba más el corazón de don Ciriaco. Trataba de librarse de esta obsesión que se le hacía fija. Por eso preparaba con frecuencia viajes de pura distracción por la costa vasca y la francesa con su coche o por el interior de la provincia y las provincias limítrofes. Todo para huir de sus pensamientos.

Su misma mujer, al verle tan alicaído y tristón, le animaba y favorecía este turístico vagabundaje.

Ya en agosto salían con frecuencia los hombres solos.

—Me da no sé qué verle así —decía Arancha—. Un hombre que debía estar riéndose a todas horas, pues todo le ha salido bien en la vida.

Lorenzo se sonreía.

—Uno es como es y qué le vas a hacer...

—Este verano que ha venido bueno, pues... aprovecharemos para recorrer el Pirineo vasco-navarro, que es precioso, como paisaje montañoso una delicia y caeremos aquí a la vuelta para la Virgen... A éste también le gustará —se refería a Lorenzo—, y, bien, ¡eh! Comeremos y beberemos a modo, ¡eh!, bien, bien... Y solos, solos los hombres. Habrá divorsio de las mujeres, pasajero y cortito, pero divorsio..., y a respirar unos días sueltos —les animó Iñaque.

Se largaron subiendo por el Urumea y estuvieron de vuelta la víspera de la Virgen por la mañana.

San Sebastián, en su acmé de esplendor, se abría las venas de sus avenidas y sus calles, sus playas y sus jardines, sus tabernitas y sus restaurantes, desangrándose en honor del veraneante y del turista.

La brisa ponía su adhesión a la Virgen, besando suavemente banderas, colgaduras y reposteros. Desde muros y paredes, los carteles de la corrida adelantaban su variopinta y taurina traza. Las velas y las banderas tremolaban sus resayes más enternecidos en honor de la Virgen.

—Hemos quedado en ir a la Salve los tres matrimonios —le planeó Arancha sólo despertarse aquella mañana.

Era la víspera de la fiesta.

La luz penetraba por la ventana en gajos remolones y pingües.

—Hace un día digno de la Virgen —le indicó la mujer, retirando las cortinas.

—Hoy comemos en casa los cuatro matrimonios. Vienen también Concha y su marido, que con tanto trabajo, ella no tiene tiempo ni humor para venir nunca a comer..., pero un día es un día y el día de la Virgen del Coro, la fiesta de San Sebastián.

Contaban y no acababan de su viaje por Navarra, de sus solemnes y pintorescos paisajes, de la belleza y carácter de sus pueblos, de la simpatía de sus gentes, de sus comidas y ásperos vinillos.

El sol y el viento le habían soleado y asolanado el rostro, y sus ojos daban un brillo nuevo más juvenil.

—Estás mucho mejor de aspecto —le alegró la mujer, contemplándole.

—Te ha sentado bien la expedición.

—Sí, hemos contemplado paisajes imponentes y hemos disfrutado. Tu cuñado es inagotable; entre hombres solos, que hay más libertad para contar ciertos chistes..., es inefable.

—Vicenta me ha dicho que ha venido encantado y contento de lo bien que le habéis tratado.

—El que nos ha tratado admirablemente es él, que ha hecho de cocinero muchas veces y nos ha dado unas comidas pantagruélicas y exquisitas. Una tarde, después de comer, queriendo saber los gustos de cada uno, le preguntó Lorenzo:

—A ti, Ignacio, ¿qué es de verdad lo que te gusta?

—Hablar y contar..., pero hablar rodeado de buenos alimentos y bebidas, sin preocupaciones de ninguna clase, y de buenos amigos, eso es lo que me entusiasma... Por eso, para mí, la vida ideal me agradaría que fuera una larguísima sobremesa que no acabase nunca, después de una comida, hecho por mí el menú, ¿eh?

Nada de bromas, pues, que esto de comer y beber es muy serio, mucho...

Y se puso en pie y todo el rostro le cobró una imponente gravedad.

—Lorenzo y yo nos miramos y nos dimos cuenta rápida de que era un vascongado serio el que nos exponía sus gustos, y contemplamos lo bien orquestado de su arquitectura, y su fuerza y su eslora, y su empaque y su escepticismo; un escepticismo de raza vieja.

—Yo vengo de gentes que han adorado el sol, padre de toda la vida. Mi raza es la última de todas las españolas que se hace cristiana y adora a Dios..., la última, ¡eh!..., la última... Y de ahí, yo creo que de ahí nos vienen a los vascos nuestras mejores virtudes.

—Ese un poco chorúa está —le disculpa Arancha.

—¿Qué es eso de chorúa?

—Es vascuence: ligero de cascos, loco.

—Todos, todos estamos un poco chorúas —recoge Ciriaco, melancólico.

—Bueno, no nos pongamos tristes, que mañana es la fiesta de la Virgen.

Se habían reunido los cuatro matrimonios para asistir juntos a la Salve y ponerse de acuerdo sobre la comida del día siguiente.

Era espléndida la tarde.

Iñaque se mantuvo ingenioso y chirigotero, mientras bebía un whisky, bromeando con todos.

Antes de salir les quiso contar un chiste vasco.

—¿Es verde? —le preguntó Arancha.

—Sí, pues, bastante.

—Pues no lo cuentes.

—Ahora, sobre todo en las cuchipandas, está de moda entre gente distinguida y aristócrata contar chistes verdes, cuanto más verdes mejor —trató de suavizar su hermana, la modista.

—Pues que sigan con esa moda...

—No he dicho una palabra, cuñadita —y se alzó de hombros Ignacio.

Fue decreciendo el bullicio de las conversaciones y les ganó a todos una dulce haronía.

Las mujeres se metieron por la casa a enseñársela a Concha, la modista, que no la había visto aún. Los hombres se distrajeron charlando y contemplando el panorama marino.

Ciriaco encendió un puro tras otro. Había comido mucho y bebido con largura. Se hallaba congestionado.

La tarde era pachorrenta, serena.

Por las rampas de acceso se veía a la gente descender a la playa.

El cielo tenía una uniformidad azul-plata, sin una nube, cosa rara en la costa vasca. Hacía calor. Por la curva regalona del cielo empezaban a subir algunos cohetes.

—Buena corrida mañana —asoció Lorenzo.

—Mira, nos debemos a las mujeres y hay que ir hasta Santa María a la Salve cantada —proclamó Ignacio.

Se oían las voces altas de ellas dentro.

—Sí, sí, tenemos que ir; yo nunca la he oído, después de pasar tantos veranos en San Sebastián —confesó Martita.

—La canta de maravilla el coro «Chapel-ederra», que tiene muy buenas voces. Después de la Salve empieza la juerga... gorda, gorda... La Salve es la señal —les dijo Ignacio.

—Aquí hasta lo religioso se disfraza de jolgorio para comer y beber —asegura Lorenzo.

—Toda fiesta te tiene, pues, aire religioso para dar grasias a Dios, y qué mejor manera de darle grasias que comer y beber en su honor. No hay mejor ofresimiento que alsar copas y alimentos en agradesimiento a su tremenda y oscura potestad.

El marido de Concha les hablaba de la marcha del fútbol y del deporte en general.

—El fútbol se ha dividido y agrupado en sociedades anónimas; cada banco importante dirige y protege un equipo de fútbol importante. Como hay los cinco grandes de la banca, hay los cinco grandes del deporte. No es otra la razón de que se puedan pagar millones por el traspaso de un «fenómeno». Aquellos tiempos de la Olimpiada de Amberes, con José Mari Belausteguigoitia y Pagaza..., ¿a dónde fueron? Ahora los árbitros tienen un precio... y los jugadores hacen tongo, como en las canchas de algunos frontones.

—Y los cronistas, ¿qué haséis? —le acosa Ignacio.

—Vivir del cuento... ¿No te digo que hay para todos? Dentro de poco, como los cronistas de toros, los de fútbol terminaremos pagando nosotros por que nos consientan ejercer la crítica, en éste o en otro periódico, según su importancia y tirada.

—O sea, que terminaréis comprando el puesto de crítica.

—Sí, como se compra y se paga un solar.

—¿Y el ingenuo lector de deportes?

—Que se espabile.

—¿Y éste es el milagro de España?

—Eso parece —le bromeó el cronista deportivo.

En este momento circulaba por el paseo de La Concha una camioneta de Información y Turismo con el cartelón de:

MANTENGA LIMPIA ESPAÑA

La coincidencia les hizo soltar a todos la carcajada.

En esto aparecieron las mujeres, faroleras, sonrientes, bulliciosas.

—Ya os estáis preparando para ir a la Salve —les previno Arancha.

—Calma, calma, que Santa María está a un paso.

—Pero hemos de ir pronto, si queremos coger banco —añadió Vicenta.

—Aquí, al aire libre, con una copita y un cigarro se está tan bien...

—Menudos herejotes estáis hechos todos vosotros —les azuza Vicenta.

Los hombres se desperezan y se sonríen.

El cielo se hace cada vez más tenso, más traslúcido; parece que va a rasgarse de un momento a otro.

Pasa una golondrina crucificando con sus chiídos la tarde.

Los hombres se van poniendo en pie.

En todos se lee el disgusto de tener que abandonar el sitio y la haronera postura.

—Hay que obedeser —reconoce Iñaque.

Salen poco a poco.

Descienden por la cuesta.

Las mujeres van delante.

—Mucho barullo estos días, ¿eh, Ignacio?

—Sí, demasiado... A mí San Sebastián cuando más me satisface es en otoño, cuando el verano se lo entrega con poca gente, transparente y quietesito, y la mar empiesa, ¿eh?, empiesa a haser de las suyas... Allí por San Miguel, que son mareas altas..., y la mar, al golpear la tierra es como un trueno seco y hondo, y la *lus* se encoge y se abarquilla y se bronsea, como las hojas de los árboles..., y las mujeres no enseñan los brazos desnudos ya..., y las voses suenan más inmediatas y menos desagarradas, y los ojos de los hombres miran más descargaos, con más limpiesa... Así, en esos días, es cuando me gusta a mí más la siudad —confesó Iñaque.

La voz se le adelgazó y se le hizo agridulce, como las manzanas reinetas.

—Entonses San Sebastián es para nosotros, para sus hijos, no para los de fuera, que la toman, la palpan y la soban y la disfrutan, la gosan y encima se quejan los muy ganorabacos de que es cara.

Al llegar a la calle Mayor, las mujeres se volvieron a ver si las seguían los hombres. En seguida continuaron hacia la iglesia al fondo de la calle.

El gentío era inmenso.

Llegaron justo para poderse sentar.

La iglesia es maciza, hermosa, marinera, barrocona, del XVIII. Con un coro berroqueño, soberbio y amplio. Presidida por la Virgen del Coro, patrona de la ciudad.

Al poco tiempo estaba la iglesia repleta. Un murmureo nervioso, respetuoso, iba de boca en oído y de oído en boca. El templo ofuscaba con todo su lucerío.

De repente la gente se tranquilizó y se hizo el silencio.

Se oyó golpear con la batuta en el atril.

Y la Salve en la polifonía de sus voces se abrió bajo las bóvedas como una gigantesca flor.

Arancha se ladeó y amonestó a su marido para que le rezara en voz baja a la Virgen.

Las notas del órgano caían en catarata mesturadas con las viriles y orquestadas voces.

Hasta la piedra fría del templo se estremeció.

La Virgen Madre desde el altar mayor recogría todas las oraciones de los devotos.

Ciriaco notó, de repente, un dolor que iba a más en la zona del corazón que no le permitía respirar. Pensó que era por el ahogo de la mucha aglomeración y que se le pasaría... Pero el dolor se fue haciendo insoportable y desgarrante.

Arancha, que se lo notó, le preguntó:

—¿Qué te pasa?

Quiso disimularlo, pero no pudo.

Se cubrió todo él de un sudor frío, algidísimo.

—No sé..., me pongo muy mal.

Se tornó todo él de un color gris, de plomo.

Vencióse su cabeza del lado de Arancha.

—Me mue...

La mujer pegó un grito horrendo.

Las voces de los cantantes se ovillaron, asustadas.

Se desplomó amoratado entre los dos bancos.

Le recogieron y sacaron los hombres, entre la masa compacta, con gran dificultad y le llevaron a la Casa de Socorro más cercana.

Cuando le tendieron sobre la mesa no hubo nada que hacer: estaba muerto.

Arancha, agarrada a él, rugía enloquecida:

—¡Ciriaco! ¡Mi vida! ¡Ciriaco! Que soy yo, tu... tu ¡Arancha!... ¡¡Tu Arancha!

Le movió, le sacudió, le zamarreó, creyendo que así volvería a la vida, pero en vano.

Lorenzo e Ignacio hicieron lo indecible por llevársela, pero no conseguían arrancarla de allí.

—Vamos, mujer, vamos... Que no hay nada que hacer... Desgraciadamente no hay nada que hacer.

—Probablemente ha muerto de un infarto de miocardio... Seguramente tendrá las arterias coronarias esclerosadas..., y una obstrucción —comentó fríamente el médico.

Al fin consiguieron apartarla las mujeres y cubrieron el cadáver. Y se llevaron a la pobre Arancha entre sollozantes silencios.

Se encontraba tan sola la pobre Arancha, que una tarde le suplicó a su hermana Vicenta:

—Quedaos, quedaos conmigo aquí, que se me cae la casa encima y me muero de tristeza.

Martita, por su estado, había salido de cuenta aquellos días, no podía con su filial carga y el disgusto tremendo de la muerte de tío Ciriaco, a quien adoraba, la había dejado en estado de verdadero abatimiento.

—Vete allí y estáte junto a la pobre Arancha para lo que necesite, que yo no me puedo mover —le había enviado a su marido.

Después del entierro y los funerales, le llevaron a enterrar con los suyos a Minglanilla, y celebradas las misas de difuntos, Arancha quedó tan deshecha y desarbolada que se cobijó junto a Vicenta y los suyos y Lorenzo, que se multiplicaba por atenderla, porque no podía más de pena. Había sido todo tan rápido y brutal y tan aparatoso, mientras cantaban la Salve en Santa María, que la mujer quedó sobrecogida y anonadada.

Fue por aquellos días que se disculpó con Arancha:

—Te dejo porque me entero que mi mujer acaba de dar a luz un hombrecito.

—Vete, vete, ya ves cómo estoy yo. Dile a Martita que en cuanto me rehaga un poco iré a verlos, a ella y al crío, y a darles un abrazo.

Salió en seguida Lorenzo hacia su casa.

«Unos se van y otros vienen», iba pensando..., y esta es la vida implacable.

Sólo entrar oyó los lloros de la criatura, que pedía su parte.

Se iba en aquel momento el médico.

—Están en excelente estado la madre y el crío... Todo ha venido bien. Vaya, adiós.

—Adiós, doctor.

Se abrazaron marido y mujer.

—¿Le has visto? Es hermosísimo.

La madre misma lo sacó del moisés y se lo mostró.

No se atrevía a tocarle.

El crío recalcitraba, lloroso, protestón.

—Me da no sé qué. Déjale en la cuna o dale de mamar. Me produce tal angustia, que me parece que se va a romper.

Sufría Lorenzo al observar la fragilidad del mamoncete.

—Viene muy grande y muy brutote para el tiempo que tiene.

El padre se asustaba; Martita se reía.

Le puso a mamar y se calló.

—¿Qué hace Arancha?

—Te puedes figurar; deshecha.

—A ver si dentro de dos o tres días puedo ir a consolarla.

—La acompañan sus hermanas..., sobre todo Vicenta, que se ha instalado allí con los hijos y el marido.

—Es lo que debe hacer, no dejarla sola ni un momento.

—¡Ha sido tan espantoso!

—Sí, ha sido horrible, y a última hora... ¿Qué ha dicho el médico?

—Que debía de tener las arterias coronarias esclerosadas... El fumaba mucho y comía y bebía demasiado; luego, la obsesión de don Diego..., todos esos quebraderos de cabeza han acabado con él.

—Era muy grueso y congestivo y muy corto de cuello... Pero, sobre todo, los contratiempos..., el mismo disgusto de Antonio...

—Sí; eso le quebrantó mucho.

De repente se miran y se callan los dos.

—¿En qué piensas? —le pregunta el hombre.

—En el bautizo que le haréis en cuanto yo me pueda levantar... Yo he pensado ponerle tu nombre.

—Es muy feo.

—Qué va a ser feo; además, no se trata de que sea feo o bonito. Es tu nombre, y para mí y para él llamarse como su padre resultará precioso.

Se estremece y besa agradecido a su mujer.

Martita deja al ama dirigiendo la limpieza y baño del crío.

Más tarde comen juntos en el cuarto.

—En cuanto reposes un poco, pasa por casa de Arancha por si se le ocurre algo —le indica.

—Eso pensaba.

Encontró a Arancha jugando cariñosona con el sobrino, un crío de un puñado de meses...

Casi se sonríe ya, pensó Lorenzo observándola. Los ojos le fosforescían maternales y la garganta se le curvaba como un mansísimo río.

—Mira, mira qué sobrinazo tengo... —le soltó sólo entrar—. Soy su madrina... Es un sol... Mañana, que espero encontrarme mejor, con más ánimos, iré a ver a tu mujer; díselo.

Era septiembre y se acortaban los días sobre el horizonte. Al anochecer el viento era fresquito.

—Cuando estés completamente tranquila y descansada, querida Arancha, me lo dices... para que hablemos del estado de los asuntos y bienes de tu marido, que ahora son tuyos por su muerte, pues como sabes no ha dejado otro heredero que tú.

—Me iré si queréis hablar —terció Vicenta.

—No, por Dios..., si estas cosas no tienen ninguna prisa.

—Ni tengo yo por qué tener secretos con ésta —se refería a Vicenta.

—Eso es asunto vuestro —se sonrió Lorenzo.

—Sé que soy su única heredera.

—Lo suponía..., y como apoderado de él y jefe de su oficina, sabes que estoy a tus órdenes para lo que sea...

—¿Para todas esas diligencias yo tendré que ir a Madrid?

—Sí, será mejor; pero puedes esperar a que las lluvias te echen; no tienes prisa.

—¿Vosotros también os iréis?

—Yo iré por delante en cuanto se reponga Martita.

—Creo que vuestro hijo es muy hermoso.

—Sí.

Arancha cariñoseaba con el sobrino, besucona, derramadora. Una dulce penetración maternal la embebía.

Se encendió toda ella como una antorcha: ojos, boca, sentidos.

—Ramón, ven aquí.

Se llamaba Ramón, como el abuelo paterno.

Le tomó a la fuerza y le apretó contra su corazón.

El crío forcejeó y se dio a llorar.

La mujer se vistió de una dulcísima ternura.
Le abrazó contra su pecho:

Aurtcho tchikia
Negarrez dago
Ama, emaiozu titia
Aita gaiztoa tabernan dago
Picaro Jokalaria

(Nuestro niñito está llorando,
dale, madre, la teta;
el fresco de tu padre está en la taberna,
ese pícaro jugador)

Se hizo un silencio lírico, dulce.
—Tienes que ser obediente, que es lo primero que ha de aprender un hombre, obedecer —le decía la tía.
Pero el crío hacía todo lo contrario de lo que le mandaba la tía.
—Dame a mí ese chupete —le pide.
Pero el sobrino lo retiene con una tozudez aldeana.
Cuando la tía fue a retirárselo, el crío se desgañitó y armó una llorona marimorena.
—Mocoso, obedece a la tía o te doy un moquete —le prometió su madre. Pero el crío lloraba recalcitrante y se negaba a dar nada. Ahora, eso sí, cuando se distraía la tía o su madre, tiraba un zarpazo y se llevaba por delante las medallas o lo que encontrase del pecho de la persona siniestrada.
—Este chico es de una rapacidad que asusta —exclama Arancha.
—Y todo, todo se lo lleva a la boca.
—Dedícale a la política, que hará carrera; un gran ministro de éstos de ahora.
—¿Por qué éstos de ahora? ¿Los de antes eran mejores? —pregunta Arancha.
—Sí...
—Hay menos personas decentes, cada vez hay menos personas decentes, y más manga ancha para todo y más zorrería..., y más, mucha más hipocresía —dice Vicenta.
—Es verdad. ¿Y qué le vamos a hacer? —asiente Lorenzo.
—Si una pudiese apartarse y tratar la gente menos posible y vivir modestamente de sus rentas hasta que pase la ola de suciedad... Pero como rentas no tiene una y hay que buscar el dinero fuera y hay que convivir y aguantar a los demás... y servirles, porque son más que uno y son los amos de los cuartos..., pues viene lo que viene, que es la lucha para poder comer, y eso es triste, desagradable y horrible.
Se vuelve Vicenta y le dice al crío:

—Ven, hijo, ven..., ven con tu madre.

Pero el crío la mira y por llevarle la contraria se echa en brazos de la tía.

Arancha se ríe gozosa.

—Este, pues, pronto se ha dado cuenta de que la tía tiene, al parecer cuartos..., y se va con ella... Desde la más tierna infancia ahora los críos ya se dan cuenta, vete a saber cómo, de quién tiene mucho dinero y quién no.

—Mujer, no le supongas tan interesado.

—A la vista está, pues.

—¡Asco de dinero!

—Desde tu situación puedes hacerle los ascos que quieras, pero para los que no lo tenemos en abundancia siempre es una zozobra y una angustia.

—Porque nadie se resigna con su suerte..., y con poco, con muy poco se puede vivir.

—Sí, pues..., pero todos, todos aspiramos a vivir con todas las comodidades..., ¿verdad, hijo? —le pregunta al crío, como si fuera un hombrecito.

—Pues acostumbrarse a vivir con poco y sobriamente es lo que hay que hacer, y trabajar, que eso distrae y es muy bueno para la salud.

—Pero el que tiene mucho, tampoco va a dejar que se le apolille.

—No es lo mismo predicar que dar trigo, reconozco —confiesa Arancha.

Lorenzo permanece en silencio.

—Tú, ¿qué opinas?

—Os oigo... y ya es bastante.

Se sonríe.

—¿Qué piensas hacer de tu hijo?

—Dentro de unas normas morales, lo que él quiera ser el día de mañana.

—Y este sobrino que tengo yo aquí, ¿qué será? —contemplándole con fijeza—. ¿Nos saldrá un granuja o un hombre de bien? ¿Qué vas a ser, Ramón, qué vas a ser? —le pregunta, poniéndole en pie sobre la mesa—. ¿Qué vas a ser, di? ¿Qué vas a ser?

La madre le sonríe y le dice:

—Dile, pues, a la tía lo que vas a ser.

Lorenzo contempla al crío y piensa en el pavoroso misterio que es la vida de cada hombre.

—Que sea bueno y honrado... Con que sea bueno y honrado yo me contento —asegura la madre.

—Pero bueno, así bueno, con tanto granuja como hay..., si no es más que bueno y honrado va a sufrir mucho y va a ser muy desgraciado, porque el mundo se está llenando de malicia y de trampas y de inmoralidad y de violencia —vacila la tía.

—Si la tía le ayuda, y me da la impresión de que le va a ayudar, podrá ejercer el raro y noble arte de ser caballero.

—Pero el ser caballero, eso estará o no dentro de él... y de muy poco servirá mi ayuda —exclama Arancha.

—Se puede estrenar mejor la noble caballería si se tiene una posición acomodada, creo yo —asegura Lorenzo.

—Lo primero que hace falta es que salga trabajador —pide su madre.

Se le ha caído el chupete al suelo al crío y rabioso se echa a llorar.

Al día siguiente Arancha fue a ver a Martita y se abrazaron.

—Enséñame al hijo.

Se lo mostró.

—Es hermosísimo —confiesa.

Eran las seis y tomaron una taza de té con leche y unas pastas.

—¿Qué piensas hacer ahora? —le pregunta Martita.

—Irme a Madrid cuando vayáis vosotros, así me encuentro allí más acompañada.

—Sí, ha sido esto de tío Ciriaco tan rápido y horrible...

—¡Pobre! Cuánto habrá sufrido en los últimos momentos al darse cuenta en la iglesia de que se moría.

Se le humedecen los ojos a Arancha. En seguida le desgarra un silencio hondo.

—No te pongas así, mujer; que después de todo tú ya nada puedes hacer.

—Esa es mi angustia y mi dolor, porque si algo pudiera...

—Cálmate y no te atormentes más —le suplica Lorenzo.

Se va serenando.

—¿Cuándo os parece nos volvamos a Madrid?

—No sé; aquí, mientras aguante el tiempo, se está tan bien... —confiesa Martita—. Pero si tú quieres nos vamos en seguida. El médico me ha dicho que mañana me puedo levantar.

—Sí, la verdad es que yo también me encuentro aquí muy a gusto; tengo a mis hermanas y sobrinos y os tengo a vosotros.

—Prisa no hay ninguna; hasta octubre no se reanuda la vida de Madrid.

—Pues mientras dure el buen tiempo, nos quedamos.

Martita solía ir muchas mañanas a buscarla. Otras se citaban por teléfono.

El tiempo era suave y apacible.

—Mientras me vaya a Madrid, Vicenta con su marido y los hijos quedarán en mi casa. Mi idea, con el tiempo, en cuanto pase este invierno y arregle los asuntos, es venir a San Sebastián a vivir con mi hermana la pequeña y los suyos... Ramoncín me tira mucho. Y mi hermana y todos... No soy para estar sola y, después de lo pasado, menos. Mi debilidad, como sabéis, es Vicenta y sus hijos.

Me distraen mucho y con ellos tengo la impresión de tener un hogar. Yo necesito cariño y ver gente atenta a mi alrededor..., que me quiera y me mime, y deseo hacer feliz a los míos en lo que pueda.

—Lo comprendo —le dice Martita—, y eso que nos acabas de manifestar indica la bondad de tu corazón.

—Esta es mi tierra y aquí están los míos y me tira... Madrid es bonito y me hubiera gustado seguir allí de vivir mi marido. Sola como estoy prefiero San Sebastián para todo el año. Este clima junto al mar, a pesar de la lluvia, me tonifica y me sienta bien, y es mi ambiente y el medio en que yo he vivido desde niña.

Se miran y se comprenden.

—Además, ahora estoy como atontada, pero en cuanto se me pase la nerviosidad y el apuro y la zozobra... y me vuelva la reflexión y la tranquilidad y me ponga a pensar en mi marido y en lo que ha sido mi vida junto a él, sé que sola en Madrid me moriría de pena, y prefiero estar con los míos aquí en mi tierra, y con las hermanas y los sobrinos cerca, que eso es lo que no quiero: encontrarme sola mientras viva.

Lloraba la mujer con una cobardona angustia.

—A mi edad y con lo que yo he sufrido..., deseo vivir entre gente que me quiera y me mime y a quien yo querer y cariñosear para lo que me quede de vida.

—Si todos te queremos y adoramos, porque te haces querer y adorar por tu bondad y tu desinterés..., y tu dulzura y comprensión para los demás.

Se abrazaron las dos mujeres.

Lorenzo se emocionó ante la ternura generosa de aquella mujer.

—Anda, cálmate, Arancha, guapa, que de sobra sabes que todos te queremos.

Se fue tranquilizando.

Se hallaba en casa de Martita tomando un café con leche.

Era a la caída de la tarde.

Hacia finales de septiembre se alteró el tiempo, metiéndose en agua.

Pocos días después levantaban el campo y se presentaban en Madrid. Fueron en el «Mercedes» de Arancha el matrimonio con el crío.

Era sábado y aunque habían salido temprano, como hicieron el viaje por etapas, llegaron al anochecer.

Descansaron el domingo y el lunes abrieron el testamento ante el notario.

Iba a ser heredera Arancha de una fortuna de unos cuatrocientos millones de pesetas, sin contar la finca de campo de Minglanilla y los pisos de Madrid y de San Sebastián.

—¡Y qué voy yo a hacer con tanto dinero, Dios mío! —exclamó la mujer.

El señor notario, al darse cuenta le salía del fondo del alma el lamento, la miró asustado y estupefacto.

El testamento dejaba una manda de un millón de duros a su sobrina Martita, casada con Lorenzo, su apoderado general, y respecto a las hermanas recomendaba a la viuda «cumpliese con ellas y las atendiese en todo momento en sus necesidades y apuros». Le indicaba también que se aconsejase siempre para todo de Lorenzo, su apoderado.

Conociendo a su mujer, sabía Ciriaco que Arancha cumpliría de sobra sus deseos. La tenía por generosa y delicadísima en cuestiones de dinero.

—Tengo todo el invierno para pensarlo con calma sobre la distribución que he de dar a los bienes que me queden, después que vosotros recibáis vuestra manda —les comunicó sonriente a Martita y a su marido tan pronto abandonaron la notaría.

—Mujer, no hay ninguna prisa; será preciso que antes Nicomedes ponga al día la contabilidad.

Rosarito se presentó en seguida con su marido a verla.

La dejó hablar.

Se manifestó cariñosa y adulona.

—... el pobre Ciriaco..., con lo que te adoraba, pues veía por tus ojos... Supongo el enorme disgusto y la pena tremenda que tendrás al encontrarte sin él.

—Pues su...po...nes bien.

Y le tartamudeó la voz.

Sosegada, le dijo:

—Querida Rosario, quiero que sepas, y comunícaselo a tus hermanas, que os pasaré la misma cantidad que vuestro hermano os daba todos los meses..., y aparte de eso, si os vieseis en algún apurillo, no olvidéis que estoy yo aquí para remediárosle.

—Te doy las gracias en mi nombre y en el de todas.

—Más adelante ya veremos cómo dispongo las cosas.

Recibió cartas de las demás hermanas de Ciriaco en seguida, dándole las gracias por la disposición que adoptaba, según les anunció Rosarito, y prometiendo visitarla en cuanto tuviesen ocasión.

A los pocos días se presentó a verla Purita con su hijo Antonio.

—¡Querida Aránzazu!

La abrazó y besó, llorosa y compungida.

—¡Qué desgracia más horrenda!

—Ya ves..., el pobre Ciriaco, cuando mejor podíamos disfrutar de su trabajo y su esfuerzo..., se me fue..., y de qué manera...

Antonio besó a su tía con una fingida conmiseración.

—Pobre tío, tan bueno como fuera para mí..., y tan simpático y tan inteligente... Porque si no por él, dónde estaría yo ahora...

«Menos mal, más vale tarde que nunca en cuanto a este reconocimiento», pensó Arancha; pero nada dijo.

—Mi marido, que te dé las gracias por tus atenciones y te salude, y que cuando venga por Madrid, que será dentro de unos días, te visitará.

—Dile que no se moleste.

—Por Dios, Aránzazu, hija... Para eso estamos, para asistirnos y ayudarnos los que somos de la familia, con todo lo que esté en nuestras manos... Sabes que si algo necesitas que nosotros podamos..., con mil amores...

—Gracias, gracias... Ya sé que sois muy atentas todas y conozco cómo queríais a vuestro hermano.

—Fue tan buenísimo para nosotras... Si yo te contara...

—¿Qué me vas a decir que no sepa yo? Si para mí no tenía secretos.

—Me hago cargo.

La besuqueó y abrazó de nuevo.

—Comprendo la enorme tristeza de la soledad de una viuda como tú, que has adorado a tu marido, con el que jamás tuvo el más leve disgusto.

—No te das bien idea... Con nada, con nada se puede comparar.

—Sentaos, sentaos.

—Lo que tienes que hacer ahora es tratar de olvidar, hasta donde puedas, claro; y vivir como corresponde a tu posición y a tu rango, y como primera medida, dejar esta casa que siempre te recordará a tu marido y pensar que aún eres joven y hermosa... y...

—Muchas gracias —le cortó secamente.

—A ti lo que te convenía es comprarte un solar y edificar un palacete, por ejemplo, en Ciudad Puerta de Hierro, que es de lo más distinguido y elegantón de Madrid. Yo, precisamente, conozco a uno de los consejeros de la inmobiliaria que...

—Sé de sobra lo que me conviene, no te preocupes tanto...

Quedó un tanto cortado el sobrino.

Su madre le fulminó con una mirada, como diciéndole: «Te has pasado de rosca.»

Se hizo un silencio pegajoso.

—Bueno, Aránzazu, guapa. Cualquier cosa que necesites, ya sabes que con toda confianza.

—Igualmente digo.

Se alzan y abrazan las dos mujeres.

Antonio besó a su tía.

—No te digo nada.

—Adiós, sobrino.

«Este granuja de Antonio —pensó cuando se habían retirado—, ya quería colocarme un solar para llevarse una comisión.»

Una semana después se presentaron Lola y Alfonsa.

La saludaron y abrazaron y estuvieron con ella atentas, alabanceras y cariñosonas.

—Amalia, que como sabes vive en Salas de los Infantes, a última hora no ha podido venir porque le ha dado a una de las nietas un ataque de polio y está la mujer desolada.

—Ahora hay unas inyecciones muy buenas para la polio.

—No sé..., pero me llamó a última hora para que te dijese que no venía por eso.

—Espero que se cure la cría, y dile que ya tendré ocasión de conocerla, porque es la única hermana de Ciriaco que no conozco. De todas formas, dadme las señas, que quiero escribirla.

Se las dio Alfonsa.

Lola le contó unas cuitas.

—Más adelante arreglaré las cosas de modo que no tengáis que venir a verme cuando necesitéis algo —les advirtió.

Las dos hermanas se miraron.

Alfonsa se le quejó:

—Yo ahora también tengo malo al marido, que está cesante, como sabes, y vive una al día, y menos mal cuando llega lo del día...

—Sí, todas son penas en donde son muchos los hijos y poco el dinero —reconoció Arancha—. Esperad un momento.

Se retiró un instante y volvió con dos sobres.

Le dio discretamente uno a cada una.

Luego se despidió muy cariñosamente.

—Cualquier cosa que necesitéis, con toda confianza..., ya sabéis dónde estoy... ¡Sin remilgos, eh! Y con la seguridad de que os atenderé.

Se emocionaron las dos hermanas.

Las besó y abrazó y las acompañó hasta la puerta.

—Me vais a perdonar que os abandone, pero tengo que salir.

Purita volvió a verla unas semanas después.

Le anunció su visita para que estuviese en casa.

Llegó con su marido y con Antonio, el hijo.

—He tenido que venir de Valladolid para un asunto que me retendrá aquí varios días y me he traído a Purita, y la primera visita he querido que sea para ti —le brindó muy fino Víctor.

—No sabes lo que te lo agradezco...

Volviéndose a la cuñada:

—Bueno, Pura, ¿cómo estás? ¿Y cómo van los hijos? A Antonio ya le veo; supongo que tendrá mucho trabajo en su carrera.

—No me falta —recogió petulante—. ¡Ah!, por cierto, si compras un nuevo coche o vendes alguno de los dos que tienes del tío, no te olvides de mí, que represento una buena marca de automóviles; y compro y vendo lo que salga.

—Pero ¿y la medicina?

—Hay tiempo para todo.

—Sí, eso sí —fingió aceptar Arancha.

—Como hemos de estar aquí varios días, vendré yo más tarde a despedirme.

—Avísame a primera hora de la mañana, porque salgo bastante —le previno Arancha.

—Que tiene Víctor mucha prisa.

Se pusieron en pie y se despidieron.

No le agradó nada cómo le había estado contemplando de abajo arriba durante toda la visita el sobrino... «¡Qué asco de niño!», pensó.

—Pues hasta cuando quieras —le dijo a Pura.

—Adiós.

—Adiós —les saludó a todos—. Y tantas gracias por tu visita, más de agradecer por lo atareado que estás —le añadió a Víctor.

—Sabes lo que quería y admiraba a Ciriaco, y por consiguiente lo que te quiero y admiro a ti, que has sido para él una mujer ejemplar y cariñosísima... Sé cómo él te adoraba.

Arancha se enterneció.

Tan pronto Lola y Alfonsa dejaron la casa de Arancha, había ella escrito una carta muy cariñosa a Amalia, enviándola al mismo tiempo quince mil pesetas por giro telegráfico para que atendiese las necesidades inmediatas de la nieta. «Si te es difícil encontrar en Salas de los Infantes las medicinas que necesite la enfermita, pídemelas en seguida», le añadía.

A Lola y Alfonsa, que le lloraron un poco, les había dado mil duros a cada una.

A los pocos días de estas caridades, Rosarito le había llamado por teléfono a Martita y le comunicó:

—Te tengo que ver.

—¿Qué hueso se te ha roto? —le bromeó.

—Hay verdaderos acontecimientos en la familia.

—Ven esta tarde, que se acercará Arancha.

—Prefiero hablar sola contigo.

—Pues, mira, mañana tengo yo que salir; pasaré antes de comer por tu casa.

—Te esperaré.

Al día siguiente, cuando se encontraron solas, Rosarito dijo:

—Chica, esta viuda de nuestro hermano es un sol de buena y de generosa y de cariñosa y...

—Siempre te lo dije yo.

—Como tu marido estaba colocado con él, supuse que había en ti un poco de exageración por agradecimiento y conveniencia.

—Pero, bueno, ¿qué pasa? ¿Le has pedido dinero y te lo ha dado?

—Yo nada le he pedido, pero no creas que siento no habérselo pedido, porque en cuanto se ha enterado que no venía Amalia por tener a una nieta con polio, le ha escrito una carta muy cariñosa, y antes le había enviado tres mil duros por giro telegráfico, y que si tiene alguna dificultad, le escribía, para comprar en el pueblo las medicinas que necesite la enferma, que se lo avise y ella se las comprará.

—No me extraña nada.

—¡Ah! Pero a Lola y Alfonsa, que la lloraron un poco, les ha dado a cada una mil durazos..., eso aparte de lo que nos sigue pasando a principio de mes.

—Te creo eso y más; es, aparte de muy buena, la mujer más desprendida que he tratado.

—No, no necesitas decírmelo..., lo veo... Y eso que tiene hermanas con hijos.

—Es una de las poquísimas personas que he conocido que sería capaz de quitárselo de la boca para dárselo a los demás.

Permanecieron un rato hablando y salió luego Rosarito con la sobrina, acompañándola.

Más tarde, a la hora de la comida, comentando la entrevista con su marido, Lorenzo guardó silencio.

—¿Qué piensas? —le preguntó su mujer.

—Que la van a asar. En cuanto se den cuenta de que es impresionable y fácil a la dádiva, van a estar cada dos por tres dándola sablazos.

—Yo que la conozco..., eso mismo se lo he dicho a Arancha: «Estas te saquean.»

—Hasta donde buenamente pueda, yo las atenderé; después de todo son hermanas de mi difunto marido, y él, de haber vivido, las hubiera ayudado lo mismo.

—Pero era un poco más duro que tú y las tenía más a raya.

—El día que no pueda más me cuadraré y les diré: «Hasta aquí he llegado.» Y a otra cosa.

—Pero si ese día te llega, tu situación frente a ellas será espantosa, le he advertido yo.

—¿Y qué te ha contestado a eso? —inquiere Lorenzo.

—Que no les consentirá llegar a ese extremo.

—Estas hermanas de tu tío son insaciables.

—Las tías son tremendas y te van a dar muchos disgustos —he insistido yo.

—No te preocupes, tengo un plan... Cuando lo madure, te diré —me ha dicho sonriente.

Se miran marido y mujer.

Al día siguiente era domingo y la víspera a la noche le había avisado Arancha a Martita:

—Venid mañana a comer, que los días de fiesta se me hacen larguísimos, y como sale el servicio, me quedo sola. ¡Ah!, y trae a Lorencín para que le vea.

Fueron con el hijo a comer con ella.

Hacía un día alto y espléndido.

Dejaron al crío en casa con el ama después de comer y fueron en el «Mercedes» de Arancha dando un paseo hasta Aranjuez.

Hacia las seis, Arancha sorprendió a Martita ausente.

—¿Estás pensando en qué hará ahora tu hijo?

—Pues sí.

—No te preocupes, que estará plácidamente durmiendo. A esa edad duermen dieciocho horas de las veinticuatro del día... ¡Felices ellos!

Estaban en «La Rana Verde» tomando un café con leche.

—A mí me gusta mucho Aranjuez y su huerta, con estos árboles hermosísimos y tan altos, y el río tan grande y abundante, y el Palacio Real con sus jardines. Os confieso que es el sitio cercano a Madrid que más me alegra. A mí el agua, aunque sea en forma de río, que es el agua más triste, pues su papel es que tarde o temprano se la zampe el mar, me entusiasma. A este mismo restaurante venía muchas veces con Ciriaco en primavera, cuando empiezan las fresas y los espárragos, que a mí me gustan tanto.

—Bueno..., ¿cómo vas con la familia?

—Bien.

—¿Te siguen saqueando? —le sonríe Martita.

—Mujer..., tanto como saquearme... Rosarito estuvo a visitarme hace unos días.

—¿Y te contó sus cuitas?

Se sonríe.

—Me pidió que si le podía adelantar unos miles de pesetas de las que tenía costumbre de darle su hermano. Le pregunté cuántos hijos tiene y me parece que me dijo que nueve...

—Y casi todos, creo, le están estudiando ahora carrera.

—El mayor la terminó y está colocado.

—Ah, sí, que le colocó tu marido en uno de los negocios de don Diego.

—¿Y las chicas, qué le hacen?

—Las dos mayores, Pura y Olegaria, están casadas.

—¡Mira que llamarse Olegaria!

—Se llamaba así su abuela paterna.

Al anochecer se volvieron a Madrid.

Encontraron un coche volcado por un reventón, con una señora y su marido heridos. Lo de la señora parecía grave, pues se quejaba del pecho y perdía mucha sangre por una herida en la cabeza.

Los recogieron y los llevaron a una clínica de Madrid con toda urgencia. La señora había perdido el conocimiento y llegó a la clínica en un estado lamentable... De la herida de la cabeza perdía cada vez más sangre.

Arancha se emocionó.

—La muerte de cada uno está junto a nosotros, esperándonos..., y en cuanto nos descuidamos...

—Y sin descuidarnos a veces —se dolió Martita.

—Y es una mujer joven y guapa —comentó Lorenzo.

—Y tendrá hijos.

—Irían a mucha velocidad; suelen acaecer estos accidentes cuando se va a mucha velocidad.

Salían.

En aquel momento llegaron en un coche dos mujeres y un hombre como de dieciocho a veintidós años.

Se apearon nerviosos, desolados.

—Deben de ser los hijos —les susurró Arancha.

—Menuda escena les aguarda —comentó Martita.

Acompañaron a Arancha hasta su casa.

A los pocos días fue a visitarla Pura para despedirse.

—Esta tarde nos vamos a Valladolid y no quería irme sin decirte adiós.

—Mujer, a qué te has molestado.

—Quería hacerte ver también lo mal que me parece la actitud de pordioseras que han adoptado mis hermanas ante ti, una vez muerto nuestro hermano.

—Por Dios, Pura, tienes demasiado mal concepto de tus hermanas.

—Porque las conozco te lo digo. Sé que con el pretexto de sus estrecheces te sablean.

—Mujer..., soy la pariente rica de la familia y no me recomendaba otra cosa tu hermano en el testamento que os atendiese como él os atendía, y que en caso de necesidad o apuro os echase una mano.

—Pero es que mis hermanas son capaces de inventarse las necesidades y apuros, y si te descuidas acabarán desvalijándote.

—¡No será para tanto, mujer!

—Confíate y verás..., las conozco muy bien.

—Antes de ese momento pondría yo remedio.

—Por si acaso, yo te aviso... Además, como hermana de ellas y cuñada tuya protesto de ese acoso y mendiguez asquerosa a que te someten..., y quiero que sepas que no todas somos lo mismo.

—Me doy cuenta.

—Yo no hago más que prevenirte... porque, si te descuidas, te desplumarán... y te dejarán sin un céntimo.

—Lo veo difícil —le sonrió.

—Eso, por mucho que tengas... y por mucho que te haya dejado tu marido.

—De todas formas, lo tendré en cuenta y viviré en guardia.

—¡Ah! A mí es que me encocoran estas hermanas mías con sus miserias y sus pobreterías y su pedigüeñeo... Al pobre Ciriaco no le dejaban vivir.

—Se exagera mucho... Yo sé lo que le costabais sus hermanas.

—No lo dirás por mí.

—Lo digo por todas, pues tú también recibías y recibes mi ayuda mensual.

—Lo que a mí me das no me llega ni para alfileres.

—Mujer, felizmente, para ti no necesitas más; pero si te vieras en un apuro, del que nadie está libre..., sabes que, de poder remediarte, lo haría con el mismo amor con que a las demás.

—De todas formas, ya sabes cuál es mi situación y mi actitud y de cómo protesto, como cuñada, de ese sableo constante al que sé te tienen sometida... Comprendo que así no puedas vivir... y que estés contra todas nosotras..., hasta las que no tenemos arte ni parte, como yo.

—Purita querida, puedes ir tranquila, que os distingo muy bien a unas de otras... Y en cuanto a lo de dejarme en la calle, no te preocupes, que es casi imposible, dada la enorme fortuna que me ha quedado de tu hermano.

Al oír aquello se enrabietó más, si cabe, Purita.

—Pues que disfrutes de ella muchos años.

—Eso espero, y que vosotras lo veais.

—Yo, si he venido aquí a protestar, no es más que para tranquilidad de mi conciencia.

—Me lo he supuesto..., pues, por mi parte, puedes tenerla tranquila.

—Gracias, hija, y sabes que si en algo puedo ayudarte desde mi modesta posición...

—No hay posiciones modestas, y de sobra sé que si algún día necesitase algo de ti, vendrías encantada en mi socorro.

—No lo digas con retintín.

—No me ofendas suponiéndolo así.

—Vaya, adiós — y se fue a ella y le estampó dos besos aparatosos, uno en cada mejilla.

—Adiós, Purita, guapa, ya sabes dónde me dejas..., con toda libertad y para lo que me necesites.

—Igualmente, y a ver si vienes a vernos por Valladolid.

—Sí..., cualquier día.

Y le acompañó hasta la puerta y la despidió con un delicado y suave melindreo de dedos.

—Adiós.

—Adiós.

Don Diego Gobantes llamó personalmente aquella mañana a la oficina del difunto don Ciriaco, preguntando por Lorenzo, su apoderado, y Matilde, la mecanógrafa, que se puso al aparato, contestó que había salido para una diligencia notarial.

—Dígale de parte del señor Gobantes que pase, si puede, hoy por la mañana por el banco, que deseo hablar con él.

—Se lo indicaré, señor.

Cuando volvió, hacia las doce y media, se lo comunicó la señorita Matilde.

«¿Qué hueso se le habrá roto?», pensó.

A la una y cuarto se presentó en el banco.

Uno de sus secretarios, ya avisado, le pasó a su presencia en seguida.

— ¡Hola, joven! —le saludó, campechanote.

—Muy buenas, don Diego; me han avisado que deseaba usted hablarme.

—Sí, señor.

Saliendo de la limitación de la mesa escritorio y poniéndole una mano en el hombro:

—Vamos a ver, ¿cuántas acciones de nuestra inmobiliaria ha dejado don Ciriaco?

—Así, de repente y con seguridad, no se lo puedo decir.

—Poco más o menos.

—Entre ocho y diez mil.

—Se las compro a ustedes.

—No es cosa mía; es asunto de la viuda, de doña Aránzazu.

—Pero usted es su apoderado general y hombre de toda su confianza... y su pariente, según tengo entendido. ¿Qué parentesco tienen ustedes?

—Mi mujer, sobrina de don Ciriaco.

—Vaya, vaya.

Mirándole persuasivo:

—Cuento con usted, no lo olvide.

—¿Y qué precio pagaría?

—Cuando nos unimos con la inmobiliaria, el paquete que le adjudiqué a don Ciriaco se lo di a la par.

—Pero más adelante él lo aumentó comprando bastantes.

—Sí..., lo sé.

—Le daría mil pesetas más de la par por acción. O sea, mil pesetas más de lo que valen.

—De lo que valieron cuando se constituyó la sociedad y empezó a andar.

—Usted sabe que no valen más... En Bolsa no tienen cotización. Yo me opuse, al constituir la sociedad, que se llevaran a Bolsa. Entre Alonso y yo y «algunos altos» de mi grupo tenemos todas las acciones. El precio de mis valores se lo doy yo. Yo soy la Bolsa para los efectos de compra y venta.

—Pero todo el que anda entre negocios sabe que valen infinitamente más..., sobre todo en estos momentos.

—¿Qué sabe usted?

—Lo que usted —le contestó sonriente Lorenzo.

Lorenzo no sabía aún nada, pero su contestación risueña le desarmó.

—Siéntese.

Le brindó un sillón.

Se acomodaron los dos.

Don Diego era más bien grueso, de estatura corriente, cuellicorto. El rostro terso muy pulcramenet afeitado. Se enfunda en traje de muy buen corte.

—Me gustaría que usted se incorporara a mi grupo, Lorenzo. Entraría usted de apoderado general. Si me liquida usted favorablemente las acciones de la inmobiliaria que tiene la viuda, su pariente, porque a mí no me conviene que haya acciones, y más un paquete grande, fuera de mi banco... Usted podría quedarse con algunas de las acciones de don Ciriaco a la par.

Le fingió complacencia.

—Primero he de hablar con la viuda, a ver lo que opina.

—En su mano está hacer una brillantísima carrera financiera. Usted es muy joven..., y no olvide que yo hago millonarios de duros a todos mis hombres de confianza.

Mirándole persuasivo.

—El puesto de consejero de la inmobiliaria que no quiso ocupar don Ciriaco, si consigue que suelte las acciones la viuda a ese precio que le he señalado..., podría ser para usted. Una vez dentro de mi grupo, yo soy generoso con los que me sirven. ¡Qué le voy a decir que no sepa usted! Lo que ha dejado don Ciriaco, en su mayor parte, me lo debe a mí. Trato de hacérselo ver a la viuda.

«Qué granuja más grande, cómo sabe pasar la cuenta», pensó Lorenzo.

Se hacía molesta la situación. Su fingimiento tenía un límite.

—Le voy a dejar, que tendrá usted mucho que hacer.

—Desgraciadamente, no me falta el trabajo.

Dibujó un gesto de fatiga.

—Espero volverle a ver en seguida. Estos días estaré en Madrid.

—En cuanto hable con doña Aránzazu vendré a decirle lo que hay sobre el asunto.

—Hasta pronto.

Se estrecharon las manos, aparentemente afectuosos.

Salió raudo y se presentó en el Ministerio de Agricultura. El secretario del ministro, hombre de ideas socialistas como él, que asustado del cariz que tomaba la política en el 35 simpatizó con las ideas de José Antonio, era amigo suyo. Había leído por aquella época varios artículos de él y pensó: «Pero si éste es de los nuestros. Todo esto que escribe y sostiene José Antonio es socialismo puro.» Venancio Enríquez anduvo vacilando unos meses. Iba a terminar Derecho y Letras y se volvió a su pueblo de Sanlúcar de Barrameda, de donde era. Pocos días antes se despidió de Lorenzo, compañero de la Universidad y simpatizante como él de las ideas socialistas.

Venancio era hijo único de viuda. Su padre, marino de guerra, había muerto pocos meses después de empezar él la preparatoria común a las dos carreras en la Universidad Central.

Se le embebió el alma de una gran amargura.

Le habían quedado a la viuda unos poquísimos miles de duros por toda fortuna.

—Permaneceré en el pueblo y estudiaré por libre —le propuso a su madre.

La mujer, vieja y achacosa, vio el cielo abierto, pero se sacrificó y le animó a que volviese a la Universidad de Madrid.

—Me hago cargo de cuál es nuestra situación... Estáte tranquila.

Era un muchacho silencioso y reservado, sensible e inteligente y de una enorme voluntad para el trabajo. En enero del 36 le quedan por aprobar Práctica y Procedimientos Judiciales y Mercantil.

Se volvió a Sanlúcar.

Había de resolver su situación económica y la de su madre enferma... Tenía un hermano de su padre comerciante en Tánger y le escribió exponiéndole su estado de cuentas.

—Coge a tu madre y veníos aquí —le contestó el tío.

Era el siete de febrero. Al salir a la calle se encontró con el alboroto y pelea de unos mozalbetes que pugnaban por morderles la nuez a otros que intentaban pegar unos carteles anunciando un mitin para el día siguiente de José Antonio Primo de Rivera.

El hombre era poco dado a las peleas callejeras y se hizo a un lado. Pero, al día siguiente, empezados ya los discursos, se coló en el Teatro Principal. Hablaba en aquel momento José Antonio desde el escenario:

«Es decir, que el esfuerzo del trabajo lo absorbe la organización capitalista.

Hay que hacer desaparecer este inmenso papel secante del ocioso privilegiado que se nutre del pequeño productor... Hay que transformar esta absurda economía capitalista, donde el que no produce nada se lo lleva todo y el obrero que trabaja y crea riqueza no alcanza la más pequeña participación.»

Poco después se encontraba en la calle rumiando estas palabras.

Esto es socialismo puro..., y a esto hay que ir si queremos salvar a la patria.

Aquellos días vendió la madre los muebles y trastos que les quedaban, levantó la casa y se embarcaron una mañana para Tánger.

Al desatracar la embarcación, la madre no supo sujetar su pena y se dio a llorar.

Venancio se cerró en un mutismo pálido.

Allí pasaron seis años... ocho, diez... El hijo hizo periodismo, publicidad..., dio clases. Perdía las pestañas leyendo los libros y periódicos que caían en sus manos.

Se le murió la madre y ya, cuando quedó solo, se despidió agradecido de su tío y se volvió a España.

Hizo periodismo en Madrid. Trabajó en una agencia de viajes, donde ganaba un buen sueldo. Terminó sus carreras de Derecho y Letras.

Cuando Lorenzo volvió del destierro fue con su amigo Venancio de los primeros amigos con quien tropezó en Madrid. Trabajaba en un puesto que ganó en el Ministerio de Agricultura.

Pues con este joven, Venancio Enríquez, hombre inteligente, sensible, generoso y buen español, que sentía el dolor de la patria, ahora en la Secretaría del Ministerio de Agricultura, es con quien se entrevistó Lorenzo al separarse del granuja de don Diego.

—¿Diego Gobantes? —dijo Venancio, al contarle Lorenzo la peripecia que había corrido con él—. Antes de ayer firmó la concesión que se le ha hecho de media costa del sureste español a cambio de tierras del interior. ¡Menudo pistolero de las finanzas está hecho el tal don Diego, que hasta el nombre tiene de bandolero!

Lorenzo permaneció anonadado. Ahora se explicaba por qué tenía tan urgente deseo de quedarse con las acciones de la inmobiliaria que dejó don Ciriaco.

Se lo explicó al amigo.

—Que se haga fuerte la viuda y que no venda ni una acción; díselo de mi parte.

—Y de la mía también se lo indicaré.

—¡Pobre país! Por lo visto no merecemos mejor suerte...

Se miran, sonrientemente amargados.

Se separaron con un abrazo.

Lorenzo volvió a su casa.

Mientras comía le refirió a su mujer las dos visitas.

—Supongo le recomendarás a Arancha no venda las acciones.

—Por supuesto.

—¡Qué tropa!

—De haber vivido tío Ciriaco se hubiera muerto del susto.

—No lo creas; nadie se muere cuando gana, si no es de alegría y de goce, y de puro goce se muere uno rarísima vez.

—Tío Ciriaco era un hombre decente.

—Pero maleado; ahora hasta los hombres decentes se van maleando, y como esto dure mucho, acabaremos siendo todos unos guarros encenagados.

—Sí, todo se contagia.

—La corrupción se prolija y extiende más que el aceite.

—Pero la fortuna de Arancha, con todos esos terrenos costeros y los miles de acciones que tiene, va a ser muy grande.

—Si Dios no lo remedia... —le sonríe.

—Le voy a decir que venga esta tarde y así hablaremos aquí los tres.

Tenía el crío en sus brazos.

El padre cogió al niño un momento.

—¡Lorencín, mi vida!

Y le alzó en alto.

—Anda con cuidado con el hijo, que un día se te cae y tenemos una desgracia gorda.

—¡Cómo se me va a caer! ¡Cómo se me va a caer!

Le floreaba en el aire.

—Dámelo, dámelo ahora mismo —se lo pidió ansiosa y temerosa Martita.

Se lo devolvió.

Llamó al aña y le entregó la criatura para que la metiese en la cuna.

Fue al teléfono y se puso al habla con Arancha.

—Dile que venga ahora a comer, porque a media tarde he de salir yo..., y que cuanto antes hablemos, mejor.

—¿Qué hora es?

—Son las dos... Que coja un taxi y que venga en seguida.

Habló con ella.

—Se iba a sentar a comer y dice que en un salto estará aquí.

—Bien.

—Lee ahora los periódicos mientras me meto en la cocina a preparar algo.

Al poco tiempo se presentó allí.

Menguado el dolor por la muerte del marido, iba embarneciendo. La estatura arrogante le salvaba por ahora de caer en lo matronil.

Lorenzo la contempló.

—No se te ocurrirá insinuar, meramente insinuar, el fortunón que disfrutas, porque añadida a tu geografía esa riqueza, vas a ocasionar a tu paso terremotos.

—¡Sinsorgo más que sinsorgo! —le rio.

Era un sinsorgo cariñosón y agradecido.

Martita, que volvía de la cocina, la miró con gustosa placidez.

—Estás guapísima.

Y estiró el superlativo como si fuese chicle.

—Tenemos albóndigas, que cuando son caseras sé te gustan mucho, y unos barbarines que he mandado poner a la plancha a última hora y que dicen comedme.

—Todo me gusta; yo como de todo lo que me pongan, con tal

de que esté bien condimentado. Pero lo importante no es la comida, sino vuestra compañía, y bien sabéis lo que os quiero.

Se volvió a Lorenzo.

—¿Qué noticias son esas tan importantes para hacerme venir tan rápidamente?

—La primera es la alegría de verte lo más posible, ya que para nosotros tu viva presencia es un regalo.

—Muy fino estás tú hoy para cosa buena.

—Y muy guapa tú para cosa mala.

—¿Pero ya oyes esto? ¿Cómo le consientes decir estas cosas a tu marido?

—¿Y qué quieres que haga?

—Reñirle.

—¿Por qué? Si reconozco que tiene razón...

—Esa no debe ser la actitud de una casada digna.

—Por qué no, si es verdad.

Se sentaron a la mesa y comieron.

Lorenzo le explicó las visitas a don Diego y a su amigo el secretario del ministro.

—¿Y qué crees tú que pueden valer esas acciones?

—Por lo menos, cien veces más de lo que él te ofrece.

—¡Qué horror! ¿Y qué voy a hacer con tanto dinero?

—Disfrutarlo —le anima Martita.

La mujer permanece triste.

—Ese negocio suyo me traerá a mí muchos quebraderos de cabeza.

—A ti, ¿por qué?

—Como propietaria de esos miles de acciones.

—No creo; tú no has hecho más que heredarlas. En todo caso, la responsabilidad la tendría tu marido muerto. Pero tampoco, porque ésta fue una de las razones por las que se le abrevió la vida... Luego ya lo ha pagado bien.

—¿Y cómo se hacen estas cosas?

—Ya ves...

Mirándoles con una gran dulzura:

—La mucha... mucha riqueza, no sé..., me hubiera gustado ser menos millonaria..., más modesta; tener lo suficiente nada más para vivir con cierta holgura, rodeada de los míos, y poderles dejar el día que yo cierre el ojo con lo bastante nada más para defenderse en la vida.

—Pues déjalos; si tienen la desgracia de que el día de mañana les quede de ti más dinero del que pensaban, así todos quedarán satisfechos.

—Sí, pues, para las hermanas de Ciriaco, por mucho que les deje..., no sé si quedarán satisfechas. Son de una ansiedad...

—Sí, ¿eh?

—Sí, son tremendas; el día que no es una, es otra. Y me dan pena...

—Pena..., ¿por qué? Tu marido estoy segura no era con ellas tan generoso.

—¡Y qué le voy a hacer! Desgracias más grandes me pueden venir.

—Sí, eso sí.

Lorenzo la contempla conmiserativo.

—Escuchad: yo había pensado repartir entre todas, ellas y yo, la fortuna que me ha dejado Ciriaco, y así, cada una con lo suyo, quedaba yo tranquila. De esa forma evito el que me sigan atosigando a todas horas..., y cada cual con lo suyo que haga lo que quiera.

—Pero es un disparate el que tú repartas en vida tu fortuna, ¡un disparate! Nadie sabe las vueltas que da el mundo y lo que te puede a ti ocurrir...

—Por muchas que dé... Prefiero que me dejen en paz. Sufro viendo a la gente mendigar y llorar, y no he nacido para soportar este agobio que a mí, la verdad, me deshace y me humilla. Así, en adelante, que cada palo aguante su vela sin molestar a los demás.

—Pero, bueno, ¿qué dinero piensas darles?

—Mi idea es repartir, entre las seis que somos, todos los valores a partes iguales. Yo me quedaría, mejorándome un poco, además de mi parte, con la finca de Minglanilla y los pisos de San Sebastián y Madrid.

—¿Pero a qué esa generosidad excesiva en vida, si no te lo van a agradecer...? Porque pensarán los has hecho por consejo o por orden de tu marido, pues no serán jamás capaces de creer lo has hecho por tu propia generosidad y caridad.

—No las conoces...

—Poroque las conozco lo hago. Además, que piensen lo que quieran; yo tengo la conciencia tranquila. De otra parte, así me las quito de encima.

—Yo, la verdad —le aconsejó Martita—, en vida no les daría más que lo preciso, lo que tu marido les daba..., y, si quieres, algo más; pero siempre tú en posesión de tu riqueza hasta que mueras, que, como dice la copla: «El mundo da muchas vueltas y ayer se cayó una torre».

—Yo quiero vivir a bien con mi conciencia, querido Lorenzo, y para mi sosiego y tranquilidad no hay otra solución que esa. Hay en los Evangelios un pasaje en el que un hombre joven se acerca al Señor y le pregunta:

«¿Qué debo hacer, Señor, para servirte y quererte?»

Y el Señor le contesta:

«Déjalo todo y sígueme.»

—Para Dios, la suprema virtud del alma es el desinterés, y no hay nada que produzca más asco a mi conciencia que la codicia del dinero. Antes que eso, la muerte. Quiero respirar, respirar.

—Conociéndolas, temo que tu desinterés y generosidad te origine más disgustos y sinsabores.

—No, eso sí que no.

Se miran los tres y se sonríen.

—Eres una mujer como van quedando ya pocas —le dice Lorenzo.

—Siempre me ha agobiado el dinero y siempre lo he temido; mi gesto es un gesto tremendamente egoísta, creedme.

—Si tu egoísmo prendiese de unos en otros, sería un gesto salvador para España.

—Están riquísimas estas albóndigas —intentando desviar la conversación—. ¿Qué cantidad de jamón les pones tú?

—Sabes, como buena guipucha, de cocina más que yo —le sonríe—; pero te contestaré con Lorenzo que debes seguir teniendo hasta que mueras las riendas de lo tuyo, que conociéndote y conociendo a sus hermanas... Para eso te lo dejó a ti todo tu marido.

—La verdad, creedme, tanto dinero me entristece, viendo alrededor tanta necesidad y tanta miseria... Es como una niebla pesada y angustiosa sobre mis hombros que no me deja respirar, que no me consiente vivir; cuando les dé lo que les corresponde, me encontraré como más alegre y ligera, más airosa, y que se arreglen como puedan y hagan de su capa un sayo... Pero no quiero saber más de ellas y de sus problemas.

—Si es esa tu decidida voluntad, a mí, como pariente, albacea y administrador general, no me queda más que acatarla; pero te advierto que el cálculo que yo había hecho de tu fortuna, con estas últimas adquisiciones de la inmobiliaria y otros asuntos..., aumenta y mejora su valor en muchos millones.

—Así quedarán más satisfechas y seguras con lo que les corresponda... Si a mí, de todas formas, me va a sobrar muchísimo dinero...

—Nadie sabe las vueltas que da el mundo y tú has de vivir como corresponde a la fortuna, rango y posición de tu marido.

—Mi pensamiento primero, antes de que muriera él, era, si tenía la desgracia de morir yo después que él, pues siempre le pedí a mi Virgen de Aránzazu me llevase a mí la primera, abrir en San Sebastián una *boutique,* de acuerdo con mi hermana la modista, e irme con la pequeña a vivir y pasar todo el año en San Sebastián. Para eso sabía que me quedaría de sobra con el dinero que me dejase Ciriaco. Porque cuando yo le decía en la intimidad cuáles eran mis pensamientos para la vejez, él se sonreía y me comentaba, guasón: «Sí, para eso ya creo que te quedará.»

—Sí, puedes abrir la *boutique* tranquila —le chancea Martita.

—Me gusta a mí hacer algo y estar ocupada. Después de pensarlo, no es una tan vieja como para retirarse de todo trabajo y actividad. He sufrido mucho y necesito para estos años que me quedan de vida la cercanía y el trato de mis hermanas, cuñados y sobrinos, y verlos tranquilos, dichosos y felices, y ayudarles en todo lo que pueda a esa dicha y felicidad..., que es también la mía, de rechazo. Yo pensaba con un milloncejo de duros abrir la tienda y vivir un poco en el centro de todos ellos y en mi San Sebastián, que me gusta tanto, feliz y tranquila, viéndoles a todos prosperar, y, al morir, dejar a mis dos hermanas..., pues eso, todo lo que tuviera.

Se emociona la mujer.

—Pues como no te lo lleves contigo..., y eso lo veo difícil, vas a tener que dejarles mucho más.

—Pues, créelo, eso me preocupa, porque el demasiado dinero allí donde entra acaba ensuciándolo todo y emporcándolo y envenenándolo todo.

—Sabiéndose dominar, no lo creas.

—Pues ese es mi temor, que mis hermanas y sobrinos no sepan dominarse y ser señores si les dejo mucho.

—Trata tú de vivir con lujo y abundancia, como te corresponde, y así les quedará menos —le soluciona Martita.

—Ya ves el pobre Ciriaco, toda la vida trabajando y qué poco disfrutó él.

—No lo creas; para el hombre de negocios no hay goce mejor que asistir ópticamente al aumento de su fortuna y al triunfo de sus asuntos —le indica Lorenzo—. El disfrutó y gozó a su manera, hasta última hora... Que gozar no es tirar sólo el dinero en vicios..., que ya a cierta edad son más bien un baldón que un goce. A la hora de la codicia se vive y se disfruta con el cuerpo y con todas las potencias del alma, que son muchas —le asegura Lorenzo.

—Mi sueño es ése que os he contado, la distracción de la *boutique* y la preocupación de la sobrinada, que espero me ha de dar bastante quehacer...; pero no me importa, ya que no tengo hijos. Quiero vivir un poco ocupada, ya que nunca me ha gustado estar mano sobre mano.

Tenían sus palabras una ternura suave, gustosa y acogedora.

—... y vivir así hasta que me muera, haciendo todo el bien posible y sin hacer mal a nadie... Madrid se está poniendo desagradable, las distancias y las aglomeraciones en todas partes... Allí, en «San Sebas», todos sus paisajes me repiten mi juventud y está todo más recogido; el aire viene del mar y es más puro y tengo todos los míos cerca, arropándome..., y es mi tierra, a la que mi lengua y mi raza me atan...

Se hizo un silencio picoteado de tiernas bondades.

Terminaron de comer y tomaron el café en la salita.

—Quisiera dejar ya todo arreglado para el año que viene y al ir al veraneo quedarme ya con los míos allí.

—¿Y qué piensas hacer con tu piso de Ayala? —le pregunta Martita.

—Levantarlo y venderlo. ¿No crees tú, Lorenzo?

—El momento no es malo para deshacerte de él; los pisos de lujo, y más si son céntricos, están subiendo de una forma alarmante.

—Este verano iré disponiendo las cosas en San Sebastián, y la primavera que viene, para mayo, me iré una temporada a Minglanilla; os invito a que me acompañéis, y de allí a «San Sebas», para no abandonarlo más, salvo pequeñas salidas, claro. En todo el invierno tendré tiempo de hacer las participaciones y repartos.

—Eso se hace en seguida... Pero así te queda tiempo aún para pensarlo.

—Sí, ya ves, estamos a dieciocho y ayer mismo recibí una carta de Amalia anunciándome vendrá con el hijo pequeño, de los dos menores, pues no anda muy bien de salud y le tendrá que operar, y espera que yo le ayude y le pague la clínica y la operación. Y Lola, con ocho hijos, que rara es la semana que no tengo carta de ella, llorándome algo... Yo no puedo negarme. Por otra parte, muchas veces no sé si me engañan o me exageran sus cuitas y necesidades... y para vivir este agobio y esta angustia... Pues aunque conmigo se han portado como locas rabiosas, son hermanas y sobrinos de Ciriaco, a quien yo adoraba... Y por eso, el día que cada una tenga su parte, me dejarán vivir en paz con los míos, tranquila y en gracia de Dios..., que es lo que deseo.

—Comprendo tu situación, y precisamente por no haberse portado bien contigo y ser tú tan buena y sensible, me hago cargo de tus sufrimientos y tu angustia..., y al repartir lo que crees les corresponde como hermanas de tu marido, liquidas definitivamente con ellas —le refuerza Martita.

Necesitaba relajarse y abandonarse a sus sufrires y a sus penas, y se dio a llorar con una mansísima fluidez.

—No me extraña que a Ciriaco, con ser hombre, le trajesen por la calle de la amargura, como le traían tantas veces.

—Reconozco que mi actitud va muy tocada de egoísmo, pero si fuera preciso pagar más de lo que voy a pagar por mi tranquilidad y alejamiento de su vida, te aseguro que lo haría.

Lloraba ahora con un frenesí nervioso.

Martita la tomó por los hombros y la cabeza y la acercó a su pecho y le suplicó:

—Cálmate, mujer; cuando hagas todo lo que piensas, verás qué sosegada quedas. Difícilmente se encontraría una mujer de tu situación, tu temple y tus arrestos, capaz de hacer tan cristiana y generosamente lo que tú vas a hacer —le halagó Martita.

—Sí, está España corrompida y el capitalismo católico del país es demasiado cínico para entregarse a estos repartos.

—Así viviré tranquila y, después de todo, de sobra quedará para los míos el día que yo me muera.

Corrían por su semblante bellísimos reguerillos de lágrimas.

Se le abombaba el pecho con los suspiros.

—Mi idea, en lo posible, desde que tuve uso de razón, fue ser buena... Pero hay tantas cosas en la vida que se unen para que una no lo sea..., y ese es mi torcedor..., no haber sido más veces buena... Y ahora que tengo más medios para... para poder serlo..., no le pido a Dios más que...

Todo el cuerpo le lloraba y su hermosa geografía le temblaba como en un seísmo.

Aquella mañana, serían cerca de las doce, se preparaba para salir cuando su doncella le anunció que tenía la visita de su sobrino Antonio.

La sola noticia de su presencia le produjo un malestar: «¿Qué querrá este hombre, solo en mi casa?», pensó.

—¿Le ha pasado a la sala?

—Sí.

—Dígale que ahora voy.

«Intentará venderme algún coche y vendrá a darme un sablazo. En seguida saldré de dudas», se dijo.

Al asomarse la mujer, él se alzó rápido y acercándose le dio un beso.

—Hola, tía.

—¿Qué hay? ¿Cómo estás?

—Tirando del carro.

—No creo que te mates; tú lo has tomado con calma. Anda, siéntate. ¿Qué te trae por aquí?

—Pasaba y me dije: voy a saludar a tía Aránzazu.

—Muy agradecida.

Se hallaba nervioso, desazonado el hombre. La mujer, sonriente y serena.

—Tú dirás.

—Tan sola como estás ahora, se te vendrá la casa encima.

—No lo creas... Con los asuntos del tío, hasta que se arregle todo, tengo en qué ocuparme. Y precisamente cuando has llegado iba a salir para ir al notario.

—Siento haber interrumpido tu... tu trabajo.

—No has interrumpido nada; lo mismo puedo ir en otro momento.

—Te hacía más sola... y menos ocupada... ya a estas alturas.

—Una no está nunca sola; me acompañan mis pensamientos y mis recuerdos.

—Eso es lo malo.

—Malo, ¿por qué?

—Porque muchas veces son tristes; no es ese tu caso, claro, y lo que uno debe hacer es tratar de ahuyentarlos.

—¿Y tú vienes, claro, en calidad de ahuyentador?

Quedó el hombre cortado.

Aránzazu se sonrió.

—¿Qué traes entre manos?

—Entre manos, nada —y se las mostró.

—Bueno, tú dirás, te escucho.

—Pues eso..., pensé que estabas sola y triste, a falta de diálogo y de comprensión... y de cariño..., y me dije: voy a ver a la tía guapa.

—Y era sólo lo que pretendías, verme. Pues aquí me tienes.

Miraba al hombre despreciativa, irónica, analizante.

—Una mujer aún joven y hermosa como tú..., así..., sin la compañía de un hombre joven... y comprensivo..., tiene que ser...

—Un descanso, créeme. Después de lo que yo he sufrido y he pasado y he amado en mi vida, si no por la muerte de mi marido, estos meses que llevo a solas con mis pensamientos serían un regalado sosiego.

—Si fueras una mujer vieja... y de mala facha, me lo explico, lo que me dices...; con ese palmito y ese cuerpo —y paseó descarado sus ojos por toda su anatomía—, no lo entiendo.

—Es una pena, porque pareces listo.

—La verdad, tía, es una pena pretendas dar por terminada tu vida sentimental cuando toda tú prometes tus... tus mejores cosechas.

—Me parece que no es tu fuerte la agricultura —le sonrió.

Quedó confuso el hombre.

De repente, la mujer se puso en pie.

—¿Qué buscas?

—A ti. ¿No has notado que me gustas?

—Eres de sobra listo para saber que me repeles.

Se fue hacia ella.

—No lo dirás en serio —le guasea.

Intentó abrazarla, pero le rechazó.

—Vete, asqueroso.

—No, no me iré; desde que te me eché a la cara, la primera vez, quedé prendado de tus encantos y te deseo con una fuerza y un ansia brutal.

—Sí, es lo que eres: un bruto enchulado y canalla, sin principios y sin moral.

Se abalanzó hacia ella y la tomó por los hombros y la besó...,
y en su forcejeo le buscó la boca.

—Déjame, chu... chulo de mierda... De...ja...me...

En su debatida pugna cayeron sobre el sofá y él encima•consiguió
alcanzarle los labios.

En un esfuerzo sobrehumano la mujer pudo libertar uno de sus
brazos y tomó de una mesita anexa una figura de porcelana. Con
ella le golpeó en la cara y en la boca... varias veces.

—Si lo que tú necesitas es un hombre...

—Tal vez, pero no un rufián afeminado... Vete, chulo de mierda, vete..., vete..., si no quieres que te abra la cabeza.

Le había saltado varios dientes y sangraba como un berraco acu-
chillado.

El brazo de ella seguía golpeador.

—¡¡Que me matas!!

—Si es lo que quiero, matarte, matarte... Chulo..., chulo de
mierda..., cobarde.

La soltó asustado, vencido.

Se puso en pie.

—Mira lo que has hecho...

—Más..., más merecías, so degenerado.

El pañuelo no era poderoso a contener la sangre que le man-
chaba la camisa, la chaqueta, los dedos y las manos... y hasta la
alfombra.

—Lárgate pronto, en seguida, si no quieres que avise a la policía. Y que no te vea más en mi vida, que no te vea más. ¡Largo!
¿Lo oyes? ¿Lo oyes?

Le sacó a empellones de la sala, sin darle tiempo a nada. Y ya
en la puerta, se la abrió y le empujó por las escaleras.

Tenía rasgada la blusa Aránzazu y arañada la cara y el pelo al-
borotado.

—¡Qué asco de hombre, Dios mío! ¡Qué tipejo, qué tipejo!

Parecía una euménide desflecada.

No podía con su alma. El esfuerzo hecho la dejó abatida, rota,
maltrecha.

Arrastróse hasta su alcoba y se abandonó sobre la cama, llorando.

Vio claro todo:

«Me lo ha echado su madre...; su madre, que tiene alma de
alcahueta. Ha pensado que no iba a poder resistir los encantos y
ratimagos de su hijo, tan joven y tan apuesto, yo, casi una vieja,
y por el camino del canallita éste, yo y mi fortuna estaríamos a los
pies de ella... No está mal hecho el cálculo..., no..., no... ¡Qué
asco de gentuza..., qué asco..., qué asco!»

Tenía revuelto el estómago y permaneció un rato vomitando.
Sentía frío y se llenó de tiritones y de desamparo.

«¡Qué asco de chusma, Dios mío..., qué asco!»

Se echó a llorar con un enorme desconsuelo, y las lágrimas le salaron la tensión.

Después de un rato de sufrimiento intentó buscarse el pulso y no se lo encontraba. Tan descaecida se hallaba.

Llamó a la doncella.

Apareció.

—¿Qué le pasa, señora?

—No sé..., no me encuentro bien.

—¿Quiere que llame al médico?

—No se le ocurra; de ninguna manera.

—Usted dirá, pues...

Le tomó un ataque de nervios.

Se puso a gritar:

—¡Qué desgraciada soy, Dios mío, qué desgraciada!

Le dio unas sales la doncella y pareció calmarse un poco... Pero en seguida volvieron los resayes y las lamentaciones y las agonías y las angustias.

La doncella paró la atención en los arañazos y en la blusa desgarrada y en la faz descompuesta y en el pelo revuelto, como de haber peleado.

—¿No habrá usted reñido con su sobrino?

—No, yo no riño con nadie, con nadie —y volvió a las lágrimas con un desamparo inmenso—. ¡Qué desgraciada soy, Dios mío! ¡Qué desgraciada! Quiero morirme, y así acabarán mis penas y mis sufrimientos y mis angustias.

—Señora, por Dios, no diga esas cosas. Voy a llamar al médico. Creo que si no se encuentra usted bien, debo llamarle.

—No se le ocurra hacer eso.

La doncella quedó perpleja.

De repente vio claro.

—¿Pero qué ha intentado ese charrán de su sobrino?

—Nada, déjeme sola.

Se hizo un silencio mechado de temerosas zozobras.

Pero en esto sonó el teléfono y se puso la doncella.

Era Martita quien llamaba.

—La señora no está para nada, no se encuentra bien.

—¿Qué tiene?

—Venga, y usted que es de la familia y a quien tanto quiere, puede que consiga sacarle algo.

—Voy..., voy en seguida.

—¿Quién llama? —preguntó Aránzazu.

—La señorita Marta, y me ha dicho que ahora viene a verla a usted.

Le entró un pavor inmenso de que se enterase Martita. «¿Qué pensará?», se dijo. Y le ganó un aplaciente deseo de lágrimas.

«¿Por qué no me moriré, Dios mío, por qué no me moriré!

¡Qué vergüenza, Virgen de Aránzazu, qué vergüenza! No creo haberle dado jamás motivo al sobrino, ni con mis miradas, ni con mis meneos, ni con mis palabras para nada..., absolutamente para nada, para nada..., y menos para la actitud doptada por él esta mañana de quérerseme llevar por delante..., por la tremenda... Pero este granuja y su madre, para vengarse, son capaces ahora de sostener que yo les he dado pie... y que... Por muy buena que yo sea y por mucho que me quieran Martita y Lorenzo, siempre quedará un vaho de suciedad... de la injuria. ¡Qué asco y qué náusea me da todo esto!

No tenía suelo su dolor.

«¿Cuándo acabarán mis sufrimientos, Virgen de Aránzazu..., cuándo, cuando?»

En esto sonó el timbre de la escalera.

«Ahí está Martita», pensó.

Sintió sus pasos, luego sus besos y sus caricias.

—¿Pero qué tienes, Arancha, guapa, qué tienes?

—No sé. Me siento ultrajada y avergonzada, y para vivir así, llena de vergüenza y de asco, prefiero morirme..., y así acabo de una vez.

Reparando en sus arañazos y en su blusa desgarrada y en su patético acabamiento:

—¿Qué te ha pasado? ¿Quién ha estado a verte?

—Antonio, tu primo, sobrino mío.

—¿Y ha intentado algún disparate?

—Sí, y me ha propuesto liarse conmigo.

«Como soy tu sobrino, nadie debe sospechar si entro y salgo en tu casa.»

—Ese granuja, por lo visto, se pasa la vida dando facilidades. ¡Qué horror!

—Su madre, no sé si te lo dije, me visitó el otro día para afearme la acttiud pedigüeña de sus hermanas.

—Claro, así, por conducto del niño, que esperaría quitarte hasta lo puesto, ella iba a pasar a ser dueña y señora de tu fortuna.

—¿Tan requetemala la crees?

—La creo peor..., y él es un rufián y un vago de la peor clase, sin moral y sin dignidad.

Arancha se metió a llorar, desconsolada.

—¡Me da tal... vergüenza todo..., que me qui... quisiera morir!

—No le des ese gusto, mujer.

Intentó sonreírse Martita, pero, al ver el estado de Aránzazu, no pudo.

—Ha sido una pelea horrorosa la que hemos sostenido..., pero ha ido bueno... Por la alfombra de la sala y por el sofá debe de quedar algún diente de él... Con decirte que he roto contra su boca una porcelana que adornaba la mesita de junto al sofá.

—Eso y más merece ese canalla.

Ahora se sonríe Martita pensando en el destrozo que le haya causado Arancha.

—¿Pero ha querido tomarte por la fuerza..., así..., por las buenas?

—Sí, y yo estoy segura de que ni con la mirada, ni con mi actitud, ni en la conversación, haberle dado pie para nada..., jamás.

—Sí, te conozco y le conozco a él y a su madre..., tan aparentemente diplomática y señora... Y en el fondo es peor que tía Amalia, a pesar de lo rabanera que es.

—No sabes cuánto estoy sufriendo.

—Me doy cuenta; pero estáte tranquila, que mi marido y yo y todo el que te trata y te conoce sabe que eres buenísima e incapaz de la más mínima incorrección.

Su mano fue a buscar la de Martita.

—Gracias... Si no por vosotros, no sé qué sería de mí.

—No seas chiquilla, que todo pasará.

Se abrazan las dos mujeres.

—Tú sí que eres buena, Martita, y tu marido... Y sé todo lo que me queréis.

—Menos de lo que te mereces.

Se hizo un silencio angustioso.

—Verás, ahora te voy a retirar esa blusa peleona y te voy a desinfectar la cara y curar los arañazos..., y te voy a dar luego unas gotas de un sedante para que te relajes un poquito.

Le cambió la blusa y la peinó y ordenó el pelo y le desinfectó los arañazos y le dio la medicina.

—¿Qué has comido?

—Nada. He devuelto el desayuno, y la verdad es que no tengo ninguna gana de comer.

—Dentro de un rato, cuando te encuentres un poco más entonada, bebes un ponche de huevo con un poco de coñac..., y eso te reanimará, que tampoco te conviene que te abandones.

—Bueno.

Miró a Martita con una gran dulzura.

—Qué buena eres... y qué dispuesta.

—Eso, quien menos me lo puede decir eres tú..., que sólo con la mirada sabes disponer.

—Bueno, vamos a dejarnos de piropos —y se miran y se sonríen.

—Al salir de casa le he dicho a Lorenzo que venga luego a recogerme aquí.

—Que se entere Lorenzo, que es hombre, me da vergüenza... ¿Qué pensará?

—Sabe quién es Antonio..., qué le vas a decir.

—Es horroroso lo que la gente es capaz de hacer por el dinero.

—Horroroso y... hediondo.

—Por eso, cuanto antes lo reparta, mejor; quedaré más tranquila.

—Supongo que después de esta «hazaña» no le darás ni un céntimo a tía Purita.

—Dar a los demás y no darle a ella no me parece justo.

—Si justicia es dar a cada uno lo suyo, con no darla nada ya le das más de lo que merece.

—Que Dios les perdone el mal que me han hecho ella y el chulo de su Antonio, pero repartiendo entre todos quedo yo más sosegada..., y que con su pan se lo coman.

A la caída de la tarde se acercó Lorenzo.

Se había levantado de la cama y estaba en la alcoba, sentada en una butaca.

—¿Qué te pasa?

—Ya ves... —y se dio a llorar la mujer.

Lorenzo y su mujer se miraron a los ojos.

Martita se acercó y la hizo una caricia y la besó cariñosona.

—¡No seas bobona!

Le contó lo sucedido a Lorenzo.

—Qué me vas a decir de ese rufián y de su madre...

—¿Tú la crees capaz a tía Pura?

—De eso y de más... Es fría y amoral.

Permaneció un instante contemplando a Arancha.

—Comprendo quieras repartir y alejarte.

—Pero después de esta fechoría..., yo no le daría nada.

—¿Por qué no? Ahora más que nunca; así la da una lección.

—¿Ves lo que dice tu marido?

—¡Si Ciriaco hubiera visto esto...! Con lo que era... —opina Martita.

—Felizmente, desde la otra orilla ni se ve ni se sabe nada de ésta..., porque si no, sería espantoso —comenta Lorenzo.

—En cuanto me encuentre bien y se me pase el susto, iré al notario y reuniré a todas para darles su carnaza y que me dejen en paz. Luego pasaré en la finca una temporada antes de ir a San Sebastián.

Se hallaba más tranquila la mujer.

Martita se puso en pie, en actitud de retirarse, y Arancha la suplicó:

—No os vayáis aún, que es temprano.

A Lorenzo le dio pena el problema de desamparo que se le creaba a la mujer con su soledad inmediata.

—Vente a cenar con nosotros y te quedas en nuestra casa hasta que arreglemos estas cosas.

—Eso, eso —reforzó Martita.

—No sabéis lo que os lo agradezco —y se echó a llorar—. Hubiera pasado aquí una noche horrorosa yo sola —se lamentó.

Se abrazó a Martita como el barco se atraca a la orilla después del temporal. Por un instante, gritos, desgarrones, sobos, violencias, le bulleron en la cabeza, agobiosos, inmediatos. Le entró un rehílo frío, tirirante.

—Anda, anda...; sosiégate, mujer, sosiégate —le pidió Martita Lorenzo, al verla sufrir así, volvió la cabeza.

Su sollozo impregnaba el aire de un agonioso y sufridor desgarro.

—Anda, mujer..., anda, que todos ellos juntos no valen una lágrima tuya.

—Si es que... que yo soy mala y pecadora y..., pero no merecía el asalto canallesco de ese tipo... ¡No, no!

—Pero, mujer, si ya pasó...

—Déjala que se desahogue —le rogó su marido.

La fatiga la fue aquietando.

Cuando se tranquilizó y se compuso un poco el semblante se la llevaron.

A los pocos días tenía ya todo dispuesto.

Citó a las hermanas de su marido en Madrid.

Amalia y Lola protestaron, según Rosarito, preguntando si les iban a pagar el viaje.

—Diles a tus hermanas que creo que les alcanzará para la estancia y el viaje con lo que les dé.

—Porque ésas sólo en ese caso vienen —le añadió.

Cuando las tuvo a todas reunidas en su casa de Madrid, les comunicó su propósito de repartir entre ellas la mayor parte de la fortuna de su marido.

Purita, que permanecía desde que llegó desconfiada y reservona, protestó:

—Bueno, pero esto es una guasa... Comprenderás que hacer un viaje como el que hemos hecho, para esta broma...

—Si lo crees así, repartiré la parte que te corresponde entre tus hermanas.

Todas se miraron extrañadas y un tanto molestas.

—Bueno, Arancha, guapa, ¿pero hablas en serio? —le preguntó Rosarito, que era con quien ella tenía más confianza.

—No os iba a hacer venir hasta aquí para hablar de otra forma. La fortuna que me dejó, como a única heredera, vuestro hermano es muy grande, y a mí me sobra por lo menos la mitad, que en vida os voy a repartir. El, como habéis podido leer en la copia que os he mandado de su testamento, me recomienda que os siga atendiendo como os atendía él y que en vuestros apuros cumpla con vosotras. ¿A qué vais a esperar, a que yo me muera, si, como os digo, a mí me sobra todo lo que os voy a dar?

—¿Pero es de verdad que vas a hacer ese reparto? —se quiso cerciorar Alfonsa.

—Si no me creéis, pasad con vuestros maridos por la notaría de...

Les dio el nombre y las señas de su notario, y se calló la mujer porque se encontraba sofocada.

Se hizo un silencio claveteado de murmullos.

—¿Y cuánto viene a ser lo que nos toca a cada una? —preguntó Purita.

—Eso, eso... ¿Cuánto viene a ser?

—Unos ocho millones de duros por hermana.

—Como broma ya está bien —aulló Purita, y se levantó e hizo ademán de ir hacia la puerta.

—Bueno..., lo que te iba a corresponder a ti lo repartiré entre las demás.

—¿Pero es de verdad? —preguntó Rosarito, pálida.

—Yo soy una vascongada seria. Os he dado el nombre y las señas del notario. Haced lo que queráis.

Y se retiró.

Pero fue Amalia, la más zafia y ordinariota de ellas, la que le cerró el camino.

—Yo te creo, Aránzazu; desde que te vi, la primera vez, me pareciste una mujer buena; yo te creo y te doy las gracias con toda mi alma..., con toda mi alma...

Se echó sobre ella y la abrazó y la besó con frenesí, con lágrimas.

—Te creo, te creo, y no sabes lo que te lo agradezco, no sabes, no sabes...

Que la más levantisca y tosca la creyese y le abriese su corazón le llegó al alma a Arancha.

Las demás seguían estupefactas, hirsutas, berroqueñas.

—Ahora, en cuanto entréis en posesión de vuestro dinero, espero lo administréis y gastéis con cautela para que os dure, por lo menos, mientras vosotras viváis..., y librarme así en adelante del dolor de vuestras penas, que bastante he tenido y tengo yo con las mías... Conque ya lo sabéis.

—Pero eso es la riqueza —rugió Rosarito.

—Si vivís mirándolo y no sois derrochadoras, casi, casi.

—¿Luego es verdad? —preguntó Purita, que volvía pálida y desconfiada.

—Sí, mujer, de la buena... Aunque tú no la merecías, por tantas cosas...

Purita humilló la cabeza.

Más tarde se volvió a sentar.

—Es tan raro todo esto... Porque dar, dar..., nadie da en esa medida.

—A ver si, con mi ejemplo, en todos los órdenes de la vida española se animan los demás.

—Pero no todos tienen la enorme fortuna que te dejó nuestro hermano —señala Alfonsa.

—Pero, en nuestra medida, todos podemos hacer mucho bien, mucho, mucho, siendo generosos y no permitiendo que la codicia nos abrase el alma —les anima Arancha.

—Ahora, todas, ¿verdad que estáis convencidas que nos hace a todas ricas?

—Sí, estamos convencidas, pero a esta altura la broma sería sangrienta —replica Pura.

—Estad tranquilas..., y la que desconfíe aún, que se vaya esta misma tarde a ver al notario... Es más, os he dado el número de su teléfono; podéis llamarle ahora..., y así salís de dudas.

Se sonreía Arancha contemplándolas a todas.

—Bueno, guapas, ahora dejadme sola e id tranquilas; vuestras necesidades están arregladas; no tenéis por qué quejaros ni mendigarme más ayudas. Pero no os dejéis dominar por el dinero, tenedle siempre a raya... y sed caritativas con los demás, hasta donde podáis, que la caridad es la virtud más excelsa de la religión, ya que sin ella no puede haber ni fe ni esperanza.

Se volvió:

—Dejadme sola; quiero estar sola, os lo suplico.

La fueron besando una a una y se despidieron de ella.

Purita fue la última:

—Perdóname todo lo que te he hecho sufrir.

—¿A quién?

—A ti, Arancha, a ti.

—¿No será a ti a quien haces sufrir, al verte como te ves, pidiéndome perdón, ahora, llena de remordimientos?

—Tal vez..., tal vez... Pero a ti también te hice horrorosamente sufrir... en su momento.

—Estás perdonada, mujer. Pero marchaos, marchaos y dejadme ahora sola.

Y, cuando se fueron todas, se retiró a su alcoba y se echó sofocada y abatida sobre la cama, rugiendo, sollozando.

Cuando Lorenzo recibió la llamada de la oficina de don Diego de que el señor Gobantes quería hablar con él, le dijo a su mujer:

—Ese granuja intentará insistir cerca de mí para que consiga de Arancha le venda las acciones de la inmobiliaria; lo que no sabe el muy pícaro es que Arancha las ha repartido en su mayor parte entre sus cuñadas y que yo he prevenido a sus maridos del gran valor que tienen, y que si don Diego o algún otro tiburón les propone su compra, pidan por ellas doscientas veces más de lo que les ofrezcan y que no las suelten sin antes consultar conmigo.

—¿Les has contado el negocio sucio que ha hecho don Diego con el cambio de terrenos?

—Con todos sus pelos y señales.

—Víctor, el marido de Purita, creo que es temible.

—Pues que se muerdan —y se sonrió.

—De todas formas, tú debes ir a ver lo que quiere. Con estos hombres tan influyentes tampoco conviene ponerse enfrente... por lo que pueda tronar; piensa que tenemos un hijo.

—Sí, a mí don Diego, aunque me repele por su amoralidad, reconozco que es muy listo y muy simpático y agradable cuando quiere serlo.

—Pues vete a ver lo que desea y queda bien con él..., que nada cuesta.

—Bueno, mujer, lo haré.

Acudió a su llamada. Serían las doce del mediodía. Le recibió en seguida.

—¿Qué hay, joven?

—¿Cómo está usted, don Diego?

—Con mucho trabajo..., y eso es lo que hace falta, que no escasee el trabajo.

Le tendió la mano, que Lorenzo estrechó.

—Siéntese.

Estaban en su despacho.

—Bueno, pollo, ¿qué hay de esas acciones de mi inmobiliaria que dejó don Ciriaco? Supongo que habrá aconsejado bien a la viuda para que se deshaga de ellas en mi favor..., bueno, en nuestro favor, porque usted entraría en posesión de un buen «paquete», que yo le reconocería como comisión por sus servicios.

Mirándole con una fijeza analizadora:

—Servicios que espero continúen junto a mí, dentro de mi grupo. He dado orden le preparen un despacho independiente en el segundo piso, en el de los directores, abogados y apoderados generales.

—Pero, ese despacho, ¿para quién es?

—Para usted (sonriéndose). ¿O es que no quiere usted trabajar a mis órdenes?

—No; se lo agradezco, pero no.

—Es curioso; cuando es un honor para tantos entrar a trabajar en mi grupo y una seguridad de riqueza..., porque yo hago a todos mis altos empleados ricos, más que ricos, millonarios..., y hay, no diré que tiros, pero sí unas pasiones tremendas y unas influencias altísimas para entrar..., que usted me salga diciendo que no..., es que me llena de estupor...

—No sabe cuánto le agradezco se haya fijado en mí, pero la verdad es que no tengo vocación de millonario..., créame.

—Como broma está bien. Entre todos los españoles habrá tan poquísimos que no tengan esa vocación...; porque hoy, en España, hasta los curas quieren hacerse millonarios. Habrá visto usted la prisa que tienen los del «Agnus Dei» por comerse el país.

El verbo comerse tuvo en sus encías una expresión glotona.

—Si lo sabrá usted, que anda tan metido en eso de los negocios.

—Usted lo dice... Bueno, perdone le abandone... Arriba le mostrarán su despacho...; desde primero de mes espero verle a usted con más frecuencia.

—Le repito que le agradezco muchísimo la deferencia que ha tenido al distinguirme entre sus muchos recomendados para apoderarle; además, no gozo de buena salud —le mintió—, y mi deseo es retirarme a una provincia tranquila a vivir modestamente con mi mujer y el hijo que tenemos.

—Su aspecto es saludable.

—El aspecto muchas veces engaña.

—¿Y qué hacemos de esas acciones de la inmobiliaria?

—Entiéndase usted con sus nuevos propietarios.

Con un enorme asombro:

—¿Pero se ha deshecho de ellas la viuda?

—Sí; las ha repartido casi todas entre las hermanas de su marido.

—¿Y a qué precio se ha deshecho de ellas?

—¿No le digo que las ha repartido? Se ha deshecho de ellas gratuitamente, regalándolas.

—Tengo entendido que su viuda era la única heredera del difunto.

—Así es..., y para que no tengan que esperar a que se muera, como la viuda es aún bastante joven, ha repartido la mitad de la herencia entre las hermanas necesitadas de don Ciriaco... para quitarles de la cabeza los malos deseos.

—¡Pero está loca esa mujer!

—No lo crea; es una vascongada muy cuerda.

—No lo entiendo; usted no siente vocación ni deseos de ser millonario y su parienta, la viuda de don Ciriaco, heredera única y joven aún, reparte casi toda su fortuna en vida... ¿Pero qué clase de gente son ustedes?

—Somos una familia de gentes sencillas, sin grandes apetencias económicas y un tantico asqueada de esta vida actual española, consecuencia de más de treinta años de dictadura, que ha convertido el país en una almáciga de ladrones y de borregos.

—¡Bah! ¡Bah! ¡Bah! Bueno, ya me han dicho que antes de nuestra guerra tenía usted ideas socialistas y que escribía en los periódicos... En una palabra: que era usted un pobre intelectual. Bueno, adiós, joven, espero verle pronto por aquí.

Le acompañó hasta la puerta.

—Muy agradecido, ¡eh! Sabe quedo de usted admirador y amigo.

—Por lo que veo, no creo que usted me admire mucho...

—A mi manera, sí; reconozco que es usted una fuerza avasalladora... y yo siempre he admirado la fuerza.

—Gracias, gracias por su admiración. ¡Ah! Y usted podría darme los nombres y las señas de los nuevos propietarios de esas acciones.

—Cómo no... Mañana mismo tendrá usted aquí la relación.

—Adiós.

—Adiós.

Salió contento de la entrevista, como si derepente se encontrase exonerado de un enorme peso. Hasta el aire le parecía más ligero, limpio y fácil de respirar, a pesar de ser irrespirable. El barullo de la circulación era espantoso. Pero su alegría era del alma más que del cuerpo.

Cuando volvió Lorenzo a su casa y le refirió a su mujer para qué le había llamado don Diego, le acababa de dar de mamar al hijo y le había acostado.

—No te molestes, maridín, pero me parece que hilas demasiado delgado. Piensa que tenemos un hijo y los que puedan venir..., que ni tú ni yo somos dos viejos.

—No creas que no lo he pensado..., pero la felicidad no está en dejar a los hijos mucho dinero, sino en enseñarles a trabajar y ponerlos en condiciones de que lo puedan hacer con preparación suficiente y con medios..., y sobre todo en los padres la primera obligación respecto a los hijos es darles el buen ejemplo de una vida trabajadora, limpia y moral.

—Conforme; pero no creo que les estorbe si al mismo tiempo les dejas una buena fortuna.

—Que se espabilen y se la busquen por el buen camino, si la desean... Creo que nosotros cumplimos de sobra con nuestra conducta y el ejemplo de nuestra vida..., y con ponerlos en condiciones y con las armas de la cultura precisas para que las puedan alcanzar. Piensa que sólo el trabajo puede salvar al hombre ocupando su vida, que el mucho dinero empuja al vicio y a la ociosidad estúpida, de no tener uno un alma egregia.

—Pero los gastos en la vida moderna van en aumento y todo el dinero resulta escaso para el confort y los estudios de los hijos y su manutención, y todos aspiramos a ser más de lo que somos. Y ese sueldo de apoderado y las gratificaciones de un gran hombre de negocios como don Diego...

—Ese hombre es un pistolero de las finanzas, como sabes, y decentemente yo no tengo nada que hacer junto a él.

—Tío Ciriaco trabajó con él y le tengo por una persona decente.

—Ese fue los últimos años su torcedor y su reconcomio, el haberse embarcado con él.

—¿Tú crees?

—Estoy seguro; yo que asistí a sus últimas congojas y confidencias... lo sé. Uno se embarca y se compromete y se embala... y luego es tarde para dar marcha atrás..., y eso le pasó al tío. Tu tío, los últimos años, no estaba satisfecho de su conducta, sobre todo de sus silencios.

—¿Cerca de don Diego?

—Sí.

—¿Pero tan sucios son sus negocios?

—Son criminales. Comprenderás que me niegue a ponerme a trabajar a las órdenes de un tipo de esta catadura moral.

—¡Cuánto granuja hay suelto!

—Sí, muchos; pero habrá que acabar con ellos.

Se hace un silencio putrefacto.

Más tarde la mujer suspira. El hombre mira al suelo.

—¿Qué hace Arancha? —pregunta para escapar del agobio.

—Mañana se va a la finca. Estamos invitados a pasar con ella unos días allí. ¿Por qué no vamos?

—Como quieras; aquí no tengo ya nada que hacer.

—Y en adelante, ¿en qué piensas ocuparte? Porque aún eres demasiado joven para no hacer nada.

—Ya veremos.

Se miran y se sonríen.

—No creo equivocarme, pero me parece que ya llama el segundo a la puerta.

—Sea bien venido.

—Si tuviéramos una posición más sólida...; pero si empiezan a venir los hijos... todo es poco.

—No insistas, que me hago cargo.

Ahora el hombre se sonríe.

—¿En qué piensas?

—Me acordaba del pensamiento de un escritor inglés.

—Dímelo.

—«En este mundo no hay más que dos tragedias: la primera es no obtener lo que se desea; la segunda es obtenerlo. La segunda es con mucho la peor.»

—No lo quiero entender como disculpa.

—Ni yo lo pretendo. Pero he de pensarlo mucho antes de ponerme y dedicarme a una labor, porque ha de ser para el resto de mi vida.

—Madrid a mí, desde luego, cada día me gusta menos para vivir.

—Tampoco me hace muy feliz a mí.

—Los días que estemos con Arancha en Minglanilla podemos dedicarnos a pensarlo.

—Nos queda aún por delante el verano en San Sebastián, porque hasta el otoño...

La mujer le mira y se sonríe.

—Te has hecho un perezoso.

—Me da miedo la elección.

El alborozo y la alegría de las hermanas y cuñados de Ciriaco por la derramada generosidad de Arancha no la consentían ahora vivir a la mujer con sus lagoterías y fiestas, arrumacos y atenciones.

—Si vais a venir conmigo, vamos pronto, antes que estas hermanas de mi marido me atosiguen con tanta invitación..., que por otra parte no me atrevo a no aceptar.

Lorenzo se reía.

—¡Qué asco de mundo! —sostenía Martita.

—Es una pura farsa, todo es una pura farsa.

Y a los pocos días, Arancha, con Martita, escapó como pudo de tan acosante halago.

En seguida se encontraron sobre la fluyente frescura del Duero. El campo era una gloria en aquella época.

Pero las mujeres se cansaron a las pocas semanas, pensando en la alegría fresca y estival de San Sebastián.

—Tú, ¿a qué piensas dedicarte en adelante? Y perdona me meta en asunto que no debía —le echó por delante Arancha a Lorenzo.

—Si te he de decir que no lo sé...

—Te lo pregunto porque quiero cumplir con vosotros.

—Con nosotros estás cumplida...

—Tú déjame a mí —le cortó Arancha sonriente.

Contemplando al matrimonio con una enorme dulzura.

—Cómo me gustaría que os quedaseis vosotros también a vivir en «San Sebas» todo el año... ¿No decías, tú, Martita, que Madrid te ahoga y te fatiga? Y a ti, Lorenzo, muerto el pobre Ciriaco, ¿qué se te ha perdido allí?

—En efecto, nada.

—Tú, ¿en qué trabajo encuentras gusto? Porque comprendo que se trabaje en lo que es gusto y placer de uno, en la verdadera vocación...

—La verdad es que de joven me hubiera gustado ser escritor; y político tal vez; pero ahora ya...

—No eres tan viejo, hombre.

—Para empezar a ser escritor, sí..., y para político, por ahora, mientras viva este hombre..., reconozco que no hay nada que hacer; y la verdad es que me preocupa emplearme en algo.

—Dentro de lo que cabe, ¿qué te gustaría ser o tener como trabajo? No te entusiasman tanto los libros, que por ti te pasarías el día leyendo... ¿Por qué no abres una buena librería en San Sebastián y os venís a vivir allí todo el año?

Mirando a Martita.

—Anda, animaros... Yo, la verdad, reconozco que tengo aficiones empolladoras, ya que no he conservado el único hijo que tuve... y me gusta estar como las grandes gallinas cluecas encima de los míos. Y vosotros dos, junto a mis hermanas y mis sobrinos, sois lo que está más cerca y más dentro de mi corazón; y la verdad es que para mí la felicidad es estar junto a los míos y en mi tierra, y viéndoos a todas horas y zangoloteando por los paseos y calles de siempre, desde que de niña vine a San Sebastián...

—A mí me encantaría quedarme aquí todo el año, estando tú —le brinda Martita a Arancha.

—Pues pones una librería y yo corro con todos los gastos... Ese será el regalo que os haré a vosotros —le ofrece a Lorenzo.

—Pero eso es demasiado —aventura Martita.

—¿No he regalado a mis cuñadas, a las que nada debía y nada habían hecho ellas por mí, sino odiarme, una fortuna? Pues qué es, si me gasto con vosotros unos millones, con vosotros, a quienes nunca pagaré todo lo que por mí habéis hecho.

Poniéndose en pie, decidida y enérgica:

—Buscaremos un local bueno en el centro y abres una librería.

—Y papelería —añade Martita; yo correré con la papelería y así tengo en qué distraerme.

—Te cansarás —le añade el marido complaciente.

—Lo de la librería la verdad es que a mí no me disgusta.

—¿No ves? Y así tienes en qué ocuparte.

—Y pasto para tus lecturas.

—¡Qué hermoso oficio andar entre libros! —reconoce.

—Y de esa forma viviremos todos juntos. Yo el cariño y el amor los entiendo así: en la cercanía y en la contemplación y en la charla frecuente. Para mí el verdadero amor, prescindiendo del carnal, no llega al roce pero le anda cerca; es no sé cómo deciros...

Se acercó a Martita e instintivamente se abrazaron con efusión.

—¡Ay, Lorenzo! Cómo os quiero, cómo os quiero a los dos... Será el dinero mejor empleado el que gaste en vuestra librería, lo digo con todo el egoísmo de la que os quiere tener cerca. Así, todos juntos en «San Sebas» seremos una familia feliz.

Reía la mujer con una risa de satisfacción bonachona, plácida.

—No sé, a ti te oí una vez que ser feliz es ser limitado, es pedir poco; pues no creo que sea mucho lo que yo pido..., los míos y vosotros, juntos y unidos, viéndonos todos los días, contándonos nuestras penas y nuestras alegrías, moviéndonos por sus calles y por sus paseos y viviendo en este San Sebastián incomparable.

Lloraba en una descarga de todos sus nervios, con una vehemencia derramadora.

—¡Ay...! ¡Qué feliz me hacéis con aceptar el regalo y saber que para lo que sea os tendré junto a mí en las horas dichosas y en las adversas...! ¡Qué feliz, ay, qué feliz me hacéis!

A los pocos días se fueron a San Sebastián todos juntos.

—No puedo seguir aquí un minuto más; tengo hambre de sobrinos y de hermanas —les anunció la mañana en que abandonaron la finca—. Sobre todo de los sobrinos; si sigo aquí más tiempo sin sus besos y caricias y sin sus chapurreos graciosos, reviento.

Era a mediados de junio y sobre el Cantábrico el cielo era regalón y tenso. Desde la terraza de su casa, señoreando la Concha, contempla el paisaje ávidamente y exclama la mujer:

—¡Qué hermoso es el mar!

Lorenzo y Martita asienten en silencio.

Dentro se oía el barullo de los sobrinos, que se disputaban los juguetes traídos por la tía.

—Bueno..., ahora vamos a descansar unos días y en seguida, con calma, iremos viendo locales —les brinda Arancha.

—Sí, ahora vamos a pasar el verano tranquilos —propone el hombre.

En esto surge Ignacio.

—A ver si nos ayudas tú, Iñaque —le pide Arancha.

—Ayudar, ¿en qué?

—Buscamos un lugar céntrico y amplio para una librería.

—Traspaso tendréis que pagar; y eso, cada día que pasa, está más caro, os prevengo.

Volviéndose:

—¿Para quién? ¿Para ti la librería, Lorenzo?

—Eso dicen las mujeres; a mí no me disgusta el negocio.

—Buen negosio; cada ves mejor, con la subida del nivel de vida... y negosio señorial y bonito y elegante... Para un intelectual como tú, lo mejor que has podido pensar...

—¿No ves? ¿No ves? —le señalan las dos mujeres.

—Ahora, para poner bien y con lujo, con ricos libros y largas estanterías, pensar que costará sus buenos millones. Pero de haser las cosas, o hacerlas bien o no haserlas..., yo eso os recomiendo.

—Tú que conoces bien toda la ciudad y sus gentes, lo que tienes que hacer es ayudarnos a encontrar un local no muy caro y apropiado —le pide Martita.

—Yo lo que esté de mi parte ya haré... Para empesar, luego nos damos una vuelta por el sentro y vamos viendo los comersios que hay y quiénes son sus dueños y cómo van por dentro, y estudiar las posibilidades, las posibilidades de que asepten traspasar. Luego calcular, ¿eh?, calcular, y más tarde hacer números..., pero con calma, ¿eh?, con calma, sin cogerse los dedos...

Iñaque mira a todos con los ojos distendidos y se sonríe.

—¿Y en tu trabajo, cómo vas? —le pregunta Martita.

—Esta quiere que deje y me venga con ella de administrador general.

—Si he de nombrar a uno para que atienda mis cosas, ¿a quién mejor y de más confianza que mi cuñado?

—De confiansa, sí, ¿eh?; de toda confiansa. Ahora, de toda competensia no te diré, pero de confiansa absoluta, sí. En cuanto a eso puedes echarme a reñir con quien quieras.

Le contemplaba Arancha con una morosa delectación.

—Deseo que todos lo que quiero y están a mi alrededor mejoren y disfruten. ¿Con quién me puedo gastar mejor lo que tengo y que a mí me sobra, sino con ellos?

—Eso sí —le recoge Ignacio sonriéndose—. De modo que ya sabéis, soy el administrador general de la señora.

Y se inclinó un tantico zumbón.

—Bueno, y dejando a un lado nuestra librería, ¿de tu boutique qué hay? —inquiere Martita.

—Eso no tiene prisa; además, antes de hacer nada he de hablar con mi hermana.

Vicenta sale a la terraza, añadiéndose al grupo.

—Estos hijos no la consienten a una vivir —se lamenta.

Con ella llega el mayor, que tiene tres años, agarrado a la falda de la madre, gruñidor, llorón.

La tía le toma en alto y le besuquea y le finge juguetones acosos, que desembocan en aparatosos mordibesos.

El crío acaba desencapotándose y riendo bullicioso, para volver, tan pronto se lo pasa a su madre, a su mustiedad cejijunta y a su seriedad protestona.

—¿Qué tiene este chico? —pregunta la tía.

El crío se vuelve y mira a su madre zainamente.

—Que no puedo con él y que quiere para él, el muy granuja, todos los juguetes que has traído, sin consentirle a su hermanita que se entretenga con la muñeca grande siquiera, que es lo propio de ella... Lo quiere todo para él: el pelotón, el automóvil y la muñeca que cierta los ojos y anda... y que se la has regalado a ella.

—Es curioso, los hombres, de críos, lo quieren todo.

—De críos y de mayores —añade Ignacio.

—Las mujeres somos más desprendidas de niñas.

—Luego con los años, sobre todo cuando entráis en la senectud, os hacéis más egoístas y os acucia más el deseo de poseer —completó Lorenzo—, y, a la vejez, perdidos los encantos, lejos ya de la maternidad y del sexo, sois peores que los hombres, más absorbentes, con un enfermizo sentido de la propiedad... que, en general, no tenemos ya los hombres y que, con los años, vamos perdiendo.

La tía había dejado al sobrino que se fuese.

Y quedó ensimismada contemplando el mar.

Volvió a oírse barullo y disputa entre los críos.

—Ya está ese granuja haciendo de las suyas —y se fue sonriendo a separarlos.

—Vamos a dar una vuelta por el centro a ver locales.

Poco después salían los dos matrimonios y Arancha.

Callejearon despaciosos por entre el río y la Concha.

—Aquí el comercio es muy floreciente y productivo y de sobra sabe la gente lo que trae entre manos —les advirtió Iñaque.

—Al otro lado del Urumea, en el barrio de Gros..., nada, ni pensar —limitó Martita.

—El sitio que más me gusta a mí es no lejos de la plaza de Guipúzcoa, entre la plaza y la avenida —les señaló Arancha—. Lo primero que necesita una librería y papelería es estar bien emplazada en sitio céntrico y en local amplio.

—Sí; todo lo que sea dar facilidades —asegura Lorenzo.

Más tarde se sentaron en una terraza de la avenida.

—Bueno, con seguridad no nos has dicho si aceptas el puesto de administrador general de Arancha —le pregunta Martita a Iñaque.

Alzó los hombros compungidores.

—¡Qué remedio! Me sacrificaré..., pero voy a esperar a cobrar el sueldo doble de fin de año para presentar la dimisión.

Dos semanas después, comiendo en casa de Arancha, Iñaque les anunció:

—¿Sabéis quién murió ayer? Doña Urbana.

—¿Qué me dices? —exclamó Arancha.

—¿Quién es esa señora? —pregunta Martita.

—Era la dueña de la tienda que hay cerca de vuestra casa, en la vuelta de Hernani con la primer bocacalle que la parte...

—Es un comercio de bolsos y adornos de mujer, que tiene siempre cosas muy buenas —reconoce Martita.

—Conosidísima en San Sebastián era ella y el negosio muy antiguo; yo era un crío y famoso era ya entonces su comersio. Mucho, mucho dinero con el contrabando durante la primera y la segunda guerra ganó ella, pues... Viuda y con tres hijos y dos hijas quedó y a todas horas, desde que abría hasta que serraba, allí estaba ella en la tienda, al pie del cañón. Dos hijas tuvo y a su tiempo casaron bien. Fama de muchos, muchos cuartos tenía la vieja... Y ellos muy potudos y faroleros. De los tres hijos, uno anda por Chile y allí casó y tiene familia; los otros dos andan por aquí, uno con negosio de barcos de pesca, ése es trabajador, el otro es un frescacha...; suelto, suelto anda.

—¿Y qué pretendes con contarnos la historia de la familia?

—Pretendo que no los perdáis de vista, porque ésos acabarán

tirándose los trastos a la cabesa. El negosio era buenísimo, según tengo entendido, con la viuda al frente y en la caja, pero muerto la vieja, los hijos no se entenderán y querrán seguir ordeñando la vaca sin aparecer por allí... Y como desimos aquí, «el ojo del amo engorda el caballo»; pero sin el ojo del amo las ganancias pronto se evaporan... y se irá todo al traste..., si no al tiempo.

—Sí, eso sí —recoge Martita.

—Y entonces será vuestro momento.

Le miran comprensivos.

—Ninguno de ésos, salvo el de los pesqueros, son capaces de ir allí a ponerse al frente.

—Podrán tenerlo en administración.

—Entonces será la parte mejor pa el que administre. Os repito que acabarán mal; si no, al tiempo.

—Lo que no veo es por qué van a acabar mal.

—Porque querrán seguir ganando mucho dinero sin sacrificarse ninguno por atender el negosio y los negosios de tiendas sólo son buenos cuando el amo los atiende y está ensima...; si no, no.

—Eso suele ser verdad —acepta Lorenzo.

—En esa casa, además, me disen, ¿eh?, me disen que las hermanas nunca se han entendido bien con los hermanos, ni ellas entre sí, ni ellos..., y ahora que hay diñero a repartir se entenderán menos.

—Vamos a esperar unos meses a ver lo que pasa.

—Eso me parese bien; esperar y estar atentos... Ni ellas ni ellos son capases de meterse tras un mostrador a ojear y trabajar... y si no es así no tienen nada que haser.

—El sitio es colosal, con los jardines de Alderdi-Eder delante y La Concha abierta... y dando a dos calles —anima Arancha.

—Fíjate en los escaparates tan hermosos que puede tener —les encalentona Vicenta.

—Pero pedirán un ojo de la cara.

—¿Uno? ¡Los dos! Esos pedir los dos.

—¡Quién sabe!

—De todas formas, en cuanto pasen unas semanas yo hablaré con el hermano mayor, con el de los barquitos de pesca, que parese el más serio, para que cuando llegue el momento que piensen deshaserse del negosio, que cuenten con nosotros...

—Sí, eso sí.

—Lorenso y yo les visitaremos, si os parese.

—Vamos a esperar a ver cómo se producen; de todas formas, estar tú y Lorenzo al quite —les aconsejó Martita.

Al día siguiente Lorenzo se puso en contacto con algunos camaradas socialistas para cambiar impresiones sobre la marcha de su revolución. Traía de Madrid consignas y consejos, y San Sebastián, donde fermentaba, como en todo el país vascongado, un descontento tremendo contra el régimen, era campo abonado.

—Aquí, tú, hay mucho separatismo —le soltó una tarde a Iñaque.

—Sí, bastante... La gente no sabe lo que quiere. Si «don Franssisco» no deja esto bien arreglao, antes de desaparecer él, no sé..., no sé..., lío, lío otra ves tendremos... ¡y qué pena, qué pena de tiempo perdido!

—¿Tú crees que se ha perdido el tiempo?

—Sí, pues, de la manera más lerda. En lo fundamental se ha hecho muy poco. Hase unos días me desía un amigo que está empleao en banca: «Estos ansiosos de banqueros acabarán comiéndose al país. ¿Sabes lo que ganó el año pasado el banco donde yo trabajo?» Con un capital de trescientos millones de pesetas a ver, calcula tú, pues, Lorenso...

— ¡Quién sabe!

—Tú calcula por todo lo alto.

—¿Con trescientos millones de capital?

—Sí.

—Seiscientos millones.

—Mil quinientos.

—Pero eso no es ya ganancia..., es robo.

—Y como ese banco hay otros muchos. O sea, que entre media dosena de bancos se engullen la ganansia de esta cuitada España.

— ¡Qué espanto! Mientras no nacionalicen la banca, yo creo que no hay nada que hacer.

—Sí, pues, los banqueros son insasiables e implacables. Ahora, eso sí, todos esos grandes tiburones juegan en Bilbao, en Madrid y en Barcelona la carta de la otra vida. Se ve por su esquela que todos tienen director espiritual.

Se contemplan y se sonríen los dos hombres.

— ¡Menudos sínicos!

—Que es contra lo que protestan los curas jóvenes, entre otras cosas, contra esta farsa hipócrita que se ha hecho en España de la religión católica.

—Tú, Lorenso, ¿estás con los curas jóvenes?

—En parte, sí.

—¿Con esos sien que en Barselona han ido en manifestación y han golpeado a los guardias?

—Con esos, no..., porque debajo de su protesta hay un separatismo nefando.

—Y esos estudiantes... que lo que debían haser es estudiar... Todo, ¿eh?, todo empiesa a revolverse... Luego con proclamar treinta años de pas... Estos llaman pas a dejar robar a manos llenas a unos cuantos tunantes y que España se tenga que despoblar en su campo para poder seguir viviendo.

—Sí, ahí están el problema financiero y el agrario, los dos más importantes, sin atreverse a resolverlos, por cobardía..., y esto clama al cielo.

—¿Y qué va a pasar aquí el día que por las apariencias no parese lejano, en que «el jefe» desaparesca o enferme y no sirva para sujetar las riendas?

—Habrá que volver a empezar. La revolución habrá que desencadenarla, quieran o no los de arriba.

—Parese que los republicanos tampoco se distinguieron por su coraje a la hora de la reforma durante sus sinco años de mando.

—Fueron otros cobardes. Les perdió la vanidad y la molicie de encontrarse en el disfrute del poder y el no querer herir demasiado al gran capitalismo, al que admiraban y respetaban.

—¿Tú crees?

—Sí. España no ha dado verdaderos revolucionarios en estos cien últimos años. Ha parido demagogos y anarquistas, sobre todo anarquistas, pero revolucionarios fríos, con la cabeza sobre los hombros, sabiendo lo que hay que hacer, no, y ésa ha sido nuestra quiebra.

—¿Y ahora los hay?

—Sí, hay unos cuantos socialistas jóvenes y menos jóvenes, que sabemos lo que queremos y hasta dónde hay que ir, y muchos curas jóvenes y corajudos, con auténtica fe cristiana, no con la fe de estos viejos camastrones, que dirigen, al servicio del gran capitalismo, la religión católica española.

—Pero el ejérsito..., mientras no contéis con el ejérsito, que, aquí entre nosotros, marcha cada día más unido y es cada día más fuerte y mejor pertrechao, mientras no contéis con él...

—En el ejército no todos son generales, ablandados por las delicias capitalistas... En el ejército también hay coroneles y tenientes coroneles con el alma en su almario, y, llegado el momento, puede haber sorpresas, muchas sorpresas... Además, están la clase media vejada y estafada, y el pueblo, harto de tanto pícaro y explotador.

—Dios te oiga, querido Lorenso, Dios te oiga.

—Pero de esto... ni una palabra... Aún hay gente bragada y sana en España, no todos son pícaros y gentes vendidas al hediondo capitalismo nacional, o encenagados con su codicia de intermediarios, y son muchos los sacerdotes, cada día más, que salen de los seminarios pensando que la religión de Cristo no puede ser un arma al servicio de los quinquis de las finanzas..., y que están dispuestos, si es preciso, a remangarse la sotana y echarse a la calle y empezar a cintarazos, como hizo Cristo con los cambistas que llenaban el atrio del templeo. España puede dar la gran sorpresa de que sean los representantes de Cristo, nuevos, jóvenes y briosos, con fe pura y limpia, los que, asqueados de tanta farsa, hagan del brazo de unos cuantos jefes militares y de revolucionarios auténticos, y del pueblo hambriento y humillado, la verdadera y deseada revolución.

—Sí, pues, demasiadas sorpresas... Yo ya, con los años, me voy hasiendo, no sé cómo desirte..., temeroso..., eso es, temeroso, y hay que conjugar, compaginar y edentar el orden con la autoridad..., y el orden con la libertad y el orden con la justicia... En esto, con los años, no lo puedo remediar, pero yo también prefiero la injusticia al desorden..., yo..., yo en eso estoy también... y no olvides que tengo dos hijos pequeños y que el estómago se me va achicando, y que uno va perdiendo la ilusión por todo..., y eso es envejecer, perder la ilusión, y no olvides, si Dios no lo remedia, que en cuanto don Fransisco desaparesca, si Dios no lo remedia, que esto se convertirá en un polvorín...; si no, al tiempo.

—El desorden que tanto temes, de existir, será pasajero.

—Pero si nos toca un tiro en la cabesa a ti o a mí, para nosotros será definitivo, será toda la historia universal.

Se sonrió Lorenzo.

—Es que persibo cómo a mí todo se me va mermando y enchiquetesiendo y cada día que se consume..., en fin, después de lo pasado no tengo ya casi ninguna fe ni en las ideas ni en los hombres... ni en naa; en las ideas, en ninguna..., y en los hombres, en muy pocos..., porque hasta los que empiesan bien acaban barriendo pa casa... Y lo triste es que el mundo siempre ha sido así... y esto no cambia a mejor ni lo de fuera ni lo de dentro. El mundo va a peor, a peor... Y cada ves salen más gentes con ánimo de arreglarlo y ya ves los resultados.

—Sí, esto se ha convertido en una merienda de...

—De blancos... De lo que se deduce que la mano del jefe ya no está fuerte y por eso suben por todos los rincones del país, como un vaho, las quejas y las protestas... Pero ojo, ¿eh?, con los curas, sobre todo si son jóvenes, que aquí en el país vasco casi todos son separatistas.

—Después de que triunfemos tendremos tiempo de limpiarlos de esas cascarrias.

—¿No será ya tarde? Esos, muchos, muchos disgustos os van a dar.

—No lo creo, la mayoría de los curas que salen ahora de los seminarios, sin casi darse cuenta están con nosotros al querer implantar en España frente al viejo catolicismo hipócrita la verdadera doctrina de Cristo. Están ya hartos, y con razón, de tanta farsa. Pero muchos vascongados y catalanes tienen el veneno separatista en sus venas... y ése es mal veneno.

—Pero el perdón es la primera virtud de su religión.

—En teoría, sí; ahora veremos en la práctica.

Se miran los dos hombres y se sonríen.

—No tienes ningún espíritu combativo.

—Ya te he dicho que no..., nunca lo he tenido, pero menos ahora, casado y con hijos.

—También los tengo yo.

—Tú estás hecho de otra madera... y tienes otra formación y hasta otro concepto de la vida.

—Pero, ¿eh?, ojo, ojo con los curas, sobre todo los de Barcelona y los del país..., que son duros de pelar.

—La religión católica la han de salvar más que sus fieles los altos jerarcas y sus sacerdotes, porque, como siga siendo como hasta ahora, un arma política y policíaca al servicio del gran capitalismo, está perdida... El Papa lo ha visto claro y bornea en su última encíclica casi los ciento ochenta grados.

Estaban en «la sociedad» delante da unas sardinas asadas que acababa de preparar Iñaque y las ayudaban con un tinto riojano de pellejo, de buen cuerpo, que dejaba en el gaznate las asperezas de la corambre.

Eran las ocho y media.

—Qué ricas están. Es una delicia a esta hora comer esto.

—Es la mejor hora para senar y dar luego un paseo antes de acostarse. Pero para serrar comerás una tajadita de lomo bien cortado, que he tenido quietesita en la fresquera de la sosiedad dos días y ahora como pucha está y sabe a gloria.

—Estoy lleno, he comido diez sardinas.

—Dies y ocho he embaulado yo... Dies son para haser boca. Tomaremos un filete cada uno, nada más, para probar y quitar del paladar el sabor de las sardinas. La boca debe saber en última istansia a carne... y luego, después de un pitillo, a natillas. La natilla, que es suntuosa, deja paladar, ensías... y toda la boca en grasia de Dios.

Tomaron más tarde las natillas preparadas por Iñaque.

—Después del café y el sigarro nos daremos un paseo despasio por la Concha, y hacia las dose, a dormir.

La noche era alta, quieta y reposada. En los intervalos de la conversación les llegaba el resuello del mar.

—Otra ves a empesar..., eso es lo desagradable.

Lorenzo iba preocupado, pensativo.

—Es la historia de los dos últimos siglos en España.

—Pues ya es hora de que encontremos de una vez la embocadura, porque si no...

Se hallaban junto a la subida de Miramar y se despidieron.

—Hasta mañana.

—Adiós, pues.

Martita dormía y trató de acostarse sin hacer ruido.

En la última entrevista en Madrid con Claudio, el ex seminarista, habían departido de la actitud de los curas jóvenes que salían de los seminarios. Empezaba a haber entre ellos ciertos contactos y unidad de pensamiento y consignas que iban de unos en otros seminarios.

—Lo que yo pretendo es una reunión de los delegados de los principales seminarios españoles —le había dicho Claudio la última vez que se vieron en Madrid—. Es la manera de ponernos de acuerdo y mantener el fuego sagrado de la protesta.

—Pero todo esto se ha de hacer dentro de una obediencia estricta a sus autoridades eclesiásticas —le advirtió Lorenzo.

—Desde luego.

—Que se encuentren con la revolución dentro, cuando menos lo esperen.

—Y se ha de hacer suavemente, sin alharacas, desde el confesionario y desde el púlpito, y en la conversación corriente y desde sus reuniones y asociaciones de caridad; así penetrará en las familias y en los hogares, casi sin darnos cuenta, la revolución. A mí me asusta aún un poco la palabra, digamos la transformación.

Tenía muchos deseos de volver a hablar con Claudio. Había recibido una carta de él, días antes, anunciándole su paso por San Sebastián.

«Sólo de los sacerdotes jóvenes, fervorosos y decididos, puede venir, ayudados por elementos políticos honestos, una transformación en las ideas y en la conducta española —le escribía—. Y es pero mucho del ardor fervoroso y del sacrificio del nuevo clero español.»

No conseguía dormir enfilando los argumentos y las ideas que le pensaba plantear al día siguiente a Claudio.

La mujer, que se despertó, le susurra:

—¿Qué te pasa?

Se movía como un argadillo.

—Tal vez he cenado demasiado.

—¿Has leído lo que dice el periódico de los curas de Barcelona?

—Sí.

—¿A ti qué te parece?

—Su protesta tiene un cariz separatista...; por lo demás, que los curas jóvenes traten de reformar con su caridad y fervor el catolicismo español hipócrita y acartonado, me parece de perlas.

—Pero... Bueno, vamos a dormir.

—Sí, vamos a intentarlo.

Se volvió de costado.

Al día siguiente fue a la estación a esperar el tren en que llegaba Claudio de Madrid.

Al entrar el convoy sorprendió su cabeza en una ventanilla de segunda.

Se sonrió y le hizo un gesto aquietador con la mano.

Descendió con una maleta de cartón muy pobre.

Se saludaron cariñosos.

—¿Usted viene a tiro hecho?

—Sí, sí. Pararé donde he parado otra vez, en el barrio viejo. En la planta baja de la casa hay una tabernita donde me tratan muy bien... Bueno, yo soy parsimonioso en la comida.

Le sonrió de nuevo.

Lorenzo le encontró más delgado.

Tomaron un taxi y se presentaron en casa de una viuda ya anciana en el barrio viejo, cerca de Santa María.

A los pocos minutos salió aseado.

—La mañana la tengo libre; vamos donde usted quiera.

—Comerá usted conmigo.

—¿Por qué no?

—¿Cómo van esos curas jóvenes?

—Hay que llegar a una unidad completa... y en eso estamos... Los curas que salen de los seminarios actualmente... son más fervorosos y están menos maleados que los viejos... Son verdaderos sacerdotes. Hay menos vocaciones, pero son más auténticas. La evolución de la Iglesia de Roma en estos últimos tiempos es tremenda. Ahora, estas altas autoridades eclesiásticas nuestras siguen sin quererse enterar... Estuve en Málaga y me entrevisté con el cardenal Barreda... Le conocía de antes de hacerse sacerdote... cuando fui por primera vez a Madrid. Desde Madrid es muy difícil darse cuenta de la enorme desigualdad de las clases españolas... Unos lo tienen todo y otros nada; nada o casi nada se hace porque esta desigualdad desaparezca... El cardenal es un hombre de vida ejemplar. Se hizo ya muy maduro sacerdote. Cuando le nombraron obispo de Málaga el hombre, según me confesaba, quedó anonadado... de la miseria espantosa de la provincia...

«Está tan lejos de ser una realidad la aplicación del espíritu del Evangelio», me reconoció. En España ha mejorado el tono de vida..., pero sólo de unos pocos. La miseria y la incultura de las clases bajas es espeluznante, es de dar dolor y angustia. El, en lo que pudo, trató de amenguar esa miseria de los más necesitados de su diócesis..., pero a más desvelo por su parte la miseria brotaba con más pujanza. Su desolación llegó a hacerle enfermar. En una de las visitas que hizo a Madrid visitó a las más altas jerarquías políticas, planteándoles el caso.

«La miseria del campo español es inmensa y angustiosa; si no la remedian inmediatamente, se despoblará...»

Llamó a todas las puertas en vano.

Otros obispos y altas jerarquías, estimulados por él y convencidos de las miserias de sus diócesis, hicieron una campaña en ese sentido de caridad acerca de las autoridades provinciales y nacionales en sus escritos y homilías..., pero todo en vano.

Para consolarle y un poco para que con la nueva jerarquía no estuviese tan en contacto con las miserias de sus feligreses, le nombraron cardenal al obispo Barreda.

—Pero su último discurso, comentando los capítulos de la constitución pastoral del Vaticano, *Gaudium Spes,* rodeado de ministros y de altas jerarquías eclesiásticas, es de una ingenuidad de anciano esclerosado.

«Todos somos culpables del atraso de España en materia social.» Con echar la culpa a todos no se arregla nada. Lo que hay que recomendar es que se obre cirujanamente, porque llevamos más de tres siglos diciendo que todos tenemos la culpa.

«Hay que crear un mundo nuevo, y para ello se necesitan hombres nuevos», afirma el cardenal. Pero para ello debía usted indicar que lo primero que se necesita es una reforma a fondo de los seminarios y de la preparación y formación de los nuevos sacerdotes..., y al mismo tiempo barrer todas las jerarquías eclesiásticas de la actual Iglesia española, pues, en gran parte, su mentalidad hipócrita y retrógrada, al servicio ciego del alto capitalismo, es el causante de la miseria y el atraso de la actual vida española.

«La juventud actual es mejor que la anterior, pero tiene dos defectos: espíritu de codicia y excesivo espíritu crítico.» El espíritu de codicia, si lo tienen, lo han mamado del capitalismo desbocado, a cuyo servicio se ha puesto la Iglesia..., y el espíritu crítico nunca es excesivo en la juventud y es su mejor arma.

«Hay que decirle que es difícil cambiar el régimen socio-económico actual y que la única posibilidad real de cambiarlo es la educación popular y el desarrollo comunitario aplicado con constancia y sacrificio.» Pues si no hay más posibilidad real de cambiarlo que la educación popular y el desarrollo comunitario aplicado con contsancia y sacrificio..., vamos buenos... Muy largo nos lo fía usted, señor cardenal... Esto se arregla con medidas enérgicas, rápidas, valientes y avanzadas, y como primer medida, un cierre de fronteras, con una revisión de fortunas de todos los españoles, la nacionalización de la Banca y una reforma agraria. Habrá que proporcionar una habitación limpia a los cerca de cinco millones que viven en chabolas, barracas, cuevas y casuchas hediondas, porque para hablarles del alma será preciso primero que el cuerpo, que es su habitáculo, esté limpio y bien nutrido. Y luego puede empezar lo de «la educación popular y el desarrollo comunitario aplicado con constancia y sacrificio». El señor cardenal reconoce que «somos culpables todos del atraso del país en esta materia», y al analizar el hecho de la distribución y uso de los bienes materiales asegura y recalca que «está muy lejos de ser una realidad la aplicación del espíritu del Evangelio». Y más adelante propone al educador acercar la juventud a la vida real, para que advierta lo rica que es la realidad y lo difícil que es cambiar el régimen socio-económico existente, y la posibilidad efectiva de realizar este cambio con métodos modernos de educación popular y desarrollo comunitario, aplicados con constancia y sacrificio. En tal escuela, concluye el cardenal, «se formará la juventud que el día de mañana ordenará cristianamente el mundo».

—Muy largo nos lo fía el señor cardenal —le dice Lorenzo.

—Sí, yo espero en Dios que esto vaya más aprisa.

Estaban sentados en el interior de una cafetería de la Avenida, tomando un café con leche.

—Yo tengo fe en que la vida española cambie pronto, y son los sacerdotes jóvenes los que más han de hacer por ello. La Iglesia de Roma, por nuestra suprema jerarquía, el Papa, se ha dado cuenta de que su Iglesia no tiene otra salvación, si no se pone rápidamente al lado de los humildes, de los vejados y pateados, precisamente en nombre de esa religión... Son ya varios siglos de hipocresía y de farsa los que llevamos engañando a los más necesitados de la comunidad y...

Se le conturbó el rostro y le tembló la mano que empuñaba el vaso...

—Son ya legión en España los sacerdotes que salen de los seminarios convencidos de que se ha venido engañando hasta ahora a los necesitados y a los humildes en nombre de la religión, de una religión de caridad, falsificada y puesta al servicio de un capitalismo egoísta, absorbente, brutal y desmandado..., y esto, a estas alturas, no se arregla con una lenta educación del pueblo, como propugna el cardenal Barreda, sino con una rápida cirugía implacable, puestos de acuerdo todos los españoles honestos y de buena fe...

Claudio quedó preocupado y en silencio.

—Perdone que no le haya preguntado aún cómo siguen su esposa y su hijo.

—Bien, bien...

Cambiando de tono:

—Todo se andará, amigo; todo se andará.

—No nos queda más que una carta que jugar; si no la jugamos con honestidad, fervor, caridad y desinterés..., pobres de los españoles.

Su expresión era de una triste desolante.

—Sólo la verdad pura y desnuda nos puede salvar. La verdad, que, según se deduce del Evangelio, es «el don más hermoso» que Dios ha dado a los hombres. Para salvarla habrá que inundar a España de verdad. Que la verdad rezume por todas las mentes y todos los poros de su geografía y por todas las células de su alma, porque sólo la verdad nos hará libres y dignos de Dios... Sólo la verdad..., sólo..., sólo.

Se contemplaron los dos hombres.

—Este es un pueblo engañado durante siglos, vejado y humillado como si fuese un pueblo de esclavos medievales..., y ya está bien. Esta última guerra civil, con su contrarrevolución y media vuelta hacia la corrupción, el robo y el codicioso desenfreno..., clama al cielo.

—Lo horroroso es que todo esto se haya hecho en nombre de una religión de caridad...

—Sí, para más ludibrio.

—Pero aún hay sol en las bardas... —reconoció Claudio. Y todo el rostro se le bañó de una luz nueva.

Permanecieron mirándose, escrutándose los dos hombres.

—Dios está con nosotros y no nos puede dejar de su mano.

Lorenzo modestó su mirada. Siempre que Claudio o su mujer o Arancha, al hablar del porvenir de la patria, le mentaban a Dios, sentía un remusguillo suave y bajaba la vista.

Su socialismo había abandonado el materialismo marxista y se acercaba cada vez más al socialismo de los Evangelios. En parte, por su vida y práctica de las gentes en tantos años de destierro; en parte, por su matrimonio con Martita, que era caritativa y evangélicamente religiosa. Más tarde, los años, las lecturas y la contemplación y sucesión del mundo frente al materialismo brutal y hosco le iban embebiendo y empapando el alma de espiritualidad. El español más duro y desabrido acaba, pasada la juventud, creyendo en los valores del espíritu. Es el único antídoto contra su feroz realismo. Es su única evasión.

Ahora contempla a Claudio, alma limpia si las hay, e inteligencia clara, aguda y diamantina.

—¿Cómo van sus clases, querido Claudio?

—Bien... Dejé para más libertad la educación de los nietos de su amigo... y doy clases particulares, y con lo que gano en invierno vivo parsimoniosamente, o sea, con frugalidad, y aún ahorro unas pesetejas que me permiten visitar a los curas jóvenes..., mis amigos.

—Si en algún momento necesitase algún dinero, me lo dice.

—Quedamos en que la primera virtud que ha de tener nuestra cruzada, y nunca mejor empleada la palabra que ahora, ha de ser la de sobriedad y honestidad.

— ¡Pero está usted gastando por la causa un dinero que es suyo y que no le sobra!

—Cuando lo gasto es que me es superfluo..., y qué mejor veraneo que éste, recorriendo las provincias de España, viéndome y dialogando con los curitas jóvenes, que son la esperanza de la patria, y acercándome a los seminarios, donde tengo tantos amigos, con el propósito de mantenerlos en el fervor de una religión pura y evangélica.

—Y en el amor a la verdad, que es lo único que nos hará libres... Repítaselo, repítaselo a todos.

—Descuide, que todos ellos tienen como ejemplo y espejo los Evangelios, y sobre todo el de San Juan, como el más actual, patente y aleccionador.

Se le ve impaciente.

—Me va a permitir llame por teléfono para disponer mi tiempo de la tarde y ponerme al habla con mis ovejas... Y le digo esto porque no hay oficio en el mundo ni menester que más me plazca que el de pastor. Dios no ha querido darme una grey, tal vez por considerarme indigno de ser sacerdote, pero la mies es mucha en los tiempos que corren y poquísimos los operarios, y la política necesita de almas rectas y honestas, y bien sabe Dios que yo lo soy..., dicho sea con toda inmodestia. Pero si hemos de empezar a predicar la verdad..., la verdad sin hipocresías, ha de empezar por uno mismo.

Se retiró al locutorio y se puso al habla con sus amigos los sacerdotes.

Poco después volvía junto a Lorenzo radiante, dentro de su pacata compostura.

—Estaban ya intranquilos; como la otra vez les avisé sólo llegar...

—Aquí, y en Bilbao y en Vitoria, en general en el país vasco, se da el sacerdote separatista; fue cruel e injusto el trato que se infligió al sacerdote del país...

—Pero todo se corregirá... Se va en el mundo a las grandes unidades: Oriente y Occidente. Espiritualismo y materialismo. Tengo por seguro que la caridad de Dios nos ha de unir, tarde o temprano, a todos los cristianos; si no, nos perderemos como pueblo y volveremos a la horda criminal y sanguinaria..., y nada habrá que hacer...

Su voz tenía suavísimas seguridades.

Entraba y salía del café, que daba su terraza a la Avenida, un público ya veraniego. Parejas de matrimonios extranjeros, franceses en su mayoría, con la mirada desconfiada y despistada del alienígena.

Fuera, el cielo era alto y azul, y la brisa marinera ponía su toque refrescador.

—Me agradaría comer pronto —le dijo Claudio, porque me he citado a las tres con estos amigos.

A la una estaban en una tabernita del barrio viejo.

—¿Qué desea usted comer?

—Una sopa de pescado y un filete de carne con unas patatas fritas y una fruta cualquiera.

—Beberemos un poquito de vino.

—Yo, no.

—Es usted muy frugal.

—Desde chico me he acostumbrado a ser parsimonioso.

—He notado que usa usted parsimonioso en el sentido de parquedad o sobriedad.

—Sí, porque ésa es su semántica y su verdadero significado, ya que etimológicamente viene de parco... No olvide que he pasado por un seminario.

Le mira y se sonríe.

—Bueno, ¿y qué programa trae usted?

—Irme a Bilbao dentro de un par de días, pero volveré por aquí para trasladarme a Zaragoza y Barcelona. No sé, tal vez me llegue al pueblo de don Marcelino y a Gijón y a Oviedo... Pero regresaré por aquí y le avisaré.

Comía con una pulcritud exquisita.

—Unas cocochas... ¿No se anima usted a comer unas cocochas? —le incitó.

—¿Qué es eso?

—Son las agallas de la merluza en una salsa deliciosa... Y con un trago de vino tinto son un regalo.

—Gracias; estoy cumplido y satisfecho levantándome de la mesa ligero y sin pesadeces... Desde niño no he tenido más remedio que ser un hombre parsimonioso; jamás me he excedido en nada. Así se sujetan mejor las pasiones.

Se sonrió, pero era la suya una sonrisa triste.

Era un hombre alto y moreno Claudio, cenceño, de facciones correctas y de mirada clara y profunda; con unos ojos atentos, suaves y diligentes, donde viven lujosamente hospedadas la caridad y la ternura.

—Es tan dulce sentir amor por sus hermanos, por sus semejantes... ¿Y puede haber menester más noble que intentar llevar a todos la verdad y el Evangelio de Dios?

Y Lorenzo, que conocía su vida y sus luchas, se sintió ante él avergonzadamente humilde.

A media tarde, cuando Lorenzo se presentó en su casa, Martita le avisó:

—Ha llamado dos veces don Diego Gobantes; una hacia mediodía y otra una hora antes de venir tú.

—¿Y qué quiere ese perillán?

—He hablado con él directamente y me ha indicado te diga que para en el hotel Londres, donde permanecerá ocho o diez días, y que le es necesario verte. Que durante la mañana está hasta la hora de comer en sus habitaciones. Llámale ahora, a ver si le encuentras.

—Deja; lo haré mañana a primera hora.

—¿Con quién has comido?

—Con Claudio; me ha preguntado por ti y que te salude.

—¡Pobre!

—No sé por qué le compadeces.

—Yo me entiendo... Me da pena.

—Pues él es, dentro de lo que cabe, y feliz... y vive gozoso en el trabajo emprendido.

—No me negarás que erró su vocación.

—Te lo niego, porque no la tenía.

—¿Por qué se metió, pues, en el seminario?

—No tenía otra salida a su normal y humana ambición.

—Vamos a dejarlo, cariño, que no quiero que te enfades.

—Si no me enfado...

—Pues permíteme que me dé pena su vida.

—Si con eso eres dichosa, ¿por qué no?

Se miran y cambian de conversación.

—¿Habéis hecho algo de la tienda?

—Por ahora, no.

—No vayáis a llegar tarde.

—El impulso dado por la viuda lo mantendrá aún unos meses a flote... Los negocios bien montados no, se deshacen en un periquete.

—Por si acaso, no lo perdáis de vista.

—¿Dónde está Lorencín?

—Se lo han llevado a tomar el aire.

Se ocupaba la madre en los preparativos de lo que iba a venir.

El padre se la quedó contemplando; más tarde la propinó un beso, cerrándole los ojos.

Al anochecer se acercaron a casa de Arancha.

Estaba trasteando con los sobrinos. El mayor, Ramonín, ya un hombrecito, era su debilidad. Le besaba y le manejaba hasta el puro y fruitivo deliquio.

Lorenzo se hallaba preocupado, como ido.

—¿Qué te traes tú ahí, dentro de la cabeza? —le inquiere Arancha.

—El mundo..., me preocupa la marcha del mundo.

—... con que te preocupes de tu casa, basta... Nada vas a arreglar.

—Es verdad —reconoció.

Se retiraron pronto Martita y su marido.

En el portal tropezaron con Iñaque, que se recogía.

—¿De dónde vendrá éste?

—De la sosiedad... Ahí han andao los amigos con el rey a vueltas, que si don Juan, que si el infante Juan Carlos..., que si don Hugo..., que si...

—¿Y tú qué opinas?

—Yo, tranquilidad..., que haya tranquilidad y *pas*... Es lo que quiero.

—El único rey que debe venir es don Juan, que es el heredero directo del rey Alfonso XIII... Vamos, me parece —sostiene Martita, un tanto irritada.

Lorenzo contempla a los dos y se sonríe.

—Yo ni entro ni salgo, pero que viva muchos años don Fransisco, porque la que se va a armar aquí cuando desaparesca va a ser de órdago a la grande.

El movimiento de sus ojos, los cambios de gestos y de expresión y las alternativas en la modulación de la voz tenían una zumba y una suficiencia guasona.

—Todo se arreglará..., con un poco de buena voluntad por parte de los de abajo y un ceder en sus egoísmos y codicias de los de arriba..., llegaremos a un acuerdo.

—Sí, pues, a la larga todo, todo se arregla.

—Pues que se te quite de la cabeza. Rey no puede ni debe haber más que uno: don Juan.

—A mí, que me registren... Don Juan quieres tú..., pues don Juan. Ahora, no todas las mujeres ni hombres del país vasco opinan lo mismo.

Lorenzo se sonreía.

—La gente, con tal de no estar en *pas,* con tal de llenarse de preocupasiones y quebraderos de cabesa... Vive y se distrae... Pero menuda ensalada de líos y peloteras nos espera..., menuda, menuda.

—¿Tú crees?

—Y tú.

—Treinta años reconosco que son muchos, demasiados años de eso que disen ellos: *pas, pas...,* y el cuerpo nos pide otra ves jolgorio.

Se miran los tres zumbones, sonrientes.

—Bueno, a ver si nos vemos los dos matrimonios y Arancha junto a un mantel... Sale este verano un chipirón que es néctar puro, y en la caparazón todos, ¿eh?, todos, traen esta leyenda:

« ¡Por don Juan! »

Haciendo bocina de la mano junto a la boca:

—Algunos, ¿eh?, sólo algunos, traen escrito:

Gora Euskadi askatuta

Lorenzo rio con ganas. Martita se puso tremendamente seria.

—Yo, lo que oigo digo, ¿eh?, lo que oigo...

—¿Cuándo vas a ser un hombre formal, Iñaque? —le pregunta Martita un si es no es molesta.

—Nunca..., *pormal,* nunca, nunca.

Se despidieron, chanceros.

A la mañana siguiente, hacia las diez, Lorenzo llamó al Londres preguntando por don Diego Gobantes.

Se oyó la voz enfática y caudalosa del financiero.

« ¡Mi querido amigo! »

«Menudo tiburón», pensó la mujer.

Poco después salía Lorenzo a verse con él en el Londres.

Tenía una habitación en el tercer piso, con *suite,* que ocupaba el chaflán que da a La Concha y a la Avenida. Desde allí, el golpe de vista urbano y marinero era delicioso. Un cielo azul plata de Fray Angélico, sin mancilla de otro color, cobijaba las aguas, los jardines y los palacios...

El tono y la andadura de las gentes era acordado, elegante.

—Usted me dirá lo que quiere, don Diego.

—Pretendo que no sea usted tozudo y que acepte ser mi apoderado general. Perdone, ¿quiere usted tomar algo?

—No se moleste.

—Hablemos con claridad; sé que, como vulgarmente se dice, disfruta usted de una salud de toro; luego la razón que usted me dio en Madrid para no aceptar cae por su base.

—Pues, sí; tengo buena salud, pero he sufrido mucho y estoy desengañado y cansado, y pretendo abrir una librería en San Sebastián y vivir el resto de mi vida tranquilo y distraído entre libros.

—¿Cuánto quiere usted ganar? ¿Le parece un millón de pesetas y una gratificación que puede llegar a otro millón?

—¿Y qué hago yo con todo ese dinero?

—Vivir mejor de lo que vive y hasta ahorrar..., si le sobra algo... Y en cuanto a su porvenir, todo depende de cómo me vayan a mí los asuntos.

—Qué afán por quererme hacer millonario a mí, que no lo deseo, habiendo en nuestra sociedad tantas gentes preparadas e inteligentes que se pirriarían por serlo.

—Pero ya ve, amigo Lorenzo, a quien yo me empeño en hacer millonario es a usted.

—¿Por qué razón?

—Porque encuentro en usted a un hombre simpático y listo, y bien preparado y utilísimo para mis negocios.

—Hay una razón más honda por la que se empecina usted en «asociarme» a sus negocios y me la oculta, y mientras no hable claro no tenemos nada que hacer.

—¿Le parecen pocas las razones que le he dado?

—No; son demasiadas, pero entre ellas no está la única razón. Un tanto confuso:

—Perdóneme, pero no sé dónde apunta usted.

—¿No será porque soy un presunto jefe socialista y ante la seguridad de que esto cambiará hacia las izquierdas dentro de unos años, tener un apoderado emporcado en sus negocios sería la manera de defenderlos mejor?

—Mire, no lo había pensado, pero es un argumento fortísimo el que me da para empeñarme con más motivo en que acepte.

—Es usted un hombre listo, no hay duda.

Se miran y se sonríen.

—Razón de más para no aceptar —se defiende Lorenzo.

—Si llega usted a ser un influyente jefe socialista..., todo eso me vendrá de perlas..., porque «esto» se va..., necesariamente se va. La nave del Estado empieza a hacer agua por todas partes...

Se inspeccionan más confianzudos.

—Tengo noticias de que los del «Agnus» están llevándose por las mugas navarras todo el dinero que pueden.

—Si no andamos listos, dejarán el cuerpo de España en los puros y mondos huesos —aúlla don Diego.

—¿Qué? ¿Le han estropeado a usted muchos negocios los del «Agnus»?

—¿A mí? Aún no ha nacido de madre quien me estropee nada.

—Son ustedes todos iguales: tiburones de la misma manjúa.

—No me insulte usted.

—Iguales; todos lobos de la misma camada.

Se miran con encono.

—No será usted tan cínico como para decirme que no tiene situado mucho de su dinero en los bancos suizos y franceses.

—Nada más que lo preciso para vivir modestamente por si hubiera que escapar de otra revolución. ¡Pobre España! Cómo la han puesto ustedes, los quinquis de las finanzas.

—Mis negocios todos han sido honestos.

—¡Qué entenderá usted por honestidad!

—Un concepto un tanto elástico..., pero es lo que se entiende por honestidad en Europa.

—El día que los españoles sepan la verdad de lo que ha sido la vida en España en estos treinta años, estoy seguro de que la mayoría se avergonzará de su patria.

—Le advierto a usted que la moral de los financieros y políticos de otros países es poco más o menos como la moral de los de aquí.

—En ese poco más o menos está el quid.

—Yo empiezo a estar preocupado y asustado.

—¿Pero por qué, si tiene usted la mayoría de su fortuna a buen recaudo?

—Esto empieza a revolverse... y no marcha, y el hedor sube como de una gigantesca cloaca... Cualquier día desaparece Franco y ¡qué va a pasar aquí!

—¿Tiene usted miedo, eh?

—Yo, personalmente, no; tengo un avión propio... Pero me preocupan los míos y mi patria.

—Tarde le preocupa a usted la patria.

—Franco puede desaparecer en cualquier momento o inutilizarse para las labores de gobierno. Y qué va a pasar el día que este hombre...

—Pasará lo inevitable.

—Por eso es necesario dar el paso cuanto antes a la monarquía de don Juan, para que la sucesión y la continuidad se hagan sin derramamiento de sangre.

—La sangre..., siempre la sangre... Es lo que les preocupa a ustedes, los ladrones.

—Me está usted insultando.

—Le estoy definiendo.

—Le prohíbo que siga por ese camino; yo soy un hombre honrado.

—Sospecho que usted y yo tenemos conceptos distintos de la honradez y de la moral.

—Para evitar crímenes y desgracias sin fin hay que traer la monarquía.

—No servirá para nada porque vendrá hipotecada.

—Hipotecada, ¿por quién?

—Por todos los banqueros, financieros, intermediarios y latifundistas ladrones.

—Sé de buena tinta que el rey viene a hacer justicia, con una monarquía democrática.

—No le dejarán hacerla los que le traigan.

—Pero ¿por qué?

—Porque los que han tomado ahora la contrata de la sucesión monárquica y la patrocinan y la fletan, usted entre ellos, son en su mayoría los que han estado engordando y robando durante estos años... Tratan con la monarquía de salvar sus latrocinios y depredaciones y de que continúe la farsa y el engaño, como hasta ahora, defendidos a cristazos por las altas jerarquías eclesiásticas..., y eso es lo que los hombres limpios, de conciencia honesta y pura, no podemos tolerar.

—Pues el paso sin transición a una situación de socialismo, por templada que sea, será espantosa...

—No lo crea usted; bienvenido el desorden, si es pasajero. Yo soy de los que prefieren el desorden a la injusticia. La justicia y la verdad por encima de todo. Que los treinta y tres millones de españoles sepan cuál es la verdad de su patria..., eso es lo primero. Abajo la farsa y la hipocresía; lo primero, la verdad, la verdad.

—Para qué la verdad, que sería espantosa, desagradable y horrible. Orden, orden... es lo primero que necesitamos; orden y que nadie se desboque... y que cada cual siga en su trabajo y en su puesto.

—¿Y el que no lo tiene?

—Con orden se le buscará.

—Y que continúe el baile, claro.

—Basta de agresiones estúpidas e inmotivadas.

Estaba excitadísimo, los ojos encendidos y amoratado el rostro de don Diego.

—Yo le llamé para distinguirle ofreciéndole un puesto de trabajo ventajosísimo junto a mí y usted me responde insultándome suciamente.

—La verdad es que no merecía su ofrecimiento mi contestación..., lo reconozco... —y se sonríe.

Desbordándose:

—Encima con coñas. ¡Váyase de aquí, so truhán!

—Sí, me voy porque, si no, va a terminar esto mal... Su conducta le hacer perder el control al más pintado.

—Yo mismo, que soy un hombre de suyo comedido, reconozco haber perdido la continencia con sus insultos.

—Esa pérdida no tiene importancia; lo malo es que usted y otros como usted han perdido el pudor y la vergüenza..., y eso es lo grave...

—Váyase, váyase ahora mismo, grosero.

Empujándole para que se retire.

—¿Y con esas maneras pretenden arreglar el país?

—Para los tipos como usted empleamos otras más contundentes.

Le dio con la puerta en la espalda. Pasó a su alcoba y se tumbó en la cama, deshecho.

El berrinche había sido descomunal. Respiraba con fatiga.

Poco a poco se fue serenando.

«Pues sí que va a marchar el país bien si cae en manos de esta turba grosera y mal educada. La culpa es mía por alternar y ofrecer nada a esta gentuza zafia y sin maneras...»

Lorenzo, ya en la calle, pensó: «He estado un tanto duro con este viejo ladrón, pero su pegajosa sinuosidad me ha exasperado... y no he sabido contenerme... ¡Cobarde de mierda! A estas alturas intenta comprometerme y corromperme para salvar su pacotilla.»

Rumiando la escena, volvió a sentirse alterado.

Se encaminó por el muelle nuevo a dar un paseo. Iba cara a la brisa y el viento del mar. La inmensidad que se adivinaba al fondo de los horizontes le sosegó.

Este viejo camastrón era sensible para el peligro, como todos los viejos ladrones, y no deben de marchar muy bien los asuntos en las altas esferas cuando esta rata de alcantarilla se desasosiega de impaciencias. De que el barco empieza a hacer agua no hay duda, por los síntomas.

Se encontró sobre el Museo Oceanográfico, contemplando al sesgo la hermosísima estampa de La Concha.

La brisa le salpicaba en los ojos, le sopapeaba la frente y los aladares y las mejillas y el mentón con saludable salsedumbre.

A la izquierda y a sus pies, el puerto viejo bullía afanoso. Consultó la hora y era la una menos cuarto.

Se dirigió a la relojería de Dimas Sarasola, en la parte vieja. Dimas Sarasola era un viejo socialista, autodidacta, muy sagaz y muy reservón. El jefe del socialismo local era un representante de fabricantes de armas de Eibar, que andaba siempre de viaje, Salsamendi, joven locuaz y excesivamente optimista. No tenía una cultura política como el relojero, aunque era más brillante, de menor edad y de más trato social.

A Lorenzo le placía mucho más hablar con Sarasola y se fiaba más de sus palabras y de sus comentarios que de los del jefe local.

Llegó y le encontró en la tienducha con la lente enchufada en el ojo derecho, observando la maquinaria de un reloj.

—Buenos días, amigo.

—Buenos.

—¿Cómo van las cosas?

—Gastándose... Las cosas se gastan con el uso.

Alzó la cabeza y retiró la lente.

Tenía una expresión astuta, pero simpática.

—Siéntese... y cálmese, cálmese.

—¿Cómo sabe que vengo intranquilo?

—Un pajarito me ha dicho.

Se sonrió.

Entró una mujer del pueblo a ver si tenía arreglado un despertador que le llevara la víspera.

—Mañana a la tarde estará.

—Pero usted sabe el perjuicio que me hace con no tenerlo... porque sin él me quedo dormida y falto al trabajo.

—Más que prestarle este otro no puedo hacer; llévate, pues.

—Cuándo, cuándo podré yo dormir sin despertador hasta hartarme...

—Pronto, mujer, pronto —le dijo el relojero, sonriéndose.

—Bueno, entonces me lo llevo, y que esté el mío, por favor, mañana a la tarde.

—Vete tranquila.

Se retiró.

—¿Qué hace Salsamendi?

—Moverse, moverse mucho; ése ha nasido para moverse, y su profesión, tamén, mucho movimiento le pide.

—¿Sigue tan optimista?

—Sí, pues, el que se mueve mucho siempre es optimista, por eso se mueve... Si fuese pesimista, quieto estaría, como marmota.

Se había vuelto la lente al ojo y se la retiró otra vez.

—Hora es ya; vamos a tomar un vaso de vino.

Salieron a la taberna cercana y se sentaron a una mesita.

—Tráete unas tiras de bacalao con el vino —le pidió al chico.

—Ha estado aquí Claudio...

—¿El amigo de los curitas?

—Sí, de paso... Volverá de regreso de Bilbao y charlaremos con él.

—El, siempre muy animoso.

Se llevó una pieza de bacalao a la boca y se sonrió, enseñando unos dientes grandes y averiados.

—¡Quién nos iba a desir a nosotros, los tres o cuatro pelagatos que hase treinta años éramos sosialistas en San Sebastián, que un día los curas nos echarían una mano y que serían, en parte, compañeros de armas...! ¡Cómo, cómo ha cambiao el mundo!

—La Iglesia, si se salva, lo hará gracias a este Papa, que es tan decidido en su reflexión y tan sagaz e inteligente.

—Sí, ése sabe por dónde anda y con quién se las gasta.

—Pero a casi todos los curitas del país los encuentro tintados de separatismo.

—No importa; ahora, a disparar todos juntos... Eso de no sentirse españoles ya se les caerá, cuando se haga un gran país sosialista, humano y fuerte, una España en la que todos trabajen con alegría.

—¿Y eso cuándo llegará?

—Mientras viva Franco, nada, nada hay que haser, os lo digo y os lo repito. Preparasión larga, eso sí...; pero sólo salen bien las cosas de preparasión larga.

—Sí; no se tomó Zamora en una hora.

—Muchas, muchas Samoras hay aquí que tomar... Mucho, mucho hay que ahormar en las cabesas de las gentes hasta que adquieran una consiensia sosial y hasta que se convensan de que los bienes de consumo... y los otros... son para todos y para el disfrute de todos... Pero con el tiempo les llegará, les llegará ese convensimiento.

Bebió el chiquito de vino con una delectación morosa.

Llamó al chico y le señaló los dos vasos: el suyo, vacío, y el otro con una estrecha línea morada.

El chico se los colmó.

—Entra muy bien el Rioja con estas tiras de bacalao.

—Sí, pues..., y el bacalao, como es salao, no mata el apetito.

Se hace un silencio embutido en el moscardoneo de la taberna.

El relojero le contempla y observa el ámbito; luego, aproximándole su boca a la oreja, le sopla:

—Mucho, ¿eh?, mucho contrabando de diñero pa Suisa hay por toda esta frontera... Por Echalar, más que palomas, sacos con mucho oro y plata están pasando ahora... sé de fijo por un contrabandista de Echalar que asomó ayer por la relojería.

—Esto es el principio del fin.

—No tanto... Así, pasando diñero, se pueden estar ocho a dies años.

—Siempre he sostenido yo que morirse cuesta mucho, mucho... Y un régimen político, si se sabe defender..., es eterno... A mí, seguro que todo esto me llevará por delante... Soy ya viejo.

—Esto va a ser cosa de un año o dos, cuando más.

—Que el Dios de los católicos te oiga.

Se miran y se sonríen.

—Esta mañana he sostenido una discusión violentísima con un tiburón del régimen, y por su estado de nerviosismo y temores se ve que el barco hace agua.

—Pero puede navegar dies años y más hasta escupir todas las bordingas..., abriéndose y tapándose vías de agua... Y son muchos los países en el mundo que tienen verdadero interés en que el barco español se mantenga a flote. Los norteamericanos, los primeros, y los franceses y los ingleses... Nadie tiene interés en que en el occidente europeo y en el camino de Oriente a Africa, junto a Italia, país muy comunista, se haga una vía de agua irreparable en el barco español... Podría ser la guerra, y ahora no hay neutrales en las guerras... Todos, todos nos encontraríamos metidos hasta el «cocote».

—Sí, mala papeleta tenemos.

—Mala y lenta, porque la gente joven y la no tan joven están emborrachados con el fútbol y los toros, y las quinielas y los cantantes de moda, y no son capaces de pensar en el porvenir y, si es preciso, sacrificarse... Los jóvenes quieren diñero para quemarlo y vivir su vida, que no es presisamente de sacrifisios..., y quieren el dinero como sea; por eso no ha habido nunca tanta delincuensia juvenil, y hasta infantil, como ahora... La política cada día les importa menos. Todos los que no han hecho la guerra y no han vivido con dolor y reflexión esos años no entienden de política..., ni saben con qué se come eso..., ni les importa... Les interesa mucho más cualquier disco de una canción de moda o cualquier baile americano o yeyé.

—Lo tremendo es que el mundo es así y hay que aceptarlo como es.

—Ni más ni menos.

Se miran secamente.

—Querido amigo, yo soy cada día más pesimista respecto a nuestro porvenir político, porque será lo más probable que nos encontremos en una situación grave, propicia y oferente para las izquierdas, y que nos hallemos con una falta absoluta de hombres para atenderla, y vuelva a desembocar todo esto en una dictadura militar, que sería más implacable que lo anterior.

—No hay que desesperar.

—Es que es difisilísimo dar con un hombre de menos de sincuenta años que sea sosialista y que esté dispuesto a luchar por la causa. La mayoría de los hombres no quieren más que vivir y divertirse, convénsase. Luego, tienen casi todos un espíritu de crítica tan *feros*..., que todo les sale por un pimiento.

—Pero de las encuestas de las universidades se deduce que hay muchos jóvenes que están con nosotros.

—Tal ves en Madrid y Barcelona..., pero no creo que muchos.

La juventus de ahora es demasiado inteligente y no se la lleva con promesas, que las más de las veses suelen ser vanas. Yo, eséptico, eséptico soy... La gente, lo mismo la de abajo que la de arriba, lo que quiere es vivir y disfrutar: el *frigidaire*, el televisor y el automóvil..., sobre todo el auto. Todas, todas, aspiran a eso, a rodar sobre cuatro ruedas..., todas, todas, altas y bajas.

—Pero hay que enseñarles a sacrificarse.

—Ninguno, ninguno quiere aprender esa lección. Ahora, del lado de la Iglesia... Si la Iglesia, por sus sacerdotes jóvenes, ante el peligro de quedarse sola, hase una gran ofensiva de sacrifisio, de caridad y de asercamiento a los nesesitados y a los humildes..., tal ves por ahí, tal ves...

Se hizo un silencio escéptico.

Se miran los dos hombres, intentando leerse sus mutuos pensamientos.

—Cuando pase por ahí don Claudio me gustaría, ¿eh?, si puede ser, pegar la hebra un ratito con él.

—Cambiaremos los tres impresiones, sí.

Se despidieron y fue cada uno a su casa.

Martita encontró preocupado y ausente a su marido. Ni el crío conseguía sacarle de su ensimismamiento.

—¿Qué cuenta don Diego?

—Nada.

—De algo habréis hablado.

—De lo de siempre... Quiere a toda costa llevarme de apoderado porque sospecha que esto, cualquier día, como es natural, puede cambiar hacia la izquierda... Supone que yo llegaré a ser un personaje lo bastante importante como para garantizar y defender su dinero..., y todo su afán es que me preste a ello... siendo su apoderado general.

—¿Y qué te ofrece por prestarte a esa corrupción?

—Un millón de pesetas de sueldo y una gratificación anual que podría ser otro milloncejo.

—No está mal si fuera por un trabajo limpio y honesto... Supongo que...

—Sí, supones bien.

Miró al hijo, que se entretenía manoseando un caballo de cartón. Más tarde contempló a la mujer.

—¿Qué cuenta Iñaque? ¿No le has visto?

—No.

Comieron y reposaron un rato.

—Este local de la librería..., en el caso de que no entiendan los hijos de la viuda, irá para largo... Que un negocio acreditado no se desmorona en unos días..., y ahora más que nunca me gustaría ocuparme en algo...

—Vamos a ver qué opina Iñaque; podemos buscar por otro lado.

Subían la cuesta de Mira Concha hacia la casa de Arancha.

La tarde era serena y la luz se escapaba por los horizontes. Los tamarindos de Alderdi-Eder y los que encollaraban el paseo de La Concha iban cobrando un tinte cobrizo.

—Un local céntrico es muy difícil de encontrar, como no pagues por el traspaso unos millones... Y, la verdad, meterse en un gasto excesivo con lo incierto del porvenir...

—¿Tú crees que puede pasar algo grave?

—Si el Generalísimo desapareciera en estos momentos..., como no hay una sucesión preparada...

—El rey don Juan o el hijo, ¿quién otro puede venir?

—Si hubiera acuerdo... Pero ni aun sobre el rey hay acuerdo..., tú lo sabes. Además, traer al rey es volver a lo de siempre, a lo que no se puede ni se debe volver...

—Vamos a probar al rey y darle esta ocasión.

—Son ya muchas pruebas las que han tenido las derechas.

—No me negarás que hemos progresado un horror... Por toda la prensa extranjera no oyes hablar más que del milagro español.

—Sí, pero es milagro para unos pocos, y somos treinta y tres millones de españoles.

—Pero el mundo siempre ha sido así, y no creo vayamos a ser nosotros quienes lo arreglemos.

—Tenemos la obligación moral de intentarlo, y más los que presumís de católicos.

—Sí, eso sí.

—Pues, entonces...

—Sí, una cosa es predicar y otra dar trigo...

Se miran y se sonríen.

—No se te ocurra sacar esta conversación delante de la opulenta Arancha.

—Arancha, como lo ha demostrado con el ejemplo, es caritativa y generosísima a extremos inconcebibles...

—Desde luego; pero no sé, hasta al más generoso no le gusta oír hablar frecuentemente de dar..., y ya ves que ella es desprendida, pues desde que se ha entronizado en su riqueza y ve cómo todos la adoramos y giramos a su alrededor, la encuentro más... más entonada.

—Es la imprescindible fuerza, seguridad y poderío que da el dinero y del que es imposible desnudarse.

—Sí, eso será.

Martita se adelantó y, mientras el marido cerraba la puerta del ascensor, llamó al timbre.

—Muy buenas, señoritos —les saludó la muchacha.

—¿Qué hace la señora? —preguntó Martita.

—Bañando en este momento al mayor, que no puede hacer carrera con él.

Lorenzo se había adelantado a la terraza, a contemplar la elástica mollez de La Concha. Más tarde escudriñó el horizonte lejano.

El mar le solazaba y le aquietaba.

Martita se acercó al baño en el momento en que Arancha salía retirándose el pelo que le venía sobre la frente con el envés de la mano derecha.

—Este chiquillo va a acabar conmigo.

—Es aficionadísimo al agua del mar, y cuesta Dios y ayuda meterle luego en el baño.

—Es lo de todos.

El crío mormojeaba, enfadado y cejijunto.

Volvió la tía y, después de frotarle con colonia todo el cuerpo, le enchufó en el pantalón.

—Ahora aprende a lavarte las manos tú solo —le despidió la tía, fatigada.

—Va a acabar conmigo y con mi paciencia.

Pero le afloraba la ternura. Le tomó y le estampó un beso.

—Por lo menos, ahora se te puede besar.

El crío se fue gruñendo.

—No os importará, en vez de ir a cenar fuera, como hoy es sábado y habrá mucho jaleo en los restoranes, le he dicho a ésa que prepare una merluza en salsa verde, que sé que le gusta mucho a tu marido..., y ha traído unos chipirones, y con una lengua que ha preparado Vicenta saldremos del paso.

Reduciendo la voz y apresurándola:

—Dile a tu marido que me disculpe, que voy a arreglarme y en seguida seré con vosotros.

Llamó a una muchacha y la ordenó:

—Sirva a los señoritos en la terraza lo que quieran beber.

Salió Vicenta y dio un beso a Martita.

—En seguida somos con vosotros.

Martita fue a reunirse con su marido.

—Loren, guapo, deja todas tus ideas políticas y que no te noten que estás preocupado cuando nos reunamos todos.

Lorenzo se hallaba sentado frente a una botella de cerveza helada.

—Está en todos los detalles esta Arancha; se ha acordado de ti y ha mandado preparar merluza en salsa verde —le brindó.

En seguida surgió por allí Iñaque; traía el «A B C» en la mano y el periódico local de la tarde.

—Vamos a cenar aquí, en la terraza —le dijo Martita.

—Magnífica idea... Si es así, voy a darme una vueltecita por la cocina a ver, ¿eh?, sólo a ver lo que hay... y cómo van las cosas... En seguida soy con vosotros.

—Déjame los periódicos.

Se los tendió.

—Espera, que voy contigo mientras éste ojea la prensa.

Y quedó solo Lorenzo frente al mar.

Iñaque tuvo noticias, poco después, de que los dos hermanos herederos de la viuda no se entendían entre sí y andaban ya a la greña.

Se puso en movimiento y se enteró en seguida de que varios agentes estaban preparados para quedarse con el local, tan bien situado y a dos calles.

—¿Hasta cuánto estáis dispuestos a pagar por el traspaso? —le preguntó Iñaque a Lorenzo.

—Antes de hablar nada creo que lo pertinente es que nos reunamos con Arancha para señalar límites y decidir, ya que ella va a ser, según su deseo, «la pagana».

—Tienes razón..., pero para calcular yo y saber y proponerles a los herederos..., ¿hasta cuánto es vuestro propósito llegar?

—Creo que más de un par de millones no debemos ni podemos ofrecer..., pues sería abusar de Arancha, aunque ella, dada su generosidad, estuviese dispuesta a dar más.

—No es que a mí se me antoje poco, ¿eh?..., pero con esa cantidad... me parese, ¿eh?..., me parece... que vais a quedar cortos..., muy cortos.

—Pues nada habrá que hacer...; eso poniendo, como pensábamos poner, nosotros la mitad..., pues de ninguna manera, aunque ella estuviera dispuesta, podemos abusar de Arancha... Y eso sería abusar..., que luego viene la segunda parte, la adecuación del local al negocio..., y más tarde llenarlo de libros... De sobra cumplió su marido con nosotros con su legado... para que intentemos abusar ahora de la generosidad de su mujer.

—Eso, pues, es cosa de ella.

—Pero en nosotros estará la delicadeza de saber hasta dónde debemos llegar.

—Te digo, ¿eh?..., que vais a quedar cortos, porque me han dicho que hay quienes quieren poner, a todo trapo, una cafetería..., snack-bar, como disen ahora..., y varios, ¿eh?..., varios son ellos y muy ricos..., y me han soplao... que tres, tres millones estarían dispuestos a soltar.

—Para nosotros resulta ya inaccesible —se lamentó Lorenzo.

—Sí, es muchísimo dar tres millones sólo por el traspaso..., pues por lo menos otros dos habríamos de gastar... en lo demás..., y es tan delicada la situación que crearíamos a Arancha con este gasto tan fuera de un regalo discreto —se dolió Martita.

—¿Y qué hacen los herederos ante ese ofrecimiento de tres millones?

—Poco, poco les parece..., y para pedir más se unen y dejan a un lado las peloteras... Para eso de pedir y mantenerse firmes parese que van unidos..., muy unidos.

—El dinero es lo que más une y lo que más separa —reconoce, sonriente, Martita... Pero es la suya una sonrisa amarga.

—A esas cantidades ni debemos ni podemos llegar.

Redujo Iñaque la voz y moteándola de misterio les añadió:

—Pero ahora viene lo gordo... A última hora los bancos han ido al husmo... y empiezan a tomar posiciones... Y a ofreser, claro, a ofreser ellos también..., y como pa esos un millón más o menos es como para nosotros una perra gorda..., pues ya os podéis suponer:

—Los bancos, ¡valientes aprovechados! Como les cuesta tan poco ganarlo —rugió Lorenzo.

—Déjalos, pobresitos, tamen tienen que vivir... No me negaréis que para una sucursal es un sitio pistonudo..., y qué le vais a haser si son los amos... Resignación, pues, resignasión...

—Antes de hacer nada, hablaremos con Arancha a ver qué dice.

—No vale la pena de que la molestemos; si andan por medio los bancos ya no hay nada que hacer... —se duele Lorenzo.

—Yo haré lo que me mandéis.

Pocos días después supo Iñaque que los de la cafetería subían a tres millones y medio... y que un banco muy importante de los cinco grandes daba cuatro millones de pesetas.

—¿Y qué han hecho los hermanos, dueños del negocio? —inquirió Lorenzo.

—Callar y haser las pases en seguida..., y pedir, pedir con todo descaro un millón de duros.

—¿Y es esa su última palabra?

Iñaque se alzó de hombros.

—No sé si la última o la penúltima.

—Convenceos de que no hay nada que hacer; nos achantaremos y a esperar otro local más modesto que salga por ahí —se resignó Martita.

—Con el tiempo tendréis ocasión... Prisa, prisa por ponerte a trabajar tú, Lorenzo..., mucha prisa tampoco te conviene tener.

—¡Me sacrificaré! —e hizo un gesto de intento aspavientoso.

—Sí, pues..., duro, duro sacrifisio es.

Y miró a Lorenzo con una conmiserativa piedad.

—A eso de no trabajar te advierto que se hase uno en seguida y a la larga hasta se le coge gusto... Lo digo por esperiensia... Yo, cuando no trabajo, es cuando mejor me encuentro: más tranquilo, más sosegado y con mejor apetito.

—¿Aún?

Se miran y se echan todos a reír.

—La verdad es que aquí, pa entre nosotros, en San Sebastián, con buena mesa, buenos paseos y buen paisaje, la ociosidad es un regalo de dioses... Te irás hasiendo, Lorenzo, verás cómo te irás hasiendo... Y ahora, a esperar a que salga un buen local... Tranquilo, ¿eh?, tranquilo...

Pero el coraje contra los bancos absorbentes y oligopolizadores le puso verde el rostro.

Pasó unos días revuelto. Martita le observaba.

—Pero si ya lo sabes y los conoces... No vale la pena de que te pongas así.

—Tienes razón, a otra cosa.

A fines de agosto cayó por allí Claudio de vuelta de su viaje por el Norte.

Le invitó a comer a su casa.

Al encontrarse frente a frente de Martita se sonrojó.

—Estaré toda la vida en deuda con usted y un tantico cohibido en su presencia..., pero qué le vamos a hacer.

—Si Dios lo ha dispuesto así —se resignó Martita—. De todas formas sé que es usted feliz en su labor y es mucho el bien que nos puede venir a todos de ese trabajo por usted emprendido; me lo ha asegurado Lorenzo.

—Vamos a ver.

Bendijo la mesa con suave unción.

Más tarde comió muy parcamente, como era su costumbre.

—Pero no iremos demasiado lejos en todo esto de la justicia social y de la nacionalización, de las reformas agrarias..., porque los españoles somos gente de extremos... O todo o nada... —temió Martita.

—Sí..., no le niego que ése es también mi temor... Pero creo que lo evitaremos. Hemos de llevar como lema este principio de la vida moral: que el bien está en el justo medio y el mal en los extremos. Una de las más hermosas leyendas en la que se concreta esta concepción espiritual es la que aparece en el mito de Dédalo su atolondrado e incontenible hijo Icaro... Están en Creta padre e hijo, de donde han resuelto escapar, pues el rey Minos los tiene condenados a la más ardua de las servidumbres. Dédalo, inventor de grandes recursos, ha dado con el medio de huir de la isla. Confecciona para él y su hijo unas alas que irán adosadas a sus espaldas y brazos. Pero antes de conseguir escapar de la prisión en que se encuentran, Dédalo le advierte al hijo:

«Es preciso que volemos ni muy alto ni muy bajo, en medio de la atmósfera; si nos elevamos demasiado nos dañará el calor del sol, y si avanzamos muy a ras de la superficie podremos tropezar con los escollos o las olas del mar.»

—Y sucedió lo que es frecuente entre jóvenes irreflexivos y atolondrados, que Icaro, tan pronto se vio flotando en el aire, gozoso de la libertad que le daban sus alas, sin pensar en otra cosa, se remontó a una altura desmesurada, sin darse cuenta de que los rayos solares iban derritiendo la cera que adhería las plumas a su cuerpo. Cuando menos lo esperaba, las alas se desprendieron y, no pudiendo hacer nada por evitarlo, se hundió su cuerpo en la mar, ante la desesperada impotencia de su padre..., que nada pudo conseguir por él... No supo seguir el consejo de la prudencia y de la rectitud moral, consejo aúreo: ni muy alto ni muy bajo, idea que acompaña las más elevadas especulaciones de los filósofos y de los historiadores griegos... No supo seguir esta consigna y se hundió... Y éste es, con usted, doña Marta, mi temor. Y es que la idea de la mesura es uno de los rasgos esenciales de la cultura griega y latina y debe ser, si queremos salvarnos y llegar a buen puerto, nuestra norma.

Tenía al expresarse una suave corrección eclesiástica. Sus mismos ejemplos y citas eran los de un humanista.

—Sí, padre, sí..., bueno, Claudio —rectificó Martita.

Cerrando los ojos hubiera pensado que era un sacerdote el que le hablaba.

—«Ni muy alto ni muy bajo»..., pero verá usted cómo en seguida intentan volar muy alto y lo echan todo a perder y justificarán con su conducta desmedida el volver a las andadas.

—Esto es lo que hemos de evitar, la desmesura.

Tenían sus palabras un dejo amargo.

Lorenzo le contemplaba sin oponer nada.

Pasaron a tomar el café a una salita que daba a los jardines de Alderdi-Eder.

Se hizo un silencio conveniente.

Martita lo rompió.

—¿Hasta cuándo va a estar usted aquí?

—Espero irme pasado mañana.

—¿A Madrid?

—Sí; pero más tarde me acercaré a Zaragoza y Barcelona.

Un rato después, Claudio habló.

—Sí, hemos de ver al relojero, que a media tarde he de hacer unas visitas a mis curas jóvenes.

Se sonrió.

Despidióse de Martita y en seguida salieron.

Dimas Sarasola les esperaba ya.

—Tanto bueno, don Claudio... Hola, camarada —le saludó a Lorenzo—. ¿Qué tal ese viaje?

—Bien, bien. El espíritu de los sacredotes jóvenes es cada día mejor; la idea de sacrificio se va haciendo en ellos una alegre necesidad.

—Eso hase falta..., eso hase falta —recogió el relojero.

—¿No le distraeremos a usted de su trabajo con esta visita?

—Hoy es sábado, y muchos sábados por la tarde salgo a pescar con el bote y no abro... Yo también necesito un poco de descanso, qu ya me lo he ganao.

—En ese caso... —se sonrió Claudio.

Estaban en su casa, un piso modesto del barrio viejo.

—Café y una copita de coñac ya tomarán.

—No, no; yo, no —se opuso Claudio—. Un vaso de agua, que tomé ya café en casa de don Lorenzo.

—Bueno, bueno...

Le sirvieron una copa de agua. Sarasola tomó café y una copita de coñac y Lorenzo se dejó servir otra copa.

—Bueno, amigo Sarasola, ¿cómo van las cosas aquí?

—La verdad, yo eséptico, eséptico soy... La juventud obrera, en mucha parte cogida, ¿eh?, cogida por el gol y las quinielas, está... en mucha parte, ¿eh?, en mucha parte... La política, sólo en los mayores de sincuenta años es posible encontrar eco... En los más jóvenes, pocos, ¿eh?, pocos hay... Sueltos, eso sí: aquí uno, allí otro; pero en masa, como antes... Antes de la guerra había una masa y más pasión... Son muchos los que han pasao tratando de olvidar la guerra y los crímenes de la guerra..., y ahora casi nadie quiere oír hablar de política, créame.

—Llegará un momento en que tendrán que dar oído a la política, y puede que no esté muy lejano.

—Sí, pues.

Mirando a Claudio con una gran fijeza.

—¿No le molestará si le hago una pregunta?

—No, por Dios.

—¿Usted qué opina de nosotros, los sosialistas? ¿Qué piensa usted del sosialismo, del marxismo en general?

—Con franqueza: que es inadmisible... por su materialismo.

—Pero el capitalismo tampoco es manco, porque a la hora del materialismo lo es tanto como nosotros a la hora de la práctica, aunque tiene buen cuidado de ocultarlo a la hora de la teoría... La diferencia está en que nosotros estamos condenados por la Iglesia y el capitalismo no.

—Sí, también está condenado.

—Dígame dónde.

—Tal como se practica está condenado por todos los mandamientos. «No codiciar los bienes ajenos», dice uno de los mandamientos. «No hurtar», dice otro.

—Pero lo codisiado, lo hurtado y lo robado... pasan luego por el confesionario y se les perdona.

—Si se arrepienten de lo codiciado y devuelven lo hurtado y robado, sí.

—Pero nunca lo hasen..., sobre todo si es cantidad importante.

—Allá ellos; se condenarán.

—¿Usted cree?

—Sí.

Rápidamente y sin vacilar:

—¿Y si le dijera que la mayoría de los capitalistas no creen en la otra vida y que sólo creen en ésta y con violensia, con fuersa y con enorme codisia de dinero?

—Me lo pone usted peor para ellos.

Se miran fijamente.

—La religión de Dios debe ser, en primer lugar, religión para los pobres, consuelo para los necesitados y los humildes. Yo, que he hablado bastante con obreros, cuando les he planteado el caso de Dios, he podido notar que sus quejas más amargas van no contra Dios, sino contra las jerarquías de la Iglesia, contra los sacerdotes que por su brutal egoísmo y falta de auténtica fe y santidad no han sabido ni querido interpretar su doctrina como pedía Cristo... No están propiamente contra Dios, sino contra sus sacerdotes... No contra Cristo, sino contra su Iglesia.

—Pero eso, don Claudio, no creo que tenga ya arreglo... No irá usted a esperar que esos obreros vayan los domingos a oír misa y a escuchar los sermones de los sacerdotes.

—Es muy difícil, desde luego; pero es lo que hay que intentar y lo que hay que conseguir... Y esto es lo que yo predico y aconsejo a mis amigos los sacerdotes jóvenes... Los obreros, la gente humilde, no son tan malos y descreídos como los pinta el gran capitalismo.

—Claro es que al gran capitalismo le conviene pintarlos así...

—Desde luego.

—Hay que acercarse al obrero, al humilde y al necesitado y explicarle cómo era Dios y cuál es su doctrina y sus evangelios.

—Ya es tarde para acercarse al obrero, son muchos siglos de incomprensión por parte de la Iglesia..., y docenas de años de trabajo en las mentes proletarias de las ideas marxistas..., y todo lo que ha conseguido hasta ahora la clase obrera del capitalismo cerril ha sido por sus ideas marxistas y sus sindicatos tenaces y sus huelgas, no por la Iglesia.

Claudio humilló la cabeza ante tanto sarcasmo.

—Reconozco que tiene usted mucha razón..., pero aún creo yo que es posible el diálogo, y sólo a eso dedicaré yo mi vida.

Sarasola se puso en pie y le miró a los ojos con una enorme dulzura.

—Contra usted no va, don Claudio, ¿eh?, que de sobra sé yo que es usted un santo...

Y le abrazó con todo cariño, entrañablemente.

—Yo, pues, no domino el castellano, y si alguna palabra o consepto le ha herido, a perdonar, ¿eh?, a perdonar..., que de sobra sé yo, pues, con quién me gasto los cuartos... Con que amigos, ¿eh?, buenos amigos.

Le tendió la mano temblona, que Claudio apretó con toda ternura.

—Y a mandar, ¿eh?, amigo Claudio, a mandar.

Lorenzo quedó primero atemorizado; luego, empapado por la tierna abundancia del corazón de Dimas Sarasola.

—Como hemos llegado a dialogar usted y yo..., y yo a reconocer la razón que a ustedes les asiste..., así los jóvenes sacerdotes ejemplares llegarán un día a dialogar con el pueblo sufriente y paciente.

—Si todos esos sacerdotes son puros y limpios como usted..., sí..., ¿por qué no?

Le rodaban por sus mejillas unas lágrimas rabiosas al viejo socialista.

Se miraron de hombre a hombre y volvieron a abrazarse con una enorme congoja.

—Hemos de ser hermanos en Cristo.

—Sí, pues —rezongó Sarasola.

Poco después se despedían.

Lorenzo le acompañó a Claudio hasta la casa donde le esperaban.

—Qué gran corazón tiene este Sarasola... Qué gran corazón y qué verdad, qué verdad en todo lo que me ha dicho. El camino es largo y difícil..., pero no hay que flaquear.

Se despidieron con un abrazo.

—Adiós, Claudio.

—Adiós, Lorenzo.

Eran las cinco y media y se encaminó a su casa.

No había vuelto aún Lorencín de su paseo.

—Me ha llamado Arancha para decirme que vayamos luego por allí.

—Me figuro para qué es.

—Yo también.

—Escucha: de ninguna forma debemos aceptar nada que pase de un par de millones de pesetas... La conozco; ella sería capaz de ofrecernos la mitad de lo que tiene. Pero en nosotros está limitar su peligrosa generosidad. Espero que con esa cantidad demos con un local adecuado y céntrico. Lo nuestro no pretende ser una librería monumental... llena de empleados, ni excesivamente lujosa. Con esos dos millones de traspaso como tope y otros dos millones de acondicionamiento del local y para material de papelería y libros, se puede abrir un negocio que llene nuestras aspiraciones.

—Sí, eso me parece —señaló la mujer.

Pasaron a la caída de la tarde por casa de Arancha.

Se besaron las mujeres.

—Esperad a que venga Iñaque, que hemos de hablar del asunto del traspaso.

Legó poco después.

Los críos correteaban por la terraza; acababan de volver de la playa de Ondarreta.

Su madre los despachó de allí.

—Largaos con la criada y dejadnos en paz.

Una franja de color salmón cortaba el horizonte.

Los gritos de los chavales se perdieron en el fondo del pasillo.

El primer término del mar se molía blanquísimo sobre la arena.

Ignacio hizo acto de presencia.

Se sentaron en la terraza, rodeando una mesa de sombrilla frente a unos refrescos.

Hacía bochorno.

El cielo de uniformaba, después de pasar por cinabrios y naranjas que se desleían en dorados y en un azul profundo y denso, tirando a oscuro... El mar repetía sus colores..., resignado y paciente.

—Me ha dicho Iñaque que un banco de los grandes ofrece por el local cinco millones, pero que os lo darán a vosotros, por ser los primeros, por el mismo precio... Yo estoy dispuesta a daros ese dinero para el traspaso, como os prometí.

Lorenzo miró a su mujer, como diciéndole: «No ves.»

—No sabes lo que te lo agradecemos, pero nos parece a los dos un disparate pagar por el traspaso ese precio... Que se lo lleve el banco.

—Arancha, guapa, pretendemos una cosa más modesta —le aclara Martita.

—Un millón, millón y medio; hasta dos por el traspaso son nuestros cálculos... Por ese precio, tal vez, en sitio menos céntrico y decorativo encontremos un local adecuado.

—Como ha de ser para vosotros, a vosotros os toca decidir.

—Sí, a mí también, después de oír como opináis, mucho me parese dar un millón de duros..., que luego viene la segunda parte.

—No tengamos prisa, que la prisa es mala consejera..., y los locales son muchos.

—Pero cada vez pedirán más por su traspaso —se dolió Arancha.

—Quién sabe.

—Bien... Vosotros avisaréis cuando llegue el momento... Y tú, Iñaque, no lo olvides.

—Descuida.

Subía la marea y las luces de las orillas empezaban a clavar en las aguas sus temblorosos rejones.

A finales de agosto dio a luz Martita una niña. Fue un gozo para sus padres, que tanto la deseaban y esperaban.

Se lo comunicaron en seguida a Arancha y a Vicenta, y Arancha les exigió:

—Ojo con que le busquéis una madrina, que la madrina seré yo.

—Concedido —le tranquilizó Lorenzo.

—Dice Arancha que ella será la madrina —le comunicó a su mujer.

Tan dulce exoneración la dejó amodorrada y bisbiseó algo que entre los berridos y lamentos de la criatura y el azacaneo de las mujeres que le atendían, el marido no alcanzó a captar.

Aquella misma tarde la visitaron Arancha, Vicenta y su marido.

Les pareció muy hermosa la criatura.

Tenía unas décimas la madre y se retiraron en seguida.

A los pocos días salía con su marido y Lorencín y se sentaban frente al mar, en uno de los bancos de Alderdi-Eder.

—¿Cómo te parece que la llamaremos?

—Eso es cosa de vosotras, las mujeres.

—Pues le pondremos el nombre de mi madre: Marta —no dijo «mi nombre».

Por aquellos días se supo que don Diego Gobantes no se encontraba bien de salud y guardaba cama y que en torno a él se había celebrado consulta de médicos.

—Por lo que da a entender la prensa es grave lo que tiene.

—Pero no es muy viejo y le sacarán adelante.

—Lo dices como con pena... Por Dios, hombre, no seas así..., que después de todo a ti directamente no te ha hecho ningún mal.

—Tampoco ningún bien.

—El ofrecimiento que te hizo..., de no ser tú como eres..., resultaba tentador.

—Lo expresas con cierto retintín, como molestándote el ser como soy.

—No lo creas; me siento ufana de que seas como eres.

Se acercó y la atrajo hacia sí y le dio un beso.

—No lo puedo remediar, pero este tipo de hombres de presa, sin moral ni conciencia, me repelen.

—Y a quién no. Pero ahora hay tantos..., y si hemos de convivir y vivir en paz...

—Es verdad, perdona.

—Nada te tengo que perdonar; además, me satisface que en la intimidad de tu mujer te manifiestes así, como eres..., créemelo —y se sonreía.

—Ahora vengo observando que delante de los demás cada día tienes menos cautela para disfrazar tus opiniones..., y eso es lo que me preocupa, no por mí..., que ya te digo me siento cada día que pasa más cerca de tus sentimientos y de tus ideas, sino por ti. ¿Me entiendes?

—Sí, te entiendo.

Pero a los pocos días supo por un amigo llegado de Madrid que era un tumor, un enfisema de pulmón lo que padecía don Diego. Supo más: que un cirujano suizo especializado venía a operarle.

Nada le dijo a su mujer.

«No me vaya a traicionar», pensó..., y se sonrió escépticamente.

A los pocos días toda la prensa habló de la operación a que había sido sometido el gran financieron por el cirujano suizo.

—Te habrás enterado de que a don Diego le ha operado de un tumor de pulmón un especialista suizo.

—Lo he leído en el periódico.

—Se ha confesado antes de la operación y ha recibido al Señor.

—Es costumbre ésa en todos los grandes financieros..., por si acaso.

—Por si acaso, ¿qué?

—Por si acaso hay otra vida.

—Loren, por favor... Don Diego será todo lo codicioso y hasta «gangster» que quieras, pero si ha pedido el confesor y ha comulgado es porque cree, estáte seguro.

—¿Lo estás tú?

—Pues claro que lo estoy.

—Perdona que disienta de ti.

—Eso es mala voluntad por tu parte.

—Sigo pensando que ese hombre no cree más que en el dinero y su fuerza, y eso opinaba tu tío. Ahora, como es cobarde, tremendamente cobarde, juega la última carta, que es: «Por si acaso hay otra vida.»

—No le conoces.

—Porque le conozco te lo digo.

—Me han asegurado que ha recibido al Señor como un santito.

—¿Por qué no? La cobardía sabe vestirse de todos los ropajes.

—Lo que me han contado es que ha hecho una fundación de no sé cuántos miles de millones.

—Eso no lo creo.

—Es lo que me han dicho.

—Pues te aseguro que no. Por lo que oí a tu tío, don Diego no cree que en cuanto muera Franco duren mucho tiempo las fundaciones que se están haciendo ahora, y, como es natural, sospecha que los que sustituyan a don Paco obligarán a los fundadores a pagar todo el dinero de la fundación para que no haya fraude.

—Explícame dónde está el fraude.

—En la corrupción, engaño y debilidad por parte de las más altas autoridades, falseando, en provecho de los fundadores, las bases intangibles de la auténtica «Fundación Benéfica», en gravísimo perjuicio del Estado.

—Pero el Estado no se va a dejar engañar.

—El Estado, después de publicar las bases de lo que debe ser una fundación de beneficencia, no debía consentir las falseen en lo fundamental.

A Martita se le dibujó en el rostro un gesto confuso.

La tomó, cariñoso, por la cintura y la aproximó y le estampó un beso.

Iban a desayunar en aquel momento...

—Siéntate y te aclararé todo.

Le miró la mujer, silenciosa.

—Para crear una fundación, lo primero es necesario el beneplácito de la Dirección de Beneficencia, su aceptación o visto bueno. Esta Dirección depende del ministro de la Gobernación.

—¿Quién era ministro de la Gobernación cuando se constituyó ante notario la primera fundación después de la guerra?

—No recuerdo..., pero es lo mismo. Ahora toda fundación benéfica, sea de los millones que sea, habrá de entregar esos millones al Estado y, como primera medida, despedirse de ellos. Esto es lo esencial. Ese dinero no tiene ninguna contribución fiscal ni ningún impuesto. El capital destinado a la fundación lo manejará el Estado sin efecto retroactivo, o sea, que el fundador al entregarlo lo pierde para siempre. Y el Estado se compromete a dedicarlo exclusivamente a los fines fundacionales.

—Lo que me extraña es que estos hombres tan codiciosos y pegados a su dinero, al acercárseles la hora de su muerte, en su mayoría, se dediquen con tanta urgencia a crear fundaciones opíparas.

—No te extrañará cuando te lo explique.

—Sí, claro, porque ellos algo buscan.

—Buscan y encuentran muchas ventajas. La primera, no pagar impuestos ni tasas fiscales, como te he dicho, aumentando de esa forma tremendamente la herencia de sus hijos o herederos. La segunda, no romper la unidad monolítica de su fortuna, porque como no entregan nada y siguen los herederos manejando el capital de la fundación...

—No te entiendo. ¿Qué es eso de que no entregan nada?

—Escucha: de ese enorme capital de miles de millones, si la fundación es de miles de millones, que debían entregar al Estado y que no entregan, los herederos reparten una rebaba o escurraja, o sea, el tres o cuatro o cinco por ciento cuando más, para los fines de la fundación, becas, premios y viajes o estudios, y como ellos, al seguir manejando los millones de la fundación, les sacan un buenísimo y altísimo interés, se quedan con el dinero sin pagar casi ninguna tasa fiscal.

—Me doy cuenta, pero eso es una defraudación.

—Puede ser de miles de millones..., a la que el Estado les ayuda y es cómplice... Tercera ventaja: el prestigio de que se rodean de benefactores de la Humanidad ante el público papanata que no sabe de esto. Cuarta: en la fundación pueden colocar con un buen sueldo a parientes y amigos... El halo de filántropo de que se rodea un hombre, por muy atravesado que haya sido en su vida, y algunos lo han sido bastante, es tremendo en una de estas fundaciones.

—Fíjate y verás que en España, para estos caballeros que han hecho fundaciones, ha resultado baratísimo.

—Un gran negocio.

Se escudriñan y sonríen marido y mujer.

—El precursor de estas fundaciones fue el judío Rockefeller. En Norteamérica los impuestos por transmisión por desmesurados, casi todo el dinero se lo lleva el Estado. Rockefeller, astuto, pensó: de todas formas, esos millones, o como fundación o por los impuestos, al transmitirse a mis herederos, los he perder; mas, si los pierdo, paso a la posteridad con un relumbre generoso y egregio que ofuscará mis pasadas y sucias andanzas.

—¿Pero Rockefeller entregó el dinero de su fundación?

—Por supuesto. La Administración norteamericana es sólida y, en cuestiones de dinero, a la hora de los impuestos los norteamericanos no se andan con bromas. La gente suele caer allí por no pagar. Pero el nuestro, como te decía, es un país pobre, corrompido y encenagado.

—En el fondo de todo esto de las fundaciones hay mucho de envidia —trató de suavizar la mujer—, porque casi todos los españoles ricos, llegado el momento de nuestra muerte, trataríamos de hacer una fundación, defraudando al Estado, para dejar más dinero a los hijos y a los herederos, ya que defraudar al país, según los impuestos o contribuciones, según la Iglesia católica, no es pecado mortal. La culpa grave no es de ellos, sino del ministro de la Gobernación que lo consintió o autorizó al primero que hizo la fundación sin entregar los cuartos.

—No te preocupes, que ése lo haría con su cuenta y razón.

—Pero a los que vinieron luego con sus fundaciones ya no podía negárseles que repitiesen la maniobra defraudadora. La verdad, a mí me gustaría ser muy rica para hacer una fundación y mejorar así a Lorencín y a la niña...

—No te escapes —le sonrió el marido.

La mujer volvió lenta la cabeza.

—¡Ay, cómo sois los hombres!

Tomó la criatura de su moisés y se desabrochó para darle el pecho.

—¡Qué no defraudaría yo por esta hija! Todas las fundaciones me parecerían pocas.

Se embebió de una enorme tristura.

—Piensa que llevamos unos pocos años de casados y que tenemos dos hijos..., y que nos debemos a ellos, y si es verdad que me quieres, como dices... Llevas una temporada, querido Lorenzo, que estás intratable, no sé si te das cuenta, pero los demás todos lo notamos. La dichosa política te va a enloquecer. Compréndeme que así no podemos seguir.

Le asomó una lágrima que fue a rodar hasta la frente de la cría.

—Estás cada día más exaltado; no sé con quién te ves cuando no estás conmigo.

—Con españoles que piensan como yo. Pero tú, ¿qué has oído chismorrear y a quién?

—A una amiga, que don Diego había hecho una fundación de no sé cuánto dinero.

—El que dijera eso indicaba que su salud no debía ser nada buena.

—Pero no has oído que el enfisema le ahogaba...

—¡Alguna vez tenía que llegar oportunamente un enfisema!

—¡Eres feroz!

Se hizo un silencio seco.

—Según contaba tu tío, con quien hablaba don Diego de estas cosas, parece que tenía ya la mayor parte de su fortuna, poco antes de morir Ciriaco, a nombre de su mujer y de sus hijos legítimos, el chico y la chica, y del adulterino y de su hermano viudo y sin hijos, que era su hombre de confianza y un poco su guardaespaldas. Además, siempre ha tenido muchos millones en Francia y Suiza, ante lo que pueda ocurrir.

—Parece, según tu tío, que en los últimos años que él le trató andaba muy alicaído y triste, porque el hijo legítimo le resultaba un mozo opaco y nada dispuesto, y le costó Dios y ayuda el terminar la carrera de Derecho. Se llama Diego, como el autor de sus días, y siendo ya un hombrachón no salía de las faldas de su madre. No tenía ningún gran deseo ni ambición. Ni le interesaban los negocios, ni los viajes, ni la vida libre de muchimillonario.

—No sé qué hacer con Dieguito —le dijo un día a tu tío—; no me sirve para nada ni desea nada. Lo único que pretende es que le dejen vivir tranquilo.

—¿Y qué es para él vivir tranquilo?

—Seguir yendo a misa todas las mañanas con su madre, que, si se lo consintiese, sería capaz de dar en limosnas toda mi fortuna... El, con eso y pasear como un viejecito por el Retiro y echar migajas de pan a las palomas, le basta.

—¿Y qué edad tiene?

—Veintisiete años.

—¿Y de mujeres?

—Es un sosaina.

—Pero con los millones que tiene usted..., ¿no gasta y se divierte?

—¡Con decirle que no conoce París! Eso sí, ha visitado Tierra Santa.

—Tu tío, al contarme este diálogo con don Diego, se regocijaba. Terminada la carrera, le abrió una cuenta corriente de cinco millones de pesetas y trató de ponerle un negocio de lo que quisiera, y muy serio, tartajeando, le replicó:

—Pero, papá, ¿qué te he hecho para que me trates así?

—Hijo, es que tu vida la debes ocupar en algo.

—¿Y te parece poca ocupación el hecho de vivir?

—En lo físico y en lo moral es el vivo retrato de su madre.

—Es joven aún; déjele, no se preocupe... Ya le saldrá por algún lado.

—Esté usted toda la vida trabajando para esto, amigo Ciriaco...

Y una palidez temblona le descendía, escurridiza, hasta los rinconcillos de la boca.

—¿No tiene amigos?

—Sí; pero casi todos son curas.

—¿Y su madre qué dice?

—Que es un santo.

—Y le advierto, amigo, que, como único hijo legítimo varón, le tengo puesta a su nombre casi la mitad de mi fortuna.

Humilló la cabeza.

—No esperaba yo tener una vejez tan triste.

Hasta que acaeció lo inesperado.

Aquel día, a la hora de comer, cuando don Diego volvió a casa, encontró a su mujer sonriente y gozosa.

—Tengo que darte una gran noticia.

El marido la contempló acobardado; tenía miedo a sus grandes noticias.

—Nuestro hijo Dieguito ha ingresado en el «Agnus Dei» y ya no le interesan los caballos de carreras.

—Tenía el cuchillo de la carne en la mano y, según le confesó a tu tío, se le secó el gaznate y le entraron ganas de clavárselo a su mujer...

—¡Qué mierda de hijo has hecho! ¡Pero qué mierda! Es el resultado de tenerle metido entre curas y de llevarle todos los días a misa contigo...

—Y si él es feliz en ese medio... Porque yo jamás le he forzado.

—¡¡¡Basta!!!

Pegó un puñetazo sobre la mesa.

La mujer intentó defender al hijo.

—¡Que te calles! ¡Te digo que te calles!

Quedó lloriqueando.

¡Guarda esas lágrimas o te mato! ¿Me oyes? ¡O te mato! —le rugió.

La esposa irguió todo lo que daba de sí su estatura y se retiró a su habitación.

—Y yo sin darme cuenta de que había estado trabajando los mejores años de mi vida para el «Agnus Dei»...

—Tu tío, en medio de su desgracia de sentirse un tantico encharcado en varios de sus negocios, como abogado, disfrutaba al oírle sus angustias, sus quejas y sus lamentaciones.

—Y pensar que los mejores años de mi vida he estado trabajando para esa gente... —le repetía.

Y le temblaba la boca y le temblaban las manos.

—Al anochecer, cuando llegó a casa Dieguito, surgió la madre. Don Diego, sentado en una butaca, tenía la cara pálida y la cabeza hundida en el pecho.

—Aquí está el hijo.

La mujer se sentía envalentonada.

—Si te atreves, amenázale a él —le brindó.

Estaba en pie junto al marido, ofreciéndole todo su volumen y su dimensión. Es muy alta, gorda y tetuda. El hijo es también grande, de brazos largos y muy fuertes.

—¿Qué pasa? ¿Se lo has dicho?

El padre intentó ponerse en pie, pero no pudo. Se encontraba como roto, como bataneado.

Junto al hijo, la mujer le gritó:

—Y has de saber que tu enorme fortuna se la debes a mis rezos, mis novenas y mis limosnas; que el Señor se ha portado contigo mucho mejor de lo que debía.

El hombre la miró sonriente y exclamó:

—Tal vez.

—Y sabrás que yo conozco y trato a muchos del «Agnus Dei» que se han hecho sacerdotes y a otros que no lo son, y todos resultan ejemplarísimos.

El hijo paró sus ojos en la madre y el padre y les aseguró con voz firme:

—Tengo ya edad para saber lo que debo hacer.

—Este diálogo lo sé por tu tío, que me los contaba con mucho gracejo.

—Pero eso no quita para que a la hora de morirse pidiera el cura.

—Su mujer se lo metería exigiéndole el miedo a la otra vida. Pero él, según aseguraba tu tío, no creía más que en el dinero.

—Al día siguiente de la escena, don Diego se sintió enfermo y no se levantó de la cama. Mediada la mañana le fue a ver la mujer y le encontró llorando como un crío.

—¿Qué te pasa?

—No sé, no me encuentro bien.

—Tomó un café puro y una copa de coñac por toda comida. Pasó varios días en la cama, descaecido, deshecho. La mujer se alarmó y llamó al médico.

—¿Qué es eso, don Diego? ¿Qué siente usted?

—Ganas de morirme.

—Pero, hombre, a su edad y con el fortunón que se le calcula a usted..., le bromeó el médico.

Tomóle el pulso.

—Lo primero que tiene usted que hacer es levantarse y comer y salir a dar un paseo a disfrutar de este mes de mayo delicioso.

Pasó una temporada en que no levantó cabeza..., sentado en una butaca, palidísimo, alicaído. Se alimentaba muy poco y no tenía voluntad de ocuparse de nada. Su esposa, sus hijos y su hermano llegaron a preocuparse. Tu tío le visitó y le encontró hecho un guiñapo.

—Pero un hombre de su coraje, su carácter y su dominio, abandonarse de esta forma por una chiquillada de su hijo...

—Tengo las tres cuartas partes de mi dinero puestas a nombre de los dos, de ella y de él...; estoy viendo que, aconsejado y acosado por el Agnus, la de líos en que me meterán... y yo me encuentro cada día más cascado.

—No se preocupe usted; téngame al tanto de lo que intenten —le contestó tu tío, que salió apenado de la entrevista, según me confesó.

—Permaneció sin salir de casa y tu tío sin saber nada de él durante una temporada; luego empezó a salir a la calle y tenía otro aspecto. Una mañana tu tío recibió una llamada de él.

—Venga por mi escritorio, que quiero presentarle a mi otro hijo.

Era el hijo adulterino, que tuvo con la mujer, ahora viuda, de un modesto empleado del Ayuntamiento de Madrid, con quien vivía el mozo.

—Tu tío fue a verle en seguida. Era un poco más joven que su hijo legítimo, con una mirada centelleante y una embaidora simpatía humana. «Este es más vivaz e inteligente que el otro», pensó. Tu tío se dio cuenta de que el hijo del pecado le consolaba y libertaba del fracaso del hijo legítimo. Le había tenido educando en un colegio de Londres y ahora estudiaba en la capital francesa. En París conoció el muchacho a un aventurero yugoslavo que hacía, sobre todo, contrabando de drogas. Tenía en La Haya, capital de Holanda, el centro de sus operaciones, y frecuentaba para sus trapicheos París. El contrabandista se entusiasmó de las ambiciones y pretensiones del muchacho. Le fueron simpáticos sus bullentes afanes.

—A ti, ¿qué te gustaría ser?

—Lo que sea, con tal de ganar mucho dinero.

Cuando volvió a Madrid y se enteró su padre que se dedicaba al préstamo, bastante usurario, con el dinero de la cuenta que le pusiera a su nombre... le halagó.

—¿Qué tal te va?

—Tengo casi siete millones de pesetas, pero no es negocio que me guste, porque es expuesto y peligroso si sube uno mucho el interés. Lo que me petaría es un casino de juego en España, pero montar un tinglado de esos costaría mcuhísimos millones..., en el caso de que el régimen lo permita... Nos podemos asociar los dos, si te parece. Yo podría ser el director del juego, con un sueldo, y, en cuanto a ganancias, podríamos ir a medias. Un casino de juego en los alrededores de Marbella... Con todo lo que lleva, como brote natural, un negocio de esa especie... Y me comprometo a llevarlo bien... ¿Qué te parece? Mientras llega el instante de montar el casino... yo estudiaré en Biarritz y en París cómo se mueven estos asuntos. Mientras, pues no me gusta estar sin hacer nada, me puedes asociar en alguno de tus negocios.

—El padre se puso gozoso.

—Bueno, bueno; pero eso del permiso de juego irá para largo...

—No lo creas...

—Lo que es... mientras viva el general...

—Está hecho una ruina y no durará mucho.

—Es una joya el hijo de tapadillo ese que tengo... —le soltó a los pocos días a tu tío.

Y se lo manifestó con un goce y una satisfacción que le consolaba con creces de la vulgaridad y zoquetez del legítimo.

Se hizo un silencio largo.

El marido calló por no herirla.

—La verdad es que yo no veo que estén las cosas tan mal. Por lo menos tenemos paz, sí, paz, que es lo que necesitamos para sacar adelante estos hijos y los que vengan. Recuerda lo que me prometiste cuando nos casamos.

—No quiero saber lo que te prometí. Tú piensas como mi madre. La mayoría de las mujeres pensáis con la vagina y ha llegado el momento de pensar con la cabeza.

—Tú mismo me has reconocido que están despolitizadas las masas y no hay nada que hacer.

—Pues es cuando más debemos de hacer para sacarlas de ese marasmo egoísta. Es preciso que se acostumbren a pensar un poco menos en las quinielas y un poco más en la patria... Comprende que así no podemos seguir, se está inundando España de ladrones y de borregos.

—Hay borregos que topan.

—Estos, no.

—¿Pero tú solo qué puedes hacer?

—Yo solo, no; pero muchos yos, cientos de miles, podemos y debemos transformar la faz del país.

—Sois unos ilusos que, si conseguís ocupar sus puestos, seréis como ellos o peores.

—Somos más honestos que ellos y sabemos que ésta es la última carta que nos podemos jugar; tenemos mucha experiencia y hemos sufrido mucho..., y la gente pobre no puede ya más. No han cumplido nada de lo que prometieron.

—Dios mío, no quiero ni pensarlo, en lo que hubiera sido de España si hubierais ganado vosotros la guerra.

—A esta altura estaríamos mejor; no habría ni tantos ricos ni tantos pobres... Desde luego no habría habido nuevas fundaciones de beneficencia, como las que empiezan a pelechar ahora en todo el país. ¿Qué se puede esperar de una patria donde son glorias nacionales «el Cordobés», Lola Flores y Perico Chicote?

—Eso es cosa de la prensa, que no sabe de qué hablar.

—Todo eso son consignas..., como esa obsesiva de «mantengan limpia España». La limpieza de España no puede ser un problema de papeleras en las esquinas de las plazas y en las calles de las grandes ciudades; ha de ser un problema de conductas honestas y de conciencias honradas y justas. Este es un país donde, como ha dicho Randolf Churchill, «todo lo que no es obligatorio, está prohibido». Y no es más que por miedo a la verdad. Dios es la verdad, la pura y desnuda verdad. Por eso vosotros, que decís amarle, debéis querer la verdad, que es su representación.

Se abrochó el sujetador y colocó a la cría en su moisés.

—Antes de que se me corte la leche y tengamos una catástrofe... —y se sonrió, mirándole.

El hombre se sintió desarmado.

—Anda, anda, y déjate de monsergas.

Se acercó a él cariñosa, enamorada.

—Si eres una delicia de hombre cuando no te pones pesado.

—Ese es mi fracaso ante ti, el no haberte podido atraer a mis ideas.

—Eso, no; pero sí estoy convencida de la bondad de ellas. Me basta saber que las tienes tú y oírtelas exponer con la ilusión con que lo haces, para entregarme a ellas de cuerpo y alma, pero hay que ser un poco más flexible, Loren..., y pensar que no se puede estar, cada dos por tres, con derrocamientos y altercados en las calles para subir a éste y derribar al otro..., que una familia y un pueblo no pueden ir adelante sin orden lo primero, que es lo primero que queremos todas las mujeres de su casa de España... Y que después de la guerra civil que hemos pasado... ya está bien.

Se acercó al hombre, le echó los brazos al cuello y le besó con ilusión y con ansia.

—Piensa que tenemos dos hijos y en edad en que no se pueden valer para nada.

Intentó contestarla y le tapó, cariñosona, la boca.

—Me sé de sobra todo lo que me puedas decir... y creo que los tuyos son los mejores, los más justos, los más inteligentes y los más honestos, que éstos son una pandilla de vividores, que no han pensado más que en repartirse el botín, que es lo que quedó de la patria.

—Pues entonces.

—Es que pienso en los hijos, que el mayorcito apenas si puede mantenerse en pie..., y en ti y en mí...

Se le bañó el rostro de tristeza al hombre.

—Para ser dos en uno, no basta que lo seamos en la carne, es esencial también que lo seamos en el espíritu, que lo seamos en las ideas..., en las ideas... Y yo quiero hacerte ver que como vamos, vamos a la catástrofe, sí, a la catástrofe.

—Esto mismo vengo oyendo durante más de veinticinco años. Si la interinidad ha de durar otros cuarenta o cincuenta, el que venga detrás que se espabile y que arree... Además, no me negarás que, sea como sea, la gente cada día vive mejor.

—No es más que aparentemente.

—Las mujeres, que somos mayoría, preferimos que nos arreglen los problemas de la vida diaria y que nos dejen de políticas, y no lo digo por ti ni por los tuyos, pero los políticos estáis, cada día que pasa, más desacreditados en el mundo... Decir político es decir defraudador y cínico, y, a veces, ladrón. Además, más valen, más, los malos conocidos que los buenos por conocer. Que todos prometéis una vida maravillosa de justicia y de riqueza para el país... y luego viene lo que viene.

—Desde luego, como dice Adenauer, «la política no es necesariamente el mejor camino para llegar al cielo».

—Pero para evitar que esto se hunda, hay que cambiar la estructura económica del país, que está montada vergonzosamente en beneficio del gran capitalismo, sobre supuestos que la asfixian y que, por ser constantes, hacen imposible su saneamiento y mejora.

—¿Y tú crees que esos cambios que pretendéis vosotros se pueden hacer sin otra guerra civil y sin derramamiento de sangre?

—Pues claro, mujer... Escucha, hoy, en lo que se refiere al sector público presupuestario, el gasto público de los tres ejércitos, si tienes en cuenta que la potencia atómica moderna minimiza la eficacia defensiva frente al exterior de las armas convencionales, se advierte en seguida que tal gasto es inútil.

—Pero toda nación, no me negarás, que necesita un ejército para, llegado el caso, defenderse.

—Pero aquí ha llegado ya el caso, y ya has visto lo que hemos replicado a esos piratas de ingleses cuando nos acaban de desafiar «que en adelante despegarán los aviones de su campo de Gibraltar, sin preocuparse de si violan o no la zona de soberanía española». Era el momento de derribarles el primer avión que despegase del campo, después de esa nota..., y ya has visto lo que hemos hecho con nuestro flamante Ejército de Tierra, Mar y Aire; que nos cuesta cuarenta mil millones de pesetas meter el rabo entre las piernas y aguantarnos como unos cabritos.

—Pero hubiera sido la guerra si lo hubiéramos hecho.

—No, mujer, no... Por la cuenta que les tiene hubiese tascado el freno ese descaecido pueblo... Además, que cuando llega el momento como éste, hay que jugárselo todo, pues como dijo Maura, «los pueblos no mueren por débiles, sino por viles»... O no haber planteado el caso, antes de tener que terminar caponilmente.

—Eso sí.

—Somos un pueblo que ha perdido la dignidad. La mayoría de los españoles sabemos que las áreas influyentes del sector privado financiero, industrial y mercantil están oligopolizadas. Nadie se atreve a reformar ese oligopolio. Hasta ahora no ha habido ningún gobierno que se haya atrevido a enemistarse con los seis grandes. Luego, los pobres, como ganan poco, no tienen dinero para pagar bien a los empleados subalternos, y, cuando éstos piden subida de sueldos les contestan que «han tenido mal año».

—Eres mordaz —le sopla la mujer, no pudiendo contener la risa.

—No lo puedo remediar, pero me dan mucha pena los banqueros.

Se abraza a él y le susurra, sonriente:

—¡No tienes arreglo!

—En el campo se está produciendo una regresión de productividad. La política de precios bajos, para mantener artificialmente el coste de vida, quita estímulo a la inversión agraria e induce al abandono de tierras y al éxodo del censo laboral campesino.

—Así se va quedando el campo español sin alma —reconoce la mujer.

—En la pequeña y mediana empresa, de las que hay tantas en el país, a fin de lograr cierta apariencia de suficiente contenido económico, son frecuentes las ampliaciones de capital de las sociedades, totalmente fingidas, porque tal capital figura en escritura, pero realmente ni se desembolsa ni, por tanto, puede contribuir a la solvencia empresarial y al verdadero desarrollo de la explotación.

—¿Y a quién engañan con todas esas trampas?

—Eso me pregunto yo..., pero sospecho que son ellos mismos los que acaban engañándose.

En esto se oyó hurgar y abrir la puerta de la escalera y en seguida las voces de Lorencín, que volvía con la criada de la calle.

Su madre no supo reprimirse y se volvió hacia el pasillo a recibirle.

El crío, al verla, se abalanzó en sus brazos.

Más tarde se escondió en el pecho del padre.

«Quiere a su madre, instintivamente, más que a mí. Estando los dos juntos se va a ella primero», pensó Lorenzo. Se ama más a su contrario: los hijos a las madres, las hijas a los padres. De otra parte, es lo natural, desde que ha nacido es más el contacto y la frecuentación de ella...; los padres vacamos a nuestras cosas.

Pero en seguida se lo pasó la mujer.

Le tomó en sus brazos y le alzó en alto y le besó con ilusión, y jugueteó con él.

—Ten cuidado, que un día se te cae y vamos a tener un disgusto —le temió la madre.

El crío se reía, infantilón, con los amagos, fintas y cosquillas del padre.

Más tarde se fue a que le diesen de merendar.

—Si te distrae —le sonrió la mujer— puedes seguir analizando el montaje de la estructura económica española.

—Pues sí..., te iba a hablar del sistema fiscal, que está fundamentalmente montado sobre la imposición indirecta, que grava el consumo, y, por ende, casi sin discriminación, sitúa a los contribuyentes en un mismo nivel de gravamen. En los impuestos directos y sobre el capital, dada la deficiente reglamentación para verificarlo, la movilidad de las fortunas a través de las acciones y títulos de valor, y la influencia de «los grandes», se producen anualmente fuertes evasiones de bases imponibles, por lo que la cuota tributaria que satisfacen no suele llegar al diez por ciento de los tipos legales de tarifa... De las fundaciones benéficas te he hablado ya y cómo el Estado es connivente en la farsa de clasificación de «benéfica» para gozar de exenciones y bonificaciones fiscales, quedándose con el capital de la fundación, que ellos siguen manejando y moviendo en su Banco y reservándose en la escritura el derecho de rescate, si en algún momento no concurren las condiciones apetecidas... y el Estado se lo consiente. En España defraudan hasta los religiosos. En nuestro país todos aspiran a defraudar para mejorar a los suyos. Después de todo, ellos ninguna culpa tienen, sino quien se lo consiente..., como has reconocido tú.

—Me explico el interés que tienen tantos tunantes en que todo siga lo mismo —reconoce la mujer.

—Y ahora viene lo tremendo: las cuotas de seguros sociales, por un volumen mayor al del presupuesto del Estado, más de doscientos mil millones de pesetas anuales, las percibe, administra y dispone, sin control, el Instituto Nacional de Previsión, que no confecciona ni publica sus presupuestos de ingresos y de gastos, ni la liquidación anual de los mismos.

—¿Y son más de doscientos mil millones de pesetas anuales?

—Sí, y con menos de la mitad paga todos los seguros... ¿Se puede saber qué hacen con el dinero que sobra?

—¡Qué orgía de millones! Pero no me negarás que hay una política social generosa en favor de los humildes y los necesitados.

—Aparentemente, sí; pero contraproducente política social, más radicada en un demagógico sentimiento de cobardía, que exige, al socaire de la seguridad del empleo laboral la permanencia de las plantillas, cualquiera que fuese el giro de la producción y la demanda del mercado, lo cual supone, si ésta se reduce, la descapitalización de las empresas con su derivo de quiebras y suspensión de pagos... Por otra parte, ahuyenta asimismo el capital, tanto nacional como extranjero a la hora de las nuevas inversiones..., y es suicida o asesino de la propia defensa laboral, cuya bandera dice que levanta para proteger.

—Pero estas mismas quiebras y defectos que veis tú y tus amigos, supongo las observarán los del gobierno, ya que entre ellos hay algunos preparados e inteligentes.

—Han perdido la ilusión los pocos que la tenían y van a lo suyo, y no se deciden a dejar los cargos; y hasta ahora no ha dado un paso adelante retirándose a su casa más que uno, el hacendista señor Larramendi. De otra parte, el capitalismo español no tiene agallas ni sentido de la justicia suficiente para iniciar lo que Maura llamaba «la revolución desde arriba». Maura era un hombre bien intencionado y un acuñador de grandes frases; pero toda revolución únicamente es posible y viable desde abajo... Y aún está pendiente.

—Espera a que yo muera y tus hijos sean mayores y se puedan defender —le sonríe irónica—. No tengáis tanta prisa, que otra guerra civil, cuando apenas si se han cerrado las heridas de ésta, sería espantosa.

—No habrá otra guerra civil y espero que no tendrá por qué haberla..., pero otra dictadura capitalista, militar, eclesiástica, el día que este hombre desaparezca..., tampoco.

La última esperanza que podía quedarle a las masas no sólo en la China, sino en el mundo entero, de que la dictadura y el autoritarismo sean capaces de servir para crear una sociedad justa y armónica, más que la surgida del sufragio universal en los países democráticos, se está desmoronando en estos momentos. Después de fracasada tan ruidosa, rápida y completamente, la fórmula dictatorial y autoritaria fascista y nazi, que en un relampagueo, durante los años treinta, pareció iba a dominar el mundo y suprimir y raer por el fuego, si no para mil años, como pronosticaba Hitler, sí para muchos, de la faz del mundo la democracia y la libertad, el comunismo pareció tener en los años de la década de los cuarenta la misma posibilidad mucho más incrementada... «Desde el Pacífico al Elba y desde el mar Adriático al Polo Norte, mil millones de obreros y campesinos se habían puesto en marcha bajo la inspiración del marxismo y la dirección totalitaria de Stalin, contra el mundo democrático y liberal declarado decadente y corrupto», escribía ayer en un sagaz editorial el *Times*.

Notó que su mujer prestaba cada vez más seria atención y siguió:

—«Rusia industrializaría y armaría rápidamente a la China y ambos países más sus seguidores formarían un indisoluble bloque marxista», agrega el *Times*. La China, querida Marta, no sólo no ha sido armada e industrializada por Rusia, sino que Rusia está siendo hoy ayudada a industrializarse por las empresas capitalistas del mundo democrático, y no es con la China, sino con los Estados Unidos, con quien Rusia ha llegado a un *modus vivendi* sobre la limitación de armamentos y parece haber llegado a un acuerdo para mantener en sus actuales límites las armas atómicas.

Miró a su mujer con una suave dulzura.

—El paraíso marxista reconozco que se convierte en infierno, y la imagen del marxismo se ve envuelta en un fuego terreno, del que, según dice un escritor español, «Rusia y los países comunistas buscan la huida y la salvación resucitando la iniciativa privada, abriéndole puertas a la libertad individual y dándole palio a la diversidad». Un gran país no puede vivir ni funcionar sin un cierto regionalismo y alguna descentralización y determinada maniobrabilidad; y esto es lo que un régimen autoritario encuentra difícil. Por falta de esa flexibilidad regionalista vemos pelechar los separatismos cada día con más encono y virulencia en Cataluña, el país vasconavarro y hasta en Valencia y Galicia... Verás que yo el primero voy evolucionando ante la marcha del mundo.

—Pero, querido Loren, si acepto a pies juntillas lo que me dices y estoy contigo en tu evolución...; pero volver a las andadas a mí y a tantas esposas y madres nos horripila.

Se abrazó a él con voluntad de refugio.

—Por encima de las ideas, compréndelo, está la paz del hogar; estás tú, están los hijos..., está la continuidad sin sobresaltos sangrientos..., está...

Sollozaba la mujer con un hipo entrecortado.

—A mí me cogió la guerra siendo niña... y presencié tales hambres, angustias, envidias, injusticias y crímenes... que...

—Serénate..., mi vida; serénate, que no volverá, lo pasado no vuelve...; la vida no se repite..., nunca se repite...; pero piensa que nada de lo vital y esencial se ha hecho.

La miró con un penetrante amor.

—Escucha, ahí cerca está Italia, con ciento dieciocho mil kilómetros cuadrados menos que España y más pobre aún que nosotros, sin una tonelada de hierro ni de carbón, y mantiene y sostiene a cincuenta y tres millones de hijos, mientras nosotros no podemos con treinta y tres. España siempre ha tenido sitio para sus muertos, por muchos que hayan sido... El muerto ha sido siempre su mejor y más rico fertilizante..., pero es preciso que quepan también los vivos... y que vivan de una forma decorosa, no infrahumana... y esto sólo se puede conseguir cediendo los poderosos.

—Sí, lo comprendo y te comprendo... Tú tienes un gran corazón, querido Loren, y has sufrido mucho en el destierro.

—No lo sabes bien... Y esto no puede continuar... A nadie engañan ya...

Se contemplan ahora enjutos, sin una lágrima.

—«De desnuda que está brilla la estrella», ha dicho el poeta.

—Pues que brille, que brille la verdad —rugió la mujer.

Volvió a apretarse contra la cruz del cuerpo del hombre con calientes seguridades.

En seguida se soltó de ella y le aseguró:

—Yo lo que te digo es que como están constituidas las fundaciones en España, forman el instrumento perfecto para ahorrar impuestos bajo la coartada del altruismo, como te he explicado.

—No tengo esa opinión y te voy a decir por qué. ¿Tú te acuerdas de Carmela, aquella pobre mujer del pueblo a quien se le murió el marido, un pobre hombre que trabajaba en el campo y la dejó con once hijos, y para no morirse de hambre vendía ropas viejas que le daban y lo que salía?

Lorenzo vaciló.

—Solía ofrecer en las casas lo que le daban en otras, pues era muy salada a pesar de su tragedia.

—¡Ah!, sí, sí...

—Que se le murieron varios hijos, don Anselmo dijo que de hambre, y que tenía uno, el mayor, que era listísimo, según el maestro... Luquitas, se llama, de ojos grandes y muy vivos, y que parecen escapársele de la cara... y a quien el párroco le preguntó un día: «Tú lo que tienes es hambre, ¿verdad, hijo?» Y le contestó: «Sí, pero no sólo de pan, que esa hambre, aunque malamente, la conllevo, sino hambre de libros y de saber y de cultura y de ciencia, que para algo me ha dado Dios el talento que tengo, que es mucho, aunque me esté mal el decirlo; y esa hambre estoy dispuesto a satisfacerla, me cueste lo que me cueste.»

—¡Eso es magnífico! —reconoció Lorenzo.

—Pues alguien pudiente, a quien le recomendaron, le trató y gracias a una de esas fundaciones se hizo bachiller y médico en un periquete. Luego le dieron una beca para que investigase sobre medicina en Estados Unidos, donde se fue, y a pesar de que es muy joven, tendrá ahora treinta y tantos años, tiene tal fama entre los investigadores españoles y extranjeros que se habla ya de él como de una gloria y un futuro premio Nobel en lo suyo.

—¿Y qué dice su madre ahora?

—Su madre vive ahora en Madrid y, aparte del hijo sabio, tiene modestamente colocados a otros muchos, y dos hijas casadas, y vive y se defiende en parte gracias al hijo sabio. Yo me encontré con ella y con Luquitas, que ha venido de vacaciones unos días, pues hacía dos años que no veía a su madre, y no te he dicho hasta ahora nada, pero les he visto en su casa varias veces.

—¿Y él es quien te ha explicado el asunto?

—Sí.

—Hay muchos miles de millones para ser todo esto verdaderamente limpio —le gritó desemblantado el marido.

—El lo que sostiene es que el crimen más horrendo de la Humanidad es la pérdida de auténticos talentos e inteligencias y que, hasta hace poco, era España el país civilizado del mundo donde más se perdían por falta de medios. Dice que el talento y la inteligencia el que lo tiene lo siente en su cerebro y en su pecho como una angustiosa agonía y desgraciado del que no lo pueda desarrollar por falta de medios, ya que es la única desgracia que casi justifica el suicidio.

—¿Eso te ha dicho ese ambicioso de mierda?

—Sí.

Lorenzo bajó la cabeza, pálido y deshecho.

—España es un país pobre y desbarajustado, donde se empiezan más cosas que nunca se terminan, con unos políticos frívolos y superficiales a quienes la patria y los demás españoles no les interesan un comino. Y, sin embargo, como sostiene Luquitas, las fundaciones constituyen la expresión más clara de la insustituible función de la iniciativa privada, como fuerza creadora e imaginativa, y de su compromiso, no siempre desarrollado, de contribuir a la resolución de los problemas sociales.

—Te repito que lo que buscan todos esos cochinos millonarios es ahorrar impuestos bajo la coartada del altruismo.

—No, no; según Luquitas, cuando tanto se habla del exceso de competencias del Estado, de la imposibilidad de atender de manera satisfactoria todos los frentes de la educación, la investigación, la cultura, la asistencia social, etcétera, está claro que el Estado debe situarse humildemente en un plano subsidiario con relación a la iniciativa privada y, llegado el caso, llenando huecos que a la iniciativa privada le quedaran por cubrir. Sería absurdo que un Estado pobre como el español dedicara una parte muy considerable de sus siempre escasísimos recursos para atender a problemas, que, por la dinámica propia del cuerpo social español, están cubiertos satisfactoriamente por la iniciativa privada.

—¿Y ésta es la razón para que Luquitas, y tú con él, para que esas entidades no lucrativas de las fundaciones tengan un especialísimo tratamiento fiscal?

—Pues claro; después de todo, una fundación no es una empresa que tenga como meta la obtención de beneficios, con independencia de que su acción sea de interés para el conjunto social. Las fundaciones no buscan el beneficio. Una fundación no tiene beneficios. Las rentas de su patrimonio se vuelven a la sociedad mediante la puesta en marcha de programas de interés social. El Estado debe de tener todas las garantías de que es falsa la opinión de que las fundaciones son máquinas para ahorrar impuestos..., que esto no puede suceder nunca.

—Pero sucede entre esta gentuza.

—Según Luquitas, hoy hay en nuestro país unas seis mil fundaciones, muchas de las cuales son ya muy conocidas por su importantísima tarea de promoción cultural o social.

A Lorenzo se le cortó el aliento de asco.

—No me excites más de lo que estoy... O sea, que en estos casi cuarenta años de dictadura se ha corrompido el capitalismo español mucho más de lo que yo pensaba.

—Espera que muera Franco, que está muy grave, y todo esto derivará hacia las izquierdas, y entonces empezarán vuestras fundaciones, y este auge será paralelo por las instituciones semejantes de Europa y América, y así se explicarán las amplias zonas de preocupaciones sociales a las que el Estado no podrá atender y que la iniciativa privada cubrirá al servicio de todos los españoles.

—Veo que te has propuesto irritarme y enloquecerme, sacándome de mis casillas.

La miró con un odio malsano.

—¡Pero tú sabes lo que son seis mil fundaciones! ¡Serán seiscientas y ya está bien!

—Seis mil, seis mil... Luquitas me ha asegurado que seis mil.

—Vete; déjame y vete... antes de que haga un disparate.

Le tomó la mujer por los hombros y le dio un beso largo.

El hombre se soltó y escapó de la habitación.

La mujer quedó abatidísima. «Y pensar que le quiero y admiro con locura», pensó.

En esto se oyó sonar el timbre de la puerta de la calle.

Será Arancha que me dijo que iba a venir para ultimar los detalles del bautizo de nuestra hija —le previno.

Se oyen voces en el pasillo y poco después pasaban a la sala Arancha y su hermana Vicenta.

Se saludaron y besaron las mujeres.

Lorenzo, que volvía, les estrechó la mano.

Vicenta se acercó al moisés y tomó la criatura, que viera ligeramente, pasándola a sus brazos.

—Es hermosísima —reconoció, después de una mirada y un sopesar tasador.

—Es preciosa —completó Arancha, que iba a ser su madrina.

—Sí, es una delicia de hija —aseguró su madre.

—Le corresponde bautizarla aquí cerca, en la iglesia de los jesuitas. Esta y yo venimos ahora de allí, de disponerlo todo para el sábado a la tarde... a eso de las cinco.

—¿Hoy es jueves? —preguntó su madre.

—Sí.

—Oyes, Loren..., el sábado a las cinco bautizamos a la niña.

—Bien.

Arancha abrió su bolso y sacó dos pequeños estuches.

—Es una medalla de la Virgen de Aránzazu... y ésta una cruz con el Cristo de Lezo.

—¿Se las ponemos ahora o esperamos al bautizo? —preguntó Vicenta.

—No, ahora —dispuso Arancha—; así estará ya bajo su protección.

—Son preciosas las dos —confesó la madre.

Se volvió a Arancha y la besó agradecida.

La que iba a ser la madrina se las colgó al cuello de la criatura.

Eran de oro y la Virgen llevaba a los pies una media luna de brillantitos. El Cristo era escueto.

—Mira qué monada el regalo de Arancha, Loren.

—Sí, es muy bonito.

Observó un periódico que asomaba por el bolso de Vicenta.

—¿Lo quieres hojear? Acaba de salir; lo he comprado para llevárselo a Iñaque, que me ha dicho se iba a quedar en casa... Trae una esquela que ocupa toda la primera página; de algún ricachón muy gordo debe ser.

Lorenzo tuvo una corazonada.

—A ver.

Se lo dio y lo abrió.

Era la esquela de don Diego Gobantes.

Leyó: «Su director espiritual.»

«Todos, todos estos tiburones tienen director espiritual.»

Quedó lívido.

La mujer le observó.

—¿Qué dice la prensa? —le preguntó.

—Ha muerto don Diego Gobantes.

—¿Qué me dices?

—La muerte nos iguala a todos; a ése también ya le ha tocado. Todos sus millones no le han servido para nada, ni para detenerla un segundo —comentó Arancha.

—¿Pero tú le conocías? —le preguntó su hermana.

—Sí..., bastante.

—No digo más.

—Permitidme me retire unos instantes a ver lo que escriben del muerto.

—Quédate con el periódico, compraré otro al salir —le propone Vicenta.

Se apartó a un rincón y leyó cómo le pagaba la empresa al «gran hombre» en adjetivos y encomios el que la viuda hubiese enviado a su periódico una esquela de primera página entera.

Se llenó de repulsión y de asco.

En esto, la mujer tomó a la niña y la medalla y la cruz soniquetearon al entrechocar.

Fue como una punzada aquel ruidito.

Hablaron alto las mujeres de los preparativos del bautizo.

Le quemaba el periódico en las manos a Lorenzo.

Murió cristianamente
Después de recibir los Santos Sacramentos
Y la bendición apostólica de su Santidad, leyó.

«Pero un granuja de esta categoría puede morir cristianamente y con todos los sacramentos y bendiciones», pensó.

Se fue quedando pálido y como sin sangre.

—No intentéis ni tu marido ni tú pagar nada en la iglesia, que los gastos corren de cuenta de la madrina —les decía en aquel momento Arancha.

—Una vez que has tomado el asunto por tu cuenta sabemos lo que eres.

—Y el padrino..., ¿has pensado quién será?

—Iñaque, que tiene muy buena mano para estas cosas.

—¿Oyes, Loren? Iñaque va a ser el padrino.

—Me parece muy bien; a ver si sale alegre y jocunda como él.

No podía apartar los ojos del periódico; sentía un malsano placer en leer los artículos necrológicos que venían en honor del pirandón muerto.

El director le había ordenado al más brillante redactor:

«Rodríguez, eche usted el resto, que es la primera vez desde que se fundó el periódico que nos largan una esquela de página entera... y en primera plana. A ver si la gente se anima a la hora de morir y se siente generosa y se acuerda un poquito más de la prensa católica.»

Sentía un malsano placer en leer aquellos elogios a la personalidad del difunto, que tenían aire desbocado de piropos.

«Que todos los días no cae una esquela así —pensaría el director—, no cae una esquela así.»

Volvieron a sacar la criatura del moisés y le tilintearon de nuevo las medallas y la cruz.

El tal sonido le puso a Lorenzo frenético.

—Tenerla un poco en alto, que la voy a probar cómo le cae el faldón —pidió Marta.

Hablaban alto y entreveradamente las mujeres.

—¿El gorro no le resultará pequeño? —preguntó Vicenta.

Y se lo encasquetaron.

—Además, cuando se la bautiza hay que soltárselo y retirárselo para echarle el agua y la sal —añadió Vicenta, dirigiéndose a Arancha, que parecía la más ayuna.

De repente Arancha se calló y se embebió de tristeza.

«Qué asco es la vida..., qué asco..., qué asco», pensaba Lorenzo.

El bautismo es la puerta de la religión, es el herradero de Dios. Poco antes o poco después de cumplir el becerro el año se procede a errarle, o sea, a marcarle con el hierro de la ganadería, a numerarle y señalarle, generalmente en las orejas. Dios hace lo mismo: para permitirnos entrar en su gracia nos hierra con el agua y la sal, para limpiarnos del pecado original, porque el ser humano nace sucio y de mala levadura. El hierro y la señal tienen por objeto distinguirles de los seres de otras ganaderías; así los fieles con el bautismo. Y el número, que también se marca con hierro, a fuego, el distinguir los números de la misma ganadería, o sea, con el bautismo distinguir la calidad de las almas... Bautizar, según la Santa Escritura y los Expositores Sagrados, es «sumergirle a uno en dolores y aflicciones significadas por las aguas». *Itraverum aquae ufque ad animam meam*. Pf. 68.

«Porque la vida, aun la más feliz, ¿qué es sino dolores y aflicciones?», pensó Lorenzo.

Las mujeres debatían, después, de la tarifa señalada por la iglesia y de lo que de generosidad, para sacerdotes y acólitos, debía de dar Arancha.

—No te excedas —le decía Vicenta—; porque tienes el defecto de pasarte de rosca, y tanto se peca por carta de menos como por carta de más... Tanto hiere lo uno como lo otro.

Marta se sonreía.

—Si da de más, déjala..., que hay pobres a mantadas... Muchas como tu hermana es lo que necesita el mundo para arreglarse.

Estaba alegre la madre, cogió la criatura y la alzó en alto, ufana.

—¿Quién es la gloria de la casa? ¿Quién? ¿Quién? —le preguntaba.

Soniquetaron de nuevo la medalla y la cruz.

Al padre se le puso la carne de gallina y le entró un pavor inmenso. Le parecía que reñían y disputaban el Cristo de Lezo y la Virgen de Aránzazu por llevarse el alma de la que iban a bautizar.

Casi todo el periódico venía dedicado a exaltar la figura de aquel millonarísimo y «extraordinario hombre de negocios», y relataba sus obras o se las inventaba.

«Qué asco de país, qué asco —pensaba—. Para salvarse, ante la posteridad, no habrá otra solución que levantar otra España, en la verdad, el don más hermoso salido de la mente de Dios.»

Las mujeres discutían minucias del bautizo. En este momento daban los nombres de quienes habrían de asistir luego a la celebración de la merienda.

El refrigerio se celebraría en casa de Arancha.

—Me permitiréis que, como madrina, ese día eche la casa por la ventana.

—Eres tremenda.

—Déjame; ya soy vieja para cambiar..., y ya que no tengo hijos... —y se le cubrió el rostro de un velo de tristeza.

—¡Quién sabe si tu felicidad está en no tenerlos! —le alentó su hermana.

Marta, entusiasmada, alzó la pequeña.

—¿Quién es la alegría y el orgullo de la casa? ¿Quién? ¿Quién?

Se la pasó a Arancha.

—Ten y alegra esa cara.

Volvió el soniqueteo de la medalla y la cruz.

Loren, frenético, pegó un grito horrendo.

—¡¡No mováis más esa criatura!! ¡¡Basta!!... ¡¡Basta!!

Las mujeres permanecieron asustadas, silenciosas y confusas.

Marta se fue a él.

—¿Pero qué te pasa para dar este espectáculo? ¿O estás loco? Anda de aquí... Vete de aquí, si no te encuentras bien.

Pidió perdón por su desplante a Arancha y Vicenta y se retiró.

La mujer le disculpó.

—No sé; lleva unos días fuera de sí, exaltado; perdonadle, no le encuentro bien.

Arancha había permanecido con la niña en los brazos, sin atreverse a moverla.

Se les heló la conversación.

Loren se encerró en la alcoba, pero le perseguían, acosándole febril, el tilinteo de la medalla y la cruz.

Sse echó al pasillo y se metió a andar a grandes zancadas, iracundo.

Marta quedó como sin vida, como muerta.

—¡¿Qué le pasará?! ¡Dios mío, qué le pasará!

—Son los nervios, no te preocupes —le disculpó Arancha, al mismo tiempo que devolvía la criatura a su moisés.

El servicio se alarmó al sorprender al señor en actitud tan desasosegada, tan violenta.

Marta se encontraba preocupada, deshecha.

A Lorenzo seguía atormentándole el áureo soniqueteo.

Hubo un momento en que no pudo más..., abrió la puerta de la escalera y escapó, enloquecido, a la calle.

En esto se alzó su mujer, temerosa, y dijo:

—Voy a ver qué hace ése.

Salió y no le encontró.

—¡El señor! ¿Dónde está el señor? —aulló.

—Se hallaba como furioso, como si le persiguieran..., como enjaulado..., como acorralado..., eso... como acorralado, como acorralado... Y de repente ha abierto la puerta de la escalera y ha huido...

—Como acorralado..., como acorralado... —y pegó un grito espantoso que hendió toda la casa.

—¡¡Loren!! ¡¡Lorenzo!! ¡¡Mi Lorenzo!!
Arancha y Vicenta acudieron atónitas.
Con la expresión enloquecida, la mujer bisbiseaba iterativa:
—Dios mío, se siente acorralado, ¡como acorralado!..., ¡como acorralado!..., ¡como acorralado!...

Alicante, enero. Avila, agosto 1966, 1967 y 1968.

JUAN ANTONIO DE ZUNZUNEGUI
(De la Real Academia Española)

NOTA DEL AUTOR A LA PRIMERA EDICION DE 1979

Recientemente quedó constituida, en 1977, la Fundación «Pablo Iglesias», con carácter de institución cultural y privada, y de entidad autonómica, que pretende estudiar, investigar y analizar el pensamiento y la actualidad del socialismo. Dividida en dos ramas, una de investigación y estudio, que dirige don Elías Díaz, catedrático de Valencia, y otra de formación, a cargo de don Luis Gómez Llorente, vipresidente segundo de las Cortes.

La nueva Fundación tiene como proyecto inmediato la promoción de una revista teórica y una posible labor editorial sobre temas socialistas. Se formará una biblioteca especializada en socialismo, que cuenta ya con un importante fondo inicial, y se pondrá en marcha un programa de ayudas y becas para investigación.

Integran el Patronato de la Fundación treinta y cinco miembros.

La Fundación «Pablo Iglesias», del P. S. O. E., ha sentado sus bases para un archivo de cien mil documentos, entre los que se encuentran los archivos personales de Largo Caballero y Ramón Lamoneda.

Se ha preparado el material para una futura biblioteca y para una hemeroteca con trescientas noventa colecciones de prensa política nacional y extranjera. El objeto de todo ello es dotar de la infraestructura necesaria al centro de estudio e investigación, de forma que pueda ofrecer sus aulas como centro de exposición y debate de los problemas actuales e historia de nuestro país.

Sin comentarios.